D0683563

ARTHUR GOLDEN

Memorias de una geisha

punto de lectura

Título original: *Memoirs of a Geisha*
© 1997, Arthur Golden
© De la traducción: Pilar Vázquez
© 1999, de la edición
   de Grupo Santillana de Ediciones, S.A.
© De esta edición:
   mayo 2000, Suma de letras, S.L.

ISBN: 84-95501-19-8
Depósito legal: B-46403-2000
Impreso en España – Printed in Spain

Portada: MGD
Diseño de colección: Ignacio Ballesteros

Impreso por Litografía Rosés, S. A.

Primera edición: mayo 2000
Segunda edición: junio 2000
Tercera edición: julio 2000
Cuarta edición: septiembre 2000
Quinta edición: octubre 2000
Sexta edición: noviembre 2000

ARTHUR GOLDEN

Memorias de una geisha

Para mi mujer, Trudy,
y para mis hijos, Hays y Tess

Nota del traductor

Cuando tenía catorce años, mi padre me llevó una noche, en Kioto, a un espectáculo de danza. Era la primavera de 1936. Sólo me acuerdo de dos cosas. La primera es que él y yo éramos los únicos occidentales del público; hacía tan sólo unas semanas que habíamos dejado nuestro hogar en Holanda y todavía no me había acostumbrado al aislamiento cultural, por eso lo recuerdo tan vívidamente. La segunda es lo contento que me sentí, tras meses de estudio intensivo del japonés, al darme cuenta de que entendía fragmentos de las conversaciones que oía a mi alrededor. De las jóvenes japonesas que bailaron ante mí en el estrado no recuerdo nada, salvo una vaga imagen de kimonos de brillantes colores. Por entonces no podía saber que casi cincuenta años después, en un lugar tan lejano como Nueva York, una de ellas se convertiría en una buena amiga mía y me dictaría sus memorias.

Como historiador que soy, siempre he considerado que las memorias constituyen un material de primera mano, que no sólo nos proporciona datos de la persona en cuestión, sino también del mundo en el que ha vivido. Difieren de la biografía en que el autor de las memorias nunca tiene el grado de perspectiva que, de por sí, suele poseer el biógrafo. La autobiografía, si es que tal cosa existe, es algo así como preguntarle a un conejo qué aspecto tiene cuando salta por el prado. ¿Cómo va a saberlo?

Pero, por otro lado, si queremos saber algo del prado, nadie está en mejor posición que el conejo para decírnoslo, siempre que tengamos en cuenta que nos perderemos todas aquellas cosas que el conejo no haya observado debido a su posición en un momento dado.

Digo todo esto con la certeza del investigador cuya carrera está basada en esta suerte de distinciones. He de confesar, sin embargo, que las memorias de mi querida amiga Nitta Sayuri me obligaron a replantearme algunas de mis opiniones al respecto. Sí, ella nos muestra el mundo secreto en el que vivió; como si dijéramos, nos da la visión del prado desde el punto de vista del conejo. Posiblemente no haya una descripción mejor de la extraña vida de las geishas que la que aquí nos ofrece Sayuri. Pero además nos deja una manifestación de sí misma que es mucho más completa, más precisa y más emocionante que el largo capítulo que se le dedica a su vida en el libro *Deslumbrantes joyas del Japón*, o en los varios artículos sobre ella que han ido apareciendo a lo largo de los años en revistas y periódicos. Se diría que, al menos en el caso de este insólito tema, nadie conocía mejor a la autora de las memorias que ella misma.

Que Sayuri llegara a ser famosa fue en gran medida una casualidad. Otras mujeres llevaron vidas similares a la suya. Puede que la renombrada Kato Yuki —una geisha que cautivó a George Morgan, el sobrino de J. Pierpont, y se convirtió en su desposada en el exilio durante la primera década de este siglo— tuviera una vida aún más insólita en muchos aspectos que Sayuri. Pero sólo Sayuri ha documentado de una forma tan completa su propia saga. Durante mucho tiempo creí que su decisión de hacerlo así había sido fruto del azar. Si se hubiera quedado en Japón, habría estado demasiado ocupada para que se le ocurriera la idea de compilar sus memorias. Sin embargo, diversas circunstancias le llevaron a emigrar a los Estados Unidos en 1956. Durante los cuarenta años siguientes y hasta su muerte, vivió en un apartamento decorado en estilo japonés en el piso treinta y dos de las Torres Waldorf de Manhattan. Pero también allí su vida siguió teniendo la intensidad que la había caracterizado hasta entonces. Por su apartamento neoyorquino pasaron artistas, intelectuales y empresarios japoneses, e incluso algún ministro y un gángster o dos. Yo no la conocí hasta 1985. Me la presentó un conocido común. Como profesor de japonés me había topado aquí y allá con el nombre de Sayuri, pero apenas sabía nada de ella. Nuestra amistad creció y empezó a confiar más y más en mí. Un día le pregunté si daría permiso para que se contara su historia.

—Pues podría darlo, tal vez, si fueras tú, Jakob-san, quien la pusiera por escrito.

Así que nos pusimos manos a la obra. Sayuri tenía claro que prefería dictar sus memorias a escribirlas ella misma, porque, como me explicó, estaba tan acostumbrada a hablar cara a cara que no sabría qué hacer si no hubiera nadie escuchándola en la habitación. Yo acepté, y el manuscrito me fue dictado en el transcurso de dieciocho meses. Hasta que no empecé a preocuparme por cómo traducir todos sus matices, no fui plenamente consciente del dialecto de Kioto que empleaba Sayuri —en el que las geishas se llaman *geiko*, y los kimonos, *obebe*—. Pero desde el principio me dejé arrastrar a su mundo. Salvo unas cuantas ocasiones excepcionales, nos vimos siempre por la noche, porque era entonces cuando la mente de Sayuri acostumbraba a estar más despierta. Por lo general prefería que trabajáramos en su apartamento, pero alguna vez nos vimos en un apartado de un restaurante japonés de Park Avenue, del que era cliente habitual. Nuestras sesiones se prolongaban unas dos o tres horas. Aunque las grabábamos todas, su secretaria también estaba presente y transcribía fielmente al dictado sus palabras. Pero Sayuri nunca hablaba mirando al casete o a su secretaria; siempre me hablaba a mí. Cuando no sabía por dónde tirar, yo era quien la guiaba y ponía en la dirección correcta. Yo consideraba que aquella empresa dependía de mí y creía que su historia nunca habría sido contada, si yo no me hubiera ganado su confianza. Ahora veo que la verdad podría ser otra. Sayuri me eligió como amanuense, sin duda, pero podría haberse presentado otro candidato adecuado antes que yo.

Lo que nos lleva a la cuestión fundamental: ¿por qué quería Sayuri contar su historia? Las geishas no tienen la obligación de hacer voto de silencio, pero su existencia se basa en la convicción, típicamente japonesa, de que lo que sucede durante la mañana en la oficina y lo que pasa por la noche tras unas puertas bien cerradas son cosas muy distintas, y han de estar separadas, en compartimentos estancos. Las geishas sencillamente no dejan constancia de sus experiencias. Al igual que las prostitutas, sus equivalentes de clase inferior, las geishas se suelen encontrar en la posición poco común de saber si esta o aquella figura pública mete primero una pierna y luego la otra en los pantalones, como el resto de los mortales. Probablemente estas mariposas nocturnas consideran que su función encierra algo de depositarias de la confianza pública, pero en cualquier caso la geisha que viola esa confianza se coloca en una posición insostenible. Las circunstancias que llevaron a Sayuri a contar su historia eran poco comunes en cuanto que ya no quedaba nadie en Japón que tuviera poder sobre ella. Los vínculos con su país de origen ya estaban rotos. Tal vez esto nos da una pista de por qué dejó de sentirse forzada al silencio, pero sigue sin informarnos de por qué se decidió a hablar. A mí me asustaba plantearle la cuestión. ¿Y si al examinar sus propios escrúpulos al respecto le daba por cambiar de opinión? Ni siquiera cuando el manuscrito estuvo acabado me atreví. Sólo cuando ya había recibido el adelanto del editor me sentí lo bastante seguro para preguntarle. ¿Por qué había deseado contar su vida?

—¿Pues qué mejor cosa podría hacer con mi tiempo a mi edad? —contestó.

Dejo a la decisión del lector la cuestión de si sus motivos eran realmente así de sencillos.

Aunque estaba deseosa de dejar por escrito su biografía, Sayuri insistió en varias condiciones. Quería que el manuscrito se publicara después de su muerte y la de algunos hombres que habían ocupado una posición prominente en su vida. Todos murieron antes que ella. A Sayuri le preocupaba mucho que sus revelaciones pudieran poner a alguien en evidencia. Siempre que me ha sido posible he dejado los nombres reales de las personas, aunque Sayuri me ocultó incluso a mí la identidad de ciertos hombres, mediante la convención, común entre las geishas, de referirse a los clientes con sus apodos. El lector que al encontrarse con personajes como el Señor Copito de Nieve —cuyo mote vino sugerido por su caspa— crea que Sayuri sólo está tratando de ser graciosa puede no haber comprendido su verdadera intención.

Cuando le pedí permiso a Sayuri para utilizar una grabadora, mi intención era que fuera sólo una garantía contra los posibles errores de transcripción por parte de la secretaria. Pero después de su muerte, acaecida el año pasado, me digo a mí mismo si en el fondo no tendría otro motivo: el de preservar su voz, una voz con una expresividad que pocas veces se encuentra. Por lo general habla con un tono suave, como se puede esperar de una mujer cuya profesión ha sido entretener a los hombres. Pero cuando quería dar vida a una escena, podía hacerme creer sólo con su voz que había seis u ocho personas en la habitación. A veces, por la noche, solo en mi despacho, vuelvo a oír las casetes, y entonces me cuesta creer que ya no está entre nosotros.

JACOB HAARHUIS
*Catedrático de japonés de la Universidad de
Nueva York*

Uno

Imagínate que tú y yo estuviéramos sentados en una apacible estancia con vistas a un jardín, tomando té y charlando sobre unas cosas que pasaron hace mucho, mucho tiempo, y yo te dijera "el día que conocí a fulano de tal... fue el mejor día de mi vida y también el peor". Supongo que dejarías la taza sobre la mesa y dirías: "¿En qué quedamos?, ¿fue el mejor o el peor?". Tratándose de otra situación, me habría reído de mis palabras y te habría dado la razón. Pero la verdad es que el día que conocí al señor Tanaka Ichiro fue de verdad el mejor y el peor día de mi vida. Me fascinó, incluso el olor a pescado de sus manos me pareció un perfume. De no haberlo conocido, nunca hubiera sido geisha.

No nací ni me eduqué para ser una de las famosas geishas de Kioto. Ni siquiera nací en Kioto. Soy hija de un pescador de Yoroido, un pueblecito de la costa del Mar de Japón. En toda mi vida, no habré hablado de Yoroido, ni tampoco de la casa en la que pasé mi infancia o de mis padres o de mi hermana mayor, ni desde luego de cómo me hice geisha o de cómo te sientes siéndolo, con más de media docena de personas. La mayoría de la gente prefiere seguir imaginándose que mi madre y mi abuela fueron también geishas y que yo empecé a prepararme para serlo en cuanto me destetaron, y otras fantasías por el estilo. En realidad, un día, hace muchos años, le estaba sirviendo sake a un hombre que mencionó de pasada que había estado en Yoroido la semana anterior. Me sentí como se debe de sentir un pájaro al encontrarse al otro lado del océano con una criatura que conoce su nido. Me quedé tan sorprendida que no pude contenerme y le dije:

—¡Yoroido! De ahí soy yo.

¡Pobre hombre! Su cara se convirtió en un muestrario de muecas. Hizo todo lo posible por sonreír, sin conseguirlo, porque no podía dejar de mostrar una turbada sorpresa.

—¿Yoroido? Seguro que no estamos hablando del mismo lugar.

Para entonces ya hacía mucho tiempo que yo había desarrollado mi "sonrisa Noh"; la llamo así porque cuando la pongo parezco una máscara del teatro Noh, de esas que son totalmente hieráticas. La ventaja que tiene es que los hombres la interpretan como quieren; no te puedes imaginar lo útil que me ha sido. En ese momento pensé que lo mejor sería usarla, y como era de esperar, funcionó. El hombre suspiró profundamente y se bebió de un trago la copa de sake que acababa de servirle. Luego soltó una enorme carcajada, de alivio, creo yo, más que de otra cosa.

—¡Qué idea! —dijo, soltando otra carcajada—. ¡Tú de un poblacho como Yoroido! Eso sería como pensar en hacer té en un cubo —y cuando volvió a reírse, me dijo—: Por eso eres tan divertida, Sayuri-san. A veces casi consigues que me tome en serio las bromitas que me haces.

No es que me guste mucho pensar que soy como un cubo de té, pero supongo que en cierta medida es cierto. Después de todo, me crié en Yoroido, y nadie se atrevería a decir que es un lugar con glamour. Casi nunca va nadie por allí. Y la gente de allí no tiene muchas oportunidades de irse. Probablemente te estés preguntando cómo lo conseguí yo. Ahí empieza mi historia.

16

La casa en la que vivíamos en el pequeño puerto de Yoroido era una "casita piripi", como la llamaba yo entonces. Estaba junto a un acantilado donde soplaba constantemente el viento del océano. De niña, pensaba que el mar estaba siempre acatarrado, porque jadeaba constantemente, salvo cuando se quedaba como sin respiración, antes de soltar uno de sus grandes estornudos —lo que equivale a decir que de pronto soplaban ráfagas tremendas acompañadas de agua de mar pulverizada—. Decidí que nuestra casita se habría ofendido de que el océano le estornudara en la cara cada dos por tres y empezó a torcerse para quitarse del medio. Probablemente hubiera terminado derrumbándose de no ser porque mi padre la apuntaló con un madero que rescató de un barco de pesca naufragado. De este modo, la casa parecía un viejo borracho apoyado en una muleta.

Mi vida en la casita piripi también estaba un poco torcida. Como desde muy niña me parecí mucho a mi madre y apenas nada a mi padre o a mi hermana mayor, mi madre decía que estábamos hechas iguales —y era verdad que las dos teníamos unos ojos peculiares, de un color que casi nunca se ve en Japón—. En lugar de castaño oscuro, los ojos de mi madre eran de un gris translúcido, y los míos son exactamente iguales. Siendo niña le dije una vez a mi madre que alguien le había hecho un agujerito en los ojos y que se les había salido toda la tinta, y ella pensó que era una ocurrencia la mar de graciosa. Los videntes decían que sus ojos eran tan pálidos porque había demasiada agua en su personalidad, tanta que los otros cuatro elementos apenas estaban presentes, y por eso, explicaban, combinaban tan mal sus rasgos. La gente del pueblo decía que tendría que haber sido extremadamente atractiva, porque sus padres ha-

17

bían sido muy guapos. Pues bien, los melocotones tienen un sabor exquisito, lo mismo que las setas, pero no se pueden combinar; esa era la jugarreta que le había gastado la naturaleza. Tenía la boquita bien formada de su madre, pero la angulosa mandíbula de su padre, lo que daba la impresión de una delicada pintura enmarcada con un marco demasiado pesado. Y sus hermosos ojos grises estaban cercados por unas pestañas extremadamente espesas que en el caso de su padre debían de ser sorprendentes, pero en el suyo hacían que pareciera siempre espantada.

Mi madre siempre decía que se había casado con mi padre porque ella tenía demasiada agua en su personalidad y mi padre demasiada madera en la suya. La gente que conocía a mi padre enseguida entendía a qué se refería mi madre. El agua mana veloz de un lugar a otro y siempre encuentra una rendija por la que salir. La madera, por su parte, se agarra fuerte a la tierra. En el caso de mi padre esto era bueno, porque era pescador, y un hombre con madera en su personalidad se encuentra cómodo en el mar. En realidad, mi padre se encontraba mejor en el mar que en cualquier otro sitio, y nunca se alejaba mucho de él. Olía a mar incluso después de lavarse. Cuando no estaba pescando, se sentaba en el suelo de nuestra oscura casita y remendaba las redes. Y si la red hubiera sido una criatura dormida ni siquiera la habría despertado, tal era la lentitud con la que trabajaba. Lo hacía todo así de despacio. Incluso cuando intentaba poner cara de concentración, podías salir fuera y vaciar el barreño en el tiempo que le llevaba a él recolocar sus rasgos. Tenía la cara llena de arrugas, y en cada arruga había escondido una preocupación u otra, de modo que había dejado de ser su cara y más bien parecía un árbol con nidos de pájaros en todas las ramas. Tenía que luchar constantemente para dominarla, y siempre parecía agotado por el esfuerzo.

Cuando tenía seis o siete años, me enteré de algo referente a mi padre que hasta entonces había ignorado. Un día le pregunté: "Papá, ¿por qué eres tan viejo?". Él arqueó las cejas, de modo que tomaron la forma de unos pequeños paraguas caídos sobre sus ojos. Y luego suspiró largamente, movió la cabeza y dijo: "No lo sé". Cuando me volví a mi madre, ella me lanzó una mirada que significaba que respondería a mi pregunta en otro momento. Al día siguiente, sin darme ninguna explicación, me llevó con ella colina abajo, hacia el pueblo, pero antes de llegar torcimos en el camino que lleva al cementerio, en el bosque. Allí me condujo a tres sepulturas juntas en una esquina y marcadas cada una con un poste más alto que yo. Tenían unas austeras inscripciones escritas de arriba abajo, pero yo no había ido a la escuela del pueblo lo bastante para saber dónde acaba una y empezaba la siguiente. Mi madre los señaló y dijo: "Natsu, esposa de Sakamoto Minoru". Sakamoto Minoru era el nombre de mi padre. "Fallecida, a los veinticuatro años, en el año decimonoveno de Meiji". Luego señaló la siguiente: "Jinichiro, hijo de Sakamoto Minoru, fallecido, a los seis años, en el año decimonoveno de Meiji", y a la siguiente, que era idéntica a las otras dos, salvo por el nombre, Masao, y la edad, tres años. Me llevó un rato comprender que mi padre había estado casado antes, hacía mucho tiempo, y que toda su familia había muerto. No mucho después volví a visitar las sepulturas y descubrí que la tristeza es un peso difícil de llevar. Mi cuerpo pesaba el doble que un momento antes, como si aquellas sepulturas tiraran de mí.

Con toda aquella agua y toda aquella madera, el equilibrio tendría que haber sido perfecto, y mis padres tendrían que haber engendrado hijos con la proporción adecuada de cada elemento. Seguro que se sorprendieron al ver que habían terminado teniendo una de cada. Pues no sólo yo me parecía a mi madre y había heredado incluso sus extraños ojos, sino que mi hermana, Satsu, se parecía a mi padre como una gota de agua a otra. Satsu tenía seis años más que yo, y, claro, al ser mayor, le dejaban hacer cosas que a mí todavía me estaban prohibidas. Pero Satsu tenía la virtud de hacerlo todo de tal forma que parecía una completa casualidad. Por ejemplo, si le pedías que te sirviera un cuenco de sopa de la olla puesta en el fogón, lo hacía, pero de tal modo que parecía que la sopa se había derramado y, por suerte, había caído en el cuenco. Una vez incluso se cortó con un pescado. Y no es que se cortara con un cuchillo limpiando un pescado. Qué va. Subía la cuesta desde el pueblo con un pescado envuelto en papel, y se le escurrió y cayó de tal forma que le dio en la pierna y le cortó con una de las aletas.

Seguramente nuestros padres habrían tenido más hijos además de Satsu y de mí, sobre todo porque mi padre esperaba tener un chico que saliera a pescar con él. Pero cuando yo tenía siete años, mi madre cayó gravemente enferma, probablemente con cáncer de huesos, aunque por entonces yo no tenía ni idea de lo que le pasaba. Su única forma de escapar al dolor era dormir, lo que empezó a hacer como los gatos, es decir, más o menos constantemente. Conforme se sucedían los meses, más tiempo pasaba ella dormida, y enseguida empezó a gemir cuando estaba despierta. Yo me daba cuenta de que algo estaba cambiando rápidamente en ella, pero como había tanta agua en su personalidad, no me pareció preocupante. A veces en cuestión de unos pocos meses se quedaba en los huesos, pero luego volvía a engordar con la misma rapidez. Pero para mi noveno cumpleaños, empezaron a salírsele los huesos de la cara y ya no volvió a engordar. Yo no me daba cuenta de que debido a su enfermedad se estaba quedando sin agua. Al igual que las algas que están naturalmente empapadas y se vuelven quebradizas al secarse, mi madre estaba perdiendo más y más de su esencia.

Entonces, una tarde estaba yo sentada en el agujereado suelo de nuestra casa, cantándole a un grillo que había encontrado aquella mañana, cuando una voz llamó a la puerta:

—¡Eh! ¡Abrid la puerta! ¡Soy el doctor Miura!

El doctor Miura venía a nuestro pueblo una vez a la semana, y desde que mi madre había enfermado, siempre se tomaba la molestia de subir la cuesta hasta nuestra casa para ver cómo iba la enferma. Mi padre estaba en casa aquel día, porque se avecinaba una gran tempestad. Estaba sentado en el suelo, en su lugar de costumbre, con sus inmensas manos enredadas, como arañas, en una red de pescar. Pasado un momento, volvió sus ojos hacia mí y levantó un dedo. Esto significaba que quería que fuera a abrir la puerta.

El doctor Miura era un hombre muy importante, o al menos eso creíamos en el pueblo. Había estudiado en Tokio, y se decía que conocía más caracteres chinos que nadie. Era demasiado orgulloso para fijarse en una criatura como yo. Cuando abrí la puerta, se quitó los zapatos y entró en la casa delante de mí.

—¡Vaya, vaya, Sakamoto-san! —le dijo a mi padre—. Me gustaría vivir como usted, todo el día en el mar, pescando. ¡Qué maravilla! Y luego los días de resaca descansando en casa. Veo que su esposa sigue dormida —continuó—. Es una pena, porque había pensado reconocerla hoy.

—¿Ah, sí? —dijo mi padre.

—La semana que viene no puedo acercarme. ¿Podría despertarla para que la reconociera?

21

A mi padre le llevó un rato desenredarse los dedos de la red, pero por fin se puso en pie.

—Chiyo-chan —me dijo— tráele una taza de té al doctor.

Entonces me llamaba Chiyo. Todavía no se me conocía por mi nombre de geisha, Sayuri.

Mi padre y el doctor entraron en la otra habitación, donde dormía mi madre. Intenté escuchar desde la puerta, pero sólo oía los gemidos de mi madre y nada de lo que decían ellos. Me puse a hacer el té, y enseguida salió el doctor frotándose las manos y con una expresión muy seria. Mi padre salió detrás, y se sentaron los dos en la mesa, en el centro de la habitación.

—Ha llegado el momento de decirte algo, Sakamoto-san —empezó diciendo el doctor Miura—. Tienes que ir a hablar con una de las mujeres del pueblo. Con la Señora Sugi, tal vez. Y pedirle que haga un bonito vestido para tu mujer.

—No tengo el dinero, doctor —dijo mi padre.

—Últimamente todos somos más pobres. Entiendo lo que dices. Pero se lo debes a tu mujer. No debería morir con el andrajoso vestido que lleva puesto.

—¿Entonces es que va a morir pronto?

—Unas pocas semanas más. Tiene unos dolores espantosos. La muerte la aliviará.

Después de esto, dejé de oír sus voces, pues lo que oía dentro de mi cabeza era un sonido semejante al de un pájaro aleteando espantado. Tal vez era mi corazón, no sé. Pero si alguna vez has visto un pájaro atrapado dentro de un templo, intentando como un loco encontrar una salida, así estaba reaccionando mi mente. No se me había ocurrido pensar que mi madre no podía continuar enferma para siempre. No voy a decir que no me hubiera preguntado qué pasaría si se muriera; sí que me lo preguntaba algunas veces, pero de la misma manera que me preguntaba qué pasaría si un terremoto se tragara nuestra casa. La vida se acabaría.

—Creí que me moriría yo primero —decía mi padre.

—Eres viejo, Sakamoto-san. Pero tienes buena salud. Todavía te quedan cuatro o cinco años. Te dejaré más píldoras de éstas para tu mujer. Le puedes dar dos juntas, si es necesario.

Hablaron un poco más sobre las píldoras, y luego el doctor Miura se marchó. Durante un largo rato, mi padre continuó sentado en silencio, dándome la espalda. No llevaba camisa, sólo su fláccida piel. Cuanto más lo miraba, más me parecería una extraña colección de formas y texturas. Su columna vertebral era una soga llena de nudos. Su cabeza, con aquellos descoloridos manchurrones, podría haber sido una fruta machucada. Sus brazos eran palitos envueltos en cuero viejo, colgando de dos bultos. Si moría mi madre, ¿cómo iba yo a seguir viviendo en la casa con él? No quería alejarme de él, pero cuando mi madre desapareciera, la casa se quedaría vacía, estuviera él o no.

Por fin mi padre me llamó en un susurro. Me acerqué y me arrodillé a su lado.

—Algo muy importante —me dijo.

Tenía la cara más seria de lo normal, con los ojos en blanco, casi como si no pudiera controlarlos. Pensé que se debatía, intentando decirme que mi madre no tardaría en morir, pero todo lo que me dijo fue:

—Baja al pueblo y compra incienso para el altar.

Nuestro pequeño altar budista estaba dispuesto en un viejo cajón a la entrada de la cocina; era lo único de valor en nuestra casita piripi. Delante de una figura toscamente tallada de Amida, el Buda del Paraíso Occidental, había unas pequeñas tablillas mortuorias con los nombres budistas de nuestros antepasados.

—Pero, padre... ¿eso es todo?

Esperaba que me contestara algo, pero se limitó a hacer un gesto con la mano que indicaba que me fuera.

El camino de nuestra casa bordeaba el acantilado antes de meterse tierra adentro, hacia el pueblo. Andar por él en un día como aquél no era fácil, pero recuerdo que agradecí que el feroz viento barriera de mi mente todo lo que me atormentaba. El mar estaba embravecido, con unas olas cortantes como piedras afiladas. Me pareció que el mundo entero se sentía como me sentía yo. ¿Es que la vida era sólo una tempestad que arrasaba con todo, dejando tras ella sólo algo yermo e irreconocible? Nunca había tenido pensamientos así. Para escapar de ellos, me eché a correr por el camino hasta que vi el pueblo a mis pies. Yoroido era un pueblecito situado a la entrada de una ensenada. Por lo general, el agua estaba plagada de barcos de pesca, pero ese día sólo se veían algunos barcos que volvían y que, como siempre, me parecieron pulgas de agua saltando por la superficie. La tempestad venía en serio; la oía rugir. Los barcos de pesca que quedaban en la bahía empezaron a difuminarse hasta desaparecer tras la cortina de agua. Vi que la tormenta avanzaba hacia mí. Me golpearon las primera gotas, del tamaño de huevos de codorniz, y en cuestión de segundos estaba tan mojada como si me hubiera caído al mar.

Yoroido sólo tenía una carretera, que llevaba directamente a la entrada principal de la Compañía Japonesa del Pescado y del Marisco y estaba flanqueada por una hilera de casas, cuya habitación delantera se utilizaba como tienda. Crucé la calle corriendo hacia la Casa Okada, donde vendían artículos de mercería; pero entonces me sucedió algo —una de esas nimiedades con consecuencias gigantescas, como tropezar y caer delante de un tren—. La carretera de tierra estaba resbaladiza, y mis pies siguieron andando sin mí. Me caí de frente y me di en un lado de la cara. Supongo que el golpe debió de aturdirme, porque sólo recuerdo una especie de entumecimiento y la sensación de que quería escupir algo que tenía en la boca. Oí voces y sentí que me daban la vuelta; me levantaban y me transportaban. Me di cuenta de que me metían en la Compañía Japonesa del Pescado y del Marisco, porque me envolvió el olor a pescado. Oí un golpe seco cuando dejaron caer al suelo un gran pescado y me echaron a mí sobre la viscosa superficie de la mesa que éste había ocupado. Sabía que estaba empapada, que estaba sangrando y que iba descalza, sucia y vestida con ropas de campesina. Lo que no sabía era que aquél era el momento que iba a cambiarlo todo. Pues fue en semejante situación en la que me encontré mirando a la cara del Señor Tanaka Ichiro.

Había visto al Señor Tanaka muchas veces en el pueblo. Vivía en una ciudad cercana, pero venía todos los días, pues su familia era la propietaria de la Compañía Japonesa del Pescado y del Marisco. No iba vestido de campesino como el resto de los hombres, sino que llevaba un kimono masculino, con unos pantalones que me recordaban a esas ilustraciones de los samuráis que tal vez conozcas. Tenía la piel suave y tersa como un tambor; sus mejillas eran brillantes crestas, como la piel tirante y crujiente de un pescado a la parrilla. Siempre me había parecido fascinante. Cuando estaba jugando en la calle con los otros niños, y acertaba a pasar por allí el Señor Tanaka, siempre dejaba de hacer lo que estuviera haciendo para mirarlo.

Me dejaron tumbada en aquella pringosa superficie mientras el Señor Tanaka me examinaba el labio, estirándomelo al tiempo que me giraba la cabeza a un lado y al otro. De pronto se fijó en mis ojos grises, que estaban clavados en él con tal fascinación que me resultó imposible fingir que no lo estaba mirando. No sonrió burlón como diciéndome que era una descarada, ni tampoco apartó la vista; se diría que le daba igual adónde mirara yo o lo que pensara. Nos miramos durante un largo rato, tan largo que me dio un escalofrío a pesar del bochorno que hacía dentro del edificio de la Compañía.

—Te conozco —dijo finalmente—. Eres la pequeña del viejo Sakamoto.

Ya de niña me daba cuenta de que el Señor Tanaka veía el mundo como era realmente; nunca tenía la expresión aturdida de mi padre. A mí me parecía que aquel hombre veía correr la savia por los pinos y el círculo brillante en el cielo, donde las nubes tapan el sol. Vivía en un mundo visible, aun cuando no siempre le agradara estar en él. Me di cuenta de que se fijaba en los árboles, en el barro y en los niños que jugaban en la calle, pero no tenía ninguna razón para pensar que se hubiera fijado en mí.

Tal vez por eso, cuando me habló, se me saltaron las lágrimas.

El Señor Tanaka me sentó. Creí que me iba a decir que me fuera, pero en lugar de ello dijo:

—No te tragues esa sangre, muchachita. A no ser que quieras que se te haga una piedra en el estómago. Si yo fuera tú, la escupiría en el suelo.

—¿La sangre de una muchacha, Señor Tanaka? —dijo uno de los hombres—. ¿Aquí, donde traemos el pescado?

Los pescadores son terriblemente supersticiosos, ya sabes. Especialmente no quieren que las mujeres tengan nada que ver con la pesca. Un hombre del pueblo, el Señor Yamamura, encontró a su hija jugando en su barco una mañana. Le dio una paliza con una vara y luego fregó el barco con sake y lejía con tal fuerza que levantó la pintura. Pero esto tampoco le pareció suficiente, y el Señor Yamamura hizo que el sacerdote *shinto* viniera a bendecirlo. Todo ello simplemente porque su hija había estado jugando donde se pesca. Y hete aquí que el Señor Tanaka estaba sugiriendo que escupiera la sangre en el suelo de la nave donde se limpiaba el pescado.

—Si lo que os asusta es que lo que escupa estropee las tripas del pescado —dijo el Señor Tanaka—, llevároslas a casa. Tengo muchas más.

—No es por las tripas del pescado, señor.

—Y yo les digo que su sangre será lo más limpio que haya tocado este suelo desde que nacimos vosotros y yo. Venga —dijo el Señor Tanaka, dirigiéndose a mí—. Escupe.

Sentada sobre las babas que cubrían la mesa, no sabía qué hacer. Pensaba que sería terrible desobedecer al Señor Tanaka, pero no estoy segura de que hubiera tenido el valor de escupir si uno de los hombres no se hubiera echado a un lado y se hubiera sonado en el suelo. Tras ver aquello no pude soportar tener nada en la boca ni un minuto más, y escupí la sangre como el Señor Tanaka me había dicho. Todos los hombres se alejaron asqueados, salvo el ayudante del Señor Tanaka, que se llamaba Sugi. El Señor Tanaka le dijo que fuera a buscar al doctor Miura.

—No sé dónde encontrarlo —dijo Sugi, aunque para mí que lo que realmente quería decir era que no le apetecía ir.

Yo le dije al Señor Tanaka que el doctor había pasado por nuestra casa hacia unos minutos.

—¿Dónde está tu casa? —me preguntó el Señor Tanaka.

—Es la casita piripi que está encima del acantilado.

—¿Qué es eso de "casita piripi"?

—Es la que está inclinada, como si hubiera bebido demasiado.

Parecía que el Señor Tanaka no sabía qué hacer con aquella información.

—Bueno, Sugi, sube hasta esa casa piripi y busca al doctor Miura. No te costará encontrarlo. Guíate por los gritos que dan sus pacientes cuando los palpa.

Me imaginé que el Señor Tanaka volvería a su trabajo al salir Sugi; pero se quedó junto a la mesa sin quitarme ojo. Sentí que la cara me empezaba a arder. Finalmente dijo algo que me pareció muy inteligente.

—Tienes la cara como una berenjena, pequeña Sakamoto.

Se acercó a un cajón y sacó un espejito para que me viera. Tenía el labio hinchado y amoratado, como había dicho él.

—Pero lo que realmente quiero saber —continuó— es por qué tienes unos ojos tan extraordinarios y por qué no te pareces en nada a tu padre.

—Son los ojos de mi madre —respondí yo—. Pero mi padre tiene tantas arrugas que nunca he podido saber cómo es realmente.

—Tú también tendrás arrugas algún día.

—Pero algunas de sus arrugas se deben a cómo está hecho —dije yo—. La parte de atrás de su cabeza es tan vieja como la de delante, y, sin embargo, es tan lisa como un huevo.

—No es lo más respetuoso que se puede decir de un padre —me dijo el Señor Tanaka—. Pero supongo que será cierto.

Luego dijo algo que me sonrojó tanto, que estoy segura de que mis labios empalidecieron.

—¿Y entonces cómo un viejo arrugado con cabeza de huevo ha podido tener una hija tan guapa como tú?

En los años que siguieron me han dicho guapa más veces de las que puedo recordar. Aunque, claro, a las geishas siempre se las llama guapas, incluso a las que no lo son. Pero cuando el Señor Tanaka me dijo aquello, mucho antes de que yo supiera lo que es una geisha, casi creí que era cierto.

Después de que el doctor Miura me curara el labio, compré el incienso que mi padre me había encargado, y volví a casa en un estado tal de agitación que no creo que hubiera habido más actividad dentro de mí si, en lugar de un niña, hubiera sido un hormiguero. Me habría resultado más fácil si mis emociones me empujaran todas en la misma dirección, pero la cosa no era tan sencilla. Me habían dejado al azar del viento, como un trozo de papel. En algún lugar, entre los diversos pensamientos que me inspiraba mi madre —en algún lugar más allá del dolor del labio— había anidado en mí un pensamiento placentero, que intentaba una y otra vez poner en claro. Tenía que ver con el Señor Tanaka. Me paré en el acantilado y contemplé el mar, donde aun después de la tormenta, las olas seguían siendo como piedras afiladas, y el cielo había tomado un color pardusco, de barro. Me aseguré de que no había nadie por allí mirándome, y entonces, apretando el incienso contra mi pecho, grité al viento el nombre del Señor Tanaka, una y otra vez hasta que escuché, satisfecha, la música de cada sílaba. Ya sé que debe de sonar a locura por mi parte, y lo era. Pero yo sólo era una muchacha confusa.

Después de cenar y de que mi padre se hubiera ido al pueblo a ver cómo jugaban los otros pescadores al ajedrez, Satsu y yo limpiamos la cocina en silencio. Intenté recordar cómo me había hecho sentir el Señor

Tanaka, pero en el frío silencio de la casa, la sensación se había evaporado. Lo que sentía era un terror gélido y persistente ante la idea de la enfermedad de mi madre. Me encontré calculando cuánto tiempo quedaría para que fuese enterrada en el cementerio del pueblo junto a la otra familia de mi padre. ¿Qué sería de mí luego? Con mi madre muerta, Satsu actuaría en su lugar, suponía yo. Observé a mi hermana fregar la olla de hierro en la que hacíamos la sopa; pero aunque la tenía delante de sus narices, aunque parecía mirarla, me di cuenta de que no la estaba viendo. Siguió fregándola mucho después de que ya estuviera limpia. Por fin, le dije:

—Satsu-san, no me siento bien.

—Sal y calienta el baño —me contestó, apartándose de los ojos los encrespados cabellos con la mano mojada.

—No quiero bañarme —dije—. Satsu, Mamá se va a morir...

—Esta olla está rajada. ¡Mira!

—No lo está —dije yo—. Siempre ha tenido esa marca.

—Pues entonces, ¿por qué se sale el agua?

—No se sale. La has salpicado tú. Te estaba viendo.

Durante un momento Satsu pareció profundamente emocionada, lo que se tradujo en su cara en una expresión de asombro extremo, tal como sucedía con otros muchos de sus sentimientos. Pero no dijo nada más. Se limitó a quitar la olla del fogón y se dirigió a la puerta para tirarla fuera.

Dos

A la mañana siguiente, para no pensar en mis preocupaciones, me fui a bañar a un estanque que había un
poco más allá de nuestra casa, entre un bosquecillo de
pinos. Los niños del pueblo iban a bañarse allí casi todas
las mañanas cuando hacía buen tiempo. Satsu también
venía a veces, con un traje de baño que se había hecho
con unas ropas de pescar de mi padre, que ya estaban
prácticamente inservibles. No era exactamente un buen
traje de baño, porque cuando se inclinaba se le aflojaba
en el pecho, y los muchachos gritaban: "¡Mirad, se le ven
los Montes Fujis!". Pero a ella le daba igual.

Hacia mediodía, decidí volver a casa a buscar algo
de comer. Satsu se había ido mucho antes con el chico
Sugi, que era el hijo del ayudante del Señor Tanaka. Le
seguía como un perrito. Cuando iba a algún sitio, el chico miraba hacia atrás para indicarle que debía seguirle,
y ella siempre lo hacía. No esperaba volver a verla hasta la hora de cenar, pero al acercarme a la casa la vi en el
camino delante de mí, apoyada en un árbol. Si hubieras
visto lo que estaba pasando lo hubieras entendido enseguida, pero yo no era más que una niña. Satsu se había
subido el traje de baño hasta los hombros, y el muchacho Sugi estaba jugueteando con sus dos "Montes Fuji",
como les llamaban los chicos.

Desde que nuestra madre había caído enferma, mi
hermana se había puesto bastante gordita. Sus pechos

31

eran tan hirsutos como sus cabellos. Lo que me sorprendía más era que parecía que era precisamente su indocilidad lo que fascinaba al chico Sugi. Los meneaba y los soltaba para ver cómo volvían a su sitio balanceándose. Yo sabía que no debía estar espiando, pero tampoco sabía qué hacer mientras tuviera el camino bloqueado por ellos. Y entonces de pronto oí la voz de un hombre detrás de mí.

—Chiyo-chan, ¿qué haces ahí agachada detrás de un árbol?

Teniendo en cuenta que era una niña de nueve años, que venía de bañarse en un estanque y que todavía no tenía en mi cuerpo ni formas ni texturas que ocultar de la vista de nadie... es fácil imaginar lo que llevaba encima.

Cuando me volví —todavía en cuclillas y cubriendo mi desnudez lo mejor que podía con las manos— vi al Señor Tanaka. No podría haber sentido más vergüenza.

—Esa de ahí debe de ser tu famosa "casita piripi" —dijo—. Y ese de ahí parece el hijo del Señor Sugi. ¡Y por lo que se ve está muy ocupado! ¿Quién es la chica que está con él?

—Pues mi hermana, Señor Tanaka. Estoy esperando a que se vayan.

El Señor Tanaka hizo una bocina con las manos y dio un grito; entonces oí que el chico Sugi se echaba a correr camino abajo. Mi hermana debió de salir corriendo también, porque el Señor Tanaka me dijo que podía ir a casa y vestirme.

—Cuando veas a tu hermana —me dijo— quiero que le des esto.

Me dio un paquetito envuelto en papel de arroz del tamaño de una cabeza de pescado.

—Son una hierbas chinas —me dijo—. No le hagáis caso al doctor Miura si os dice que no valen para nada. Que tu hermana prepare con ellas una infusión y se la dé a tu madre para aliviarle el dolor. Son unas hierbas muy apreciadas. No las malgastéis.

—Entonces, en ese caso, más vale que haga yo misma la infusión. A mi hermana no se le dan muy bien esas cosas.

—El doctor Miura me contó que tu madre estaba enferma —dijo—. Y ahora tú me dices que tu hermana no sabe ni hacer una infusión. Y con un padre tan viejo como el tuyo, ¿qué va a ser de ti, Chiyo-chan? ¿Quién se ocupa de ti ahora?

—Supongo que me cuido sola.

—Conozco a un hombre que hoy ya es mayor, pero cuando era un muchacho de tu edad, perdió a su padre. Al año siguiente murió su madre, y luego su hermano mayor se fue a Osaka y lo dejó solo. ¿Suena un poco como tu historia, no te parece?

El Señor Tanaka me miró como si me estuviera diciendo que no me atreviera a llevarle la contraria.

—Pues bien, ese hombre se llama Tanaka Ichiro —continuó diciendo—. Sí, yo... aunque por entonces mi nombre era Morihashi Ichiro. A los doce años me acogió la familia Tanaka. Cuando me hice un poco más mayor, me casaron con la hija y me adoptaron. Hoy ayudo a llevar el negocio familiar. Así que todo acabó bien para mí, como ves. Tal vez a ti también te suceda algo así.

Me quedé mirando las canas del Señor Tanaka y los surcos de su frente, que parecían los de la corteza de un árbol. Me parecía el hombre más sabio y más erudito de la tierra. Creía que él sabía cosas que yo nunca sabría, que tenía una elegancia que yo no tendría nunca, y que su kimono azul era más fino que cualquier prenda que yo pudiera llegar a ponerme. Estaba agachada delante de él, en el camino, con el pelo enredado, la cara sucia y el olor al agua del estanque en la piel.

—No creo que nadie quiera adoptarme nunca —dije.

—¿Ah, no? Pero si eres una chica lista. ¡Mira qué decir que tu casa "está piripi" y que la cabeza de tu padre parece un huevo!

—¡Pero si es verdad que parece un huevo!

—Has dado la mejor explicación que se podía dar. Ahora, corre, Chiyo-chan —dijo—. Quieres comer, ¿no? Tal vez, si tu hermana se toma una sopa, podrás echarte en el suelo y aprovechar la que ella derrame.

Desde ese mismo momento empecé a hacerme ilusiones de que el Señor Tanaka me adoptaba. A veces me olvido de lo angustiada que me sentía durante esa época. Supongo que me agarraba a cualquier cosa que me consolara. Con frecuencia, cuando me sentía atormentada, me encontraba volviendo a la misma imagen de mi madre, muy anterior a que empezara a gemir de dolor por las mañanas. Yo tenía cuatro años, y estábamos celebrando las fiestas del *obon* de nuestro pueblo, el momento del año en que dábamos la bienvenida al espíritu de los muertos. Después de varias noches de ceremonias en el cementerio y de encender las hogueras a las puertas de las casas para guiar a los espíritus, nos reuníamos la última noche del festival en el Santuario Shinto, que se alzaba sobre las rocas, dominando toda la bahía. Nada más pasar las verjas del santuario había un claro, que aquella noche estaba decorado con farolillos de papel de todos los colores, colgados de cordeles entre los árboles. Mi madre y yo bailamos juntas mucho rato con el resto del pueblo al son de la música de la flauta y el tamboril; pero luego yo me cansé, y ella me tomó en brazos y se sentó al borde del claro. De pronto sopló una ráfaga de viento desde el acantilado y uno de los farolillos se prendió fuego. Vimos cómo se quemaba el cordel y empezaba a caer en llamas el farolillo. Y entonces volvió a soplar otra ráfaga, que lo dirigió hacia donde estábamos nosotras, dejando un reguero de polvo dorado en el aire. Pareció que la bola de fuego había caído al suelo, pero, de nuevo, mi madre y yo vimos cómo volvía a ser empujada por el viento directamente hacia nosotras. Sentí que mi madre me soltaba, y un instante después se abalanzaba a apagarla con las manos. Por un momento nos vimos rodeadas de chispas y llamaradas; pero enseguida las pavesas encendidas volaron hacia los árboles, donde terminaron apagándose, y nadie —ni siquiera mi madre— resultó herido.

Más o menos una semana después, cuando mis fantasías de ser adoptada habían tenido tiempo sobrado para madurar, volví a casa una tarde y me encontré al Señor Tanaka sentado frente a mi padre en la mesita de nuestra casa. Me di cuenta de que estaban hablando de algo importante, porque ni siquiera se percataron de mi presencia cuando entré. Me quedé inmóvil escuchándolos.

—¿Qué piensas entonces de mi propuesta, Sakamoto?

—No sé, Señor Tanaka —dijo mi padre—, no puedo imaginarme a mis hijas viviendo en otro lugar.

—Le entiendo, pero piense que podrían estar mucho mejor; lo mismo que usted. Sólo ocúpese de que mañana por la tarde bajen al pueblo...

Tras esto, el Señor Tanaka se levantó para irse. Yo fingí que acababa de llegar cuando nos cruzamos en la puerta.

—Le estaba hablando de ti a tu padre, Chiyo-chan —me dijo—. Vivo al otro lado de la loma, en la villa de Senzuru. Es más grande que Yoroido. Creo que te gustará. ¿Por qué no venís tú y Satsu-san mañana? Veréis mi casa y conoceréis a mi hijita. Tal vez hasta os gustaría pasar la noche. Sólo una noche, no te preocupes; y luego yo os traería de vuelta a casa. ¿Qué te parece?

Dije que me parecía estupendo. E intenté por todos los medios hacer como si todo me pareciera tan normal. Pero en mi cabeza se había producido una explosión. No podía hilar un pensamiento con otro. No cabía duda de que una parte de mí deseaba fervientemente ser adoptada por el Señor Tanaka después de la muerte de mi madre; pero otra parte de mí estaba muy, muy asustada. Me avergonzaba horriblemente sólo imaginarme que podría vivir en otro lugar que no fuera mi casita piripi. Después de que se fuera el Señor Tanaka, traté de atarearme en la cocina, pero me sentía un poco como Satsu, pues no veía lo que tenía delante de mis narices. No sé cuánto tiempo pasó. Por fin oí suspirar a mi padre, y me pareció que estaba llorando, lo que me sonrojó de vergüenza. Cuando finalmente me obligué a mirarlo, ya tenía las manos enredadas en una de sus redes de pescar, pero estaba de pie en el umbral del cuarto de atrás, donde mi madre yacía al sol con la sábana pegada a ella, como la piel.

Al día siguiente, en preparación para la cita con el Señor Tanaka en el pueblo, me froté bien los sucios tobillos y estuve a remojo un buen rato en nuestro baño, que había sido en tiempos la caldera de una vieja máquina de vapor que alguien había abandonado en el pueblo; le habían serrado la parte superior y forrado de madera.

Sentada en el baño, mirando al mar, me sentí muy independiente, pues por primera vez en mi vida estaba a punto de ver algo del mundo fuera de nuestro pueblo.

Cuando Satsu y yo llegamos a la Compañía Japonesa del Pescado y del Marisco, vimos a los pescadores descargando la pesca en el muelle. Mi padre estaba entre ellos, agarrando los pescados con sus huesudas manos y echándolos en cestas. En un momento determinado miró hacia donde estábamos Satsu y yo y luego se limpió la cara con la manga de la camisa. Sus rasgos parecían más graves de lo normal. Los hombres transportaban las cestas llenas hasta el carro del Señor Tanaka y las colocaban detrás. Yo me subí a la rueda a mirar. Las mayoría de los peces tenían los ojos muy abiertos y vidriosos, pero de vez en cuando uno movía la boca, y a mí me parecía que estaba dando un gritito. Yo intentaba tranquilizarlos diciéndoles:

—Vais a la ciudad de Senzuru, pescaditos. No os pasará nada.

No veía qué se ganaba diciéndoles la verdad.

Por fin, el Señor Tanaka salió a la calle y nos dijo a Satsu y a mí que nos subiéramos con él al carro. Yo me senté en el medio, lo bastante pegada al Señor Tanaka para tocar con la mano la tela de su kimono. Me sonrojé. Satsu me miró fijamente, pero no pareció notar nada, igual de aturdida que de costumbre.

Me pasé gran parte del viaje mirando al pescado bullir en las cajas. Al subir la loma, dejando atrás Yoroido, una rueda pasó sobre una gran roca, y el carro se inclinó de pronto hacia un lado. Una de las lubinas cayó al camino y revivió con el golpe. Verla aletear, boqueando, era más de lo que yo podía soportar. Me volví con lágrimas en los ojos, y aunque intenté ocultárselas al Señor Tanaka, él se dio cuenta. Después de recoger el pescado y cuando ya estábamos de nuevo en camino, me preguntó qué me pasaba.

—¡Pobrecito pescado! —dije yo.

—Te pareces a mi mujer. Cuando ve los pescados ya están muertos, pero si tiene que cocinar un cangrejo todavía vivo, se le llenan los ojos de lágrimas y les canta una canción.

El Señor Tanaka me enseñó una cancioncilla —en realidad casi una pequeña oración— que pensé que se habría inventado su mujer. Ella se la cantaba a los cangrejos, pero nosotros adaptamos la letra a la lubina:

Suzuki yo suzuki!
Jobutso shite kure!

¡Lubinita, oh lubinita,
corre, corre, enseguida serás Buda!

Luego me enseñó otra, una nana que yo no conocía. Se la cantamos a una platija que ocupaba sola una cesta, con sus ojos, como botones, girando a ambos lados de la cabeza.

Nemure yo, iikerei yo!
Niwa ya makiba ni
Tori mo hitsuji mo
Minna nemureba
Hoshi wa mado kara
Gin hikari o
Sosogu, kono yoru!

¡Duerme, duerme, platija buena!
Cuando todos estén dormidos,
también los pájaros y los corderos
en los huertos y en los prados,
las estrellas de la noche
vertirán su luz dorada
desde la ventana.

Un momento después coronamos la loma y la villa de Senzuro se hizo visible a nuestros pies. Era un día gris. Era la primera vez que veía el mundo fuera de Yoroido, y me pareció que no me había perdido nada. Veía los oscuros cerros, poblados con los tejados de paja del pueblo, rodeando una pequeña bahía, y el mar metálico, veteado de blanco. Tierra adentro, el paisaje podría haber sido atractivo de no ser por la vías del tren que lo recorrían como cicatrices.

Senzuro era una población sucia y maloliente. Incluso el mar despedía un terrible hedor, como si todos los peces se estuvieran pudriendo. Alrededor de los postes del muelle flotaban trozos de fruta y verduras, como las medusas de nuestra bahía. Los barcos tenían la pintura saltada y parte de la madera agrietada; parecía que se habían estado peleando unos con otros.

Satsu y yo esperamos largo rato sentadas en el muelle, hasta que por fin el Señor Tanaka nos llamó y nos dijo que entráramos en las oficinas centrales de la Compañía Japonesa del Pescado y del Marisco, donde nos condujo por un largo pasillo. No creo que dentro de un pez huela más a tripas de pescado que en aquel pasillo. Pero, para mi sorpresa, al fondo, había un despacho, que a mis ojos de niña de nueve años pareció muy bonito. Satsu y yo nos quedamos en el umbral, descalzas en el resbaladizo suelo de piedra. Frente a nosotras había un escalón, y, subiéndolo, una tarima cubierta con tatamis. Tal vez eso fue lo que me impresionó: la elevación del suelo hacía que todo pareciera más grande. En cualquier caso, me pareció la habitación más bonita que había visto nunca, aunque ahora me hace reír pensar que el despacho de un asentador de pescado de un pequeño puerto del Mar de Japón pudiera impresionar tanto a nadie.

Sobre un cojín en la tarima había una mujer de edad, que se levantó al vernos y se acercó al borde y se puso de rodillas. Era vieja y tenía pinta de chiflada; no paraba quieta ni un momento. Cuando no estaba alisándose el kimono, estaba quitándose algo del ojo o rascándose la nariz, al tiempo que suspiraba continuamente, como si lamentara tener que hacer todos aquellos movimientos.

El Señor Tanaka le dijo:

—Éstas son Chiyo-chan y su hermana mayor, Satsu-san.

Yo hice una pequeña reverencia, a la que Doña Fuguillas respondió con una inclinación de cabeza. Entonces suspiró aún más profundamente y empezó a pellizcarse una zona del cuello llena de costras. Me hubiera gustado mirar hacia otro lado, pero tenía los ojos fijos en mí.

—Entonces tú eres Satsu-san, ¿no? —dijo. Pero seguía mirándome a mí.

—Yo soy Satsu —dijo mi hermana.

—¿Cuándo naciste?

Satsu no parecía todavía muy segura de a cuál de las dos se estaba dirigiendo Doña Fuguillas, así que respondí en su lugar.

—Es del año de la vaca —dije.

La vieja se acercó a mí y me acarició. Pero lo hizo de la forma más rara que se pueda uno imaginar, hundiendo la yema de los dedos en mi mejilla. Me di cuenta de que pretendía acariciarme porque su expresión era bondadosa.

—Ésta es bastante bonita. ¡Qué ojos! Y se nota que es lista. Basta con verle la frente —aquí se volvió a mi hermana y dijo—: Así que del año de la vaca; entonces tienes quince años; el planeta Venus... seis, blanco. A ver, a ver... Acércate un poco más.

Satsu hizo lo que le decían. Doña Fuguillas empezó a examinarle la cara, no sólo con la vista, sino también con las yemas de los dedos. Se pasó un largo rato comprobando la nariz de Satsu desde ángulos diferentes, y sus orejas. Le pellizcó los lóbulos varias veces, y luego empezó a gruñir para indicar que había terminado con Satsu y se volvió hacia mí.

—Tú tienes que ser del año del mono. Basta con mirarte. ¡Cuánta agua tienes! Ocho, blanco; el planeta Saturno. Y eres una chica muy atractiva. Acércate.

Entonces procedió a hacer lo mismo conmigo, pellizcándome las orejas y todo lo demás. Yo no podía dejar de pensar que hacía un momento se había estado rascando las costras del cuello con la misma mano. Enseguida se puso en pie y se bajó al suelo, donde estábamos nosotras. Le llevó un rato meter los pies en los *zori*, pero finalmente se volvió hacia el Señor Tanaka y le dirigió una mirada que él pareció entender de inmediato, porque salió de la habitación, cerrando la puerta tras él.

Doña Fuguillas desabrochó el blusón campesino que llevaba Satsu y se lo quitó. Le estuvo moviendo los pechos, le miró debajo de los brazos, y luego la giró y le examinó la espalda. Yo estaba tan sorprendida que apenas me atrevía a mirar. Claro que había visto a Satsu desnuda antes, pero la forma de tocarla de Doña Fuguillas me pareció más indecente que cuando Satsu se había subido el bañador para que la manoseara el muchacho Sugi. Entonces, como si no fuera ya bastante, Doña Fuguillas le bajó las bragas de un tirón, la observó de arriba abajo y volvió a ponerla de frente.

—Sal de las bragas —le dijo.

Hacía mucho tiempo que no veía a Satsu tan avergonzada, pero dio un paso y dejó las bragas en el suelo fangoso. Doña Fuguillas la tomó por los hombros y la sentó en la tarima. Satsu estaba totalmente desnuda; y estoy segura de que no tenía más idea que yo de lo que estaba haciendo allí sentada. Pero tampoco tuvo mucho tiempo de preguntárselo, porque un instante después, Doña Fuguillas le había puesto las manos en las rodillas, separándoselas. Y sin vacilar un momento, metió la mano entre las piernas de Satsu. Después de esto, no pude seguir mirando. Supongo que Satsu debió de resistirse porque Doña Fuguillas dio un grito y al mismo tiempo oí un sonoro azote: Doña Fuguillas había pegado a Satsu en el muslo, como pude darme cuenta luego por la señal roja que le había dejado. Un momento después Doña Fuguillas había terminado y le dijo a Satsu que se vistiera. Mientras se vestía, Satsu soltó un profundo suspiro. Puede que estuviera llorando, pero yo no me atreví a mirarla.

Seguidamente, Doña Fuguillas vino directa hacia mí, y en un segundo me había bajado las bragas hasta las rodillas y me había quitado el blusón, como había hecho con Satsu. Yo no tenía pecho que la vieja pudiera toquetear, pero me examinó debajo de los brazos, igual que a mi hermana, y también me dio la vuelta, antes de sentarme en la tarima y terminar de quitarme las bragas. Estaba horriblemente asustada pensando en lo que vendría después. Cuando intentó separarme las rodillas, tuvo que darme un azote en el muslo, como a Satsu, y a mí se me hizo un nudo en la garganta intentando contener las lágrimas. Me puso un dedo entre las piernas; y sentí como un pellizco, tan intenso que solté un grito. Cuando me dijo que me vistiera, me sentía como deben de sentirse las compuertas de un pantano al detener las aguas de un río. Pero me daba miedo que el Señor Tanaka nos mirara mal si cualquiera de las dos se echaba a llorar como una niña pequeña.

—Las niñas están sanas —le dijo al Señor Tanaka cuando éste volvió a entrar en la habitación—, y son aptas. Las dos están intactas. La mayor tiene demasiada madera, pero la pequeña tiene una buena cantidad de agua. También es muy bonita, ¿no le parece? Su hermana mayor parece una campesina a su lado.

42

—No me cabe la menor duda de que las dos son atractivas a su manera —respondió él—. Pero ¿por qué no lo hablamos mientras la acompaño fuera? Las niñas me esperarán aquí.

Cuando el Señor Tanaka cerró la puerta tras él, me volví para ver a Satsu que estaba sentada al borde de la tarima, mirando al techo. Las lágrimas formaban un charquito a cada lado de su nariz, y en cuanto vi lo triste que estaba ella, yo también me eché a llorar. Me sentía culpable de lo que había sucedido y le sequé la cara con una esquina de mi blusón.

—¿Quién era esa horrorosa mujer? —me preguntó.

—Debe de ser una adivina. Lo más seguro es que el Señor Tanaka quiera saberlo todo de nosotras.

—Pero ¿por qué nos ha examinado de esa forma tan horrible?

—¿No lo entiendes, Satsu-san? —le contesté—. El Señor Tanaka quiere adoptarnos.

Al oír esto, Satsu empezó a parpadear como si se le hubiera metido un bicho en el ojo.

—Pero ¿qué dices? —me preguntó—. El señor Tanaka no puede adoptarnos.

—Nuestro papaíto está ya muy viejo... Y como la mamá está enferma, creo que al Señor Tanaka le preocupa nuestro futuro. No tendremos quien se ocupe de nosotras.

Satsu se puso en pie, muy agitada con mis palabras. Empezó a bizquear, y pude darme cuenta de que se esforzaba por seguir creyendo que nada nos sacaría de nuestra casita piripi. Estrujaba lo que yo le había dicho como se estruja una esponja para sacarle el agua. Poco a poco su rostro empezó a relajarse y se volvió a sentar al borde de la tarima. Un instante después estaba tan tranquila observando la habitación, como si no hubiéramos tenido conversación alguna.

La casa del Señor Tanaka se encontraba al final de una callejuela, a la salida del pueblo. El bosquecillo de pinos que la rodeaba olía tan fuerte como el océano en los acantilados de nuestra casa; y cuando pensé en el océano y en que iba a cambiar un olor por otro, sentí un vacío terrible, como cuando te asomas a un precipicio y enseguida tienes que retirarte. No había en Yoroido una casa tan grande, y tenía unos aleros inmensos, como los del santuario de nuestro pueblo. Al cruzar el umbral de la puerta, el Señor Tanaka dejó los zapatos exactamente en el mismo sitio en el que se los quitó, y una doncella vino inmediatamente y los puso en un estante. Satsu y yo no teníamos zapatos que quitarnos, pero justo en el momento en que iba a entrar en la casa, sentí un ligero golpe en la espalda, y una piña cayó entre mis pies en el suelo de madera. Me volví y vi a una niña más o menos de mi misma edad, con el pelo muy corto, que corría a esconderse detrás de un árbol. Se asomó, con una sonrisa que dejaba ver sus paletas separadas, y echó a correr, volviendo la cabeza de vez en cuando para asegurarse de que iba tras ella. Puede que suene raro, pero no tenía la experiencia de conocer niñas de mi edad. Claro que conocía a las otras niñas del pueblo, pero no tenía la sensación de haberlas conocido, pues habíamos crecido juntas y nos conocíamos desde siempre. Pero Kuniko —pues ese era el nombre de la hijita del Señor Tanaka— fue tan simpática desde el momento en que la vi que pensé que tal vez no me iba a resultar tan difícil pasar de un mundo al otro.

Las ropas de Kuniko eran mucho más refinadas que las mías, y llevaba *zori*; pero siendo yo como era una niña de pueblo, la perseguí descalza por el bosque hasta que la alcancé en una especie de casa de muñecas construida con las ramas de un árbol seco. Había dispuesto por el suelo piedrecitas y piñas para separar las habitaciones. En una hizo que me servía té en una taza desportillada; en otra nos turnamos la tarea de acunar a su "bebé", que se llamaba Taro y que, en realidad, no era más que un saquito lleno de tierra. Kuniko me dijo que Taro no extrañaba a nadie, pero que le asustaban las lombrices; casualmente, igual que a ella. Cuando encontrábamos una, Kuniko se aseguraba de que yo la tirara fuera antes de que el pobre Taro se pusiera a llorar.

Yo estaba encantada con la perspectiva de tener a Kuniko de hermana. En realidad, los majestuosos árboles y el olor a pino —incluso el Señor Tanaka— empezaron a parecerme insignificantes en comparación. La diferencia entre la vida allí, en la casa del Señor Tanaka, y la vida en Yoroido era tan grande como la diferencia entre el olor a comida y un bocado de algo delicioso.

Al oscurecer, nos lavamos las manos y los pies en el pozo y entramos a sentarnos en el suelo en torno a una mesa cuadrada. Me sorprendió ver el humo que salía de la comida que estábamos a punto de comer y se elevaba hasta las vigas del alto techo, del que colgaban luces eléctricas. La habitación tenía una luz sobrecogedora; nunca había visto nada igual. Enseguida aparecieron los sirvientes con la cena —lubina asada, encurtidos, sopa y arroz al vapor—, pero en el momento en el que empezábamos a comer se apagaron las luces. El Señor Tanaka se rió; al parecer, esto sucedía con bastante frecuencia. Los sirvientes se afanaban encendiendo unos faroles colgados de trípodes de madera.

Nadie habló mucho mientras comíamos. Yo esperaba que la Señora Tanaka fuera muy atractiva, pero parecía una versión envejecida de Satsu, salvo que sonreía continuamente. Después de cenar, ella y Satsu se pusieron a jugar al *go*, y el Señor Tanaka llamó a la doncella y le ordenó que le trajera la chaqueta del kimono. Un momento después salió, y pasado un rato prudencial, Kuniko me hizo un gesto para que la siguiera fuera. Se calzó unos *zori* de paja y me prestó a mí un par. Le pregunté que adónde íbamos.

—¡Más bajo! —dijo—. Estamos siguiendo a mi papá. Lo hago siempre que sale. Es un secreto.

Nos encaminamos por la callejuela y giramos en la calle principal en dirección al centro de Sezuru, siguiendo al Señor Tanaka a cierta distancia. Unos minutos después, nos encontrábamos entre las casas del pueblo, y entonces Kuniko me tomó del brazo y me guió hacia una calle lateral. Al final de un pasaje empedrado, entre dos casas, llegamos a una ventana cubierta con persianas de papel, que brillaba con la luz de su interior. Kuniko aplicó el ojo a un agujerito abierto a su altura en una de las persianas. Mientras ella miraba, yo oí risas y voces, y a alguien cantando al son del *shamisen*. Por fin, Kuniko se echó a un lado, y yo pude acercar el ojo al agujerito. La mitad de la habitación me quedaba oculta por un biombo, pero pude distinguir al Señor Tanaka, sentado en una de las esteras, entre un grupo de cuatro o cinco hombres. A su lado, un anciano contaba una historia sobre alguien que sostenía una escalera de mano por la que subía una chica y aprovechaba para mirarle por debajo de la falda; todos reían salvo el Señor Tanaka, que tenía la mirada fija en la parte de la habitación oculta a mi vista. Una mujer de edad vestida con kimono se acercó a él con un vaso en la mano, y él lo agarró para que ella le sirviera cerveza. El Señor Tanaka me pareció una isla en medio del océano, porque aunque todos los demás estaban riéndose con la historia —incluso la vieja que servía la cerveza—, él continuaba serio, mirando fijamente al otro lado de la mesa. Aparté el ojo del agujerito y le pregunté a Kuniko qué era aquel sitio.

—Es una casa de té —me respondió—, donde las geishas divierten a los hombres. Mi papá viene casi todas las noches. No sé por qué le gusta tanto. Las mujeres sirven las bebidas y los hombres cuentan historias, salvo cuando todos se ponen a cantar. Todo el mundo termina borracho.

Volví a mirar por el agujerito a tiempo para ver una sombra que atravesaba la pared, y entonces apareció una mujer. De sus cabellos colgaban los verdes capullos de un sauce, y llevaba un kimono rosa pálido con un estampado en relieve de flores blancas. El ancho *obi* ceñido en la cintura era naranja y amarillo. Nunca había visto una ropa tan elegante. Lo más sofisticado que poseía una mujer en Yoroido era un traje de algodón, o tal vez lino, con un sencillo estampado en índigo. Pero a diferencia de sus ropas, la mujer no era en absoluto bonita. Tenía unos dientes tan saltones que los labios no llegaban a tapárselos del todo, y la cabeza tan estrecha que parecía que se la hubieran aplastado entre dos tablas al nacer. Se puede pensar que soy cruel al describirla de este modo tan duro; pero me sorprendió ver que aunque nadie diría que era una belleza, los ojos del Señor Tanaka estaban clavados en ella, como un pez en el anzuelo. Continuó mirándola mientras el resto reía y se divertía. Y cuando ella se arrodilló a su lado para servirle un poco más de cerveza, lo miró de una forma que sugería que se conocían muy bien.

Entonces le tocó mirar por el agujero a Kuniko y cuando decidió que ya habíamos tenido bastante, volvimos a la casa y nos bañamos juntas en un baño situado en una de las esquinas del bosquecillo de pinos. Los trozos de cielo que se veían entre las ramas estaban plagados de estrellas. Yo me hubiera quedado mucho más tiempo allí sentada, intentando comprender todo lo que había visto aquel día y los cambios a los que tendría que hacer frente. Pero a Kuniko le había dado tanto sueño el agua caliente del baño que enseguida aparecieron los sirvientes para ayudarnos a salir.

Satsu ya roncaba cuando Kuniko y yo nos acostamos en nuestros futones a su lado, abrazadas una a la otra. Me invadió una cálida alegría, y le susurré a Kuniko al oído: "¿Sabías que voy a venir a vivir contigo?". Pensaba que esta noticia le haría abrir los ojos o incluso incorporarse, pero no la sacó de su sopor. Soltó un gemido, y un momento después su respiración, cálida y húmeda, había tomado el ritmo del sueño.

Tres

De vuelta a casa, mi madre parecía haber empeorado en el día que habíamos pasado fuera. O, tal vez, sencillamente había logrado olvidarme de lo enferma que estaba. La casa del Señor Tanaka olía a humo y a pino, pero la nuestra olía, de una forma que ni siquiera puedo soportar describir, a la enfermedad de mi madre. Por la tarde Satsu estaba trabajando en el pueblo, y la señora Sugi vino a ayudarme a bañar a mi madre. La sacamos fuera de la casa; tenía el tórax más ancho que los hombros y los ojos totalmente nublados. Sólo soportaba verla así recordando cuando estaba fuerte y sana y salíamos del baño juntas, con nuestra pálida piel envuelta en vapor, como si fuéramos dos nabos cocidos. Me resultaba difícil imaginarme que esta mujer, cuya espalda yo había frotado tantas veces con una piedra y cuya piel siempre me había parecido más firme y suave que la de Satsu, podría estar muerta antes de que finalizara el verano.

Aquella noche, tumbada en el futón, intenté examinar aquella complicada situación desde todos los ángulos posibles, a ver si lograba convencerme de que todo saldría bien. Empecé preguntándome cómo íbamos a seguir viviendo sin mi madre. Aunque lográramos sobrevivir y el Señor Tanaka nos adoptara, ¿dejaría de existir mi familia? Finalmente decidí que el Señor Tanaka no sólo nos adoptaría a mi hermana y a mí, sino también a mi padre. No supondría que íbamos a dejarle solo. Por lo general, no podía quedarme dormida hasta que no lograba convencerme de que eso era lo que iba a suceder, con el resultado de que durante aquellas semanas apenas dormí, y por las mañanas todo me parecía aún más borroso.

Una de aquellas calurosas mañanas, cuando regresaba del pueblo de comprar un paquete de té, oí unos pasos detrás de mí. Me volví y vi al Señor Sugi —el ayudante del Señor Tanaka— corriendo por el camino hacia mí. Le llevó un buen rato recobrar el aliento cuando me alcanzó, resoplando y agarrándose el costado como si hubiera venido corriendo todo el camino desde Senzuru. Estaba encarnado y brillante como un salmonete, aunque todavía no había empezado a apretar el calor. Por fin dijo:

—El Señor Tanaka quiere que tú y tu hermana bajéis al pueblo lo antes posible.

Ya me había extrañado que mi padre no hubiera salido a pescar aquella mañana. Ahora sabía por qué. Hoy era el día.

—¿Y mi padre? —pregunté—. ¿No ha dicho nada de él el Señor Tanaka?

—Venga, Chiyo-chan, no te demores —me dijo a modo de respuesta—. Vete a buscar a tu hermana.

Aquello no me gustó, pero corrí hasta la casa y encontré a mi padre sentado en la mesa, rascando con la uña la mugre acumulada en una ranura de la madera. Satsu estaba echando carbón en la cocina. Parecía que los dos estuvieran esperando una desgracia. Yo dije:

—Padre, el Señor Tanaka quiere que Satsu y yo bajemos al pueblo.

Satsu se quitó el delantal, lo colgó de la percha y salió por la puerta. Mi padre no contestó, pero parpadeó varias veces, sin mover la vista del lugar donde había estado Satsu. Luego bajó pesadamente la cabeza y se quedó mirando al suelo. En la habitación de atrás, mi madre lloraba entre sueños.

Satsu casi había llegado al pueblo cuando la alcancé. Me había pasado semanas pensando en este día, pero nunca había imaginado que fuera a estar tan asustada como estaba. Satsu no parecía darse cuenta de que no estaba bajando al pueblo igual que podría haberlo hecho el día anterior. Ni siquiera se había preocupado por lavarse el carbón de las manos, y al retirarse el pelo de la cara se la tiznó toda. No quería que el Señor Tanaka la viera con aquella pinta, así que la alcancé y me puse a frotarle la mancha como habría hecho nuestra madre. Satsu me apartó la mano de un golpe.

A la puerta de la Compañía Japonesa del Pescado y del Marisco, le di los buenos días al Señor Tanaka con una inclinación de cabeza, esperando que mostrara alegría al vernos. Pero estuvo extrañamente frío. Supongo que esto debería haberme dado una pista de que las cosas no iban a ser como yo había imaginado. Cuando nos condujo al carromato pensé que probablemente quería que su esposa y su hija estuvieran delante cuando nos comunicara su intención de adoptarnos.

—El Señor Sugi vendrá conmigo delante —dijo—, así que tú y Shizu-san mejor os montáis detrás.

Eso es lo que dijo: "Shizu-san". Yo pensé que era muy grosero al equivocarse con el nombre de mi hermana, pero él no pareció notarlo. Ella se subió al carro y se sentó entre las cestas de pescado vacías, con una mano en las fangosas tablas del fondo. Y luego con la misma mano se espantó una mosca de la cara, dejándose un rastro brillante en la mejilla. A mí me importaba más que a Satsu ir sentada en aquella suciedad. No podía pensar más que en lo mal que olía y en lo bien que me quedaría cuando pudiera lavarme las manos, y tal vez la ropa, en casa del Señor Tanaka.

Durante el viaje Satsu y yo no cruzamos palabra, hasta que llegamos a lo alto del cerro, desde donde se dominaba Senzuru, y ella dijo de pronto:

—Un tren.

Yo me incorporé y vi pasar un tren a lo lejos, camino de la ciudad. El humo flotaba en la misma dirección del viento y me hizo pensar en una serpiente mudando la piel. Pensé que se me había ocurrido algo ingenioso e intenté contárselo a Satsu, pero a ésta pareció no importarle. Al Señor Tanaka le gustaría, pensé, y también a Kuniko. Decidí explicárselo a los dos cuando llegáramos a su casa.

Entonces, de pronto, me di cuenta de que no nos dirigíamos hacia la casa del Señor Tanaka.

El carro se paró unos minutos después en una pequeña explanada de tierra al lado de las vías del ferrocarril, nada más salir de la ciudad. Un grupo de personas aguardaba de pie, rodeadas de sacos y cajones apilados. Y a un lado del grupo estaba Doña Fuguillas, junto a un hombre particularmente delgado que llevaba un kimono rígido. Tenía el pelo negro muy liso, como el de un gato, y agarraba en una mano una bolsa de tela suspendida de una anilla. Me sorprendió porque estaba totalmente fuera de lugar en Senzuru, sobre todo allí al lado de aquellos campesinos y pescadores, de sus cajones y cestos, y de una anciana jorobada que arrastraba un saco de ñame. Doña Fuguillas le dijo algo, y cuando él se volvió a mirarnos, supe inmediatamente que me aterraba.

El Señor Tanaka nos presentó al hombre, que se llamaba Bekku. El Señor Bekku no dijo ni una palabra, pero me examinó de cerca y pareció sorprenderse al ver a Satsu. El Señor Tanaka le dijo:

—He traído conmigo a Sugi desde Yoroido. ¿Quiere que le acompañe? El conoce a las niñas, y a mí no me importa prescindir de él uno o dos días.

—No, no —dijo Bekku, agitando la mano en el aire.

Ciertamente no me había esperado nada de esto. Pregunté adónde íbamos, pero nadie pareció haberme oído, así que me fabriqué mi propia respuesta. Decidí que al Señor Tanaka no le había gustado lo que Doña Fuguillas le había contado de nosotras, y que este hombre tan flaco, el Señor Bekku, nos llevaba a algún sitio donde nos iban a leer los astros de una forma más completa. Luego volveríamos a casa del Señor Tanaka.

Mientras yo hacía todo lo posible por tranquilizarme, Doña Fuguillas, sonriendo de oreja a oreja, nos condujo a Satsu y a mí a cierta distancia del grupo. Cuando estuvimos lo bastante alejados para que no pudieran oírnos, su sonrisa se desvaneció, y dijo:

—Ahora escuchadme bien. ¡Sois dos niñas malas! —echó un vistazo alrededor para asegurarse de que nadie nos miraba y nos dio un cachete en la cabeza. No me hizo daño, pero pegué un grito, sorprendida—. Como hagáis algo que me ponga en evidencia —continuó—, os vais a acordar de mí. El Señor Bekku es un hombre muy severo; tenéis que prestarle mucha atención. Y si os dice que os metáis debajo del tren, lo hacéis. ¿Comprendido?

Por la expresión de la cara de Doña Fuguillas deduje que si no contestaba algo, me pegaría. Pero estaba tan asustada, que me había quedado sin habla. Y entonces, exactamente como me había temido, me agarró y empezó a pellizcarme en el cuello de tal forma que no sabía qué parte del cuerpo me dolía. Me sentía como si me hubiera caído en un barreño lleno de unos bichos que me mordían a diestro y siniestro, y me oí quejarme. Lo siguiente que vi fue al Señor Tanaka a nuestro lado.

—¿Qué está pasando aquí? —dijo—. Si tiene que decirle algo más a las muchachas dígaselo mientras estoy aquí. No hay ninguna razón para tratarlas así.

—Claro que tendríamos muchas más cosas de las que hablar. Pero ahí llega el tren —dijo Doña Fuguillas. Y era cierto: lo vi culebrear en una curva ya bastante cerca de nosotros.

El Señor Tanaka nos volvió a llevar al andén, donde los campesinos y las ancianas reunían sus pertenencias. Enseguida el tren se detuvo delante de nosotros. El Señor Bekku, con su rígido kimono, se metió como una cuña entre Satsu y yo y, agarrándonos por el codo, nos hizo subir al vagón. Oí al Señor Tanaka decir algo, pero estaba demasiado confusa y triste para distinguir con claridad lo que decía. No podía fiarme de lo que había oído. Podría haber sido:

Mata yo! "¡Hasta la vista!"

O esto:

Matte yo! "¡Espere!"

O incluso esto:

Ma... deyo! "¡Pues... vámonos ya!"

Cuando miré por la ventanilla, vi al Señor Tanaka dirigiéndose a su carro y a Doña Fuguillas limpiándose las manos en el kimono.

Pasado un momento, mi hermana dijo:

—¡Chiyo-chan!

Escondí la cara entre las manos, y sinceramente me hubiera hundido en la desesperación. Por la forma de llamarme, no era necesario que dijera nada más.

—¿Sabes adónde vamos? —me preguntó.

Creo que sólo quería que le contestara sí o no. Probablemente no le importaba mucho cuál era nuestro destino, mientras hubiera alguien que supiera lo que estaba pasando. Pero yo tampoco lo sabía. Le pregunté al hombre flaco, el Señor Bekku, pero no me prestó atención. Seguía mirando a Satsu como si nunca hubiera visto nada igual. Finalmente, hizo una mueca de disgusto y dijo:

—¡Pescado! ¡Las dos apestáis a pescado!

Se sacó un peine de la bolsa y empezó a desenredarle el pelo. Estoy segura de que le estaba haciendo daño, pero me di cuenta de que a Satsu debía de dolerle aún más ver pasar el paisaje al otro lado de la ventanilla. Un momento después, hizo un puchero, como si fuera un bebé, y empezó a llorar. Si me hubiera pegado y gritado no me habría dolido más que verla llorar de aquel modo; le temblaba toda la cara. Yo tenía la culpa de todo. Una vieja campesina, dentona como un perro, se acercó y le dio a Satsu una zanahoria y luego le preguntó que adónde iba.

—Kioto —respondió el Señor Bekku.

Me sentí tan mal al oír esto que no me atreví a mirar a Satsu a los ojos. Si la ciudad de Senzuru me parecía un lugar lejano y remoto, para qué decir Kioto. Me sonaba tan extranjera como Hong Kong o Nueva York, de la que había oído hablar una vez al doctor Miura. Si me hubieran dicho que allí se comían a los niños crudos, me lo habría creído.

Estuvimos en el tren muchas horas, sin nada que comer. Por un momento atrajo mi atención ver que el Señor Bekku sacaba de su bolsa un paquetito de hoja de loto y lo desenvolvía, revelando una bola de arroz rebozada de semillas de sésamo. Pero cuando la tomó entre sus huesudos dedos y se la introdujo, apretándola, en su mezquina boquita, sin ni siquiera mirarme, sentí que no podía soportar un minuto más aquel tormento. Por fin nos bajamos del tren en una gran estación, que yo pensé que sería Kioto, pero un rato después, entró otro tren en el andén, y nos montamos en él. Éste sí que nos llevaba a Kioto. Iba mucho más lleno que el anterior, así que tuvimos que ir de pie. Para cuando llegamos, al atardecer, me sentía como una roca después de todo un día de golpearle el agua encima.

Conforme nos aproximábamos a la estación, apenas se veía nada de la ciudad. Pero entonces, para mi sorpresa, divisé una panorámica de tejados que se extendía hasta el pie de las colinas, a lo lejos. Nunca hubiera podido imaginar una ciudad tan grande. Todavía hoy, la visión de calles y edificios desde un tren me hace recordar el terrible vacío y el miedo que sentí aquel día, el día que dejé mi casa para siempre.

Por entonces, hacia 1930, todavía funcionaban en Kioto bastantes *rickshaws*. De hecho, había tantos alineados a la puerta de la estación que pensé que en aquella ciudad nadie iba a ningún lado si no era en *rickshàw*, lo que no podía estar más lejos de la verdad. Unos quince o veinte descansaban en sus varas, con los conductores acuclillados al lado, fumando o comiendo; algunos de los conductores incluso dormían hechos un ovillo sobre la sucia calle.

El Señor Bekku nos volvió a agarrar por los codos, como si estuviera acarreando un par de cubos desde el pozo. Probablemente pensaba que si me soltaba un momento me escaparía; pero yo no lo habría hecho. Nos llevara adonde nos llevara, lo prefería a verme sola en aquella inmensa maraña de calles y edificios, tan desconocida para mí como el fondo del mar.

Nos montamos en un *rickshaw*, con el Señor Bekku apretado entre las dos. Era más huesudo de lo que imaginaba. Nos fuimos hacia atrás cuando el conductor subió las varas, y entonces el Señor Bekku dijo:

—Tominaga-ho, en Gion.

El conductor no contestó, pero dio un tirón al *rickshaw* para ponerlo en movimiento, y luego empezó a correr al trote. Cuando habíamos recorrido una o dos cuadras, me armé de valor y le pregunté al Señor Bekku:

—¿Será tan amable de decirnos, por favor, adónde nos lleva?

No pareció que fuera a responder, pero un momento después, dijo:

—A vuestro nuevo hogar.

Al oír esto, se me llenaron los ojos de lágrimas. Oí llorar a Satsu al otro lado del Señor Bekku, y yo misma estaba a punto de dejar escapar un sollozo cuando el Señor Bekku le dio un golpe a Satsu, que ahogó un grito. Me mordí el labio y contuve el llanto tan instantáneamente que creo que las lágrimas se pararon en seco a medio camino de mis mejillas.

Enseguida giramos y aparecimos en una avenida que era tan ancha como todo el pueblo de Yoroido. Apenas podía ver el otro lado de tanta gente, bicicletas, coches y camiones como había. Era la primera vez que veía un coche de cerca. Había visto fotos, pero recuerdo que me sorprendió... bueno... es cruel..., pero asustada como estaba me pareció que estaban diseñados para hacer daño a la gente, más que para ayudarla. Me sentía agredida por todos lados. Los camiones pasaban con gran estrépito a mi lado, tan cerca que sentía el olor a caucho quemado de sus ruedas. Oí un terrible chirrido y resultó ser un tranvía que circulaba por el centro de la avenida.

Al empezar a caer la noche, aumentó mi terror; pero hasta entonces nada me había sorprendido tanto como las luces de la ciudad. No había visto la electricidad, salvo durante el rato de la cena en casa del Señor Tanaka. Aquí se veían las ventanas de los edificios iluminadas, en todos los pisos, y en las aceras había gente parada en charcos de resplandor amarillento. Veía puntitos de luz extendiéndose por toda la avenida. Giramos en una calle, y vi por primera vez el Teatro Minamiza, al otro lado del puente que teníamos frente a nosotros. Su tejado de azulejo era tan grandioso que creí que era un palacio.

Por fin, el *rickshaw* torció en un callejón flanqueado de casas de madera. Estaban tan pegadas unas a otras que parecía que compartían una sola fachada, con lo que volví a sentirme perdida. Vi mujeres vestidas con kimono yendo y viniendo apresuradas. Me parecieron muy elegantes; aunque, como me enteré más tarde, no eran más que criadas.

Nos paramos ante una de las puertas, y el Señor Bekku me dijo que bajara. Él saltó detrás de mí, y entonces, como si no hubiéramos tenido ya bastante por aquel día, sucedió lo peor de todo. Pues cuando Satsu hizo ademán de bajar también, el Señor Bekku se volvió y la detuvo con su largo brazo.

—Tú quédate aquí —le dijo—. Tú vas a otro lado.

Miré a Satsu, y Satsu me miró. Puede que fuera la primera vez en nuestra vida que entendíamos perfectamente cómo se sentía la otra. Pero no duró más de un instante, pues los ojos se me inundaron de lágrimas y ya no vi nada más. Sentí cómo me arrastraba el Señor Bekku; oí voces femeninas y una pequeña conmoción. Estaba a punto de tirarme al suelo cuando vi que Satsu se quedaba boquiabierta por algo que había en la puerta, a mi espalda.

Me encontraba en un estrecho portal que tenía a un lado un pozo que parecía antiguo y al otro, unas cuantas plantas. El Señor Bekku me había arrastrado hasta dentro y entonces me obligó a ponerme de pie. Allí, en el escalón de entrada, calzándose unos *zori* lacados y vestida con un kimono que era más bonito de lo que yo hubiera podido imaginar, había una mujer de una belleza exquisita. El kimono de la joven geisha de los dientes grandes que había visto en Senzuru, el pueblo del Señor Tanaka, me había impresionado; pero éste era azul turquesa, con líneas color marfil que imitaban los remolinos de un arroyo. Brillantes truchas plateadas nadaban en la corriente, y en la superficie del agua se formaban anillos dorados en donde la rozaban las tiernas hojas de un árbol. Sin duda, la túnica estaba tejida en seda pura, como el *obi*, que estaba bordado de verdes y amarillos pálidos. Y la ropa no era lo único extraordinario en ella; también llevaba la cara pintada con una espesa capa blanca, como una nube iluminada por el sol. Sus negros cabellos, moldeados con ondas, brillaban como la laca y estaban decorados con adornos de ámbar y con un pasador del que colgaban unas tiritas plateadas que relucían con sus movimientos.

Ésta fue la primera vez que vi a Hatsumono. Por aquel entonces era una de las geishas más famosas del distrito de Gion; aunque, claro está, yo todavía no sabía nada de esto. Era una mujer pequeñita; le llegaba al Señor Bekku por el hombro, y eso que llevaba un moño altísimo. Tanto me sorprendió su apariencia que olvidé mis buenos modales —bueno, tampoco es que hubiera aprendido todavía mucho de modales—, y me la quedé mirando directamente a la cara. Ella sonreía, pero no de una forma amable. Y entonces dijo:

—¿Podría sacar la basura más tarde, Señor Bekku? Me gustaría poder salir.

No había basura alguna en la entrada; se refería a mí. El Señor Bekku dijo que creía que Hatsumono tenía espacio suficiente para pasar.

—Puede que a usted no le importe estar tan cerca de ella —dijo Hatsumono—. Pero yo cuando veo basura, me cruzo de acera.

De pronto apareció desde el interior de la casa una mujer de más edad, alta y huesuda, como una caña de bambú.

—No comprendo cómo puede haber alguien que te aguante, Hatsumono-san —dijo la mujer. Pero le hizo un gesto al Señor Bekku para que me quitara de en medio, lo que él hizo inmediatamente.

Tras esto bajó renqueando a la entrada —pues tenía una cadera fuera de su sitio y le costaba trabajo andar—, y se dirigió a una hornacina practicada en la pared. Tomó algo que a mí me pareció un trozo de pedernal, junto con una piedra rectangular del tipo de las que usan los pescadores para afilar sus cuchillos, y, poniéndose detrás de Hatsumono, frotó el pedernal contra la piedra, de modo que sobre la espalda de la joven se derramó una pequeña lluvia de chispas. Yo no entendía nada; pero las geishas son todavía más supersticiosas que los pescadores. Una geisha nunca sale a ejercer sus funciones hasta que alguien no encienda un pedernal en su espalda para favorecer la buena suerte.

Concluido el ritual, Hatsumono salió, dando unos pasitos tan pequeños que parecía deslizarse; sólo el bajo del kimono se ondulaba ligeramente. Por entonces yo no sabía que era una geisha, pues estaba a mil años luz de la criatura que había visto en Senzuru unas semanas antes. Decidí que debía de ser una artista de un tipo u otro. Todos la vimos alejarse como flotando, y entonces el Señor Bekku me puso en manos de la mujer mayor, que se había quedado en la entrada. Volvió a subirse al *rickshaw* con mi hermana, y el conductor levantó los varales. Pero no los vi partir, porque me desplomé en el suelo del portal bañada en lágrimas.

La mujer debió de compadecerse de mí; durante un buen rato me quedé allí sollozando mi desgracia sin que nadie me tocara. Incluso oí cómo hacía callar a una criada que se acercó a hablar con ella. Finalmente me ayudó a levantarme y me secó la cara con un pañuelo que se sacó de la manga de su sencillo kimono gris.

—Venga, venga, muchachita. No te pongas tan triste. Nadie te va a comer —hablaba con el mismo acento del Señor Bekku y Hatsumono. Sonaba tan diferente del japonés que se hablaba en mi pueblo que me costaba trabajo entenderla. Pero en cualquier caso, sus palabras eran las más amables que había oído en todo el día, así que decidí hacer lo que ella me aconsejaba. Me dijo que la llamara Tía. Y luego me miró directamente a la cara, y dijo con una voz gutural:

—¡Santo cielo! ¡Qué ojos tan sorprendentes! Eres una chica muy guapa. Qué ilusión le va a hacer a Mamita.

Yo pensé que la Mamita de aquella mujer, fuera quien fuera, tendría que ser muy vieja, porque su pelo, recogido en un moño tirante detrás de la cabeza, era casi todo blanco, sólo le quedaban algunos mechones negros.

La Tía me hizo entrar, y me encontré en un pasaje de terrazo que corría entre dos construcciones casi pegadas y terminaba en un patio detrás de ambas. Una de las construcciones, que era una vivienda pequeña, como mi casa de Yoroido, tenía dos habitaciones de suelo de terrazo y era el espacio destinado a las criadas. La otra era una casa pequeña y elegante, levantada sobre un lecho de piedra, de tal forma que un gato podría colarse bajo ella. El pasaje se abría al oscuro cielo, por lo que me dio la sensación de que me encontraba en una especie de pueblo en miniatura más que en una casa, sobre todo porque en el otro extremo del patio había varias pequeñas edificaciones de madera. Por entonces todavía no lo sabía, pero ésta era la clase de vivienda típica del barrio de Kioto en el que nos encontrábamos. Las edificaciones del patio, aunque parecían otro grupo de casitas, no eran más que un pequeño cobertizo para los retretes y un pequeño almacén en dos niveles, con una escalera de mano pegada al exterior. Toda la vivienda ocupaba menos espacio que la casa del Señor Tanaka en el campo y alojaba sólo a ocho personas. O, más bien, nueve, después de mi llegada.

Cuando me había hecho una idea de la peculiar disposición de todas las pequeñas edificaciones, reparé en la elegancia de la casa principal. En Yoroido, las estructuras de madera eran más grises que marrones y estaban agrietadas por el aire salino. Pero aquí los suelos y las vigas de madera brillaban a la luz amarilla de las lámparas eléctricas. En el vestíbulo principal se abrían unas ligeras puertas correderas y arrancaba una escalera recta. Una de las puertas correderas estaba abierta, y vi una pequeña habitación forrada de madera en la que había un altar budista. Estas habitaciones eran para el uso de la familia y también de Hatsumono, aunque ésta, como supe después, no formaba parte de ella. Cuando los miembros de la familia querían salir al patio, no pasaban por el pasaje, como las sirvientas, sino que tenían su propia pasarela de madera pulida adosada a un lado de la casa. Incluso había retretes separados: uno arriba para la familia y otro abajo para las sirvientas.

Todavía tardaría un día o dos en descubrir todas aquellas cosas. Pero entonces me quedé un buen rato en el pasaje tratando de adivinar dónde estaba y sintiéndome muy asustada. La Tía había desaparecido en la cocina, donde la oí regañar a alguien. Por fin ese alguien salió. Resultó ser una chica más o menos de mi misma edad, que llevaba un cubo de madera en la mano, tan lleno de agua que iba regando con ella el suelo. Tenía el cuerpo muy delgado y estrecho; pero su cara era regordeta y casi totalmente redonda, así que me pareció una sandía clavada en un palo. Con el esfuerzo de llevar el cubo, sacaba la lengua, que parecía así el rabito de la sandía. No tardé en darme cuenta de que era un tic suyo. Sacaba la lengua cuando revolvía la sopa de *miso* o se servía arroz o incluso cuando se abrochaba el vestido. Y su cara era en verdad tan gordinflona y tan lisa, casi siempre con la lengua fuera, curvada como el tallito de una calabaza, que al cabo de unos cuantos días era así como la llamaba, y con el apodo de "Calabaza" llegó a ser conocida por todo el mundo, incluso muchos años después, ya como geisha de Gion, por sus clientes.

Cuando hubo dejado el cubo a mi lado, Calabaza metió la lengua, y luego se atusó el pelo detrás de la oreja, mientras me miraba de arriba abajo. Creí que iba a decirme algo, pero se limitó a seguir mirándome, como si estuviera decidiendo dónde iba a darme el bocado. Realmente parecía que tenía hambre. Por fin, se inclinó y me susurró:

—Pero ¿de dónde has salido tú?

Pensé que no la ayudaría mucho decir que venía de Yoroido; estaba segura de que no iba a reconocer el nombre de mi pueblo, pues su acento me sonaba tan extraño como el del resto. Así que le dije simplemente que acababa de llegar.

—Creí que nunca volvería a ver una chica de mi edad —me dijo—. Pero ¿qué te pasa en los ojos?

En ese momento la Tía salió de la cocina y después de mandar a Calabaza a otra parte, tomó el cubo y un trapo y me llevó al patio. El patio era bastante lindo, todo cubierto de musgo y con un caminito de guijarros que conducía al almacén; pero olía fatal debido a los retretes, que estaban en una pequeña edificación en uno de sus lados. La Tía me dijo que me desnudara. Yo temía que me hiciera algo parecido a lo que me había hecho Doña Fuguillas, pero sólo me echó agua por encima y me frotó con el trapo. Luego me dio un vestido que, pese a ser del más tosco algodón azul marino, era lo más elegante que había llevado en mi vida. Una anciana que resultó ser la cocinera se acercó por el pasillo con varias criadas más, todas entradas en años, a verme. La Tía les dijo que tendrían todo el tiempo del mundo para mirarme cualquier otro día y las mandó irse por donde habían venido.

—Ahora escúchame bien, pequeña —me dijo la Tía cuando nos volvimos a quedar solas—. No quiero ni aprenderme tu nombre hasta que no decidan quedarse contigo. La última chica que tuvimos no fue del agrado de Mamita y de la Abuela, y sólo duró un mes. Soy demasiado vieja para andar aprendiéndome tantos nombres nuevos.

—¿Y qué me pasará si no quieren quedarse conmigo? —le pregunté.

—Será mejor para ti que quieran guardarte.

—Le puedo preguntar... ¿qué es este lugar?

—Es una *okiya* —me respondió—. Es el lugar donde viven las geishas. Si trabajas mucho, de mayor tú también serás geisha. Pero si no me escuchas con atención, no pasarás aquí más de una semana. Mamita y la Abuela van a bajar a verte dentro de un momento. Y más vale que lo que vean sea de su agrado. Lo que se espera de ti es que les hagas la reverencia más profunda que puedas y que no las mires directamente a los ojos. La mayor, a la que llamamos Abuela, no ha apreciado a nadie en su vida, así que no te preocupes por lo que te diga. Y, sobre todo, si te hace alguna pregunta, ¡no se te ocurra contestarle! Yo lo haré por ti. A la que tienes que impresionar es a la Mamita. No es mala persona, pero sólo le preocupa una cosa.

No tuve la oportunidad de saber cuál era esa cosa, pues en ese momento oí un crujido proveniente del vestíbulo, y enseguida aparecieron las dos mujeres, deslizándose por la pasarela hacia donde estábamos nosotras. No me atreví a mirarlas. Pero por lo que pude ver por el rabillo del ojo, me parecieron dos lindos fardos de seda flotando en la corriente. Un momento después revoloteaban en la pasarela encima de nosotras, y acto seguido bajaron y se alisaron el kimono a la altura de las rodillas.

—¡Umeko-san! —gritó la Tía, pues éste era el nombre de la cocinera—. Traiga té a la Abuela.

—No quiero té —oí decir a una voz enfadada.

—Venga, venga, Abuela —dijo una voz más áspera, que supuse que sería la de Mamita—. No tienes que bebértelo. La Tía sólo quería estar segura de que estás a gusto.

—No hay manera de estar a gusto con estos huesos míos —refunfuñó la anciana. La oí tomar aliento antes de seguir hablando, pero la Tía la interrumpió.

—Ésta es la nueva chica, Mamita —dijo, al tiempo que me daba un pequeño empujón, que yo tomé como una señal para que hiciera una reverencia. Me arrodillé y bajé tanto el cuerpo que me llegó el aire mohoso que corría entre la casa y el lecho de piedra sobre el que estaba levantada. Entonces volví a oír la voz de Mamita.

—Levántate y acércate. Quiero examinarte de cerca.

Estaba segura de que iba a decirme algo más, pero en lugar de ello se sacó de debajo del *obi* una pipa con la cazoleta de metal y una larga boquilla de bambú. La depositó a su lado, en la pasarela, y luego se sacó del bolsillo que llevaba en la manga una bolsita de seda, de la que extrajo una buena pulgarada de tabaco. Cargó la pipa, apretando bien el tabaco con un dedo meñique manchado de un denso color naranja, como el de una batata asada; se la puso en la boca y la encendió con una cerilla que sacó de una cajita de metal.

Entonces me observó detenidamente, exhalando el humo, mientras la anciana suspiraba a su lado. No podía mirar a la Mamita, pero tenía la impresión de que el humo salía de su cara como el vapor que mana de las grietas de la tierra. Me inspiraba tanta curiosidad que mis ojos tomaron vida propia y empezaron a dispararse a un lado y a otro. Cuantas más cosas veía de ella, más fascinada me quedaba. Llevaba un kimono amarillo estampado con unas ramas de sauce cargadas de bonitas hojas verdes y naranjas; era de gasa de seda, tan delicado como una tela de araña. El *obi* me pareció igual de sorprendente. Tenía también una linda textura de gasa, pero más pesada, y era de color asalmonado y marrón, entretejido con hilos dorados. Cuanto más miraba su ropa, más me olvidaba de que me encontraba en un sitio desconocido y menos me preguntaba qué habría sido de mi hermana —y de mi madre y mi padre— y qué sería de mí. Cualquier detalle del kimono de aquella mujer bastaba para que me olvidara de mí misma. Y entonces tuve una terrible conmoción, pues sobre el cuello de aquel elegante kimono había una cara tan despareja con la ropa que era como si hubiera estado acariciando a un gato y descubriera de pronto que tenía la cara de un bulldog. Era una mujer espantosamente fea, aunque mucho más joven que la Tía, algo que yo no hubiera esperado. Resultó que, en realidad, la Mamita era hermana de la Tía, aunque se llamaban la una a la otra "Mamita" y "Tía" respectivamente, como lo hacían el resto de los habitantes de la *okiya*. Tampoco eran hermanas de verdad, como lo éramos Satsu y yo. No habían nacido en la misma familia, pero la Abuela las había adoptado a las dos.

Estaba tan sorprendida, con tantas ideas pasándome por la cabeza, que terminé haciendo precisamente lo que la Tía me había dicho que no hiciera bajo ningún concepto. Miré directamente a los ojos a la Mamita. Al percatarse, ella se sacó la pipa de la boca, lo que hizo que su mandíbula inferior cayera como una trampilla, dejando la boca abierta de par en par. Y, aunque sabía que tenía que bajar la vista inmediatamente pasara lo que pasara, la fealdad de sus ojos me resultó tan peculiar, que me quedé mirándola fijamente. El blanco de sus ojos tenía una espantosa sombra amarilla, y me hizo pensar en un retrete en el que acabaran de orinar. En el borde de los párpados, que parecía estar en carne viva, se encharcaba una humedad nebulosa; y la piel formaba grandes bolsas alrededor de ellos.

Bajé la vista hasta la altura de su boca, que seguía abierta. Los colores de su cara estaban mezclados: el borde de los párpados era de un rojo vivo, pero tenía las encías y la lengua grises. Y para emperorar aún más las cosas, sus dientes inferiores parecían inmersos en un pequeño charco de sangre. Esto se debía a que en el pasado había habido algún tipo de deficiencia en la dieta de Mamita, como pude saber más tarde; pero cuanto más la miraba, más fuerte era la impresión de que era como un árbol que ha empezado a perder la hojas. Estaba tan sorprendida por su aspecto general que creo que di un paso atrás, o se me escapó un gritito de asombro o dejé ver de un modo u otro lo que pensaba, pues inmediatamente me dijo con su áspera voz:

—¡Qué miras!

—Lo siento, señora. Estaba mirando su kimono —le contesté—. Nunca había visto nada igual.

Ésta debió de ser la respuesta adecuada —si es que la había—, pues dejó escapar una risita, que sonó como si estuviera tosiendo.

—¿Así que te gusta? —dijo, sin dejar de toser o de reír; era imposible distinguir entre la tos y la risa de aquella mujer—. ¿Sabes cuánto cuesta?

—No, señora.

—Más que tú. De eso no cabe duda.

En ese momento apareció una criada con el té. Mientras lo servían aproveché la ocasión para echar un vistazo a la Abuela. Al contrario de Mamita, que estaba un poquito entrada en carnes, con unos dedos regordetes y un cuello bastante grueso, la Abuela era una anciana enjuta. Era al menos tan vieja como mi padre, pero parecía como si se hubiera pasado los años cociéndose a fuego lento para alcanzar aquel estado de concentrada mezquindad. Su cabello cano parecía una maraña de hilos de seda, pues se le veía perfectamente el cuero cabelludo.

E incluso éste tenía también un aspecto mísero debido a que estaba en parte cubierto por esas manchas rojas y marrones que salen con la edad. No es que estuviera constantemente frunciendo el ceño, pero en estado normal, su boca tenía una severa mueca.

Inspiró profundamente preparándose para hablar; y luego, soltando el aire, dijo:

—¿Pero no había dicho que no quería té? —tras esto, suspiró, movió la cabeza y me preguntó—: ¿Cuántos años tienes, muchachita?

—Es del año del mono —respondió la Tía por mí.

—La tonta de la cocinera es un mono —dijo la Abuela.

—Nueve años —dijo Mamita—. ¿Tú que opinas, Tía?

La Tía se dio la vuelta y me echó la cabeza hacia atrás para examinarme la cara.

—Tiene bastante agua.

—Y unos bonitos ojos —dijo Mamita—. ¿Se ha fijado, Abuela?

—A mí me parece una tonta —dijo la Abuela—. Y además no necesitamos otro mono.

—Sin duda, tiene razón —dijo la Tía—. Probablemente es exactamente como usted dice. Pero a mí me parece una muchacha lista y adaptable; se le ve en la forma de las orejas.

—Con tanta agua en su personalidad —dijo Mamita—, probablemente olerá el fuego incluso antes de que empiece. ¿No sería estupendo eso, Abuela? Ya no tendrías que preocuparte de que se prenda fuego en el almacén con todos nuestros kimonos dentro.

A la Abuela, como me enteraría más tarde, le aterraba más el fuego que a un vaso de cerveza un hombre sediento.

—Además es bastante bonita, ¿no cree? —añadió Mamita.

—Hay demasiadas niñas bonitas en Gion —dijo la Abuela—. Lo que necesitamos es una chica inteligente, no una chica bonita. Para bonita ya tenemos a Hatsumono, y mirad lo tonta que es.

Tras esto, la Abuela se levantó y, con la ayuda de la Tía, volvió a subir a la pasarela. Aunque he de decir que viendo los torpes andares de la Tía —debido a la cadera que tenía más salida que la otra—, no era del todo obvio a cuál de las dos mujeres le costaba más andar. Enseguida oí el sonido de una de las puertas correderas del vestíbulo abriéndose y cerrándose, y la Tía estaba de vuelta.

—¿Tienes piojos, pequeña? —me preguntó Mamita.

—No —respondí yo.

—Tendrás que aprender a hablar con más corrección. Tía, rasúrale el cabello, si eres tan amable.

La Tía llamo a una criada y le ordenó que trajera las tijeras.

—Bueno muchachita —me dijo Mamita—, ahora estás en Kioto. Tendrás que portarte bien o recibirás unos buenos azotes. Es la Abuela la que se encarga de darlos, así que lo lamentarás. Mi consejo es que trabajes mucho y nunca salgas de la *okiya* sin permiso. Haz lo que se te dice; no des mucha guerra, y dentro de dos o tres meses empezarás a aprender las artes necesarias para ser una geisha. No te he traído aquí para que seas una criada. Te echaré, si todo se queda en eso.

Mamita dio una chupada a su pipa y clavó sus ojos en mí. No me atreví a moverme hasta que me dijo que lo hiciera. Me encontré preguntándome si mi hermana estaría también en aquel momento ante otra mujer cruel, en otra casa de esta horrorosa ciudad. Y de pronto me vino una imagen de mi pobre madre enferma incorporándose en el futón y mirando alrededor para ver si nos veía. No quería que Mamita me viera llorar, pero no pude evitar que los ojos se me llenaran de lágrimas. Se me emborronó la visión, el kimono amarillo de Mamita empezó a desvanecerse hasta que pareció que centelleaba. Entonces ella soltó una bocanada de humo y desapareció completamente.

Cuatro

Si hubiera perdido los brazos y las piernas, en lugar de mi familia y mi hogar, no creo que me hubiera sentido peor de lo que me sentí durante los primeros días en aquel lugar extraño. Estaba convencida de que la vida no volvería a ser igual. Sólo podía pensar en mi confusión y mi miseria; y un día tras otro me preguntaba cuándo volvería a ver a Satsu. Me faltaban mi padre, mi madre e incluso la ropa que había llevado siempre. Sin embargo, después de una o dos semanas, lo que más me asombraba es que había logrado sobrevivir. Recuerdo un momento en que estaba en la cocina secando los cuencos del arroz, cuando de pronto me sentí tan perdida que tuve que parar lo que estaba haciendo y mirarme las manos durante un buen rato, pues no me cabía en la cabeza que aquella persona que estaba secando los cuencos fuera realmente yo.

Mamita me había dicho que si trabajaba mucho y me portaba bien empezaría mi aprendizaje en pocos meses. Como me informó Calabaza, el aprendizaje significaba ir a otra zona de Gion a tomar lecciones de música, de baile y de la ceremonia del té. Todas las chicas que se preparaban para ser geishas iban a la misma escuela. Estaba segura de que cuando me dejaran ir encontraría allí a Satsu; así que hacia el final de la primera semana, decidí ser tan obediente como una vaca atada a una soga, en la esperanza de que Mamita me enviara lo antes posible a la escuela.

71

La mayoría de mis tareas eran muy sencillas. Recogía los futones por la mañana, limpiaba las habitaciones, barría el pasaje y otras cosas por el estilo. A veces me mandaban a la farmacia a comprar ungüento para los sabañones de la cocinera o a una tienda de la Avenida Shijo a buscar las galletas de arroz que tanto le gustaban a la Tía. Por suerte, las peores tareas, como limpiar los retretes, le correspondían a una de las sirvientas más mayores. Pero aunque trabajaba todo lo que podía, nunca me parecía causar la buena impresión que yo esperaba, porque cada día tenía más que hacer y me era imposible terminarlo todo; y la Abuela venía a complicar aún más las cosas.

Entre mis tareas, tal como me las había descrito la Tía, no se encontraba el cuidado de la Abuela. Pero cuando la Abuela me llamaba, yo no podía hacer que no la oía, porque era la más antigua de la *okiya*. Un día, por ejemplo, estaba a punto de subirle el té a Mamita, cuando la Abuela empezó a dar voces:

—¿Dónde está esa chica? ¡Que venga inmediatamente!

Tuve que dejar la bandeja de Mamita y apresurarme al cuarto donde estaba comiendo la Abuela.

—¿No te das cuenta de que esta habitación está demasiado caliente? —me dijo, después de que yo me hubiera postrado en una profunda reverencia—. Deberías haber entrado a abrir las ventanas.

—Lo siento, Abuela. No sabía que tuviera calor.

—¿Es que no lo parece?

Estaba comiendo arroz, y se le habían quedado pegados unos granos en el labio inferior. Pensé que parecía más miserable que acalorada, pero me dirigí a la ventana y la abrí. En cuanto la abrí, entró una mosca que empezó a zumbar alrededor del plato.

—Pero ¿tú estás bien de la cabeza? —me dijo alejando la mosca con los palillos—. Las otras chicas no dejan entrar moscas cuando abren la ventana.

Le pedí perdón y le dije que iría a buscar un matamoscas.

—¿Para qué? ¿Para matarme la mosca en el plato? ¡No, no lo harás! Lo que vas a hacer es quedarte aquí a mi lado mientras como y espantármela cada vez que se acerque.

Así que tuve que quedarme allí mientras la Abuela terminaba de comer y me hablaba del gran actor de Kabuki Ichimura Uzaemon XIV, que le había tomado la mano durante una fiesta a la luz de la luna, cuando ella tenía catorce años. Para cuando me dejó ir, el té de Mamita estaba tan frío que ni siquiera pude llevárselo. Y tanto ella como la cocinera se enfadaron conmigo.

La verdad era que a la Abuela no le gustaba estar sola. Incluso cuando tenía que ir al retrete, hacía que la Tía la esperara fuera, agarrándole las manos para ayudarle a mantenerse en cuclillas sin perder el equilibrio. El olor era tan espantoso que la pobre Tía casi se rompía el cuello en su intento de alejar las narices lo más posible. Yo no tenía ninguna tarea tan horrible como ésta, pero la Abuela solía llamarme para que le diera un masaje mientras ella se limpiaba las orejas con una cucharilla de plata; y la tarea de darle masaje era bastante peor de lo que uno se pueda imaginar. Casi me mareo la primera vez que se desabrochó el vestido y se descubrió los hombros, pues tenía la piel amarillenta y llena de rugosidades como un pollo crudo. El problema, como supe más tarde, era que en sus días de geisha había utilizado un tipo de maquillaje blanco que llamamos "arcilla de China", que está hecho con una base de plomo. Para empezar, la arcilla de China era venenosa, lo que probablemente explicaba en parte la locura de la Abuela. Pero además, de joven, la Abuela había acudido a menudo a las termas al norte de Kioto. No habría habido ningún mal en ello, si no fuera porque aquel maquillaje era muy difícil de quitar totalmente; y los restos se combinaban con algún componente químico presente en el agua, produciendo un tinte que terminó destrozándole la piel. La Abuela no era la única aquejada por este problema. Todavía durante los primeros años de la II Guerra Mundial, se veían por las calles de Gion ancianas con la piel del cuello amarilla y rugosa como la de un pollo.

Un día, cuando llevaba en la *okiya* unas tres semanas, subí mucho más tarde de lo normal a arreglar el cuarto de Hatsumono. Hatsumono me daba mucho miedo, aunque, en realidad, apenas la veía, porque estaba siempre ocupada. Me preocupaba lo que sucedería si me encontraba sola, así que siempre intentaba limpiar su habitación en cuanto ella se iba a sus lecciones de danza. Por desgracia, aquella mañana, la Abuela me había retenido con ella casi hasta el mediodía.

El cuarto de Hatsumono era el más grande de la *okiya;* ocupaba más espacio que toda mi casa de Yoroido. No podía imaginarme por qué era mucho más grande que los del resto, hasta que una de las sirvientas me explicó que aunque entonces Hatsumono era la única geisha que vivía en la *okiya*, en el pasado había habido hasta tres o cuatro; y todas dormían juntas en la misma habitación. Puede que Hatsumono viviera ahora sola, pero ciertamente ensuciaba como cuatro. Cuando subí a su cuarto aquel día, además de todas las revistas esparcidas aquí y allá y los cepillos tirados en las esteras junto a su pequeño tocador, encontré un corazón de manzana y una botella de whisky vacía debajo de la mesa. La ventana estaba abierta, y la brisa debía de haber tirado la percha en la que había colgado el kimono por la noche —o tal vez la había tirado al irse a acostar ebria y no se había molestado en levantarla—. Normalmente, la Tía lo tendría que haber recogido ya, pues ella era la encargada de la ropa, pero por una razón u otra no lo había hecho. Justo cuando estaba levantando la percha, se abrió la puerta de pronto, y cuando me volví vi a Hatsumono parada en el umbral.

—¡Ah, eres tú! —dijo—. Me había parecido oír una rata o algo así. Ya veo que has estado ordenándome el cuarto. ¿Eres tú la que coloca los tarros de maquillaje? ¿Por qué te empeñas en ordenarlos?

—Lo siento, señora —dije—. Los muevo sólo para limpiar el polvo por debajo.

—Pero si los tocas, empezarán a oler como tú —dijo—. Y entonces los hombres me dirán: "Hatsumono-san, ¿por qué hueles como una chica de pueblo?". Estoy segura de que has entendido, ¿verdad? Pero para estar más segura vas a repetirlo. ¿Por qué no quiero que toques mis tarros de maquillaje?

Me costó trabajo decirlo. Pero finalmente le contesté:

—Porque empezarán a oler como yo.

—¡Muy bien! ¿Y qué dirán los hombres?

—Dirán: "Hatsumono-san, ¿por qué hueles como una chica de pueblo?".

—Hmm... hay algo en tu forma de decirlo que no acaba de gustarme. Pero vamos a dejarlo. No entiendo por qué oléis tan mal las chicas de los pueblos de la costa. Esa horrorosa hermana tuya estuvo aquí el otro día buscándote y su hedor era casi tan repugnante como el tuyo.

Hasta ese momento no había levantado la vista del suelo; pero al oír estas palabras, miré a Hatsumono a la cara para ver si me estaba diciendo la verdad.

—Pareces sorprendida —dijo—. ¿No te había mencionado que había venido? Quería darte un recado y decirte dónde vivía. Probablemente quiere que vayas a buscarla para poder huir juntas.

—Hatsumono-san...

—¿Quieres que te diga dónde está, verdad? Pues tendrás que ganártelo. Cuando piense cómo, te lo diré. Ahora vete.

No me atreví a desobedecerla, pero justo antes de salir de la habitación me detuve, pensando que, tal vez, podría convencerla.

—Hatsumono-san, sé que no le gusto —dije—. Si fuera tan buena de decirme lo que quiero saber, le prometo no volver a molestarla.

Hatsumono pareció muy complacida de oír esto y se dirigió a mí con cara de luminosa alegría. Sinceramente, nunca he visto una mujer más sorprendente. Los hombres por la calle se detenían a veces y se sacaban el cigarrillo de la boca para mirarla. Pensé que iba a venir a susurrarme algo al oído; pero después de quedarse un instante a mi lado, sonriendo, alargó la mano y me dio una bofetada.

—Te dije que salieras de mi habitación, ¿no? —me dijo.

Yo me quedé demasiado aturdida para saber cómo reaccionar. Pero debí de salir tambaleándome de la habitación, porque lo siguiente que recuerdo es que estaba desplomada en el suelo del repartidor, con la mano en la cara. Un momento después se abrió la puerta de Mamita.

—¡Hatsumono! —gritó Mamita y se acercó a ayudarme a ponerme en pie—. ¿Qué le has hecho a Chiyo?

—Estaba hablando de escaparse, Mamita. Pensé que sería mejor que la pegara por ti. Pensé que estarías demasiado ocupada para hacerlo tú misma.

Mamita llamó a una doncella y le ordenó que trajera unas rodajitas de jengibre fresco, y luego me llevó a su habitación y me sentó en la mesa mientras ella terminaba una conversación telefónica. El único teléfono de la *okiya* para llamar fuera de Gion estaba en la pared de su cuarto, y nadie más tenía permiso para usarlo. Había dejado el auricular en un estantito al lado del aparato, y cuando volvió a agarrarlo, pareció estrujarlo de tal forma entre sus dedos regordetes que pensé que podría empezar a gotear en la estera.

—Perdona —dijo frente al auricular con su áspera voz—. Hatsumono está otra vez repartiendo bofetadas entre las criadas.

Durante mis primeras semanas en la *okiya* desarrollé un afecto poco razonable por Mamita —algo así como lo que debe sentir el pez por el pescador que le quita el anzuelo de la boca—. Probablemente se debía a que sólo la veía unos minutos al día, cuando limpiaba su habitación. Siempre estaba allí, sentada en la mesa, por lo general con un libro de cuentas abierto ante ella y con los dedos corriendo a toda velocidad las bolas de marfil del ábaco. Puede que fuera ordenada para los libros de cuentas, pero en todo lo demás era incluso más desordenada que Hatsumono. Cada vez que dejaba la pipa sobre la mesa, se escapaban cenizas y hebras de tabaco, y ella las dejaba donde caían. No quería que nadie tocara su futón ni le cambiara las sábanas, así que la habitación olía a sábanas sucias. Y los estores de papel de las ventanas estaban muy sucios debido al humo de la pipa, lo que daba a la habitación un aspecto de lo más sombrío.

Mientras Mamita seguía hablando por teléfono, una de las criadas mayores entró con varias tiritas de jengibre fresco para que me las aplicara en la cara, donde me había abofeteado Hatsumono. El ruido de la puerta al abrirse y cerrarse despertó al pequeño perro de Mamita, Taku, que era una criatura malhumorada, con una cara completamente achatada. Parecía que sólo le entretenían tres cosas en la vida: ladrar, roncar y morder a todo el que intentara acariciarlo. Cuando la doncella salió, Taku vino y se echó detrás de mí. Éste era uno de sus trucos; le gustaba ponerse donde podía tropezarme con él sin querer, y entonces se apresuraba a morderme. Empezaba a sentirme como un ratón atrapado en una puerta corredera, entre Taku y Mamita, cuando ésta colgó por fin el teléfono y vino a sentarse a la mesa. Me miró con sus ojos amarillentos y me dijo:

—Ahora escúchame, muchachita. Tal vez hayas oído mentir a Hatsumono. Pero el hecho de que ella pueda hacerlo no significa que tú también puedas. Dime... ¿por qué te pegó?

—Quería que saliera de la habitación, Mamita —contesté yo—. Lo siento mucho.

Mamita me lo hizo volver a decir con la pronunciación correcta de Kioto, lo que me resultaba muy difícil. Cuando por fin lo dije lo bastante bien para dejarla satisfecha, continuó:

—Me parece que no te das cuenta de cuál es tu trabajo aquí en la *okiya*. Aquí todos pensamos en una única cosa: en cómo podemos ayudar a Hatsumono para que triunfe como geisha. Incluso la Abuela. Puede que la encuentres difícil, pero en realidad se pasa el día pensando de qué modo puede ayudar a Hatsumono.

Yo no tenía ni la menor idea de lo que estaba hablando Mamita. A decir verdad, no creo que hubiera logrado convencer ni al más tonto de que la Abuela pudiera ayudar a nadie.

—Si alguien con la antigüedad de la Abuela se esfuerza todo el día para facilitarle el trabajo a Hatsumono, piensa cuánto más tendrás que esforzarte tú.

—Sí, Mamita. Seguiré esforzándome.

—No quiero volver a oír que enfadas a Hatsumono. La otra chica se las apaña para no interponerse en su camino; así que tú también puedes hacerlo.

—Sí, Mamita... pero antes de retirarme, ¿puedo preguntarle algo? He estado pensando si sabrá alguien dónde está mi hermana. Es que esperaba poder mandarle recado.

Mamita tenía una boca muy rara; era demasiado grande para su cara y estaba casi siempre abierta; pero entonces hizo algo que no le había visto hacer todavía: apretar los dientes, como si quisiera que se los viera completamente. Era su forma de sonreír, aunque no me di cuenta de ello hasta que empezó a toser con esa tosecilla que era su forma de reírse.

—Pero ¿por qué iba yo a decirte semejante cosa? —dijo.

Y después volvió a reírse, tosiendo unas cuantas veces más, y me indicó que saliera de la habitación con un gesto de la mano.

Cuando salí, la Tía me esperaba en el rellano para encomendarme una tarea. Me dio un cubo y me hizo subir por una escalera de mano y salir por una trampilla al tejado. Allí, sujeto con unos puntales de madera, había un depósito para recoger agua de lluvia. El agua corría por la fuerza de la gravedad y caía en el pequeño retrete del segundo piso, junto al cuarto de Mamita, pues por entonces no teníamos fontanería, ni siquiera en la cocina. Últimamente no había llovido mucho, y el retrete había empezado a oler mal. Lo que yo tenía que hacer era echar agua en el depósito, de modo que la Tía pudiera limpiar el retrete.

Al sol del mediodía, las tejas quemaban como sartenes ardiendo; mientras vaciaba el cubo se me vino a la memoria el agua fresca del estanque donde nos bañábamos en el pueblo. Hacía tan sólo unas semanas que había estado allí, pero entonces, subida al tejado de la *okiya*, me pareció que todo aquello estaba muy lejos. La Tía me gritó que antes de bajar quitara las malas hierbas que crecían entre las tejas. Contemplé la calima que se extendía sobre la ciudad y los cerros que nos rodeaban como los muros de una cárcel. En algún lugar, bajo alguno de aquellos tejados, estaría probablemente mi hermana, realizando tareas parecidas a las mías. Pensé en ella cuando volqué el tanque sin darme cuenta, y el agua se derramó y cayó a la calle.

Un mes después de mi llegada a la *okiya*, Mamita me dijo que había llegado el momento de empezar mi enseñanza. Al día siguiente iba a acompañar a Calabaza para que me presentara a las maestras. Luego Hatsumono me llevaría a un lugar llamado el Registro, del que nunca había oído hablar, y más tarde vería cómo se pintaba y se ponía el kimono. Era una tradición de las *okiyas* que el día que una chica empezaba su enseñanza, observara cómo se arreglaba la geisha más antigua.

Cuando Calabaza se enteró de que al día siguiente tenía que llevarme a la escuela se puso muy nerviosa.

—Tendrás que estar preparada en cuanto te despiertes —me dijo—. Si llegamos tarde, más nos vale ahogarnos en el arroyo.

Había visto a Calabaza fregar la *okiya* todas las mañanas, tan temprano que todavía tenía los ojos pegados por el sueño; y cuando se iba siempre parecía a punto de llorar. En realidad, cuando oía pasar sus zapatos de madera frente a la ventana de la cocina, a veces me parecía que iba llorando. No se le daba bien la escuela, o mejor dicho, se le daba fatal. Había llegado a la *okiya* casi seis meses antes que yo, pero sólo había empezado a ir a la escuela una semana o así después de mi llegada. La mayoría de los días, cuando volvía para el almuerzo, se escondía directamente en las habitaciones de las criadas para que nadie viera lo triste que estaba.

A la mañana siguiente, me desperté más temprano de lo normal y me puse por primera vez el vestido azul y blanco que llevan las escolares. No era más que un traje de algodón sin forro con un estampado infantil de cuadros. Estoy segura de que no tenía un aspecto más elegante que un huésped en una posada cubierto con un batín camino del baño. Pero nunca había puesto sobre mi cuerpo nada tan sofisticado.

Calabaza me esperaba en el portal con una mirada preocupada. Estaba a punto de deslizar los pies dentro de los zapatos cuando la Abuela me llamó a su cuarto.

—¡No vayas! —dijo Calabaza en voz baja; y su cara se arrugó como cera derretida—. Volveré a llegar tarde. Vayámonos y hagamos como que no la hemos oído.

Me hubiera gustado hacer lo que Calabaza proponía, pero la Abuela apareció en el umbral de su habitación, clavando sus ojos en mí desde el otro lado del vestíbulo. No me retuvo más de diez o quince minutos, pero para cuando volví, Calabaza tenía los ojos inundados de lágrimas. Cuando por fin emprendimos nuestro camino, empezó a andar tan rápido que yo apenas podía seguirla.

—Qué mala es esa vieja —dijo—. No dejes de poner la mano en un plato con sal después de darle el masaje en el cuello.

—¿Y para qué?

—Mi madre solía decirme que el Mal se extiende por el mundo a través del tacto. Y sé que es verdad porque mi madre se rozó con un demonio que pasó a su lado en la calle una mañana, y por eso se murió. Si no purificas tus manos, te volverás una mojama arrugada como la Abuela.

Considerando que Calabaza y yo teníamos la misma edad y nos encontrábamos en las mismas extrañas circunstancias, estoy segura de que habríamos hablado frecuentemente si hubiéramos podido. Pero nuestras tareas nos mantenían tan ocupadas que apenas teníamos tiempo, ni siquiera para comer, lo que Calabaza hacía antes que yo porque era más antigua en la *okiya*. Yo sabía que Calabaza había llegado seis meses antes que yo, como ya he mencionado. Pero poco más sabía de ella. Así que le pregunté:

—¿Eres de Kioto, Calabaza? Por el acento lo pareces.

—Nací en Sapporo. Pero mi mamá murió cuando yo tenía cinco años, y mi padre me envió aquí a vivir con unos tíos. El año pasado mi tío se arruinó, y aquí me tienes.

—¿Y por qué no te escapas y vuelves a Sapporo?

—A mi padre le echaron un mal de ojo y murió el año pasado. No puedo escaparme. No tengo adónde ir.

—Cuando encuentre a mi hermana —le dije—, podrás venirte con nosotras. Nos escaparemos juntas.

Teniendo en cuenta lo mal que lo estaba pasando Calabaza en la escuela, esperaba que mi oferta la pusiera contenta. Pero no dijo nada. Habíamos llegado a la Avenida Shijo y la cruzamos en silencio. Ésta era la misma avenida que había estado tan llena de gente el día que el Señor Bekku nos había traído a Satsu y a mí de la estación. Pero aquel día, como era tan temprano, sólo se veía un tranvía a lo lejos y unos cuantos ciclistas aquí y allá. Cuando llegamos al otro lado, tomamos una calle estrecha, y entonces Calabaza se detuvo por primera vez desde que habíamos salido de la *okiya*.

—Mi tío era un buen hombre —dijo—. Lo último que le oí decir antes de separarnos fue: "Unas chicas son listas y otras son tontas. Tú eres una chica bonita, pero de las tontas. No podrás desenvolverte sola en el mundo. Te voy a enviar a un sitio donde te dirán lo que tienes que hacer. Haz lo que te dicen, y siempre cuidarán de ti." Así que si tú te quieres ir, Chiyo-chan, vete. Pero yo... yo he encontrado el sitio en el que voy a pasar mi vida. Trabajaré todo lo que pueda para que no me echen. Pero antes me tiro por un precipicio que perder la oportunidad de ser una geisha como Hatsumono —aquí Calabaza se interrumpió. Miraba algo detrás de mí, en el suelo—. ¡Oh, dios mío!, Chiyo-chan —dijo—, ¿no te entra hambre?

Me volví y me encontré ante el portal de otra *okiya*. En un estante, al otro lado de las puertas, había un altar *shinto* en miniatura con una ofrenda consistente en un pastel de arroz. Me pregunté si sería aquello lo que había visto Calabaza, pero tenía la vista fija en el suelo. Unos cuantos helechos y un poco de musgo bordeaban el caminito de guijarros que conducía a las puertas interiores, pero no se veía nada más. Entonces di con ello. Fuera de las puertas, al borde de la acera, había tirada una brocheta en la que quedaba un trocito de calamar asado a la brasa. Por la noche pasaban carritos vendiéndolas. El olor dulzón de la salsa con la que los rociaban solía ser un tormento cotidiano, pues la mayoría de las comidas de las chicas como nosotras no constaban más que de arroz con algún encurtido y un cuenco de sopa al día y unas pequeñas porciones de pescado seco dos veces al mes. Pero ni así podía encontrar apetitoso aquel trozo de pescado tirado en el suelo. Dos moscas lo exploraban, tan tranquilas como si hubieran salido a dar un paseo por el parque.

Calabaza tenía pinta de engordar rápidamente si se le daba la oportunidad. A veces oía cómo le sonaban las tripas de hambre, y hacían tanto ruido como una puerta enorme al abrirse. Sin embargo, no creía que estuviese realmente planeando comerse el trozo de calamar, hasta que la vi mirar hacia un lado y el otro de la calle para asegurarse de que no venía nadie.

—Calabaza, por lo que más quieras —le dije—, si tienes hambre, llévate el pastel de arroz del altar. Las moscas ya se han apoderado del calamar.

—Yo soy más grande que ellas —dijo—. Además, no estaría bien comerse el pastel de arroz. Es una ofrenda.

Dicho lo mal, se agachó para tomar la brocheta.

Es cierto que yo me crié en un lugar en el que los niños probaban a comerse todo lo que se moviera. Y he de admitir que en una ocasión, cuando tenía cuatro o cinco años, me comí un grillo, pero sólo porque alguien me hizo una broma. Pero ver a Calabaza con aquel trozo de calamar pinchado en un palito, rebozado con polvo de la calle y dos moscas pegadas... Lo sopló para espantarlas, pero las moscas se limitaron a moverse para mantener el equilibrio.

—Calabaza, no puedes comerte eso —le dije—. Es como si te pusieras a limpiar los adoquines con la lengua.

—¿Y qué les pasa a los adoquines? —dijo.

Y con ello —no lo habría creído si no lo hubiera visto— Calabaza se arrodilló, sacó la lengua y lamió el suelo lenta y minuciosamente. Me quedé con la boca abierta del susto. Cuando se puso en pie, parecía como si no se creyera lo que acababa de hacer. Pero se limpió la lengua con la palma de la mano, escupió unas cuantas veces y luego se puso entre los dientes el trozo de calamar y tiró para sacarlo de la brocheta.

Debía de ser un calamar bastante duro, porque Calabaza no dejó de masticarlo durante toda la cuesta que llevaba hasta el recinto de la escuela. Cuando entramos se me hizo un nudo en el estómago, porque el jardín me pareció inmenso. Arbustos de hoja perenne y pinos retorcidos rodeaban un estanque decorativo lleno de carpas. Atravesada en la parte más estrecha del estanque había una losa de mármol. Dos ancianas en kimono estaban en ella, con sus sombrillas lacadas abiertas para tapar el sol de madrugada. En cuanto a los edificios, de momento no entendí lo que veía, pero ahora sé que sólo una pequeña parte del recinto estaba dedicado a escuela. El gran edificio del fondo era en realidad el Teatro Kaburenjo, donde las geishas de Gion bailaban las *Danzas de la Antigua Capital* todas las primaveras.

Calabaza se apresuró a la entrada de una larga construcción de madera que yo tomé por las habitaciones de los criados, pero que resultó ser la escuela. En cuanto entré, percibí el peculiar olor a hojas de té tostadas que todavía hoy me encoge el estómago, como si volviera de nuevo a la escuela. Me quité los zapatos e intenté dejarlos en el primer casillero que vi vacío, pero Calabaza me detuvo; había una regla tácita sobre qué casillero debía usar cada cual. Calabaza estaba entre las chicas que llevaban menos tiempo en la escuela y tenía que trepar por los casilleros hasta arriba para dejar sus zapatos. Como aquella era mi primera mañana, yo todavía tenía menos antigüedad, así que tuve que utilizar el casillero de encima de ella.

—Ten mucho cuidado de no pisar los zapatos de las otras cuando trepes —me dijo Calabaza, aunque sólo había unos cuantos pares de zapatos—. Si los pisas y una de las chicas te ve, te regañarán hasta que te salgan ampollas en los oídos.

El interior de la escuela me pareció tan viejo y polvoriento como una casa abandonada. Al fondo de un largo vestíbulo había un grupo de cinco o seis chicas. Sentí un sobresalto de alegría cuando las vi, porque pensé que una podría ser Satsu; pero cuando se volvieron a mirarnos me llevé una desilusión. Todas llevaban el mismo peinado —el *wareshinobu* de las jóvenes aprendices de geisha—, y me pareció que sabían más de Gion de lo que Calabaza o yo llegaríamos a saber nunca.

A mitad de camino del vestíbulo entramos en una espaciosa aula amueblada en el estilo tradicional japonés. A lo largo de la pared había un gran tablón con unos ganchos de los que colgaban unas plaquitas de madera; en cada plaquita había escrito un nombre, con unos gruesos trazos negros. Yo apenas leía y escribía; en Yoroido había ido a la escuela por las mañanas, y desde que llegué a Kioto, la Tía me había dado una hora de clase todas las tardes, pero no podía leer la mayoría de los nombres. Calabaza se acercó al tablón y tomando de una caja que había sobre la estera una placa que tenía su propio nombre, la colgó en el primer gancho libre. El tablón clavado en la pared era una especie de hoja de firmas.

Después de esto, fuimos por otras aulas a firmar del mismo modo para el resto de las clases de Calabaza. Iba a tener cuatro clases aquella mañana —*shamisen*, danza, ceremonia del té y un tipo de canto que nosotras llamamos *nagauta*—. Calabaza estaba tan preocupada por ser la última en todas las clases que, cuando salíamos de nuevo para ir a desayunar a la *okiya*, empezó a retorcer el *shas* de su vestido, muy nerviosa. Pero justo en el momento en que nos estábamos calzando, otra chica de nuestra edad atravesaba el jardín corriendo a todo correr, con todo el pelo alborotado. Después de verla, Calabaza pareció calmarse un poco.

Nos tomamos el cuenco de sopa y volvimos a la escuela lo más rápido que pudimos, para que a Calabaza le diera tiempo de montar su *shamisen*, arrodillada al fondo de la clase. Quien no haya visto nunca un *shamisen* puede pensar que es un instrumento muy raro. Algunos lo llaman laúd japonés, pero en realidad es mucho más pequeño que una guitarra y tiene un fino mástil de madera con tres grandes clavijas en el extremo. La caja de madera es muy pequeña y lleva una piel de gato muy tensa por encima, como si fuera un tambor. Todo el instrumento se puede desmontar y guardar en una bolsa o en una caja, que es como se transporta. En cualquier caso, Calabaza montó su *shamisen* y, sacando la lengua, empezó a afinarlo; pero tenía un oído pésimo, y las notas subían y bajaban como una barca entre las olas, sin llegar a quedarse donde debían. La clase no tardó en llenarse con otras niñas, todas con el *shamisen* en la mano, que se colocaron ordenadamente espaciadas, como una caja de bombones. Yo no quitaba la vista de la puerta, esperando que entrara Satsu; pero no sucedió así.

Un momento después entró la profesora. Era una mujer de edad, pequeñita y con voz de pito. Se llamaba Profesora Mizumi, y así nos dirigíamos a ella. Pero el nombre Mizumi suena muy parecido a *nezumi*, que en japonés significa ratón; así que a sus espaldas la llamábamos Señorita Ratón.

La Señorita Ratón se arrodilló en un cojín mirando a la clase y no hizo esfuerzo alguno por parecer simpática. Cuando las alumnas le dieron los buenos días al tiempo que todas al unísono le hacían una reverencia, ella se limitó a mirarlas fijamente sin decir palabra. Finalmente, miró al tablón de la pared y dijo en voz alta el nombre de la primera alumna.

Ésta parecía una chica muy segura de sí misma. Avanzó como deslizándose hasta el frente, hizo una reverencia a la profesora y empezó a tocar. Pasados uno o dos minutos, la Señorita Ratón le mandó parar y le espetó toda suerte de cosas desagradables sobre su forma de tocar; luego cerró el abanico de un golpe y lo agitó en el aire en dirección a la chica indicándole que se retirara. La chica le dio las gracias, hizo otra reverencia y volvió a su sitio. Y la Señorita Ratón llamó a la siguiente.

Esto se prolongó durante más de una hora, hasta que oí llamar a Calabaza. Me di cuenta de que estaba muy nerviosa, y, en realidad, cuando empezó a tocar, no dio una a derechas. Primero la Señorita Ratón la hizo detenerse y le quitó el instrumento para volver a afinarlo ella. Entonces Calabaza volvió a intentarlo, pero el resto de las chicas empezaron a mirarse unas a otras, porque ninguna era capaz de distinguir qué pieza estaba tocando. La Señorita Ratón dio un fuerte golpe en la mesa y les dijo que miraran al frente; luego utilizó el abanico cerrado para marcarle el ritmo a Calabaza. Pero esto tampoco pareció ayudarle, de modo que finalmente la Señorita Ratón se puso a corregirle la forma de agarrar la púa. Casi le rompe los dedos, o eso me pareció a mí, intentando que la agarrara correctamente. Pero acabó por desistir también de esto y, ya harta, dejó caer la púa sobre la estera. Calabaza la recogió y regresó a su sitio con lágrimas en los ojos.

Entonces supe por qué se preocupaba tanto Calabaza de no ser la última. Pues la chica de pelo alborotado, que entró corriendo en la escuela cuando nosotras nos íbamos a desayunar, avanzó ahora hasta el frente e hizo una reverencia.

—No malgastes tu tiempo intentando ser educada conmigo —le dijo la Señorita Ratón con su voz chirriante—. Si no te hubieras quedado dormida esta mañana, habrías llegado a tiempo de aprender algo.

La chica pidió perdón y empezó a tocar, pero la profesora no le prestó atención. Y se limitó a decir:

—Si te quedas dormida por la mañana, ¿cómo vas a esperar que te enseñe nada? Primero tendrás que tomarte la molestia de llegar a tiempo, como el resto de las chicas. Vuelve a tu sitio. No me voy a preocupar por ti.

La profesora dio la lección por terminada, y Calabaza me condujo al frente del aula, donde hicimos una reverencia a la Señorita Ratón.

—Le ruego me permita presentarle a Chiyo, profesora —dijo Calabaza—, y le suplico que sea indulgente con ella, pues es una chica con muy poco talento.

Calabaza no pretendía insultarme; sencillamente ésa era la forma en que se hablaba antes, cuando uno quería ser educado. Mi madre lo habría dicho igual. La Señorita Ratón se quedó un buen rato callada, mirándome, y luego me dijo:

—Pareces una chica lista. Basta con mirarte. Tal vez puedas ayudar a tu hermana mayor con sus lecciones.

Se refería, claro está, a Calabaza.

—Pon tu nombre en el tablón lo más temprano que puedas todas las mañanas —me dijo—. Guarda silencio en las clases. No tolero que se diga una palabra. Y has de mirar siempre al frente. Si haces todas estas cosas, te enseñaré lo mejor que pueda.

Y tras esto, nos dijo que nos retiráramos.

En los pasillos, entre una clase y otra, mantenía los ojos bien abiertos buscando a Satsu, pero no la encontré. Empecé a preocuparme de que tal vez no volvería a verla, y me puse tan triste que una de las profesoras, justo antes de empezar su clase, mandó callar a todo el mundo y me dijo:

—¡Eh, tú!, ¿qué te pasa?

—¡Oh, nada, nada, profesora! Sólo que me he mordido el labio sin darme cuenta —le contesté yo. Y para demostrarlo, y en beneficio de las chicas que me observaban, me di tal mordisco que me hice sangre.

Fue un alivio para mí comprobar que el resto de las clases de Calabaza no eran tan penosas de ver como la primera. En la clase de danza, por ejemplo, las alumnas practicaban los pasos al unísono, con lo que no sobresalía ninguna. Calabaza no era la que peor lo hacía en absoluto, e incluso se movía con cierta gracia. La clase de canto, ya casi a última hora de la mañana, resultó más difícil dado su mal oído; pero aquí también todas las alumnas practicaban juntas, y Calabaza podía ocultar sus faltas, abriendo la boca mucho, como si cantara, pero sin hacerlo o haciéndolo muy bajito.

Al final de cada clase me presentó a la profesora. Una de ellas me preguntó:

—¿Vives en la misma *okiya* que Calabaza?

—Sí, profesora —contesté—, la *okiya* Nitta —pues Nitta era el apellido de la Abuela, Mamita y la Tía.

—Eso significa que vives con Hatsumono-san.

—Sí, profesora. Hatsumono es la única geisha de nuestra *okiya* en estos momentos.

—Haré todo lo posible por enseñarte a cantar —dijo—, ¡siempre que logres sobrevivir, claro!

Y luego se echó a reír como si hubiera contado un buen chiste y nos dijo que nos fuéramos.

Cinco

Aquella misma tarde Hatsumono me llevó al Registro de Gion. Yo esperaba algo inmenso, pero resultó que no consistía más que en unas cuantas habitaciones con tatamis oscuros, situadas en el segundo piso del edificio de la escuela, y llenas de mesas y libros de contabilidad y con un olor terrible a tabaco. Un oficinista levantó la vista de la mesa para mirarnos a través de una cortina de humo, y nos indicó con la cabeza que pasáramos a la habitación que había a su espalda. Allí, en una mesa llena de papeles, estaba el hombre más grande que yo había visto en mi vida. Entonces todavía no lo sabía, pero aquel hombre había sido un luchador de sumo; y realmente, si hubiera salido y se hubiera dejado caer con todo su peso contra uno de los lados del edificio, todas aquellas mesas se hubieran caído de la tarima de tatami al suelo. No había sido un luchador lo bastante bueno para tener un nombre al jubilarse, como lo hacen algunos; pero le gustaba que le siguieran llamando por el nombre que utilizaba en sus días de luchador, que era Awajiumi. A algunas geishas les hacía gracia llamarle por el diminutivo Awaji.

No bien entramos, Hatsumono desplegó todo su encanto. Era la primera vez que la veía hacerlo. Le llamó: "Awaji-san". Pero por su forma de pronunciarlo, no me habría sorprendido que se hubiera quedado sin aliento a media palabra, porque sonó así: "Awaa-jii-saa-annnnnn".

91

Parecía que lo estaba regañando. Él dejó la pluma sobre la mesa al oír la voz de Hatsumono, y sus dos inmensas mejillas se movieron hasta las orejas, lo cual era su forma de sonreír.

—Mmm... Hatsumono-san —dijo—, ¡no sé qué voy a hacer como sigas poniéndote más guapa!

Cuando hablaba sonaba como un grave susurro, porque muchos luchadores de sumo se destrozan las cuerdas bucales, al aplastarse el cuello como lo hacen.

Podía tener el tamaño de un hipopótamo, pero Awajiumi era muy elegante en el vestir. Llevaba un kimono con pantalones de raya fina. Su trabajo consistía en garantizar que todo el dinero que pasaba por Gion iba adonde se suponía que debía de ir; y un chorrito de ese río de dinero desembocaba directamente en su bolsillo. Esto no quiere decir que estuviera robando, sino que era simplemente como funcionaba el sistema. Dado que Awajiumi tenía un trabajo tan importante, a todas las geishas les interesaba tenerlo contento. Por eso tenía fama de pasar más tiempo sin sus elegantes ropas encima que con ellas.

Charlaron durante un buen rato y finalmente Hatsumono le dijo que había ido a registrarme para la escuela. Awajiumi todavía no me había mirado realmente, pero entonces volvió su enorme cabeza. Un momento después, se levantó y subió uno de los estores de papel para que entrara más luz.

—¡Pero bueno! Creí que mi vista me engañaba —dijo—. Deberías haberme dicho antes que venías con una niña tan bonita. ¡Qué ojazos! Son del color de los espejos.

—¿De los espejos? —dijo Hatsumono—. Los espejos no tienen color Awaji-san.

—Claro que lo tienen. Son grises. Cuando tú te miras al espejo, sólo te ves a ti; pero yo sé reconocer un lindo color cuando lo veo.

—¿Ah, sí? Pues a mí no me parece tan lindo. Una vez vi a un ahogado que habían sacado del río, y tenía la lengua exactamente del mismo color que los ojos de ésta.

—Tal vez eres demasiado bonita para ver la belleza en otra parte —dijo Awajiumi, abriendo un libro de cuentas y tomando la pluma—. Pero vamos a registrar a la muchacha. Vamos a ver... Chiyo, ¿no? Dime tu nombre completo, Chiyo, y tu lugar de nacimiento.

En cuanto oí estas palabras, me imaginé a Satsu mirando a Awajiumi, confusa y asustada. Probablemente había estado en esta misma habitación en un momento u otro; si yo tenía que registrarme, ella también tendría que haberlo hecho.

—Mi apellido es Sakamoto —dije—. Nací en Yoroido. Tal vez ya haya oído alguna vez el nombre de este pueblo, por mi hermana mayor, Satsu.

Creí que Hatsumono se pondría furiosa conmigo; pero para mi sorpresa, hasta pareció encantarle mi pregunta.

—Si es mayor que tú, ya tendría que estar registrada —dijo Awajiumi—. Pero no me suena. No creo que esté en Gion.

Entonces cobró sentido la sonrisa de Hatsumono; sabía de antemano lo que iba a decir Awajiumi. Si tenía alguna duda acerca de si había hablado realmente con mi hermana, como ella afirmaba, dejé de tenerla. Había en Kioto otros barrios de geishas, pero no los conocía. Satsu debía de estar en alguno de ellos, y yo estaba decidida a encontrarla.

Cuando volví a la *okiya*, la Tía me esperaba para llevarme a los baños que había un poco más abajo en nuestra misma calle. Ya había estado allí, pero con las

criadas mayores, que normalmente me daban una toa-
llita y un trozo de jabón y luego se agachaban en el suelo de azulejos a lavarse ellas, mientras yo hacía lo mismo.
La Tía fue mucho más amable, y se arrodilló a mi lado
para frotarme bien la espalda. Me sorprendió que no
tenía pudor alguno, y dejaba que le colgaran los pechos
como si fueran dos botellas. Incluso me dio varias veces
con uno sin querer.

Después de esto volvimos a la *okiya* y me vistió con
el primer kimono de seda que he llevado en mi vida; era
un kimono azul fuerte con un estampado de hojas de hierba alrededor del bajo y flores amarillas en las mangas y el
cuerpo. Luego me condujo al cuarto de Hatsumono. Antes de entrar me advirtió que no distrajera a Hatsumono
bajo ningún concepto ni hiciera nada que pudiera enfadarla. Entonces no entendí por qué me decía todo
aquello, pero ahora sé perfectamente bien por qué le
preocupaba tanto. Pues cuando una geisha se despierta
por la mañana es una mujer como cualquier otra. Puede
que tenga el cutis grasiento tras las horas de sueño y que
le huela mal el aliento. Cierto es que puede llevar un peinado asombroso, pero en cualquier otro respecto es una
mujer como todas, y no es una geisha. Sólo cuando se
sienta ante el tocador para maquillarse se convierte en
geisha. Y no me refiero a que esto suceda cuando empieza a parecerse físicamente a una geisha, sino a cuando
empieza a pensar como una geisha.

En la habitación, me dijeron que me sentara como
a un brazo de distancia de Hatsumono, justo detrás de
ella, en donde pudiera verle la cara reflejada en el pequeño espejo de su tocador. Estaba de rodillas sobre un cojín
y llevaba una bata de algodón sobre los hombros; tenía
en la mano como media docena de brochas y pinceles de
maquillaje de varias formas y tamaños. Algunos eran tan
anchos como abanicos, mientras que otros eran estre-

chos como palillos, sólo con una punta de suave pelo en el extremo. Por fin se volvió y me los enseñó.

—Estos son mis pinceles —dijo—. ¿Y te acuerdas de esto? —sacó del cajón del tocador un tarro con maquillaje blanco y lo agitó en el aire para que yo lo viera—. Éste es el maquillaje que te dije que no tocaras.

—Y no lo he tocado —dije. Olisqueó el tarro cerrado varias veces y dijo:

—No, creo que no lo has tocado —dejó el maquillaje en el tocador y agarró tres barras de pigmento, que me alargó en la palma de la mano para que las viera.

—Éstas sirven para las sombras. Puedes mirarlas.

—Tomé una de las barras. Tenía el tamaño del dedo de un bebé, pero era dura y lisa como una piedra, de modo que no dejó restos de color en mi piel. Un extremo estaba envuelto en delicado papel de plata, que estaba despellejado de tanto uso.

Hatsumono guardó las barras de pigmento y sacó algo que a mí me pareció una ramita quemada en un extremo.

—Éste es un bonito trozo de madera de paulonia —dijo—, y sirve para pintarme las cejas. Y esto es cera —desenvolvió dos barras de cera a medio usar y me las mostró.

—Dime, ¿por qué crees tú que te estoy enseñando todas estas cosas?

—Para que aprenda cómo se pone el maquillaje —respondí.

—¡Cielo santo! ¡Qué va! Te los he enseñado para que veas que no hay magia alguna en ello. ¡Lo siento por ti! Porque significa que el maquillaje solo no bastará para cambiar a la pobre Chiyo en algo hermoso.

Hatsumono se volvió de cara al espejo y empezó a canturrear mientras abría un frasco que contenía una crema color amarillo pálido. Se crea o no se crea, esa crema estaba hecha con excrementos de ruiseñor. Muchas geishas la empleaban antiguamente como crema facial, porque se creía que era muy buena para la piel; pero era tan cara que Hatsumono sólo se ponía unas gotitas en el contorno de los ojos y de la boca. Luego cortó un pedacito de cera y tras de ablandarla entre los dedos, se la extendió por la cara, el cuello y el escote. Le llevó un rato limpiarse las manos con un paño, y después humedeció una de las brochas de maquillaje planas en un platillo con agua y la introdujo en el tarro de maquillaje, revolviéndolo hasta conseguir una pasta blanca como de tiza. Con ella se pintó la cara y el cuello, pero se dejó sin pintar los ojos y la zona de la boca y la nariz. Hatsumono parecía una de esas máscaras que hacen los niños, recortando agujeros en un papel. Pero enseguida humedeció unos pinceles más finos y los empleó para rellenar las zonas recortadas. Tras lo cual pasó a parecer que se había caído de bruces en un cubo de harina, pues toda su cara tenía un blanco espantoso. Parecía el demonio que realmente era, pero aun así, me moría de envidia y de pena al verla. Pues sabía que en una hora más o menos, muchos hombres estarían mirando asombrados aquella cara; y yo seguiría allí en la *okiya*, sudorosa y vulgar.

Acto seguido humedeció las barras de pigmento y las utilizó para aplicarse coloretes en las mejillas. Durante mi primer mes en la *okiya*, había visto a Hatsumono maquillada muchas veces; la miraba de reojo siempre que podía sin parecer maleducada. Me había dado cuenta de que empleaba diferentes tintes para sus mejillas, dependiendo de los colores de su kimono. No había nada raro en ello; pero lo que no supe hasta muchos años después es que Hatsumono siempre elegía un tono mucho más rojo que el que hubiera elegido el resto. No sé por qué lo hacía, como no fuera que quisiera evocar la sangre. Pero Hatsumono no era tonta; sabía cómo realzar la belleza de sus rasgos.

Cuando terminó de ponerse el colorete, seguía sin cejas ni labios. Pero, por el momento, dejó su cara como una extraña máscara blanca y le pidió a la Tía que le pintara la nuca. Aquí es necesario decir algo con respecto al cuello en Japón, por si no se sabe. Por regla general, los hombres japoneses sienten por el cuello y la nuca de las mujeres lo mismo que sienten los occidentales por las piernas femeninas. Por eso las geishas llevan el kimono muy caído por detrás, de modo que se les puedan ver incluso las primeras vértebras. Supongo que es algo parecido a una francesa en minifalda. La Tía pintó en la nuca de Hatsumono un dibujo que se llamaba *sanbon-ashi*, que significa "tres piernas". Es una imagen muy impresionante, pues da la impresión que estás viendo la piel del cuello a través de unos pequeños agujeros practicados en una valla blanca. Pasaron muchos años antes de que yo pudiera entender el efecto erótico que tiene esto en los hombres; pero en cierto modo, es similar al de una mujer con la cara medio oculta detrás de sus dedos. En realidad, las geishas se dejan un pequeño margen de piel sin cubrir siguiendo la línea del pelo, lo que hace que el maquillaje parezca aún más artificial, algo parecido a las máscaras del teatro Noh. Cuando un hombre se sienta a su lado y ve el maquillaje como una máscara se hace mucho más consciente de la piel que hay debajo.

Mientras limpiaba las brochas, Hatsumono miró repetidamente a mi imagen reflejada en el espejo. Finalmente me dijo:

—Ya sé lo que estás pensando. Estás pensando que nunca serás así de guapa. Bueno, pues esa es la pura verdad.

—Deberías saber —dijo la Tía—, que muchas personas encuentran a Chiyo muy linda.

—A algunas personas les gusta el olor a pescado podrido —contestó Hatsumono. Y con esto, nos ordenó que saliéramos de la habitación para que pudiera ponerse la enagua que se lleva bajo el kimono.

La Tía y yo salimos de la habitación al rellano, donde el Señor Bekku esperaba junto al espejo, con el mismo aspecto que tenía el día que nos había sacado a Satsu y a mí del hogar de nuestros padres. Como supe ya en la primera semana de mi estancia en la *okiya*, su verdadera ocupación no era llevarse a las niñas de sus casas; era un "vestidor", lo que quiere decir que venía todos los días a la *okiya* a ayudar a Hatsumono a ponerse sus elaborados kimonos.

El atuendo que Hatsumono llevaría esa noche estaba colgado de una percha al lado del espejo. La Tía no paró de alisarlo hasta que Hatsumono salió vestida con una enagua que tenía un lindo color marrón claro con un estampado de hojas amarillo oscuro. De todo lo que sucedió a continuación, apenas entendí nada, pues el ritual de vestirse el kimono es confuso para quienes no están acostumbrados. Pero si se explica, queda perfectamente clara la manera de llevarlo.

Para empezar, hay que tener en cuenta que un ama de casa y una geisha llevan el kimono de forma muy distinta. Cuando un ama de casa se pone el kimono, emplea todo tipo de almohadillas para que no se le frunza en la cintura, con el resultado de que termina teniendo una forma totalmente cilíndrica, como una columna de un templo. Pero las geishas visten el kimono con tanta frecuencia que no necesitan ponerse almohadillas, y nunca tienen problemas con el fruncido. Tanto el ama de casa como la geisha empezarán por quitarse la bata de maquillarse y ponerse una banda de seda alrededor de las caderas desnudas; esta banda recibe el nombre de *koshimaki*, que quiere decir "envoltorio de las caderas". Encima de ésta se ponen un corpiño sin mangas que se ata en la cintura, y luego las almohadillas, que tienen cintas para sujetarlas en su sitio. En el caso de Hatsumono, con sus estrechas caderas y esbelta figura y su experiencia en vestirse kimonos, no era necesario ningún almohadillado.

Hasta este momento, todo lo que la mujer se ha puesto encima quedará oculto a la vista cuando esté completamente vestida. Pero la siguiente prenda, la enagua, no es en realidad una prenda de ropa interior. Cuando una geisha danza o incluso, a veces, simplemente andando por la calle, puede que se suba el bajo del kimono con la mano izquierda para que no le moleste al bailar o al andar. De este modo expone la enagua hasta la altura de las rodillas; por eso el estampado y el tejido de la enagua tienen que hacer juego con los del kimono. Y, de hecho, el cuello de la enagua también se ve, como el de la camisa de un hombre vestido con traje. Una de las tareas de la Tía en la *okiya* era coser un cuello limpio cada día en la enagua que pensaba ponerse Hatsumono, y luego quitarlo a la mañana siguiente para lavarlo. Los cuellos de las aprendizas de geisha son rojos; pero, claro está, Hatsumono no era una aprendiza; su cuello era blanco.

Cuando Hatsumono salió de la habitación, llevaba puestas todas las prendas que acabo de describir, aunque sólo se le podía ver la enagua, ceñida con una cinta en la cintura. También llevaba unos calcetines blancos, que llamamos *tabi* y que se abotonan a un lado y quedan totalmente pegados al pie. En este momento estaba preparada para que el Señor Bekku empezara a vestirla. Viéndolo trabajar cualquiera entendería inmediatamente por qué era necesaria su ayuda. Los kimonos siempre tienen el mismo largo, independientemente de quien lo lleve, de modo que, salvo en el caso de las mujeres excepcionalmente altas, la tela que sobra ha de ir plegada bajo el fajín. Cuando el Señor Bekku doblaba la tela del kimono en la cintura y le ataba luego un cordón para sujetarla, no se hacía un solo frunce. O si aparecía alguno, estiraba un poquito por aquí y un poquito por allá hasta que quedaba totalmente liso. Cuando había acabado, el kimono se ajustaba hermosamente al contorno del cuerpo.

La principal tarea del Señor Bekku como vestidor era atar el *obi*, lo cual no era tan fácil como suena. Un *obi* del tipo de los que llevaba Hatsumono tiene dos veces la altura de un hombre y es casi tan ancho como la espalda de una mujer. Enrollado en la cintura, cubre toda la zona comprendida entre el esternón y la parte inferior del ombligo. La mayoría de la gente que no entiende de kimonos piensan que el *obi* va sencillamente atado atrás, como si fuera un lazo; pero nada podría estar más lejos de la realidad. Una media docena de cintas y broches son necesarios para mantenerlo en su lugar, y asimismo se precisan algunas almohadillas para darle forma al nudo. Al Señor Bekku le llevaba varios minutos atar el *obi* de Hatsumono, pero lo dejaba sin una arruga, pese a que la tela solía ser muy pesada y gruesa.

Aquel día entendí muy poco de lo que vi; pero lo que me pareció fue que el Señor Bekku ataba cintas y remetía telas a una velocidad de vértigo, mientras que Hatsumono no hacía más que estirar los brazos y mirarse al espejo. Me dio mucha envidia contemplarla. Su kimono era un brocado de tonos marrones y dorados. Por debajo de la cintura, unos renos, con el bello colorido del otoño, se acariciaban uno al otro con el hocico; tras ellos, dorados y ocres en un estampado que representaba la caída de la hoja en el bosque. El *obi* era color ciruela, entretejido de plata. Por entonces no lo sabía, pero su atuendo costaba posiblemente más de lo que ganaban un policía o un tendero en todo un año. Sin embargo, viendo a Hatsumono volverse para echar un último repaso a su aspecto en el espejo, cualquiera habría pensado que no había dinero en el mundo que pudiera hacer a una mujer tan glamourosa como ella.

Sólo quedaban los últimos toques del maquillaje y los adornos del cabello. La Tía y yo seguimos a Hatsumono de vuelta a su habitación, donde volvió a arrodillarse ante el tocador y sacó una cajita de laca que contenía rojo de labios. Empleó un pincel muy fino para pintárselos. La moda del momento era dejarse sin pintar el labio superior, lo que hacía que el inferior pareciera más grueso. El maquillaje blanco produce todo tipo de extrañas ilusiones ópticas; si una geisha se pintara toda la superficie de sus labios, terminaría con una boca que más que boca parecería dos grandes rodajas de atún. De modo que la mayoría de las geishas prefieren algo más parecido a un pucherito, como un capullo de violeta. A no ser que tengan los labios con esa forma —y muy pocas los tienen— las geishas casi siempre se pintarán una boca más redonda de lo que la tienen en realidad. Pero, como decía, la moda de entonces era pintarse sólo el labio inferior, y eso fue lo que hizo Hatsumono.

Tras esto, Hatsumono tomó la ramita de paulonia que me había enseñado antes y la encendió con una cerilla. La dejó arder unos segundos y luego la sopló, la enfrió con los dedos y volvió al espejo para pintarse las cejas con este carboncillo. Tenía un bonito tono de gris. Luego se acercó a un armario y eligió algunos adornos para el cabello: uno de concha de tortuga y un extraño racimo de perlas sujeto al final de un largo alfiler. Después de ponérselos, se echó unas gotas de perfume en la carne desnuda de la nuca, y ocultó el frasquito plano de madera que lo contenía debajo del *obi*, por si volvía a necesitarlo. También ocultó bajo el *obi* un abanico, y un pañuelo dentro de la manga derecha. Y tras ello se volvió a mirarme. Tenía la misma leve sonrisa de antes, e incluso la Tía dejó escapar un suspiro al ver cuán extraordinario era su aspecto.

101

Seis

Al margen de lo que pensara de Hatsumono cada una de nosotras, la realidad es que era la emperatriz de nuestra *okiya*, ya que ganaba el dinero del que vivíamos todas las demás. Y siendo como era una emperatriz, no le habría agradado volver de madrugada y encontrarse la casa a oscuras y a todos los criados dormidos. Es decir, cuando volvía a casa demasiado borracha para desabrocharse los calcetines, alguien tenía que hacérselo; y si tenía hambre, no se iba a preparar ella algo en la cocina —como un *umeboshi ochazuke*, que era lo que más le gustaba comer fuera de horas: sobras de arroz con ciruelas agrias en salmuera, mojado todo ello en té caliente—. En realidad, a este respecto, nuestra *okiya* era totalmente normal. La tarea de esperar despierta a que volviera la geisha para recibirla siempre recaía en el más nuevo de los "capullos", que era como se llamaba a las niñas que estaban aprendiendo para geishas. Y desde el momento en que empecé a ir a la escuela, yo era el capullo más joven de la *okiya*. Mucho antes de la medianoche, Calabaza y las dos criadas mayores estaban ya profundamente dormidas en sus futones extendidos en el suelo del vestíbulo, como a un metro de mí, mientras que yo tenía que seguir arrodillada, luchando contra el sueño, a veces hasta tan tarde como las dos de la madrugada. El cuarto de la Abuela estaba al lado, y ella dormía con la luz encendida y la puerta entreabierta. El haz de luz que iluminaba mi futón vacío me recordó un día, no mucho antes de que a

Satsu y a mí nos llevaran del pueblo, en que me asomé a la puerta de la habitación trasera de la casa para ver a mi madre dormida. Mi padre había colgado unas redes de pescar delante de las ventanas, para oscurecer un poco la habitación, pero estaba tan lúgubre que decidí abrir una; y al hacerlo un rayo de luz cayó sobre el futón de mi madre iluminando una de sus manos, pálida y huesuda. Viendo la luz amarilla del cuarto de la Abuela sobre mi futón, me preguntaba si mi madre estaría todavía viva. Nos parecíamos tanto que estaba segura de que si hubiera muerto lo habría sabido; pero, claro está, no tenía forma de confirmarlo.

Una noche de otoño, por la época en que empieza a refrescar, me había adormilado arrimada a un poste, cuando oí que abrían la puerta de la calle. Hatsumono se enfadaría mucho si me encontrara dormida, así que hice todo lo posible por parecer bien despierta. Pero cuando se abrió la puerta interior, me sorprendió ver a un hombre, vestido con la típica ropa de trabajo —una chaqueta muy floja, abrochada a la altura de las caderas, y pantalones de campesino—, aunque no parecía ni un obrero ni un campesino. Iba peinado a la última, con aceite y todo el cabello hacia atrás, y llevaba una barbita recortada, que le daba aspecto de intelectual. Se inclinó para ponerse a mi altura, me agarró por la cabeza y me miró fijamente a los ojos.

—¡Pero qué bonita eres! —me dijo en voz baja—. ¿Cómo te llamas?

No me cabía la menor duda de que debía de ser un operario de algún tipo, aunque no podía explicarme por qué venía a tales horas. Me daba miedo contestarle, pero logré decirle mi nombre, y entonces él se humedeció un dedo en la lengua y me tocó en la mejilla, para quitarme una pestaña, al parecer.

—¿Está Yoko todavía aquí?

Yoko era una joven que venía todos los días desde media tarde hasta bien entrada la noche. Por aquel tiempo, las *okiyas* y las casas de té de Gion estaban comunicadas por un sistema de teléfono privado, y durante esas horas Yoko era casi la más ocupada de la *okiya* contestando a las llamadas y registrando los compromisos de Hatsumono, a veces para banquetes o fiestas con seis meses o un año de adelanto. Por lo general, la agenda de Hatsumono no se completaba hasta la mañana anterior, y durante la tarde y la noche seguía habiendo llamadas de clientes que querían que se pasara por una u otra casa de té si todavía le quedaba tiempo. Pero aquella noche el teléfono no había sonado mucho, y pensé que probablemente Yoko también se había quedado dormida, como yo. El hombre no esperó mi respuesta, pero me hizo un gesto para que guardara silencio y se dirigió por el pasaje hasta el cuarto de las sirvientas.

Lo siguiente que oí fue a Yoko excusándose, pues, efectivamente, se había quedado dormida; tras disculparse, mantuvo una larga conversación con la centralita. Tuvo que conectar con varias casas de té antes de localizar a Hatsumono y dejarle el mensaje de que el actor de Kabuki Onoe Shikan estaba en la ciudad. Entonces no lo sabía, pero no existía ningún Onoe Shikan; no era más que un código secreto.

Después, Yoko se fue. No pareció preocuparle que hubiera un hombre esperando en la casita de las criadas, así que decidí no avisar a nadie. Y resultó que fue una buena medida, pues cuando Hatsumono apareció veinte minutos más tarde, se detuvo en el vestíbulo y me dijo:

—Todavía no he intentado hacer tu vida miserable de verdad. Pero como se te ocurra decir a nadie que ha habido aquí un hombre, o que he pasado por aquí antes del final de la noche, te vas a enterar.

Estaba de pie frente a mí, y cuando se metió la mano en la manga buscando algo, pese a la escasa luz, vi que tenía los brazos ruborizados. Fue a la casita de las

criadas y cerró la puerta tras ella. Oí el sonido amortiguado de una breve conversación, y luego todo se quedó en silencio. De vez en cuando creí oír un suave suspiro
o un leve quejido, pero eran unos sonidos tan imper-
ceptibles que no podía estar segura de haberlos oído. No
diré que sabía lo que estaban haciendo, pero sí que puedo decir que pensé en mi hermana subiéndose el traje de
baño delante del hijo de Sugi. Y sentí una combinación
tal de asco y curiosidad que, aunque hubiera podido
abandonar mi sitio, creo que no lo habría hecho.

Una vez a la semana más o menos, Hatsumono y su
novio —que resultó ser cocinero en un restaurante de la
zona— venían a la *okiya* y se encerraban en la casita de las
criadas. También se encontraban a otras horas en otros
lugares. Lo sé porque a menudo utilizaban a Yoko para darse los recados, y yo la oía a veces. Todas las criadas sabían
lo que hacía Hatsumono. Y una medida del poder que tenía
sobre nosotras podría ser que ninguna le dijera nunca ni
una palabra ni a Mamita ni a la Tía ni a la Abuela. Hatsumono habría tenido verdaderos problemas si se hubieran
enterado de que tenía un novio y también, pero menos, de
que lo traía a la *okiya*. El tiempo que pasaba con él no ganaba nada y la alejaba de las fiestas y casas de té donde podría
estar haciendo dinero. Y por encima de todo, cualquier
rico que hubiera estado interesado en una relación dura-
dera con ella cambiaría de parecer al enterarse de que estaba liada con el cocinero de un pequeño restaurante.

Una noche, cuando volvía de beber agua en el
pozo del patio, oí la puerta de la calle y un gran estrépito, como si algo se hubiera golpeado contra el marco.

—De verdad, Hatsumono —dijo una voz profunda—, vas a despertar a todo el mundo...

Nunca había entendido por qué Hatsumono corría el riesgo de traer a su novio a la *okiya*, aunque tal vez era el propio riesgo lo que la excitaba. Pero nunca había sido tan descuidada como para armar semejante escándalo. Me apresuré a ponerme en mi sitio, de rodillas, y Hatsumono no tardó en aparecer en el vestíbulo con dos paquetes envueltos en papel de lino. Detrás de ella entró otra geisha, tan alta que tuvo que agacharse para pasar por el umbral. De pie a mi lado, mirándome desde su altura, se le veían unos labios anormalmente grandes y carnosos, situados casi en el borde inferior de su cara. Nadie hubiera dicho que era hermosa.

—Esta atolondrada es la última de nuestras criadas —dijo Hatsumono—. Creo que tiene un nombre, pero ¿por qué no llamarla Señorita Estúpida?

—Muy bien, Señorita Estúpida —dijo la otra geisha—. Ve y trae algo de beber para tu hermana mayor y para mí—. La voz profunda era la de ella, y no la del novio del Hatsumono.

Por lo general, a Hatsumono le gustaba beber un tipo especial de sake llamado *amakuchi*, que es muy ligero y dulzón. Pero el *amakuchi* se hacía sólo en invierno, y parecía que se había agotado. En su lugar, serví dos vasos de cerveza y se los llevé. Hatsumono y su amiga ya habían entrado, calzadas con los zapatos de madera, y estaban de pie en el pasaje. Me di cuenta de que estaban muy ebrias; la amiga de Hatsumono tenía unos pies demasiado grandes para nuestros diminutos zapatos de madera y apenas podía dar un paso sin que las dos estallaran en grandes carcajadas. Hatsumono acababa de dejar los dos paquetes en la pasarela que recorría un lado de la casa, y estaba a punto de abrir uno cuando llegué yo con la cerveza.

—No me apetece cerveza —dijo, y agachándose vació los dos vasos bajo la casa.

—Pues a mí sí que me apetece —dijo su amiga, pero ya era demasiado tarde—. ¿Por qué has tirado el mío?

—¡Venga, calla ya, Korin! —dijo Hatsumono—. Ya has bebido bastante. Mira esto ahora, porque te vas a morir de alegría cuando lo veas —y diciendo esto, Hatsumono desató el cordel de uno de los paquetes y extendió sobre la pasarela un precioso kimono en diferentes tonos de verde, con un estampado de vides con hojas rojas. Era de verdad una gasa de seda maravillosa, aunque de verano y poco apropiada para el otoño. La amiga de Hatsumono, Korin, se quedó tan sorprendida que de tanto que contuvo el aliento, se atragantó con su propia saliva, lo que hizo que las dos volvieran a echarse a reír. Yo decidí que había llegado el momento de desaparecer. Pero Hatsumono dijo:

—No te vayas, Señorita Estúpida —y entonces se volvió a su amiga y le dijo—: Vamos a divertirnos un rato, Korin-san. Adivina de quién es este kimono.

Korin seguía tosiendo, pero cuando pudo hablar dijo:

—¡Cómo me gustaría que fuera mío!

—Pues no lo es. Pertenece ni más ni menos que a la geisha que las dos más odiamos en el mundo.

—¡Ay, Hatsumono, eres genial! Pero ¿de dónde has sacado un kimono de Satoka?

—¡No me refiero a Satoka! ¡Hablo de Doña Perfecta!

—¿De quién?

—De Doña Yo-soy-la-mejor..., ni más ni menos.

Se produjo un silencio, y entonces dijo Korin:

—¡Mameha! ¡Es un kimono de Mameha! ¡Cómo es posible que no lo haya reconocido! ¿Cómo te las has arreglado para conseguirlo?

—Hace unos días, me olvidé algo en el Teatro Kaburenjo después del ensayo —dijo Hatsumono—. Y cuando volví a buscarlo, oí unos gemidos que salían de las escaleras del sótano. Así que pensé: "No puede ser. Eso sería demasiado divertido." Y cuando bajé y encendí la luz, adivina a quiénes me encontré tirados en el suelo pegados como dos granos de arroz.

—¡No puedo creerlo! ¡A Mameha!

—No seas tonta. Mameha es demasiado remilgada para hacer semejante cosa. Era su doncella, con el guarda del teatro. Sabía que haría cualquier cosa con tal de que me callara la boca, así que fui a verla más tarde y le dije que quería el kimono de Mameha. Empezó a llorar cuando se dio cuenta de cuál le estaba diciendo.

—¿Y qué hay en el otro? —preguntó Korin, señalando el siguiente paquete, todavía sin abrir.

—Éste es uno que le hice comprar a la chica con su dinero y que ahora es mío.

—¿Con su dinero? —preguntó Korin—. ¿Qué criada posee el dinero suficiente para comprar un kimono?

—Bueno, si no lo ha comprado, como me dijo, no quiero saber de dónde lo ha sacado. En cualquier caso, la Señorita Estúpida va a ir a guardarlo en el almacén.

—Hatsumono-san, a mí no me está permitido entrar en el almacén —dije yo inmediatamente.

—Si quieres saber dónde está tu hermana mayor, no me hagas repetir dos veces las cosas esta noche. Tengo proyectos para ti. Luego me podrás hacer una sola pregunta, y yo te la responderé.

No diré que la creí; pero no cabía duda de que Hatsumono podía hacer mi vida miserable de mil maneras diferentes. No me quedaba más remedio que obedecerla.

Puso el kimono —envuelto en su papel— en mis brazos y me condujo al almacén, al fondo del patio. Abrió la puerta y encendió el interruptor de la luz con un golpe seco. Vi estantes llenos de sábanas y almohadones, así como varios baúles cerrados y unos cuantos futones enrollados. Hatsumono me agarró por el brazo y señaló la escalera de mano apoyada en el muro exterior.

—Los kimonos están ahí arriba —dijo.

Subí hasta arriba y abrí una puerta corredera. El almacén superior no tenía estantes, como abajo. En su lugar, había cajas de laca rojas apiladas junto a las paredes; las pilas llegaban casi hasta el techo. Entre las dos paredes de cajas había un estrecho pasillo, con unos ventanucos cubiertos con estores en los extremos, para la ventilación. El espacio estaba iluminado con la misma luz desnuda del inferior, pero más fuerte; así que cuando entré, pude leer los caracteres negros escritos en el frente de las cajas. Decían cosas como *Kata-Komon*, *Ro* (estampados en gasa de seda) y *Kuromontsuki*, *Awase* (vestidos de etiqueta con forro). A decir verdad, por entonces no entendía todos los caracteres, pero me las apañé para encontrar la caja con el nombre de Hatsumono. Me costó bajarla, pero por fin pude añadir el nuevo kimono a los otros que contenía la caja, también envueltos en papel de lino, y volví a ponerla en su sitio. Por curiosidad, abrí otra de las cajas y vi que estaba llena hasta arriba de kimonos, tal vez quince o más, e igual estaban el resto. Al ver el almacén comprendí el miedo al fuego de la Abuela. Aquella colección de kimonos valía tanto como toda la riqueza de Yoroido y Senzuru juntos. Y como supe mucho más tarde, los más caros se almacenaban en otra parte. Sólo se los ponían las aprendizas de geisha; y como Hatsumono ya no podía llevarlos, estaban guardados en una caja fuerte hasta que volvieran a necesitarse.

Para cuando volví al patio, Hatsumono había subido a su habitación a buscar una piedra y una barra de tinta, así como un pincel de caligrafía. Pensé que tal vez quería escribir una nota para meterla dentro del kimono al doblarlo. Había salpicado agua del pozo en la piedra de tinta y ahora, sentada en la pasarela, molía la tinta. Cuando estuvo lo bastante negra, mojó el pincel y lo escurrió contra la piedra, de modo que toda la tinta quedara en el pincel y no goteara. Entonces me lo puso en la mano, sosteniéndola sobre el hermoso kimono y me dijo:

—Practica tu caligrafía, pequeña Chiyo.

Aquel kimono, que pertenecía a una geisha que yo no conocía llamada Mameha, era una obra de arte. Desde el dobladillo hasta la cintura trepaba una vid hecha con hilos lacados, retorcidos juntos como si fueran un cable de poco grosor y finalmente cosidos. Era parte del estampado, pero parecía que, si querías, la podías tomar entre los dedos, y arrancarla del suelo como si fuera una mala hierba. Las hojas ensortijadas en los tallos parecían estarse marchitando y secando con el tiempo de otoño, e incluso amarilleaban en partes.

—No lo puedo hacer, Hatsumono-san —exclamé.

—¡Qué pena, cariño! —me dijo su amiga—. Porque si se lo haces repetir a Hatsumono, perderás la oportunidad de encontrar a tu hermana.

—Cierra la boca, Korin. Chiyo sabe que tiene que hacer lo que le digo. Escribe algo en la tela, Señorita Estúpida. Lo que sea.

Cuando el pincel tocó el kimono, Korin dejó escapar un chillido de excitación. Una de las criadas mayores se despertó, y se asomó al pasillo en camisón y con un paño en la cabeza. Hatsumono dio una patada en el suelo e hizo un gesto como si estuviera espantando un bicho, lo que bastó para hacerla volver inmediatamente a su futón. A Korin no le gustaron las temblorosas pinceladas que yo había dado en la seda, de modo que Hatsumono me dijo en dónde tenía que marcar la tela y qué tipo de marca tenía que hacer. No tenían ningún sentido; sencillamente Hatsumono estaba intentando ser artística a su manera. Luego volvió a envolver el kimono en el mismo papel y lo ató con su cordel. Ella y Korin volvieron a la entrada a calzarse sus *zori* de laca. Cuando abrieron la puerta de la calle, Hatsumono me dijo que las siguiera.

—Hatsumono-san, si salgo de la *okiya* sin permiso, Mamita se enfadará y...

—Yo te doy permiso —me interrumpió Hatsumono—. Tenemos que devolver el kimono, ¿no? Supongo que no querrás hacerme esperar.

Así que no tuve más remedio que calzarme y seguirlas por el callejón hasta una calle que discurría al lado del arroyo Shirakawa. Por aquellos días, las calles y callejones de Gion estaban todavía hermosamente pavimentados de piedra. Caminamos una cuadra más o menos a la luz de la luna, siguiendo los cerezos que se encorvaban sobre las oscuras aguas, y finalmente cruzamos un puentecillo de madera que llevaba a una zona de Gion en la que no había estado nunca. El dique del arroyo era de piedra, y estaba cubierto en su mayor parte de musgo. Las traseras de las casas de té y de las *okiya*s formaban un muro sobre él. Estores rojos dividían en franjitas la luz amarilla de las ventanas, recordándome lo que la cocinera había hecho con un rábano en salmuera ese mismo día. Oí las risas de un grupo de hombres y geishas. Algo muy divertido debía de estar sucediendo en una de las casas de té, porque cada oleada de risas sonaba más fuerte que la anterior, hasta que por fin se fueron acallando y dejaron sólo el tañido de un *shamisen* de otra fiesta. Por el momento, me imaginaba que Gion era probablemente un sitio divertido para algunos. No podía dejar de preguntarme si Satsu se encontraría en alguna de esas juergas, pese a que Awajiumi, el del Registro, me había dicho que no estaba en Gion.

Poco después, Hatsumono y Korin se detuvieron delante de una puerta de madera.

—Vas a subir las escaleras y entregar este kimono a la criada que esté allí —me dijo Hatsumono—. O si Doña Perfecta abre la puerta, se lo das a ella. No digas nada. Limítate a entregarlo. Nosotras te miraremos desde aquí abajo.

Con esto, me puso en las manos el paquete con el kimono, y Korin abrió la puerta. Unos pulidos escalones de madera conducían a la oscuridad. Yo iba temblando de miedo, de tal modo que no pude pasar de la mitad y me detuve. Entonces oí que Korin me susurraba desde abajo:

—Sigue, sigue, pequeña. Nadie te va a comer, a no ser que vuelvas con el paquete todavía en las manos..., en cuyo caso, tal vez, nos lo pensaríamos. ¿No es verdad, Hatsumono?

Hatsumono suspiró y no dijo nada. Korin se esforzaba por verme en aquella oscuridad; pero Hatsumono, que no estaba mucho más arriba que el hombro de Korin, se mordisqueaba las uñas sin prestar ninguna atención. Incluso entonces, muerta de miedo como estaba, no pude dejar de reparar en cuán extraordinariamente bella era. Puede que fuera tan cruel como una araña, pero estaba más encantadora allí mordiéndose las uñas que la mayoría de las geishas posando para una foto. Y el contraste con su amiga Korin era como comparar una piedra del camino con una piedra preciosa. Korin parecía incómoda con aquel peinado y los adornos del cabello, y siempre se estaba tropezando con el kimono. Mientras que Hatsumono llevaba el kimono como una segunda piel.

En el rellano, arriba de las escaleras, me arrodillé en la oscuridad y llamé:

—¡Por favor! ¿Hay alguien por ahí? —esperé, pero no sucedió nada.

—Más alto —dijo Korin—. No te esperaban.

Así que volví a llamar:

—¡Por favor!

—Un momento —dijo una voz amortiguada; y enseguida se abrió la puerta. La muchacha arrodillada al otro lado no era mayor que Satsu, pero era muy delgadita y nerviosa como un pájaro. Le entregué el paquete con el kimono. Se quedó muy sorprendida y me lo arrebató de las manos casi desesperada.

—¿Quién anda ahí, Asami-san? —dijo una voz desde el interior. Se veía una lamparilla de papel encendida sobre un pedestal antiguo, colocado junto a un futón recién abierto. Era el futón de la geisha Mameha; lo sabía por las sábanas impolutas y la elegante colcha de seda, así como la *takamakura*, "almohada alta", igual que la que usaba Hatsumono. En realidad, no era verdaderamente un almohada, sino una base de madera con una hendidura acolchada en el centro para poner el cuello; era la única manera en que podían dormir las geishas sin echar a perder sus elaborados peinados.

La criada no contestó, pero abrió el paquete haciendo el menor ruido posible, sacó el kimono e intentó ponerlo a la escasa luz que salía del interior. Cuando vio las manchas de tinta, ahogó un grito, tapándose la boca con la mano. Las lágrimas no tardaron en correrle por las mejillas, y entonces se oyó una voz:

—¡Asami-san! ¿Quién está ahí?

—¡Nadie, nadie, señorita! —le contestó la criada. Me dio mucha lástima verla secarse las lágrimas con la manga rápidamente. Antes de que cerrara la puerta, alcancé a ver a su señorita. Enseguida comprendí por qué Hatsumono llamaba a Mameha "Doña Perfecta". Su cara era un óvalo perfecto, como el de una muñeca, y tan lisa y delicada como la porcelana, incluso sin maquillar. Avanzó hacia la puerta y se asomó al hueco de la escalera intentando ver algo, pero en ese momento la criada cerró la puerta y desapareció de mi vista.

A la mañana siguiente, al volver de la escuela, vi que Mamita, la Abuela y la Tía se habían encerrado en la sala del primer piso. Estaba segura de que estaban hablando del kimono; y, como era de esperar, en el momento en que Hatsumono entró de la calle, una de las criadas fue a decírselo a Mamita, que salió al vestíbulo y la detuvo al pie de la escalera.

—Esta mañana han venido a visitarnos Mameha y su doncella —dijo.

—Ya sé lo que me vas a decir, Mamita. Siento horrores lo del kimono. Intenté detener a Chiyo, pero fue demasiado tarde. ¡Debió de creer que era mío! No comprendo por qué me empezó a odiar nada más llegar aquí... Pensar que ha destrozado un kimono como ése sólo para hacerme daño a mí.

Para entonces, la Tía había salido renqueando al vestíbulo. "*Matte mashita!*", le gritó. Yo entendí perfectamente sus palabras; significaban "Te estábamos esperando". Pero no tenía ni idea de qué quería decir con ellas. En realidad, era bastante ingenioso, pues eso es lo que grita a veces el público cuando una gran estrella del Kabuki hace su entrada en el escenario.

—¿Acaso estás sugiriendo que yo tengo algo que ver con ese kimono, Tía? ¿Por qué iba yo a hacer algo así?

—Todo el mundo sabe que odias a Mameha —le respondió la Tía—. Odias a todas a las que les va mejor que a ti.

—¿Me estás diciendo que debería tenerte mucho cariño sólo porque eres la viva imagen del fracaso?

—Basta ya —dijo Mamita—. Ahora escúchame, Hatsumono. No pensarás que somos lo bastante estúpidas para creernos el cuento. No permitiré este comportamiento en la *okiya*, ni siquiera en ti. Respeto mucho a Mameha. No quiero oír que vuelve a suceder algo parecido. Y en lo que respecta al kimono, alguien tiene que pagarlo. No sé lo que pasó anoche, pero no hay discusión sobre quién agarraba el pincel. La criada vio que la chica lo tenía en la mano. Así que será la chica la que pague —dijo Mamita, y luego volvió a meterse la pipa en la boca.

Entonces salió la Abuela de la sala y ordenó a una criada que trajera la vara de bambú.

—Chiyo tiene demasiadas deudas —dijo la Tía—. No entiendo por qué tiene que pagar también las de Hatsumono.

—Ya hemos hablado suficiente sobre el asunto —dijo la Abuela—. La chica será azotada y tendrá que devolver el coste del kimono. Y no se hable más. ¿Dónde está la vara de bambú?

—Yo misma la pegaré —dijo la Tía—. No vaya a ser que se te resientan los huesos otra vez, Abuela. Ven conmigo, Chiyo.

La Tía esperó a que la criada trajera la vara y me condujo al patio. Estaba tan enfadada que tenía las aletas de la nariz más grandes de lo normal y los ojos parecían puños de tan salidos como estaban. Desde que había llegado a la *okiya* había tenido siempre mucho cuidado de no hacer nada que me pudiera costar una paliza. De pronto me entró mucho calor, y se me empezaron a borrar las losas que estaba pisando. Pero en lugar de pegarme, la Tía dejó la vara contra la pared del almacén y luego se acercó a mí y me dijo sin alzar apenas la voz:

—¿Qué le has hecho a Hatsumono? Está decidida a acabar contigo. Tiene que haber alguna razón, y quiero conocerla.

—Le juro, Tía, que siempre me ha tratado así, desde que llegué. Ni siquiera sé qué le he hecho para que se porte así conmigo.

—Puede que la Abuela diga que Hatsumono es tonta, pero créeme, Hatsumono no es ninguna tonta. Si quiere destruirte, lo hará. Tienes que dejar de hacer lo que quiera que haces para enfadarla tanto.

—No hago nada, Tía. Se lo prometo.

—No debes fiarte de ella, ni siquiera cuando te parezca que trata de ayudarte. Ya te ha cargado con una deuda tan grande que puede que no llegues a devolverla nunca.

—No entiendo... ¿qué deuda?

—La bromita de Hatsumono con ese kimono te va a costar a ti más dinero del que puedas llegar a imaginar. Ésa es la deuda.

—Pero ¿cómo voy a pagarla?

—Cuando empieces a trabajar de geisha, se lo devolverás a la *okiya*, junto con el resto de las deudas que hayas ido acumulando: tus comidas, la escuela y el médico, si te pones enferma. Lo pagarás todo. ¿Por qué crees que Mamita pasa tanto tiempo en su cuarto, apuntando cifras en sus dietarios? Pagarás a la *okiya* incluso el dinero de tu compra.

Durante los meses que llevaba pasados en Gion, alguna vez, sin duda, me había imaginado que algún dinero debió de haber cambiado de manos antes de que Satsu y yo fuéramos sacadas de nuestra casa. A menudo pensaba en aquella conversación entre el Señor Tanaka y mi padre que había oído por casualidad, y en lo que había dicho Doña Fuguillas de que Satsu y yo éramos "aptas". Me preguntaba horrorizada si el Señor Tanaka habría sacado algún dinero por ayudar a vendernos, y cuánto habíamos costado. Pero nunca había imaginado que tendría que devolverlo.

—No habrás terminado de pagar hasta que no hayas pasado un largo tiempo de geisha —continuó—. Y nunca pagarás si fracasas, como me pasó a mí. ¿Es así como quieres pasar tu futuro?

En ese momento me importaba bastante poco lo que pasara con mi futuro.

—Si quieres echar a perder tu vida en Gion, hay una docena de maneras de hacerlo —dijo la Tía—. Puedes intentar huir. Una vez que lo intentes, Mamita considerará que eres una mala inversión y no querrá poner más dinero en alguien que puede desaparecer en cualquier momento. Eso significaría el fin de tus lecciones, y no se puede ser geisha sin aprender lo necesario para serlo. O puedes ganarte la animadversión de tus maestras, de modo que no te presten la ayuda que necesitas. O puede que al crecer te pongas fea, como me pasó a mí. Yo no era una criatura tan poco atractiva cuando la Abuela me compró a mis padres, pero no salí bien, y la Abuela siempre me odió por ello. Una vez me pegó tanto por algo que había hecho que me rompió una cadera. Entonces tuve que dejar de ser geisha. Por eso te voy a pegar yo, antes que dejar que la Abuela te ponga las manos encima.

Me condujo a la pasarela y me dijo que me echara boca abajo. No me importaba que me pegara o no; me parecía que nada podría empeorar mi situación. Cada vez que mi cuerpo se sacudía con el golpe de la vara, yo gritaba lo más alto que me atrevía y me imaginaba la linda cara de Hatsumono sonriendo encima de mí. Cuando terminó de pegarme, la Tía me dejó allí sola llorando. La pasarela no tardó en temblar con los pasos de alguien, y me senté y vi a Hatsumono de pie a mi lado.

—Chiyo, te agradecería que te apartaras de mi camino.

—Me prometió que me diría dónde podía encontrar a mi hermana, Hatsumono —le dije.

—¿Eso te prometí? —se inclinó para poner su cara a la altura de la mía. Pensé que me iba a decir que todavía no había hecho bastante, que cuando pensara en algo que yo pudiera hacer, me lo diría. Pero no sucedió así—. Tu hermana está en un *jorou-ya* que se llama Tatsuyo —me dijo—, en el distrito de Miyagawa, al sur de Gion.

Cuando terminó de hablar, me dio un puntapié, y yo salté de la pasarela y me quité de en medio.

Siete

Nunca había oído aquella palabra, *jorou-ya;* así que al día siguiente por la tarde, cuando a la tía se le cayó el costurero en el vestíbulo y me mandó que le ayudara a recogerlo, le pregunté:

—Tía, ¿qué es un *jorou-ya*?

La Tía no contestó y siguió enrollando un carrete de hilo.

—¿Tía...? —insistí.

—Es el tipo de lugar en el que acabará Hatsumono si alguna vez llega a tener lo que se merece —me respondió.

No parecía muy inclinada a decir más, así que tuve que dejarlo ahí.

Ciertamente no había respondido a mi pregunta, pero por lo que me dijo me formé la idea de que Satsu podría estar pasándolo todavía peor que yo. Así que empecé a pensar en la forma de introducirme en aquel lugar llamado Tatsuyo la primera vez que se me presentara la oportunidad. Por desgracia, parte de mi castigo por haber destrozado el kimono de Mameha era la reclusión en la *okiya* durante un periodo de cincuenta días. Se me permitía asistir a la escuela siempre que fuera con Calabaza; pero no me dejaban hacer recados. Supongo que podría haber salido corriendo por la puerta en cualquier momento, si hubiera querido, pero no era tan tonta para hacer semejante cosa.

Para empezar, no sabía cómo encontrar el Tatsuyo. Y lo que era aún peor, en cuanto se dieran cuenta de que me había ido, mandarían al Señor Bekku o a quien fuera en mi busca. Unos meses antes había huido una joven criada de la *okiya* de al lado, y la trajeron de vuelta a la mañana siguiente. Le pegaron tanto durante los días que siguieron y sus gritos eran tan espantosos que a veces tenía que taparme los oídos para no oírlos.

Decidí que no me quedaba más remedio que esperar a que acabara mi periodo de confinamiento. Mientras tanto, puse todas mis energías en encontrar la manera de vengarme de la crueldad de Hatsumono y de la Abuela. De Hatsumono me vengué poniéndole en su crema de la cara los excrementos de paloma que me mandaban limpiar de las losas del patio. La crema, como ya he dicho, contenía un ungüento hecho con excrementos de ruiseñor; así que lo más seguro es que no le hiciera daño alguno, pero a mí me produjo una profunda satisfacción hacerlo. De la Abuela me vengué frotando su camisón por dentro con el trapo de limpiar el retrete; y me agradó profundamente verla olisquearlo asombrada, sin llegar a quitárselo. No tardé en darme cuenta de que la cocinera había decidido por su cuenta castigarme también por lo del kimono, reduciendo drásticamente mis dos raciones mensuales de pescado seco. No sabía cómo vengarme de ella, hasta que un día la vi persiguiendo un ratón por el pasillo con un mazo en la mano. Resultó que odiaba a los ratones más que los gatos. Así que recogí excrementos de ratón de debajo de la casa principal y los esparcí por la cocina. Incluso un día hice un agujerito con un palillo en uno de los sacos de arroz, de modo que tuviera que vaciar todas las alacenas para ver si había ratones.

Una noche que estaba esperando que regresara Hatsumono, oí sonar el teléfono, y al cabo de un momento Yoko salió y subió las escaleras. Cuando bajó, llevaba en la mano el *shamisen* de Hatsumono, desmontado en su estuche de laca.

—Tienes que llevar esto a la Casa de Té Mizuki —me dijo—. Hatsumono ha perdido una apuesta y tiene que tocar una canción en el *shamisen*. No sé lo que le pasa, pero no quiere utilizar el que le ofrecen. Supongo que es sólo una maniobra para retrasar el momento, porque hace años que no toca.

Al parecer, Yoko no sabía que yo estaba confinada en la *okiya*, lo que no era de extrañar, por otro lado. Apenas se le permitía salir del cuarto de las criadas no fuera a ser que perdiera alguna llamada importante, y no participaba en la vida de la *okiya*. Tomé el *shamisen* mientras ella se ponía el abrigo para irse. Y después de que me explicara dónde encontrar La Casa de Té Mizuki, me puse los zapatos, muy nerviosa de que alguien pudiera detenerme ahora. Las criadas —incluso las tres mayores— y Calabaza estaban todas dormidas, y Yoko se habría ido en cuestión de minutos. Me pareció que por fin se me había presentado la oportunidad de encontrar a mi hermana.

Oí un trueno, y el aire olía a lluvia. Así que me apresuré por la calle, pasando grupos de hombres y geishas. Algunos me miraban extrañados, porque por aquel entonces todavía había en Gion hombres y mujeres que se ganaban la vida como transportadores de *shamisen*. Solían ser mayores; y nunca había habido ningún niño entre ellos. No me habría sorprendido que algunos de los que pasé hubieran pensado que había robado el *shamisen* y estaba huyendo.

Cuando llegué a la Casa de Té Mizuki, empezaba a llover; pero la entrada era tan elegante que me asustaba poner un pie allí. Las paredes detrás de la pequeña cortina colgada en el umbral tenían un suave tono anaranjado y estaban rematadas en madera oscura. Un brillante caminito de piedras conducía a un gran jarrón que contenía un adorno de retorcidas ramas de arce con todas sus hojas otoñales, de un rojo brillante. Finalmente me armé de valor y entré rozando la pequeña cortina. Junto al jarrón, se abría a un lado un espacioso portal, con un suelo de granito. Recuerdo que me sorprendió que todo lo que estaba viendo no fuera ni siquiera el vestíbulo de la casa de té, sino sólo el camino que conducía hasta éste. Era de una delicadeza exquisita —y desde luego tenía que serlo, pues, aunque no lo supiera entonces, estaba entrando en una de las casas de té más exclusivas de todo Japón—. Y una casa de té no es precisamente un lugar donde se toma té; es el lugar adonde van los hombres a divertirse con las geishas.

No bien puse un pie en el portal, se abrió ante mí una puerta corredera. Una joven camarera arrodillada en un suelo elevado me miró desde arriba; debía de haber oído mis zapatos de madera en la piedra. Iba vestida con un bonito kimono azul marino con un sencillo estampado en tonos grises. Un año antes la hubiera tomado por la joven dueña de un lugar tan lujoso, pero tras nueve meses en Gion, me di cuenta enseguida de que su kimono —aunque más bonito que cualquier prenda de Yoroido— era demasiado sencillo para una geisha o para la dueña de una casa de té. Y, por supuesto, su peinado era también muy simple. De todos modos era mucho más elegante que yo, y me miró con desprecio.

—Vete por detrás —dijo.

—Hatsumono ha pedido que...

—¡Que vayas por detrás! —repitió, y volvió a cerrar la puerta sin esperar mi respuesta.

Ahora llovía con más fuerza, de modo que me fui corriendo, más que andando, por el estrecho callejón que corría a un lado de la casa. La puerta trasera se abrió conforme yo llegaba, y la misma camarera me esperaba allí arrodillada. No dijo nada, limitándose a tomar el *shamisen* de mis manos.

—Señorita —dije—. ¿Puedo preguntarle...? ¿Me podría decir hacia dónde está el distrito de Miyagawa?

—¿Para qué quieres ir allí?

—Tengo que recoger algo.

Me miró extrañada, pero luego me dijo que tenía que caminar siguiendo el río hasta que pasara el Teatro Minamiza, y entonces me encontraría en el distrito de Miyagawa-cho.

Decidí quedarme bajo los aleros de la casa hasta que dejara de llover. Mirando a mi alrededor descubrí entre los tablones de la cerca que el edificio tenía un ala más. Apliqué el ojo a la cerca y vi un hermoso jardín, detrás del cual había una ventana de cristal iluminada. Dentro, en una linda habitación de suelo de tatami, bañada en una luz anaranjada, un grupo de hombres y geishas estaban sentados en torno a una mesa sobre la que había copitas de sake y vasos de cerveza. Hatsumono también estaba allí, y un hombre mayor con cara de sueño, que parecía estar contando una historia. Hatsumono parecía divertida por algo, aunque evidentemente no por lo que estaba contando el hombre. Miraba a otra geisha que me daba la espalda. Me encontré de pronto recordando la última vez que había fisgoneando una casa de té, con la hija del Señor Tanaka, Kuniko, y empecé a sentir la misma pesadumbre que había sentido hacía mucho tiempo ante las tumbas de la primera familia de mi padre, como si la tierra tirara de mí. Una idea se abría paso en mi cabeza, hasta que me fue imposible ignorarla. Quería pensar en otra cosa, pero tenía menos fuerza para detener ese pensamiento que la que tiene el viento para dejar de soplar. De modo que di un paso atrás y, sentándome en el escalón de la entrada, me eché a llorar. No podía dejar de pensar en el Señor Tanaka. Me había separado de mi padre y mi madre, me había vendido como esclava y había vendido a mi hermana para algo todavía peor. Yo lo había tomado por un buen hombre. Había pensado que era un hombre refinado, mundano. ¡Qué tonta había sido! Decidí que no volvería nunca más a Yoroido. O si volvía, sería sólo para decirle al Señor Tanaka cuánto le odiaba.

Cuando por fin me puse en pie y me sequé los ojos con el vestido húmedo, la lluvia se había convertido en bruma. Los adoquines del callejón brillaban con la luz dorada de las lámparas. Regresé atravesando la zona de Gion denominada Tominaga-Cho hasta el Teatro Minamiza, que me había hecho pensar en un palacio el día que el Señor Bekku nos condujo a Satsu y a mí desde la estación de ferrocarril. La camarera de la Casa de Té Mizuki me había dicho que siguiera el río hasta pasar el teatro, pero la calle que iba al lado del río se acababa en el teatro. Así que me metí por una calle que salía detrás del Minamiza. Pasadas unas cuadras, me encontré en una zona sin farolas y prácticamente desierta. No lo sabía entonces, pero las calles estaban vacías en gran parte a causa de la Gran Depresión; en cualquier otro momento Miyagawa-cho era una zona aún más concurrida que Gion. Aquella noche me pareció un lugar muy triste, lo que en realidad creo que ha sido siempre. Las fachadas de madera eran similares a las de Gion, pero aquí no había árboles, ni un arroyo tan hermoso como el Shirakawa, ni lindos portales. La única iluminación eran las bombillas de los zaguanes abiertos, en los que había viejas sentadas en taburetes, a menudo con dos o tres mujeres, que yo tomé por geishas, detrás de ellas, en la calle. Llevaban kimono y adornos en los cabellos parecidos a los de las geishas, pero el *obi* iba atado por delante en lugar de ir atado por detrás. Nunca lo había visto y no lo entendí, pero ésa era la marca que distinguía a las prostitutas. Una mujer que tiene que estar toda la noche poniéndose y quitándose la banda del kimono, no puede entretenerse atándoselo por detrás.

Con la ayuda de una de estas mujeres, encontré el Tatsuyo, en un callejón sin salida, en el que sólo había tres casas más. Todas tenían letreros junto a la puerta. No puedo describir cómo me sentí cuando vi uno que decía "Tatsuyo", pero lo que sé es que empecé a temblar como si fuera a explotar. En la entrada del Tatsuyo había una vieja sentada en un taburete charlando con una mujer mucho más joven, también sentada en un taburete al otro lado del callejón; aunque en realidad era la vieja la que llevaba la voz cantante. Estaba arrimada al marco de la puerta, con el kimono medio abierto y los pies dentro de un par de *zori*. Eran unos *zori* de paja toscamente tejidos, del tipo que se podía ver en Yoroido, y para nada parecidos a los hermosos *zori* de laca que llevaba Hatsumono con sus kimonos. Y además, esta mujer llevaba los pies desnudos, sin *tabi* alguno, ni de seda ni de cualquier otro material. Pero ella los sacaba de los *zori*, enseñando unas uñas desiguales, como si estuviera contenta de su aspecto y quisiera estar segura de que los veías.

—Tres semanas más, ya te digo, y no vuelvo —decía—. La señora cree que voy a volver, pero no lo haré. Mi nuera me va a cuidar, ya te digo. No es que sea muy despierta, pero trabaja mucho. ¿No la conoces?

—Si la he conocido, no me acuerdo —contestó la mujer más joven desde el otro lado de la calle—. Hay una niña esperando para hablar contigo. ¿No la ves?

Al oír esto, la vieja me miró por primera vez. No dijo nada, pero hizo un gesto con la cabeza para indicarme que me escuchaba.

—Por favor, señora —dije yo—, ¿está con usted una muchacha llamada Satsu?

—No, aquí no hay ninguna Satsu —respondió.

Estaba demasiado asustada para saber cómo responder; pero, en cualquier caso, de pronto, la vieja se puso alerta, porque un hombre avanzaba hacia la entrada. Se levantó a medias del asiento, le hizo varias reverencias con las manos en las rodillas y le dijo: "¡Sea bienvenido!". Cuando el hombre entró, volvió a aposentarse en el taburete y a descalzarse.

—¿Pero todavía estás ahí? —me dijo la vieja—. Ya te he dicho que no tenemos ninguna Satsu.

—Claro que sí que tenéis una —dijo la joven al otro lado del callejón—. Tu Yukiyo. Recuerdo que antes se llamaba Satsu.

—Puede ser —contestó la vieja—. Pero no tenemos ninguna Satsu para esta chica. No quiero buscarme problemas por nada.

No entendí lo que quería decir con aquello, hasta que la más joven dijo entre dientes que yo no tenía pinta de tener más de un sen. Y tenía razón. Por entonces, un sen —que valía una centésima parte de un yen— era todavía una moneda de uso corriente, aunque con un solo sen no te podías comprar absolutamente nada. Desde que había llegado a Kioto no había tenido en la mano ni un sen ni ninguna otra moneda. Cuando hacía recados, los cargaba a la cuenta de la *okiya* Nitta.

—Si lo que quiere es dinero —dije—, Satsu se lo pagará.

—¿Y por qué iba a pagar para hablar con alguien como tú?

—Soy su hermana pequeña.

—¡Mírala! —le dijo a la mujer al otro lado de la calle—. ¿Te parece hermana de Yukiyo? Si nuestra Yukiyo fuera tan bonita como ésta, nuestra casa sería la más concurrida de la ciudad. Eres una mentirosa, eso es lo que eres —y tras esto me dio un puntapié y me echó al callejón.

Admito que estaba asustada. Pero estaba más decidida que asustada; ya había llegado muy lejos, y no iba a volver atrás sencillamente porque esa mujer no me creyera. Así que me volví y tras hacerle una reverencia le dije:

—Siento parecerle una mentirosa, señora. Pero no lo soy. Yukiyo es mi hermana. Si tuviera la amabilidad de decirle que Chiyo está aquí, ella le pagará lo que le pida.

Debió de ser la respuesta adecuada, porque por fin se volvió hacia la joven al otro lado de la calle.

—Sube tú en mi lugar. No estás muy ocupada esta noche. Además me duele el cuello. Yo me quedó aquí y vigilo a la chica.

La joven se levantó del taburete, cruzó el callejón y entró en el Tatsuyo. La oí subir las escaleras interiores. Por fin bajó y dijo:

—Yukiyo tiene un cliente ahora. He dejado dicho que la avisen cuando termine.

La vieja me dijo que me pusiera al otro lado de la puerta, pues estaba más oscuro y así no me verían. Esperé allí acuclillada. No sé cuánto tiempo pasó, pero empecé a preocuparme de que alguien en la *okiya* se diera cuenta de que no estaba. Tenía una excusa para salir, aunque Mamita se enfadaría igualmente conmigo; pero no tenía excusa alguna para no volver enseguida. Finalmente salió un hombre, curándose los dientes con un palillo. La vieja se levantó del asiento y le dio las gracias con una reverencia. Y entonces oí el sonido más agradable desde mi llegada a Kioto.

—¿Me buscaba, señora?

Era la voz de Satsu.

Me puse en pie de un salto y me abalancé hacia ella. Estaba muy pálida, casi grisácea —aunque tal vez esto era sólo debido a que llevaba un kimono con unos amarillos y unos rojos muy chillones. Y también llevaba los labios pintados con un color muy brillante, del tipo que usaba Mamita. Estaba terminando de atarse la banda en el frente, como las mujeres que había visto antes de llegar. Sentí tal alivio al verla y tal excitación que tuve que contenerme para no lanzarme inmediatamente a sus brazos; y Satsu también dejó escapar un grito, que ahogó inmediatamente tapándose la boca con la mano.

—Si se entera, el ama se enfadará conmigo —dijo la vieja.

—Vuelvo enseguida —le dijo Satsu, y desapareció dentro del Tatsuyo. Un momento después estaba de vuelta y depositó unas monedas en la mano de la mujer, que le dijo que me llevara al cuarto vacío de la planta baja.

—Y si me oyes toser es que viene el ama —añadió—. Ahora date prisa.

Seguí a Satsu hasta el siniestro vestíbulo del Tatsuyo. Estaba iluminado por una luz marrón, más que amarilla, y olía a sudor. Debajo de la caja de la escalera había una puerta corrediza que se había salido del carril. Satsu la abrió de un tirón y la cerró, no sin dificultad, detrás de nosotras. Nos encontramos en un pequeña habitación con tatami y una sola ventana cubierta con un estor de papel. La luz de fuera era suficiente para ver la forma de Satsu, pero no sus rasgos.

—¡Ay, Chiyo! —dijo, y entonces alzó la mano para rascarse la cara. O al menos, eso creí yo, pues apenas se veía nada. Me llevó un rato darme cuenta de que estaba llorando. Tras lo cual no pude ya contener mis lágrimas.

—¡Lo siento, Satsu! —le dije—. Ha sido todo por mi culpa.

Nos fuimos acercando a trompicones en la oscuridad hasta que nos abrazamos. Recuerdo que sólo podía pensar en que Satsu se había quedado en los huesos. Ella me acarició el pelo de una manera que me recordó a mi madre, con lo que los ojos se me inundaron de lágrimas y casi tenía la sensación de estar bajo el agua..

—No hables, Chiyo-chan —me susurró. Tenía la cara pegada a la mía y al hablar despedía un aliento con un fuerte olor acre—. Me darán una paliza si el ama se entera de que has estado aquí. ¿Por qué has tardado tanto?

—¡Oh, Satsu! Ya sé que viniste a la *okiya*...

—Hace meses.

—La mujer con la que hablaste es una bruja. Tardó todo lo que pudo en darme el recado.

—Tengo que huir, Chiyo. No puedo quedarme aquí más tiempo.

—Me iré contigo.

—Tengo un horario de trenes escondido arriba, debajo del tatami. Siempre que puedo robo dinero. Tengo lo bastante para sobornar a Kishino. Cada vez que se escapa una chica la azotan. No me dejará ir, a no ser que le pague primero.

—¿Y quién es ésa?

—La vieja que está en la puerta. Se va a ir. No sé a quién pondrán en su puesto. ¡No puedo más! Este lugar es horroroso. No caigas nunca en un sitio así, Chiyo. Ahora es mejor que te vayas. El ama estará al llegar de un momento a otro.

—¡Pero, espera! ¿Cuándo huimos?

—Espérame en ese rincón sin hacer un solo ruido. Tengo que subir.

Hice lo que me dijo. Mientras estuvo fuera, oí a la vieja de la puerta saludar a un hombre y luego los pasos de éste subiendo la escalera, por encima de mí. No tardó en bajar alguien con paso apresurado, y se abrió la puerta. Sentí pánico por un momento, pero sólo era Satsu, muy pálida.

—El martes. Huiremos el martes, de madrugada. Dentro de cinco días. Ahora tengo que subir, Chiyo. Me aguarda un cliente.

—¡Pero espera, Satsu! ¿Dónde nos encontraremos? ¿A qué hora?

—No sé... a la una. Pero no sé dónde.

Le sugerí que nos reuniéramos junto al Teatro Minamiza, pero Satsu dijo que allí nos encontrarían enseguida. Acordamos vernos justo al otro lado del río.

—Ahora tengo que irme —dijo.

—Pero... Satsu... ¿Y si no consigo salir? ¿Y si no nos encontramos?

—Estáte allí, Chiyo. Sólo tengo una oportunidad. He esperado todo lo que he podido. Tienes que irte antes de que vuelva el ama. Si te pilla aquí, no podré escapar nunca.

Había tantas cosas que quería decirle, pero me condujo al vestíbulo y tiró de la puerta hasta cerrarla. La hubiera mirado mientras subía las escaleras, pero en ese momento la vieja de la entrada me tomó del brazo y me echó a la oscuridad de la calle.

Corrí desde Miyagawa-cho hasta la *okiya*, y sentí un gran alivio cuando la encontré tan silenciosa como la había dejado. Entré sin hacer ruido y me arrodillé en la luz mortecina del portal, secándome el sudor de la frente y el cuello con la manga del vestido y tratando de recuperar el aliento. Empezaba a tranquilizarme y a alegrarme de que no me hubieran descubierto, cuando miré hacia la casita de las criadas y vi que la puerta estaba un poquito entreabierta, sólo lo bastante como para dejar pasar un brazo, y me quedé helada. Nadie la dejaba así. Salvo cuando hacía mucho calor, siempre estaba totalmente cerrada. Mientras la observaba me pareció oír un crujido. Esperaba que fuera una rata, porque si no era una rata, era Hatsumono que había vuelto con su novio. Empecé a desear no haber ido a Miyagawa-cho. Lo deseé tanto que, de haber sido posible, creo que el propio tiempo habría empezado a retroceder empujado por la fuerza de mi deseo. Me puse de pie y salí sin hacer ruido al pasaje, mareada de puro miedo y con la garganta seca como un trozo de desierto. Cuando llegué a la puerta de la casita de las criadas, acerqué el ojo a la rendija abierta para ver qué pasaba dentro. No se veía bien. Como había estado lloviendo, Yoko había encendido un brasero de carbón; sólo quedaban los rescoldos, y a la tenue luz que despedían, vi moverse algo pequeño y pálido. Casi doy un grito al verlo, porque estaba segura de que era una rata meneando la cabeza al masticar. Para mi horror, oía también el chasquido húmedo de su boca. Parecía estar subida a algo, pero no veía qué. Hacia mí distinguía dos bultos, que tomé por dos rollos de tela y pensé que la rata los habría roído hasta separarlos. Estaba comiéndose algo que Yoko debía de haber dejado en el cuarto. Iba a cerrar la puerta, porque me asustaba que me siguiera por el pasaje, cuando oí un gemido. Y entonces, de pronto, de un poco más allá de donde estaba la rata comiendo, surgió la cabeza de Hatsumono, que me miró fijamente. Me alejé de un salto de la puerta. Lo que había tomado por dos rollos de tela eran sus piernas. Y la rata no era una rata. Era la pálida mano de su novio saliendo de la manga.

—¿Qué es eso? —oí decir a la voz de su novio—. Hay alguien ahí.

—No es nada —susurró Hatsumono.

—Te digo que hay alguien ahí.

—Que no, que no hay nada de nada —le dijo ella—. Yo también creí oír algo, pero no hay nadie.

No me cabía la menor duda de que Hatsumono me había visto. Pero al parecer no quería que su novio lo supiera. Volví a prisa al vestíbulo y me arrodillé, tan temblorosa como si me hubiera atropellado un tranvía. Seguí oyendo ruiditos y gemidos y luego todo volvió a quedarse en completo silencio. Cuando Hatsumono y su novio salieron por fin al pasaje, él se me quedó mirando.

—Esa chica del vestíbulo —dijo— no estaba cuando llegamos.

—¡Oh! No le hagas caso. Hoy se ha portado mal y ha salido de la *okiya* sin permiso. Luego me ocuparé de ella.

—Entonces sí que había alguien espiándonos. ¿Por qué me has mentido?

—¡Qué mal humor tienes esta noche, Koichi-san!

—No te ha sorprendido en absoluto verla. Sabías que estaba aquí.

El novio de Hatsumono se dirigió a grandes zancadas al portal y se paró y me miró fijamente antes de bajar los escalones de la entrada. Yo no levanté la vista del suelo, pero sentí que estaba muy sonrojada. Hatsumono se apresuró a ayudarle a calzarse. La oí hablar con él, como no la había oído hablar con nadie, con una voz suplicante, casi llorosa.

—Koichi-san, por favor —dijo—, cálmate. No sé lo que te ha pasado esta noche. Vuelve mañana.

—No quiero verte mañana.

—No me gusta que me hagas esperar tanto tiempo para verte. Te veré donde tú me digas. En el fondo del río, si quieres.

—No te puedo ver en ningún sitio. Mi mujer siempre me está vigilando.

—Entonces vuelve aquí. Tenemos la casita de las criadas...

—¡Sí, eso! Lo que te gusta es entrar furtivamente y que te anden espiando. Deja que me vaya, Hatsumono. Quiero irme a casa.

—Por favor, no te enfades conmigo, Koichi-san. ¡No sé por qué te pones así! Dime que volverás, aunque no sea mañana.

—Un día no volveré más —dijo—. Ya te lo he dicho una y mil veces.

Oí abrirse la puerta de fuera y luego cerrarse; pasado un rato, Hatsumono volvió al vestíbulo y se quedó con la vista perdida en el pasaje. Finalmente se volvió hacia mí, secándose los ojos.

—Bueno, pequeña Chiyo —dijo—. Ya veo que has ido a visitar a esa horrorosa hermana tuya, ¿no?

—Por favor, Hatsumono-san —dije.

—Y luego volviste y te pusiste a espiarme —Hatsumono subió tanto la voz que despertó a una de las criadas mayores, que se incorporó sobre un codo para mirarnos. Hatsumono le gritó—: Vuélvete a dormir, vieja —y la criada asintió con la cabeza y volvió a echarse.

—Hatsumono-san, haré todo lo que me diga —dije—. No quiero buscarme líos con Mamita.

—¡Pues claro que harás lo que yo te diga! Eso ni se discute. Y ya te has metido en un buen lío.

—Tuve que salir a llevarte el *shamisen*.

—Eso fue hace más de una hora. Fuiste a buscar a tu hermana y habéis planeado escaparos juntas. ¿Te crees que soy tonta? ¡Y luego volviste y te pusiste a espiarme!

—¡Por favor, perdóneme! —supliqué—. No sabía que estaba allí. Creí que era...

Quería decirle que creía que había visto una rata, pero me pareció que no se lo iba a tomar bien.

Me clavó los ojos y luego subió a su cuarto. Cuando volvió a bajar llevaba algo en la mano cerrada.

—Quieres escaparte con tu hermana, ¿verdad? —me dijo—. Creo que es una buena idea. Cuanto antes desaparezcas de la *okiya*, mejor para mí. Algunos piensan que no tengo corazón, pero no es verdad. Me conmueve imaginaros a ti y a esa vaca de tu hermana intentando buscaros la vida en algún lugar, solas en el mundo. Cuanto antes te vayas, mejor. Ponte de pie.

Me puse de pie, aunque tenía miedo de que me hiciera algo malo. Fuera lo que fuese lo que tenía en la mano, intentaba metérmelo debajo de la banda del vestido; pero yo no la dejaba acercarse.

—Mira —me dijo, abriendo la mano. Tenía varios billetes enrollados; más dinero del que hubiera visto yo nunca, aunque no sé cuánto era—. He subido a buscarlo para ti. No tienes que agradecérmelo. Tómalo. Me pagarás simplemente desapareciendo de mi vista para siempre.

La Tía me había dicho que no me fiara nunca de Hatsumono, ni siquiera cuando parecía que intentaba ayudarme. Pero cuando me recordé a mí misma todo el odio que me tenía Hatsumono, pensé que realmente no estaba intentando ayudarme; se estaba ayudando a sí misma, deshaciéndose de mí. Me quedé quieta cuando me agarró por el vestido y metió los billetes debajo de la banda. Me rozó con sus uñas brillantes. Me hizo girar sobre mí misma para volver a atarme la banda, de modo que el dinero no pudiera caerse, y luego hizo lo más extraño de todo. Me volvió a girar, dejándome cara a cara frente a ella, y me acarició la mejilla, casi con una mirada maternal. La sola idea de que Hatsumono fuera amable conmigo era tan extraña, que me sentí como si se me hubiera acercado una serpiente venenosa y hubiera empezado a frotarse amistosamente contra mi pierna, como un gato. Entonces, antes de que yo pudiera reaccionar, me había hundido los dedos en el cuero cabelludo. Tras lo cual, apretando los dientes furiosamente, me agarró un mechón de pelo y tiró con tal fuerza hacia un lado que yo caí de rodillas y lancé un grito. No entendía lo que estaba pasando, pero Hatsumono me obligó a ponerme en pie, y, sin soltarme el pelo, me arrastró escaleras arriba. Me gritaba, encolerizada; y yo daba unos berridos que no me habría sorprendido que hubiéramos despertado a toda la calle.

Cuando llegamos arriba de la escalera, Hatsumono empezó a dar golpes en la puerta de la habitación de Mamita, al tiempo que la llamaba a voces. Mamita abrió enseguida, atándose el kimono y con cara de enfado.

—Pero ¿qué os pasa a vosotras dos?

—¡Mis joyas! —gritó Hatsumono—. ¡Esta estúpida, esta estúpida! —y aquí empezó a pegarme. Lo único que pude hacer fue hacerme un ovillo en el suelo y pedir auxilio, hasta que Mamita consiguió refrenarla un poco. Para entonces, la Tía ya se había unido a ella.

—¡Ay, Mamita! —exclamó Hatsumono—, cuando regresaba a la *okiya* esta noche creí ver a Chiyo hablando con un hombre al fondo del callejón. No le di mayor importancia porque sabía que no podía ser ella. Se supone que tiene prohibido salir de la *okiya*, ¿o no? Pero cuando subí a mi habitación, encontré mi joyero todo revuelto, y entonces volví a todo correr justo a tiempo de ver a Chiyo darle algo al hombre. Intentó escaparse, pero la agarré.

Mamita se quedó en silencio un buen rato, mirándome.

—El hombre huyó —continuó Hatsumono—, pero yo creo que Chiyo ha debido de vender algunas de mis joyas para sacar dinero. Estaba planeando escaparse de la *okiya*, Mamita, eso es lo que yo creo, después de lo buenas que hemos sido con ella.

—Ya basta, Hatsumono —dijo Mamita—. Ya hemos tenido bastante. Ahora tú y la Tía id a tu habitación y mirad lo que falta.

En cuanto me quedé sola con Mamita, levanté la vista del suelo en el que seguía arrodilla y le susurré:

—Mamita, no es verdad... Hatsumono estaba en la casita de las criadas con su novio. Está enfadada por algo y la ha tomado conmigo. ¡Yo no le he robado nada!

Mamita no dijo nada. Ni siquiera estaba segura de que me hubiera oído. Hatsumono no tardó en salir de su habitación diciendo que le faltaba un broche.

—¡Mi broche de esmeraldas, Mamita! —repetía y lloraba, fingiendo como una buena actriz—. ¡Ha vendido mi broche de esmeraldas a ese hombre horrible! ¡Era mi broche favorito! ¿Quién se cree que es para andarme robando así?

—Cachead a la niña —dijo Mamita.

Una vez, cuando tendría unos seis años, estaba viendo a una araña tejer su tela en un rincón de nuestra casa. Antes incluso de que la araña hubiera terminado, un mosquito cayó en la tela y quedó atrapado en ella. Al principio, la araña no le prestó ninguna atención, y siguió con lo que estaba haciendo; sólo cuando terminó, se incorporó sobre sus larguiruchas patas y mató al pobre mosquito. En ese momento, viendo acercarse a mí los delicados dedos de Hatsumono, supe que estaba atrapada en la tela que ella había tejido. No podía encontrar una explicación para el dinero que llevaba bajo la banda. Cuando Hatsumono me lo sacó, Mamita se lo quitó de la mano y lo contó.

—Has hecho una tontería vendiendo un broche de esmeraldas por tan poco dinero —me dijo—. Sobre todo porque te va a costar mucho más de eso devolverlo.

Se metió el dinero debajo del camisón, y luego le dijo a Hatsumono:

—Has traído aquí a tu novio esta noche.

Hatsumono se quedó desconcertada; pero no dudó al responder:

—¿Qué te hace pensar tal cosa, Mamita?

Se produjo un largo silencio, y luego Mamita le dijo a la Tía:

—Sujétala.

La Tía agarró a Hatsumono por los brazos y la sujetó por detrás, mientras que Mamita le abría el kimono a la altura de los muslos. Pensé que Hatsumono se iba a resistir, pero no lo hizo. Me lanzó una gélida mirada, mientras Mamita le levantaba el *koshimaki* y le separaba las piernas. Luego metió la mano entre ellas, y cuando la sacó, tenía húmedas las yemas de los dedos. Las juntó y las olisqueó. Tras lo cual, le dio una gran bofetada, dejándole la cara cruzada con un surco húmedo.

Ocho

Hatsumono no era la única furiosa conmigo a la mañana siguiente, porque Mamita prohibió a todas las criadas que me dieran pescado seco durante seis semanas, como castigo por haber dejado entrar en la *okiya* al novio de Hatsumono. Si les hubiera quitado la comida de la boca, las criadas no habrían estado más enfadadas conmigo; y Calabaza se echó a llorar cuando se enteró de la orden de Mamita. Pero, a decir verdad, no me importó tanto como cabría imaginar que todo el mundo me fulminara con la mirada ni que se añadiera a mis deudas el coste de un broche que nunca había visto, ni siquiera tocado. Todo ello sólo fortalecía mi determinación a escapar.

No creo que Mamita creyera realmente que yo había robado el broche, aunque, sin duda, estuvo encantada de comprar uno nuevo a mi costa, si eso iba a poner contenta a Hatsumono. Pero de lo que no le cabía ninguna duda es de que había salido de la *okiya* sin permiso, porque Yoko se lo confirmó. Casi me sentí desfallecer cuando me enteré de que Mamita había ordenado que cerrara el portal con llave para impedirme salir. ¿Cómo me iba a escapar de la *okiya* ahora? Sólo la Tía tenía una llave, y la llevaba colgada al cuello incluso cuando dormía. Además, como medida de seguridad especial, me quitaron la tarea de hacer guardia en la puerta y se la dieron a Calabaza, que tenía que despertar a la Tía para que abriera la puerta cuando regresaba Hatsumono.

Acostada en el futón, por la noche, no paraba de maquinar mi escapada; pero ya estábamos a lunes, la víspera del día que Satsu y yo habíamos decidido huir, y yo todavía no tenía un plan. Estaba tan abatida que no tenía fuerzas para realizar mis tareas, y las criadas me reprendían continuamente porque arrastraba el trapo por las maderas que debería estar abrillantando o empujaba el cepillo por el pasillo que debería estar barriendo. El lunes por la tarde fingí que estaba quitando las malas hierbas del patio, y me pasé un largo rato meditando acuclillada en el caminito de guijarros. Entonces una de las criadas me dijo que fregara el suelo de la casita, en donde estaba Yoko sentada junto al teléfono, y sucedió algo extraordinario. Escurrí una bayeta empapada en el suelo, y el agua, en lugar de correr hacia la puerta, como yo hubiera esperado, cayó hacia una de las esquinas del fondo de la habitación.

—Mira, mira, Yoko —dije—. El agua corre cuesta arriba.

Claro que no era cuesta arriba. Sencillamente me lo parecía a mí. Me sorprendió tanto que escurrí aún más la bayeta y volví a ver correr el agua. Y entonces... no sé explicar exactamente cómo sucedió, pero de pronto me imaginé flotando escaleras arriba, hasta el rellano del segundo piso, y desde allí hasta la trampilla y el tejado.

¡El tejado! ¡Claro! Me quedé tan sorprendida con la idea que me olvidé de dónde estaba, y cuando sonó el teléfono casi doy un grito del susto. No sabía muy bien cómo iba a bajar del tejado hacia el exterior, pero si lo conseguía, tenía una posibilidad de reunirme con Satsu.

A la noche siguiente, cuando me fui a la cama, hice una auténtica exhibición de bostezos, y me dejé caer en el futón, como si fuera un saco de arroz. Cualquiera que me mirara habría pensado que un momento después me había quedado dormida, pero, en realidad, no podía estar más despierta. Permanecí un buen rato acostada, pensando en mi casa y en la cara que pondría mi padre cuando levantara la vista y me viera parada en el umbral. Probablemente, se le cerrarían los ojos y empezaría a llorar, o, tal vez, su boca tomaría esa extraña forma que era su manera de sonreír. No quise imaginarme a mi madre con la misma viveza; la sola idea de volverla a ver bastaba para que los ojos se me llenaran de lágrimas.

Finalmente las criadas terminaron de acostarse en sus futones, a mi lado; y Calabaza ocupó su puesto en la puerta, a la espera de Hatsumono. Oí a la Abuela recitar los *sutras*, lo que hacía todas las noches antes de irse a la cama. Luego, por una rendija, la vi ponerse el pijama, de pie, al lado del futón. Cuando se quitó el kimono y dejó la espalda al descubierto, me quedé horrorizada por lo que vi, pues nunca antes la había visto desnuda. Era algo aún peor que la piel de pollo del cuello y de los hombros; su cuerpo me hizo pensar en un montón de ropas arrugadas. Me dio lástima ver con qué torpeza desdoblaba el camisón que tenía preparado sobre la mesa. Todo le colgaba, hasta los pezones, que parecían dedos. Cuanto más la miraba, más me parecía verla luchando, en su nebulosa memoria de anciana, con los recuerdos de su padre y de su madre —quienes posiblemente la habían vendido como esclava de niña—. Yo mantenía una lucha constante con los recuerdos de los míos. Tal vez, ella también había perdido a una hermana. Ciertamente nunca había pensado así en la Abuela. Me sorprendí preguntándome si ella también habría empezado la vida de la misma manera que yo. Lo mismo daba que ella fuera una anciana mezquina y yo sólo una chiquilla luchadora. Una vida injusta podía volver mezquino a cualquiera, ¿o no? Me acordaba estupenda-mente que un día, allá en Yoroido, un muchacho me tiró a una zarza. Para cuando conseguí desenredarme y salir estaba que mordía. Si sólo unos minutos de sufrimiento habían bastado para ponerme en ese estado, ¿qué no podrían hacer años y años de sufrimiento? Incluso las rocas terminan erosionándose con la lluvia.

Si no hubiera estado ya totalmente decidida a escapar, me habría aterrado pensar en el sufrimiento que probablemente me aguardaba en Gion. Seguro que ese sufrimiento me convertiría en una vieja como la Abuela. Pero me consolaba con la idea de que al día siguiente podría empezar a olvidar mis recuerdos de Gion. Ya sabía cómo llegar al tejado; en cuanto a cómo bajar desde allí a la calle... bueno, eso no lo tenía tan claro. No me quedaba más remedio que arriesgarme en la oscuridad. Incluso si conseguía llegar abajo sin hacerme daño, eso sería sólo el principio de mis problemas. Por dura que fuera la vida en Gion, la vida después de escaparme sería todavía más dura. Sencillamente el mundo era demasiado cruel: ¿có-mo iba a sobrevivir? Tumbada en el futón, me angustiaba pensando si tendría el coraje de hacerlo... Pero Satsu me estaría esperando. Ella sabría lo que hacer.

Pasó bastante tiempo hasta que la Abuela estuvo definitivamente acomodada en su dormitorio. Para entonces, las criadas roncaban profundamente. Fingí que me daba la vuelta dormida, para observar a Calaba-za, que estaba arrodillada en el suelo a unos pasos de nosotras. No le veía la cara, pero me dio la impresión de que se estaba adormilando. En principio tenía planeado esperar a que se quedara dormida, pero ya había perdi-do la noción del tiempo; y además Hatsumono podría regresar en cualquier momento. Me senté lo más silen-ciosamente que pude, pensando en que si alguien se daba cuenta de que me había levantado me limitaría a ir al retrete y volvería. Pero nadie se despertó. En el suelo, a mi lado, estaba el vestido que había de ponerme por la mañana. Lo cogí y me dirigí directamente a la escalera.

Escuché un momento a la puerta del cuarto de Mamita. No solía roncar, así que el silencio no era indicador de nada, salvo de que no estaba hablando por teléfono ni haciendo cualquier otro ruido. De hecho, su habitación no estaba totalmente en silencio, porque su perrito, Taku, jadeaba entre sueños. Cuanto más atentamente escuchaba, más me parecía que el jadeo sonaba como si alguien estuviera llamándome: "¡Chi-yo! ¡Chi-yo!". No estaba dispuesta a salir de la *okiya*, hasta no haber comprobado que Mamita dormía, así que decidí abrir la puerta corredera y echar un vistazo. Si estaba despierta, le diría que creía que me había llamado. Como la Abuela, Mamita dormía con la lamparilla encendida, así que cuando abrí una rendija y miré, vi las agrietadas plantas de los pies fuera de las sábanas. Taku estaba echado entre sus pies, y su cuerpo subía y bajaba emitiendo aquel sonido jadeante que sonaba tan parecido a mi nombre.

Volví a cerrar la puerta y me cambié en el rellano de la escalera. Sólo me faltaban unos zapatos (y no se me había pasado por la cabeza la idea de escaparme sin zapatos, lo que debería dar ya una idea de cuánto había yo cambiado desde el verano). Si Calabaza no estuviera haciendo guardia, de rodillas en la entrada, me habría llevado un par de los de madera que se ponían para atravesar el pasillo de terrazo. En su lugar, tomé los que se utilizaban para ir al retrete del piso superior. Eran unas sandalias de muy baja calidad, no más de una tira de cuero para sujetar el pie. Para hacer las cosas aún más difíciles, me quedaban inmensos; pero no podía elegir.

Después de cerrar la trampilla sin hacer ruido, metí el camisón bajo el tanque de agua y me las apañé para retreparme y quedarme sentada a horcajadas sobre el tejado. No voy a decir que no estaba asustada; las voces de la gente abajo, en la calle, parecían muy lejanas. Pero no podía perder el tiempo asustándome, pues sentía que en cualquier momento iba a aparecer por la trampilla en mi busca una de las criadas o la Tía o Mamita. Con los zapatos en la mano para que no se me cayeran, empecé a avanzar lo más rápidamente que podía por el caballete del tejado, lo que resultó ser mucho más difícil de lo que me había imaginado. Las tejas eran tan gruesas que donde se superponían formaban casi un pequeño escalón, y al apoyarme en ellas para avanzar se chocaban una con otra. Todos los ruidos que hacía resonaban en los tejados contiguos.

Me llevó varios minutos cruzar al otro lado de la *okiya*. El tejado del edificio pegado al nuestro era un poco más bajo. Salté y me paré un segundo buscando una forma de llegar a la calle; pero a pesar de la luna, la oscuridad era total. El tejado era demasiado alto y empinado para considerar siquiera la idea de arriesgarme a bajar deslizándome. No tenía ninguna seguridad de que el siguiente tejado fuera a ser mejor; y empecé a sentir cierto pánico. Pero seguí, de caballete en caballete, hasta que me encontré al final del bloque, sobre un patio abierto. Si lograba llegar hasta el canalón, podría rodearlo, deslizándome hasta caer en el techo de un cobertizo que me imaginé que sería un retrete. Desde allí, podía bajar fácilmente al patio.

No me entusiasmaba la idea de ir a caer en el medio de la casa de alguien. Estaba segura de que era una *okiya*; todas las casas del bloque lo eran. Lo más seguro es que alguien estuviera aguardando a que regresara la geisha, y me agarraría por los brazos si intentaba escapar. ¿Y qué pasaría si aquí también cerraban el portón, como en la nuestra? De haber tenido elección, jamás se me habría ocurrido tomar en consideración este camino. Pero me pareció que era la forma más segura de bajar de todas las que había visto.

Me senté en el caballete del tejado durante un buen rato con el oído alerta a cualquier ruido que viniera del patio. Pero lo único que se oían eran las risas y las conversaciones de la calle. No tenía ni idea de qué me iba a encontrar en el patio al bajar, pero decidí moverme antes de que alguien se percatara de mi ausencia. Si me hubiera podido imaginar el perjuicio que estaba a punto de causar a mi futuro, me hubiera dado la vuelta lo más rápido posible y me hubiera vuelto por donde había venido. Pero no sabía lo que me estaba jugando. Sólo era una niña que creía que se estaba embarcando en una gran aventura.

Levanté la pierna y la pasé al otro lado, de modo que un momento después estaba colgando de una vertiente del tejado, apenas sujeta al caballete. Observé con pánico que era mucho más inclinado de lo que creía. Intenté retroceder, pero no pude. Con las sandalias en la mano no podía agarrarme bien al caballete, sólo abrazarlo con las muñecas. Sabía que no tenía vuelta de hoja, pues nunca lograría volver a retreparme; pero tenía la fuerte sensación de que si me soltaba, me escurriría por el tejado y caería sin posibilidad de control alguna. Mis pensamientos se agolpaban, pero antes de decidir si me soltaba o no, el tejado me soltó a mí. Al principio me deslicé más despacio de lo que me había imaginado, lo que me dio cierta esperanza de que un poco más abajo, donde el tejado se curvaba hacia fuera para formar los aleros, conseguiría detenerme. Pero entonces levanté con el pie una teja, que resbaló con gran estrépito y se hizo añicos en el patio. Lo siguiente que supe fue que solté una de las sandalias, que también cayó. Oí un golpe amortiguado cuando llegó al suelo y luego un sonido mucho peor: unos pasos que se acercaban por la pasarela de madera hacia el patio.

Muchas veces había observado a las moscas posadas en la pared o en el techo, como si estuvieran en una superficie horizontal. No tenía idea de si podían hacerlo porque tenían una sustancia pegajosa en las patas o porque pesaban poco, pero no iba a tardar en descubrirlo, pues cuando oí que se acercaba alguien, decidí que iba a encontrar la manera de pegarme a aquel tejado como lo haría una mosca. De lo contrario, en unos segundos terminaría yo también espatarrada en el suelo del patio. Intenté meter los dedos de los pies entre las tejas, y luego los codos y las rodillas. Como último acto de desesperación hice la mayor de las locuras: dejé a un lado la sandalia que me quedaba e intenté detenerme apoyándome en las palmas de las manos. Debía de tener las manos empapadas de sudor, porque en cuanto las puse en el tejado, en lugar de detener mi caída, empecé a tomar velocidad. Oí el silbido de mi cuerpo deslizándose, y luego, de pronto, el tejado había desaparecido.

Durante un momento no oí nada; sólo un espantoso silencio vacío. Mientras caía por el aire tuve tiempo de imaginarme una escena con bastante claridad: me imaginé que una mujer llegaba al patio y bajaba la vista para observar la teja hecha añicos en el suelo, y luego la alzaba hacia el tejado, a tiempo para verme caer del cielo justo encima suyo; pero, claro, eso no fue lo que sucedió. Giré en el aire y caí de lado. Tuve el sentido de protegerme la cabeza con el brazo, pero aun así el golpe me dejó medio aturdida. No sé exáctamente dónde estaba la mujer, ni siquiera si estaba en el patio en el momento de mi caída. Pero debió de verme caer del tejado, porque en medio de mi aturdimiento, desde el suelo, la oí decir:

—¡Santo cielo! ¡Llueven niñas!

Lo que me habría gustado era ponerme en pie de un brinco y salir corriendo, pero no podía hacerlo. Todo un lado de mi cuerpo estaba sumergido en el dolor. Poco a poco me fui dando cuenta de que había dos mujeres arrodilladas a mi lado. Una de ellas no paraba de decirme algo, pero no pude distinguir qué. Hablaron entre ellas y luego me levantaron del suelo y me depositaron en la pasarela de madera. Sólo recuerdo un fragmento de su conversación.

—Le digo que ha caído del tejado, señora.

—Pero ¿por qué llevaba en la mano unas zapatillas de baño? ¿Te subiste ahí arriba para ir al baño, niña? ¿Me oyes? ¡Has hecho algo muy peligroso! ¡Podrías haberte hecho trizas al caer!

—No la oye, señora. Mírele los ojos.

—Claro que me oye. ¡Di algo, niña!

Pero yo no podía decir nada. Sólo podía pensar en que Satsu me estaría esperando frente al Teatro Minamiza, y yo no iba a aparecer.

Dejándome hecha un ovillo en el suelo, conmocionada, la criada se fue a llamar a todas las puertas de la calle hasta que averiguó de dónde había salido yo. Estaba llorando sin lágrimas, agarrándome la mano, que me dolía horrorosamente, cuando de pronto me pusieron de pie y me cruzaron la cara de una bofetada.

—¡Niña insensata! —oí decir a alguien—. La Tía estaba de pie frente a mí, encolerizada. Entonces me sacó a rastras de aquella *okiya* y me condujo calle arriba. Cuando llegamos a nuestra *okiya*, me arrimó al portón de madera y volvió a cruzarme la cara.

—¿Sabes lo que has hecho? —me dijo, pero yo no podía contestarle—. ¿En qué estarías pensando? Te has buscado la ruina... ¡Niña estúpida!

Nunca me había imaginado que la Tía pudiera enfadarse tanto. Me arrastró al patio y me echó boca abajo en la pasarela. Entonces empecé a llorar de verdad, pues sabía lo que me esperaba. Pero esta vez, en lugar de pegarme sin ganas, como lo había hecho en otras ocasiones, la Tía me echó primero un cubo de agua para empaparme el vestido y que la vara me lastimara más, y luego golpeó con tal fuerza que me dejó sin respiración. Cuando acabó de pegarme, tiró la vara al suelo y me puso boca arriba.

—Ahora ya nunca llegarás a geisha —exclamó—. Te advertí que no cometieras este tipo de errores. Y ahora ni yo ni nadie podemos hacer nada para ayudarte.

Y ya no oí más de lo que decía debido a los gritos que venían del otro extremo de la pasarela. La Abuela estaba zurrando a Calabaza por no haberme vigilado como debía.

El resultado fue que me había roto el brazo al caer al patio. A la mañana siguiente vino un médico que me llevó a una clínica cercana. Ya había anochecido cuando regresé a la *okiya* con el brazo escayolado. Todavía me dolía mucho, pero Mamita me mandó llamar inmediatamente a su habitación. Me miró fijamente durante un largo rato, mientras acariciaba a Taku con una mano y sostenía la pipa en la boca con la otra.

—¿Sabes cuánto he pagado por ti? —me preguntó finalmente.

—No, señora —contesté—. Pero seguro que va a decirme que pagó más de lo que valgo.

No diré que era ésta una forma educada de contestar. En realidad, pensé que Mamita me daría una bofetada por ello, pero ya nada me importaba. Me parecía que ya nada volvería a ser como antes. Mamita apretó los dientes y soltó una de esas extrañas risas suyas que parecían toses.

—Tienes razón —dijo—. Medio yen habría sido más de lo que vales. Me había parecido que eras una chica lista. Pero no eres lo bastante lista para saber lo que te conviene —volvió a dar unas bocanadas a su pipa y luego dijo—: Pagué por ti setenta y cinco yenes; eso es lo que pagué. Entonces vas y destrozas un kimono y robas un broche, y ahora te rompes un brazo, así que tendré que añadir a tus deudas los gastos en médico. Además de tus comidas y tus clases. Y esta misma mañana me dice la madama del Tatsuyo de Migyagawa-cho que tu hermana se ha escapado. Todavía no me había pagado lo que me debía por ella. Y ahora dice que no piensa pagármelo. Así que lo añadiré también a tus deudas. Pero ¿qué más da? Ya debes más de lo que podrás devolver nunca.

Así que Satsu había logrado escapar. Me había pasado el día preguntándomelo, y ahora tenía la respuesta. Quería alegrarme por ella, pero no podía.

—Supongo que podrías saldar la deuda tras diez o quince años de geisha —continuó—, si logras hacerte con cierto renombre. Pero ¿quién va a invertir ni un céntimo en una chica que se escapa?

No estaba segura de cómo contestar a esto, así que le dije a Mamita que lo sentía. Me había estado hablando bastante tranquila hasta ese momento, pero después de que yo me disculpara, dejó la pipa en la mesa y sacó la mandíbula de tal forma —de pura rabia, supongo— que me pareció un animal a punto de atacar.

—¿Qué lo sientes, dices? Hice una tontería invirtiendo en ti. Probablemente eras la chica más cara de todo Gion. ¡Si pudiera vender tus huesos para recuperar algo de lo que me debes, estate segura de que ya te los estaría sacando!

Tras esto me ordenó que saliera de la habitación y volvió a meterse la pipa en la boca.

Al salir me temblaba la boca, pero me contuve, pues en el rellano estaba Hatsumono. El Señor Bekku aguardaba para terminar de colocarle el *obi*, mientras la Tía le examinaba los ojos con un pañuelo en la mano.

—Está todo corrido —dijo la Tía—. No puedo hacer nada. Tendrás que terminar de llorar y volver a maquillarte.

Yo sabía exactamente por qué lloraba Hatsumono. Su novio había dejado de verla después de que le impidieran traerlo a la *okiya*. Me había enterado aquella mañana y estaba segura de que Hatsumono me iba a echar la culpa de todas sus tribulaciones. Sólo deseaba bajar las escaleras antes de que me viera, pero ya era demasiado tarde. Le arrebató el pañuelo a la Tía y me hizo un gesto al tiempo que me llamaba. No quería ir, pero no podía negarme.

—Aquí Chiyo no pinta nada —le dijo la Tía—. Vete a tu cuarto y termina de maquillarte.

Hatsumono no respondió, pero me llevó a su cuarto y cerró la puerta.

—Llevaba días intentando decidir cuál sería la mejor manera de arruinar tu vida —me dijo—. Pero ahora al intentar escaparte, ¡ya lo has hecho tú por mí! No sé si alegrarme. ¡Estaba deseando hacerlo yo misma!

Fue una grosería por mi parte, pero tras hacer una leve inclinación de cabeza deslicé la puerta y salí sin responder. Me podría haber ganado un cachete, pero se limitó a seguirme hasta el rellano y dijo:

—Si quieres saber lo que es pasarse toda una vida de criada, no tienes más que hablar con la Tía. Ahora ya sois como los dos extremos de un mismo cordel. Ella tiene la cadera rota; y tú el brazo. Algún día, tal vez, también se te ponga cara de hombre, como a ella.

—Ya está Hatsumono —dijo la Tía—. Enséña-
nos esos encantos tuyos.

Cuando era una niña de cinco o seis años y nunca
había oído hablar de Kioto, conocía a un niño llamado
Noboru, que también vivía en el pueblo. Estoy segura de
que era un buen niño, pero olía fatal, y creo que por eso
el resto de los niños lo despreciaban. No le prestaban
más atención cuando hablaba que al trino de un pájaro o
al croar de una rana, y el pobre Noboru se sentaba en el
suelo y lloraba. Durante los meses que siguieron a mi
escapatoria fallida, comprendí cómo debía de haber sido
la vida para él; pues nadie me hablaba salvo para darme
órdenes. Mamita siempre me había tratado como si yo
no fuera más que una bocanada de humo, pues tenía
cosas más importantes en que pensar. Pero ahora todas
las criadas y la cocinera y la Abuela hacían lo mismo.
Durante todo aquel crudo invierno no dejé de preguntarme qué habría sido de Satsu y de mi madre y mi
padre. Casi todas las noches al acostarme enfermaba de
angustia y ansiedad, y sentía un vacío tan grande dentro
de mí que me parecía que el mundo no era más que una
enorme estancia desierta. Para consolarme, cerraba los
ojos y me imaginaba que caminaba sobre los acantilados de
Yoroido. Conocía tan bien el camino que podía imaginarme allí vívidamente, como si hubiera logrado huir con
Satsu y estuviera de vuelta en casa. En mi imaginación corría
hacia nuestra casita piripi de la mano de Satsu —aunque
nunca antes le había dado la mano—sabiendo que un
momento después nos reuniríamos con nuestra madre y
nuestro padre. En estas fantasías nunca conseguía llegar a
la casa; tal vez tenía miedo de lo que podría encontrar allí,
y, en cualquier caso, era el paseo por el acantilado lo que

parecía consolarme. Entonces, en algún momento, oía toser a una de las criadas, o a la Abuela ventoseando con un gruñido, y en ese instante se disolvía el aroma marino del aire, bajo mis pies volvía a sentir el tacto de las sábanas en lugar de la tierra del camino, y me encontraba de nuevo donde había empezado: con nada, salvo mi soledad.

Cuando llegó la primavera, los cerezos florecieron en el parque Maruyama, y no había nadie en Kioto que hablara de otra cosa. Hatsumono estaba más ocupada de lo normal durante el día debido a la gran cantidad de fiestas que se celebraban para contemplar los cerezos en flor. Le envidiaba esa vida bulliciosa para la que la veía prepararse cada tarde. Ya había empezado a perder toda esperanza de despertarme una noche y encontrar a mi lado a Satsu, que había venido a rescatarme, o de recibir alguna noticia de mi familia en Yoroido. Entonces, una mañana que Mamita y la Tía se estaban preparando para sacar a la Abuela de pic-nic, al bajar las escaleras me encontré un paquete en el suelo del vestíbulo. Era una caja del tamaño de mi brazo, envuelta en papel fuerte y atada con un cordel viejo. Sabía que no era asunto mío, pero como no había nadie mirando, me acerqué y leí el nombre y la dirección escritos con grandes caracteres en una de las caras. Decía:

Sakamoto Chiyo
c/o Nitta Kayoko
Gion Tominaga-cho
Kioto, Prefectura de Kioto

Me quedé tan sorprendida que me llevé la mano a la boca y no la bajé en un buen rato; estoy segura de que debí de poner unos ojos como platos. El remite, bajo los sellos, era del Señor Tanaka. No tenía ni idea de lo que contenía el paquete, pero al ver el nombre del Señor Tanaka... dirás que es absurdo, pero sinceramente esperé que hubiera reconocido su error al enviarme a aquel sitio tan espantoso y me había mandado algo para librarme de la *okiya*. No puedo imaginarme qué se puede enviar en un paquete para librar a una niña de la esclavitud; incluso entonces no me resultaba fácil imaginármelo. Pero en el fondo de mi corazón, creí de verdad que cuando abriera aquel paquete, mi vida cambiaría para siempre.

Antes de poder pensar qué iba a hacer entonces, la Tía bajó y me dijo que me apartara del paquete, aunque fuera dirigido a mí. Me habría gustado abrirlo yo misma, pero pidió un cuchillo para cortar el cordel y luego se tomó su tiempo para desenvolverlo. Bajo el papel había una capa de tela de saco cosida con el tosco hilo de las redes de pesca. Y cosido a la tela de saco por sus esquinas había un sobre con mi nombre. La Tía lo separó y luego retiró la tela de saco y reveló una caja de madera oscura. Yo empecé a ponerme nerviosa con lo que podría haber dentro, pero cuando la Tía levantó la tapa, me sentí desfallecer. Pues allí, dispuestas sobre un lecho de tela blanca, estaban las tablillas mortuorias que habían presidido antaño el altar de nuestra casita. Dos de ellas, que yo no había visto antes, parecían más nuevas que las otras y llevaban unos nombres budistas desconocidos para mí y escritos con unos caracteres que yo no entendía. Me asustaba la sola idea de pensar por qué las habría enviado el Señor Tanaka.

La Tía dejó de momento la caja en el suelo, con las tablillas cuidadosamente alineadas en su interior, y sacó la carta del sobre para leerla. Yo esperé de pie lo que me pareció una eternidad, llena de temor y no atreviéndome siquiera a pensar. Finalmente, la Tía suspiró profundamente y me llevó por el brazo hasta la sala. Cuando me arrodillé delante de la mesa, me temblaban las manos sobre el regazo, probablemente del esfuerzo que estaba haciendo por no dejar salir a la superficie de mi mente todos aquellos temores. Tal vez era un signo esperanzador que el Señor Tanaka me hubiera enviado las tablillas mortuorias. ¿No podría tratarse de que mi familia se trasladaba a Kioto e íbamos a comprar un altar nuevo para poner todas las tablillas? O, tal vez, Satsu le había pedido que me las enviara, porque iba a regresar. Entonces la Tía interrumpió mis pensamientos.

—Chiyo, te voy a leer algo que te escribe un hombre llamado Tanaka Ichiro —me dijo con una voz extrañamente grave y lenta. Creo que dejé de respirar mientras ella extendía el papel sobre la mesa.

Querida Chiyo:

Han pasado dos estaciones desde que te fuiste de Yoroido y pronto nacerán nuevos capullos en los árboles. Las flores que salen donde otras se marchitaron nos recuerdan que un día nos llegará a todos la muerte.
Como el huérfano que esta humilde persona fue en su día, siento tener que comunicarte el terrible pesar que has de sobrellevar. Seis semanas después de que te fueras para iniciar una nueva vida en Kioto, dieron fin los sufrimientos de tu honorable madre, y sólo unas semanas después tu honorable padre dejó también este mundo. Esta humilde persona lamenta profundamente dichas pérdidas y te ruega que tengas la seguridad de que los restos mortales de ambos han recibido sepultura en el cementerio del pueblo. Se celebraron ceremonias fúnebres en el Templo Hoko-ji de Senzuru, y ade-

más las mujeres de Yoroido les cantaron los *sutras*. Esta humilde persona confía en que ambos hayan encontrado su lugar en el paraíso.

El aprendizaje de una geisha es un camino arduo. Sin embargo, esta humilde persona admira con todo su corazón a quienes son capaces de refundir su sufrimiento y se convierten en grandes artistas. Hace unos años, estando de visita en Gion, tuve el honor de presenciar las danzas de primavera y de asistir a la fiesta que siguió en una casa de té, y esa experiencia me causó una profunda impresión. Me proporciona cierta satisfacción saber que hemos encontrado para ti un lugar seguro en el mundo, Chiyo, y que no te verás obligada a sufrir años de incertidumbre. Esta humilde persona ha vivido lo bastante para haber visto crecer a dos generaciones de niños, y sabe lo raro que es que nazca un cisne de un pájaro común. El cisne que sigue viviendo en el árbol de sus padres acaba muriendo; por eso quienes están dotados de belleza y de talentos llevan la carga de encontrar su propio camino.

Tu hermana, Satsu, vino a Yoroido al final del otoño pasado, pero enseguida huyó con el hijo del Señor Sugi. Éste espera fervientemente volver a ver a su querido hijo antes de morir, y, por consiguiente, te pide que si recibes noticias de tu hermana, tengas la bondad de notificárselo de inmediato.

Sinceramente tuyo,

Tanaka Ichiro

Mucho antes de que la Tía hubiera terminado de leer la carta, las lágrimas habían empezado a manar de mis ojos, como el agua que sale de una olla hirviendo. Pues ya habría sido bastante malo enterarme de la muerte de mi madre, o de la de mi padre. ¡Pero enterarme de golpe de la muerte de ambos y de que también había perdido a mi hermana para siempre...! Mi mente no tardó en sentirse como un jarrón hecho añicos en el suelo. Me sentía perdida incluso dentro de aquella habitación.

Pensarás que era muy ingenua al haber mantenido viva durante tanto tiempo la esperanza de que mi madre siguiera viva. Pero tenía tan poco que esperar que supongo que me habría agarrado a cualquier cosa. La Tía fue muy amable conmigo mientras yo intentaba recuperarme. "Ánimo, Chiyo, ánimo. Ya ninguno de nosotros puede hacer nada."

Cuando por fin pude hablar, le pedí a la Tía que dispusiera las tablillas donde yo no las viera y que rezara en mi nombre, pues a mí me apenaría mucho hacerlo. Pero ella se negó, y me dijo que debería darme vergüenza de volver así la espalda a mis ancestros. Me ayudó a ponerlas en un estante junto al pie de la escalera, donde podía rezar delante de ellas todas las mañanas. "No las olvides nunca, Chiyo-chan", me dijo. "Son lo único que te queda de tu infancia".

Nueve

Más o menos por la época de mi sesenta y cinco cumpleaños, un amigo me envió un artículo titulado "Las veinte grandes Geishas del pasado de Gion". O tal vez era las treinta grandes geishas, no recuerdo exactamente. Pero yo estaba incluida con un pequeño párrafo en el que se contaban algunos datos sobre mi vida; entre ellos, que había nacido en Kioto, lo que, claro está, no era cierto. Y también puedo asegurarte que tampoco fui una de las grandes veinte geishas de Gion. Hay gente que no distingue entre lo grande y lo que les han contado. En cualquier caso, de no haberme escrito el Señor Tanaka anunciándome la muerte de mis padres y la desaparición de mi hermana, como tantas chicas de baja extracción social, me habría considerado afortunada si acababa siendo una geisha mediocre y no especialmente feliz.

Seguramente recordarás que dije que la tarde que conocí al Señor Tanaka fue la mejor y también la peor de mi vida. Probablemente no me sea necesario explicar por qué fue la peor; pero puede que te preguntes cómo se me ocurrió pensar que podría salir de allí nada bueno. Es cierto que hasta ese momento de mi vida, el Señor Tanaka no me había traído más que sufrimientos; pero también cambió para siempre mis horizontes vitales. Llevamos nuestras vidas como el agua que corre colina abajo, más o menos en una dirección, hasta que damos con algo que nos obliga a encontrar un nuevo curso. Si no hubiera conocido al Señor Tanaka, mi vida habría discurrido, cual simple riachuelo, entre nuestra casita piripi y el océano. El Señor Tanaka lo modificó todo al mandarme al mundo. Pero no es lo mismo que te envíen al mundo que dejar el hogar voluntariamente. Llevaba en Gion un poco más de seis meses cuando recibí la carta del Señor Tanaka; y, sin embargo, durante ese tiempo, nunca había dejado de creer que algún día encontraría una vida mejor en cualquier otro lado, junto a mi familia o lo que quedara de ella. Sólo una parte de mí vivía en Gion; la otra vivía en los sueños de volver a casa. Por eso los sueños son tan peligrosos: abrasan como el fuego y a veces nos consumen completamente.

Durante el resto de la primavera y todo el verano siguientes a la recepción de aquella carta, me sentí como una criatura perdida en un lago entre la niebla. Los días se derramaban uno tras otro en una confusa maraña. Sólo recuerdo retazos de las cosas, aparte de una sensación constante de miedo y sufrimiento. Una fría tarde de invierno, sentada en el cuarto de las criadas mientras la nieve caía muda en el pequeño patio de la *okiya*, pensé en mi padre tosiendo solo frente a la mesita de su desolada casa; y en mi madre, tan débil que su cuerpo apenas se hundía en el futón. Salí dando tumbos al patio, intentando huir de mi pena, pero, claro está, es imposible huir de la pena que se lleva dentro.

Un año después de que me comunicaran las terribles noticias de mi familia, sucedió algo. Era al principio de la primavera, al siguiente abril, y los cerezos volvían a estar en flor. Puede incluso que ese día hiciera exactamente un año que había recibido la carta del Señor Tanaka. Para entonces ya tenía casi doce años, y empezaba a tener ciertas formas de mujer, mientras que Calabaza seguía pareciendo una niña. Ya había crecido prácticamente todo lo que iba a crecer. Mi cuerpo seguiría siendo fino y nudoso como una ramita, pero mi cara había perdido su blandura infantil y se había afilado en la barbilla y las mejillas, dando a mis ojos una verdadera forma almendrada. Antes los hombres no se fijaban en mí por la calle más de lo que lo harían en una paloma; ahora me miraban cuando pasaba a su lado. Me extrañó ser objeto de su atención después de haber sido ignorada durante tanto tiempo.

En cualquier caso, una madrugada de aquel mes de abril, me desperté soñando con un hombre de barba. La barba era tan espesa que sus facciones se me desdibujaban, como si alguien las hubiera censurado de la película. Estaba frente a mí diciéndome algo que no recuerdo, y luego de pronto abría el estor de papel de la ventana que tenía al lado haciendo un sonoro *clac*. Me desperté pensando que había oído este ruido en la habitación. Las criadas suspiraban en sueños. Calabaza dormía sin hacer ruido, con su cara regordeta hundida en la almohada. Todo estaba igual que siempre; pero yo estaba extrañamente distinta. Me sentía como si el mundo que estaba viendo hubiera cambiado con respecto al que había visto la noche anterior; casi como si estuviera asomada a la misma ventana que se había abierto en mis sueños.

Por supuesto, no habría podido explicar qué significaba todo aquello. Pero seguí pensando en ello mientras barría el patio aquella mañana, hasta que empecé a sentir ese zumbido típico de cuando le das vueltas a algo en la cabeza, como una abeja metida en un frasco cerrado. No tardé en dejar a un lado la escoba, y me fui a sentar en el pasaje, donde la fresca corriente que salía de debajo de la casa me acariciaba la espalda. Y entonces se me vino a la cabeza algo en lo que no había pensado desde mi primera semana en Kioto.

Un día o dos después de ser separada de mi hermana, estaba lavando unos trapos como me habían mandado que hiciera, cuando una mariposa bajó revoloteando del cielo y se posó en mi brazo. La espanté de un manotazo, esperando que se fuera volando a otro lado, pero en lugar de esto, cayó como una piedrecita al suelo del patio. No sabía si había caído del cielo ya muerta o si yo la había matado, pero su muerte me conmovió. Admiré el bonito dibujo de sus alas y luego la envolví en uno de los trapos que estaba lavando y la escondí debajo de la casa.

No había vuelto a pensar en aquella mariposa; pero en cuanto la recordé, me arrodillé y busqué junto a los pequeños pilotes que soportaban la casa hasta que la encontré. Muchas cosas en mi vida habían cambiado, incluso mi aspecto; pero cuando desenvolví la mariposa, despojándola de su sudario, seguía siendo la misma criatura sorprendentemente hermosa del día que la había enterrado. Parecía vestida en unos suaves tonos grises y marrones, semejantes a los que llevaba Mamita cuando salía por la noche a jugar al *mah-jongg*. Todo en ella era hermoso y perfecto y estaba totalmente intacto. Con que sólo una cosa en mi vida hubiera seguido igual que estaba cuando llegué a Kioto... Cuando pensé esto, mi mente empezó a girar como un remolino. Me sorprendía que fuéramos —la mariposa y yo— dos extremos opuestos. Mi existencia era como un río, que cambiaba cada día. Mientras pensaba estas cosas, saqué un dedo para acariciar la superficie aterciopelada de la mariposa, pero en cuanto la rocé, se convirtió de inmediato en un montoncito de ceniza, sin hacer el más mínimo ruido, sin darme siquiera tiempo a verla desmoronarse. Me asombró tanto que dejé escapar un gritito. El torbellino de mi mente se detuvo; me sentí como si hubiera entrado en el ojo del huracán. Dejé caer el pequeño sudario y la pila de cenizas, que revolotearon y se posaron en el suelo; y entonces comprendí el enigma que me había tenido desconcertada toda la mañana. El aire ya no olía a cerrado. El pasado había desaparecido. Mi madre y mi padre habían muerto y yo no podía hacer nada para cambiarlo. Pero supongo que yo también había estado en cierto modo muerta aquel último año. Y mi hermana... pues sí, se había ido; pero yo no me había ido. No estoy segura de que lo entiendas, pero era como si me hubiera vuelto a mirar hacia otro lado, de modo que ya no tenía frente a mí el pasado, sino el futuro. Y ahora la cuestión a la que me enfrentaba era: ¿cómo sería aquel futuro?

No bien me hube formulado esta pregunta, supe con una certeza como no había tenido hasta entonces que en el transcurso de aquel día recibiría un signo al respecto. Por eso en mi sueño un hombre con barba abría una ventana. Me decía: "Estáte atenta a aquello que se te aparezca, pues ése será tu futuro".

No tuve tiempo de pensar más, pues en ese momento la Tía me dio una voz:

—¡Chiyo, ven!

Avancé por el pasillo de tierra del patio como en trance. No me habría sorprendido si la Tía me hubiera dicho: "¿Quieres saber tu futuro? Pues entonces escucha atentamente...". Pero en lugar de ello, la Tía sencillamente me entregó dos adornos del pelo sobre un trozo de seda blanca.

—Agárralos —me dijo—. Dios sabe lo que andaría haciendo Hatsumono anoche; volvió a la *okiya* con los adornos del pelo de otra chica. Debió de beber más de lo que acostumbra. Ve a ver si la encuentras en la escuela, pregúntale de quién son y devuélveselos a su dueña.

Cuando tomé los adornos, la Tía me dio un trozo de papel con varios recados apuntados y me dijo que en cuanto hubiera terminado volviera inmediatamente a la *okiya*.

Puede que el volver a casa de noche con los adornos del pelo de otra persona no suene tan extraño, pero en realidad es como volver a casa con la ropa interior de otra persona puesta. Las geishas no se lavan la cabeza todos los días; llevan unos peinados demasiado complicados para ello. Así que los adornos del pelo son algo bastante íntimo. La Tía ni siquiera quiso tocarlos, por eso los puso sobre un trocito de seda. Los envolvió en ella para dármelos, de modo que parecían la mariposa envuelta en un trapo que había tenido en la mano unos minutos antes. Claro está que un signo no significa nada a no ser que sepas cómo interpretarlo. Me quedé mirando aquel atado de seda hasta que la Tía dijo: "¡Por todos los cielos, agárralo y vete a hacer lo que te mando!". Luego, de camino hacia la escuela, lo desenvolví para echar otro vistazo a los ornamentos. Uno era una peineta de laca negra con la forma de un sol poniéndose tras las colina y con unas flores pintadas por el borde; el otro era un palillo de madera dorada que llevaba en el extremo una pequeña esfera de ámbar sujeta por dos perlas.

Esperé a la puerta de la escuela hasta que oí la campana que señalaba el fin de las clases. No tardaron en empezar a salir las chicas con sus kimonos blancos y azules. Hatsumono me vio antes mismo de que yo la viera a ella, y vino hacia mí acompañada de otra geisha. Puede que te preguntes qué hacía ella en la escuela, puesto que ya era una consumada bailarina y sabía todo lo que tenía que saber para ser una geisha. Pero incluso las geishas más renombradas seguían yendo a clases de danza durante el resto de su vida profesional, algunas incluso hasta los cincuenta o sesenta años.

—Mira lo que tenemos por aquí —le dijo Hatsumono a su amiga—. Creo que es un alga. Mira qué larga —ésta era su forma de ridiculizarme por haberme puesto un dedo más alta que ella.

—Me ha mandado la Tía, señorita —dije yo—, para averiguar a quién le quitó estos adornos anoche.

La sonrisa de Hatsumono se desvaneció. Me arrebató de la mano el pequeño atado y lo abrió.

—Pero si no son míos... —dijo—. ¿De dónde los has sacado?

—¡Oh, Hatsumono-san! —dijo la otra geisha—. ¿Pero es que no te acuerdas? Tú y Kanako os quitasteis los adornos del cabello cuando os pusisteis a jugar a aquel juego tan tonto con el juez Uwazumi. Kanako debió de llevarse los tuyos y tú los suyos.

—¡Qué asco! —dijo Hatsumono—. ¿Cuándo crees tú que fue la última vez que se lavó el pelo Kanako? En cualquier caso, su *okiya* está pegada a la tuya. ¿Te importaría llevárselos tú? Dile que iré a buscar los míos más tarde, que no intente quedárselos.

La otra geisha tomó los adornos del pelo y se fue.

—No te vayas, pequeña Chiyo —me dijo Hatsumono—. Quiero enseñarte algo. Es esa jovencita que ves allí, la que está saliendo por la puerta. Se llama Ichikimi —miré a Ichikimi, pero no parecía que Hatsumono tuviera más que decirme sobre ella.

—No la conozco —dije.

—No, claro que no. No tiene nada especial. Es un poco tonta y más torpe que un tullido. Tan sólo creí que te parecería interesante saber que ella será geisha y tú no.

No creo que Hatsumono pudiera haber encontrado nada más cruel que decirme. Llevaba ya un año y medio condenada a los pesados trabajos de una criada. Sentía que mi vida se extendía ante mí como un largo camino que no llevaba a ninguna parte. No diré que deseaba convertirme en geisha; pero tampoco quería seguir siendo una criada el resto de mis días. Me quedé en el jardín de la escuela un largo rato, viendo pasar a las jovencitas de mi edad charlando unas con otras. Puede que tan sólo se dirigieran a comer, pero a mí me pareció que iban de una importante actividad a otra, que su vida tenía un objetivo, mientras que yo volvería a casa, a algo tan poco atractivo como barrer las losas del patio. Cuando el jardín se vació, me quedé preocupada pensando que tal vez ése era el signo que estaba esperando: que otras jóvenes de Gion progresarían en su vida mientras que yo me quedaría donde estaba. Esta idea me causó tal espanto que no aguanté más tiempo sola en aquel jardín. Caminé hacia la Avenida Shijo y torcí hacia el río Kamo. Unas gigantescas pancartas colgadas del Teatro Minamiza anunciaban para aquella tarde una representación de *Shibaraku*, una de las obras de teatro Kabuki más conocidas, aunque yo entonces no sabía nada de ello. Una multitud subía las escaleras del teatro. Entre los hombres, vestidos con oscuros trajes occidentales o con kimono, sobresalían los brillantes colores de algunas geishas, como hojas de otoño en las cenagosas aguas de un río. Aquí también contemplé cómo pasaba de largo a mi lado el bullicio ajetreo de la vida. Me alejé corriendo de la avenida, por una calle lateral que seguía el curso del arroyo Shirakawa, pero incluso allí se veían hombres y geishas que parecían apresurados y con unas vidas colmadas de sentido. Para acallar el dolor de este pensamiento, me volví hacia la orilla del Shirakawa, pero incluso sus brillantes aguas parecían correr con una meta —el río Kamo y desde allí la bahía de Osaka y el Mar de Japón—. Parecía que de todas partes me llegaba el mismo mensaje. Me apoyé sobre el murete de piedra al borde del arroyo y me eché a llorar. Era una isla perdida en medio del océano, sin pasado, eso sí, pero tampoco con futuro. Enseguida sentí que llegaba a un punto en el que creí que no podría alcanzarme voz humana alguna; hasta que oí una voz masculina decir lo siguiente:

—¡Pero, cómo! ¡Sentirse desgraciada con este día tan hermoso!

Por lo general, ningún hombre por las calles de Gion se fijaría en un chica como yo, especialmente cuando estaba haciendo el ridículo llorando. Y si se hubiera fijado en mí, nunca me habría hablado, como no fuera para decirme que me quitara de en medio o cualquier cosa parecida. Y, sin embargo, aquel hombre no sólo se había tomado la molestia de hablarme, sino que también lo había hecho con gran amabilidad. Se dirigió a mí de una forma que sugería que yo podría ser una joven de cierta posición, la hija de un amigo suyo, por ejemplo. Por un segundo, me imaginé un mundo completamente diferente del que había conocido hasta entonces, un mundo en el que se me trataba con justicia, incluso con amabilidad: un mundo en el que los padres no vendían a sus hijas. El ruido que formaba a mi alrededor tanta gente con sus vidas colmadas pareció acallarse; o al menos dejé de oírlo. Y cuando me levanté para mirar al hombre que me había hablado, sentí que dejaba todas mis desgracias detrás de mí, en aquel muro de piedra.

Me encantaría describirlo, pero sólo se me ocurre una forma de hacerlo: hablándote de cierto árbol que se elevaba al borde de los acantilados de Yoroido. Aquel árbol estaba tan erosionado por el viento y era tan suave como las maderas desgastadas por el mar que tiran las mareas. Cuando tenía cuatro o cinco años, un día encontré el rostro de un hombre en aquel árbol. Esto es, me fijé en un trozo suave y liso como un plato, con dos marcados bultos en los bordes que hacían de mejillas. Estos proyectaban unas sombras que sugerían las cuencas de los ojos, y bajo éstas se elevaba suave abultamiento que hacía de nariz. La cara entera se inclinaba a un lado, mirándome burlonamente; me parecía un hombre tan seguro como un árbol del lugar que ocupaba en el mundo. Había en él algo tan meditabundo que pensé que había visto el rostro de Buda.

El hombre que se había dirigido a mí en la calle tenía el mismo tipo de rostro, abierto y sosegado. Y, lo que era aún más importante, sus rasgos eran tan suaves y serenos que me pareció que se iba a quedar allí tranquilamente parado hasta que yo dejara de ser desgraciada. Tendría unos cuarenta y cinco años y llevaba el cabello cano peinado hacia atrás. Pero no pude mirarlo mucho tiempo. Me pareció tan elegante que me ruboricé y miré hacia otro lado.

Iba flanqueado por dos hombres más jóvenes a un lado, y una geisha al otro. Oí cómo ésta le decía en voz baja:

—¡Pero si es sólo una criada! Probablemente se ha lastimado el pie al correr haciendo los recados. Seguro que enseguida aparece alguien que pueda ayudarla.

—Cómo desearía tener tu misma fe en la gente, Izuko-san —dijo el hombre.

—La función está a punto de empezar. En serio, Señor Presidente, no creo que debamos perder más tiempo...

Haciendo los recados por las calles de Gion, a menudo había oído a las geishas dirigirse a los hombres llamándolos "Consejero" o "Director". Pero muy pocas veces había oído llamar a nadie "Presidente". Por lo general los hombres que recibían este título eran calvos y ceñudos y andaban pavoneándose, rodeados de grupos de ejecutivos jóvenes que trotaban tras ellos. El hombre que tenía delante era tan diferente de los presidentes al uso que incluso aunque no era más que una niña con muy poca experiencia del mundo, sabía que la compañía que presidía no podía ser muy importante. Un hombre que presidiera una importante compañía no se habría detenido a hablar conmigo.

—¿Intentas decirme que es perder el tiempo quedarnos aquí e intentar ayudarla? —dijo el Señor Presidente.

—¡Oh, no, no! —respondió la geisha—. Lo que quería decir es que no tenemos mucho tiempo. Tal vez ya nos estemos perdiendo el primer acto.

—Vamos a ver, Izuko-san. Lo más seguro es que en algún momento tú también te hayas encontrado en el mismo estado de esta pequeña. No puedes hacernos creer que la vida de una geisha siempre es fácil. Pensaría que precisamente tú...

—¿Que haya estado *yo* nunca en el mismo estado que está *ella* ahora? ¿Quiere usted decir, Señor Presidente..., dando el espectáculo?

Al oír esto el Señor Presidente se volvió hacia los dos hombres jóvenes y les pidió que fueran yendo con Izuko hacia el teatro. Ellos hicieron una pequeña inclinación de cabeza y continuaron su camino, y el Señor Presidente se quedó atrás. Me miró durante un buen rato, aunque yo no me atreví a mirarlo a él. Finalmente dije:

—Por favor, Señor, lo que ella dice es cierto. Soy una chica estúpida... Por favor no se retrase por mi culpa.

—Ponte en pie —me dijo.

No me atreví a desobedecerle, aunque no sabía qué quería de mí. Resultó que se limitó a sacarse un pañuelo del bolsillo y me sacudió los granos de tierra que se me habían quedado pegados a la cara al levantarla del murete. Estaba tan cerca de mí que me llegó el olor a talco de su piel, lo que me hizo recordar el día en que el sobrino del Emperador Taisho había venido de visita a nuestra aldea. El sobrino del Emperador, vestido con un traje occidental, el primero que yo veía en mi vida —porque aunque se suponía que no podíamos mirarlo, yo lo observé por el rabillo del ojo—, no había hecho más que bajarse del coche, asomarse a la ensenada y volver al coche, saludando al pueblo que se había arrodillado a su paso. También recuerdo que llevaba un bigote cuidadosamente recortado; a diferencia de los hombres del pueblo, a quienes les crecía la barba o el bigote con el mismo descuido que las malas hierbas en un camino. Nadie de importancia había visitado hasta entonces nuestro pueblo. Creo que todos sentimos que se nos había contagiado un poco de su nobleza y su grandeza.

En la vida nos topamos de vez en cuando con cosas que no entendemos porque nunca hemos visto nada semejante. El sobrino del Emperador me impresionó de esa forma; y lo mismo hizo el Presidente. Después de limpiarme los granitos de tierra y las lágrimas, me levantó la cara, inclinándola ligeramente hacia atrás.

—Mírala... una chica tan guapa sin nada de lo que avergonzarse —dijo—. Y, sin embargo, te da miedo mirarme. Alguien ha debido de ser muy cruel contigo... o tal vez, la vida te ha sido cruel.

—No sé, Señor —respondí yo, aunque, claro está, lo sabía perfectamente.

—Ninguno de nosotros encuentra en este mundo todo el cariño que deberíamos —afirmó, y entrecerró los ojos un momento, como diciéndome que debería pensar seriamente en la afirmación que acababa de hacer.

Yo deseaba sobre todas las cosas volver a ver la suave piel de su rostro, con su ancha frente y sus párpados, que parecían escudos de mármol sobre sus bondadosos ojos; pero entre nosotros se interponía el inmenso abismo de nuestra posición social. Finalmente levanté la vista, aunque me ruboricé y miré hacia otro lado tan rápidamente que lo más seguro es que él nunca se diera cuenta de que nuestras miradas se habían cruzado. Pero ¿cómo describir lo que vi en ese instante? Aquel hombre me estaba mirando como un músico podría mirar a su instrumento justo antes de ponerse a tocar, con conocimiento y maestría. Sentí que podía ver dentro de mí, como si yo fuera una parte de él. ¡Cómo me habría gustado ser su instrumento!

Un momento después se echó la mano al bolsillo y sacó algo.

—¿Qué te gusta más, la ciruela o la cereza? —dijo.

—¿Cómo, Señor? ¿Quiere decir... para comer?

—Hace un momento pasé por un puesto en el que vendían helados cubiertos de sirope. Nunca los probé hasta que fui mayor, pero seguro que me habrían encantado de niño. Toma esta moneda y cómprate uno. Toma también mi pañuelo, para limpiarte la cara después —dijo. Y tras ello, apretó la moneda en el centro del pañuelo, lo ató y me lo entregó.

Desde el momento en que el Presidente me dijo la primera palabra, olvidé que estaba buscando un signo sobre mi futuro. Pero cuando vi en su mano el pañuelo con la moneda dentro, se parecía tanto al pequeño sudario de la mariposa, que supe que por fin había encontrado el signo que buscaba. Tomé el atadijo y, haciéndole una profunda reverencia, intenté explicarle lo agradecida que me sentía, aunque estoy segura de que mis palabras no le transmitieron plenamente mis sentimientos. No le estaba dando las gracias por la moneda, ni tampoco por la molestia que se había tomado al detenerse a ayudarme. Le estaba dando las gracias por... bueno, por algo que no estoy segura de poder explicar ni tan siquiera ahora. Por mostrarme que en el mundo se puede encontrar algo más que crueldad, supongo.

Lo vi alejarse con el corazón encogido, aunque era un tipo de encogimiento agradable, si es que puede haber algo así. Lo que quiero decir es que si una noche lo has pasado mejor que nunca en tu vida, te apena que se acabe; pero eso no quita para que te sientas contento y agradecido de que haya sucedido. En aquel breve encuentro con el Presidente, había dejado de ser una niña perdida, con una vida vacía ante ella, para convertirme en una niña con una meta en su vida. Tal vez parezca extraño que un encuentro casual en la calle pueda producir semejante cambio. Pero a veces la vida es así, ¿no? Y estoy convencida de que si tú hubieras estado allí y hubieras visto lo que vi yo y sentido lo que yo sentí, te habría sucedido lo mismo.

Cuando el Presidente desapareció de mi vista, eché a correr calle arriba en busca del puesto de helados. No era un día especialmente caluroso, y no me gustaban especialmente los helados, pero tomarlo haría durar un poco más mi encuentro con el Presidente. Así que me compré un cucurucho de helado con sirope de fresa, y volví a sentarme en el mismo murete. El sabor del sirope me sorprendió, pero creo que sólo porque tenía todos los sentidos aguzados. Si yo fuera una geisha, como aquella Izuko, pensaba, podría estar con un hombre como el Presidente. Nunca me había imaginado que podría llegar a envidiar a una geisha. Me habían traído a Kioto con el fin de hacer de mí una geisha, claro; pero hasta ese momento me habría escapado en cuanto se me hubiera presentado la ocasión. En este momento comprendí algo que había pasado por alto: el objetivo no era *llegar a ser* geisha, sino *ser* geisha. Ahora lo veía como un paso hacia otra cosa. Si no me equivocaba con la edad del Presidente, probablemente no pasaba de los cuarenta y cinco años. Muchas geishas alcanzaban el éxito a los veinte. Aquella Izuko probablemente no tendría más de veinticinco. Yo era todavía una niña, iba a cumplir doce..., pero dentro de otros doce estaría en plenos veinte. ¿Y el Presidente? No sería mayor para entonces que el Señor Tanaka ahora.

La moneda que me había dado el Presidente era mucho más dinero del que costaba un helado. Guardé en la mano las vueltas que me había dado el vendedor: tres monedas de diferentes tamaños. Al principio pensé en guardarlas para siempre; pero entonces me di cuenta de que podrían servir para algo mucho más importante.

Corrí hasta la Avenida Shijo y desde allí seguí corriendo hasta el final de la misma, que era donde acaba Gion por uno de sus lados y donde se elevaba su santuario. Subí la escalinata, pero me intimidó pasar bajo la gran entrada, con sus dos pisos de altura y su tejado de dos aguas, de modo que di la vuelta para entrar por detrás. Tras cruzar el patio de gravilla y subir otro tramo de escaleras entré al santuario propiamente dicho por la puerta *torii*. Allí eché las monedas —unas monedas que valían lo bastante para sacarme de Gion— en la caja de las ofrendas, y anuncié mi presencia a los dioses dando tres palmadas y haciendo una reverencia. Con los ojos bien apretados y las manos juntas, rogué a los dioses que me permitieran llegar a ser geisha. Soportaría el aprendizaje, sufriría cualquier dificultad, con tal de tener la posibilidad de volver a atraer la atención de un hombre como el Presidente.

Cuando abrí los ojos, se seguía oyendo el tráfico de la Avenida Higashi-Oji. Los árboles silbaron agitados por una ráfaga de viento, como lo habían hecho un momento antes. Nada había cambiado. En cuanto a si los dioses me habían oído, no tenía modo de saberlo. Lo único que podía hacer era meterme el pañuelo del hombre entre los pliegues de mi vestido y llevármelo a la *okiya*.

Diez

Una mañana, bastantes meses después, cuando estábamos guardando las enaguas *ro* —las ligeras de gasa de seda para la estación cálida— y sacando las *hitoe* —las de entretiempo, que van sin forrar—, me llegó de pronto un hedor tan horrible al cruzar el vestíbulo que tiré al suelo el montón de ropa que llevaba entre los brazos. El olor procedía del cuarto de la Abuela. Corrí escaleras arriba a buscar a la Tía, porque enseguida me di cuenta de que tenía que haber pasado algo terrible. La Tía bajó las escaleras lo más rápido que le permitía su cojera y cuando entró en el cuarto de la Abuela la encontró muerta en el suelo. Había muerto de la forma más extraña que se pueda imaginar.

La Abuela tenía la única estufa eléctrica de la *okiya*. La usaba todas las noches, salvo en verano. Ya había empezado septiembre, por eso estábamos guardando la ropa ligera de verano, y la Abuela había empezado a usar la estufa de nuevo. Esto no quiere decir que el tiempo fuera necesariamente frío; cambiábamos de una ropa a otra conforme al calendario, no a la temperatura que hacía fuera, y la Abuela utilizaba su estufa del mismo modo. Estaba muy apegada a ella, probablemente porque había pasado muchas noches en su vida muerta de frío.

Todas las mañanas, la Abuela desenchufaba la estufa y le enrollaba el cable alrededor antes de retirarla a una esquina del cuarto. Con el tiempo, el metal caliente terminó quemando la camisa del cable, de modo que éste entró en contacto con el metal, y el aparato entero se electrificó. La policía dijo que cuando la Abuela fue a tocar la estufa aquella mañana debió de quedarse paralizada al momento, incluso es posible que muriera directamente. Al caer al suelo, su cara quedó atrapada en la superficie de metal caliente. De ahí aquel olor espantoso. Por suerte, no la vi muerta, salvo las piernas que estaban a la vista desde la puerta y parecían unas ramas de árbol muy finas envueltas en seda arrugada.

Las dos semanas siguientes a la muerte de la Abuela tuvimos un trajín inimaginable, no sólo para limpiar la casa a fondo —en la religión *shinto*, la muerte es lo más impuro que puede suceder—, sino también disponiendo las velas, las bandejas de comida, los farolillos a la entrada, las mesitas del té, las bandejas para el dinero que traían los visitantes, y todas esas cosas. Estuvimos tan ocupadas que una noche la cocinera cayó enferma y tuvieron que llamar al médico; resultó que el único problema era que la noche anterior no había dormido más de dos horas, no se había sentado en todo el día y había tomado un tazón de sopa por toda comida. Me sorprendió ver a Mamita gastar dinero casi sin contención —encargando que se cantaran *sutras* en nombre de la Abuela en el Templo de Gion, comprando arreglos de capullos de loto en las pompas fúnebres, y todo ello en plena Depresión—. Al principio me preguntaba si su forma de actuar era una especie de demostración del cariño que sentía por la Abuela; pero más tarde me di cuenta de lo que significaba en realidad: prácticamente todo Gion pasaría por nuestra *okiya*, a fin de presentar a la Abuela sus últimos respetos, y asistiría a la ceremonia fúnebre que tendría lugar una semana después en el templo. Mamita tenía que ofrecer el espectáculo que todos esperaban.

Durante unos días realmente todo Gion pasó por nuestra *okiya*, o eso pareció; y tuvimos que ofrecerles té y dulces a todos. Mamita y la Tía recibieron a las dueñas de varias casas de té y *okiyas*, y a cierto número de criadas que habían conocido a la Abuela, así como tenderos, peluqueros y fabricantes de pelucas, la mayoría de los cuales eran hombres; y, por supuesto, a docenas y docenas de geishas. Las geishas de más edad conocían a la Abuela de sus días de geisha, pero las más jóvenes no habían oído ni siquiera hablar de ella; venían por respeto a Mamita, o, en algunos casos, porque tenían algún tipo de relación con Hatsumono.

Mi tarea durante esos agitados días consistía en hacer pasar a las visitas a la sala, en donde Mamita y la Tía las esperaban. Era una distancia de sólo unos cuantos escalones; pero las visitas no se hubieran atrevido a entrar solas, y además tenía que localizar a qué cara correspondía cada par de zapatos, pues mi tarea era llevarlos a la casita de las criadas para que no entorpecieran en la entrada, y luego devolvérselos en el momento adecuado, cuando se iban. Al principio lo pasé fatal. No podía mirar fijamente a los ojos de las visitas sin parecer grosera, pero un simple vistazo a su cara no me bastaba para recordarla. Enseguida aprendí a fijarme en el kimono que llevaban.

Hacia la segunda o tercera tarde se abrió la puerta y entró un kimono que me sorprendió y me pareció el más hermoso de los que había visto a cualquiera de las visitas. Era oscuro, como correspondía a la ocasión: un sencillo vestido negro con una cenefa en el bajo, pero el estampado de ésta, de hierbas verdes y doradas era tan suntuoso que de pronto me encontré imaginando lo sorprendidas que se quedarían las mujeres y las hijas de los pescadores de Yoroido al ver una cosa así. Una doncella acompañaba a nuestra visitante, lo que me hizo pensar que tal vez era la dueña de una casa de té o de una *okiya*, pues muy pocas geishas se podían permitir este gasto. Yo aproveché que ella se detuvo a mirar el pequeño altar *shinto* de nuestro portal para mirar a hurtadillas su cara. Era un óvalo tan perfecto que enseguida se me vino a la cabeza un pergamino que había en el cuarto de la Tía con un dibujo a tinta de una cortesana del periodo Heian, es decir, de hace mil años. No era una mujer tan llamativa como Hatsumono, pero sus rasgos eran tan perfectos que no tardé en empezar a sentirme aún más insignificante de lo normal. Y entonces, de pronto, me di cuenta de quién era aquella mujer.

Mameha, la geisha cuyo kimono me había obligado a estropear Hatsumono.

Lo que le había sucedido a su kimono no era realmente culpa mía; pero con todo habría dado el vestido que llevaba por no tropezarme con ella. Bajé la cabeza, para ocultar la cara, mientras las hacía pasar a ella y a su doncella a la sala. No creía que fuera a reconocerme, pues estaba segura de que no me había visto la cara cuando fui a devolver el kimono; y aunque me la hubiera visto, habían pasado dos años desde entonces. La doncella que la acompañaba no era la misma joven a la que se le habían llenado los ojos de lágrimas al entregarle yo el kimono. Aun así sentí un gran alivio cuando tras una reverencia las dejé en la sala.

Veinte minutos después, cuando Mameha y su doncella dieron por terminada la visita, fui a buscarles los zapatos y los dispuse en el escalón de la entrada, sin levantar la cabeza y sintiéndome exactamente igual de nerviosa que antes. Cuando la doncella abrió la puerta, tuve la sensación de que mi suplicio había llegado a su fin. Pero en lugar de salir, Mameha se quedó allí parada. Empecé a preocuparme; y con los nervios, debió de romperse la comunicación entre mis ojos y mi cabeza, porque, aunque sabía que no debía hacerlo, levanté la vista. Me quedé espantada al comprobar que Mameha me estaba observando fijamente.

—¿Cómo te llamas, pequeña? —dijo, en un tono que a mí me pareció severo.

Le dije que me llamaba Chiyo.

—Ponte de pie, Chiyo. Quiero echarte un vistazo.

Me puse de pie como me pedía; pero si hubiera sido posible hacer que mi cara se encogiera hasta desaparecer, o se autoabsorbiera como quien absorbe un espagueti, estoy segura de que lo habría hecho.

—Pero ¿qué te pasa? Quiero echarte un vistazo —dijo—. Parece que te estás contando los dedos de los pies.

Levanté la cabeza, pero no los ojos, y entonces Mameha dejó escapar un profundo suspiro y me ordenó que la mirara.

—¡Qué ojos tan extraños! —dijo—. Pensé que había visto mal. ¿De qué color dirías que son, Tatsumi?

Su doncella volvió a entrar y me miró:

—Azul plomo, señora —contestó.

—Eso es exactamente lo que habría dicho yo. ¿Cuántas chicas crees tú que habrá en Gion con unos ojos como éstos?

No sabía si Mameha me estaba hablando a mí o a Tatsumi, pero ninguna de las dos respondió. Me miraba con una expresión peculiar en el rostro: concentrada en algo, me pareció. Y luego para mi gran alivio, se excusó y salió.

El funeral de la Abuela tuvo lugar una semana después, en una mañana que el adivino consideró propicia. Después del funeral, empezamos a restaurar en la *okiya* el orden acostumbrado, pero con algunos cambios. La Tía se mudó al piso de abajo, a la habitación que había sido de la Abuela; y Calabaza —que iba a empezar en breve su aprendizaje de geisha— ocupó la habitación del segundo piso que había sido de la Tía. Además, a la semana siguiente llegaron dos nuevas criadas, ambas de mediana edad y muy enérgicas. Puede parecer extraño que Mamita añadiera criadas cuando la familia era ahora menor en número; pero, en realidad, la *okiya* siempre había tenido menos personal del necesario, porque la Abuela no soportaba que hubiera mucha gente a su alrededor.

El último cambio fue que a Calabaza la liberaron de todas sus tareas. Se le dijo que debía empezar a aprovechar el tiempo practicando las diversas artes de las que iba a depender su vida profesional. Por lo general, a las chicas no se les daban tantas oportunidades de practicar, pero la pobre Calabaza era muy torpe y necesitaba más tiempo. Yo lo pasaba fatal viéndola tocar el *shamisen* arrodillada en la pasarela durante horas, sacando la lengua, como si quisiera lamerse la mejilla. Me sonreía cuando nuestras miradas se cruzaban; y, en realidad, su disposición hacia mí era de lo más dulce y amable. Pero yo ya empezaba a encontrar difícil de arrastrar en mi vida la carga de la paciencia, esperando que se entreabriera una pequeña puerta que podría no abrirse nunca, y que ciertamente sería la única oportunidad que se me ofrecería. Ahora tenía que ver cómo la puerta se abría de par en par delante de otra persona. Algunas noches, recostada en el futón antes de dormirme, sacaba el pañuelo que me había dado aquel Presidente y olía su rico aroma de talco. Alejaba de mi mente todo salvo la imagen de él y la sensación del tibio sol en mi rostro y el tacto del muro de piedra donde me había sentado el día que lo conocí. Era mi *bodhisattva*, que me protegería con sus mil brazos. No podía imaginarme cómo me llegaría esta ayuda, pero rogaba para que me llegara.

Hacia el final del primer mes después de la muerte de la Abuela, una de las criadas nuevas me vino a buscar un día y me dijo que me esperaba alguien en la puerta. Era una calurosa tarde de octubre, demasiado calurosa para la estación, y estaba empapada de sudor después de haber estado limpiando el tatami del nuevo cuarto de Calabaza, que hasta hacía poco había sido el de la Tía. Calabaza tenía la manía de subirse galletas de arroz a su dormitorio, de modo que tenía que limpiar los tatamis con mucha frecuencia. Me limpié la cara con una toalla húmeda lo más rápido que pude y me lancé escaleras abajo. En el portal me esperaba una joven vestida con un kimono como de doncella. Me arrodillé con una inclinación de cabeza. Sólo cuando la miré por segunda vez me di cuenta de que era la doncella que había acompañado a Mameha a nuestra *okiya* unas semanas antes. Me dio mucha pena volver a verla allí. Estaba segura de que me había metido en algún lío. Pero cuando ella me hizo un gesto para que saliera del portal, me calcé y la seguí hasta la calle.

—¿Te envían de vez en cuando a hacer recados, Chiyo? —me preguntó.

Había pasado tanto tiempo desde que había intentando escapar que ya no estaba confinada en la *okiya*. No tenía ni idea de por qué lo preguntaba; pero le dije que sí.

—Bien —dijo—. Consigue que te envíen mañana a las tres y reúnete conmigo en el puentecillo que cruza el arroyo Shirakawa.

—Sí, señorita —dije yo—, pero ¿le puedo preguntar para qué?

—Ya lo descubrirás mañana, ¿no? —me contestó, arrugando la nariz; lo que me hizo sospechar si no se estaría burlando de mí.

No me agradaba para nada que la doncella de Mameha me hubiera pedido que la acompañara donde fuera —probablemente a ver a Mameha, pensaba yo, para que me regañara por lo que había hecho—. Pero aunque no me agradaba, al día siguiente hablé con Calabaza y le pedí que me enviara a hacer un recado que no fuera necesario hacer realmente. Le preocupaba buscarse líos, hasta que le prometí que encontraría la manera de pagárselo. Así que a las tres, cuando yo estaba en el patio, me llamó a voces.

—Chiyo-san, ¿podrías salir a comprarme unas cuerdas nuevas para el *shamisen* y unas revistas de Kabuki que necesito? —le habían dicho que leyera revistas de teatro por el bien de su educación. Luego la oí decir aún más alto—: ¿Te parece bien, Tía? —pero la Tía no contestó, porque estaba en el piso de arriba echando una siesta.

Salí de la *okiya* y caminé siguiendo el arroyo hasta que llegué al puentecillo que cruza a la parte de Gion llamada Motoyoshi-cho. Con aquel tiempo tan cálido y maravilloso, había bastantes hombres y geishas paseando y admirando los cerezos llorones, cuyos zarcillos decoraban la superficie del agua. Mientras esperaba junto al puente, vi a un grupo de turistas extranjeros que estaban visitando el famoso distrito de Gion. No eran los primeros extranjeros que veía en Kioto, pero ciertamente me parecieron muy raras aquellas mujeres de grandes narices y cabellos de brillantes colores, vestidas con faldas largas;

y los hombres tan altos y resueltos, haciendo sonar sus tacones en los adoquines. Uno de los hombres me señaló y dijo algo en una lengua extranjera, y todos se volvieron a mirarme. Me sentí tan avergonzada que fingí que había visto algo en el suelo y me agaché para ocultarme.

Finalmente apareció la doncella de Mameha; y tal como me había temido, me condujo sobre el puente y a lo largo del arroyo hasta el mismo portal donde Hatsumono y Korin me habían dado el kimono y ordenado que subiera a entregarlo. Me parecía terriblemente injusto que ese mismo incidente estuviera a punto de causarme aún más problemas, y después de tanto tiempo. Pero cuando la doncella abrió la puerta, entré sin resistirme a la luz grisácea de las escaleras. Al llegar arriba, ambas nos descalzamos y penetramos en el apartamento.

—Chiyo la espera, señora —gritó la doncella.

Entonces oí a Mameha decir desde un cuarto en el interior:

—De acuerdo; muchas gracias, Tatsumi.

La joven me condujo a una mesa dispuesta al lado de una ventana abierta, donde me arrodillé en uno de los cojines e intenté no parecer nerviosa. No mucho después apareció otra doncella con una taza de té —pues, al parecer, Mameha no tenía una sola doncella, sino dos—. Ciertamente no esperaba que me sirvieran té; y, en realidad, no me había sucedido nada igual desde que había cenado en la casa del Señor Tanaka hacía varios años. Le di las gracias con una inclinación de cabeza y bebí unos sorbitos, para no parecer grosera. Luego me encontré esperando sentada durante un buen rato, sin nada que hacer salvo escuchar el sonido del agua cayendo por la pequeña cascada del arroyo Shirakawa, que no es más alta que la rodilla de un hombre.

El apartamento de Mameha no era grande, pero era extremadamente elegante, con hermosos tatamis, obviamente nuevos, pues conservaban todavía el precioso brillo amarillo verdoso y el olor de la paja fresca. Si alguna vez te has fijado en un tatami, habrás visto que el borde está rematado con una tira de tela, que por lo general suele ser algodón o lino oscuro; pero éstos estaban rematados con una tira de seda estampada en verde y dorado. No muy lejos, en la alcoba, había colgado un pergamino escrito con una hermosa caligrafía, que resultó ser un regalo que el famoso calígrafo Matsudaira Koichi le había hecho a Mameha. Bajo éste, en el zócalo de madera de la alcoba, había unas ramas de cornejo en flor dispuestas sobre un plato de forma irregular de un negro brillante craquelado. Lo encontré muy original, pero en realidad se lo había regalado a Mameha ni más ni menos que el gran ceramista Yoshida Sakuhei, el maestro sin igual de la cerámica *setoguro*, que en los años que siguieron a la II Guerra Mundial se convirtió en un Tesoro Nacional en Carne y Hueso.

Por fin Mameha salió del cuarto interior exquisitamente vestida con un kimono color crema estampado de aguas en el bajo. Me levanté, me volví hacia ella e hice una profunda reverencia sobre los tatamis, mientras ella se dirigía a la mesa. Cuando llegó, se puso de rodillas frente a mí, bebió un sorbo del té que la doncella le trajo y me dijo:

—A ver... Chiyo, ¿no? ¿Por qué no me cuentas cómo te las has apañado para salir de tu *okiya* esta tarde? Estoy segura de que a la Señora Nitta no le gusta que sus criadas anden por ahí dedicadas a sus asuntos en medio del día.

No había esperado que me hiciera una pregunta de este tipo. No se me ocurría qué decir, aunque sabía que sería grosero no responder. Mameha se limitó a dar unos sorbitos a su té y me miró con una expresión benévola en su perfecta cara oval. Por fin dijo:

—Crees que te he llamado para regañarte. Pero sólo me interesa saber si te has metido en algún lío por venir aquí —me sentí aliviada al oír estas palabras.

—No señora —contesté—. Se supone que he salido a buscar revistas de Kabuki y cuerdas de *shamisen*.

—¡Oh, bien, bien! Tengo mucho de eso —dijo, y luego llamó a la doncella y le dijo que las trajera y las pusiera en la mesa delante de mí—. Cuando vuelvas a la *okiya*, llévatelas, y así nadie se preguntará dónde has estado. Ahora, dime. Cuando fui a dar el pésame a tu *okiya*, vi a otra chica de tu edad.

—Debía de ser Calabaza. ¿Con la cara muy regordeta?

Mameha me preguntó por qué la llamaba Calabaza, y cuando se lo expliqué soltó una carcajada.

—¿Y cómo se llevan esa Calabaza y Hatsumono?

—Bien, señora —contesté yo—. Supongo que Hatsumono no le presta más atención de la que le prestaría a una hoja que revoloteara por el patio.

—¡Qué poético... una hoja revoloteando por el patio! ¿Y a ti también te trata así?

Abrí la boca para hablar, pero la verdad es que no sabía qué decir. Sabía muy poco de Mameha, y me pareció impropio hablar mal de Hatsumono con alguien ajeno a nuestra *okiya*. Mameha pareció leer mis pensamientos, pues me dijo:

—No tienes que contestar. Sé perfectamente cómo te trata Hatsumono: más o menos como una serpiente a su siguiente presa, diría yo.

—¿Y quién se lo ha dicho, señora, si me permite preguntárselo?

—Nadie me lo ha dicho —respondió ella—. Hatsumono y yo nos conocemos desde que yo tenía seis años y ella nueve. Cuando has visto a alguien portarse mal durante tanto tiempo, saber cuál será su siguiente fechoría no tiene mucho secreto.

—No sé qué he hecho para que me odie como me odia —dije.

—Hatsumono no es más difícil de entender que un gato. Un gato es feliz mientras está tumbado al sol sin otros gatos a su alrededor. Pero si pensara que alguien está rondando junto a su plato de comida... ¿Te ha contado alguien la historia de cómo Hatsumono echó de Gion a la joven Hatsuoki?

Le dije que nadie me lo había contado.

—Qué chica tan atractiva era Hatsuoki —empezó Mameha—. Y una buena amiga, también. Ella y Hatsumono eran hermanas. Es decir, habían sido enseñadas por la misma geisha, en su caso la gran Tomihatsu, que por entonces ya era casi una anciana. A tu Hatsumono nunca le gustó la joven Hatsuoki, y cuando las dos estaban aprendiendo, no soportaba tenerla de rival. Así que empezó a difundir el rumor por todo Gion de que Hatsuoki había sido sorprendida una noche en la vía pública en una actitud impropia con un policía. Por supuesto no había ninguna verdad en ello. Nadie la habría creído si hubiera ido ella misma contando la historia por todo Gion. Todos sabían los celos que Hatsumono tenía de Hatsuoki. Conque hizo lo siguiente: siempre que se encontraba con alguien muy borracho —una geisha, o una doncella o incluso un hombre de visita en Gion, no importaba— le susurraba la historia aquella que se había inventado sobre Hatsuoki, de tal forma que al día siguiente la persona que la había oído no recordaba que Hatsumono había sido la fuente. La reputación de la pobre Hatsuoki no tardó en quedar peligrosamente dañada; y Hatsumono no encontró ninguna dificultad para poner en práctica unas cuantas de sus triquiñuelas y echarla.

Sentí un extraño alivio al enterarme de que alguien más aparte de mí había sido monstruosamente tratado por Hatsumono.

—No soporta tener rivales —continuó diciendo Mameha—. Por eso te trata así.

—No creo que Hatsumono me vea como una rival, señora —dije—. Soy tanto su rival como un charco lo es del océano.

—Tal vez no en las casas de té de Gion. Pero en tu *okiya*... ¿No encuentras raro que la Señora Nitta no haya adoptado a Hatsumono? La *okiya* Nitta debe de ser la *okiya* sin heredera más rica de Gion. Adoptándola, la señora Nitta no sólo solucionaría ese problema, sino que también todas las ganancias de Hatsumono quedarían en la *okiya*, sin que hubiera que pagarle a ella un solo sen. ¡Y Hatsumono es una geisha célebre! Se diría que si la Señora Nitta, a quien le gusta el dinero tanto como a todos, no la ha adoptado hace tiempo es que tendrá sus buenas razones para no hacerlo, ¿no crees?

Nunca había pensado en nada de esto, pero después de escuchar a Mameha, estaba segura de que sabía exactamente la razón.

—Adoptar a Hatsumono —dije yo—, sería como abrirle la puerta de la jaula al tigre.

—Ciertamente; eso sería. Estoy segura de que la Señora Nitta sabe exactamente qué tipo de hija adoptiva sería Hatsumono; del tipo que encuentra la manera de echar a su madre. En cualquier caso, Hatsumono no tiene más paciencia que un niño. No creo siquiera que fuera capaz de mantener un grillo vivo en una jaula de mimbre. Tras un año o dos, probablemente vendería la colección de kimonos de la *okiya* y se retiraría. Esa es la razón por la que Hatsumono te odia tanto. Pues la otra chica, Calabaza... no creo que le preocupe mucho; no es muy probable que la Señora Nitta quiera adoptarla.

—Mameha-san —dije—, estoy segura de que recuerda aquel kimono suyo que quedó destrozado...

—No me vas a decir ahora que eres la chica que vertió tinta sobre él.

—Pues... sí, señora. Y aunque estoy segura de que sabe que Hatsumono estaba detrás de todo aquello, espero poder demostrarle algún día cómo lamento lo sucedido.

Mameha se me quedó mirando un largo rato. No me hacía idea de lo que podría estar pensando hasta que dijo:

—Puedes disculparte, si lo deseas.

Me retiré de la mesa y me incliné hasta tocar el tatami; pero antes de poder decir nada, Mameha me interrumpió.

—Esa sería una bonita reverencia si tú fueras una campesina recién llegada a Kioto —dijo—. Pero como quieres parecer educada, has de hacer así. Mírame; aléjate más de la mesa. Así vale. Sigues de rodillas; ahora estira los brazos y pon los dedos en el tatami que tienes delante. Sólo las yemas de los dedos, no toda la mano. Y los dedos han de estar totalmente pegados; todavía veo huecos entre ellos. Muy bien, ahora ponlos sobre el tatami... las manos juntas... ¡eso! Ahora estás en la postura adecuada para inclinarte tanto como puedas, pero mantén el cuello recto, y no dejes caer la cabeza. ¡Y, por lo que más quieras, no descargues tu peso en las manos o parecerás un hombre! Eso es. Ahora vuelve a intentarlo.

Repetí la reverencia y le dije de nuevo cuánto lamentaba haber participado en el destrozo de su hermoso kimono.

—Era un bonito kimono, ¿verdad? —dijo ella—. Bueno, pues ahora nos olvidaremos de todo aquello. Quiero saber por qué has dejado de prepararte para geisha. Tus profesores en la escuela me dijeron que ibas bien hasta el momento que dejaste de asistir a clase. Deberías estarte preparando para una carrera de éxitos en Gion. ¿Por qué paró en seco la Señora Nitta tu educación?

Le conté de mis deudas, incluyendo el kimono y el broche que Hatsumono me había acusado de robar. Pero cuando terminé, continuó mirándome con frialdad. Finalmente me dijo:

—Hay algo más que no me dices. Considerando tus deudas, yo esperaría que la Señora Nitta estuviera incluso más decidida a verte triunfar como geisha. Desde luego como nunca vas a conseguir pagarle es trabajando de criada.

Debí de bajar la vista, avergonzada, al oír esto, pues por un instante Mameha pareció capaz de leer mis pensamientos.

—Intentaste escapar, ¿verdad?

—Sí, señora —dije yo—. Tenía una hermana. Nos separaron, pero logramos encontrarnos. Teníamos que reunirnos en cierto lugar una noche y huir juntas... pero entonces me caí del tejado y me rompí el brazo.

—¡Del tejado! Debes de estar de broma. ¿Te subiste allí para echar una última mirada a Kioto?

Le expliqué por qué lo hice.

—Ya sé que hice una tontería —dije luego—. Ahora Mamita no invertirá un sen más en mi aprendizaje, pues teme que vuelva a escaparme.

—Y todavía hay algo más. Una chica que intenta huir de la *okiya* en la que vive deja en mal lugar a la dueña. Así es como piensa la gente aquí en Gion: "¡Pero si ni siquiera es capaz de impedir que se le escapen las criadas!". Esas cosas. Pero ¿qué vas a hacer ahora, Chiyo? No me pareces una chica que quiera pasarse la vida de criada.

—¡Oh, señora! Daría lo que fuera por reparar mis errores —dije—. Han pasado más de dos años. He esperado pacientemente confiando que me surgiría alguna oportunidad.

—Esperar pacientemente no es algo que vaya contigo. Me doy cuenta de que tienes una gran cantidad de agua en tu personalidad. El agua nunca aguarda. Cambia de forma y fluye alrededor de las cosas y encuentra pasos secretos en los que no ha pensado nadie —el agujerito en el tejado o el fondo de una caja—. No cabe duda de que es el más versátil de los cuatro elementos. Puede asolar la tierra; puede apagar el fuego; puede tragarse un trozo de metal y arrastrarlo. Ni la madera, que es su complemento natural, no puede sobrevivir sin el alimento del agua. Pero pese a todo, no te has inspirado en estas fuerzas para vivir tu vida, ¿no es así?

—En realidad, señora, ver correr el agua fue lo que me dio la idea de escaparme por el tejado.

—Estoy segura de que eres una chica lista, Chiyo, pero no creo que ése fuera tu momento más inteligente. Quienes tenemos mucha agua en nuestras personalidades no escogemos hacia donde corremos. Lo único que podemos hacer es fluir hacia donde nos lleva el paisaje de nuestras vidas.

—Supongo que soy como un río que se topa con una presa, y esa presa es Hatsumono.

—Sí, probablemente eso es cierto —dijo ella mirándome tranquilamente—. Pero a veces los ríos se llevan las presas.

Desde que llegué a su apartamento, me había estado preguntando por qué me había mandado llamar Mameha. Ya había decidido que no tenía nada que ver con el kimono, pero hasta ese momento no me percaté de lo que había tenido delante todo el tiempo. Mameha debía de haber decidido utilizarme para vengarse de Hatsumono. Era obvio que eran rivales; ¿por qué si no habría destrozado Hatsumono el kimono de Mameha dos años antes? Sin duda, Mameha debía de haber estado esperando el momento adecuado y ahora, al parecer, lo había encontrado. Me iba a utilizar de mala hierba que ahoga al resto de las plantas del jardín. No buscaba sólo venganza, quería deshacerse completamente de Hatsumono.

—En cualquier caso —continuó Mameha—, nada cambiará hasta que la Señora Nitta te permita seguir con tu preparación.

—No tengo muchas esperanzas de lograr convencerla —dije.

—No te preocupes ahora de eso. Preocúpate de encontrar el momento adecuado.

Para entonces la vida ya me había enseñado lo suyo, pero no sabía lo que era la paciencia, ni siquiera lo suficiente para comprender a qué se refería Mameha con aquello de encontrar el momento adecuado. Le dije que si ella me sugería lo que debía decir, estaba dispuesta a hablar con Mamita al día siguiente mismo.

—Mira, Chiyo, andar dando tumbos por la vida no es un buen procedimiento. Has de aprender cómo encontrar el tiempo y el lugar para cada cosa. Cuando un ratón quiere volver loco a un gato no se precipita fuera de la madriguera cada vez que se le ocurre. ¿No sabes consultar el horóscopo?

No sé si habrás visto alguna vez un horóscopo japonés. Si hojeas uno, encontrarás sus páginas abarrotadas de complicados gráficos y oscuros caracteres. Las geishas son una gente muy supersticiosa, como te decía. La Tía y Mamita, e incluso la cocinera y las doncellas y las criadas, no decidirían nada, ni tan siquiera algo tan sencillo como comprarse un par de zapatos, sin consultar el horóscopo. Pero yo no lo había consultado nunca.

—No me extraña que te hayan ocurrido tantas desgracias —me dijo Mameha—. ¿Me estás diciendo que intentaste escapar sin comprobar si el día era propicio?

Le dije que mi hermana había decidido el día. Mameha quería saber si me acordaba de la fecha exacta; y tras consultar con ella el calendario logré acordarme. Había sido el último martes de octubre de 1929, sólo unos meses después de que a Satsu y a mí nos sacaran de casa.

Mameha le dijo a la doncella que trajera el horóscopo de aquel año; y tras preguntarme mi signo del zodiaco —el año del mono—, pasó un rato examinando varios gráficos y cotejándolos con otros, así como comprobando la página en la que se daba la perspectiva general de mi signo para ese mes. Finalmente leyó:

—"Tiempo poco propicio. Se han de evitar a toda costa las agujas, los alimentos extraños y los viajes" —aquí se detuvo para lanzarme una mirada—: ¿Oyes lo que dice? Viajes. Después continúa diciendo que has de evitar las siguientes cosas... veamos... "bañarse a la hora del gallo" "comprarse ropa nueva", "*embarcarse en nuevas empresas*" y, escucha ésta, "*cambiar de residencia*" —aquí Mameha cerró el libro y clavó sus ojos en mí—: ¿Tuviste cuidado con todas estas cosas?

Mucha gente duda de este tipo de adivinación; pero cualquier duda que tuvieras habría desaparecido si hubieras estado allí y visto lo que sucedió a continuación. Mameha me preguntó el signo de mi hermana y consultó la misma información.

—Bueno, bueno —dijo pasado un rato—, esto es lo que dice: "Día propicio para todo tipo de pequeños cambios". Tal vez no era el mejor día para algo tan ambicioso como escaparse, pero, sin duda, era mejor que el resto de los días de esa semana o la siguiente —y entonces venía lo más sorprendente—: Y luego continúa diciendo: "Muy buen día para viajar en la dirección de los Corderos" —leyó Mameha. Y cuando sacó un mapa y buscó Yoroido, vimos que estaba al noreste de Kioto, que es en verdad la dirección que corresponde al signo del Cordero en el zodiaco. Satsu había consultado el horóscopo. Probablemente a eso había ido cuando me dejó sola unos minutos en el cuartito de debajo de la escalera. Y no le había faltado razón para hacerlo: ella había logrado escapar y yo no.

En ese momento empecé a comprender lo inconsciente que había sido —no sólo en la planificación de mi huida, sino también en todo lo demás. Nunca había comprendido lo relacionadas que están unas cosas con otras. Y no estoy hablando sólo del zodiaco. Nosotros, los seres humanos, somos sólo una parte de algo mucho más grande. Puede que al caminar aplastemos un escarabajo o sencillamente produzcamos una pequeña corriente en el aire que haga que una mosca termine posándose donde no se hubiera posado nunca. Y si pensamos en el mismo ejemplo, pero haciendo nosotros el papel de los insectos, y el universo en toda su extensión el que acabamos de hacer nosotros, veremos claramente que cada día nos afectan unas fuerzas sobre las cuales no tenemos más control que el que tiene el pobre escarabajo sobre nuestro pie gigantesco cerniéndose sobre él. ¿Y qué podemos hacer? Hemos de emplear todos los métodos que podamos para comprender el movimiento del universo a nuestro alrededor y planificar nuestros actos para no luchar contra las corrientes, sino ir a favor de ellas.

Mameha volvió a tomar el horóscopo y esta vez seleccionó varias fechas de las siguientes semanas que eran propicias para realizar grandes cambios. Le pregunté si debería tratar de hablar con Mamita en cualquiera de esas fechas y qué debía decirle exactamente.

—No es mi intención que hables tú personalmente con la Señora Nitta —me respondió—. No te escucharía. ¡Y en su caso, yo tampoco lo haría! Que ella sepa, no hay nadie en Gion que quiera ser tu hermana mayor —me apenó mucho oírla decir esto.

—Pues entonces, Mameha-san, ¿qué puedo hacer?

—Volverás a tu *okiya*, Chiyo —contestó Mameha—, y no le dirás a nadie que has hablado conmigo.

Tras esto, me miró de un modo que significaba que debía despedirme, lo que hice con una reverencia. Salí tan agitada que olvidé las revistas de Kabuki y las cuerdas de *shamisen* que me había dado Mameha. Su doncella me alcanzó en la calle y me las dio.

Once

Debo explicar ahora qué quería decir Mameha cuando se refirió a la "hermana mayor", aun cuando por entonces yo tampoco supiera mucho qué era. Para cuando una chica está preparada para hacer su debut como aprendiza de geisha, tiene que haber establecido una relación con una geisha experimentada. Mameha había mencionado a la hermana mayor de Hatsumono, la gran Tomihatsu, que ya era una mujer madura cuando preparó a Hatsumono; pero las hermanas mayores no siempre les llevan tantos años a las geishas que preparan. Siempre que tenga al menos un día de antigüedad, cualquier geisha puede hacer de hermana mayor de una jovencita.

Cuando dos chicas se vinculan como hermanas, celebran una ceremonia, algo parecido a una boda. Tras lo cual se consideran miembros de la misma familia, y se llaman la una a la otra "hermana mayor" y "hermana pequeña", como lo hacen los miembros de la familia real. Puede que algunas geishas no se lo tomen tan en serio como debieran, pero una hermana mayor que realmente cumple con su deber como tal se convierte en la figura más importante en la vida de la joven geisha. Su función no se limita a enseñar a la hermana pequeña la forma de mezclar la turbación y la risa cuando un hombre le cuenta un chiste malicioso, o a ayudarla a escoger el grado correcto de cera para poner bajo el maquillaje. Asimismo tiene que asegurarse de que su hermana pequeña atrae la atención de la gente que va a necesitar conocer. Y esto lo hace llevándola por Gion y presentándole a las dueñas de las mejores casas de té, al hombre que fabrica las pelucas para las funciones de teatro, a los chefs de los mejores restaurantes, etcétera, etcétera.

Todo ello significa un montón de trabajo. Pero presentar a su hermana pequeña en Gion durante el día es sólo la mitad del papel que ha de desempeñar la hermana mayor, pues Gion es como una pálida estrella que sólo reluce en todo su esplendor al ponerse el sol. Por la noche la hermana mayor ha de llevar a la menor con ella, a fin de presentársela a los clientes y protectores que ha ido conociendo a lo largo de los años. Les dice así: "¿Conoce a tal y tal, mi hermana pequeña? ¡Que no se le olvide su nombre, pues llegará a ser una gran estrella! Y, por favor, no deje de verla la próxima vez que visite Gion." Claro está que pocos hombres pagan grandes cantidades para pasar la velada charlando con una chica de catorce años; de modo que lo más seguro es que cuando vuelva a Gion, el cliente en cuestión no la llame. Pero la hermana mayor y la dueña de la casa de té seguirán insistiendo hasta que termine haciéndolo. Si resulta que después de todo no le gusta por alguna razón... bueno, eso es otra historia; pero si le gusta, lo más probable es que termine siendo su protector y apreciándola igual que a su hermana mayor.

Cuando haces de hermana mayor te sientes a veces como si estuvieras transportando un saco de arroz de aquí para allá por toda la ciudad. Pues no sólo la hermana pequeña depende de la mayor en la misma medida que depende un pasajero del tren en el que viaja; sino que además cuando la hermana pequeña no se comporta como debe, es la hermana mayor la que ha de cargar con la responsabilidad. La razón por la que una geisha de renombre y en plena actividad se toma todas estas molestias por una chica más joven es que cuando una aprendiza de geisha sale adelante y llega a la fama todo Gion se beneficia. La aprendiza porque puede saldar todas sus deudas y, si tiene suerte, terminará de amante de un hombre rico. La hermana mayor porque recibe una parte de los honorarios de su hermana al igual que las dueñas de las diferentes casas de té donde trabaja la chica. Incluso el fabricante de pelucas o las tiendas donde venden los adornos del pelo o los dulces que la geisha compra de vez en cuando para regalar a sus protectores... aunque no reciban directamente una parte de los honorarios de la chica, se benefician de tener como clienta a una geisha famosa, quien además traerá más gente a gastar dinero en Gion.

Es justo decir que una joven aprendiza de geisha de Gion depende para casi todo de su hermana mayor. Y, sin embargo, muy pocas chicas pueden opinar sobre quién quieren que sea su hermana mayor. Una geisha bien establecida no pondrá en peligro su reputación tomando como hermana pequeña a una chica insulsa o que no vaya a gustar a sus protectores. Por otro lado, la dueña de una *okiya* que ha invertido un montón de dinero en la formación de una aprendiza no va a esperar sentada a que aparezca una geisha de lo más insulso y se ofrezca de hermana mayor. El resultado es que las geishas con más fama terminan teniendo más solicitudes de las que pueden aceptar. Pueden rechazar algunas, pero otras no. Y esto me lleva a la razón por la que Mamita creía —como sugería Mameha— que ninguna geisha de Gion iba a querer actuar de hermana mayor mía.

Por la época en que yo llegué a la *okiya*, probablemente Mamita tenía en mente que Hatsumono fuera mi hermana mayor. Puede que Hatsumono fuera un tipo de mujer capaz de morder a una araña, pero casi cualquier aprendiza habría estado contentísima de ser su hermana pequeña. Hatsumono ya había sido hermana mayor de al menos dos conocidas geishas de Gion. En lugar de torturarlas como a mí, se portó bien con ellas. Tuvo la posibilidad de escoger si las tomaba o las dejaba de tomar bajo su tutela, y lo hizo por el dinero que ello le reportaría. Pero en mi caso, no se podía contar con que Hatsumono me ayudara a salir adelante en Gion, o al menos no se podía contar más de lo que se puede contar con un perro para que escolte a un gato por la calle sin morderle al llegar a la primera esquina. Mamita podría haber obligado a Hatsumono a ser mi hermana mayor, no sólo porque vivía en nuestra *okiya*, sino también porque apenas tenía kimonos de su propiedad y dependía de la colección de la *okiya*. Pero no creo que ninguna fuerza terrestre habría obligado a Hatsumono a prepararme debidamente. Estoy segura de que el día que le dijeran que me llevara a la Casa de Té Mizuki y me presentara a las propietarias, me habría llevado en su lugar a las orillas del río y habría dicho: "Río Kamo, le presento a mi nueva hermana pequeña", y acto seguido me habría empujado.

En cuanto a la idea de conseguir que otra geisha me formara... bueno, pues eso significaría cruzarse en el camino de Hatsumono. Y pocas geishas de Gion tenían el valor de hacer tal cosa.

Una mañana, semanas más tarde de mi encuentro con Mameha, estaba sirviendo el té a Mamita y a un invitado en la sala, cuando la Tía abrió la puerta de pronto.

—Siento interrumpir —dijo la Tía—, pero si pudieras salir un momento, Kayoko-san —Kayoko era el nombre real de Mamita, pero raramente lo oíamos en la *okiya*—. Tenemos una visita en la puerta.

Al oír esto, Mamita soltó una de esas risas suyas que parecían toses.

—Debes de tener un mal día, Tía —dijo—, para venir tú misma a anunciar una visita. Ya bastante poco trabajan las criadas para que encima tú te pongas a hacer sus tareas.

—Pensé que preferirías que fuera yo quien te dijera que la visita que aguarda en la puerta es Mameha —respondió la Tía.

Yo había empezado a preocuparme de que mi conversación con Mameha quedara en nada. Pero al oír que había aparecido sin previo aviso en nuestra *okiya*, la sangre se me agolpó en la cara con tal fuerza que me sentí como una bombilla que acabaran de encender. El cuarto se quedó en perfecto silencio durante un largo rato, y luego la visita de Mamita dijo:

—Mameha-san... Me marcho inmediatamente, pero sólo si me prometes contarme mañana qué se trae entre manos.

Aproveché que la visita salía de la habitación para salir yo también. Luego, en el vestíbulo, oí a Mamita decirle a la Tía algo que nunca la hubiera imaginado diciendo. Vació la pipa, golpeándola en el cenicero que se había traído de la sala, y, al tiempo que me lo entregaba para que lo vaciara, dijo:

—Tía, ven a peinarme, por favor.

Nunca la había visto preocupada por su aspecto. Es cierto que llevaba ropa elegante. Pero al igual que su cuarto estaba lleno de bonitos objetos y, sin embargo, era un lugar de lo más siniestro, así también por mucho que se envolviera en los tejidos más exquisitos, sus ojos seguían siendo tan pegajosos como un trozo de pescado podrido y apestoso. Y realmente parecía que para ella el cabello no era más importante que el humo para una locomotora: algo que nos sale por arriba.

Cuando Mamita fue a la puerta, yo me quedé en la casita de las criadas limpiando el cenicero. E hice tales esfuerzos por oír lo que hablaban Mameha y ella que podría haberme dislocado todos los huesos del oído.

Primero habló Mamita:

—Siento haberte hecho esperar, Mameha-san. ¿A qué se debe el honor de tu visita?

Luego Mameha dijo:

—Le pido disculpas por venir tan intempestivamente, Señora Nitta —o algo por el estilo.

Y así continuaron las dos durante un rato. Todos mis esfuerzos por escucharlas me estaban resultando tan poco satisfactorios como los de un hombre que arrastra un baúl colina arriba sólo para descubrir que está lleno de piedras.

Por fin pasaron del vestíbulo a la sala. Yo estaba tan desesperada por oír la conversación que agarré un trapo y empecé a limpiar el suelo del vestíbulo. Por lo general, la Tía no me hubiera permitido trabajar allí mientras había una visita en la sala, pero estaba tan ansiosa de escuchar como yo. Cuando salió la criada que les había servido el té, la Tía se puso a un lado de la puerta donde no pudieran verla y se aseguró de que quedaba abierta una rendija. Estaba escuchando con tanta atención las trivialidades que se estaban intercambiando que debí de perder la noción de lo que pasaba a mi alrededor, pues de pronto levanté la vista y vi la cara regordeta de Calabaza pegada a la mía. Estaba de rodillas, abrillantando el suelo, pese a que ya lo estaba haciendo yo y a que ya estaba exenta de este tipo de tareas.

—¿Quién es Mameha? —me susurró.

Estaba claro que Calabaza había oído cuchichear a las criadas; precisamente hacía un momento que yo misma las había visto en conciliábulo en el pasillo del patio, en el extremo opuesto de la pasarela.

—Ella y Hatsumono son rivales —le contesté yo también en un susurro—. Es la dueña del kimono que me hizo manchar de tinta Hatsumono —pareció que me iba a preguntar algo más, pero entonces oímos hablar a Mameha.

—Señora Nitta, espero que excuse mi atrevimiento de venir a molestarla en un día tan ajetreado, pero me gustaría tener unas breves palabras con usted a propósito de Chiyo, su criada.

—¡Oh, no! —exclamó Calabaza, y me miró a los ojos para mostrarme cuánto lamentaba lo que estaba a punto de sucederme.

—Nuestra Chiyo puede ser un poco fastidiosa —dijo Mamita—. Espero que no la haya molestado.

—No, no, nada de eso —dijo Mameha—. Pero he notado que durante las últimas semanas no ha asistido a clase. Estoy tan acostumbrada a cruzármela por los pasillos... Justamente ayer pensé que podría estar enferma. Y acabo de conocer a un médico muy bueno. Si quiere le digo que venga a verla.

—Es muy amable por tu parte —contestó Mamita—, pero debes de estar pensando en otra chica. No te puedes haber cruzado con nuestra Chiyo en la escuela. Hace dos años que no va a clase.

—¿No nos referimos a la misma chica? Es una bastante bonita, con unos sorprendentes ojos azul grisáceo.

—Sí, sí que tiene unos ojos poco comunes. Pero debe de haber dos muchachas muy parecidas en Gion... ¡Quién lo hubiera dicho!

—Puede que hayan pasado dos años desde que la vi por la escuela —dijo Mameha—. Tal vez me impresionó tanto que parece que fue ayer. Si no le importa que le pregunte, Señora Nitta, ¿está bien la chica?

—¡Oh, sí! Sana como una manzana, y tan revoltosa como siempre.

—Pero... ¿ya no va a clase? ¡Qué extraño!

—Estoy segura de que para una geisha joven y famosa debe ser fácil ganarse la vida en Gion. Pero ya sabes que corren tiempos difíciles. No puedo permitirme invertir dinero en cualquiera. En cuanto me di cuenta de que Chiyo no valía...

—Estoy segura de que nos referimos a dos chicas distintas —dijo Mameha—. No puedo imaginar que una mujer de negocios tan astuta como usted pueda decir que Chiyo "no vale...".

—¿Estás segura de que se llama Chiyo?

Ninguna de nosotras se dio cuenta de ello, pero mientras decía estas palabras, Mamita se levantó de la mesa y atravesó la habitación. Un momento después corrió la puerta y se encontró con la nariz pegada a la oreja de la Tía. Ésta dio un paso atrás y se quitó de en medio como si nada hubiera pasado; y supongo que Mamita se conformó con fingir lo mismo, pues se limitó a mirar hacia donde yo estaba, diciendo:

—Chiyo-san, ven aquí un momento.

Para cuando cerré la puerta tras de mí y me arrodillé en el tatami para hacer la reverencia, Mamita ya había vuelto a ocupar su lugar en la mesa.

—Ésta es nuestra Chiyo —dijo Mamita.

—¡La misma que yo decía! —exclamó Mameha—. ¿Cómo estás, Chiyo-san? ¡Me alegro de que tengas tan buen aspecto! Le estaba diciendo aquí a la Señora Nitta que estaba preocupada por ti. Pero parece que te encuentras bien.

—¡Oh, sí!, señora, muy bien —contesté yo.

—Gracias, Chiyo —me dijo Mamita. Me excusé con una reverencia, pero antes de ponerme en pie, Mameha dijo:

—De veras que es una niña preciosa, Señora Nitta. Le confieso que a veces he estado a punto de venir a pedirle permiso para tomarla como hermana pequeña. Pero como ya no va a clase...

Mamita debió de quedarse de una pieza al oír esto, pues aunque estaba a punto de beber un sorbo de té, su mano se detuvo a mitad de camino de su boca y se quedó inmóvil durante todo el tiempo que me llevó a mí levantarme y salir de la habitación. Ya había vuelto a colocarme limpiando el suelo del vestíbulo cuando la oí responder:

—Una geisha tan famosa como tú, Mameha-san... Tú podrías tener de hermana pequeña a quien quisieras.

—Es cierto que me lo piden con frecuencia. Pero hace más de un año que no tomo ninguna hermana pequeña nueva. Se diría que con la depresión económica que estamos viviendo la clientela tendría que venir con cuentagotas, pero, en realidad, nunca he tenido tanto trabajo. Supongo que los ricos siempre siguen siendo ricos, incluso con los tiempos que corren.

—Hoy necesitan divertirse más que nunca —dijo Mamita—. Pero estaba diciendo...

—Sí, ¿qué estaba yo diciendo? Bueno, lo mismo da. No quiero entretenerla más. Me agrada saber que Chiyo se encuentra bien.

—Muy bien, sí. Pero espera un momento, Mameha, no te vayas aún, si no te importa. ¿No estabas diciendo que casi llegaste a considerar la idea de tomar a Chiyo como hermana menor?

—Bueno... no sé. Ahora lleva ya tanto tiempo sin clases... —dijo Mameha—. Además estoy segura de que tendría usted sus buenas razones para tomar la decisión que tomó. No me atrevería a llevarle la contraria.

—Rompe el corazón ver las decisiones que se ve obligada a tomar la gente hoy en día. ¡No podía permitirme el gasto de su aprendizaje! Pero si tú piensas que tiene potencial, Mameha-san, estoy segura de que todo lo que inviertas en su futuro te será devuelto con creces.

Mamita estaba intentando sacarle ventaja a Mameha. Ninguna geisha pagaba las lecciones de una hermana pequeña.

—Me gustaría que eso fuera posible —dijo Mameha—, pero con los malos tiempos que corren...

—Tal vez yo tenga alguna manera de solucionarlo —dijo Mamita—, aunque Chiyo es un poco testaruda, y sus deudas son considerables. A menudo he pensado que me sorprendería que consiguiera pagar.

—¿Una chica tan atractiva? A mí más bien me sorprendería que no lo lograra.

—En cualquier caso, en la vida hay otras cosas además del dinero —dijo Mamita—. Una hace todo lo que puede por una chica como Chiyo. Tal vez podría encontrar la manera de invertir algo más en ella... justo para las clases, ya sabes. Pero ¿adónde llevaría todo ello?

—Estoy segura de que las deudas de Chiyo han de ser considerables —dijo Mameha—. Pero aun así creo que para cuando cumpla veinte habrá podido pagarlas.

—¡A los veinte! —dijo Mamita—. No creo que eso lo haya conseguido nadie en Gion. Y menos ahora, en plena depresión...

—Sí, eso es verdad.

—A mí me parece que Calabaza es una inversión más segura —dijo Mamita—. Después de todo, en el caso de Chiyo, si te tiene a ti de hermana mayor, sus deudas no harán más que aumentar antes de disminuir.

Mamita no hablaba sólo de los honorarios de mis lecciones; hablaba también de lo que tendría que pagar a Mameha. Una geisha del nivel de Mameha por lo general se lleva un porcentaje mayor de las ganancias de su hermana pequeña que una geisha de inferior nivel.

—Mameha-san, si puedes perder un momento más —dijo Mamita—, me gustaría saber si tomarías en consideración una propuesta. Si la gran Mameha dice que

Chiyo podrá saldar todas sus deudas a los veinte años, ¿cómo voy a dudar de que es cierto? Claro está, que una muchacha como Chiyo no llegará a nada sin una hermana mayor de tu categoría, pero nuestra pequeña *okiya* está ya realmente al límite de sus posibilidades. No puedo ofrecerte las condiciones a las que estás acostumbrada. Lo más que puedo ofrecerte de las futuras ganancias de Chiyo no pasaría de la mitad de lo que normalmente esperarías.

—Justo en estos momentos estoy considerando varias buenas ofertas —dijo Mameha—. De tomar una hermana pequeña, no podría permitirme hacerlo a mitad de precio.

—Pero si no he terminado, Mameha-san —replicó Mamita—. Ésta es mi propuesta. Es cierto que sólo puedo pagar la mitad de lo que normalmente cobrarías. Pero si Chiyo consigue realmente saldar sus deudas a los veinte años, como tu predices, yo te entregaría entonces el resto de lo que debería haberte correspondido más un treinta por ciento adicional. A la larga ganarías más dinero así.

—¿Y si Chiyo pasa de los veinte sin haber logrado pagar sus deudas? —preguntó Mameha.

—Pues en ese caso, siento decirte que las dos habríamos hecho una mala inversión. La *okiya* no podría pagarte los honorarios que te debería.

Se produjo un silencio, y luego Mameha suspiró.

—No soy muy buena con los números, Señora Nitta. Pero si entiendo bien, me está proponiendo que haga algo que piensa que podría ser imposible y encima por menos dinero del que cobro normalmente. Hay en Gion muchas chicas prometedoras, que serían unas hermanas pequeñas estupendas y sin riesgo alguno por mi parte. Lo siento pero sólo puedo declinar su oferta.

—Tienes bastante razón —dijo Mamita—. Treinta por ciento es demasiado poco. Te ofrezco el doble, si lo consigues.

—Pero nada si fracaso en mi intento.

—No lo veas así. No lo veas como que no es nada. Una parte de las ganancias de Chiyo ya habría ido a parar a tus manos. Sencillamente la *okiya* no te podría pagar la cantidad adicional que te debería.

Estaba segura de que Mameha iba a decir que no. Pero, en su lugar, dijo:

—Primero me gustaría saber hasta dónde asciende la deuda de Chiyo.

—Voy a buscar los libros de cuentas para que les eches un vistazo —dijo Mamita.

No oí nada más de la conversación, pues al llegar aquí, la Tía perdió la paciencia y me envió a la calle con una lista de recados. Pasé la tarde más agitada que un montón de piedras en un terremoto; pues no sabía en qué iba a quedar todo aquello. Si Mamita y Mameha no llegaban a un acuerdo, me quedaría toda la vida de criada, tan seguro como que una tortuga no deja de ser tortuga.

Cuando volví a la *okiya*, Calabaza estaba arrodillada en la pasarela, cerca del patio, sacando unos espantosos chirridos del *shamisen*. Parecía muy contenta de verme, y me llamó:

—Búscate alguna excusa para entrar en el cuarto de Mamita —me dijo—. Lleva toda la tarde encerrada con el ábaco. Estoy segura de que va a decirte algo. Luego ven a contármelo todo.

Pensé que era una buena idea. Uno de mis recados había sido comprar pomada para la sarna de la cocinera, pero estaba agotada en la farmacia. Así que decidí subir y pedirle excusas por haber vuelto sin ella. A ella le daba absolutamente igual, por supuesto; probablemente ni siquiera sabía que me habían mandado a buscarla. Pero al menos así entraría en su cuarto.

Resultó que Mamita estaba escuchando un serial por la radio. Si cualquier otro día la hubiera molestado en un momento así, me habría hecho una seña para que entrara y habría seguido escuchando la radio —examinando los libros de cuentas y fumando su pipa—. Pero hoy, para mi sorpresa, nada más verme, apagó la radio y cerró el libro de cuentas. Yo hice una reverencia y me arrodillé ante la mesa.

—He observado que mientras estaba aquí Mameha has estado dando brillo al suelo del vestíbulo. ¿Pretendías oír nuestra conversación?

—No, no, señora. La madera estaba arañada y Calabaza y yo estábamos intentando pulirla para que no se notara.

—Sólo espero que llegues a ser mejor geisha que embustera —dijo, y se echó a reír sin sacarse la pipa de la boca, de tal modo que lanzó una nubecilla de cenizas al soplar inadvertidamente en la cazoleta. Algunas hebras de tabaco ardían aún cuando se posaron en su kimono. Dejó la pipa sobre la mesa y se palmoteó toda ella hasta que estuvo segura de apagarlas todas.

—Vamos a ver, Chiyo. Llevas en la *okiya* más de un año, ¿no? —dijo.

—Más de dos años, señora.

—En todo este tiempo apenas si me había fijado en ti. Y de pronto hoy, aparece una geisha del prestigio de Mameha y me dice que quiere ser tu hermana mayor. ¿Quién puede entenderlo, eh?

Mi forma de verlo era que Mameha estaba en realidad más interesada en perjudicar a Hatsumono que en ayudarme a mí. Pero, claro está, no iba a decirle esto a Mamita. Estaba a punto de decirle que no tenía ni idea de por qué se había interesado en mí Mameha;

pero antes de decir la primera palabra, se abrió la puerta, y oí la voz de Hatsumono:

—Lo siento, Mamita, no sabía que estabas ocupada regañando a una criada.

—Poco tiempo le queda de criada —le contestó Mamita—. Hoy hemos tenido una visita que tal vez te interese.

—Sí, me he enterado de que ha venido Mameha y ha sacado a nuestro pececito de la pecera —dijo Hatsumono. Se acercó y se arrodilló ante la mesa, tan cerca de mí que tuve que echarme a un lado rápidamente para hacerle sitio.

—Parece que Mameha tiene alguna razón para creer que Chiyo podrá saldar sus deudas a los veinte años —dijo Mamita.

Hatsumono volvió la cara hacia mí. Viendo su sonrisa cualquiera habría pensado que era la de una madre mirando con adoración a su querida hijita. Pero esto es lo que dijo:

—Tal vez, Mamita, si la vendieras a una casa de putas...

—Compórtate Hatsumono. No te he mandado venir para oír esas cosas. Quiero saber qué le has hecho a Mameha últimamente que haya podido provocarla.

—Puede que Doña Remilgos piense que le he echado a perder el día simplemente por cruzármela en la calle, pero aparte de eso yo no he hecho nada.

—Se propone algo. Y me gustaría saber qué es.

—No hay ningún misterio, Mamita. Cree que la mejor manera de meterse conmigo es a través de la Señorita Estúpida.

Mamita no respondió. Parecía que estaba considerando lo que le había dicho Hatsumono.

—Tal vez —dijo por fin—, piensa de verdad que Chiyo tiene más posibilidades como geisha que Calabaza y quiere sacar algún dinero de ello. ¿Quién no lo haría?

—Realmente, Mamita... Mameha no necesita a Chiyo para hacer dinero. ¿De verdad crees que es una casualidad que haya decidido gastar su tiempo en un chica que vive precisamente en la misma *okiya* que yo? Mameha no dudaría en relacionarse con tu perrito, si pensara que eso iba a servir para expulsarme de Gion.

—Venga, venga, Hatsumono. ¿Por qué iba a querer Mameha echarte de Gion?

—Porque soy más guapa. ¿No es ésa una buena razón? Quiere humillarme diciéndole a todo el mundo: "Te presento a mi nueva hermana pequeña. Vive en la misma *okiya* que Hatsumono, pero es una joya de tal calibre que me han encomendado a mí su aprendizaje."

—No me imagino a Mameha haciendo tal cosa —dijo Mamita, casi para sí.

—Si de veras cree que puede hacer que Chiyo llegue a ser mejor geisha que Calabaza —continuó diciendo Hatsumono—, se va a quedar con un palmo de narices. Pero me encanta la idea de que Chiyo vaya a pasearse de aquí para allá presumiendo de hermosos kimonos. Será una estupenda oportunidad para Calabaza. ¿Nunca ha visto a un gatito atacando a un ovillo de hilo? Calabaza será mucho mejor geisha después de que se haya afilado los dientes con ésta.

A Mamita parecieron gustarle estas palabras, pues alzó las comisuras de la boca, como si fuera a sonreír.

—¡Quién me habría dicho al despertarme que iba a ser un día tan bueno! —exclamó—. Esta mañana tenía dos chicas inútiles en la *okiya*. Y ahora tendrán que abrirse camino luchando... ¡y con dos de las geishas más importantes de Gion como introductoras!

Doce

A la tarde siguiente, Mameha me mandó llamar a su apartamento. Esta vez, cuando la criada deslizó la puerta ante mí, estaba sentada a la mesa, esperándome. Puse buen cuidado en hacer una reverencia perfecta antes de entrar en la habitación, y luego avancé hasta ella e hice una segunda reverencia.

—Mameha-san, no sé lo que le ha llevado a tomar esta decisión... —empecé a decir yo—, pero no tengo palabras para expresarle mi agradecimiento.

—No me lo agradezcas todavía —me interrumpió—. Aún no ha sucedido nada. Más vale que me cuentes lo que te haya dicho la Señora Nitta después de mi visita de ayer.

—Pues creo que Mamita no comprende muy bien por qué está usted tan interesada en mí... y para decirle la verdad, yo tampoco lo entiendo —esperaba que Mameha dijera algo al respecto, pero no lo hizo—. En cuanto a Hatsumono...

—No vale la pena que gastes ni siquiera un segundo en pensar lo que dice o deja de decir ella. Ya sabes que le encantaría verte fracasar, como también le encantaría a la Señora Nitta.

—No entiendo por qué iba a encantarle a Mamita verme fracasar —dije yo—, pues cuanto más éxito tenga yo más dinero ganará ella.

—Salvo que si tú has saldado todas tus deudas para cuando cumplas veinte años, ella me deberá a mí una gran cantidad de dinero. Ayer hice una especie de apuesta con ella —dijo Mameha, mientras una de sus doncellas nos servía té—. No habría apostado si no estuviera segura de tu éxito. Pero si voy a ser tu hermana mayor, has de saber también que mis condiciones son muy estrictas.

Esperaba que pasara a enumerármelas, pero en lugar de ello me miró furiosa y dijo:

—¡Por lo que más quieras, Chiyo! Deja de soplar el té de esa forma. ¡Pareces una paleta! Déjalo en la mesa hasta que se enfríe lo bastante para poder beberlo.

—Lo siento —dije—. No me daba cuenta de lo que hacía.

—Pues deberías habértela dado; una geisha ha de tener mucho cuidado con su imagen ante el mundo. Ahora vamos a lo que nos ocupa. Como te decía, mis condiciones son muy estrictas. Para empezar, espero que hagas siempre lo que te pido, sin hacer preguntas ni dudar de mí. Sé que de vez en cuando has desobedecido a Hatsumono y a la Señora Nitta. Puede que creas que es comprensible; pero, si quieres saber mi opinión, te diré que si hubieras sido más obediente desde el principio, tal vez no te habrían ocurrido todas esas desgracias.

Mameha tenía bastante razón. El mundo ha cambiado mucho desde entonces; pero cuando yo era pequeña, enseguida se ponía en su sitio a la niña que desobedecía a sus mayores.

—Hace varios años tomé dos hermanas pequeñas —continuó Mameha—. Una era muy aplicada; pero la otra empezó a holgazanear. La mandé venir a mi cuarto un día y le expliqué que no iba a seguir tolerando que me tomara el pelo, pero de nada sirvió. Al mes siguiente le dije que se fuera y se buscara otra hermana mayor.

—Mameha-san, te prometo que conmigo eso no ocurrirá nunca —dije—. Gracias a ti me siento como un barco que va a navegar por primera vez en el océano. Nunca me perdonaría si te decepcionara.

—Sí, sí, todo eso está muy bien, pero no sólo hablo del trabajo. También tendrás que tener cuidado en no dejarte engañar por Hatsumono. ¡Y por lo que más quieras, no hagas nada que pueda aumentar aún más tus deudas! ¡Que no se te rompa ni una taza!

Le prometí que así sería; pero he de confesar que cuando pensaba en la posibilidad de que Hatsumono volviera a intentar engañarme..., no estaba muy segura de que pudiera defenderme.

—Todavía hay una cosa más —dijo Mameha—. Todo lo que hablamos tú y yo ha de quedar entre nosotras. Nunca le contarás nada a Hatsumono. Aunque sólo hablemos del tiempo, ¿has entendido bien? Cuando Hatsumono te pregunte qué te he dicho, tú debes contestarle: "¡Oh, Hatsumono-san, Mameha nunca dice nada interesante! Lo olvido todo nada más oírlo. ¡Es la persona más aburrida del mundo!".

Le dije a Mameha que había comprendido.

—Hatsumono es bastante lista —continuó ella—. Con que le des la más mínima pista, se hará una composición de lugar. Y te sorprendería ver cómo acierta.

De pronto, Mameha se inclinó hacia mí y me dijo mostrando un gran enfado en la voz:

—¿De qué estabais hablando ayer cuando os vi en la calle juntas?

—¡De nada!, señora —respondí yo. Y aunque Mameha siguió clavando en mí una mirada furiosa, yo estaba tan sorprendida que no pude decir nada más.

—¿Qué quieres decir con nada? ¡Más vale que me respondas, niña estúpida, o te llenaré los oídos de tinta mientras duermes!

Me llevó un ratito darme cuenta de que Mameha estaba intentando imitar a Hatsumono. No era una buena imitación, pero en cuanto reparé en ello dije:

—De verdad te lo digo, Hatsumono-san. Mameha no para de decir tonterías. Nunca recuerdo nada de lo que dice. Sus tonterías me entran por un oído y me salen por el otro. ¿Estás segura de que nos viste ayer juntas en la calle? Porque si hablamos de algo, parece que se ha borrado totalmente de mi memoria...

Mameha continuó imitando a Hatsumono un rato más, y al final me dijo que yo había hecho un buen trabajo. Yo no estaba tan segura como ella. Ser interpelada por Mameha, incluso cuando intentaba actuar como Hatsumono, no era lo mismo que mantener el tipo delante de la propia Hatsumono.

En los dos años que habían transcurrido desde que Mamita había decidido poner punto final a mis clases, había olvidado casi todo lo que había aprendido. Y tampoco es que hubiera aprendido mucho, teniendo como tenía entonces la cabeza ocupada en otras cosas. Por eso, cuando volví a la escuela, tuve la sensación de que empezaba mis clases por primera vez.

Para entonces había cumplido doce años, y era casi tan alta como Mameha. Se podría pensar que el hecho de ser mayor era una ventaja, pero no lo era. La mayoría de las chicas de la escuela habían empezado sus estudios mucho más jóvenes, en algunos casos, incluso, a la edad de tres años y tres días que marcaba la tradición. Las que empezaban así de pronto eran en su mayoría hijas de geishas, y habían sido educadas de tal modo hasta entonces que la danza y la ceremonia del té había formado parte de su vida cotidiana, como para mí bañarme en el estanque, allá en Yoroido.

Ya sé que ya he hablado un poco de lo que era estudiar *shamisen* con la Señorita Ratón. Pero una geisha ha de estudiar muchas más artes, además del *shamisen*. De hecho, el prefijo "gei", de geisha, significa "artes", de modo que la palabra "geisha" significa "artesana" o "artista". Mi primera clase de la mañana era de *tsutsumi*, un tipo de tambor de pequeño tamaño. Te preguntarás de qué le sirve a una geisha saber tocar el tambor. La respuesta es muy sencilla. En los banquetes o cualquier otro tipo de reunión informal de Gion, la geishas bailan acompañadas simplemente del *shamisen* y, tal vez, una voz. Pero en las representaciones teatrales, como en las *Danzas de la Antigua Capital*, que tienen lugar todas las primaveras, seis o más *shamisen* se reúnen con varios tipos de tambor y una flauta japonesa que se llama *fue* y forman un conjunto. Por eso las geishas deben tener al menos una idea de todos esos instrumentos, aunque, de hecho, se les animará a que se especialicen en uno o dos.

Como decía, mi primera clase de la mañana era de *tsutsumi*, que se toca de rodillas, al igual que el resto de los instrumentos musicales que estudiábamos. El *tsutsumi* se diferencia de todos los demás tambores en que se sujeta en el hombro y se toca con la mano, a diferencia del *okawa*, que es más grande y se apoya en el regazo, o el más grande de todos, llamado *taiko*, que se pone de lado sobre una plataforma y se toca con unos gruesos palos. En distintos momentos los he estudiado todos. Puede parecer que el tambor es un instrumento que hasta los niños saben tocar, pero en realidad una cosa es aporrearlo y otra tocarlo. De hecho, hay varias formas de tocar cada uno de ellos, como por ejemplo, en el caso del gran *taiko*, la que llamamos *uchikomi*, que consiste en traer el brazo con el palo al pecho y luego balancearlo hacia atrás y golpear el tambor; u otra que se denomina *sarashi*, que consiste en golpear con una mano al tiempo que levantamos la otra. Hay también otros métodos, y cada cual produce un sonido diferente, pero sólo tras practicarlos mucho. Además, la orquesta toca siempre cara al público, de modo que todos estos movimientos han de ser elegantes y atractivos, así como sincronizados con los del resto de los miembros de la orquesta. La mitad del trabajo consiste en producir el sonido correcto; y la otra mitad en hacerlo de la manera adecuada.

La siguiente clase de la mañana, después de la de tambor, era de flauta japonesa, tras la cual venía la de *shamisen*. La manera de estudiar estos instrumentos era más o menos la misma. La profesora tocaba algo primero, y luego nosotras intentábamos repetirlo. A veces sonábamos como una manada de animales del zoo, pero no siempre, pues las profesoras solían empezar con cosas sencillas. Por ejemplo, en mi primera clase de flauta, la profesora tocó una sola nota y después nosotras tratamos de repetirla una por una. Incluso con una sola nota, la profesora tenía mucho que explicar.

—Tú, Tal y Cual, tienes que bajar el pulgar en vez de dejarlo bailando en el aire. Y tú, Menganita, ¿es que apesta tu flauta? Pues entonces, ¿por qué arrugas así la nariz?

Era muy estricta, como la mayoría de las profesoras, y naturalmente teníamos miedo a equivocarnos. No era raro que te arrebatara la flauta y te diera con ella en la espalda.

Después de estas clases, solíamos tener canto. En Japón se suele cantar en las fiestas; y los hombres vienen a Gion sobre todo a hacer fiestas. Todas las chicas, incluso las que carecen de oído y nunca van a cantar delante de otros, tienen que estudiar canto, pues éste les ayuda a comprender la danza. Esto se debe a que se baila al son de unas piezas concretas, a menudo ejecutadas por una cantante que se acompaña con el *shamisen*.

Hay canciones de muchos tipos —muchos más de los que puedo enumerar—, pero en nuestra clase estudiábamos cinco tipos diferentes. Unas canciones eran baladas populares; otras, trozos de teatro Kabuki que constituían largos poemas narrativos; otras eran breves poemas musicales. Sería absurdo que intentara describir estas canciones. Pero he de decir que aunque a mí me parezcan preciosas, la mayoría de los extranjeros piensan que suenan como gatos estrangulados en el patio de un templo. Es cierto que en el canto tradicional japonés hay un montón de gorjeos y algunos sonidos se hacen tan abajo de la garganta que el sonido acaba saliendo por la nariz en lugar de por la boca. Pero todo es cuestión de costumbre.

En todas estas clases, la música y la danza eran sólo una parte de lo que aprendíamos. Pues incluso la chica que domine todas esas artes, si no ha aprendido urbanidad y modales, no podrá salir bien parada en las fiestas. Ésa es una de las razones por las que las profesoras insisten siempre en los buenos modales y porte de sus alumnas, incluso a la hora de ir a los servicios. Cuando estás en clase de *shamisen*, por ejemplo, te corregirán por hablar mal o por hablar con un acento que no sea el de Kioto, o por caminar encorvada o con andares de estibador. En realidad, la regañina más severa que se puede ganar una alumna probablemente no será por tocar mal o por no conseguir memorizar la letra de una canción, sino más bien por llevar las uñas sucias o no ser respetuosa u otras cosas por el estilo.

A veces, cuando les cuento cosas de mi aprendizaje a los extranjeros, me preguntan: "¿Y entonces cuándo estudiaste las artes florales?". La respuesta es que eso no lo estudié nunca. Cualquiera que se siente frente a un hombre en una mesa y se ponga a arreglar un florero con la idea de divertirlo, lo más seguro es que cuando levante la cabeza se encuentre con que el hombre se ha echado a dormir debajo de la mesa. Es preciso recordar que una geisha es ante todo una actriz, alguien que te divierte. Puede que sirvamos el sake o el té a un hombre, pero nunca iremos a buscar para él otra ración de encurtidos. De hecho, las geishas estamos tan mimadas por nuestras doncellas que casi no sabemos cuidar de nosotras mismas o mantener nuestros cuartos ordenados, y aún menos adornar con flores una sala de la casa de té.

Mi última clase de la mañana era de la ceremonia del té. Éste es un tema sobre el que se han escrito muchos libros, así que no voy a detenerme mucho. Básicamente, una ceremonia del té la llevan a cabo una o dos personas, que se sientan delante de sus invitados y preparan el té de una forma muy tradicional, empleando hermosas tazas, batidores de bambú y otras cosas por el estilo. Incluso los invitados forman parte de la ceremonia, pues deben sujetar la taza y beber de una manera determinada. Si te lo imaginas como un grupo de gente que se sienta a tomar el té... pues no tiene nada que ver con eso; más bien parece una danza, o incluso un tipo de meditación que se realizara de rodillas. El té propiamente dicho se hace con hojas de té en polvo, batidas con el agua hirviendo hasta lograr una espumosa mezcla verde que se llama *matcha* y que no suele gustar nada a los extranjeros. He de admitir que tiene un aspecto de agua jabonosa y un sabor amargo al que lleva un tiempo acostumbrarse.

La ceremonia del té es una parte importante del aprendizaje de las geishas. No es raro que las fiestas privadas empiecen con una breve ceremonia del té. Y los visitantes que vienen a Gion a ver las danzas rituales suelen ser invitados primero a un té preparado por las geishas.

Mi profesora de la ceremonia del té era una mujer joven, de unos veinticinco años, que, como sabría más tarde, no era una buena geisha, pero estaba obsesionada con la ceremonia del té y la enseñaba como si fuera algo sagrado. Gracias a su entusiasmo aprendí a respetar sus enseñanzas, y he de decir que era la clase perfecta para el final de una larga mañana. Era un ambiente muy relajante. Incluso hoy me sigue pareciendo que la ceremonia del té puede ser tan placentera como una noche de buen sueño.

Lo que hace más difícil el aprendizaje de las geishas no son sólo las artes que deben aprender, sino lo ajetreadas que se vuelven sus vidas. Tras pasar toda la mañana en clase, se espera que siga trabajando por la tarde lo mismo que antes de empezar el aprendizaje. Y no duerme ninguna noche más de tres o cinco horas. Durante mis años de aprendizaje me habría gustado desdoblarme en dos, a fin de no estar siempre tan ocupada. Le habría estado muy agradecida a Mamita si me hubiera librado de mis tareas como lo había hecho con Calabaza; pero dada la apuesta que había hecho con Mameha, no creo que llegara siquiera a considerar la idea de dejarme más tiempo para practicar. Algunas de mis tareas fueron traspasadas a las criadas, pero la mayor parte de los días tenía más responsabilidades de las que podía hacerme cargo, además de tocar por lo menos una hora de *shamisen* todas las tardes. En invierno, se nos obligaba a las dos, a Calabaza y a mí, a fortalecer las manos, metiéndolas en agua helada hasta que gritábamos de dolor y luego tocando fuera en al aire gélido del patio. Sé que suena cruel, pero así se hacían las cosas entonces. Y, en realidad, fortalecer las manos de esta manera me ayudó a tocar mejor. El miedo escénico te deja las manos insensibles; pero si te has acostumbrado a tocar con las manos insensibles y doloridas, ese miedo deja de ser un gran problema.

Al principio, Calabaza y yo tocábamos juntas el *shamisen* todas las tardes, después de una hora de clase de lectura y escritura con la Tía. Desde mi llegada a la *okiya* había estudiado japonés con ella, y ella se ponía muy pesada con los buenos modales. Pero Calabaza y yo nos lo pasábamos muy bien tocando juntas. Si nos reíamos demasiado alto, la Tía o una de las criadas venía a regañarnos; pero mientras no hiciéramos mucho ruido y rasgáramos el *shamisen* mientras hablábamos, podíamos pasar ese rato disfrutando de nuestra mutua compañía. Era el momento del día que más esperaba.

Pero una tarde en que Calabaza estaba ayudándome con una técnica para ligar unas notas con otras, apareció Hatsumono en el pasillo, delante de nosotras. Ni siquiera la habíamos oído entrar en la *okiya*.

—¡Mira, la futura hermana pequeña de Mameha! —me dijo. Añadió "futura" porque Mameha y yo no seríamos oficialmente hermanas hasta que yo no debutara como aprendiza de geisha.

—Podría haberte llamado Señorita Estúpida —continuó Hatsumono—, pero después de lo que acabo de ver, creo que mejor reservo ese título para Calabaza.

La pobre Calabaza bajó el *shamisen* y lo dejó sobre el regazo, como un perrillo metiendo el rabo entre las piernas.

—¿He hecho algo malo? —preguntó.

No tenía que mirar a Hatsumono directamente a la cara para saber que estaba roja de ira. Me asustaba pensar en lo que sucedería a continuación.

—¡Pues nada! —exclamó Hatsumono—. ¡No me había dado cuenta de lo atenta que eras!

—Lo siento, Hatsumono, estaba intentando ayudar a Chiyo con...

—Pero Chiyo no necesita tu ayuda. Cuando necesite ayuda con el *shamisen*, que vaya a pedírsela a su profesora. ¿Es que de verdad vas a tener una calabaza hueca por toda cabeza?

Y al llegar a este punto, Hatsumono le dio semejante pellizco en el labio a Calabaza, que el *shamisen* se resbaló de su regazo a la plataforma donde estábamos sentadas, desde donde cayó al pasaje del patio.

—Tú y yo vamos a tener unas palabras —le dijo Hatsumono—. Guarda el *shamisen;* yo me quedaré aquí para asegurarme de que no haces más tonterías.

Cuando Hatsumono terminó, la pobre Calabaza saltó a recoger el *shamisen* y empezó a desmontarlo. Me lanzó una lastimera mirada, y pensé que entonces se calmaría. Pero le empezó a temblar el labio, y luego toda la cara, como el suelo antes de un terremoto; entonces soltó las piezas del *shamisen* en la pasarela y se llevó la mano al labio, que ya había empezado a hincharsele, mientras que las lágrimas le manaban por las mejillas. A Hatsumono se le suavizó la expresión, como si la tormenta se hubiera dispersado; y se volvió hacia mí con una sonrisa satisfecha.

—Tendrás que buscarte otra amiguita —me espetó—. Después de que hayamos tenido nuestra pequeña charla, no creo que Calabaza vaya a ser tan tonta de volver a dirigirte la palabra. ¿No es verdad, Calabaza?

Calabaza asintió con un movimiento de cabeza, pues no tenía otra elección; pero yo pude ver la pena que le daba. No volvimos a practicar juntas el *shamisen*.

La siguiente vez que fui a visitar a Mameha le conté este incidente.

—Espero que las palabras de Hatsumono se te hayan quedado bien grabadas —me dijo—. Si Calabaza no va a volver a dirigirte la palabra, tú tampoco has de dirigírsela a ella. Sólo conseguirías buscarle problemas; además le tendría que contar a Hatsumono lo que tú le dijeras. Puede que en el pasado te fiaras de esa pobre chica, pero debes dejar de hacerlo.

Me apenó tanto oír esto que durante un rato no pude decir palabra.

—Intentar sobrevivir en una *okiya* con Hatsumono —dije al fin— es como el puerco que tratara de salir con vida del matadero —estaba pensando en Calabaza cuando dije esto, pero Mameha debió de pensar que me refería a mí misma.

—No te falta razón —me dijo—. Tu única defensa es lograr tener más prestigio que ella y echarla.

—Pero si todo el mundo dice que es una de las geishas más famosas de Gion. No puedo imaginarme cómo puedo yo llegar a ser más famosa que ella.

—No he dicho fama —me contestó Mameha—. He dicho "prestigio". Ir a un montón de fiestas no lo es todo. Yo vivo en un espacioso apartamento con dos doncellas a mi servicio, mientras que Hatsumono, que probablemente va a tantas fiestas como yo, continúa viviendo en la *okiya* Nitta. Cuando hablo de tener prestigio, me refiero a la geisha que se ha ganado su independencia. Mientras no posea su propia colección de kimonos o no haya sido adoptada como hija de la *okiya* en la que vive, que viene a ser más o menos lo mismo, la geisha estará en poder de alguien toda su vida. Tú has visto algunos de los kimonos de mi colección, ¿no? ¿Cómo te crees que los he conseguido?

—He pensado que tal vez había sido adoptada por alguna *okiya* antes de cambiarse a vivir en este apartamento.

—Pues sí que viví en una *okiya* hasta hace más o menos cinco años. Pero la dueña tiene una hija propia. No adoptaría otra.

—Entonces, si me permite la pregunta, ¿se compró usted toda la colección de kimonos?

—¿Cuánto te crees que gana una geisha, Chiyo? Una colección completa de kimonos no significa dos o tres para cada estación. Hay hombres cuya vida gira en torno a Gion. Se aburrirían de ti si te vieran vestida igual noche tras noche.

Debí de poner tal cara de asombro que Mameha soltó una carcajada.

—No te pongas triste, Chiyo. Este acertijo tiene una solución. Mi *danna* es un hombre generoso y ha sido él quien me ha comprado la mayoría de estos vestidos. Por eso tengo más prestigio que Hatsumono. Tengo un *danna* rico. Ella hace años que no lo tiene.

Llevaba en Gion el tiempo suficiente para saber un poco qué era aquello del *danna*. Es el término que las esposas emplean para llamar a sus maridos, o, más bien, lo era en mi tiempo. Pero cuando una geisha habla de su *danna* no está hablando de su marido. La geishas no se casan. O, al menos, las que se casan dejan de ser geishas.

Verás. A veces, después de una fiesta con geishas, algunos hombres no se quedan satisfechos sencillamente con haber coqueteado un rato y anhelan algo más. Algunos se contentan con ir a lugares como Miyagawacho, donde contribuirán con su propio sudor al olor de aquellas casas tan repugnantes que vi el día que encontré a mi hermana. Otros hombres reúnen el valor suficiente para inclinarse con la vista nublada hacia la geisha que tienen al lado y susurrarle al oído algo relativo a cuánto le "cobraría". Una geisha con poco nivel podría aceptar este tipo de arreglo; probablemente querrá aumentar sus ingresos y aceptará prácticamente todo lo que se le ofrezca. Puede que una mujer así se llame a sí misma geisha; pero yo creo que hay que verla bailar, tocar el *shamisen*, y realizar la ceremonia del té antes de decidir si es una verdadera geisha. Una verdadera geisha nunca echará a perder su reputación de este modo, poniéndose a disposición de un hombre por una sola noche.

No voy a fingir que las geishas nunca se entregan a un hombre de forma pasajera sencillamente porque lo encuentran atractivo. Pero eso forma parte de su vida privada. Las geishas también tienen pasiones como todo el mundo, y cometen los mismos errores que comete todo el mundo. La geisha que se atreve a correr este riesgo sólo espera que no la descubran. Está en juego su reputación; pero aún está más en juego su permanencia con su *danna*, si lo tiene. Y además podría despertar la cólera de la propietaria de su *okiya*. Una geisha decidida a seguir por el sendero de la pasión se arriesgará a todo ello; pero ciertamente no lo hará por un dinerillo que bien podría ganarse más fácilmente y de una forma legal.

Así que, como ves, una geisha del primer o segundo rango no se puede comprar para una sola noche, por nadie. Pero si el hombre adecuado está interesado en algo más —no una sola noche, sino un tiempo mucho más largo—, y si las condiciones que ofrece son convenientes, en ese caso, cualquier geisha aceptará encantada este arreglo. Las fiestas y todo eso está muy bien; pero en Gion el dinero de verdad lo ganas si tienes *danna*, y la geisha que no lo tiene —como Hatsumono— es como un gato callejero, sin un amo que lo alimente.

Se podría esperar que en el caso de una mujer tan guapa como Hatsumono habría habido hombres verdaderamente interesados en ser su *danna;* y estoy segura de que se lo propusieron muchos. De hecho, tuvo uno durante una temporada. Pero por alguna razón u otra había irritado hasta tal punto a la propietaria de la Casa de Té Mizuki, que era la que más frecuentaba, que desde entonces cada vez que un hombre preguntaba por ella le decían que no estaba disponible.

Lo que ellos entendían como que ya tenía *danna*, aunque, en realidad, no era así. Al echar a perder su relación con la dueña de la casa de té, Hatsumono se perjudicó sobre todo a sí misma. Como era una geisha famosa, hacía el dinero suficiente para tener contenta a Mamita; pero como no tenía *danna* no sacaba lo bastante para ganarse su independencia y dejar la *okiya* para siempre. Ni tampoco podía registrarse en otra casa de té cuya propietaria se aviniera a ayudarla a encontrar un *danna*; ninguna de las otras casas de té querrían poner en peligro sus relaciones con la Mizuki.

Claro está que la mayoría de las geishas no están atrapadas de este modo. En lugar de ello, dedican todo su tiempo a hechizar a los hombres con la esperanza de que finalmente alguno pida información sobre ella a la dueña de la casa de té. Muchas veces esto no lleva a ningún lado; puede que cuando se investigue al hombre, se descubra que tiene poco dinero; o puede que se eche atrás cuando alguien le sugiera que regale a la geisha en cuestión un kimono caro como prueba de buena voluntad. Pero si las semanas de negociación terminan favorablemente, la geisha y su nuevo *danna* participarán en una ceremonia similar a la de hermanamiento de las geishas. En la mayoría de los casos este vínculo durará unos seis meses, tal vez más, pero tampoco mucho más porque, claro, los hombres enseguida se cansan de lo mismo. Los términos del acuerdo obligarán probablemente al *danna* a pagar una parte de la deuda de la geisha y a cubrir muchos de sus gastos mensuales, tales como la compra de artículos de maquillaje y, tal vez, una parte de la escuela y también, quizá, el médico. Cosas de ese tipo. Pese a todos estos dispendios, el hombre continuará pagando lo que se paga normalmente por hora cada vez que quiera pasar tiempo con ella, igual que el resto de los clientes. Pero también tiene derecho a ciertos "privilegios".

Éstas serían las condiciones del acuerdo en el caso de la geisha media. Pero una geisha de alto nivel, de las que había unas treinta o cuarenta en todo Gion, esperará mucho más. Para empezar, ni tan siquiera considerará empañar su reputación con una ristra de *danna*, sino que tendrá sólo uno o dos en toda su vida. Y su *danna* no sólo le cubrirá todos sus gastos, tales como los derechos de registro, las clases y las comidas, sino que también le proporcionará dinero de bolsillo, le financiará espectáculos de danza y le comprará kimonos y joyas. Y, por supuesto, cuando pase tiempo con ella, no pagará el precio que ella tenga fijado por hora; lo más seguro es que pague más, como un gesto de buena voluntad.

Mameha era una de esas geishas de alto nivel. En realidad, como más tarde me enteraría, era una de las dos o tres geishas más conocidas de todo Japón. Es posible que hayas oído hablar de la famosa geisha Mametsuki, que tuvo una aventura con el Primer Ministro de Japón poco después de la I Guerra Mundial y causó un gran escándalo. Pues bien, ella fue la hermana mayor de Mameha, por eso tiene el prefijo "Mame", en su nombre. Es normal que las geishas jóvenes deriven su nombre del de su hermana mayor.

El haber tenido una hermana mayor como Mametsuki ya habría sido suficiente para garantizarle a Mameha una carrera de éxitos. Pero en los primeros años veinte, la Oficina Japonesa de Turismo lanzó su primera campaña publicitaria. En los carteles se veía una bonita fotografía de una pagoda del Templo Toji, situado en el sureste de Kioto, con un cerezo en flor a un lado y una joven geisha, con un aspecto tímido y exquisitamente delicado y elegante, al otro. Esa geisha, todavía aprendiza por entonces, era Mameha.

Sería una infravaloración decir que Mameha se hizo famosa. El cartel del Turismo Japonés se exhibió en todas las grandes ciudades del mundo, con el eslogan "Venga a visitar el País del Sol Naciente" en todos los idiomas, no sólo inglés, sino también alemán, francés, ruso y otras lenguas de las que nunca he oído hablar. Por entonces Mameha solo tenía dieciséis años, pero de pronto se encontró con que la invitaban a conocer a todos los jefes de Estado, a todos los aristócratas ingleses y alemanes o a todos los millonarios americanos que visitaban Japón. Sirvió sake al gran escritor alemán Thomas Mann, quien después le contó, a través del intérprete, una aburrida historia, que duró casi una hora; y también a Charlie Chaplin, a Sun Yat-sen y posteriormente a Ernest Hemingway, que se emborrachó y dijo que aquellos hermosos labios rojos sobre su cara blanca le parecían manchas de sangre en la nieve. Y la fama de Mameha siguió creciendo en los años que siguieron debido a sus recitales de danza en el Teatro Kabukiza de Tokio, al que generalmente asisten el Primer Ministro y muchas otras lumbreras.

Cuando Mameha anunció su intención de tomarme como hermana pequeña, yo no sabía nada de esto, pero casi fue mejor. Probablemente me hubiera intimidado tanto, que no habría dejado de temblar en su presencia.

Mameha fue lo bastante amable aquel día para sentarse conmigo en su apartamento y contarme todas estas cosas. Cuando estuvo segura de que la había entendido, dijo:

—Tras tu debut, serás aprendiza de geisha hasta que cumplas dieciocho años. Después necesitarás un *danna*, si quieres pagar todas tus deudas. Un *danna* sustancial. Mi trabajo es garantizarte que para entonces se te conozca en todo Gion, pero de ti depende el que te esfuerces y llegues a ser muy buena bailarina. Si no logras llegar al menos al quinto nivel para tu dieciséis cumpleaños, no podré hacer nada para ayudarte, y la Señora Nitta tendrá la alegría de comprobar que ha ganado su apuesta conmigo.

—Pero Mameha-san, no entiendo qué tiene que ver la danza en todo esto.

—Mucho. Todo —me contestó—. Si miras a tu alrededor a las geishas con más éxito de Gion, verás que todas ellas son excelentes bailarinas.

La danza es la más venerada de las artes de las geishas. Sólo se anima a especializarse en ella a las muchachas más prometedoras y más hermosas, y nada, salvo, quizás, la ceremonia del té puede compararse a la riqueza de su tradición. El estilo de Danza Inoue, que es el que practican las geishas de Gion, se deriva del teatro Noh. Como el teatro Noh es un arte muy antiguo, que siempre ha sido protegido por la corte imperial, las bailarinas de Gion consideran su arte superior al estilo de danza que se practica en el distrito de Pontocho, al otro lado del río, que se deriva del teatro Kabuki. Ahora bien, yo soy una gran aficionada a este último, y, de hecho, he tenido la suerte de poder contar entre mis amigos a algunos de los actores de Kabuki más célebres de este siglo. Pero el teatro Kabuki es una forma artística relativamente nueva; no existía antes del siglo XVIII. Y ha gozado siempre del favor del pueblo más que de la protección de la corte. Sencillamente el estilo de danza de Pontocho y el estilo de danza Inoue propio de Gion no son comparables.

Todas las aprendizas de geisha tienen que estudiar danza, pero, como ya he dicho, sólo a las más prometedoras y atractivas se las animará a especializarse y continuar formándose para ser verdaderas bailarinas, más que músicas o cantantes. Lamentablemente, la razón de que Calabaza, con su cara redonda y regordeta, pasara tanto tiempo practicando el *shamisen* era que no había sido seleccionada como bailarina. En cuanto a mí, no era tan hermosa como para que no se me ofreciera otra opción que bailar, como era el caso de Hatsumono. Me pareció que sólo demostrando a mis maestras que estaba deseosa de trabajar tanto como fuera necesario podría llegar a ser bailarina.

Gracias a Hatsumono, sin embargo, mis clases tuvieron un mal principio. Mi maestra era una mujer de unos cincuenta años, a la que apodábamos Señorita Culito, porque la piel se le amontonaba en el cuello, formando justo debajo de la barbilla algo parecido a un pequeño trasero. La Señorita Culito odiaba a Hatsumono tanto como la mayoría de las habitantes de Gion. Hatsumono lo sabía, ¿y qué te crees que hizo? Fue a hablar con ella —esto lo sé porque la misma Señorita Culito me lo contaría años después—, y le dijo:

—¿Podría pedirle un favor, profesora? Tengo puesto un ojo en una de sus alumnas, que parece una chica muy dotada. Le estaría muy agradecida si pudiera decirme qué opina usted de ella. Se llama Chiyo, y le tengo mucho, mucho cariño. Si pudiera prestarle alguna ayuda especial, yo le quedaría profundamente agradecida.

Hatsumono no tuvo que decirle más, pues la Señorita Culito me prestó toda esa "ayuda especial" que Hatsumono esperaba. Yo no bailaba especialmente mal, pero a la Señorita Culito le faltó tiempo para utilizarme como ejemplo de lo que *no* había que hacer. Por ejemplo, recuerdo una mañana que nos estaba enseñando un paso que consistía en pasar el brazo por delante del cuerpo y luego golpear el tatami con el pie. Se suponía que todas teníamos que repetir el paso al unísono, pero como éramos principiantes, cuando terminamos y golpeamos el suelo, sonó como si una bandeja llena de bolsas de habichuelas se hubiera derramado por el suelo, pues ni un solo pie tocó el suelo al mismo tiempo que otro. Puedo asegurar que yo no lo había hecho peor que el resto, pero la Señorita Culito se acercó a mí, con el pequeño trasero que le colgaba de la barbilla temblándole, y se golpeó el muslo con el abanico cerrado varias veces antes de darme con él en la cabeza.

—No se golpea el suelo en cualquier momento —dijo—. Y no se debe crispar la barbilla.

En las danzas Inoue, se debe mantener la cara lo más inexpresiva posible, a imitación de las máscaras típicas del teatro Noh. Pero mira que regañarme porque había crispado la barbilla cuando la suya temblaba de ira... Yo estaba a punto de llorar, porque me había golpeado con el abanico, pero el resto de la clase rompió a reír. La Señorita Culito me echó la culpa de las risas, y me expulsó de la clase, castigada.

No puedo decir lo que hubiera sido de mí bajo su cuidado, de no haber ido Mameha a hablar con ella para hacerle comprender lo que había sucedido realmente. Por mucho que la profesora odiara antes a Hatsumono, estoy segura de que después de enterarse de cómo la había engañado la odió aún más. Y tengo que decir que lamentó tanto lo mal que me había tratado que no tardé en convertirme en una de sus alumnas favoritas.

No puedo decir que tuviera dotes naturales de ningún tipo, ni para la danza ni para cualquier otra cosa; pero lo que sí es cierto es que estaba tan decidida como cualquiera a trabajar sin descanso hasta lograr mi objetivo. Desde que me había encontrado con aquel Señor Presidente en la calle un día de la primavera pasada, lo que más anhelaba era tener la posibilidad de llegar a ser geisha y encontrar un lugar en el mundo. Ahora que Mameha me había ofrecido esa posibilidad, estaba resuelta a aprovecharla. Pero con todas las clases, además de las tareas domésticas que tenía encomendadas, y con los objetivos tan altos que me había marcado, durante los primeros seis meses de aprendizaje me sentí totalmente abrumada. Luego, pasado este tiempo, descubrí pequeños trucos que me ayudaron a llevarlo con más tranquilidad. Por ejemplo, encontré una manera de practicar el *shamisen* mientras hacía los recados. Recordaba una melodía en la cabeza al tiempo que me imaginaba vívidamente los movimientos de mi mano izquierda en el mástil y los de la derecha rasgando las cuerdas con la púa. De este modo, a veces, cuando me ponía el instrumento real en el regazo, era capaz de tocar bastante bien una canción que sólo había tocado una vez. Alguna gente creía que no había tenido que ensayarla para aprenderla, pero, en realidad, la había practicado en mi cabeza yendo y viniendo por las calles de Gion.

Para aprenderme las baladas y las otras canciones que estudiábamos en la escuela, empleaba otro truco distinto. Desde pequeña había tenido cierta facilidad para repetir con bastante exactitud al día siguiente una pieza de música que había escuchado por primera vez la noche anterior. No sé por qué, supongo que es algo característico de mi personalidad. Así que empecé a escribir las letras de las canciones antes de irme a dormir. Luego, cuando me despertaba, mientras mi mente estaba todavía fresca e impresionable, las leía antes incluso de estirarme en el futón. Por lo general, me bastaba con esto, pero con las canciones más difíciles, utilizaba el truco de buscar imágenes que me recordaran la melodía. Por ejemplo, la rama caída de un árbol me hacía pensar en el sonido del tambor, o un arroyo golpeando contra una roca me recordaba que tenía que doblar la cuerda del *shamisen* para elevar el tono de la nota; y me imaginaba toda la canción como si fuera un paseo por el campo.

Pero, por supuesto, el reto mayor y el más importante para mí era la danza. Durante meses había intentado poner en práctica todos los trucos que se me habían ocurrido, pero no me servían de nada. Entonces, un día, la Tía se puso furiosa conmigo porque derramé el té en la revista que ella estaba leyendo. Lo extraño es que en el preciso momento en que se volvió contra mí, yo le estaba dedicando los más agradables pensamientos. Tras esto me sentí muy apenada y me encontré pensando en mi hermana, que estaba en algún lugar de Japón sin mí; y en mi madre, quien esperaba que descansara en paz en el paraíso; y en mi padre a quien no le había importado vendernos y vivir solo el resto de sus días. A medida que pensaba todas estas cosas, empezó a pesarme el cuerpo. Así que subí al cuarto donde dormíamos Calabaza y yo, pues Mamita me había trasladado allí después de la visita de Mameha a nuestra *okiya*. En lugar de echarme en el tatami y empezar a llorar, moví el brazo, como si me llevara la mano al pecho trazando un gran círculo. No sé por qué lo hice; era un paso de una danza que habíamos estudiado aquella mañana y que me había parecido muy triste. Al mismo tiempo pensé en aquel Señor Presidente y en cuánto más fácil sería mi vida si pudiera encomendarme a un hombre como él. Me pareció que el suave movimiento de mi brazo al girar en el aire expresaba estos sentimientos de pena y deseo. Era un movimiento que mostraba una gran dignidad; no era como el de una hoja revoloteando antes de caer al suelo, sino como el de un barco deslizándose sobre las aguas del océano. Supongo que lo que quería decir con "dignidad" era una especie de confianza, o certeza, de que una pequeña ráfaga de viento o el cabrilleo de una ola no iban a modificarlo.

Lo que descubrí aquella tarde fue que cuando tenía el cuerpo apesadumbrado, me movía con mayor dignidad. Y si me imaginaba al Presidente mirándome, mis movimientos adquirían tal profundidad de sentimiento que a veces cada paso de la danza equivalía a una especie de interacción con él. Girar con la cabeza ligeramente ladeada podría representar la pregunta: "¿Dónde vamos a pasar el día, Señor Presidente?". Extendiendo el brazo y abriendo el abanico mostraba lo agradecida que me sentía de que me hubiera honrado con su compañía. Y cuando un poco después cerraba de golpe el abanico, lo que quería decirle era que nada en la vida me importaba tanto como agradarle.

Trece

Durante la primavera de 1934, cuando yo llevaba más de dos años de aprendizaje, Hatsumono y Mamita decidieron que había llegado el momento de que Calabaza debutara como aprendiza de geisha. Por supuesto, nadie se molestó en contarme nada, pues Calabaza seguía teniendo órdenes de no hablarme, y Hatsumono y Mamita no dedicarían ni siquiera un segundo de su tiempo a considerar semejante cosa. Sólo me enteré el día que Calabaza salió de la *okiya* por la tarde temprano y regresó al anochecer con el peinado de las jóvenes geishas, el llamado *momoware*, que quiere decir "durazno abierto". Cuando entró en el portal, y la vi por primera vez así peinada, casi enfermo de celos y de decepción. Nuestras miradas no se cruzaron más de una fracción de segundo; probablemente Calabaza no podía evitar pensar en el efecto que tendría en mí su debut. Con el cabello retirado de las sienes, formando un hermoso óvalo, más que recogido atrás, como lo había llevado siempre, parecía una joven, aunque no había perdido su carita infantil. Durante años las dos habíamos envidiado a las chicas mayores que llevaban esos elegantes peinados. Ahora Calabaza empezaría su carrera de geisha, mientras que yo me quedaba atrás, sin siquiera poder preguntarle sobre su nueva vida.

Entonces llegó el día que Calabaza se vistió por primera vez como las aprendizas de geisha y fue con

Hatsumono a la Casa de Té Mizuki, para la ceremonia que las uniría como hermanas. Mamita y la Tía también fueron, pero a mí me excluyeron. Sí que estuve, sin embargo, en el vestíbulo esperando que Calabaza bajara ayudada por las criadas. Llevaba un kimono negro grandioso, con una cenefa de la *okiya* Nitta y un *obi* morado y oro; llevaba la cara maquillada de blanco por primera vez. Yo me esperaba encontrarla encantadora y orgullosa de los hermosos adornos que llevaba en el pelo y de los labios pintados de un rojo brillante, pero me pareció más preocupada que otra cosa. Le costaba mucho caminar; los adornos de una aprendiza son así de incómodos. Mamita le puso a la Tía una cámara fotográfica en la mano y le dijo que saliera y sacara una foto de Calabaza como recuerdo de la primera vez que frotaban el pedernal detrás de ella para invocar la buena suerte. El resto de nosotras nos quedamos amontonadas en el portal, fuera de la foto. Las criadas agarraron a Calabaza por los brazos mientras ella introducía los pies en los altos zapatos de madera que llamamos *okobo*, que son los que llevan las aprendizas de geisha. Luego Mamita se acercó y se puso detrás de Calabaza posando como si estuviera frotando un pedernal, aunque, en realidad, siempre era la Tía o una de las criadas las que se encargaban de hacerlo cada día. Cuando por fin la Tía sacó la foto, Calabaza dio unos pasos, tambaleándose, y se volvió a mirarnos. El resto estaban saliendo también para reunirse con ella, pero era a mí a quien miraba, con una expresión que parecía decir cómo lamentaba el cariz que habían tomado las cosas.

Al final del día, Calabaza había pasado a ser oficialmente conocida por su nuevo nombre de geisha: Hatsumiyo. El "Hatsu" venía de Hatsumono, y aunque le habría ayudado mucho tener un nombre derivado del de una geisha tan conocida como Hatsumono, no funcionó así. Muy poca gente llegó a conocer su nombre de geisha. Y siguieron llamándola como siempre la habíamos llamado, Calabaza.

Yo estaba deseando contarle a Mameha que Calabaza ya había debutado. Pero aquella temporada había estado más ocupada de lo normal, viajando a Tokio con mucha frecuencia a petición de su *danna;* y por ello no nos habíamos visto en casi seis meses. Todavía pasarían algunas semanas más antes de que Mameha tuviera tiempo de mandarme llamar a su apartamento. Cuando entré, la doncella ahogó un gritito, sorprendida al verme; y lo mismo le pasó a Mameha un momento después, cuando salió del cuarto de atrás. No podía imaginarme qué les pasaba. Y luego, cuando me arrodillé para saludar a Mameha y decirle lo honrada que me sentía de volver a verla, no me prestó ninguna atención.

—¡Por todos los cielos!, Tatsumi, ¿tanto tiempo he estado fuera? —le dijo a la doncella—. Casi no la reconozco.

—Me alegra oírla, señora —contestó Tatsumi—. ¡Creí que me pasaba algo en los ojos!

En ese momento, ciertamente, me preguntaba de qué estaban hablando. Pero en los seis meses que habían pasado desde que las había visto por última vez, había cambiado más de lo que yo podía darme cuenta. Mameha me dijo que volviera la cabeza hacia un lado, y luego hacia el otro, y no dejaba de repetir:

—¡Por todos los cielos! ¡Ya es una mujercita!

En un momento dado, Tatsumi me hizo ponerme de pie y extender los brazos para que ella pudiera medirme la cintura y las caderas con las manos, y luego me dijo:

—Los kimonos te van a caer como un guante —por la expresión de su cara al decirme esto no me cabe la menor duda de que quería echarme un piropo.

Por fin Mameha le dijo a Tatsumi que me llevara al cuarto de atrás y me pusiera un kimono adecuado. Yo llevaba puesto el mismo vestido azul y blanco con el que había ido a clase aquella mañana, pero Tatsumi me puso un kimono de seda azul oscuro con un estampado de ruedecitas de carro en tonos amarillos y rojos. No era el kimono más hermoso que se pueda imaginar, pero cuando me miré en el espejo mientras Tatsumi me ajustaba en la cintura un *obi* verde claro, descubrí que, de no ser por la sencillez de mi peinado, me podrían tomar por una aprendiza de geisha camino de una fiesta. Cuando salí de la habitación me sentía bastante orgullosa, y pensé que Mameha volvería a mostrarse sorprendida o algo así. Pero ella se limitó a ponerse de pie, se metió un pañuelo en la manga y se dirigió directamente a la puerta, en donde, deslizando los pies en un par de *zori* lacados en verde, volvió la cabeza y me miró por encima del hombro.

—¡A qué esperas! —dijo—. ¿No vienes?

No tenía ni idea de adónde nos dirigíamos, pero me hacía mucha ilusión que me vieran en la calle con Mameha. La doncella había sacado otro par de *zori* lacados para mí, en un suave tono gris. Al salir a la calle, una anciana aminoró su paso y saludó a Mameha con una inclinación y luego, casi en un mismo movimiento, se volvió y me saludó a mí con otra inclinación. Yo no supe qué pensar de ello, pues hasta entonces nadie se había fijado en mí en la calle. El sol me cegaba así que no distinguí si la conocía o no. Pero respondí con otra inclinación, y un momento después había desaparecido. Pensé que probablemente sería una de mis profesoras, pero entonces volvió a suceder lo mismo; esta vez con una geisha joven que yo había admirado muchas veces, pero que nunca se había dignado a mirarme.

Fuimos calle arriba, y prácticamente todas las personas con las que nos cruzamos le dijeron algo a Mameha o, al menos, la saludaron con una reverencia, y luego también me obsequiaron a mí con otra o con una pequeña inclinación de cabeza. Me detuve varias veces y terminé varios pasos detrás de Mameha. Ella se dio cuenta de mi dificultad y me llevó a una calle tranquila para enseñarme cómo debía andar y saludar al mismo tiempo. Mi problema, me dijo, era que no había aprendido a mover la parte superior del cuerpo con independencia de la inferior. Cuando quería saludar a alguien con una reverencia, dejaba de andar.

—Aminorar el paso es una manera de mostrar respeto —me dijo—. Cuanto más lo aminores, mayor será el respeto. Tienes que detenerte para hacer una reverencia cuando te encuentres con una de tus profesoras, pero, por lo que más quieras, con el resto no aminores el paso más de lo necesario, o nunca llegarás adónde te diriges. Siempre que puedas avanza a un ritmo constante y con pasos cortos, para que se ondule la parte inferior del kimono. Al andar debes dar la impresión de las olas rizando la arena.

Practiqué andando arriba y abajo de la calle como Mameha me había explicado, con la vista fija en los pies para verificar que el kimono se ondulaba correctamente. Cuando Mameha encontró satisfactorios mis andares, volvimos a ponernos en camino.

Comprobé que la mayoría de los saludos respondían a dos modalidades bastante fáciles de distinguir. Cuando nos cruzábamos con una geisha joven, ésta, por lo general, aminoraba el paso o incluso se detenía completamente antes de hacer la reverencia de saludo a Mameha, a lo que Mameha respondía con una o dos palabritas amables y una pequeña inclinación de cabeza; entonces la joven geisha me dedicaba una mirada de extrañeza y una inclinación incierta, que yo respondía con una profunda reverencia, pues yo era siempre más joven que cualquiera de las mujeres que nos encontrábamos. Sin embargo, en el caso de las mujeres maduras o las ancianas, era casi siempre Mameha la que saludaba primero con una reverencia; entonces la mujer devolvía el saludo con una respetuosa inclinación, pero no tan profunda como la de Mameha, y luego me miraba de arriba abajo y me hacía una pequeña inclinación de cabeza. Yo siempre respondía a estos últimos saludos con la reverencia más profunda que era capaz de hacer con los pies en movimiento.

Le conté a Mameha el debut de Calabaza; y los meses que siguieron esperé que me dijera que había llegado el momento de empezar también mi aprendizaje. En lugar de ello, pasó la primavera y también el verano sin que ella dijera nada de esta suerte. En contraste con la ajetreada vida que había empezado a llevar Calabaza, yo sólo tenía mis clases y mis tareas domésticas, así como los quince o veinte minutos que pasaba con Mameha varias tardes a la semana. A veces me sentaba con ella en su apartamento y me enseñaba algo necesario y que yo todavía no sabía; pero la mayoría de las tardes me vestía con uno de sus kimonos y me llevaba por todo Gion, haciendo recados o visitando a su vidente o a su fabricante de pelucas. Incluso cuando llovía y ella no tenía ningún recado que hacer, salíamos y caminábamos bajo nuestros paraguas de laca de tienda en tienda para comprobar que efectivamente iban a llegar nuevas existencias de perfume italiano o que el arreglo del kimono que había llevado a reparar estaba prácticamente terminado, pero no se lo entregarían hasta la semana próxima.

Al principio pensé que quizás Mameha me llevaba con ella para enseñarme a andar derecha —pues no paraba de darme en la espalda con el abanico cerrado para que la enderezara— u otras cosas por el estilo, como la forma de comportarme con la gente. Parecía que Mameha conocía a todo el mundo, y siempre sonreía o decía alguna palabra amable, incluso a las criadas o a las doncellas más jóvenes, pues sabía que debía su posición de prestigio a las personas que la ensalzaban. Pero un día, cuando salíamos de una librería, me di cuenta de lo que estaba haciendo realmente. No tenía un interés particular en ir ni a la librería ni al fabricante de pelucas ni a la papelería. Los recados no eran especialmente importantes; y además podría haber enviado a una de sus doncellas en lugar de ir ella en persona. Hacía todos aquellos recados sólo para que la gente de Gion nos viera juntas por la calle. Estaba retrasando mi debut para dar tiempo a que la gente se fijara en mí.

Una soleada tarde de octubre salimos del apartamento de Mameha y caminamos por la orilla del Shirakawa, viendo cómo revoloteaban y caían en el agua las hojas de los cerezos. Había mucha gente paseando también por la misma razón, y, como era de esperar, todo el mundo saludaba a Mameha. Casi todas las veces, al mismo tiempo que la saludaban a ella me saludaban a mí.

—Vas siendo cada vez más conocida, ¿no crees? —me espetó.

—Creo que la mayoría de la gente no tendría inconveniente en saludar a una oveja, si estuviera con usted, Mameha-san.

—Especialmente a una oveja —dijo—. Sería tan raro. Pero te estoy hablando en serio. No sabes cuánta gente me pregunta por la chica de los ojos grises. No saben tu nombre, pero eso no importa. Ya no te queda mucho tiempo de llamarte Chiyo.

—¿Está Mameha-san sugiriendo que...?

—Lo que quiero decir es que he estado hablando con Waza-san —así se llamaba su vidente—, y me ha sugerido que el tercer día de noviembre es un día propicio para tu debut.

Mameha se detuvo a observarme. Me había quedado inmóvil como un árbol y con unos ojos como platos. No me puse a gritar o a dar palmadas de alegría, pero estaba tan contenta que no me salían las palabras. Finalmente di las gracias a Mameha con una reverencia.

—Vas a ser un buena geisha —me dijo—, pero aún podrás serlo mejor si tienes en cuenta lo que dicen tus ojos.

—Nunca he pensado que dijeran nada —respondí yo.

—Los ojos son la parte más expresiva del cuerpo de una mujer, especialmente en tu caso. Quédate ahí un momento y te lo demostraré.

Mameha dio la vuelta a la esquina y me dejó sola en la tranquila callejuela. Un momento después volvió a aparecer; venía hacia mí mirando hacia el otro lado. Me dio la impresión de que tenía miedo de lo que podría pasar si miraba en la dirección en la que yo estaba.

—Pues bien —me dijo—. ¿Qué habrías pensado si hubieras sido un hombre?

—Habría pensado que estabas tan concentrada en evitarme, que no podías pensar en otra cosa.

—¿No sería posible que tan sólo estuviera mirando los desagües de los canalones al pie de las casas?

—Aun así habría pensado que estabas rehuyendo mi mirada.

—Eso es precisamente lo que quiero decirte. Con un perfil sorprendente nunca se corre el riesgo de transmitir inadvertidamente al hombre el mensaje equivocado. Pero los hombres van a fijarse en tus ojos e imaginar que les estás transmitiendo algo, aunque no sea así. Ahora vuelve a mirarme.

Mameha desapareció tras la esquina, y esta vez volvió con la vista en el suelo y caminando de una manera particularmente soñadora. Entonces, cuando se acercó a mí, levantó los ojos, que se cruzaron con los míos durante un instante, y enseguida miró hacia otro lado. He de decir que sentí una sacudida eléctrica; si hubiera sido un hombre, habría pensado que aquella mujer no tardaría en entregarse a unos intensos sentimientos que estaba luchando por ocultar.

—Si con unos ojos normales como los míos puedo decir todas estas cosas —me explicó—, piensa en todo lo que podrás decir tú con los tuyos. No me sorprendería que fueras capaz de hacer que un hombre se desmayara aquí mismo en la calle.

—¡Mameha-san! —exclamé—. Si tuviera la capacidad de hacer que los hombres se desmayaran, estoy segura de que a estas alturas ya lo sabría.

—Pues me sorprende que no lo sepas. Hagamos un trato: estarás preparada para hacer tu debut cuando hayas hecho pararse en seco a un hombre con un simple parpadeo.

Anhelaba tanto debutar que si Mameha me hubiera retado a derribar un árbol con sólo mirarlo, estoy segura de que lo habría intentado. Le pedí que tuviera la amabilidad de acompañarme a probarlo con unos cuantos hombres, y ella aceptó encantada. El primer hombre que nos cruzamos era tan anciano que realmente parecía un kimono lleno de huesos. Iba subiendo la calle muy despacio, apoyado en un bastón, y llevaba unas gafas tan llenas de mugre que no me hubiera sorprendido que se chocara con la esquina de algún edificio. No se fijó en mí en absoluto; así que continuamos caminando hacia la Avenida Shijo. No tardé en ver a dos hombres vestidos a la occidental, como los hombres de negocios, pero tampoco tuve suerte con ellos. Creo que reconocieron a Mameha, o tal vez sencillamente pensaron que ella era más bonita que yo, pues clavaron sus ojos en ella.

Iba a desistir cuando reparé en un repartidor de unos veinte años que llevaba una bandeja llena de cajas vacías. Por entonces varios restaurantes de Gion servían comidas a domicilio, y luego por la tarde enviaban a un muchacho a recoger las cajas. Por lo general se amontonaban en un gran cajón que se arrastraba manualmente o se ataba a una bicicleta. No sé por qué aquel joven transportaba las cajas en una bandeja. En cualquier caso, estaba como a un bloque de distancia y venía hacia mí. Me di cuenta de que Mameha lo observó atentamente. Entonces dijo:

—Hazle tirar la bandeja.

Antes de poder decidir si Mameha bromeaba, ésta se metió por una bocacalle y desapareció.

No creo que sea posible para una chica de catorce años —o para una mujer de cualquier edad— hacer que un joven tire algo al suelo por el solo procedimiento de mirarle de una forma determinada. Supongo que esas cosas suceden en las películas y en los libros. Hubiera desistido sin siquiera intentarlo, de no haber reparado en dos cosas. En primer lugar, el joven ya me estaba mirando como mira al ratón un gato hambriento; y en segundo lugar, la mayoría de las calles de Gion no tienen bordillos, pero ésta sí que lo tenía, y el muchacho iba andando por la calzada no muy alejado de la acera. Si pudiera obligarlo a subir a la acera, podría suceder que al hacerlo se tropezara con el bordillo y dejara caer la bandeja. Empecé por mantener la vista pegada al suelo delante de mis pies, y luego intenté hacer lo que acababa de hacerme a mí Mameha. Alcé los ojos hasta que mi mirada se cruzó un instante con la del chico, y luego la aparté rápidamente. Unos pasos después, repetí la operación. Pero esta vez, el muchacho me estaba mirando tan fijamente que probablemente se había olvidado de la bandeja que llevaba en la mano y todavía más del bordillo que tenía a sus pies. Cuando ya estábamos casi uno al lado del otro, cambié ligeramente mi rumbo, de modo que no pudiera cruzarse conmigo sin subirse a la acera, y lo volví a mirar directamente a los ojos. El muchacho intentó apartarse de mi camino, pero, justo como yo había esperado, se hizo un lío con los pies y se tropezó con el bordillo, cayendo hacia un lado y desparramando todas las cajas por la acera. No pude evitar echarme a reír. Y menos mal que el joven también se rió. Le ayudé a recoger las cajas y le dediqué una sonrisa; él me hizo la reverencia más profunda que me habían hecho nunca y continuó su camino.

Un momento después me reuní con Mameha, que lo había visto todo.

—Creo que no vas a estar nunca más preparada —dijo. Y con esto, me condujo al otro lado de la gran avenida hasta el apartamento de Waza-san, su vidente, y lo puso a trabajar en la busca de las fechas propicias para los distintos eventos previos a mi debut, tales como visitar el templo para anunciar mi intención a los dioses, ir a que me hicieran por primera vez el peinado propio de las aprendizas y representar mi papel en la ceremonia en la que Mameha y yo nos haríamos hermanas.

Aquella noche no pegué ojo. Por fin iba a suceder lo que tanto había deseado, y, ¡madre mía!, tenía el estómago revuelto. La idea de vestirme con aquellas exquisitas ropas que yo tanto admiraba y de aparecer en una habitación llena de hombres bastaba para empaparme las manos de sudor. Cada vez que lo pensaba sentía un delicioso hormigueo nervioso que me subía desde las rodillas al esternón. Me imaginaba en una casa de té, abriendo la puerta de una habitación cubierta de tatamis. Los hombres volvían la cabeza para mirarme; y, por supuesto, entre ellos se encontraba aquel Señor Presidente de mis sueños. A veces lo imaginaba solo en la habitación, vestido con el tipo de kimono que se ponen muchos hombres al volver del trabajo para estar cómodos, y no con traje occidental. En su mano, suave como un trozo de madera pulido por el mar, sostenía una copa de sake. Más que nada en el mundo deseaba llenársela y sentir sus ojos mirándome mientras le servía.

Sólo tenía catorce años, pero me parecía que ya había vivido dos vidas. Mi nueva vida acababa de comenzar, pero mi antigua vida había terminado hacía algún tiempo. Habían pasado varios años desde que me había enterado de las tristes noticias de mi familia, y me asombraba cómo había podido cambiar mi paisaje mental. Todos sabemos que una escena invernal de árboles cubiertos con mantos de nieve será irreconocible a la primavera siguiente. No me podía imaginar, sin embargo, que algo así podía suceder dentro de nosotros mismos. Cuando recibí las noticias de mi familia, fue como si me hubiera cubierto una capa de hielo. Pero con el tiempo, ese frío terrible se había ido templando hasta revelar un paisaje que nunca había visto, ni siquiera imaginado, antes. No sé si esto te parecerá una tontería, pero mi mente la víspera de mi debut era semejante a un jardín en el que las flores sólo han empezado a asomar del suelo, de modo que es imposible saber cómo será. Estaba rebosante de entusiasmo; y en ese jardín mental había una estatua, precisamente en su centro. Era la imagen de la geisha que deseaba llegar a ser.

Catorce

Dicen que la semana en la que una joven prepara su debut como aprendiza de geisha es semejante a cuando un gusano se convierte en mariposa. Es una idea encantadora, pero no logro imaginar quién ni por qué ha podido pensar algo así. El gusano sólo tiene que tejer el capullo y dormitar un rato; mientras que en mi caso, puedo decir que nunca volví a tener una semana más agotadora. El primer paso era hacerme el peinado característico de las aprendizas de geisha, el estilo llamado "durazno abierto", que ya he mencionado. En Gion, en aquel tiempo, había bastantes peluquerías; la de Mameha estaba en una sala terriblemente abarrotada encima de uno de esos restaurante típicos donde se come anguila. Tuve que esperar casi dos horas a que me tocara con otras seis u ocho geishas arrodilladas aquí y allí, incluso en el rellano de la escalera. Lamento decir que el olor a pelo sucio era abrumador. Los elaborados peinados que llevaban las geishas en aquel tiempo requerían tanto esfuerzo y resultaban tan caros que nadie iba a la peluquería más de una vez a la semana o así; al final de este tiempo, ni los perfumes ni nada remediaban el mal olor.

Cuando por fin llegó mi turno, lo primero que hizo el peluquero fue ponerme la cabeza sobre un gran barreño, en una posición que me hizo preguntarme si pensaba degollarme. Luego vertió sobre mi cabeza un cubo de agua tibia y empezó a frotarla con jabón. Frotar no es una palabra lo bastante fuerte, porque, en realidad, lo que aquel hombre hacía en mi cuero cabelludo con sus uñas se parecía más a lo que hace un labrador con la azada en el campo. Al recordarlo ahora, entiendo por qué. La caspa es un grave problema entre las geishas, y pocas cosas hay menos atractivas y que hagan parecer más sucio el cabello. El peluquero tendría sus buenas razones, pero un rato después, sentía el cuero cabelludo en carne viva y casi lloraba de dolor. Finalmente me dijo:

—No te prives, llora si quieres. ¿Por qué te crees que te he puesto debajo una palangana?

Supongo que ésta era su forma de ser gracioso, porque después de decir esto soltó una sonora carcajada.

Cuando consideró que ya me había raspado lo suficiente el cuero cabelludo, me sentó en la estera a un lado y me desenredó el pelo con un peine de madera; terminé con los músculos del cuello doloridos de tantos tirones. Por fin le pareció que no quedaban nudos, y entonces me untó el pelo con aceite de camelia, lo que le dio un bonito brillo. Estaba empezando a pensar que había pasado lo peor, cuando veo que saca una barra de cera. Por mucho que se lubrique el pelo con aceite de camelia o que se utilice una plancha caliente para mantener la cera blanda, el pelo y la cera nunca se llevarán bien. Dice mucho de lo civilizados que somos los seres humanos el que una joven sea capaz de permitir sin apenas una queja que un tipo le embadurne el pelo con cera. Si intentáramos hacerle lo mismo a un perro, nos mordería hasta dejarnos como un colador.

Cuando tuve el cabello uniformemente encerado, el peluquero me retiró el flequillo y el resto me lo anudó en la coronilla formando una especie de acerico. Visto por detrás, este acerico tiene una raja, como si estuviera partido en dos, lo que le da al peinado el nombre de "durazno abierto".

Aunque llevé este peinado durante bastantes años, hasta que me lo explicó un hombre mucho tiempo después, nunca había visto en él algo que es totalmente obvio. El nudo —lo que yo he llamado acerico— se forma enrollando el pelo en un trozo de tela. Por detrás, donde se deshace el nudo, la tela se deja visible; puede ser de cualquier color o estampada, pero en el caso de una aprendiza de gesisha —al menos a partir de un momento determinado— es siempre seda roja. Una noche un hombre me dijo:

—La mayoría de esas inocentes chicas no tienen ni idea de lo provocativo que es el peinado que llevan. Imagínate que vas andando detrás de una joven geisha, pensando en todas las picardías que te gustaría hacerle, y entonces ves en su cabeza esa forma de durazno abierto con una gran mancha roja en la raja... ¿Tú qué crees?

La verdad es que no pensaba nada en especial, y así se lo dije.

—No tienes imaginación —me contestó.

Un momento después, entendí lo que quería decir y me ruboricé tanto que él se rió al verme.

De camino de regreso a la *okiya*, no me importaba tener el cuero cabelludo estriado como si fuera un trozo de arcilla decorado por el alfarero. Al verme reflejada en los escaparates, me parecía que era alguien a quien había que tomarse en serio; ya no era una chica, sino una joven. Cuando llegué a la *okiya*, la Tía me hizo girar varias veces, examinándome detenidamente, y luego me dijo toda suerte de palabras amables. Ni siquiera Calabaza se pudo resistir y dio una vuelta a mi alrededor con gran admiración, aunque Hatsumono se habría enfadado si lo hubiera sabido. ¿Y cómo crees que reaccionó Mamita? Se puso de puntillas para ver mejor —lo que no le sirvió de mucho porque yo ya era bastante más alta que ella— y luego se lamentó de que no hubiera ido al peluquero de Hatsumono en lugar del de Mameha.

Puede que al principio todas las geishas jóvenes estén encantadas y presuman de su peinado, pero al cabo de tres o cuatro días llegarán a odiarlo. Porque si la joven quiere echar un sueñecito al llegar de la peluquería, ya no se podrá tumbar sobre la almohada como lo había hecho la noche anterior, pues se despertaría con todo el peinado aplastado y deformado y tendría que volver inmediatamente al peluquero. Por esta razón, después de ir a la peluquería por primera vez, la joven aprendiza de geisha ha de aprender una nueva forma de dormir. Ya no utilizará una almohada normal, sino un *takamakura*, que no es para nada una almohada, sino más bien una peana donde descansa la nuca. Muchas están almohadilladas con paja, pero aun así no se diferencia mucho de poner la cabeza en una piedra. Te acuestas en el futón, con el cabello suspendido en el aire, pensando que todo va sobre ruedas, hasta que te quedas dormida. Pero cuando te despiertas, te das cuenta de que te has movido sin querer y tienes la cabeza sobre el futón o la estera, y tu peinado está tan chafado como si no hubieras usado un *takamakura*. En mi caso, la Tía me ayudó a evitar esto poniéndome una bandeja con harina de arroz en la estera, debajo de la cabeza. Cada vez que dormida, sin querer, dejaba caer la cabeza de la peana, me rebozaba el pelo en harina, que se pegaba a la cera, estropeando así totalmente mi peinado. Ya había visto a Calabaza pasar por este suplicio. Ahora me tocaba a mí. Durante algún tiempo me desperté todas las mañanas con el peinado destrozado y tuve que hacer cola en el peluquero esperando mi turno para ser torturada.

Todas las tardes durante la semana previa a mi debut, la Tía me vistió con el atuendo completo de las aprendizas de geisha y me hizo andar de un extremo al otro del pasaje de la *okiya* a fin de que me acostumbrara a su peso. Al principio apenas podía andar y me asustaba caerme hacia atrás. La vestimenta de las jóvenes es mucho más ornamentada que la de las geishas mayores; lo que significa que los kimonos son de colores más vivos, con tejidos más llamativos y además el *obi* más largo. Una mujer madura llevará el *obi* atado con lo que llamamos un "nudo tambor", porque tiene la forma de una pequeña caja, muy simple y recogida; éste no requiere gran cantidad de tela. Pero una geisha de menos de veinte años lleva el *obi* atado de una forma más llamativa. Lo que en el caso de las aprendizas significa un *darari obi* u *obi* colgante, que es el más espectacular de todos. Va atado a la altura de las paletillas y los extremos caen casi hasta el suelo. Independientemente de que el color del kimono sea vivo o apagado, el *obi* es siempre de brillantes colores. Cuando una aprendiza camina por la calle delante de ti, no te fijas en el kimono, sino en el colorido *obi* que le cuelga hasta el suelo, dejando ver sólo un trozo de kimono en los hombros y en los costados. Para conseguir este efecto el *obi* ha de ser tan largo que llegue de un lado al otro de la habitación. Pero no es su longitud lo que lo hace difícil de llevar; es su peso, pues casi siempre es de un denso brocado de seda. Sólo subir las escaleras cargando con uno en los brazos ya es agotador; de modo que te puedes imaginar lo que es llevarlo puesto, con la banda oprimiéndote el cuerpo como si fuera una de esas horrorosas culebras, y con toda la tela que te cuelga por detrás y te pesa como si estuvieras remolcando un pesado baúl.

Para empeorar aún más las cosas, el propio kimono pesa también mucho y tiene unas mangas muy largas y voluminosas. No me refiero con esto a que cubran la manos y continúen hasta el suelo. Seguro que alguna vez te has fijado en que si una mujer vestida con kimono pone los brazos en cruz, la tela de debajo de los brazos cae formando algo parecido a una bolsa. A esta bolsa, que nosotros llamamos *furi*, es a lo que me refiero cuando digo que las mangas del kimono de las aprendizas de geishas son muy largas. Puedes arrastrarlas fácilmente por el suelo si no tienes cuidado; y al bailar, te tropezarás con ellas si no las quitas del medio enrollándotelas en el antebrazo.

Años después, una noche que estaba borracho, un famoso investigador de la Universidad de Kioto dijo algo que nunca he olvidado.

—Se considera que el mandril de África central es el más vistoso de todos los primates —dijo—. Pero yo creo que la aprendiza de geisha es tal vez el más vistoso de todos los primates.

Finalmente llegó el gran día de la ceremonia que nos uniría como hermanas a Mameha y a mí. Tomé un baño temprano y pasé el resto de la mañana vistiéndome. La Tía me ayudó con los últimos toques del maquillaje y el peinado. Al llevar la cara cubierta con la cera y el maquillaje tenía la extraña sensación de haber perdido toda la sensibilidad en ella; cuando me tocaba la mejilla sólo sentía una vaga presión. Tantas veces me llevé el dedo a la mejilla que la Tía tuvo que volver a maquillarme. Luego, cuando me estaba examinando en el espejo, pasó algo muy curioso. Sabía que la persona arrodillada delante del tocador era yo, pero también lo era la extraña muchacha que me miraba desde el otro lado. De hecho alargué el brazo para tocarla. Llevaba el magnífico maquillado de las geishas. Sus labios rojos como una flor destacaban en una cara completamente blanca, salvo por un ligero tono rosado en las mejillas. Su cabello estaba adornado con flores de seda y ramitas de arroz si descascarillar. Iba vestida con un kimono formal, negro con una cenefa de la *okiya* Nitta. Cuando por fin pude ponerme en pie, fui al vestíbulo y me contemplé asombrada en el espejo de cuerpo entero. Un dragón bordado rodeaba el bajo del kimono y subía hasta medio muslo. La melena estaba tejida con hilo lacado en un hermoso tono rojizo. Las garras y los dientes eran de plata y los ojos de oro, de oro de verdad. No pude impedir que se me llenaran los ojos de lágrimas y tuve que mirar fijamente al techo para impedir que se deslizaran por las mejillas. Antes de salir de la *okiya*, me remetí debajo del *obi* el pañuelo que me había regalado el Señor Presidente, para que me diera buena suerte.

La Tía me acompañó hasta el apartamento de Mameha. Al llegar yo le expresé mi gratitud y prometí honrarla y respetarla. Tras esto, las tres nos dirigimos juntas al Santuario de Gion, donde Mameha y yo tocamos palmas y anunciamos a los dioses que no tardaríamos en estar unidas como hermanas. Yo les rogué que nos protegieran en los años venideros y luego, cerrando los ojos, les di las gracias por haberme concedido el deseo de llegar a ser geisha que les había suplicado tres años y medio antes.

La ceremonia tendría lugar en la Casa de Té Ichiriki, que es sin duda la casa de té más famosa de Japón. Tiene una larga historia, en parte debido a un conocido samurái que se ocultó en ella a principios del siglo XVIII. Seguramente habrás oído hablar de la historia de los Cuarenta y siete Ronin, que vengaron la muerte de su maestro y luego se suicidaron por el procedimiento del harakiri. Pues bien, su líder se ocultó en esta casa de té para planear la venganza. La mayoría de las mejores casas de té de Gion no se ven desde la calle, salvo sus sencillos portales, pero la Casa de Té Ichiriki es tan obvia como una manzana colgada de un árbol. Se alza en un una importante esquina de la Avenida Shijo y está cercada por una tapia color melocotón que tiene su propio tejadillo. A mí me pareció un palacio.

Allí nos reunimos con dos de las hermanas pequeñas de Mameha y con Mamita. Tras recibirnos en el jardín exterior, una camarera nos hizo pasar al vestíbulo y luego nos condujo por un hermoso pasillo lleno de recovecos hasta una pequeña habitación de suelo de tatami, en la parte trasera del edificio. Nunca había estado en un ambiente tan elegante. Todos los adornos de madera brillaban; todas las paredes de escayola eran perfectamente lisas. Olía suavemente a la fragancia dulzona del *kuroyaki* —"carbón negro"—, un tipo de perfume elaborado con madera quemada y molida. Es un aroma anticuado, e incluso Mameha, que era una geisha de lo más tradicional, prefería los perfumes más occidentales. Pero el *kuroyaki* con el que se habían perfumado varias generaciones de geishas inundaba todavía la casa de té. Yo siempre tengo un poco, que conservo en un envase de madera; y cuando lo abro y lo huelo, vuelvo a verme allí.

La ceremonia, a la que asistió la dueña de la casa de té, no duró mucho más de diez minutos. Una doncella trajo una bandeja con varias copas de sake, y Mameha y yo bebimos juntas. Yo tomé tres sorbos y luego le pasé a ella la copa, que bebió otros tres. Hicimos lo mismo con otras tres copas diferentes, tras lo cual se dio por concluida la ceremonia. Desde ese momento se me dejaba de conocer con el nombre de

Chiyo. Había pasado a ser la primeriza Sayuri. Durante el primer mes de adiestramiento a las jóvenes aprendizas de geisha se las llama primerizas, y no pueden bailar ni conversar por su cuenta con los clientes sin la presencia de la hermana mayor. De hecho apenas hacen más que mirar y aprender. Mameha había trabajado largamente con el vidente para escoger mi nombre, Sayuri. El sonido no es lo único que importa; el significado de los caracteres es también fundamental, como también lo es el número de trazos necesarios para escribirlo, pues hay nombres que tienen un número afortunado de trazos y otros, desafortunado. Mi nombre estaba compuesto de "sa", que significa "juntos"; "yu", que proviene del signo del zodiaco de la gallina —a fin de equilibrar otros elementos de mi personalidad—; y "ri", que significa "comprensión". Desgraciadamente el vidente había declarado poco propicios todos los nombres que incluyeran alguno de los elementos del de Mameha.

Yo pensé que Sayuri era un nombre muy lindo, pero me encontraba rara por haberme dejado de llamar Chiyo. Después de la ceremonia, pasamos a otra habitación para comer la comida típica de "arroz rojo", que consiste en arroz y frijoles rojos. Yo sólo piqué un poco, pues me sentía extrañamente intranquila y sin muchas ganas de celebrar. La dueña de la casa de té me preguntó algo, y cuando la oí llamarme Sayuri, me di cuenta de qué era lo que me estaba perturbando tanto. Era como si la pequeña llamada Chiyo que corría descalza desde el estanque a la casita piripi hubiera dejado de existir. Tenía la sensación de que la nueva niña, Sayuri, con su brillante cara blanca y labios encarnados, la hubiera destrozado.

Mameha tenía proyectado pasar la tarde por Gion visitando a las dueñas de las casas de té y *okiyas* con las que tenía relaciones y presentándome a ellas. Pero no nos pusimos en camino nada más terminar de comer. En vez de esto, me llevó a otra habitación y me dijo que me sentara. Por supuesto, las geishas nunca se "sientan" realmente cuando llevan kimono; lo que nosotras llamamos sentarse es probablemente arrodillarse para el resto de la gente. En cualquier caso, al sentarme, Mameha me hizo un gesto y me dijo que volviera a hacerlo. El kimono entorpece tanto los movimientos que tuve que intentarlo varias veces hasta que me salió bien. Mameha me dio un pequeño adorno con la forma de una calabaza y me enseñó cómo tenía que colgarlo del *obi*. Se cree que la calabaza, al estar hueca y pesar muy poco, compensa el peso del cuerpo. Y muchas aprendizas torponas confían en ella para no caerse.

Mameha habló conmigo un rato, y luego, cuando estábamos a punto de irnos, me pidió que le sirviera una taza de té. La tetera estaba vacía, pero me dijo que hiciera como si tuviera algo dentro. Quería ver cómo me retiraba la manga al hacerlo. Yo creía que sabía lo que Mameha estaba observando, y lo hice lo mejor que pude, pero a Mameha no pareció gustarle.

—En primer lugar —dijo—, ¿a quién estás sirviendo?

—¡A usted! —respondí yo.

—Pues entonces, ¡por lo que más quieras!, a mí no necesitas impresionarme. Haz como si no fuera yo. ¿Soy un hombre o una mujer?

—Un hombre —contesté.

—Vale. Pues ahora sírveme una taza de té.

Así lo hice, y Mameha por poco acaba con tortícolis de intentar mirar dentro de mi manga mientras yo tenía el brazo extendido.

—¿Tú qué crees? —me dijo—. Porque eso es exactamente lo que pasará si subes tanto el brazo.

Lo repetí con el brazo más bajo. Esta vez bostezó y luego se volvió y empezó a hablar con una geisha imaginaria sentada al otro lado de ella.

—Creo que intenta decirme que la he aburrido —dije—. Pero ¿cómo puedo aburrir a alguien con el solo hecho de servirle una taza de té?

—Puede que no quieras que te mire por dentro de la manga, pero eso no significa que tengas que ser tan remilgada. Al hombre sólo le interesa una cosa. Créeme, no tardarás en entender todo lo que te estoy diciendo. Mientras tanto, puedes mantenerlo contento haciéndole creer que le permites ver partes de tu cuerpo que no ve nadie más. Si una aprendiza de geisha se comporta como lo acabas de hacer tú —sirviendo el té como lo haría una criada—, el pobre hombre perderá toda esperanza. Vuelve a intentarlo, pero primero enséñame el brazo.

Me subí la manga por encima del codo y extendí el brazo. Ella lo tomó y lo giró entre sus manos, examinándolo de arriba abajo.

—Tienes un bonito brazo; y una hermosa piel. Debes asegurarte de que todos los hombres que se sientan a tu lado lo vean por lo menos una vez.

Así que seguí haciendo que servía el té, una y otra vez, hasta que Mameha pareció quedarse contenta de cómo me apartaba la manga, dejando ver el brazo, pero sin que pareciera demasiado obvio que lo hacía adrede. Si me subía la manga hasta el codo daría risa verme; el truco era hacer como si simplemente la estuviera apartando para que no molestara, al tiempo que la subía tan sólo unos dedos por encima de la muñeca de modo que se me viera el antebrazo. Mameha me dijo que la parte más bonita del brazo era el envés, de modo que tenía que agarrar la tetera de tal forma que el hombre viera la cara interna del brazo y no la externa.

Me dijo que volviera a hacerlo, esta vez para la dueña de la casa de té. Yo mostré el brazo del mismo modo, y Mameha me puso mala cara.

—¡Por todos los dioses! ¡Que yo soy una mujer! —exclamó—. ¿Por qué me enseñas el brazo de ese modo? Lo más seguro es que estés tratando de enfadarme.

—¿De enfadarle?

—Pues ¿qué otra cosa quieres que piense? Me estás enseñando lo joven y hermosa que eres mientras que yo ya soy una vieja decrépita. A no ser que sólo pretendieras ser vulgar...

—¿Cómo vulgar?

—¿Por qué si no te ibas a empeñar tanto en enseñarme el brazo? También podrías enseñarme la planta del pie o la entrepierna. Si te veo algo por casualidad, vale. Pero ¡empeñarte en enseñármelo!

De modo que continué sirviendo aquel té imaginario hasta que aprendí una forma más recatada y propia. Tras lo cual, Mameha anunció que ya estábamos preparadas para irnos a recorrer Gion.

Para entonces ya hacía varias horas que tenía puesto el atuendo completo de las aprendizas de geisha. Ahora tenía que intentar andar por todo Gion subida a un tipo de zapatos que llamamos *okobo*. Es un calzado de madera con bastante tacón que se sujeta al pie con unas bonitas trabillas de laca. Mucha gente encuentra muy elegante la forma en que se estrechan, como una cuña, de modo que la punta tiene la mitad de ancho que el tacón. Pero a mí me parecía muy difícil andar delicadamente con ellos. Me daba la sensación de que llevaba una tejas agarradas a la planta del pie.

Mameha y yo nos paramos unas veinte veces en otras tantas *okiyas* y casas de té, pero no nos quedamos en casi ninguna más de unos minutos. Por lo general, una camarera salía a abrirnos la puerta, y Mameha preguntaba educadamente si podía hablar con la dueña; entonces salía la dueña, y Mameha le decía: "Quiero presentarle a mi nueva hermana pequeña, Sayuri". Y entonces yo hacía una profunda reverencia y decía: "Ruego me otorgue su favor, señora". La dueña y Mameha charlaban un momento, y luego nos íbamos. En algunos de los sitios nos invitaron a té y nos quedamos unos minutos. Pero yo no quería beber té, y sólo me mojaba los labios. Ir al servicio cuando llevas un kimono como el que llevaba yo es una de las cosas más difíciles de aprender, y yo no estaba segura de haberlo aprendido todavía.

En cualquier caso, una hora después estaba tan agotada que simular que bebía el té era lo único que podía hacer para descansar un momento. Pero mantuvimos el paso. En aquellos días, supongo que habría probablemente treinta o cuarenta casas de té de primera categoría en Gion y otras cien más o menos de inferior nivel. Claro está, no podíamos visitarlas todas. Fuimos a las quince o veinte en las que Mameha solía entretener a sus clientes. *Okiyas* debía de haber a cientos, pero sólo fuimos a aquellas con las que Mameha tenía una relación de un tipo o de otro.

Poco después de las tres habíamos terminado. Lo que más me habría gustado era volver a la *okiya* y echarme una larga siesta. Pero Mameha tenía planes para mí aquella noche. Iba a asistir a mi primer compromiso como aprendiza de geisha.

—Ve y date un baño —me dijo—. Has sudado un montón y no te ha aguantado el maquillaje.

Era un cálido día de otoño, y yo había trabajado mucho.

De vuelta en la *okiya*, la Tía me ayudó a desvestirme y luego se apiadó de mí y me permitió echarme media hora. Volvía a gozar de su favor, ahora que todas mis ideas descabelladas parecían formar parte de mi pasado y mi futuro parecía más brillante aún que el de Calabaza. Me despertó después de la siesta, y me apresuré a tomar el baño. Hacia las cinco había terminado de vestirme y de maquillarme. Estaba muy excitada, como te puedes imaginar, porque por fin me había llegado el turno tras años de ver con envidia a Hatsumono y últimamente a Calabaza salir por la tarde o al caer la noche hermosamente arregladas. La gala de aquel día, la primera a la que yo asistiría, era un banquete en el Hotel Kansai Internacional. Los banquetes son unos actos estrictamente formales, en los que todos los comensales se colocan hombro con hombro, formando una especie de U en torno al tatami de una gran sala, con unas mesitas delante de ellos llenas de fuentes de comida. Las geishas, que están allí para divertir a los comensales, se mueven por el centro de la habitación —dentro de la U, quiero decir— y pasan sólo unos minutos arrodilladas delante de cada comensal sirviéndole el té y charlando con él. No es una cosa muy divertida que se diga; y como primeriza, mi función era todavía menos divertida que la de Mameha. Yo iba a su lado como una sombra. Siempre que ella se presentaba, yo hacía lo mismo; con una profunda reverencia decía:

—Me llamo Sayuri. Soy una primeriza y le suplico indulgencia conmigo —después me callaba y nadie me dirigía la palabra.

Hacia el final del banquete, las puertas a un lado de la habitación se corrieron, y Mameha y otra geisha realizaron juntas una danza que se conoce con el nombre de *Chi-yo Tomo* —"Amigas para siempre"—. Es un bonito baile en el que se representa la historia de dos amigas que se aprecian mucho y se vuelven a ver tras una larga ausencia. La mayoría de los hombres la siguieron curándose los dientes; eran ejecutivos de una gran empresa de recauchutados, o algo por el estilo, que se habían reunido en Kioto para su banquete anual. A decir verdad, no creo que ninguno de ellos distinguiera entre la danza y el sonambulismo. Pero yo, entré en trance. Las geishas de Gion siempre se ayudan del abanico para bailar, y Mameha en particular dominaba sus movimientos. Primero cerró el abanico y, mientras giraba, lo agitó suavemente con la muñeca para sugerir una corriente de agua. Luego lo abrió, y se convirtió en una copa en la que su compañera simuló servirle sake para que se lo bebiera. Como decía, el baile era precioso, lo mismo que la música del *shamisen* que tocaba una geisha terriblemente delgada y con ojos acuosos.

Un banquete formal no suele durar más de dos horas; así que hacia las ocho volvíamos a estar en la calle. Me estaba volviendo para darle las gracias a Mameha y desearle buenas noches, cuando me dijo:

—Había pensado enviarte a la cama ahora, pero pareces rebosante de energía. Me dirijo a la Casa de Té Komoriya. Vente conmigo y prueba por primera vez cómo es una fiesta informal. Además, cuanto antes empiecen a verte, mejor.

No me atreví a decirle que estaba demasiado cansada para ir con ella; así que me tragué mis sentimientos y la seguí calle arriba.

La fiesta, según me fue explicando por el camino, la daba el gerente del Teatro Nacional de Tokio. Este hombre conocía a todas las geishas más importantes de casi todos los distritos de geishas del país. Y aunque probablemente se mostraría cordial cuando Mameha me presentara, lo más seguro es que después ya no volviera a dirigirme la palabra. Mi única responsabilidad era asegurarme de que estaba bonita y atenta en todo momento:

—Sencillamente no dejes que pase nada que te haga tener mal aspecto —me aconsejó.

Entramos en la casa de té y una camarera nos condujo a una habitación del segundo piso. Cuando Mameha se arrodilló y abrió la puerta, yo apenas me atreví a mirar dentro, pero entreví a siete u ocho hombres sentados en cojines en torno a una mesa, acompañados por unas cuatro geishas. Hicimos una reverencia y cruzamos el umbral, luego nos arrodillamos en la estera y cerramos la puerta detrás de nosotras; así entran las geishas en las habitaciones. Primero saludamos a las otras geishas, como me había dicho Mameha que hiciera, luego al anfitrión, sentado en el centro de la mesa, y finalmente a los invitados.

—¡Mameha-san! —exclamó una de las geishas—. Llegas a tiempo de contarnos la historia de Konda-san, el fabricante de pelucas.

—¡Ay! ¡Pero si no la recuerdo! —contestó Mameha, y todos se rieron. No tengo ni idea de qué. Mameha me condujo alrededor de la mesa y se arrodilló junto al anfitrión. Yo la seguí y me coloqué a un lado.

—Señor director, le presento a mi nueva hermana pequeña —le dijo.

Ésta era la señal para que yo hiciera una reverencia y dijera mi nombre, rogándole al director que fuera indulgente conmigo y todo eso. Era un hombre de aspecto nervioso, con los ojos saltones y frágil como un hueso de pollo. Ni siquiera se dignó mirarme, sino que sacudió la ceniza del cigarrillo en el cenicero, casi lleno hasta los topes, que tenía delante y dijo:

—¿Qué pasa con esa historia del fabricante de pelucas? Las chicas llevan toda la tarde refiriéndose a ella, pero ninguna se decide a contarla.

—¡De verdad, de verdad que no la recuerdo! —exclamó Mameha.

—Lo que significa —dijo otra de las geishas— que le da vergüenza contarla. Pero si ella no la cuenta, supongo que tendré que hacerlo yo.

A los hombres pareció gustarles la idea, pero Mameha suspiró.

—Mientras tanto le daré a Mameha una copa de sake para que se calme —dijo el director, y lavó su propia copa en un cuenco de agua dispuesto a tal efecto en el centro de la mesa antes de ofrecércesela.

—Pues bueno —empezó la otra geisha— el tipo este, Konda-san, es el mejor fabricante de pelucas de Gion, o al menos eso es lo que dice todo el mundo. Y durante años Mameha siempre acudió a él. Ella siempre lleva lo mejor, ya saben. Basta con mirarla.

Mameha fingió poner cara de enfado.

—Sin duda luce la mejor sonrisa burlona —dijo uno de los hombres.

—Durante las representaciones —continuó la geisha— siempre hay algún fabricante de pelucas entre bastidores para ayudarnos a cambiarnos. Al quitarnos un vestido y ponernos otro, puede suceder que la ropa se nos mueva y dejemos ver sin querer un pecho desnudo... ¡O un poco de vello! Ya saben, estas cosas pasan. Y en cualquier caso...

—¡Y yo trabajando en un banco todos estos años! —dijo uno de los hombres—. ¡Si lo mío es ser fabricante de pelucas!

—No se crea. Su trabajo no sólo consiste en mirar embobado a una mujer desnuda. Además, Mameha-san es muy recatada y se mete detrás de un biombo para cambiarse.

—Yo contaré la historia —le interrumpió Mameha—. Me vas a crear mala fama. No era una cuestión de recato. Konda-san siempre me estaba mirando como si no pudiera esperar al siguiente cambio de ropa. Así que ordené que me trajeran el biombo. Es un milagro que no se haya quemado con la mirada ardiente de Konda-san intentando ver lo que había al otro lado.

—Pero ¿por qué no le dejabas echar una miradita de vez en cuando? ¿Qué te costaba ser amable?

—No se me había ocurrido —contestó Mameha—. Tiene usted razón, señor director. ¿Qué daño te puede hacer una miradita? Tal vez a usted no le importaría ofrecernos ahora la posibilidad.

Todos los presentes rompieron a reír. Y cuando el ambiente empezaba a calmarse, el director hizo que se reanudaran las carcajadas poniéndose en pie y empezando a desatarse el fajín de su kimono.

—Lo haré si tú también nos dejas echar una miradita —dijo dirigiéndose a Mameha.

—Yo no he ofrecido nada así —contestó Mameha.

—No es una actitud muy generosa por tu parte.

—Las personas generosas no son las geishas —dijo Mameha—. Son los protectores de las geishas.

—Pues entonces, nada —dijo el director, y se volvió a sentar. Tengo que decir que experimenté un gran alivio de que hubiera desistido, porque aunque el resto parecía estarlo pasando en grande, yo estaba muerta de vergüenza.

—¿Por dónde iba? —dijo Mameha—. ¡Ah, ya! Pues hice que me trajeran el biombo al día siguiente, pensando que aquello bastaría para sentirme a salvo de Konda-san. Pero una vez que volvía apresurada de los servicios, no lo encontré por ningún lado. Empecé a tener pánico, pues necesitaba una nueva peluca para mi siguiente entrada; pero entonces lo encontramos sentado en un baúl con la espalda contra la pared, sudando y con muy mala cara. Pensé que le había dado algo al corazón. Tenía mi peluca a su lado, y cuando me vio, se disculpó y me ayudó a ponérmela. Esa misma tarde me entregó una nota escrita por él mismo...

Aquí Mameha se apagó. Por fin uno de los hombres dijo:

—¿Y bien? ¿Qué decía la nota?

Mameha se tapó lo ojos con la mano. Le daba vergüenza continuar, y todo el mundo rompió a reír.

—Vale. Pues les diré yo lo que había escrito Konda-san —dijo la geisha que había empezado a contar la historia—. Era algo así: "Mi querida Mameha. Eres la geisha más hermosa de todo Gion", y todas esas cosas. Y continuaba: "Las pelucas que te pones tú son para mí objetos preciados y las guardo en mi taller y meto la nariz en ellas varias veces al día para oler el aroma de tus cabellos. Pero hoy, cuando fuiste corriendo al servicio, me deparaste el mejor momento de mi vida. Mientras estabas dentro, me pegué a la puerta, y el rumoroso tintineo, más lindo que una cascada...".

Los hombres estallaron en ruidosas carcajadas, y la geisha tuvo que esperar un poco antes de continuar.

—"... y el rumoroso tintineo, más lindo que una cascada, me puso duro y tieso donde yo también tintineo...".

—No, no era eso lo que decía —interrumpió Mameha—. Decía: "El hermoso tintineo, más lindo que una cascada, me inflamó y abultó, con el conocimiento de que tu cuerpo estaba desnudo...".

—Y luego le decía —añadió la otra geisha—, que después de esto, no se tenía en pie con la excitación y que esperaba volver a disfrutar un día de un momento semejante.

Todo el mundo se reía, y yo fingí que también me reía. Pero la verdad es que me costaba trabajo creer que aquellos hombres, que habían pagado una suma considerable por estar allí, entre mujeres envueltas en hermosos kimonos, quisieran de verdad oír unas historias que perfectamente habrían podido contar los niños en el estanque del lejano Yoroido de mi infancia. Me había imaginado que me sentiría fuera de lugar en una conversación sobre literatura o Kabuki o algo por el estilo. Y claro está, que en Gion había también fiestas de este tipo; sencillamente había sucedido que la primera fiesta a la que asistía era del tipo más infantil.

Durante todo el tiempo que duró la historia de Mameha, el hombre que tenía sentado al lado había estado rascándose la cara sin prestar mucha atención a lo que se decía. Pero de pronto, se me quedó mirando y me preguntó:

—¿Qué les pasa a tus ojos? ¿O es que he bebido demasiado?

Desde luego que había bebido demasiado, aunque pensé que decírselo no sería lo más apropiado. Pero antes de que pudiera contestar, le empezaron a temblar la cejas, como un tic, y un momento después se llevó la mano a la cabeza y empezó a rascarse de tal forma que se terminó posando sobre sus hombros una nubecilla blanca. Resultó que en Gion todo el mundo lo conocía con el apodo de Señor Copito de Nieve, por su horrorosa caspa. Pareció haber olvidado la pregunta que me había hecho —o tal vez no había esperado en ningún momento que le contestara—, porque de pronto me preguntó cuántos años tenía. Le dije que catorce.

—Eres la chica de catorce años más mayor que he visto en mi vida. Mira, toma esto —dijo, y me alargó su copa de sake vacía.

—¡Oh, no! Muchas gracias, señor —contesté—. Soy sólo una primeriza... —eso es lo que Mameha me había dicho que dijera, pero el Señor Copito de Nieve no me escuchó. Siguió ofreciéndome la copa hasta que yo la tomé, y entonces tomó una licorera de sake para servirme.

Yo no podía beber sake, porque una aprendiza de geisha —particularmente si todavía es primeriza— debe tener un aspecto infantil. Pero tampoco podía desobedecerle. Mantuve la copa en la mano; pero él volvió a rascarse la cabeza antes de servirme la bebida, y yo vi con horror cómo unas cuantas escamas de caspa caían en la copa. El Señor Copito de Nieve me llenó la copa y me dijo:

—Ahora bébetela. Venga. De un solo trago.

Yo le sonreí y había empezado a llevarme lentamente la copa a los labios —sin saber qué otra cosa hacer—, cuando Mameha vino a salvarme.

—Es tu primer día en Gion, Sayuri. No estará bien que te emborraches —dijo, dirigiéndose en realidad al Señor Copito de Nieve—. Sólo moja los labios.

Así que la obedecí y humedecí mis labios con el sake. Y cuando digo que humedecí mis labios lo que quiero decir es que los cerré, apretándolos tanto que casi tuerzo la boca, y luego incliné la copa hasta que sentí que el líquido me tocaba la piel. Tras lo cual, dejé la copa en la mesa rápidamente y dije: "¡Mmm! ¡Delicioso!", mientras me sacaba el pañuelo de debajo del *obi*. Me sentí aliviada cuando me limpié los labios, y menos mal que el Señor Copito de Nieve ni siquiera se dio cuenta, porque estaba ocupado examinando detenidamente la copa llena que yo había dejado delante de él sobre la mesa. Un momento después la tomó entre dos dedos y se la bebió de un trago, antes de excusarse para salir al servicio.

Son las aprendizas de geisha las que acompañan a los hombres al servicio, pero nadie espera que vaya una primeriza. Cuando no hay una aprendiza en la reunión, el hombre irá solo al servicio o, a veces, lo acompañará una geisha. Pero el Señor Copito de Nieve se quedó allí parado mirándome hasta que me di cuenta de que estaba esperando que me levantara.

Yo no conocía la Casa de Té Komoriya, pero el Señor Copito de Nieve la conocía estupendamente. Lo seguí por el vestíbulo y desaparecimos tras un recodo de la habitación. Él se hizo a un lado para que yo le abriera la puerta del servicio. Después de cerrarla tras él, cuando estaba fuera esperándolo en el vestíbulo, oí a alguien subiendo las escaleras, pero no me pareció nada extraño. El Señor Copito de Nieve no tardó en salir y volvimos a la sala. Cuando entré, vi que una geisha nueva se había unido a la reunión, junto con una aprendiza. Estaban de espaldas a la puerta, de modo que no les vi la cara hasta que no rodeé la mesa detrás del Señor Copito de Nieve y volví a mi sitio. Te puedes imaginar el susto que me llevé cuando se la vi, pues allí, al otro lado de la mesa estaba la única mujer que yo hubiera dado cualquier cosa por no encontrar. Era Hatsumono, y junto a ella se sentaba Calabaza.

Quince

Hatsumono sonreía cuando estaba contenta, como todo el mundo; y nunca estaba más contenta que cuando estaba a punto de hacérselo pasar mal a alguien. Por eso lucía en su cara una hermosa sonrisa cuando dijo:

—¡Qué bien! ¡Qué curiosa coincidencia! ¡Mira, si es una primeriza! Realmente no debería contar el resto de la historia, pues podría avergonzarla a la pobre.

—Yo esperaba que Mameha se excusaría y me llevaría con ella. Pero se limitó a lanzarme una mirada ansiosa. Probablemente creía que dejar a Hatsumono sola con todos aquellos hombres sería como huir de una casa en llamas; mejor nos quedábamos e intentábamos controlar los daños.

—De verdad no creo que haya nada más difícil que ser una primeriza —decía Hatsumono—. ¿No crees, Calabaza?

Calabaza ya era una aprendiza de pleno derecho; había sido una primeriza seis meses antes. La miré buscando su solidaridad, pero ella no levantó la vista de la mesa y de las manos que reposaban en su regazo. Conociéndola como la conocía, comprendí que la arruguita que se le había hecho sobre la nariz significaba que estaba preocupada.

—Sí, señora —contestó.

—Un momento de verdad difícil —continuó Hatsumono—. Todavía recuerdo lo mal que lo pasé... ¿Cómo te llamas, pequeña primeriza?

Por suerte no tuve que responder porque Mameha alzó la voz.

—Tienes razón cuando dices que fue un momento difícil de tu vida, Hatsumono-san. Pero claro, también hay que decir que eras más torpona de lo normal.

—Me gustaría oír el resto de la historia —dijo uno de los hombres.

—¿Y avergonzar a la pobre primeriza que acaba de unirse a nosotros? —dijo Hatsumono—. Sólo la contaré si me prometen que no van a pensar en esta pobre chica cuando la escuchen. Han de imaginarse cualquier otra chica.

Hatsumono podía ser muy ingeniosa en su maldad. Puede que antes los hombres no pensaran que la historia me había sucedido a mí, pero ahora lo harían sin duda.

—Veamos, ¿por dónde iba? —empezó Hatsumono—. ¡Ah, sí! Bueno pues esa primeriza que decía... no me acuerdo de su nombre, pero debería darle uno para que no la confundan con esta pobre chica. Dime, ¿cómo te llamas tú?

—Sayuri, señora —dije. Y sentí tal calor en la cara que no me habría sorprendido si el maquillaje se me hubiera derretido y empezara a chorrearme en la falda.

—Sayuri. ¡Qué bonito! Pero no te pega, sin embargo. Bueno, llamemos entonces Mayuri a la primeriza de la historia. Pues iba yo un día con Mayuri por la Avenida Shijo hacia la *okiya* de su hermana mayor. Hacía mucho viento, de ese que hace golpearse las ventanas, y la pobre Mayuri no tenía mucha experiencia con el kimono. Era ligera como una hoja, y esas grandes mangas pueden funcionar como velas. Cuando estábamos a punto de cruzar la calle, desapareció, y yo oí una vocecita detrás de mí que decía "Ay...ay", pero muy débil...

Aquí Hatsumono se volvió a mirarme.

—Mi voz no es lo bastante aguda —dijo—. Dilo tú por mí. Así: "¡Ay…ay!"

—¿Qué remedio me quedaba sino hacer lo que me pedía?

—No, no, mucho más alto... bueno, igual da —Hatsumono se volvió hacia el hombre que tenía al lado y le dijo entre dientes—: No parece muy lista, ¿verdad? —agitó la cabeza y luego continuó—: Bueno, pues cuando me volví, vi que el viento había arrastrado a la pobre Mayuri, que iba casi un bloque por detrás de mí, agitando los brazos y las piernas de tal modo que parecía un escarabajo boca arriba. Casi me parto de risa, pero entonces, de pronto, dio varios trompicones y cayó junto al bordillo de un cruce muy transitado, justo cuando pasaba un auto zumbando. ¡Menos mal que no la atropelló! Sólo la alzó sobre el capó con las piernas para arriba... y entonces, imagínense, el viento le levantó el kimono y... bueno, no es necesario decir lo que sucedió.

—Sí, sí, claro que sí es necesario —dijo uno de los hombres.

—¿Es que no tienen ninguna imaginación? —contestó ella—. El viento le levantó el kimono hasta las caderas. Ella no quería que todo el mundo la viera medio en cueros, así que, para salvaguardar su modestia, se giró bruscamente y terminó despatarrada, con sus partes pegadas al parabrisas delante de la cara del conductor...

Para entonces, los hombres se reían a grandes carcajadas, incluyendo al director, que golpeó la mesa con la copa de sake, como si fuera una pistola, y dijo:

—¿Por qué nunca me sucede a mí nada así?

—En realidad, señor director, piense que era una primeriza. Tampoco es que el conductor haya visto nada muy especial. Quiero decir, ¿se imagina viéndole sus partes a la chica que tiene enfrente? —se refería a mí, claro está—. Lo más seguro es que no sean muy distintas de las de un bebé.

—A algunas chicas les empieza a salir el vello a los once o doce años —dijo uno de los hombres.

—¿Cuántos años tienes, pequeña Sayuri-san —me preguntó Hatsumono.

—Tengo catorce, señora —le respondí, lo más educadamente que pude—. Pero estoy bastante desarrollada.

A los hombres les gustó esta respuesta, y a Hatsumono se le heló un poco la sonrisa.

—¿Catorce? —dijo—. ¡Perfecto! Y, por supuesto, todavía no te habrá salido nada de vello.

—¡Oh, sí! ¡Claro que sí que tengo mucho! —y me llevé la mano a la cabeza, tocándome el cabello.

Supongo que esto también debió de ser algo inteligente, aunque a mí no me lo pareció. Los hombres se rieron aún más que con la historia de Hatsumono. Hatsumono también se rió, supongo que porque no quería dar a entender que la broma iba por ella.

Cuando se fueron apagando las risas, Mameha y yo nos levantamos y nos fuimos. Apenas habíamos cerrado la puerta cuando oímos a Hatsumono excusarse y salir. Ella y Calabaza bajaron las escaleras detrás de nosotras.

—¡Oye, Mameha-san! —dijo Hatsumono—. ¡Qué divertido! No sé por qué no hacemos más cosas juntas más a menudo.

—Sí, sí, muy divertido —contestó Mameha—. ¡Me entusiasma la idea del futuro que nos aguarda!

Después de esto, Mameha me dirigió una mirada complacida. Le entusiasmaba la idea de ver a Hatsumono destruida.

Aquella noche, después de bañarme y desmaquillarme, estaba en el vestíbulo contestando a las preguntas que me hacía la Tía acerca de lo que había hecho por la tarde, cuando entró Hatsumono de la calle y se detuvo frente a mí. Normalmente nunca regresaba tan temprano, pero en cuanto le vi la cara supe que había venido sólo con el fin de hacerme frente. Ni siquiera tenía su cruel sonrisa, sino que apretaba los labios de una forma que casi la hacía parecer fea. Se detuvo frente a mí sólo un momento, y luego llevó el brazo hacia atrás para tomar impulso y me dio una bofetada. Lo último que entreví antes de que su mano me golpeara fueron sus dientes apretados, como dos hileras de perlas.

Me quedé tan aturdida que no recuerdo lo que sucedió inmediatamente después. Pero la Tía y Hatsumono debieron de empezar a discutir, porque lo siguiente que oí fue a Hatsumono diciendo:

—Si esta chica vuelve a avergonzarme en público, le abofetearé la otra mejilla.

—Pero ¿cómo te he avergonzado?

—Sabías de sobra lo que quería decir cuando te preguntaba si tenías vello, pero me hiciste quedar como una estúpida. Te debo un favor, pequeña Chiyo. Y no tardaré en devolvértelo, te lo prometo.

Cuando se calmó su cólera, Hatsumono volvió a la calle, donde Calabaza la esperaba con una reverencia.

Le conté esto a Mameha al día siguiente, pero ella no me hizo caso.

—¿Cuál es el problema? —me dijo—. Alégrate de que la bofetada no te haya dejado marca. ¿No esperarías que tu comentario le agradara, verdad?

—Lo único que me importa es qué pasará la próxima vez que coincidamos con ella —dije yo.

—Te diré lo que pasará. Nos daremos la vuelta y nos iremos. Puede que el anfitrión se sorprenda al ver que nos vamos de una fiesta a la que acabamos de llegar, pero eso es mejor que darle a Hatsumono la posibilidad de que te humille. En cualquier caso, si nos la encontramos, no habrá mal que por bien no venga.

—¿De verdad, Mameha? ¿Cómo puedes decir eso?

—Si Hatsumono nos obliga a irnos de algunas casas de té, asistiremos a más fiestas; eso será todo. De esa forma te darás a conocer en Gion mucho más deprisa.

La confianza de Mameha me tranquilizó. En realidad, cuando más tarde iniciamos nuestro recorrido por Gion, yo sólo esperaba encontrar mi piel esplendorosa de satisfacción al terminar la noche, cuando me quitara el maquillaje. Nuestra primera parada fue en la fiesta de un joven actor de cine, que no parecía tener más de dieciocho años, pero estaba totalmente calvo y tampoco tenía cejas ni pestañas. Años después llegaría a ser famoso, pero sólo por las circunstancias de su muerte. Se suicidó con un puñal después de asesinar a una joven camarera de Tokio. En cualquier caso, pensé que era un tipo muy raro y, de pronto, me di cuenta de que no paraba de volver la vista hacia mí. Había pasado tanto tiempo de mi vida en el aislamiento de la *okiya*, que he de admitir que me encantó ser objeto de su atención. Nos quedamos más de una hora, y Hatsumono no apareció. Al salir, me parecía que mis fantasías de éxito podrían llegar a hacerse realidad.

Seguidamente nos detuvimos en una fiesta del decano de la Universidad de Kioto. Mameha enseguida se puso a hablar con un hombre que hacía tiempo que no veía, y me dejó sola. El único espacio que pude encontrar en la mesa era al lado de un hombre maduro, que llevaba una camisa blanca llena de manchas y debía de estar muerto de sed, pues tenía continuamente el vaso de cerveza en los labios, salvo cuando lo alejaba para eructar. Yo me arrodillé a su lado y estaba a punto de presentarme cuando oí que se abría la puerta. Esperaba ver a una camarera con una nueva ronda de sake, pero allí en el umbral estaban Hatsumono y Calabaza.

—¡Oh cielos! —oí que decía Mameha—. ¿Va bien su reloj?

—Va exacto —contestó el hombre—. Lo puse en hora esta misma tarde por el reloj de la estación.

—Lo siento horrores, pero Sayuri y yo no tenemos más remedio que marcharnos. ¡Hace media hora que nos esperan en otro sitio!

Y con esto, nos pusimos en pie y salimos justo después de que entraran Hatsumono y Calabaza.

Cuando salíamos de la casa de té, Mameha me empujó dentro de una habitación vacía. En la nebulosa oscuridad no distinguía sus rasgos, sólo el hermoso óvalo de su cara con el elaborado peinado coronándole la cabeza. Si yo no la veía, ella tampoco me vería a mí; así que dejé caer la mandíbula llena de frustración y abatimiento porque parecía que nunca iba a poder escapar de Hatsumono.

—¿Le habías dicho algo a esa mujer monstruosa? —me preguntó Mameha.

—No, nada en absoluto, señora.

—Pues entonces, ¿cómo ha podido encontrarnos?

—Ni yo misma sabía dónde íbamos a estar —le contesté—. Imposible decírselo.

—Mi doncella conoce todos mis compromisos, pero no puedo imaginarme... Bueno, vamos a ir ahora a una fiesta de la que no está enterada casi nadie. Naga Teruomi acaba de ser nombrado director de la Filarmónica de Tokio. Esta tarde ha venido a Kioto a darle a todo el mundo la posibilidad de idolatrarlo. No tengo muchas ganas de ir, pero... al menos no nos encontraremos con Hatsumono.

Atravesamos la Avenida Shijo y torcimos en una callecita estrecha que olía a sake y a batata asada. Una chaparrón de risas cayó sobre nosotras desde las ventanas brillantemente iluminadas del segundo piso. Una vez dentro, una camarera nos condujo arriba, donde encontramos al director de orquesta sentado. Iba peinado con el cabello aceitado hacia atrás y parecía irritado; estrujaba entre los dedos una copa de sake. El resto de los hombres de la habitación estaban jugando a algún tipo de juego relacionado con la bebida en compañía de dos geishas, pero el director de orquesta se negaba a unirse a ellos. Habló con Mameha durante un ratito, y enseguida le pidió que organizara un baile para las geishas. No creo que tuviera mucho interés en ver bailar a nadie, realmente; era sólo una manera de poner fin al jueguecito y de que sus invitados volvieran a prestarle atención. Justo cuando una camarera aparecía con el *shamisen* y se lo entregaba a una de las geishas —antes incluso de que Mameha adoptara su pose inicial— la puerta se abrió y... Estoy segura de que ya has adivinado lo que viene a continuación. Eran como dos perros siguiendo nuestras huellas. Eran otra vez Hatsumono y Calabaza.

Deberías haber visto las sonrisas que se dedicaron Mameha y Hatsumono. Casi se podría llegar a pensar que compartían una broma privada, cuando, en realidad, estoy segura de que Hatsumono se reía de puro deleite de habernos encontrado; y Mameha... bueno, creo que la sonrisa de Mameha era una forma de esconder su cólera. Durante el baile, tenía la mandíbula desencajada y le temblaban las aletas de la nariz. Al terminar, ni siquiera volvió a la mesa, sino que se limitó a decirle al anfitrión:

—Muchas gracias por permitirnos asistir a su fiesta. Pero ya es tan tarde... Sayuri y yo sentimos mucho tener que marcharnos.

No tengo palabras para describir lo contenta que parecía Hatsumono cuando cerramos la puerta detrás de nosotras.

Seguí a Mameha por las escaleras. Al llegar al último escalón se paró y esperó. Por fin apareció una camarera en el vestíbulo para acompañarnos a la puerta, la misma que nos había acompañado arriba al llegar.

—¡Qué difícil debe de ser la vida de una criada como tú! —le dijo Mameha—. Probablemente quieres muchas cosas, pero tienes muy poco dinero. Pero dime, ¿qué vas a hacer con el dinerillo extra que acabas de ganar?

—Yo no he ganado ningún dinero extra, señora —respondió ella. Pero viéndola tragar saliva nerviosamente, me di cuenta de que mentía.

—¿Cuánto dinero te ha prometido Hatsumono?

La camarera miró súbitamente al suelo. Hasta ese momento no había entendido qué se proponía Mameha. Como supimos algún tiempo después, Hatsumono había sobornado al menos a una de las camareras de todas las casas de té de primera categoría de Gion. Tenían que telefonear a Yoko —la mujer que contestaba el teléfono en nuestra *okiya*— cada vez que Mameha y yo llegábamos a una fiesta. Por supuesto, entonces no sabíamos que Yoko también estaba metida en esto; pero Mameha tenía razón al suponer que aquella camarera había logrado de un modo u otro hacer llegar a Hatsumono la información de que estábamos allí.

La camarera no se atrevió a mirar a Mameha, ni siquiera cuando ésta le subió la barbilla con el dedo; la chica siguió con los ojos clavados en el suelo, como si pesaran tanto como dos bolas de plomo. Cuando abandonábamos la casa de té, por una ventana abierta del segundo piso salía la voz de Hatsumono y resonaba en la estrecha callejuela.

—Sí, ¿cómo se llamaba? —decía Hatsumono.

—Sayuko —contestó uno de los hombres.

—No, no, no era Sayuko; era Sayuri —dijo otro.

—Creo que es la misma —dijo Hatsumono—. Pero, de verdad, es demasiado embarazoso para ella... No debo contarlo. ¡Parece tan buena chica!

—No me he fijado mucho —dijo uno de los hombres—. Pero me pareció muy bonita.

—¡Y qué ojos tan peculiares! —añadió una de las geishas.

—¿Saben lo que oí decir el otro día a un hombre con respecto a esos ojos suyos? —observó Hatsumono—. Me dijo que tenían el color de gusanos machacados.

—Gusanos machacados... Nunca había oído a nadie describir así un color.

—Bueno... Le contaré lo que les iba a contar de ella —continuó Hatsumono—, pero han de prometerme no repetirlo por ahí. Pues tiene una enfermedad, y su pecho parece el de una vieja: todo caído y arrugado; es de verdad espantoso. La vi una vez en los baños...

—Estoy tratando de pensar dónde podríamos ir, pero no se me ocurre ningún sitio. Si esa mujer nos ha encontrado aquí, supongo que nos encontrará adondequiera que vayamos. Lo mejor es que vuelvas a la *okiya*, Sayuri, hasta que se nos ocurra un plan.

Una noche, en una fiesta, durante la II Guerra Mundial, unos años después de los sucesos que estoy relatando ahora, un oficial, para impresionarme, se sacó la pistola de la cartuchera y la dejó sobre la estera de paja dispuesta al pie del arce bajo cuyas ramas nos encontrábamos. Recuerdo que me sorprendió su belleza. El metal tenía un tamizado brillo gris, sus curvas eran perfectas y suaves y las cachas eran de una madera preciosa. Pero cuando, tras escuchar las historias del oficial, pensé en la verdadera utilidad del arma, dejó de parecerme bonita y se convirtió en cambio en algo monstruoso.

Esto es lo que me sucedió con Hatsumono cuando hizo que mi debut llegara a un punto muerto. No es que antes no la considerara monstruosa. Pero siempre había envidiado su belleza, y entonces dejé de hacerlo. Cuando debería estar todas las noches asistiendo a banquetes, además de a diez o quince fiestas, me veía obligada a quedarme en la *okiya* practicando la danza y el *shamisen*, como si nada hubiera cambiado en mi vida desde el año anterior. Siempre que pasaba a mi lado en el pasaje, vestida con el atuendo al completo y con su maquillaje blanco resplandeciente sobre el oscuro kimono, como una noche de luna, cualquiera, incluso los ciegos, la habrían encontrado hermosa. Y, sin embargo, yo sólo sentía odio y me latían las sienes.

Durante los días siguientes, Mameha me mandó llamar varias veces a su apartamento. Cada vez pensaba que por fin habría encontrado una forma de librarnos de Hatsumono, pero sólo quería que le hiciera los recados que no quería confiar a su doncella. Una tarde le pregunté qué iba a ser de mí.

—Siento decirte, Sayuri-san, que por el momento estás en el exilio —me contestó—. Y espero que estés más decidida que nunca a destruir a esa mujer malévola. Pero hasta que no tenga un plan, no te haría ningún bien seguirme por todo Gion.

Me quedé muy decepcionada al oír esto, pero Mameha tenía bastante razón. La burla de Hatsumono me haría tanto daño a los ojos de los hombres, e incluso de las mujeres, de Gion que mejor hacía quedándome en casa.

Por suerte, Mameha era una mujer de recursos y de vez en cuando se las apañaba para ir a eventos a los que yo podía acompañarla sin peligro. Puede que Hatsumono me hubiera cerrado las puertas de Gion, pero no podía cerrarme todo el mundo allende sus confines. Cuando Mameha salía de Gion, solía invitarme a ir con ella. Fui en tren a Kobe, donde Mameha estaba invitada a cortar la cinta de inauguración de una nueva fábrica. En otra ocasión fui con ella a acompañar al antiguo presidente de la Compañía Japonesa de Correos y Telégrafos a visitar Kioto en limusina. Este *tour* me impresionó mucho, pues era la primera vez que veía la ciudad de Kioto allende los límites de nuestro pequeño Gion, por no mencionar mi primer paseo en coche. No había entendido realmente la desesperación con la que vivía la gente en aquellos años, hasta que no pasamos aquel día a orillas del río al sur de la ciudad y vimos a unas mujeres andrajosas dar de mamar a sus criaturas bajo los árboles que flanqueaban la línea del ferrocarril, y a los hombres, calzados con sandalias de paja, en cuclillas entre la maleza. No voy a decir que los pobres nunca venían a Gion, pero raramente veíamos a alguien como estos campesinos medio muertos de hambre, demasiado pobres incluso para bañarse. Nunca habría imaginado que yo —una esclava aterrada por la maldad de Hatsumono— había pasado los años de la Depresión con una vida relativamente afortunada. Pero aquel día me di cuenta de que era verdad.

Una mañana, al volver de clase, encontré una nota que me decía que agarrara el maquillaje y me apresurara al apartamento de Mameha. Cuando llegué, el Señor Itchoda, que tenía la misma función que el Señor Bekku en nuestra *okiya*, estaba en el cuarto de atrás atando el *obi* de Mameha ante un espejo de cuerpo entero.

—Date prisa y maquíllate —me dijo Mameha—. Te he dejado un kimono en la otra habitación.

El apartamento de Mameha era inmenso para los estándares de Gion. Además de la habitación principal, que medía seis tatamis, tenía otras dos más pequeñas —un vestidor, que era además cuarto de las criadas— y el dormitorio de Mameha. Allí, en el dormitorio, sobre un futón recién hecho, la doncella había dispuesto para mí un kimono completo. Me extrañó el futón. Las sábanas no eran las mismas en las que había dormido Mameha la noche anterior, pues parecían lisas y limpias como la nieve. Mientras me ponía el albornoz de algodón que había traído conmigo para maquillarme, Mameha me contó por qué me había mandado llamar.

—El barón está en la ciudad —me dijo—. Va a venir a comer aquí y quiero que lo conozcas.

No he tenido hasta ahora la oportunidad de mencionar al barón, pero Mameha se refería al Barón Matsunaga Tsuneyoshi, su *danna*. Ahora en Japón han desaparecido los condes y los barones, pero antes de la II Guerra Mundial sí que los teníamos, y el Barón Matsunaga se encontraba entre los más ricos. Su familia controlaba uno de los bancos más importantes de Japón y tenía mucha influencia en el mundo de las finanzas. El título lo había heredado originariamente su hermano mayor, pero había muerto asesinado mientras ocupaba la cartera de Hacienda en el gabinete del Presidente Inukai. El *danna* de Mameha, que por entonces ya estaba bien entrado en la treintena, no sólo había heredado el título de barón, sino también las posesiones de su hermano, entre las que se incluía una gran hacienda en Kioto, no muy lejos de Gion. Sus negocios lo retenían en Tokio gran parte del tiempo. Pero éstos no eran lo único que lo retenía allí; pues, según pude saber muchos años después, tenía otra amante en el distrito Akasaka de Tokio, que es el equivalente de Gion en aquella ciudad. Pocos hombres son lo bastante ricos para poder tener una amante geisha, pero el Barón Matsunaga Tsuneyoshi tenía dos.

Ahora me explicaba por qué tenía sábanas limpias el futón de Mameha.

Me cambié rápidamente con las ropas que Mameha había dispuesto para mí —una enagua verde clara y un kimono naranja y amarillo con un estampado de pinos por abajo—. Para entonces, una de las doncellas de Mameha regresaba ya de un restaurante cercano con una gran caja de laca que contenía la comida del barón. Dentro de la caja, los alimentos estaban dispuestos en fuentes y cuencos listos para ser servidos exactamente igual que en el restaurante. La más grande era una fuente de laca llana con dos *ayu* en salazón asados a la parrilla; estaban colocados como si fueran nadando juntos río abajo. A un lado tenían dos pequeños cangrejos al vapor, de los que se comen enteros. Un reguero de sal veteada formaba una figura curva sobre la laca negra y sugería la arena que habían cruzado.

Unos minutos después llegó el barón. Yo fisgué por una rendijita de la puerta y lo vi de pie en el rellano mientras Mameha le desabrochaba los zapatos. Lo primero que se me vino a la cabeza fue la imagen de una almendra o de cualquier otro fruto seco, pues era bajito y abombado, con una especie de pesantez, sobre todo alrededor de los ojos. En aquella época estaban de moda las barbas, y el barón tenía en la cara unos cuantos pelos largos y endebles que supongo que debían de parecerse a una barba, pero a mí me parecieron más bien una especie de guarnición o como esas tiritas de alga muy finas con que espolvorean a veces los cuencos de arroz.

—¡Oh, Mameha! Estoy agotado —le oí decir—. ¡Cómo detesto estos largos viajes en tren!

Finalmente se descalzó y cruzó la habitación dando unos pasitos no por cortos menos enérgicos. Ese mismo día, temprano por la mañana, el vestidor de Mameha había sacado un sillón tapizado y una alfombra persa de un trastero situado al otro lado del vestíbulo y los había colocado al lado de la ventana de la habitación. El barón se sentó en el sillón; pero ya no puedo saber lo que sucedió después, pues la doncella de Mameha se acercó a mí y tras excusarse con una reverencia empujó suavemente la puerta, dejándola totalmente cerrada.

Permanecí en el pequeño vestidor de Mameha como una hora o más, mientras la doncella iba y venía sirviendo la comida al barón. De vez en cuando oía la voz de Mameha en un susurro, pero era sobre todo el barón el que hablaba. En un momento determinado creí que estaba enfadado con Mameha, pero finalmente oí lo suficiente para comprender que sólo se estaba quejando de un hombre que había conocido el día anterior y que le había hecho unas preguntas personales que le habían encolerizado. Por fin, acabada la comida, la doncella llevó las tazas de té, y Mameha me mandó llamar. Yo entré en el cuarto y me arrodillé delante del barón, muy nerviosa porque era la primera vez que veía de cerca a un aristócrata. Hice una reverencia y le supliqué que fuera indulgente conmigo. Pensé que tal vez se dignaría decirme algo, pero parecía estar inspeccionando el apartamento y apenas se fijó en mí.

—Mameha —dijo—, ¿qué ha sido de aquel pergamino que tenías en la pared de tu dormitorio? Era un dibujo a tinta de algo... mucho mejor que lo que tienes ahora en su lugar.

—Ese pergamino, barón, es un poema de Matsudaira Koichi caligrafiado de su puño y letra. Lleva casi cuatro años ahí colgado.

—¿Cuatro años? ¿No estaba ahí el dibujo a tinta cuando vine el mes pasado?

—No, no estaba. Pero, en cualquier caso, el barón no me ha honrado con su visita en más de tres meses.

—No me extraña que esté tan cansado. Siempre digo que debería pasar más tiempo en Kioto, pero... las cosas se complican. Echemos un vistazo a ese pergamino del que te estoy hablando. No puedo creer que hace cuatro años que no lo veo.

Mameha llamó a la doncella y le dijo que trajera el pergamino, que estaba guardado en el trastero. A mí me encomendaron la tarea de desenrollarlo. Me temblaban las manos tanto que se me escapó de las manos cuando intentaba mantenerlo abierto para que lo contemplara el barón.

—¡Con cuidado, muchacha!

Yo estaba tan desconcertada que incluso después de disculparme con una reverencia, no podía dejar de mirar al barón de vez en cuando para ver si parecía enfadado conmigo. El barón me miró más a mí que al pergamino que sostenía desplegado ante él. Pero no me miraba con reproche. Después de un rato me di cuenta de que era curiosidad con lo que me miraba, lo cual me turbó aún más.

—Este pergamino es mucho más hermoso que el que tienes colgado ahora, Mameha —dijo, pero sin dejar de mirarme a mí, y no hizo ademán de mirar hacia otro lado cuando yo lo miré de reojo—. Además la caligrafía está tan pasada de moda —continuó diciendo—. Deberías quitar lo que tienes puesto y volver a colgar este paisaje.

Mameha no tenía otra opción, sino hacer lo que el barón le sugería; incluso se las arregló para hacer como si pensara que era una estupenda idea. Cuando la doncella y yo terminamos de colgar un pergamino y enrollar el otro, Mameha me llamó y me dijo que le sirviera té al barón. Vistos desde arriba debíamos de formar un pequeño triángulo: Mameha, el barón y yo. Pero, claro está, Mameha y el barón eran los que hablaban; yo no hice nada más que estar allí arrodillada, sintiéndome tan fuera de mi elemento como una paloma en un nido de halcones. Pensar que había imaginado que valía lo suficiente para poder ser la compañía del tipo de hombres que acompañaba Mameha, no sólo grandes aristócratas como el barón, sino también hombres como el Señor Presidente de mis sueños. O incluso como el director de teatro que habíamos conocido unas noches antes... y que apenas me había mirado. No es que antes me hubiera sentido digna de la compañía del barón, pero ahora no podía evitar darme cuenta una vez más de que no era más que una ignorante muchacha de un pueblo de pescadores. Si quería, Hatsumono me mantendría tan abajo, que cualquier hombre que pasara por Gion estaría para siempre fuera de mi alcance. Nunca más volvería a ver al Barón Matsunaga y nunca encontraría al Señor Presidente de mis sueños. ¿No podría suceder que Mameha se diera cuenta de que mi causa era una causa desesperada y me dejara languidecer en la *okiya* como uno de esos kimonos apenas usados, pero que habían parecido tan lindos en la tienda? El barón —quien, como empezaba yo a darme cuenta, era un hombre bastante nervioso— se inclinó para pasar el dedo por una marca de la mesa de Mameha, y me recordó a mi padre, sacando con la uña la mugre de las grietas de la madera de la mesa, el último día que lo vi. Me decía para mis adentros qué pensaría si me viera arrodillada en el apartamento de Mameha, con un kimono más caro que cualquier otra cosa que hubiera visto él en toda su vida, con un barón frente a mí, al otro lado de la mesa, y una de las geishas más famosas de todo Japón a mi lado. No me merecía lo que me rodeaba. Y entonces reparé en toda la seda maravillosa que envolvía mi cuerpo, y tuve la sensación de que podía ahogarme en tanta belleza. En ese momento la belleza me sorprendió como una especie de dolorosa melancolía.

Dieciséis

Mameha y yo cruzábamos a pie una tarde el puente de la Avenida Shijo, camino del distrito de Pontocho, donde íbamos a recoger unos nuevos adornos del pelo —pues no le gustaban los que vendían en Gion—, cuando se paró de pronto. Un viejo remolcador pasaba bajo el puente resoplando y dejando tras él una estela de humo. Yo pensé que simplemente a Mameha le desagradaba aquella espesa humareda negra, pero un momento después se volvió hacia mí con una expresión incomprensible.

—¿Qué pasa, Mameha-san? —pregunté.

—Más vale que te lo diga porque en cualquier caso te vas a enterar por cualquier otra persona —dijo—. Tu amiguita Calabaza acaba de ganar el premio de las aprendizas. Y se espera que lo gane una vez más.

Mameha se refería al premio que se otorgaba a la aprendiza que más dinero hubiera ganado en el mes. Puede parecer extraño que existiera un premio de estas características, pero hay una buena razón para ello. Animar a las aprendizas a ganar lo más posible ayuda a moldearlas conforme al tipo de geisha que más se aprecia en Gion, es decir, aquéllas que ganarán mucho no sólo para ellas mismas, sino también para el resto de la gente del distrito.

Varias veces Mameha había pronosticado que Calabaza se abriría camino con gran esfuerzo durante unos años para acabar siendo una de esas geishas con unos cuantos clientes fieles —ninguno de ellos especial-

287

mente rico— y poco más. Era una imagen triste, y me gustó oír que a Calabaza le iba mejor que eso. Pero al mismo tiempo sentí un pellizco de ansiedad en el estómago. Parecía ser que Calabaza era una de las aprendizas más conocidas de Gion, mientras que yo seguía siendo una de las más oscuras. Cuando empecé a hacer conjeturas sobre lo que podría significar esto para mi futuro, me pareció que el mundo a mi alrededor se oscurecía.

Lo más asombroso del éxito de Calabaza, pensaba yo allí parada en medio del puente, era que había logrado superar a una exquisita joven llamada Raiha, que había venido ganando el premio durante los últimos meses. La madre de Raiha había sido una famosa geisha, y su padre pertenecía a una de las familias más ilustres de Japón, poseedores de una riqueza casi ilimitada. Siempre que Raiha pasaba a mi lado, yo me sentía como se debe sentir un simple eperlano al lado de un salmón dorado. ¿Cómo se las había arreglado Calabaza para superarla? Ciertamente Hatsumono no había dejado de empujarla desde el día mismo de su debut, tanto que últimamente había perdido tanto peso que ya no parecía la misma. Pero independientemente de todo lo que Calabaza se hubiera esforzado, ¿podría realmente llegar a ser más famosa que Raiha?

—¡Oh, no, eso no! —dijo Mameha—. No te pongas triste. ¡Deberías regocijarte!

—Sí, es muy egoísta por mi parte —observé yo.

—No me refería a eso. Hatsumono y Calabaza pagarán caro este premio. En cinco años nadie se acordará de Calabaza.

—Pues a mí me parece —dije yo— que todo el mundo la recordará como la chica que superó a Raiha.

—Nadie ha superado a Raiha. Puede que haya sido Calabaza la que más dinero ha ganado el mes pasado, pero Raiha sigue siendo la aprendiza más famosa de Gion. Ven, te lo explicaré.

Mameha me condujo a un salón de té del distrito de Pontocho, donde nos sentamos.

En Gion, me dijo Mameha, una geisha muy famosa puede garantizar que su hermana pequeña va a ganar más que cualquiera —eso sí, siempre que no le importe dañar su reputación—. La razón de esto tiene que ver con la forma en que se facturan los *ohana* u "honorarios de las flores". Antiguamente, hace cien años o más, cada vez que una geisha llegaba a una fiesta para divertir al anfitrión y sus invitados, la dueña de la casa de té encendía un palito de incienso de una hora de duración —que se llama *ohana* o "flor"—. Los honorarios de las geishas estaban basados en cuántos palitos de incienso se habían quemado para cuando se marchaban.

El precio del *ohana* siempre ha estado fijado por el Registro de Gion. Cuando yo era aprendiza era de tres yenes, lo que equivalía más o menos al precio de dos botellas de licor. Puede que parezca mucho, pero una geisha desconocida que gane un *ohana* por hora tiene una vida bastante dura. Lo más probable es que se pase la mayoría de las noches sentada junto al brasero esperando que la llamen para algún evento; aun cuando trabaje mucho, puede que no alcance a ganar más de diez yenes en una noche, lo que no le llegará ni siquiera para pagar sus deudas. Teniendo en cuenta todo el dinero que pasa por Gion, no es más que un pequeño insecto picoteando en una carroña, a diferencia de Hatsumono o Mameha, que son como grandiosas leonas regalándose con la presa, no sólo porque tienen todas las noches completamente llenas de citas y eventos, sino también porque cobran mucho más por hora. En el caso de Hatsumono, cobraba un *ohana* por cuarto de hora, en lugar de por hora. Y en el de Mameha... bueno, pues no había nadie en Gion como ella: cobraba una *ohana* por cinco minutos de asistencia.

Claro está que ninguna geisha puede guardarse todo lo que gana, ni siquiera Mameha. La casa de té en la que cobra sus honorarios se queda con una parte; luego, una porción más pequeña se la lleva la asociación de geishas; otra parte, su vestidor; y así sucesivamente, incluyendo lo que ha de pagar a una *okiya* por que le lleven la contabilidad y le gestionen las citas. Probablemente no le quedará limpio sino un poco más de la mitad de lo que gana, que sigue siendo una gran suma, comparada con los medios de subsistencia de una geisha desconocida, que cada día irá cayendo más y más abajo.

Así es cómo una geisha de la categoría de Hatsumono podía aparentar que su hermana pequeña tenía más éxito del que realmente tenía.

Para empezar, una geisha famosa es bien recibida prácticamente en todas las fiestas y recepciones de Gion, y se dejará caer en muchas de ellas sólo para cinco minutos. A sus clientes no les importará pagar sus honorarios aunque no haga más que decir hola y adiós. Saben que la siguiente vez que visiten Gion, ella pasará con ellos un rato ofreciéndoles el placer de su compañía. Una aprendiza, sin embargo, no puede hacer lo mismo. Tiene que construirse una red de relaciones. Hasta que no cumpla dieciocho años y se convierta en geisha de pleno derecho, no se le ocurrirá revolotear de fiesta en fiesta. En vez de esto, se quedará por lo menos una hora en cada una, y sólo entonces llamará a su *okiya* para saber por dónde anda su hermana mayor, de modo que pueda ser presentada a una nueva ronda de clientes. Mientras que la hermana mayor, sobre todo si es conocida, podría hacer acto de presencia en veinte fiestas o recepciones en una noche, la hermana pequeña no asistirá a más de cinco. Pero esto no era lo que estaba haciendo Hatsumono. Ella se llevaba a Calabaza allí donde iba.

Hasta los dieciséis años, una aprendiza cobra media *ohana* por hora. Aunque Calabaza sólo se quedara cinco minutos, el anfitrión de la fiesta pagaba lo mismo que si se hubiera quedado una hora. Por otro lado, nadie esperaba que Calabaza se quedara sólo cinco minutos. Lo más seguro es que a los hombres no les importara que Hatsumono llevara a su hermana pequeña una noche, o incluso dos, para una corta visita. Pero pasado cierto tiempo habrían empezado a preguntarse por qué estaba siempre tan ocupada para no poderse quedar nunca un poco más y, sobre todo, por qué no se quedaba su hermana pequeña, como era su deber. Puede que Calabaza haya ganado mucho, ¿entiendes? —tal vez tanto como tres o cuatro *ohana* por hora—, pero no cabe duda de que su reputación se resentirá por ello.

—El comportamiento de Hatsumono sólo nos muestra lo desesperada que está —concluyó Mameha—. Hará lo que sea para que Calabaza parezca una buena geisha. ¿Sabes por qué?

—No estoy segura, Mameha-san.

—Quiere que Calabaza parezca buena para que la Señora Nitta la adopte. Si es adoptada, su futuro estará asegurado, y también el de Hatsumono. Después de todo, Hatsumono es la hermana de Calabaza; la Señora Nitta no la echaría. ¿Entiendes lo que te estoy diciendo? Si Calabaza es adoptada, tú nunca te verás libre de Hatsumono... a no ser que sea a ti a quien echen.

Me sentí como se deben sentir las olas del océano cuando las nubes tapan el sol.

—Yo esperaba verte enseguida convertida en una famosa aprendiza —continuó Mameha—, pero Hatsumono se ha cruzado en nuestro camino.

—¡Y tanto!

—Bueno, al menos estás aprendiendo a divertir a los hombres como se debe. Tienes suerte de haber conocido al barón. Puede que todavía no haya encontrado la forma de quitarnos del medio a Hatsumono, pero a decir verdad... —y aquí se paró en seco.

—¿Señora?

—¡Oh! No es nada, Sayuri. Sería una locura contarte ahora lo que estoy pensando —me dolió oír esto. Mameha debió de darse cuenta, pues inmediatamente dijo—: Vives bajo el mismo techo que Hatsumono, ¿no? Todo lo que te diga podría llegar a ella.

—Siento mucho que tenga una opinión tan pobre de mí, Mameha-san, pero sus razones tendrá —le dije—. Ahora bien, ¿se imagina de verdad que voy a ir corriendo a la *okiya* a contarle todo a Hatsumono?

—No me preocupa lo que puedas hacer tú. Los ratones no son devorados porque vayan corriendo a donde está el gato y lo despierten. Sabes muy bien lo ingeniosa que es Hatsumono. No te queda más remedio que fiarte de mí, Sayuri.

—Sí, señora —contesté yo, pues qué otra cosa podía decir.

—Te diré una cosa —dijo Mameha, inclinándose hacia mí, con lo que a mí me pareció cierta excitación—. En las próximas semanas tú y yo asistiremos a una recepción en un lugar en el que Hatsumono no podrá encontrarnos nunca.

—¿Y dónde?, si se puede saber.

—¡Pues claro que no puedes saberlo! Ni siquiera te diré cuándo. Tú estáte preparada. Cuando llegue el momento te enterarás de todo lo necesario.

Esa tarde, cuando volví a la *okiya*, me encerré arriba para consultar mi horóscopo. Varios días sobresalían en las siguientes semanas. Uno era el primer miércoles, que era un día favorable para viajar hacia el oeste; pensé que, tal vez, Mameha planeaba sacarme de la ciudad. Otro era el lunes siguiente, que casualmente era también *tai-an* —el día más favorable de la semana budista de seis días—. Finalmente, el domingo de esa semana tenía una curiosa leyenda: "Un equilibrio entre lo bueno y lo malo puede abrir la puerta del destino". Éste era el que sonaba más misterioso.

El miércoles no tuve noticias de Mameha. Unos días después me mandó llamar a su apartamento —un día desfavorable según mi horóscopo, pero era sólo para comentarme un cambio en mi clase de ceremonia del té—. Y entonces, hacia el mediodía del domingo, oí abrirse la puerta de la *okiya* y dejé el *shamisen* en la plataforma, donde había estado tocando un rato y me abalancé hacia la entrada. Esperaba encontrar a una de las doncellas de Mameha, pero era el repartidor del herbolario con las hierbas chinas para la artritis que tomaba la Tía. Cuando una de nuestras criadas tomó el paquete, y yo me volvía para seguir practicando con el *shamisen* en la plataforma, observé que el repartidor intentaba llamar mi atención. Agitaba un trozo de papel de tal forma que sólo yo podía verlo. La criada estaba a punto de cerrar la puerta, pero él dijo:

—Perdone que le moleste, señorita, ¿podría tirar usted esto a la basura? —la criada lo encontró un poco extraño, pero yo agarré el papel y fingí que lo tiraba a la papelera del cuarto de las criadas. Era una nota sin firmar escrita de puño y letra por Mameha.

"Pide permiso a la Tía para salir. Dile que tienes cosas que hacer en mi apartamento y no llegues más tarde de la una. Que no se entere nadie más adónde vas."

Estoy segura de que las precauciones que estaba tomando Mameha eran sensatas, pero en cualquier caso Mamita estaba comiendo con una amiga y Hatsumono y Calabaza ya habían salido. Sólo quedaban en la *okiya* la Tía y las criadas. Subí directamente al cuarto de la Tía y la encontré echando una pesada manta de algodón sobre el futón, preparándose para una siesta. Sólo cubierta con el camisón, la Tía no paró de temblar mientras yo le hablaba. Pero en el momento que oyó que Mameha me mandaba llamar, ni siquiera quiso saber la razón. Sencillamente me dijo que me fuera con un gesto de la mano y se arrebujó bajo la manta para dormir.

Mameha estaba todavía en la calle cumpliendo con un compromiso cuando llegué a su apartamento, pero la doncella me llevó al vestidor para ayudarme con el maquillaje y luego trajo el kimono que Mameha había dejado dispuesto para mí. Yo ya me había acostumbrado a llevar los kimonos de Mameha, pero, en realidad, no es normal que una geisha disponga así de su colección de kimonos. Puede que dos amigas se presten un kimono para una o dos noches, pero es muy raro que una geisha de la categoría de Mameha muestre tanta amabilidad al respecto con una joven. De hecho, Mameha se molestaba mucho por mí, pues ella ya no llevaba estos kimonos de grandes mangas propios de las aprendizas y tenía que mandar que los trajeran del almacén donde los guardaba. Muchas veces pensaba que esperaba que yo le pagaría de alguna manera todas las molestias que se tomaba.

El kimono que había dejado dispuesto para mí aquel día era el más bonito que yo había llevado hasta la fecha: una seda naranja con una catarata plateada cayendo desde la rodilla a un océano de un azul pizarra.

La catarata caía desde unos acantilados marrones, en cuya base se veían trozos de madera bordados con hilos de laca. Yo no me di cuenta, pero era un kimono muy conocido en Gion; la gente al verlo enseguida pensaba en Mameha. Al permitirme llevarlo, creo que se proponía transmitirme un poco de su aura.

Después de que el Señor Itchoda me atara el *obi* —de color rojizo y marrón pespunteado con hilo de oro—, me di los últimos toques de maquillaje y me puse los adornos en el cabello. Me metí el pañuelo que me había dado mi soñado Presidente debajo del *obi* —algo que seguía haciendo con frecuencia—, me miré al espejo y me quedé boquiabierta de lo que vi. Ya me parecía bastante extraño que Mameha hubiera decidido que yo tenía que lucir tan hermosa, pero por si esto fuera poco, cuando regresó se cambió y se puso un kimono de lo más sencillo. Era color pardo con un suave rayado gris, y el *obi* era también muy sencillo, estampado con diamantes negros sobre un fondo azul marino. Mameha tenía ese brillo sereno de las perlas, como siempre; pero las mujeres que la saludaron por la calle me miraban a mí.

Desde el Santuario de Gion, hicimos un trayecto de media hora en *rickshaw* en dirección norte, hacia una zona de Kioto donde no había estado nunca. Durante el camino, Mameha me dijo que íbamos a asistir a una exhibición de sumo, como invitadas de Iwamura Ken, el fundador de la Compañía Eléctrica Iwamura, de Osaka, quien, dicho sea de paso, era el fabricante de la estufa que había causado la muerte de la Abuela. La mano derecha de Iwamura, Nobu Toshikazu, que era el director de la compañía, presenciaría también la exhibición a nuestro lado. Nobu era un gran aficionado al sumo y había ayudado a organizar la exhibición de aquella tarde.

—Debo decirte —me advirtió Mameha— que Nobu tiene un aspecto bastante peculiar. Lo dejarás impresionado si no te das por aludida cuando te lo presente —después de decir esto, me miró como diciéndome que la decepcionaría enormemente si no lo hiciera.

En cuanto a Hatsumono, no teníamos por qué preocuparnos, pues hacía varias semanas que no quedaba una sola entrada para la exhibición.

Por fin nos bajamos del *rickshaw* al llegar al campus de la Universidad de Kioto. Mameha me condujo por un camino de tierra flanqueado por unos pequeños pinos. A ambos lados del camino se alzaban unos edificios de estilo occidental, cuyas ventanas estaban divididas en pequeños cuadrados de cristal enmarcados de madera pintada. Hasta aquel día, en que me sentí totalmente fuera de lugar en la universidad, nunca había pensado que mi mundo se reducía a Gion. A nuestro alrededor se veían jóvenes de piel suave, peinados con raya y algunos de ellos con tirantes. Al parecer, nos encontraban a Mameha y a mí tan exóticas que se paraban al vernos pasar e incluso se gastaban bromas entre ellos. Enseguida atravesamos una gran reja junto con una gran cantidad de hombres de más edad y bastantes mujeres, incluyendo alguna geisha. En Kioto había muy pocos lugares cubiertos en los que se pudiera celebrar una exhibición de sumo, y uno de ellos era el antiguo paraninfo de la Universidad de Kioto. El edificio hoy ha desaparecido, pero por entonces, totalmente rodeado de edificios de estilo occidental, ya daba la impresión de ser un viejo en kimono en medio de un grupo de jóvenes ejecutivos vestidos de traje y corbata. Era un edificio en forma de gran caja, con un techo que parecía no ajustar bien, como una olla con la tapadera equivocada. Las grandes puertas en uno de sus laterales estaban tan alabeadas que parecían abultarse por encima de las trancas de hierro que las cerraban. Su tosquedad me recordó a la casita piripi de mi infancia y sentí una súbita melancolía.

Cuando subía la escalinata de piedra para entrar en el edificio, vi a dos geishas cruzar apresuradas el patio de grava, y las saludé con una reverencia. Ellas me respondieron con una leve inclinación de cabeza y una de ellas le dijo algo a la otra. Me pareció un poco extraño, pero sólo hasta que las miré más detenidamente. Se me vino el mundo encima; una de las mujeres era Korin, la amiga de Hatsumono. Volví a saludarla con otra reverencia, dando a entender que la había reconocido, e hice todo lo posible por sonreír. No bien miraron hacia otro lado, yo le susurré a Mameha:

—¡Mameha-san! Acabo de ver a una amiga de Hatsumono.

—No sabía que Hatsumono tuviera amigas.

—Es Korin. Está allí…, o al menos estaba hace un momento, con otra geisha.

—Conozco a Korin. ¿Por qué te preocupa tanto? ¿Qué puede hacerte?

No podía contestar a esta pregunta. Pero si Mameha no estaba preocupada, yo tampoco tenía ninguna razón para estarlo.

Mi primera impresión al entrar en el antiguo paraninfo fue la de un enorme vacío elevándose hasta el tejado; este espacio estaba bañado por la luz que entraba a raudales por unas ventanas practicadas en lo alto. El inmenso espacio resonaba con las voces de la multitud y estaba envuelto en una humareda procedente de los puestos de galletas de arroz tostadas que había fuera. En el centro se alzaba un montículo cuadrado, donde los luchadores iban a competir, coronado por un tejadillo en el estilo de los santuarios *shinto*. Un sacerdote daba vueltas alrededor, recitando las bendiciones y agitando su vara sagrada adornada con tiras de papel.

Mameha me condujo a una de las primeras gradas, donde nos quitamos los zapatos y empezamos a avanzar, sólo con los calcetines, por el pequeño borde de madera. Nuestros anfitriones estaban en esta grada, pero no tenía ni idea de quiénes eran hasta que no vi a un hombre que le hacía señas a Mameha con la mano; enseguida supe que era Nobu. No cabía duda después de la advertencia que me había hecho Mameha sobre su aspecto. Incluso desde lejos, la piel de su cara parecía una vela derretida. En algún momento de su vida debía de haber sufrido graves quemaduras; todo su aspecto era tan trágico que era difícil imaginarse la agonía que había debido de pasar. A la extraña sensación que me había dejado el encuentro con Korin se sumaba ahora la preocupación de cometer sin querer alguna tontería al ser presentada a Nobu. Caminando detrás de Mameha, fijé mi atención no en Nobu, sino en el hombre elegantemente vestido con un kimono a rayas que estaba sentado a su lado, en el mismo tatami. Desde el momento en que me fijé en él, me invadió una extraña calma. Estaba hablando con alguien del palco de al lado, de modo que sólo lo veía por detrás. Pero me resultaba tan familiar, que por un momento no podía entender lo que veía. Sólo sabía que aquel hombre parecía fuera de lugar en aquella exhibición. Antes de poder pensar por qué, me lo imaginé volviéndose hacia mí en las calles de la aldea de mi infancia...

Y entonces me di cuenta: ¡era el Señor Tanaka!

Había cambiado de una forma que no podría describir. Lo vi pasarse la mano por los cabellos grises y me sorprendió la delicadeza con la que movió los dedos. ¿Por qué me calmaba tanto mirarlo? Tal vez me había aturdido hasta tal punto el verlo que ni siquiera sabía cómo me sentía. Bueno, si odiaba a alguien en este mundo, ese alguien era el Señor Tanaka; no podía olvidarlo. No iba a arrodillarme a su lado y decirle: "¡Oh, Señor Tanaka, qué honor volver a verlo! ¿Qué le trae por Kioto?". En su lugar encontraría la forma de demostrarle mis verdaderos sentimientos, aun cuando no fuera lo más apropiado para una aprendiza. De hecho, había pensado muy poco en el Señor Tanaka durante los últimos años. Pero de todos modos no ser amable con él era algo que me debía a mí misma. Le serviría el sake de tal forma que se derramara por sus piernas. Le sonreiría porque estaba obligada a sonreír, pero sería como la sonrisa que tantas veces había visto en la cara de Hatsumono; y entonces diría: "¡Oh, Señor Tanaka...! El fuerte olor a pescado... ¡me invade la nostalgia al sentarme a su lado!". Se quedaría de una pieza. O, tal vez, esto otro: "¡Ay, Señor Tanaka! ¡Pero si parece usted hasta elegante!". Aunque a decir verdad, al mirarlo, pues ya casi habíamos llegado al palco en el que estaba, me pareció realmente distinguido, más distinguido de lo que nunca hubiera podido imaginar. Mameha ya había llegado y estaba arrodillándose para saludar con una profunda reverencia. Entonces el hombre volvió la cabeza, y vi por primera vez su ancha cara y sus afiladas mejillas... y sobre todo... esos párpados tan tensos en las comisuras y tan lisos y suaves. Súbitamente, todo lo que me rodeaba pareció calmarse, como si él fuera el viento que soplaba y yo sólo una nube por él arrastrada.

Ciertamente me resultaba conocido, más conocido en cierto sentido que mi propia imagen en el espejo. Pero no era el Señor Tanaka. Era el Señor Presidente de mis sueños.

Diecisiete

En toda mi vida sólo había tenido con este Presidente un brevísimo encuentro, pero desde entonces había pasado muchos momentos imaginándolo. Era como un trozo de una canción que llevaba desde entonces grabada en mi mente. Aunque, claro, algunas notas habían cambiado con el tiempo —lo que significa que esperaba que su frente fuera más ancha y su cabello cano menos espeso—. Me asaltó la duda de si sería el mismo, pero me sentía tan tranquila que enseguida supe sin vacilar que lo había encontrado.

Mientras Mameha saludaba a los dos hombres, yo me quedé detrás esperando mi turno para hacer las reverencias. ¿Y si cuando intentara hablar mi voz sonaba como un trapo abrillantando la madera? Nobu me miraba, con sus trágicas cicatrices, pero no estaba segura de que el Presidente hubiera reparado siquiera en mi presencia; me intimidaba mirar en su dirección. Cuando Mameha ocupó su lugar y empezó a alisarse el kimono sobre las rodillas, vi que el Presidente me miraba con lo que yo creí que era curiosidad. Se me quedaron los pies fríos, pues toda la sangre se me agolpó en la cara.

—Presidente Iwamura... Presidente Nobu —dijo Mameha—, ésta es mi nueva hermana pequeña, Sayuri.

Estoy segura de que alguna vez habrás oído hablar de Iwamura Ken, el fundador de la Compañía Eléctrica Iwamura. Y tal vez también has oído hablar de Nobu Toshikazu. No ha habido en Japón una asociación comercial más famosa que la suya. Eran como un árbol y sus raíces o como un santuario y la verja que lo antecede. Incluso yo había oído hablar de ellos con sólo catorce años. Pero nunca había imaginado que Iwamura Ken podría ser el mismo hombre que yo había conocido en las orillas del arroyo Shirakawa. Bueno, pues me puse de rodillas e hice mis reverencias, acompañadas de toda la retahíla acostumbrada sobre su indulgencia conmigo y todo lo demás. Cuando terminé, me fui a arrodillar en el espacio libre que quedaba entre los dos. Nobu se enzarzó en una conversación con el hombre que tenía al otro lado, mientras que el Presidente estaba callado, con una taza de té entre las manos; a sus pies había una bandeja completa. Mameha empezó a hablar con él; yo agarré la pequeña tetera y me aparté la manga para servirle. Para mi sorpresa, los ojos del Presidente giraron en la dirección de mi brazo. Por supuesto, a mí me entraron ganas de ver por mí misma exactamente lo que estaba viendo él. Tal vez debido al tipo de luz del paraninfo, la cara interna de mi brazo parecía brillar con el suave destello de las perlas y tenía un hermoso tono marfil. Ninguna parte de mi cuerpo me había llamado la atención de este modo antes. Me daba cuenta de que los ojos del Presidente no se habían movido; y mientras siguiera mirándome el brazo, yo no pensaba apartarlo. Y entonces, de pronto, Mameha se quedó en silencio. Me pareció que había dejado de hablar porque el Presidente me estaba mirando a mí en lugar de escucharla a ella. Entonces me di cuenta de lo que pasaba realmente.

La tetera estaba vacía. Es más, ya estaba vacía cuando la agarré.

Un momento antes me había sentido hasta resplandeciente, pero en ese momento balbucí una disculpa y dejé la tetera en la bandeja lo más rápido que pude. Mameha se echó a reír:

—Ya ve que es una chica resuelta, Presidente —dijo—. Si la tetera hubiera tenido una sola gota de té, Sayuri la habría sacado.

—Ese kimono que lleva tu hermana pequeña es ciertamente hermoso, Mameha —dijo el Presidente—. ¿Puedo recordar habértelo visto a ti, en tus días de aprendiza?

De quedarme alguna duda sobre si este hombre era realmente el Presidente de mis sueños, ésta se habría desvanecido al escuchar la conocida dulzura de su voz.

—Es posible, supongo —contestó Mameha—. Pero el Señor Presidente me ha visto con tantos kimonos a lo largo de los años que no puedo creer que los recuerde todos.

—Bueno, no soy distinto de los demás. La belleza me impresiona. Sin embargo, cuando se trata de los luchadores de sumo soy incapaz de distinguirlos.

Mameha se inclinó hacia mí y delante del Presidente me susurró:

—Lo que el Presidente quiere decir es que no le gusta especialmente el sumo.

—A ver, a ver, Mameha, si estás intentando buscarme problemas con Nobu...

—Presidente, hace años que Nobu-san sabe cuál es su opinión al respecto.

—Sea como sea. ¿Es ésta la primera vez que asistes a una exhibición de sumo, Sayuri?

Yo había estado esperando una oportunidad para hablar con él; pero antes de haber cogido aire para contestar, todos dimos un respingo, pues una tremenda explosión sacudió el gran edificio. Giramos la cabeza, y la multitud se quedó en silencio, pero sólo era que habían cerrado una de las inmensas puertas. Un momento después oímos chirriar los goznes y vimos a dos de los luchadores empujando la segunda puerta, que se cerraba con dificultad debido a su peculiar alabeo. Nobu tenía la cabeza vuelta, y yo no pude resistir mirar las terribles quemaduras que tenía a un lado de la cara y en el cuello, y también en la oreja, que estaba deformada. Luego vi que la manga de su chaqueta estaba vacía. Había estado tan preocupada por otras cosas que no me había dado cuenta antes; la llevaba doblada por la mitad y sujeta al hombro con un largo alfiler de plata.

Te diré también, si es que no lo sabes, que siendo joven alférez de navío de la marina, Nobu había sido gravemente herido en un bombardeo a las afueras de Seúl, en 1910, cuando la anexión de Corea a Japón. Yo no sabía nada de su heroísmo, aunque, en realidad, la historia era conocida en todo Japón. Si no se hubiera asociado con el Presidente y hubiera llegado a ser director de la Compañía Eléctrica Iwamura, probablemente habría sido un héroe de guerra olvidado. Pero tal como sucedió, sus espantosas heridas hicieron su éxito en los negocios mucho más notable; así que se los solía mencionar juntos.

No sé mucho de historia, porque en nuestra pequeña escuela nos enseñaban sólo las artes de la geisha, pero creo que el gobierno japonés se hizo con el control de Corea al final de la guerra ruso-japonesa, y unos años después se decidió a incorporar Corea al nuevo imperio. Por supuesto, a los coreanos no les gustó nada. Nobu fue allí como parte de una pequeña fuerza cuya función era mantener las cosas bajo control. Un atardecer, acompañó al oficial al mando a girar visita en un pueblo cercano a Seúl. Al volver al lugar donde habían dejado los caballos, la patrulla fue atacada. Cuando oyeron el espantoso silbido de un proyectil, el oficial al mando intentó tirarse a una zanja, pero era un hombre de edad que se movía a la velocidad de un percebe entre las rocas. Unos momentos antes de que el proyectil estallara seguía buscando un sitio seguro donde apoyarse. Nobu se tiró sobre el oficial en un intento de salvarle, pero él no lo entendió y trató de escapar. Logró alzar la cabeza; Nobu intentó volvérsela a bajar, pero entonces estalló el proyectil, matando al oficial e hiriendo gravemente a Nobu. Más tarde, ese mismo año, hubo que amputarle el brazo hasta el codo.

La primera vez que vi su manga agarrada con un alfiler, aparté la vista, asustada. Nunca había visto a nadie que hubiera perdido un miembro —aunque de niña había visto a un obrero del Señor Tanaka que había perdido la yema del dedo índice limpiando el pescado—. En el caso de Nobu, mucha gente pensaba que la amputación era el menor de sus problemas, pues toda su piel era como una enorme herida. Resulta difícil describir su aspecto, y probablemente sea incluso cruel por mi parte intentarlo. Me limitaré a repetir lo que en cierta ocasión oí decir a otra geisha hablando de él: "Siempre que lo miro, se me viene a la cabeza la imagen de una batata asada".

Cuando las grandes puertas se cerraron, me volví hacia el Presidente para contestar a su pregunta. Como aprendiza que era tenía la libertad de sentarme con ellos sin decir palabra, como un florero; pero estaba decidida a no dejar pasar esta oportunidad. Aunque no le causara sino una leve impresión, no mayor a la del pie de un niño en un suelo cubierto de polvo, al menos sería algo.

—El Señor Presidente me preguntaba si era ésta la primera vez que veía una exhibición de sumo —dije—. Sí que lo es, y le quedaré muy agradecida por todas las explicaciones que tenga la gentileza de darme.

—Si quieres saber lo que pasa —dijo Nobu—, mejor habla conmigo. ¿Cómo te llamas, aprendiza? No lo oí antes con todo el vocerío.

Yo me volví hacia él, dándole la espalda al Presidente con la mismas pocas ganas que un niño hambriento dejaría un pastel de chocolate.

—Me llamo Sayuri, señor —respondí.

—Eres la nueva hermana pequeña de Mameha, ¿no? ¿Por qué no te llamas "Mame algo", entonces? —continuó Nobu—. ¿No es ésa una de vuestras costumbres?

—Sí, señor. Pero todos los nombres con "mame" resultaron ser poco propicios, según el vidente.

—¡El vidente, el vidente! —dijo Nobu con cierto desprecio—. ¿Fue él quien eligió tu nombre?

—Yo lo elegí —dijo Mameha—. El vidente no elige los nombres; sólo nos dice si son aceptables.

—Una día, Mameha —replicó Nobu—, madurarás y dejarás de hacer caso a esas tonterías.

—Bueno, bueno, Nobu-san —dijo el Presidente—, quien te oyera creería que eres el hombre más moderno del país. Sin embargo, no conozco a nadie que crea más en el destino que tú.

—Todo hombre tiene su destino. Pero ¿quién necesita ir a un vidente para saberlo? ¿Es que acaso yo voy a un cocinero para descubrir que tengo hambre? —dijo Nobu—. En cualquier caso, Sayuri es un nombre muy bonito, aunque los nombres bonitos y las chicas bonitas no siempre van juntos.

Empecé a preguntarme si su siguiente comentario sería del tipo de: ¡Pero Mameha! ¡Qué hermana pequeña más fea has tomado! O algo por el estilo. Pero para mi alivio dijo:

—Aquí tenemos un caso en el que el nombre y la chica van juntos. ¡Incluso creo que puede llegar a ser incluso más bonita que tú, Mameha!

—¡Nobu-san! A ninguna mujer le gusta oír que no es la criatura más hermosa del mundo.

—Especialmente a ti, ¿eh? ¡Pues más vale que te vayas acostumbrando! Sobre todo tiene unos ojos maravillosos. Vuélvete, Sayuri, déjame que vuelva a verlos.

No podía mirar al suelo, pues Nobu quería verme los ojos. Ni tampoco podía mirarlo directamente sin parecer demasiado atrevida. Así que tras deslizar la mirada a mi alrededor, como intentando guardar el equilibrio sobre una placa de hielo, finalmente la fijé a la zona de su barbilla. Si hubiera podido hacer que mis ojos dejaran de ver, lo habría hecho; pues los rasgos de Nobu parecían malamente modelados en arcilla. No debemos olvidar que entonces yo todavía no sabía nada de la tragedia que lo había desfigurado. Cuando empecé a hacer conjeturas sobre lo que podría haberle pasado, me inundó una terrible pesadumbre.

—Te brillan los ojos de una forma sorprendente —dijo.

En ese momento se abrió una puertecita a un lado del pabellón, y entró un hombre vestido con un kimono excepcionalmente formal y tocado con un casquete negro; parecía directamente salido de una pintura de la corte imperial. Avanzó por el pasillo dirigiendo una fila de luchadores tan gigantescos que tenían que agacharse para pasar por la puerta.

—¿Qué sabes del sumo, jovencita? —me preguntó Nobu.

—Sólo que los luchadores son grandes como ballenas, señor —contesté yo—. En Gion trabaja un hombre que fue luchador de sumo.

—Te debes de referir a Awajiumi. Está ahí, ¿sabes?

Con su única mano Nobu señaló hacia la grada donde estaba sentado Awajiumi, riéndose de algo junto a Korin. Ella me había visto, pues esbozó una sonrisa y luego se inclinó a decirle algo a Awajiumi, que miró entonces hacia donde estábamos nosotros.

—Nunca fue un verdadero luchador —dijo Nobu—. Le gustaba vapulear a sus contrincantes con el hombro. Nunca funcionó, pero él siguió insistiendo, lo que le costó varias roturas de clavícula.

Ya habían entrado todos los luchadores en el edificio y se quedaron de pie alrededor del montículo. Se les nombró uno a uno, y ellos, conforme decían su nombre, se subían al montículo y se ponían de cara al público, formando un semicírculo. Luego, cuando empezaron a salir del paraninfo para que entraran sus contrincantes, Nobu me dijo:

—Esa cuerda que forma un círculo en el suelo es el ring. El primer luchador que caiga fuera de ella o que toque el montículo con cualquier parte del cuerpo salvo los pies, pierde. Puede que suene fácil, pero ¿te gustaría empujar a uno de esos gigantes?

—Supongo que me acercaría a él cuando estuviera desprevenido y haría mucho ruido con una carraca o algo así junto a su oído, de modo que del susto saltara fuera de la cuerda.

—Hablo en serio —dijo Nobu.

No voy a decir que ésta fuera una respuesta muy ingeniosa, pero era el primer intento de mi vida de bromear con un hombre. Me sentí tan turbada que no se me ocurrió qué decir luego. Entonces el Presidente se inclinó hacia mí y me dijo:

—Nobu-san no bromea hablando de sumo —me dijo calladamente.

—Yo no bromeo con las tres cosas más importantes de la vida: el sumo, los negocios y la guerra.

—¡Por todos los cielos!, creía que era una broma —dijo Mameha—. ¿Significa eso que se está contradiciendo?

—Si estuvieras contemplando una batalla —me dijo Nobu—, o, lo que es lo mismo, si estuvieras en medio de un consejo de administración, ¿te enterarías de lo que estaba pasando delante de ti?

No estaba muy segura de lo que quería decir el director, pero me imaginaba por su tono que esperaba que yo dijera "no".

—¡Oh, no! No en absoluto —contesté.

—Exactamente. Pues tampoco puedes esperar comprender lo que sucede en el sumo. Así que puedes reírte de las bromitas de Mameha o puedes escucharme y enterarte de lo que significa lo que estás viendo.

—Lleva años intentando enseñarme —me dijo el Presidente con su calma característica—, pero soy muy mal alumno.

—El Presidente es un hombre brillante —dijo Nobu—. Es mal alumno de sumo porque no le interesa en absoluto. No estaría aquí esta tarde de no ser porque tuvo la generosidad de aceptar mi propuesta de que la Compañía Eléctrica Iwamura patrocinara la exhibición.

Los equipos terminaron sus rituales de entrada en el ring. A esto siguieron dos rituales más, uno por cada uno de los dos *yokozuma*. Un *yokozuma* es el rango más alto a que puede llegar un luchador de sumo. "Como la posición que ocupa Mameha en Gion", según me explicó Nobu. No tenía razones para dudar de él, pero si Mameha tardara en entrar en una fiesta la mitad del tiempo de lo que tardaban estos *yokozuma* en entrar en el ring, nunca se la volvería a invitar. El segundo de los dos era bajo y tenía una cara de lo más peculiar —no era fláccida, sino que parecía cincelada como la piedra, y con una mandíbula que me recordó la proa cuadrada de una barco de pesca—. El público dio tales gritos vitoreándolo que yo tuve que taparme los oídos. Se llamaba Miyagiyama, y si sabes algo de sumo, sabrás por qué lo ovacionaban como lo hacían.

—Es el mejor luchador que he visto —me dijo Nobu.

Un poco antes de que empezaran los asaltos, el presentador enumeró los premios de los ganadores. Uno era una considerable suma de dinero ofrecida por Nobu Toshikazu, director de la Compañía Eléctrica Iwamura. A Nobu pareció fastidiarle esto:

—¡Qué tontería está diciendo! El dinero no lo he dado yo; lo ha dado la Compañía. Le pido disculpas Presidente. Haré que le digan al presentador que corrija este error.

—No es un error, Nobu. Si consideramos todo lo que te debo, es lo menos que puedo hacer.

—El Presidente es demasiado generoso —dijo Nobu—. Le estoy muy agradecido —y tras esto, le pasó una copa al Presidente, se la llenó, y bebieron juntos.

Yo esperaba que el primer asalto empezara no bien entraran en el ring los luchadores. Pero en lugar de ello, se pasaron cinco minutos o más echando sal al montículo y, agachados, levantando alternativamente las piernas y dejándolas caer con un golpe seco. De vez en cuando se ponían en cuclillas y se miraban fijamente, pero cuando creía que ya iban a atacarse, uno de ellos se levantaba y se alejaba en busca de un nuevo puñado de sal. Por fin, cuando ya había dejado de esperarlo, empezó realmente el asalto. Se tiraban el uno contra el otro, agarrándose de los taparrabos; pero un instante después, uno de ellos hacía perder el equilibrio al otro y el juego estaba terminado. El público aplaudía y gritaba, pero Nobu se limitó a mover la cabeza y dijo:

—Poca técnica.

Durante los asaltos que siguieron, estuve casi todo el tiempo con la impresión de que tenía un oído ligado a la cabeza y el otro al corazón; porque por un lado escuchaba lo que me decía Nobu —y la mayor parte de lo que me decía era interesante—; pero por el otro me distraía el murmullo de la voz del Presidente hablando con Mameha.

Pasó una hora y entonces me llamó la atención el movimiento de unos brillantes colores en la zona en la que se sentaba Awajiumi. Era una flor de seda naranja en el cabello de una mujer que estaba ocupando su lugar en la grada. Primero pensé que sería Korin, que se había cambiado de kimono. Pero entonces me di cuenta de que no era Korin; era Hatsumono.

Al verla allí tan inesperadamente sentí una sacudida, como si hubiera tocado un cable eléctrico y me hubiera dado un calambre. Ahora era solo cuestión de tiempo, pues seguro que encontraba la forma de humillarme, incluso aquí en este inmenso pabellón con cientos de personas alrededor. No me importaba que me hiciera quedar por tonta delante de toda una multitud, si tenía que suceder; pero no podía soportar la idea de pasar por tonta delante del Presidente. Se me hizo tal nudo en la garganta que ni siquiera pude fingir que escuchaba cuando Nobu empezó a decirme algo sobre los dos luchadores que se estaban subiendo al montículo. Cuando miré a Mameha, ella me guiñó un ojo señalando a Hatsumono y luego dijo:

—Presidente, disculpe, tengo que salir un momento. Y se me ocurre que tal vez Sayuri también quiera salir.

Esperé hasta que Nobu hubiera terminado lo que me estaba contando, y luego la seguí fuera del pabellón.

—¡Oh, Mameha-san! Esa mujer es un demonio —dije.

—Korin se fue hace una hora. Debe de haber encontrado a Hatsumono y haberla enviado aquí. Deberías sentirte halagada, realmente, si piensas en todas las molestias que se tiene que tomar Hatsumono para atormentarte.

—No soporto la idea de que me haga quedar como una tonta delante de..., bueno delante de toda esta gente.

—Pero si haces algo ridículo, te dejará en paz, ¿no crees?

—Por favor, Mameha-san... no me haga pasar vergüenza.

311

Cruzamos un patio y cuando estábamos a punto de subir las escaleras del edificio que alojaba los servicios, Mameha cambió de dirección y nos adentramos un poco por un pasadizo cubierto. Cuando estuvimos seguras de que no nos oía nadie, me habló con voz queda.

—Nobu-san y el Presidente han sido grandes protectores míos durante muchos años. Los cielos son testigos de que Nobu puede ser espantoso con la gente que no le gusta, pero con sus amigos es siempre tan fiel como un siervo con su señor; y nunca encontrarás un hombre más de fiar que él. ¿Tú te crees que Hatsumono aprecia estas cualidades? Lo único que ve cuando mira a Nobu es al "Señor Lagarto", como ella lo llama: "Mameha-san, anoche te vi con el Señor Lagarto. Pero ¿qué veo?, si estás toda llena de manchas. Creo que te está contagiando." Este tipo de cosas. No me importa lo que pienses de Nobu-san por el momento. Con el tiempo te darás cuenta de lo bueno que es. Pero puede que Hatsumono te deje en paz si piensa que tú lo encuentras adorable.

No supe qué responder. Ni siquiera estaba segura de qué me estaba diciendo Mameha que hiciera.

—Nobu-san ha estado hablando contigo casi toda la tarde —continuó—. Que sepan que lo adoras. Haz teatro ante Hatsumono. Que se crea que estás encantada con él. Pensará que es lo más divertido que ha visto en su vida. Probablemente querrá que te quedes en Gion simplemente para ver qué pasa.

—Pero, Mameha-san, ¿cómo voy a hacer creer a Hatsumono que me fascina Nobu-san?

—Si no lo consigues es que no te he preparado bien —dijo por toda respuesta.

Cuando volvimos a nuestra grada, Nobu estaba otra vez enfrascado en una conversación con el hombre de al lado. No podía interrumpirlo, así que hice que estaba absorta mirando a los luchadores prepararse para el asalto. El público se iba poniendo cada vez más inquieto; Nobu no era el único que charlaba. Yo anhelaba poder volverme hacia el Presidente y preguntarle si se acordaba de un día años atrás en que había enseñado a una niña lo que era ser amable..., pero claro, no podía decir tal cosa. Además, sería desastroso que centrara en él mi atención mientras miraba Hatsumono.

Nobu no tardó en volverse hacia mí y me dijo:

—Estos asaltos han sido muy aburridos. Cuando salga Miyagiyama veremos lo que es la verdadera técnica.

Ésta era mi oportunidad para darle coba:

—Pero a mí me ha impresionado mucho lo que hemos visto hasta ahora —dije—. Y todas las cosas que el Señor Director ha tenido la gentileza de irme explicando me han parecido tan impresionantes que me cuesta creer que no hayamos visto lo mejor.

—No seas ridícula —me contestó Nobu—. Ninguno de estos luchadores merece estar en el mismo ring que Miyagiyama.

Detrás del hombro de Nobu, en una grada bastante alejada, distinguí a Hatsumono. Estaba hablando con Awajiumi y no parecía estarse fijando en mí.

—Sé que puede parecer una pregunta estúpida —dije—, pero ¿cómo puede ser el mejor un luchador tan bajito como Miyagiyama? —y si hubieras visto mi cara habrías pensado que no había en el mundo nada que me interesara más que el sumo—. Me sentí ridícula, simulando estar totalmente absorta por algo tan trivial, pero cualquiera que nos viera pensaría que estábamos contándonos los secretos más íntimos. Menos mal que precisamente en ese momento sorprendí a Hatsumono mirándome.

—Miyagiyama parece bajo sólo porque los otros están mucho más gruesos —me estaba diciendo Nobu—. Pero él presume mucho de su tamaño. Hace unos años un periódico publicó su talla y su peso verdaderos; pero él se ofendió tanto que hizo que un amigo le diera con un tablón en la cabeza y luego se atiborró a batatas y agua, y fue al periódico a demostrarles que estaban equivocados.

Probablemente me hubiera reído de cualquier cosa que dijera Nobu —sólo para que me viera Hatsumono—. Pero, en realidad, me pareció bastante divertido imaginarme a Miyagiyama entrecerrando los ojos a la espera de que el tablón le rebotara en la cabeza. Retuve esa imagen y me reí con tanta libertad como me atreví, y Nobu no tardó en echarse también a reír. Hatsumono debió de pensar que éramos los mejores amigos del mundo, pues la vi dando palmadas, divertida con lo que veían sus ojos.

Enseguida se me ocurrió la idea de hacer como si Nobu fuera mi Presidente; y siempre que me hablaba, yo pasaba por alto su brusquedad e intentaba imaginar que era todo dulzura. Poco a poco me fui sintiendo capaz de mirarle la boca y borrar de mi mente las cicatrices y las manchas, e imaginar que eran los labios del Presidente y que todos los matices de su voz eran una forma de comentar lo que sentía por mí. En un momento determinado creo que incluso llegué a pensar que no estaba en una exhibición de sumo, sino en una tranquila habitación, arrodillada al lado del Presidente. No recordaba una dicha semejante en toda mi vida. Como una pelota lanzada al aire que parece quedar suspendida, inmóvil, antes de caer, yo me sentía suspendida en un estado de tranquila intemporalidad. Al echar un vistazo a mi alrededor, sólo vi la belleza de las gigantescas vigas de madera del edificio y sentí el aroma de las galletas de arroz. Pensé que este estado no terminaría nunca; pero entonces hice un comentario que ni siquiera recuerdo, y Nobu respondió:

—Pero ¿qué dices? ¡Sólo un tonto pensaría semejante cosa!

No pude impedir que se me helara la sonrisa en los labios, como si estuviera accionada por un cordel y lo hubieran cortado. Nobu me estaba mirando directamente a los ojos. Claro que Hatsumono estaba sentada a bastante distancia, pero estaba segura de que nos estaba observando. Y entonces se me ocurrió que si una geisha o una joven aprendiza se mostrara llorosa delante de un hombre, ¿no pensaría la mayoría que estaba enamorada? Podría haber contestado a su brusco comentario con una disculpa; pero intenté imaginarme que era el Presidente el que me había hablado con tanta brusquedad, y un momento después me empezó a temblar la barbilla. Bajé la cabeza e hice el numerito de comportarme como una niña pequeña.

Para mi sorpresa, Nobu dijo:

—Te he ofendido, ¿no? —no me costó trabajo sorberme las lágrimas dramáticamente. Nobu me siguió mirando fijamente y luego dijo—: Eres una chica encantadora —estoy segura de que se proponía decirme algo más, pero en ese momento Miyagiyama entró en el pabellón y la multitud empezó a rugir.

Durante un rato, Miyagiyama y el otro luchador, que se llamaba Saiho, se pasearon fanfarronamente alrededor del montículo, tomando puñados de sal y echándolos en el ring, o golpeando el suelo con los pies como lo hacen los luchadores de sumo. Cada vez que se agachaban, mirándose, me imaginaba que eran dos inmensas peñas a punto de echar a rodar. Parecía que Miyagiyama se inclinaba un poquito más que Saiho, que era más alto y más grueso. Pensé que cuando se lanzaran uno contra el otro, el pobre Miyagiyama iba a salir despedido; no podía imaginarme que nadie pudiera arrastrar a Saiho al otro lado del ring. Tomaron posiciones ocho o nueve veces sin que ninguno de los dos atacara; y entonces Nobu me susurró:

—*Hataki komi!* Va a hacer un *hataki komi*. Míra-le a los ojos.

Hice lo que me decía Nobu, pero lo único que vi es que Miyagiyama no miraba nunca en la dirección de Saiho. No creo que a Saiho le gustara que le ignoraran de esta forma, porque él sí que miraba ferozmente a su rival. Los carrillos le caían sobre la mandíbula, de modo que su cabeza semejaba la ladera de una montaña; y la cara se le iba poniendo roja de cólera. Pero Mayagiyama siguió haciendo como si no se hubiera fijado en él.

—No va a durar mucho más —me informó en voz baja Nobu.

Y, de hecho, la siguiente vez que se acuclillaron con los puños en el suelo, Saiho atacó.

Viendo a Miyagiyama inclinarse hacia delante cualquiera habría pensado que se disponía a lanzarse con todo su peso contra Saiho. Pero en lugar de ello, usó el impulso del ataque de su contrincante para volver a poner-se de pie. En un instante, se apartó y, girando como una puerta de batiente, dejó caer la mano en la nuca de Saiho; éste perdió el equilibrio como si fuera a caerse por unas escaleras. Miyagiyama le empujó con todas sus fuerzas, y Saiho rozó la cuerda, a sus pies. Entonces, para mi sorpre-sa, esa montaña de hombre pasó volando sobre el reborde del montículo y cayó cuan largo era en la primera fila de espectadores. Éstos trataron de quitarse de en medio, pero cuando hubo pasado el susto, uno de ellos se levantó sin aliento, porque Saiho le había aplastado con un hombro.

El encuentro había durado apenas un segundo. Saiho debía de sentirse humillado por su derrota, por-que hizo la reverencia más breve de todos los que habían sido derrotados ese día y salió del pabellón mientras la multitud estaba todavía en pleno tumulto.

—Ése —me explicó Nobu— es el movimiento que se llama *hataki komi*.

—¿No es fascinante? —dijo Mameha, como deslumbrada. Ni siquiera terminó la frase.

—¿Qué es fascinante? —le preguntó el Presidente.

—Lo que acaba de hacer Miyagiyama. Nunca había visto nada igual.

—Pues claro que sí que lo has visto. Los luchadores hacen cosas así todo el tiempo.

—Bueno... pero esta vez me ha dado una idea... —contestó Mameha.

Más tarde, cuando regresábamos en *rickshaw* a Gion, Mameha se volvió hacia mí excitada.

—Ese luchador de sumo me ha dado una idea —me dijo—. Hatsumono no lo sabe, pero ella también está perdiendo el equilibrio. Y no va a recuperarlo hasta que no sea demasiado tarde.

—¿Ya tiene un plan? ¡Por favor, por favor, Mameha-san! ¡Dígamelo!

—Pero ¿cómo puedes pensar ni siquiera un momento que voy a decírtelo —me espetó—. Ni siquiera se lo voy a decir a mi propia doncella. Tú lo único que tienes que hacer es asegurarte de que Nobu-san sigue interesándose por ti. Todo depende de él y también de otro hombre.

—¿Qué otro hombre?

—Un hombre que todavía no conoces. Y ahora, ¡chitón! Probablemente ya he dicho más de lo que debía. Qué bien que hayas conocido hoy a Nobu-san. Podría ser él quien venga en tu auxilio.

He de admitir que cuando oí esto, sentí un gran desánimo. Si alguien iba a rescatarme, quería que lo hiciera el Presidente y no ningún otro.

Dieciocho

La misma noche que supe quién era el Presidente empecé a leer todas las revistas viejas que encontraba, esperando enterarme así de más cosas sobre él. Al cabo de una semana había acumulado tantas revistas en mi habitación que la Tía me miró como si me hubiera vuelto loca. Sí que lo vi mencionado en varios artículos, pero sólo de pasada, y ninguno me informaba del tipo de cosas que yo quería saber realmente. Pero yo seguía llevándome todas las revistas que veía asomar de las papeleras, hasta que un día detrás de una casa de té me encontré un montón de periódicos y revistas viejas atadas. Entre ellas había una de hacía dos años en la que salía un artículo dedicado a la Compañía Eléctrica Iwamura.

Al parecer, la Compañía Iwamura había celebrado su vigésimo aniversario en abril de 1931. Aún ahora me sigue asombrando cuando lo pienso, pero era el mismo mes del mismo año que yo conocí a su Presidente en las orillas del arroyo Shirakawa; habría visto su cara en todas las revistas, si por entonces hubiera tenido acceso a ellas. En cuanto tuve una fecha de referencia, me resultó más fácil encontrar otros artículos acerca del aniversario. La mayoría los encontré entre toda la serie de trastos viejos que tiraron después de la muerte de una abuelita en una *okiya* de nuestra misma calle.

El Presidente había nacido en 1890, según pude informarme, lo que significaba que pese a su cabello cano, no debía de tener más de cuarenta años cuando yo lo conocí. Aquel día me imaginé que presidiría una compañía sin importancia, pero me equivocaba. La Compañía Iwamura no era tan grande como la Compañía Eléctrica de Osaka, su principal rival en el oeste del país, según todos los artículos. Pero la asociación del Presidente y Nobu los hacía mucho más conocidos que a los jefes de compañías más grandes. En cualquier caso, la Compañía Iwamura tenía fama de innovadora y gozaba de mejor reputación.

A los diecisiete años, el Presidente había ido a trabajar a una pequeña compañía eléctrica de Osaka. Pronto pasó a supervisar a los equipos que instalaron todo el cableado de la maquinaria de muchas de las fábricas de la zona. En aquel momento había cada vez más demanda de luz eléctrica en los hogares y oficinas, y en sus horas libres, durante la noche, el Presidente diseñó un dispositivo que permitía el uso de dos bombillas en un solo casquillo. El director de la compañía no quiso fabricarla, sin embargo, de modo que en 1912, a los veintidós años, poco después de casarse, el Presidente dejó esa compañía y se estableció por su cuenta.

Al principio, las cosas fueron difíciles; luego, en 1914, la nueva compañía del Presidente ganó la contrata para la realización de la instalación eléctrica de un nuevo edificio en la base militar de Osaka. Nobu estaba todavía en el ejército por entonces, ya que debido a sus heridas de guerra le resultaba difícil encontrar trabajo en otro sitio. Y le encomendaron la tarea de supervisar el trabajo de la nueva Compañía Eléctrica Iwamura. Él y el Presidente no tardaron en hacerse amigos, y cuando al año siguiente este último le ofreció trabajar con él, Nobu aceptó sin pensárselo.

Cuanto más leía sobre su asociación, más entendía que realmente estaban hechos el uno para el otro. Casi todos los artículos mostraban la misma foto de los dos.

En ella, el Presidente, vestido con un elegante traje de tres piezas de tupida lana, sostenía en la mano el casquillo de cerámica apto para dos bombillas, que fue el primer producto fabricado por la compañía. Por su expresión parecía que se lo acababan de dar y que todavía no había decidido qué hacer con él. Tenía la boca entreabierta, mostrando los dientes, y miraba amenazadoramente a la cámara, como si estuviera a punto de tirarle el casquillo. Firme a su lado estaba Nobu, media cabeza más bajo y con el puño cerrado pegado al cuerpo. Iba vestido de chaqué y pantalones de rayas, y su cara surcada de cicatrices era totalmente inexpresiva. Tenía unos ojos soñolientos. Tal vez debido a su cabello prematuramente cano y a su diferencia de estatura, el Presidente casi podría haber sido el padre de Nobu, aunque sólo era dos años mayor. Los artículos decían que el Presidente era el responsable del desarrollo y orientación de la compañía, mientras que Nobu se encargaba de su administración. Era el hombre menos brillante con el trabajo menos brillante, pero al parecer lo hacía tan bien que el Presidente solía decir con frecuencia que la compañía nunca habría sobrevivido a muchas crisis de no haber sido por el talento de Nobu. Fue Nobu quien atrajo a un grupo de inversores y salvó la compañía de la ruina a principios de los años veinte. "Tengo con Nobu una deuda impagable", era una frase del Presidente que se citaba en casi todos los artículos.

Pasaron varias semanas, y un día recibí una nota de Mameha para que fuera a su apartamento al día siguiente por la tarde. Para entonces ya me había acostumbrado a los valiosos kimonos que la doncella de Mameha solía tener preparados para mí; pero cuando llegué esa tarde y empecé a ponerme un kimono de entretiempo de seda escarlata y amarilla, que tenía un estampado de hojas sueltas en un campo de hierba dorada, me quedé estupefacta al ver que tenía una raja por detrás, lo bastante grande para que cupieran dos dedos. Mameha todavía no había regresado, pero yo agarré el kimono y fui a hablar con la doncella.

—Tatsumi-san —le dije—, ha sucedido algo verdaderamente preocupante... Este kimono está roto.

—No se preocupe, señorita. Sólo hay que zurcirlo. La señora lo pidió prestado esta mañana en una *okiya* de esta misma calle.

—No debió de darse cuenta —dije yo—. Y con la fama que tengo de destrozar kimonos, probablemente pensará...

—¡Pero si ya sabe que está roto! —me interrumpió Tatsumi—. En realidad, la enagua también está rasgada en el mismo sitio —yo ya tenía puesta la enagua, que era color crema, y cuando me palpé en la zona del muslo, vi que Tatsumi tenía razón.

—El año pasado una aprendiza se lo enganchó sin querer en un clavo —me explicó Tatsumi—. Pero la señora me explicó claramente que quería que se lo pusiera, señorita.

Todo aquello no tenía ni pies ni cabeza; pero hice lo que me decía Tatsumi. Cuando Mameha entró corriendo de la calle, fui a preguntarle qué era aquello. Ella empezó a retocarse el maquillaje.

—Ya te dije que conforme a mis planes —me contestó— había dos hombres importantes para tu futuro. Hace unas semanas conociste a Nobu. El otro hombre ha estado fuera de la ciudad, pero con la ayuda de este kimono roto estás a punto de conocerlo. ¡Qué buena idea me dio ese luchador de sumo! Ardo en deseos de ver cómo reacciona Hatsumono cuando vuelvas de entre los muertos. ¿Sabes lo que me dijo el otro día? Me dijo que no podía estarme más agradecida por haberte llevado a la exhibición de sumo. Que le había merecido la pena haberse tomado la molestia de llegar hasta allí sólo por ver cómo le ponías ojitos al Señor Lagarto. Estoy segura de que cuando estés con él, te dejará en paz, a no ser que se deje caer para ver por sí misma. En realidad, cuanto más hables de Nobu cerca de ella, mejor. Pero no has de decir nunca ni una palabra del hombre que vas a conocer esta tarde.

En cuanto oí esto empecé a sentirme fatal, aunque intentaba parecer contenta con lo que me había dicho; pues, como tal vez sabes, un hombre nunca tendrá una relación íntima con una geisha que haya sido amante de un socio. Una tarde, en los baños, muchos meses antes, había escuchado a una joven geisha que trataba de consolar a otra que acababa de enterarse de que su nuevo *danna* iba a convertirse en socio del hombre con el que soñaba. No se me había pasado por la cabeza al mirarla que yo también me encontraría un día en su misma situación.

—Señora —le dije—, ¿me permite que le pregunte? ¿Forma parte de sus planes que Nobu-san llegue un día a ser mi *danna*?

A modo de respuesta, Mameha bajó la brocha de maquillaje y me lanzó una mirada a través del espejo que podría haber detenido un tren, de verdad.

—Nobu-san es un hombre encantador. ¿Me estás sugiriendo que te avergonzarías de que fuera tu *danna*? —me preguntó.

—No señora, en absoluto. No quería decir eso. Sólo hacía conjeturas...

—Muy bien. Pues entonces sólo tengo dos cosas que decirte. En primer lugar, que eres una chica de catorce años totalmente desconocida. Serás muy afortunada si logras tener el suficiente estatus como geisha para que un hombre como Nobu considere la idea de proponerse como tu *danna*. En segundo lugar, Nobu-san no ha encontrado todavía la geisha que le agrade lo bastante para tomarla como amante. Supongo que te sentirás muy halagada de ser la primera.

Me ruboricé de tal forma que me parecía que estaba incandescente. Mameha tenía razón; fuera lo que fuera a ser de mí en el futuro, podía considerarme afortunada si se fijaba en mí un hombre como Nobu. Si Nobu era inalcanzable, cuánto más lo sería mi Presidente. Después de haberlo vuelto a encontrar en la exhibición de sumo, había empezado a pensar en todas las posibilidades que la vida me ofrecía. Pero ahora, tras escuchar las palabras de Mameha, me sentí atravesando un océano de dolor.

Me vestí rápidamente, y Mameha me condujo a la *okiya* en la que ella había vivido hasta hacía seis años, cuando pudo independizarse. En la puerta nos recibió una criada de edad, que chasqueó los labios y meneó varias veces la cabeza.

—Hemos llamado al hospital antes —dijo—. El doctor se va a casa hoy a las cuatro. Son casi las tres y media, no sé si te das cuenta.

—Lo llamaremos antes de ir, Kazuko-san —le contestó Mameha—. Estoy segura de que me esperará.

—Eso espero. Sería terrible dejar a la pobre niña sangrando.

—¿Quién está sangrando? —pregunté asustada; pero la criada sólo me miró suspirando y nos condujo escaleras arriba hasta el pequeño rellano del segundo piso, que estaba abarrotado de gente. En el espacio de dos tatamis, nos apretujábamos además de Mameha y yo y la criada que nos había conducido hasta allí, otras tres jóvenes y una cocinera, muy alta y delgada y cubierta con un delantal impecable. Todas ellas me miraron con cautela, salvo la cocinera, que se echó una toalla al hombro y empezó a humedecer uno de esos cuchillos que se utilizan para cortar la cabeza del pescado. Me sentí como una rodaja de atún recien entregada por el pescadero, pues ya me había dado cuenta de que era yo la que iba a sangrar.

—Mameha-san... —balbucí.

—Ya sé lo que me vas a decir, Sayuri —me dijo, lo que me pareció interesante, pues ni yo misma sabía qué iba a decir—. ¿No me prometiste antes de ser tu hermana mayor que harías todo lo que yo te dijera?

—Si hubiera sabido que también se incluía que me abrieran el hígado...

—Nadie te va a cortar el hígado —dijo la cocinera, en un tono que se suponía que debía de haberme tranquilizado, pero que no logró hacerlo.

—Sayuri, te vamos a hacer un cortecito en la piel —me dijo Mameha—. Sólo será un pequeño corte, lo bastante para que puedas ir al hospital y conocer a cierto doctor. El hombre que te decía, ¿sabes? Es médico.

—Pero ¿no puedo hacer que me duele el estómago?

Lo dije totalmente en serio, pero todo el mundo se creyó que había hecho un chiste, pues se echaron a reír, incluso Mameha.

—Sayuri, todas lo estamos haciendo por tu bien —dijo Mameha—. Sólo tenemos que hacerte sangrar un poquito, lo bastante para que el doctor quiera echarte un vistazo.

Un momento después, la cocinera había terminado de afilar el cuchillo y se puso de pie a mi lado, tan tranquila como si me fuera a ayudar a maquillarme —salvo que tenía un cuchillo en la mano—. Kazuko, la criada anciana que nos había recibido, me apartó con ambas manos el cuello del kimono. Me entró pánico; pero afortunadamente Mameha habló.

—Vamos a hacerle el corte en la pierna —dijo.

—No, en la pierna no —dijo Kazuko—. En el cuello es mucho más erótico.

—Sayuri, por favor, vuélvete y enséñale a Kazuko el roto que tienes en el kimono —me dijo Mameha. Cuando hice lo que me pedía, continuó—. ¿Cómo vamos a explicar el rasgón en la parte de atrás del kimono si el corte es en el cuello y no en la pierna?

—¿Cómo se relacionan las dos cosas? —preguntó Kazuko—. Lleva un kimono rasgado y tiene un corte en el cuello.

—No sé qué charlotea Kazuko —dijo la cocinera—. Tú sólo dime dónde quieres que le haga el corte, Mameha-san, y yo se lo haré.

Estoy segura de que debía de haberme gustado oír esto, pero no me gustó.

Mameha envió a una de las jóvenes criadas a buscar una barra de pigmento rojo del que se usa para perfilar los labios, y entonces lo pasó por la raja del kimono y me hizo una marca detrás del muslo, justo debajo de la nalga.

—Tienes que hacérselo exactamente aquí —le dijo Mameha a la cocinera.

Yo abrí la boca, pero antes de poder hablar, Mameha me dijo:

—Túmbate y no te muevas, Sayuri. Si nos retrasas más, me enfadaré.

Mentiría si dijera que la obedecí gustosa; pero, claro, no tenía otra elección. Así que me tumbé sobre una sábana extendida en el suelo y cerré los ojos, mientras Mameha me subía el kimono, descubriéndome casi hasta las caderas.

—Recuerda que si el corte tiene que ser más profundo, siempre estás a tiempo de repetirlo —dijo Mameha—. Empieza con el más superficial que puedas hacer.

Me mordí el labio en cuanto sentí la punta del cuchillo. Y creo que también se me escapó un pequeño quejido, pero no estoy segura. En cualquier caso, sentí un presión y luego Mameha dijo:

—Tampoco *tan* superficial. Apenas has pasado de la primera capa de piel.

—Parecen unos labios —le dijo Kazuko a la cocinera—. Has hecho una línea justo en el medio de la mancha roja, y parecen un par de labios. El doctor se va a reír.

Mameha estuvo de acuerdo y borró la mancha de pigmento después de que la cocinera le asegurara que sabía dónde era. Un momento después volví a sentir la presión del cuchillo.

Nunca he soportado bien la visión de la sangre. Recordarás que el día que conocí al Señor Tanaka me desmayé después de morderme el labio. Así que te puedes imaginar cómo me sentí al volverme y ver un reguero de sangre corriéndome por el muslo hasta la toalla que Mameha sujetaba contra mi entrepierna. Al verlo caí en un estado tal que no recuerdo nada de lo que pasó después —de cómo me subieron al *rickshaw* o del recorrido hasta el hospital, hasta que Mameha me agitó la cabeza para despertarme cuando estábamos a punto de llegar.

—Ahora, escúchame. Estoy segura de que te han dicho una y mil veces que tu tarea como aprendiza es la de impresionar a otras geishas, ya que ellas son las que te van a ayudar en tu carrera, y no preocuparte de lo que piensen los hombres. Bueno, pues ¡olvídalo! En tu caso no va a ser así. Tu futuro depende de dos hombres, como ya te he dicho, y estás a punto de conocer a uno de ellos. Tienes que causarle buena impresión. ¿Me escuchas?

—Sí, señora; he oído todas y cada una de sus palabras —dije entre dientes.

—Cuando te pregunten cómo te has cortado la pierna, la respuesta es que estabas tratando de ir al servicio con el kimono puesto y te caíste sobre algo cortante. No sabes lo que era, porque te desmayaste. Invéntate los detalles que quieras. Sólo tienes que estar segura de que suenas muy infantil. Y cuando entremos hazte la desvalida. A ver cómo lo haces.

Eché la cabeza atrás y dejé los ojos en blanco. Supongo que así es como me sentía, pero a Mameha no le gustó nada.

—No te he dicho que te hicieras la muerta. He dicho que te hicieras la desvalida. Así...

Mameha puso una mirada de aturdimiento, como si no pudiera enfocar la vista en ningún sitio, y se llevó la mano a la mejilla como si se sintiera desfallecer. Me hizo imitarla hasta que se sintió satisfecha de cómo lo hacía. Empecé mi representación cuando el conductor me ayudó a llegar a la entrada del hospital. Mameha caminaba a mi lado, arreglándome el kimono aquí y allá para asegurarse de que seguía pareciendo atractiva.

Entramos y preguntamos por el director del hospital; Mameha dijo que nos esperaba. Finalmente, una enfermera nos condujo por una larga galería hasta una habitación polvorienta con una mesa de madera y un sencillo biombo que ocultaba las ventanas. Mientras esperábamos, Mameha me quitó la toalla que me había atado a la pierna y la tiró a una papelera.

—Recuerda, Sayuri —me dijo en un susurro—, queremos que el doctor vea que eres lo más desvalida e inocente posible. Échate y trata de aparentar que te sientes muy débil.

No me costó ningún trabajo hacerlo. Un momento después, se abrió la puerta y entró el Doctor Cangrejo. Su nombre no era realmente Doctor Cangrejo, claro está, pero si lo hubieras visto, estoy segura de que se te habría ocurrido el mismo nombre. Era tan cargado de hombros y tenía los codos tan salidos que si se hubiera puesto a estudiar su forma, no podría haber hecho una imitación mejor de un cangrejo. Incluso al andar, avanzaba primero un hombro, exactamente igual que los cangrejos que avanzan de lado. Tenía bigote, y pareció muy contento de ver a Mameha, aunque más con la expresión de sorpresa de sus ojos que con una sonrisa.

El Doctor Cangrejo era un hombre metódico y ordenado. Cuando cerró la puerta, giró primero la manilla, de modo que el pestillo no hiciera ruido y luego comprobó que había quedado bien cerrada. Tras esto, se sacó una caja del bolsillo del abrigo y la abrió con sumo cuidado, como si se pudiera derramar algo si él no iba con tino; pero lo único que contenía era otro par de gafas. Tras cambiarse de gafas, volvió a guardarse la caja en el bolsillo y luego se alisó el abrigo con la mano. Finalmente, se me quedó mirando e hizo una pequeña y enérgica inclinación de cabeza, tras lo cual Mameha dijo:

—Siento molestarle, doctor. Pero Sayuri tiene un futuro tan brillante ante ella y ahora ha tenido la mala suerte de cortarse en la pierna. Y con la posibilidad de que pueda quedarle una espantosa cicatriz o de que se le infecte, pensé que sólo usted podría tratarla adecuadamente.

—Eso es —dijo el Doctor Cangrejo—. Y ahora, tal vez, ¿podría echar un vistazo a la herida?

—Lo siento, pero Sayuri se desmaya al ver la sangre, doctor —dijo Mameha—. Sería mejor si ella se volviera y dejara que usted le examinara la herida. Está por detrás del muslo.

—Entiendo perfectamente. ¿Le podría decir que se tumbe boca abajo en la camilla?

No entendía por qué el Doctor Cangrejo no me lo decía a mí directamente; pero para dar la sensación de obediente, esperé a oír las palabras de Mameha. Entonces el doctor me subió el kimono casi hasta las caderas y acercó una gasa y un líquido de fuerte olor, que frotó en mi muslo, antes de decir:

—Sayuri-san, por favor, ten la bondad de decirme cómo te hiciste la herida.

Yo hice una profunda inspiración, exagerada, tratando por todos los medios de parecer lo más débil posible.

—Bueno, me da un poco de vergüenza —empecé—, pero la verdad es que esta tarde bebí mucho té...

—Sayuri acaba de empezar su aprendizaje —dijo Mameha—. La estoy presentando por Gion. Y, claro, nos han invitado a té en todos los sitios.

—Sí, sí, ya me imagino —dijo el doctor.

—Bueno, pues el caso es —continué yo— que de pronto me entraron unas ganas... ya sabe...

—Sí. Beber mucho té puede llevar a una "necesidad extrema" de vaciar la vejiga —dijo el doctor.

—Eso es, gracias, doctor. Y, en realidad, "necesidad extrema" es poco decir, porque un poco más y me lo hago...

—Cuéntale al doctor sólo lo que te pasó —dijo Mameha.

—Lo siento —dije yo—. Sólo quería decir que tenía que llegar al retrete como fuera... pero cuando por fin llegué, me hice un lío con el kimono y debí de perder el equilibrio. Al caer me di en el pierna con algo puntiagudo. No sé lo que era. Creo que debí de desmayarme.

—Qué extraño que no vaciara la vejiga al perder el conocimiento —dijo el doctor.

Llevaba todo este tiempo tumbada boca abajo, despegando la cabeza de la camilla por temor a estropear el maquillaje y hablando mientras el doctor me miraba por detrás. Pero cuando el Doctor Cangrejo dijo esto último, hice todo lo posible por mirar por encima del hombro para ver a Mameha. Por suerte, ella estaba pensando más rápido que yo, porque dijo:

—Lo que quiere decir Sayuri es que perdió el equilibrio al intentar levantarse del retrete.

—Ya, ya —dijo el doctor—. El corte se lo ha producido un objeto muy afilado. Tal vez te caíste sobre un cristal roto o un trozo de metal en punta.

—Sí, sentí que era algo muy afilado —dije yo—. ¡Afilado como un cuchillo!

El Doctor Cangrejo no dijo nada, pero lavó el corte como si quisiera comprobar hasta dónde podía llegar a dolerme, y luego utilizó más líquido maloliente para limpiar la sangre que se había secado en mi pierna. Finalmente, me dijo que el corte no necesitaría más que una crema y una venda, y me dio instrucciones para cuidármelo los días siguientes. Y dicho esto, me bajó el kimono y guardó sus gafas como si fuera a romperlas si no tenía cuidado.

—Lamento que hayas echado a perder un kimono tan bonito —dijo—. Pero me alegro de haber tenido la oportunidad de conocerte. Mameha-san sabe que me interesan las caras nuevas.

—Oh, no, el placer es mío, doctor —dije yo.

—Tal vez, te vea una noche de estas en la Casa de Té Ichiriki.

—A decir verdad, doctor —dijo Mameha—, Sayuri es una propiedad especial, como se puede imaginar. Ya tiene más admiradores de los que puede tratar, por eso no hemos frecuentado la Ichiriki. ¿Podríamos verlo, tal vez, en la Casa de Té Shirae?

—Sí, yo también lo prefiero —dijo el Doctor Cangrejo. Y luego volvió a repetir todo el ritual de volverse a cambiar de gafas a fin de poder mirar en un librito que llevaba en el bolsillo—. Veamos..., estaré allí... dentro de dos días. Espero veros entonces.

Mameha le aseguró que iríamos, y salimos.

En el *rickshaw*, de vuelta a Gion, Mameha me dijo que lo había hecho muy bien.

—¡Pero, Mameha, si no he hecho nada!

—¿Ah, no? ¿Entonces cómo explicas tú lo que vimos en la frente del doctor?

—Yo no vi nada, sólo la mesa que tenía frente a mí.

—Pues digamos que cuando el doctor te estaba limpiando la sangre de la pierna, tenía la frente perlada de sudor, como si estuviéramos en pleno verano, pero la habitación no estaba ni siquiera templada.

—No creo.

—¡Pues qué le vamos a hacer! —dijo Mameha.

Yo no estaba muy segura de lo que hablaba Mameha ni qué pretendía exactamente llevándome a conocer a aquel doctor. Pero tampoco podía preguntarle, pues ya me había dicho claramente que no me iba a contar sus plantes. Y entonces, justo cuando el *rickshaw* cruzaba el puente de la Avenida Shijo para devolvernos a Gion, Mameha se paró a mitad de lo que me estaba contando.

—No sabes, Sayuri, cómo te lucen los ojos con ese kimono. Los escarlatas y amarillos... dan a tus ojos un brillo casi plateado. ¡Pero qué tonta soy! ¡Mira que no haberlo pensado antes! ¡Conductor! —llamó—. Nos hemos pasado. Párese aquí, por favor.

—Me había dicho Tominaga-cho, señora. No puedo parar en medio de un puente.

—O bien nos deja aquí ahora o llegamos hasta el otro lado del puente, damos la vuelta y lo cruzamos de nuevo en sentido contrario para venir a donde estamos. Y sinceramente no creo que tenga mucho sentido hacer eso.

El conductor dejó las varas en el suelo, y Mameha y yo nos bajamos. Los ciclistas tocaron las campanillas de sus bicicletas, enfadados, al pasar a nuestro lado, pero a Mameha no pareció preocuparle. Supongo que estaba tan segura de su lugar en el mundo que no se podía imaginar que le molestara a nadie que estuviera entorpeciendo el tráfico. Se tomó su tiempo, sacando una moneda tras otra de su monedero de seda hasta que pagó el precio exacto de la carrera, y luego me condujo por el puente de vuelta por donde habíamos venido.

Vamos a ir al estudio de Uchida Kosaburo —me anunció—. Es un artista maravilloso, y le van a gustar tus ojos. Estoy segura. A veces es un poco distraído. Y su estudio está todo revuelto. Puede que le lleve un rato fijarse en tus ojos, pero tú colócate siempre donde él pueda verlos.

Seguí a Mameha por un laberinto de calles y callejuelas hasta que llegamos a un callejón sin salida. Al final de éste se alzaba una brillante verja *shinto*, en miniatura, apretada entre dos casas. Al otro lado de la verja, pasamos entre varios pequeños pabellones y llegamos a unas escaleras de piedra flanqueadas por unos árboles que mostraban el brillante colorido otoñal. Las bocanadas de aire que salían del pequeño túnel que formaban los árboles sobre las escaleras eran frescas como el agua, de modo que al subirlas me pareció que estaba entrando en un mundo totalmente diferente. Oí unos chasquidos que me recordaron al sonido de la marea lamiendo la playa, pero resultó ser un hombre que de espaldas a nosotros barría el agua del escalón superior con un escobón cuyas cerdas eran color chocolate.

—¡Pero Uchida-san! —dijo Mameha—. ¿No tienes una criada que se encargue de esto?

El sol le daba de pleno, de modo que cuando se volvió a mirarnos, dudo que viera algo más que unas sombras bajo los árboles. Yo, sin embargo, podía verlo perfectamente, y era un hombre con una pinta muy peculiar. Tenía un lunar gigantesco en una de las comisuras de la boca, como si fuera un trozo de comida, y sus cejas eran

333

tan espesas y enmarañadas que parecían unas orugas que habían descendido desde el bosque de su cabello y se habían echado a dormir allí. Todo en él era desaliñado, no sólo sus cabellos grises, sino también su kimono que parecía que no se lo había quitado para dormir.

—¿Quién es?

—¡Uchida-san! ¿Todavía no reconoces mi voz después de tantos años?

—Seas quien seas, si pretendes enfadarme, has empezado bien. ¡No estoy de humor para que me interrumpan! Te tiraré este escobón si no me dices inmediatamente quién eres.

Uchida-san parecía tan enfadado que no me habría sorprendido si se hubiera arrancado de un mordisco el lunar de la boca y luego nos lo hubiera escupido. Pero Mameha siguió subiendo las escaleras, y yo la seguí, aunque poniendo buen cuidado de ir detrás, de modo que el escobón le diera a ella.

—¿Así es como recibes a las visitas, Uchida-san? —dijo Mameha conforme salía a la luz.

Uchida la miró entrecerrando los ojos.

—¡Ah! ¡Conque eras tú! ¿Por qué no puedes decir quién eres, como todo el mundo? Mira, toma el escobón y barre el resto de las escaleras. No va a venir nadie a mi casa hasta que no encienda incienso. Ha muerto otro de mis ratones, y la casa huele a ataúd.

A Mameha pareció divertirle todo esto y esperó hasta que Uchida se alejó para dejar el escobón arrimado a un árbol.

—¿Nunca has tenido un grano? —me susurró—. Cuando su trabajo no va como él quiere, Uchida se pone de este humor. Tienes que hacerle estallar, como si explotaras un grano, de modo que pueda volver a ser él mismo. Si no le das algo por qué enfadarse, empezará a beber y será aún peor.

—¿Tiene ratones? —le pregunté en un susurro—. Dijo que se le había muerto otro ratón.

—No, nada de eso. Lo que sucede es que deja fuera las barras de tinta, y los ratones se las comen y mueren envenenados. Yo le regalé una caja para meter las barras, pero no quiere usarla.

Justo entonces se abrió una rendija de la puerta, pues Uchida le había dado un empujón y entrado sin más. Mameha y yo nos descalzamos. El interior era una sola habitación de estilo campesino. En un rincón ardía incienso, pero todavía no había surtido efecto, porque el olor a ratón muerto me golpeó con tanta fuerza como si alguien me hubiera puesto un pegote de barro en la nariz. La habitación estaba todavía más desordenada que la de Hatsumono. Había pinceles por todas partes, algunos rotos o roídos, y grandes tablas con dibujos en blanco y negro a medio terminar. Y en medio de todo ello había un futón con todas las sábanas revueltas y manchadas de tinta. Pensé que Uchida también tendría todo el cuerpo lleno de manchas de tinta, y cuando me volví para comprobarlo, me dijo:

—¿Y tú qué miras?

Uchida-san, me gustaría presentarte a mi hermana pequeña, Sayuri —dijo Mameha—. Ha venido conmigo desde Gion para tener el honor de conocerte.

Lo dijo como si Gion estuviera muy lejos; pero en cualquier caso, yo me arrodillé en la estera e hice todo el ritual de reverencias y peticiones de protección, aunque estaba convencida de que no había oído ni una palabra de lo que le había dicho Mameha.

—Estaba teniendo un buen día, hasta la hora de comer —dijo—, y entonces mira lo que pasó —Uchida cruzó la habitación y tomó un tablero en las manos, alzándolo. Sujeto al tablero con chinchetas había un boceto de una mujer de espaldas con un sombrilla en la mano, todo era normal, salvo que un gato había pasado por encima con las zarpas mojadas de tinta, dejando unas huellas perfectamente dibujadas. El propio gato autor del desperfecto dormía en ese momento acurrucado sobre un montón de ropas sucias—. Lo traje por los ratones, ¡y mira lo que ha hecho! —continuó—. Estoy pensando en echarlo fuera.

—¡Pero si las huellas están estupendas! ¡Creo que mejoran el dibujo! ¿Tú qué crees Sayuri?

No me atrevería a decir nada porque Uchida no parecía muy feliz con el comentario de Mameha. Pero un momento después me di cuenta de que ésta estaba intentando estallar el grano, como ella decía. De modo que puse la voz más entusiasta que pude y dije:

—Me sorprende lo bonitas que quedan esas huellas. Yo creo que ese gato tiene algo de artista.

—Ya sé por qué no te gusta el pobre animal —dijo Mameha—. Tienes envidia de su talento.

—¿Envidia yo? —dijo Uchida—. El gato no es un artista, es un demonio, en el caso de que sea algo.

—Perdóname, Uchida-san —respondió Mameha—. Tienes razón. Pero dime: ¿estás pensando en tirar ese dibujo? Porque si es así, a mí me encantaría tenerlo. ¿No quedaría estupendo en mi apartamento, Sayuri?

Cuando Uchida oyó esto, arrancó el dibujo del tablero y dijo:

—¿Te gusta, eh? Pues vale. Te voy a hacer dos regalos con él —y entonces lo rompió en dos y le dio las dos partes a Mameha diciendo—: ¡Éste es uno! ¡Y éste es el otro! ¡Ahora, fuera!

—Me gustaría que no hubieras hecho esto —dijo Mameha—. Creo que era el dibujo más bonito que has pintado nunca.

—¡Fuera!

—¡Oh, Uchida-san! ¡No puedo! No sería una buena amiga si antes de irme no pusiera un poco de orden aquí.

Al oír esto el propio Uchida salió como un huracán de la casa, dejando la puerta abierta tras él. Le vimos dar una patada al escobón que Mameha había dejado apoyado en un árbol, y luego por poco se resbala y se cae al empezar a bajar por las húmedas escaleras. Pasamos la siguiente media hora poniendo un poco de orden en el estudio, hasta que Uchida volvió de mucho mejor humor, como había previsto Mameha. Todavía no estaba exactamente animado, y de hecho tenía la costumbre de estar constantemente pasándose la lengua por el lunar, lo que le daba un aspecto de estar siempre preocupado. Creo que estaba avergonzado de su comportamiento, porque no nos miraba directamente a ninguna de las dos. Enseguida se hizo evidente que no se iba a fijar en mis ojos para nada, así que Mameha le dijo:

—¿No crees que Sayuri es muy linda? ¿No te has molestado siquiera en mirarla?

Era un acto de desesperación, pensé yo, pero Uchida me dedicó un breve parpadeo, como quien limpia una miga de pan de la mesa. Mameha parecía muy decepcionada. La luz de la tarde empezaba a declinar, así que nos levantamos para irnos. Mameha se despidió con la más breve de las reverencias. Cuando salimos, yo me paré un segundo a ver el sol poniente, que pintaba el cielo tras las lejanas colinas de rosas y anaranjados de una forma tan sorprendente como el más bello kimono —incluso más, porque por magnífico que sea el kimono, las manos de quien lo lleva nunca iban a tener el brillo anaranjado que tenían las mías con aquella luz—. Parecía que las había sumergido en una especie de materia iridiscente. Las subí y me quedé un rato observándolas.

—Mameha-san, ¡mira! —le dije, pero ella pensó que hablaba de la puesta de sol y se volvió a contemplarla con indiferencia. Uchida estaba parado en el umbral, atusándose sus grises cabellos con una expresión de concentración en el rostro. Pero no era a la puesta de sol a lo que miraba. Me miraba a mí.

Si has visto alguna vez un famoso dibujo a tinta de Uchida Kosaburo de una joven en kimono, de pie, en un estado de total embeleso y con los ojos radiantes... Bueno, pues él siempre insistió en que la idea se la dio lo que vio aquella tarde. Yo nunca lo creí. No puedo imaginar que un dibujo tan hermoso pueda estar basado simplemente en la visión de una jovencita observándose embobada las manos a la luz del atardecer.

Diecinueve

Aquel mes sorprendente en el que volví a encontrar al Presidente —y conocí a Nobu y al Doctor Cangrejo y a Uchida Kosaburo— me sentí como si fuera un pequeño grillo que ha logrado escapar de su jaulita de mimbre. Por primera vez en años, podía irme a la cama con la idea de que no siempre iba a ser como una gota de té derramada en las esteras de tatami y que alguna vez en Gion se fijarían en mí. Todavía no sabía cuál era el plan de Mameha ni cómo iba a llevarme a triunfar como geisha ni si mi éxito me iba a acercar alguna vez al Presidente. Pero todas las noches, acostada en el futón, me ponía su pañuelo en la mejilla, reviviendo una y otra vez mi encuentro con él. Era como las campanas de los templos, que resuenan largo rato depués de haber sido tocadas.

Pasaron varias semanas sin noticias de ninguno de estos hombres, y Mameha y yo empezamos a preocuparnos. Pero, al fin, una mañana, una secretaria de la Compañía Iwamura telefoneó a la Casa de Té Ichiriki pidiendo mi compañía para esa tarde. Mameha estaba encantada con la noticia, pues esperaba que la invitación viniera de Nobu. Yo también estaba encantada; esperaba que fuera del Presidente. Más tarde, ese mismo día, le dije a la Tía, en presencia de Hatsumono, que esa tarde iba a acompañar a Nobu y que si podía ayudarme a escoger el kimono y los complementos. Para mi asombro, Hatsumono vino a echar una mano. Estoy segura de que si un extraño nos hubiera visto pensaría que pertenecíamos a una familia estrechamente unida. Hatsumono no soltó ninguna risita ni hizo ningún comentario sarcástico, y, de hecho, me ayudó bastante. Creo que la Tía estaba tan asombrada como yo. Terminamos eligiendo un kimono verde con un estampado de hojas plateadas y bermellón y un *obi* gris con hilos de oro. Hatsumono prometió pasar por allí para vernos juntos a Nobu y a mí.

Aquella tarde cuando me arrodillé en el vestíbulo de la Casa de Té Ichiriki pensé que toda mi vida había sido un camino hasta ese momento. Escuché el sonido amortiguado de las risas, intentando adivinar cuál sería la del Presidente; y cuando abrí la puerta y lo vi ante mí en la cabecera de la mesa, y Nobu de espaldas a mí... bueno, me cautivó de tal modo la sonrisa del Presidente, aunque no era sino una huella de la risa de un momento antes, que tuve que contenerme para no devolverle la sonrisa. Saludé primero a Mameha, luego al resto de las geishas que estaban en la habitación y, por último, a los seis o siete hombres allí reunidos. Cuando me puse en pie, me dirigí directamente a Nobu, como Mameha esperaba que hiciera. Debí de colocarme más pegada a él de lo que yo creía, pues Nobu, molesto, dio un golpe en la mesa con la copa y se apartó un poco de mí. Yo me disculpé, pero él no me prestó atención y Mameha sólo frunció el ceño. Me pasé el resto del tiempo sintiéndome fuera de lugar. Luego al salir juntas, Mameha me dijo:

—Nobu-san se molesta enseguida. En el futuro has de tener cuidado de no enfadarlo.

—Lo siento, señora. Al parecer no le gusto tanto como usted pensaba...

—¡Oh, claro que le gustas! Si no le gustara tu compañía habrías terminado llorando. A veces tiene un temperamento muy brusco, pero a su manera es un hombre muy bueno, como irás descubriendo.

340

La Compañía Iwamura volvió a invitarme a la Casa de Té Ichiriki esa misma semana y muchas más; y no siempre con Mameha. Ésta me advirtió que no me quedara demasiado tiempo no fuera a crearme mala fama; así que transcurrida una hora más o menos, me despedía, excusándome con una reverencia, como si tuviera que asistir a otra recepción. Muchas veces, cuando me estaba vistiendo para estas veladas, Hatsumono insinuaba que tal vez se dejaría caer, pero nunca lo hizo. Entonces, una tarde, cuando yo no lo esperaba, me informó que aquella tarde tenía un poco de tiempo libre y estaba segura de que vendría.

Me puse un poco nerviosa, como te puedes imaginar; pero las cosas empeoraron aún más cuando llegué a la casa de té y descubrí que Nobu estaba ausente. Era el grupo más pequeño al que hubiera sido invitada en Gion, con dos geishas más solamente y cuatro hombres. ¿Qué iba a pasar si venía Hatsumono y me encontraba en compañía del Presidente y sin Nobu? No había avanzado mucho tratando de encontrar una solución cuando de pronto se abrió la puerta y vi, no sin que me entrara inmediatamente una atroz ansiedad, a Hatsumono de rodillas en el umbral.

Mi único recurso, decidí, era fingir que estaba aburriéndome, como si sólo me interesara la compañía de Nobu. Tal vez, aquello habría bastado para salvarme aquella noche, pero por suerte Nobu llegó unos minutos después, en cualquier caso. La hermosa sonrisa de Hatsumono se expandió en cuanto Nobu entró en la habitación, hasta que sus labios parecieron gotas de sangre manando de una herida. Nobu se acomodó en la mesa, y entonces, de pronto, Hatsumono sugirió de una forma casi maternal, que le sirviera sake. Yo me fui a sentar a su lado e intenté mostrar todos los signos de una chica enamorada. Cada vez que se reía, por ejemplo, yo empezaba a parpadear mirándolo, como si no pudiera resistirlo. Hatsumono estaba encantada y nos observaba tan abiertamente que ni siquiera se daba cuenta de que las miradas de todos los hombres estaban clavadas en ella, o lo más probable es que simplemente estuviera acostumbrada a la atención que provocaba. Esa noche estaba cautivadoramente hermosa, como siempre. El joven sentado en un extremo de la mesa no podía hacer otra cosa que mirarla y fumar un cigarrillo tras otro. Incluso el Presidente, que sostenía con singular gracia una copa entre los dedos, la miraba a hurtadillas. Yo me pregunté si los hombres se dejarían cegar hasta tal punto por la belleza que llegaran a sentirse privilegiados de poder vivir con un verdadero demonio, mientras fuera un demonio hermoso. Me imaginé de pronto al Presidente entrando tarde por la noche en el vestíbulo de nuestra *okiya* para encontrarse con Hatsumono, con un ligero sombrero en la mano y sonriéndome mientras se desabotonaba el abrigo. No creía que pudiera llegar a estar realmente tan extasiado por su belleza que ello le hiciera pasar por alto los rasgos de crueldad que terminarían por dejarse ver. Pero una cosa era cierta: si Hatsumono se daba cuenta de lo que yo sentía por él, intentaría seducirlo, aunque sólo fuera por hacerme sufrir.

De pronto, me pareció urgente que Hatsumono se fuera. Sabía que estaba allí para contemplar "la evolución del romance", como decía ella. Así que me propuse que viera lo que había venido a ver. Empecé tocándome el cuello y el peinado cada dos por tres, a fin de parecer que estaba preocupada por mi aspecto. Pero al rozar sin darme cuenta uno de los adornos que llevaba en el pelo, se me ocurrió una idea. Esperé hasta que alguien contó un chiste y entonces riéndome y atusándome el peinado me incliné hacia Nobu. He de admitir que era un gesto un poco extraño, pues mi cabello estaba encerado y apenas se movía o se despeinaba. Me proponía soltarme uno de los adornos —una cascada de flores de seda amarillas y naranjas—, de modo que cayera en el regazo de Nobu. No obstante, lo que sucedió fue que el adorno estaba más sujeto de lo que yo creía, y cuando por fin conseguí soltarlo, salió disparado, rebotó en el pecho de Nobu y cayó en el tatami entre sus piernas cruzadas. Casi todo el mundo se dio cuenta, pero nadie sabía qué hacer. Yo había planeado que alargaría la mano hasta su regazo y lo reclamaría con infantil turbación, pero no me atreví a alcanzar su entrepierna.

Nobu lo agarró él mismo y lo giró lentamente tomándolo por la púa que lo sujetaba al cabello.

—Busca a la joven camarera que me ha recibido —me dijo—. Dile que quiero el paquete que he traído.

Hice lo que Nobu me mandaba y volví al salón, donde todo el mundo me esperaba. Nobu tenía todavía en la mano mi adorno del pelo, agarrándolo de modo que las flores oscilaban sobre la mesa. No hizo ademán de tomar el paquete cuando se lo ofrecí.

—Pensaba dártelo más tarde, cuando salieras. Pero parece que debo dártelo ahora —dijo, y me indicó con un gesto de cabeza que lo abriera. A mí me daba mucha vergüenza, pues todo el mundo me miraba, pero le quité la envoltura de papel, abrí la cajita de madera que había dentro y encontré una peineta exquisitamente decorada sobre un lecho de satén. La peineta, que tenía una forma semicircular, era de un vivo color rojo decorada con flores de brillantes colores.

—La encontré en una tienda de antigüedades hace unos días —dijo Nobu.

El Presidente, contemplando pensativo el adorno que yo había dejado en su estuche, encima de la mesa, movió lo labios, pero ningún sonido salió de su boca al principio; entonces se aclaró la garganta, y dijo con una extraña tristeza en la voz:

—Vaya, Nobu-san, no sabía que fueras tan sentimental.

Hatsumono se levantó de la mesa; pensé que había logrado librarme de ella por esa noche, pero para mi sorpresa dio la vuelta y se arrodilló a mi lado. Yo no sabía qué hacer, hasta que ella sacó la peineta de la caja y la introdujo cuidadosamente en la base de mi moño. Luego extendió la mano, y Nobu le dio el adorno de flores, que ella volvió a colocar en mi cabeza con la misma delicadeza que una madre con su bebé. Yo se lo agradecí con una pequeña reverencia.

—¿No es la más linda de las criaturas? —dijo, dirigiéndose claramente a Nobu. Y luego suspiró dramáticamente, como si éste fuera uno de los pocos momentos románticos que hubiera experimentado en su vida, y salió de la habitación, como yo esperaba que hiciera.

No es necesario decir que los hombres pueden ser tan distintos unos de otros como los arbustos que florecen en diferentes momentos del año. Pues aunque Nobu y el Presidente parecieron interesarse por mí unas semanas después del torneo de sumo, pasaron varios meses y seguíamos sin saber nada ni del Doctor Cangrejo ni de Uchida. Mameha tenía muy claro que debíamos esperar hasta que ellos dijeran algo, más que encontrar un pretexto para volver a verlos, pero a la larga no pudo soportar más el suspense y una tarde fue a ver lo que pasaba con Uchida.

Resultó que poco después de nuestra visita, un tejón mordió a su gato que murió de la infección al cabo de unos días. Y a resultas de ello, Uchida se había vuelto a dar a la bebida. Mameha fue a visitarlo varios días para animarlo. Finalmente, cuando parecía que su humor estaba a punto de cambiar, me vistió con un kimono azul cielo adornado en el bajo con un bordado de cintas multicolores —y con tan sólo un toquecito de maquillaje occidental, para "acentuar los ángulos", como decía ella— y me mandó a su casa con un gatito blanco perla que le había costado una fortuna. Yo pensaba que el gatito era adorable, pero Uchida apenas le hizo caso y, en su lugar, me miró con los ojos entrecerrados, moviendo la cabeza a un lado y al otro. Unos días después, nos llegó la noticia de que quería que posara para él en su estudio. Mameha me advirtió que no dijera ni una palabra y me envió allí con su doncella Tatsumi de carabina, la cual se pasó toda la tarde dando cabezadas en un rincón de la habitación, mientras Uchida me llevaba de un sitio a otro, mezclando frenéticamente sus tintas y pintando un poco sobre papel de arroz, antes de volver a cambiarme de sitio.

Si recorrieras Japón y vieras las distintas obras en las que posé para Uchida durante ese invierno y los años que siguieron —como su único óleo conservado, que está colgado en la sala de juntas del Banco Sumitomo de Osaka—, te podrías imaginar que posar para él fue una experiencia llena de *glamour*. Pero en realidad no podría haber sido más aburrido. La mayor parte del tiempo, me limitaba a estar incómodamente sentada durante una hora o más. Sobre todo me acuerdo de pasar mucha sed, pues Uchida nunca me ofrecía nada de beber. Incluso cuando empecé a llevarme mi propio té en un tarro, él se lo llevaba al otro extremo de la habitación para no distraerse. Siguiendo las instrucciones de Mameha, nunca intenté hablarle, ni siquiera una tarde terrible a mediados de febrero, cuando probablemente debería haberle dicho algo y no lo hice. Uchida vino a sentarse frente a mí y me miró fijamente a los ojos, mordisqueando el lunar que tenía en la comisura de la boca. Tenía un ramillete de barras de tinta en la mano y un cuenco con agua que se enfriaba continuamente, pero pese a todas las combinaciones de tinta azul y gris que llevaba molidas no acababa de estar satisfecho con el color resultante y salía fuera para tirarlo en la nieve. Su irritación fue en aumento a lo largo de la tarde, conforme sus ojos me iban taladrando, hasta que terminó por decirme que me fuera. No supe nada de él en dos semanas, y más tarde me enteré de que había vuelto a beber. Mameha me echó la culpa por haber dejado que esto sucediera.

En cuanto al Doctor Cangrejo, cuando lo conocí prometió vernos a Mameha y a mí en la Casa de Té Shirae, pero seis semanas después seguíamos sin saber nada de él. Mameha empezó a preocuparse al ver que pasaban las semanas sin noticias. Yo todavía no me había enterado de su plan para desequilibrar a Hatsumono, salvo que era como una puerta colgada de dos bisagras: una era Nobu y la otra el Doctor Cangrejo. Lo que se proponía con Uchida, no puedo saberlo, pero me parecía que formaba parte de un plan diferente, o, al menos, no ocupaba un lugar central en sus planes.

Finalmente, un día a finales de febrero, Mameha se encontró con el Doctor Cangrejo en la Casa de Té Ichiriki y se enteró de que había estado agobiado de trabajo debido a la apertura de un nuevo hospital en Osaka. Pero una vez superado el trabajo más duro, esperaba poder reanudar mi conocimiento en la Casa de Té Shirae a la semana siguiente. Recordarás que Mameha había afirmado que me abrumarían las invitaciones si me dejaba ver en la Ichiriki; por eso el Doctor Cangrejo sugería que nos viéramos en la Shirae. Pero la verdadera razón de Mameha para no ir a la Ichiriki era, claro está, vernos libres de Hatsumono. Pese a todas las precauciones, cuando me estaba preparando para volver a ver al doctor, no pude evitar sentir cierta desazón ante la idea de que Hatsumono nos encontrara. Sin embargo, en cuanto vi la Casa de Té Shirae, casi me echo a reír, pues era ciertamente el tipo de lugar que Hatsumono haría todo lo posible por evitar. Me hacía pensar en un capullo marchito en un árbol totalmente florecido. Gion siguió siendo una zona bulliciosa durante los años de la Depresión, pero la Casa de Té Shirae, que, para empezar, nunca había sido especialmente importante, no había hecho sino decaer aún más. La única razón por la que un hombre tan rico como el Doctor Cangrejo fuera cliente de un lugar como éste era que no siempre había sido tan rico. La Casa de Té Shirae era tal vez lo mejor que el doctor se podía permitir durante sus primeros años, y el ser finalmente recibido en la Ichiriki no significaba que tuviera libertad para romper su vínculo con la Shirae. Cuando un hombre toma una amante, no se da media vuelta y se divorcia de su esposa.

Esa noche en la Shirae, yo serví el sake mientras Mameha contaba una historia, y durante todo el tiempo, el Doctor Cangrejo estuvo sentado con los codos apuntando hacia fuera, tanto, en realidad, que a poco que se moviera enseguida nos daba con ellos, tras lo cual se volvía y se excusaba con una pequeña inclinación de cabeza. Como pude descubrir aquella noche, el Doctor Cangrejo era un hombre tranquilo; se pasó la mayor parte de la velada con la vista fija en la mesa, y de vez en cuando deslizaba un trozo de *sashimi* bajo el bigote de una forma que a mí me hacía pensar en un niño escondiendo algo bajo las tablas del suelo. Cuando por fin nos despedimos, yo pensé que la velada había sido un fracaso, pues normalmente un hombre que se hubiera divertido tan poco no volvería a Gion. Pero, muy al contrario, resultó que volvimos a saber de él a la semana siguiente, y prácticamente todas las semanas durante los meses que siguieron.

Todo parecía ir suave como la seda en lo que al Doctor Cangrejo se refiere, hasta que una tarde de mediados de marzo estuve a punto de echar a perder con una auténtica tontería los planes que con tanta cautela había trazado Mameha. Estoy segura de que muchas jóvenes geishas han echado por tierra unas magníficas perspectivas negándose a hacer algo que se esperaba que hicieran, portándose mal con un hombre importante o cualquier otra cosa por el estilo. Pero la falta que yo cometí era tan trivial que ni siquiera fui consciente de lo que estaba haciendo.

Todo sucedió en un minuto, en la *okiya*, un día muy frío poco después de comer. Yo estaba tocando el *shamisen* sentada en la plataforma exterior, y Hatsumono se acercó apresurada camino del retrete. De haber estado calzada, habría saltado de un brinco al pasaje del patio para dejarla pasar. Pero lo que sucedió es que tuve que forcejear un momento para ponerme en pie porque tenía las piernas y los brazos agarrotados de frío. Si hubiera sido más rápida, probablemente Hatsumono no se habría tomado la molestia de dirigirme la palabra. Pero mientras yo trataba torpemente de levantarme, me dijo:

—El embajador alemán está en la ciudad, pero Calabaza no está libre para acompañarlo. ¿Por qué no le dices a Mameha que te prepare las cosas para poder sustituirla? —y se echó a reír, como si quisiera decir que la idea de que yo pudiera acompañar al embajador alemán era tan ridícula como servirle un plato de bellotas al Emperador.

El embajador alemán había causado un gran revuelo en Gion por esos años. Durante este período, en 1935, acababa de subir al poder en Alemania un nuevo gobierno. Y aunque nunca he sabido mucho de política, sí que sé que por entonces Japón se estaba distanciando de los Estados Unidos y deseaba causar buena impresión al embajador alemán. Todo el mundo se preguntaba quién tendría el honor de acompañarlo durante su inminente visita a Gion.

Cuando Hatsumono me habló, yo debía haber bajado la cabeza avergonzada y haber lamentado con gran teatro la miseria de mi vida comparada con la de Calabaza. Pero dio la casualidad de que precisamente había estado reflexionando sobre cuánto parecían haber mejorado mis expectativas y lo bien que habíamos engañado a Hatsumono con el plan de Mameha, fuera éste el que fuera. Mi primer instinto cuando Hatsumono me habló fue sonreír, pero en su lugar me mostré impasible como una máscara, y me alegré de no haber soltado prenda. Hatsumono me miró de forma extraña; y justo en ese momento yo debería haberme dado cuenta de que se le había pasado algo por la cabeza. Me eché rápidamente a un lado, y ella siguió su camino. Eso fue todo, por lo menos en lo que a mí respecta.

Entonces, unos días después, Mameha y yo fuimos a la Casa de Té Shirae a acompañar al Doctor Cangrejo. Pero cuando abrimos la puerta, vimos a Calabaza calzándose para marcharse. Me di un gran susto al verla y empecé a hacer conjeturas sobre lo que habría podido llevarla hasta allí. Entonces Hatsumono entró en el vestíbulo, y yo supe entonces que de un modo u otro había vuelto a burlarnos.

—Buenas tardes, Mameha-san —dijo Hatsumono— ¡Y mira quién va contigo! ¡La aprendiza que
tanto le gustaba al doctor!

Estoy segura de que Mameha estaba tan sorprendida como yo, pero no dio muestras de ello.

—¡Vaya, vaya, Hatsumono-san! Por poco no te
reconozco... ¡Madre mía! ¡Qué bien envejeces!

Hatsumono no era realmente mayor; sólo tenía
veintiocho o veintinueve años. Creo que Mameha sencillamente quería decirle algo desagradable.

—Supongo que vais a ver al doctor —dijo Hatsumono—. ¡Qué hombre tan interesante! Espero que siga
queriendo veros. Bueno, yo ya me iba. Adiós —Hatsumono parecía contenta al salir, pero a la luz de la farola de
la calle distinguí una mirada lastimera en Calabaza.

Mameha y yo nos descalzamos sin decir palabra;
ninguna sabía qué decir. Esa noche, el deprimente ambiente de la Casa Shirae parecía tan denso como el agua
de un estanque. El aire olía a maquillaje rancio; las esquinas de los cuartos estaban todas desconchadas. Hubiera
dado cualquier cosa por darme media vuelta e irme.

Cuando abrimos la puerta del vestíbulo, encontramos a la dueña de la casa de té acompañando al
Doctor Cangrejo. Por lo general, solía quedarse unos
minutos después de que llegáramos; seguramente para
cobrárselos al doctor. Pero esa noche, al entrar nosotras, se
excusó y ni siquiera levantó la vista al pasar a nuestro lado.
El Doctor Cangrejo estaba sentado de espaldas a nosotras,
así que pasamos por alto el formalismo de la reverencia y
fuimos directamente a sentarnos con él en la mesa.

—Parece cansado, doctor —dijo Mameha—.
¿No se encuentra bien hoy?

El Doctor Cangrejo no abrió la boca. Sencillamente se puso a hacer círculos en la mesa con el vaso de
cerveza, como para pasar el rato —aunque era un hom-

bre eficaz y no malgastaba ni un momento si estaba de su mano.

—Sí, estoy bastante cansado —dijo por fin—. No tengo muchas ganas de hablar.

Y con esto, apuró la cerveza de un trago y se levantó para marcharse. Mameha y yo nos miramos. Cuando el Doctor Cangrejo llegó a la puerta de la habitación, se volvió a nosotras y dijo:

—No me gusta que la gente en la que confío me engañe.

Y luego salió sin cerrar la puerta.

Mameha y yo estábamos demasiado atónitas para hablar. Finalmente, ella se puso en pie y cerró la puerta. De vuelta a la mesa, se alisó el kimono y luego entrecerró lo ojos enfadada y me dijo:

—Está bien, Sayuri. ¿Qué le has dicho exactamente a Hatsumono?

—Mameha-san, ¿después de todo lo que hemos trabajado? Le prometo que nunca haría nada que echara a perder mis posibilidades.

—Pues parece que el doctor te ha apartado de su camino, como si no fueras más que un saco vacío. Estoy segura de que hay una razón... pero no podremos conocerla hasta que no sepamos lo que le ha dicho Hatsumono esta noche.

—¿Y cómo vamos a saberlo?

—Calabaza estaba también en la habitación. Así que tendrás que abordarla como sea y preguntarle.

No estaba muy segura de que Calabaza quisiera hablar conmigo, pero dije que lo intentaría, y Mameha pareció quedarse satisfecha. Se levantó y se dispuso a marcharse, pero yo me quedé donde estaba hasta que ella se volvió para ver qué me detenía.

—Mameha-san, ¿puedo hacerle una pregunta? —dije—. Ahora Hatsumono está enterada de que he estado acompañando al doctor, y probablemente sabe por qué. El que sin duda lo sabe es el doctor. Usted también, claro está. Incluso Calabaza sabe por qué. ¡Yo soy la única que no lo sabe! ¿Sería tan amable de contarme cuál es su plan?

—Sabes perfectamente bien que Uchida-san te mira con ojos de artista. Pero el doctor está interesado en algo más, lo mismo que Nobu. ¿Sabes a lo que nos referimos cuando hablamos de la "anguila sin casa"?

No tenía ni idea de qué hablaba y así se lo dije.

—Los hombres tienen una especie de ... bueno, de "anguila" —dijo—. Las mujeres no la tienen. Pero los hombres sí. Esta situada...

—Creo que sé a lo que se refiere —dije—, pero no sabía que se llamaba anguila.

—No es un anguila de verdad —dijo Mameha—. Pero hacer que es una anguila facilita las cosas. Así que imaginemos que lo es. La cosa es así: esta anguila se pasa toda la vida intentando encontrar una casa, ¿y qué crees tú que tienen las mujeres dentro de ellas? Una cueva donde a las anguilas les gusta vivir. Esta cueva es de donde sale la sangre todos los meses, cuando las "nubes cubren la luna", como se suele decir.

Ya era lo bastante mayor para comprender lo que Mameha decía de las nubes cubriendo la luna, pues ya hacía varios años que lo había experimentado. La primera vez no me habría asustado más si hubiera estornudado y hubiera encontrado un trozo de mis sesos en el pañuelo. Estaba realmente asustada, creyendo que me iba a morir, hasta que la Tía me encontró un día lavando un trapo manchado de sangre y me explicó que sangrar era sencillamente una parte de lo que era ser una mujer.

—Puede que no lo sepas —dijo Mameha—, pero las anguilas son muy territoriales. Cuando encuentran una cueva que les gusta se deslizan dentro y se dan unos meneos para asegurarse de que..., bueno de que es una cueva agradable. Y cuando por fin deciden que es lo bastante confortable, marcan la cueva como territorio propio... escupiendo. ¿Entiendes?

Si Mameha me hubiera dicho sin más lo que trataba de decirme, seguro que me habría asustado, pero, al menos, descifrando todo aquello me distraje un poco. Años después descubriría que así fue también como se lo había explicado a Mameha en su momento su hermana mayor.

—Y aquí viene la parte que te va a parecer más extraña —continuó Mameha, como si lo que acabara de decirme no me lo pareciera ya bastante—. A los hombres les *gusta* mucho hacerlo. De hecho, hay hombres que apenas hacen otra cosa en la vida que buscar diferentes cuevas para su anguila. La cueva de una mujer en la que nunca ha entrado una anguila es particularmente apreciada por los hombres. ¿Entiendes? A esto le llamamos *mizuage*.

—¿A qué se llama *mizuage*?

—A la primera vez que la anguila de un hombre explora la cueva de una mujer. A eso llamamos *mizuage*.

Mizu significa "agua"; y *age*, algo así como "elevar" o "poner encima"; de modo que el término *mizuage* suena como si tuviera algo que ver con sacar agua o poner algo sobre el agua. Si le preguntas a tres geishas, cada una tendrá una idea distinta sobre el origen del término. Cuando Mameha terminó su explicación, yo me sentí aún más confusa, aunque hice como si me hubiera enterado de algo.

—Supongo que te imaginas por qué le gusta tanto al doctor venir a Gion —continuó Mameha—. Gana mucho dinero en su hospital y, salvo el que necesita para mantener a su familia, se lo gasta todo intentando encontrar posibilidades de *mizuage*. Puede que te interese saber, Sayuri-san, que tú eres precisamente el tipo de joven que más le gusta. Lo sé muy bien, porque yo también fui una de esas jóvenes.

Como pude saber tiempo después, uno o dos años antes de que a mí me trajeran a Gion, el Doctor Cangrejo había pagado una cantidad récord por el *mizuage* de Mameha, tal vez 7.000 u 8.000 yenes. Puede que ahora no parezca mucho dinero, pero en aquel tiempo era una suma que incluso alguien como Mamita —que sólo pensaba en el dinero y en cómo tener más y más— sólo podría ver una o dos veces en toda su vida. El *mizuage* de Mameha había sido tan caro, en parte, por su fama; pero además había otra razón, como me explicó aquella tarde. Dos hombres de fortuna habían pujado por su *mizuage*. Uno era el Doctor Cangrejo. El otro, un hombre de negocios llamado Fujikado. Por lo general, los hombres en Gion no competían de este modo; se conocían y preferían llegar a un acuerdo. Pero Fujikado vivía en el otro extremo del país, y sólo aparecía ocasionalmente por Gion. No le preocupaba ofender al Doctor Cangrejo. Y éste, que afirmaba que por sus venas corría sangre aristocrática, odiaba a ese tipo de hombres como Fujikado, salidos de la nada, aunque, en realidad, él también lo era en gran medida.

Cuando Mameha se dio cuenta en el torneo de sumo que yo le hacía tilín a Nobu, pensó en las similitudes que guardaba éste con Fujikado —también se había hecho a sí mismo y también era repulsivo a los ojos de un hombre como el Doctor Cangrejo—. Con Hatsumono siempre persiguiéndome, como un ama de casa detrás de una cucaracha, no iba a hacerme famosa como lo había sido Mameha ni, por lo tanto, iba a poder sacar mucho de mi *mizuage*. Pero si esos dos hombres me encontraban lo bastante atractiva, podrían empezar a competir por cuál de los dos ofrecía más, lo que me pondría a mí en una posición en la que podría pagar mis deudas, como si hubiera sido todo el tiempo una cotizada aprendiza. A esto es a lo que se refería Mameha cuando decía que había que "desequilibrar" a Hatsumono. A Hatsumono le encantaba la idea de que Nobu me encontrara atractiva; pero de lo que no se daba cuenta era de que mi favor con Nobu podría subir considerablemente el precio de mi *mizuage*.

No cabía duda de que teníamos que recuperar el aprecio del Doctor Cangrejo. Sin él Nobu podría ofrecer lo que quisiera por mi *mizuage*, es decir, si es que estaba interesado realmente. Yo no estaba muy segura de ello, pero Mameha me tranquilizaba diciendo que un hombre no cultiva una relación con una aprendiza de quince años a no ser que tenga en mente su *mizuage*.

—Estáte segura de que no es tu conversación lo que le atrae —me espetó.

Yo intenté dar la impresión de que no me había ofendido.

Veinte

Retrospectivamente, esta conversación con Mameha supuso un giro en mi conocimiento del mundo. Antes de ella, no tenía ni idea de qué era el *mizuage*; era una niña ingenua que no sabía nada de nada. Pero después de la conversación, empecé a comprender qué quería obtener a cambio del tiempo y del dinero que invertía en Gion un hombre como el Doctor Cangrejo. Una vez que te enteras de estas cosas, ya no puedes dejar de saberlas. Y no pude volver a pensar en él como lo había hecho hasta entonces.

De vuelta en la *okiya* esa misma noche, esperé en mi cuarto a oír a Hatsumono y a Calabaza subir las escaleras. Ya era una o dos horas después de medianoche cuando por fin volvieron. Supe que Calabaza estaba cansada por el ruido que hacía al poner las manos en los peldaños, pues a veces subía a cuatro patas, como un perro. Antes de cerrar la puerta de su cuarto, Hatsumono llamó a una de las criadas y le pidió una cerveza.

—No, espera —dijo—. Trae dos. Quiero que Calabaza beba conmigo.

—Por favor, por favor, Hatsumono-san —oí suplicar a Calabaza—. Antes me bebería el agua de fregar.

—Vas a leerme en alto mientras me bebo la mía, así que mejor te tomas tú también una. Además odio tener al lado a alguien tan sobrio. Me enferma.

Tras esto la criada bajó las escaleras. Cuando volvió a subirlas un rato después, oí tintinear los vasos en la bandeja.

Estuve un buen rato sentada con la oreja pegada a la puerta de mi habitación, oyendo a Calabaza leer un artículo sobre un nuevo actor de Kabuki. Por fin, Hatsumono salió dando traspiés al rellano y abrió la puerta del servicio.

—¡Calabaza! —la oí llamar—. ¿No te apetecería un plato de pasta?

—No, no señora.

—Mira a ver si encuentras al vendedor ambulante. Y compra también para ti; así me harás compañía.

Calabaza suspiró y bajó, pero yo tuve que esperar a que Hatsumono volviera a su habitación antes de escabullirme escaleras abajo y seguirla. No habría alcanzado nunca a Calabaza si no fuera porque ésta estaba tan agotada que avanzaba sin rumbo a la velocidad del lodo colina abajo. Cuando la encontré, se asustó al verme y me preguntó qué pasaba.

—No pasa nada —le contesté—, salvo que necesito desesperadamente que me ayudes.

—¡Oh, Chiyo-san! —me dijo; creo que era la única persona que me seguía llamando así—. ¡No tengo tiempo! Estoy tratando de encontrar al vendedor ambulante de pasta. A Hatsumono le han entrado ganas de pasta de repente. Y quiere que yo también me tome un plato. Tengo miedo de vomitar encima de ella.

—¡Pobre Calabaza! —exclamé—. Pareces un trozo de hielo que ha empezado a fundirse —su cara mostraba todo el cansancio que tenía, y parecía que en cualquier momento iba a caer redonda al suelo por el peso de toda la ropa. Le dije que se sentara, que yo buscaría al vendedor y volvería con los platos de pasta. Estaba tan cansada que no me llevó la contraria; se limitó a darme el dinero y se sentó en un banco junto al arroyo Shirakawa.

Me llevó un rato encontrar al vendedor, pero por fin volví con dos platos de pasta humeante. Calabaza estaba profundamente dormida con la cabeza echada hacia atrás y la boca abierta como si esperara llenarla de agua de lluvia. Eran como las dos de la madrugada, y todavía se veía gente por la calle. Había cerca un grupo de hombres y, a juzgar por sus risas, debían de pensar que Calabaza era lo más divertido que habían visto en las últimas semanas. Y he de admitir que era una escena peculiar: una aprendiza vestida y maquillada al completo roncando en un banco.

Dejé los platos en el banco, a su lado, la desperté lo más suavemente que pude y le dije:

—Calabaza, tengo que pedirte un favor, pero... temo que no te haga muy feliz saber en qué consiste.

—Da igual —dijo—. Ya nada puede hacerme feliz.

—Esta tarde estabas presente en la habitación cuando Hatsumono habló con el doctor. Temo que todo mi futuro dependa de esa conversación. Hatsumono debe de haberle contado algo sobre mí que no es cierto, porque ahora el doctor ya no quiere volver a verme.

Por mucho que odiara a Hatsumono —por mucho que quisiera averiguar lo que había hecho esa tarde— lamenté al instante habérselo mencionado a Calabaza. Estaba pasándolo tan mal que el suave toque que le di en el brazo fue demasiado para ella. Los ojos se le llenaron de lágrimas, que empezaron a correrle por las anchas mejillas, como si llevara años almacenándolas.

—No lo sabía, Chiyo-san —dijo, rebuscando bajo el *obi* hasta sacar un pañuelo—. No tenía ni idea.

—¿Te refieres a lo que iba a decir Hatsumono? Pero ¿cómo iba a saberlo nadie?

—No, no es eso. No sabía que nadie pudiera ser tan malo. No lo entiendo... Hace cosas con el único objetivo de dañar a la gente. Y lo peor es que cree que la admiro y que quiero ser como ella. Pero, ¡la odio! Nunca he odiado tanto a nadie.

El pañuelo amarillo de Calabaza estaba teñido con el blanco del maquillaje. Si unos momentos antes me había parecido un cubo de hielo que empezaba a derretirse, ahora se había convertido en un charco.

—Calabaza, por favor, escúchame —dije—. No te lo habría preguntado si tuviera otra alternativa. Pero no quiero quedarme de criada toda mi vida, y eso es lo que pasará si Hatsumono se sale con la suya. No parará hasta aplastarme como a una cucaracha. Me machacará si tú no me ayudas a escabullirme.

A Calabaza le pareció gracioso que yo me comparara con una cucaracha, y nos echamos a reír. Mientras ella se debatía entre la risa y el llanto, yo agarré el pañuelo que tenía en la mano y me puse a quitarle los churretes del maquillaje. Estaba tan emocionada de volver a ver a la Calabaza de antes, la que había sido mi compañera de fatigas, que a mí también se me llenaron los ojos de lágrimas y terminamos abrazadas.

—¡Oh, Calabaza! Se te ha corrido todo el maquillaje —le dije cuando nos separamos.

—No importa —me respondió—. Le diré a Hatsumono que me asaltó un borracho y me pasó un trapo por la cara sin que yo pudiera defenderme porque llevaba los dos platos de pasta en las manos.

Creí que no iba a decir nada más, pero finalmente, tras un largo suspiro, dijo:

—Quiero ayudarte, Chiyo, pero ya hace un buen rato que estoy en la calle. Hatsumono saldrá a buscarme si no me doy prisa. Y si nos encuentra juntas...

—Sólo te quiero hacer unas cuantas preguntas, Calabaza. Sólo dime: ¿cómo se enteró Hatsumono que yo veía al doctor en la Casa de Té Shirae?

—¡Ah, eso! —dijo Calabaza—. Hace unos días intentó provocarte a propósito del embajador alemán, pero tú no le hiciste caso. Parecías tan tranquila que Hatsumonó pensó que Mameha y tú debíais de traeros algo entre manos. Así que se acercó al Registro a ver a Awajiumi y le preguntó qué casas de té habías estado frecuentando. Cuando se enteró de que la Shirae era una de ellas, puso esa cara que se le pone a ella, y esa misma noche empezamos a ir allí a buscar al doctor. Fuimos dos veces antes de encontrarlo.

Muy pocos hombres de importancia frecuentaban esa casa de té. Por eso Hatsumono había pensado enseguida en el Doctor Cangrejo. Como pude enterarme más tarde, en Gion se le conocía como el especialista en *mizuage*. En cuanto pensó en él, Hatsumono probablemente coligió lo que se proponía Mameha.

—¿Qué le dijo hoy? Cuando lo vimos después de que os fuérais, ni siquiera nos dirigió la palabra.

—Bueno.., estuvieron hablando un rato —dijo Calabaza—, y luego Hatsumono fingió que algo le había recordado una historia. Y empezó a contarla: "Hay una joven aprendiza llamada Sayuri, que vive en mi misma *okiya*...". Cuando el doctor oyó tu nombre..., se irguió en la silla como si acabara de picarle una avispa, en serio. Y dijo: "¿La conoces?". A lo que Hatsumono le respondió: "Pues claro que la conozco, doctor. ¿No le estoy diciendo que vive en mi *okiya*?". Y luego dijo algo que no recuerdo, y de pronto continuó: "No debería hablar de ella porque... bueno, en realidad, le estoy guardando un secreto...".

Me quedé fría al oír esto. Estaba segura de que Hatsumono se habría inventado algo verdaderamente espantoso.

—¿Cuál era el secreto, Calabaza?

—No estoy muy segura de saberlo —me contestó Calabaza—. No parecía nada del otro mundo. Hatsumono le contó que había un joven que vivía al lado de nuestra *okiya* y que Mamita tenía unas normas muy rígidas con respecto a amigos y novios. Hatsumono le dijo que tú y ese chico os gustabais, y que a ella no le importaba encubriros porque pensaba que Mamita era demasiado estricta. Incluso le dijo que cuando Mamita salía, os dejaba solos en su propio cuarto. Y luego dijo algo como: "¡Oh! ¡Pero si yo no debería contarle nada de esto! ¿Y si llegara a los oídos de Mamita, después de todo lo que me ha costado encubrirlos?". Pero el doctor le dijo que le agradecía toda esa información, y que descuidara, que no pensaba decírselo a nadie.

Me imaginaba lo que habría disfrutado Hatsumono tramando esa pequeña intriga. Le pregunté a Calabaza si sabía algo más, y me dijo que no.

Se lo agradecí repetidamente y le dije cuánto lamentaba que hubiera tenido que pasar todos esos años de esclava de Hatsumono.

—Supongo que algo bueno tenía que salir de todo esto. Hace sólo unos días, Mamita se decidió por fin a adoptarme. Así que puede que se haga realidad mi sueño de tener un sitio donde acabar mis días.

Casi me mareo cuando oí esas palabras, aunque le dije cuánto me alegraba por ella. Y era verdad que me alegraba por Calabaza, pero también sabía que formaba parte del plan de Mameha el que Mamita me adoptara.

Al día siguiente, en su apartamento, se lo conté todo a Mameha. En cuanto oyó lo del novio, empezó a mover la cabeza indignada. Yo ya lo había entendido, pero me explicó que Hatsumono había encontrado una ingeniosa manera de meter en la cabeza del Doctor Cangrejo la idea de que mi "cueva" ya había sido explorada por la "anguila" de otro hombre.

Pero Mameha se preocupó aún más por la inminente adopción de Calabaza.

—Calculo —dijo— que tenemos unos meses hasta que la adopción se lleva a cabo realmente. Lo que significa que ha llegado el momento de tu *mizuage*, Sayuri, estés o no preparada para ello.

Esa misma semana, Mameha encargó a mi nombre en la confitería un tipo de pasteles de arroz que llamamos *ekubo*, que en japonés significa "hoyuelo". Los llamamos así porque tienen una especie de hoyuelo en su parte superior con un pequeño círculo rojo en el centro; algunas personas los consideran muy sugerentes. A mí siempre me recordaron a un cojín diminuto, suavemente rehundido, como si una mujer hubiera recostado en él la cabeza para dormir y lo hubiera manchado de carmín en el centro, pues estaba demasiado cansada para quitárselo antes de tumbarse. En cualquier caso, cuando una aprendiza de geisha está disponible para el *mizuage*, regala cajas de *ekubo* a los hombres que ha frecuentado. La mayoría se los dan por lo menos a una docena de hombres, o, tal vez, más; pero en mi caso, sólo había dos: Nobu y el doctor, y eso teniendo suerte. En cierto modo me apenaba no dárselos al Presidente; pero por otro lado, todo el asunto parecía tan desagradable que no lamentaba totalmente dejarlo fuera.

Ofrecerle la caja de *ekubo* a Nobu fue cosa fácil. La dueña de la Casa de Té Ichiriki lo avisó para que una noche determinada viniera a una hora más temprana, y

Mameha y yo nos reunimos con él en una habitación que daba al patio de la entrada. Yo le agradecí todas las atenciones que había tenido conmigo durante los últimos seis meses, pues no sólo me había llamado para asistir a sus fiestas, incluso cuando el Presidente no estaba, sino que también me había hecho varios regalos, además de la peineta de la noche que había aparecido Hatsumono. Después de darle las gracias, le hice una reverencia y, tomando la caja de *ekubo*, que iba envuelta en papel de estraza y atada con un basto cordel, la deslicé sobre la mesa hacia donde estaba él. Él la aceptó, y Mameha y yo volvimos a agradecerle su cortesía, haciendo una reverencia tras otra hasta que empezamos a marearnos. La pequeña ceremonia había concluido, y Nobu salió de la habitación con la caja en la mano. Un rato más tarde, cuando estaba entreteniendo a sus invitados, no hizo la menor referencia a ella. En realidad, creo que había estado un poquito incómodo.

El Doctor Cangrejo, claro está, era harina de otro costal. Para empezar, Mameha tuvo que recorrer las principales casas de té de Gion para decirle a sus respectivas dueñas que tuvieran la bondad de avisarla si el doctor se dejaba caer por allí. Esperamos unas cuantas noches hasta que nos informaron de que había aparecido en una casa de té llamada Yashino, como invitado de otra persona. Me apresuré al apartamento de Mameha a cambiarme de ropa y enseguida me puse en camino hacia Yashino con la caja de *ekubo* envuelta en un trozo de seda.

La Casa de Té Yashino era bastante moderna y estaba en un edificio de estilo occidental. Las salas eran elegantes a su manera, con vigas oscuras y todo eso; pero en lugar de esteras de tatami y mesitas bajas rodeadas de cojines, la habitación a la que me pasaron aquella noche tenía un suelo de madera parcialmente cubierto de oscuras alfombras persas y una mesita de café con varios mullidos sillones. Tengo que admitir que nunca se me hubiera ocurrido sentarme en uno de ellos. En su lugar, me arrodillé en la alfombra esperando a Mameha, aunque mis rodillas se resintieron de la dureza del suelo. No me había movido de esta posición cuando media hora después entró Mameha.

—Pero ¿qué haces? —me preguntó—. Ésta no es una habitación de estilo japonés. Siéntate en uno de esos sillones e intenta no desentonar.

Hice lo que Mameha me decía. Pero cuando ella misma se sentó frente a mí, parecía tan incómoda como debía de parecerlo yo.

Al parecer, el doctor estaba en la habitación de al lado, en una fiesta. Mameha ya había estado allí un rato entreteniendo y sirviendo a los invitados.

—Le he servido mucha cerveza para que tuviera que salir al servicio —me dijo—. Y cuando salga, le cazaré en el pasillo y le pediré que entre aquí un momento. Tienes que darle la caja sin más preámbulos. No sé cómo va a reaccionar, pero ésta es nuestra única oportunidad de reparar el daño que nos ha causado Hatsumono.

Mameha salió, y yo esperé un buen rato sentada en el sillón. Estaba muy nerviosa y muerta de calor, y me preocupaba que el maquillaje blanco se me estropeara con el sudor y pareciera un futón con todas las sábanas revueltas. Busqué algo para distraerme; pero lo único que podía hacer era levantarme de vez en cuando para echarme un vistazo en el espejo.

Finalmente oí voces y luego llamaron a la puerta y Mameha la abrió.

—Un momento, doctor, si es usted tan amable.

Distinguí al Doctor Cangrejo entre las sombras del pasillo, con una expresión tan sombría como las de los retratos que cuelgan en las grandes paredes de los bancos. Me miraba desde detrás de sus gafas. Yo no estaba segura de qué hacer; normalmente habría hecho una reverencia arrodillada en el tatami, así que me levanté del sillón y me arrodillé en la alfombra para hacerlo igual, aunque sabía que a Mameha no le gustaría y se enfadaría conmigo. No creo que el doctor se dignara mirarme.

—Prefiero volver a la fiesta —le dijo a Mameha—. Le ruego me disculpe.

—Sayuri ha traído algo para usted, doctor —le contestó Mameha—. No será más que un momento, si es usted tan amable.

Mameha le hizo un gesto para que entrara en la habitación y luego se aseguró de que estaba confortablemente sentado en uno de los mullidos sillones. Tras esto, supongo que se olvidó de lo que me había dicho un rato antes, porque las dos nos arrodillamos, cada una delante de una de las rodillas del doctor. No me cabe duda de que el doctor debió de sentirse importante con dos mujeres tan ricamente ataviadas arrodilladas de tal modo ante él.

—Siento no haberle visto últimamente —le dije—. Y ya empieza a templar el tiempo. ¡Tengo la impresión de que ha pasado toda una estación!

El doctor no respondió y se limitó a mirarme fijamente.

—Por favor, acepte estos *ekubo*, doctor —le dije y, haciendo una reverencia, deposité el paquete en una mesita que tenía al lado. Él se puso las manos en el regazo, como diciendo que ni soñando pensaba tocar aquella caja.

—¿Por qué me das esto?

Mameha le interrumpió:

—Lo siento, doctor. He sido yo quien convenció a Sayuri de que a usted le gustaría recibir sus *ekubo*. Espero no haberme equivocado.

—Pues sí te has equivocado. Tal vez no conoces a esta chica tan bien como te crees. Yo te tengo en muy buen concepto, Mameha-san, pero no dice mucho en tu favor que pretendas recomendármela.

—Lo siento, doctor —dijo Mameha—. No sabía que pensaba así. Tenía la impresión de que le gustaba Sayuri.

—Muy bien. Pues ahora que ha quedado todo aclarado, permíteme que vuelva a la fiesta.

—Pero, permítame que le pregunte: ¿ha hecho algo Sayuri que haya podido ofenderle? Las cosas han cambiado tan súbitamente.

—Claro que sí. Como ya te he dicho, me ofende la gente que me engaña.

—¡Sayuri-san! ¡Qué vergüenza haber engañado al doctor! —me dijo Mameha—. Le has dicho algo que no era cierto, ¿no?

—¡No lo sé! —exclamé lo más inocentemente que pude—. A no ser que se refiera a que hace algunas semanas sugerí que ya estaba templando el tiempo, pero no fue así...

Mameha me miró cuando dije esto; no creo que le gustara.

—Eso es algo entre vosotras dos —dijo el doctor—. Y no me concierne. Te ruego que me excuses.

—Pero, antes de irse, doctor, ¿no cree que puede haber habido un malentendido? Sayuri es una chica honrada que no engañaría a nadie a sabiendas. Especialmente cuando han sido tan amables con ella.

—Pues te sugiero que le preguntes sobre su vecino —dijo el doctor.

Sentí un gran alivio de que por fin hubiera sacado el tema. Era un hombre muy reservado y no me habría sorprendido si se hubiera negado a mencionarlo.

—¡Así que ése era el problema! —exclamó Mameha—. Debe de haber hablado con Hatsumono.

—No creo que eso importe mucho —respondió él.

—Hatsumono se ha dedicado a difundir esa historia por todo Gion. Es totalmente falsa. Desde que a Sayuri le dieron un importante papel en la representación de las *Danzas de la Antigua Capital*, Hatsumono ha puesto toda su energía en tratar de difamarla.

Las *Danzas de la Antigua Capital* era el evento anual más importante de Gion. Sólo quedaban seis semanas para que empezaran, a principios de abril. Todos los papeles de las bailarinas habían sido adjudicados meses antes, y yo me habría sentido muy honrada de tener uno. Una profesora mía incluso me había propuesto, pero que yo supiera, mi único papel estaba en la orquesta y no en el escenario. Mameha había insistido en ello para no provocar a Hatsumono.

Cuando el doctor me miró, yo hice todo lo que pude por dar la impresión de que tenía un papel importante en el escenario y que hacía tiempo que lo sabía.

—Siento decirle, doctor, que Hatsumono es una conocida embustera —continuó Mameha—. Es arriesgado creerla.

—Ahora me entero.

—Nadie se habría atrevido a decírselo —dijo Mameha, bajando la voz, como si realmente temiera que la oyeran—. ¡Hay tantas geishas mentirosas! Ninguna quiere ser la primera en acusar. Pero o yo le estoy mintiendo ahora o Hatsumono le estaba mintiendo cuando le contó ese cuento. Es sólo cuestión de decidir a cuál de las dos conoce mejor y de cuál se fía más.

—No entiendo por qué Hatsumono tendría que andar contando todas esas mentiras sólo por que Sayuri tiene un papel en el escenario.

—Seguramente conoce a la hermana pequeña de Hatsumono, Calabaza. Hatsumono esperaba que le dieran un papel a Calabaza, pero, al parecer, se lo han dado a Sayuri en cambio. ¡Y a mí me han dado el que codiciaba Hatsumono para ella misma! Pero esto no importa mucho, doctor. Si la integridad de Sayuri está en duda, entiendo perfectamente que prefiera no aceptar la caja de *ekubo* que le ofrece.

El doctor se quedó sentado mirándome fijamente. Finalmente dijo:

—Le pediré a uno de los médicos del hospital que la examine.

—Quiero cooperar en todo lo que pueda, doctor —contestó Mameha—, pero no me va a resultar fácil disponer las cosas si usted no acepta ser el protector de Sayuri en su *mizuage*. Si se duda de su integridad... bueno, Sayuri va a ofrecer sus *ekubo* a muchos más hombres. Y estoy segura de que muchos se mostrarán bastante escépticos con respecto a los cuentos que les haya contado Hatsumono.

Pareció que esto tuvo el efecto que deseaba Mameha. El Doctor Cangrejo se quedó callado un momento. Finalmente, dijo:

—No sé qué es lo más apropiado. Es la primera vez que me veo en una situación semejante.

—Acepte, por favor, estos *ekubo*, doctor, y dejemos a un lado los disparates de Hatsumono.

—He oído muchas historias de chicas poco honradas que disponen su *mizuage* para el momento del mes en que el hombre puede ser fácilmente engañado. Soy médico, como sabes. No se me puede engañar tan fácilmente.

—¡Pero si nadie trata de engañarlo!

Se quedó sentado un momento más y luego se puso en pie con los hombros encorvados y salió marcando el paso de la habitación. Yo estaba demasiado distraída haciendo todas las reverencias de despedida y no me di cuenta de si tomaba o no el paquete de *ekubo*; pero después de que los dos hubieron salido, miré a la mesita y vi que la caja ya no estaba allí.

Cuando Mameha mencionó que yo tenía un papel en el escenario, creí que se lo estaba inventando sobre la marcha para explicar por qué podría haber contado Hatsumono las mentiras que había contado sobre mí. Así que puedes imaginarte mi sorpresa cuando al día siguiente me enteré de que Mameha estaba diciendo la verdad. O, si todavía no era una verdad completa, Mameha esperaba que lo fuera para el final de la semana.

En aquel tiempo, en los años treinta, trabajaban en Gion por lo menos setecientas u ochocientas geishas; pero como en la producción de las *Danzas de la Antigua Capital* sólo se necesitaban unas sesenta, la competición por los papeles acabó con muchas amistades. Mameha no había dicho toda la verdad cuando afirmó que le habían dado el papel que ansiaba Hatsumono; pues ella era una de las pocas geishas de Gion que tenía garantizado un papel en solitario todos los años. Pero sí era cierto que Hatsumono deseaba fervientemente ver a Calabaza en el escenario. No sé de dónde sacó la idea de que semejante cosa era posible; puede que Calabaza hubiera ganado el premio de las aprendizas y otros reconocimientos, pero nunca había sobresalido como bailarina. Sin embargo, unos días antes de que yo le ofreciera al doctor la caja de *ekubo,* una aprendiza de diecisiete años con un papel solista se había caído por las escaleras y se había roto una pierna. La pobre muchacha estaba desolada, pero al resto de las aprendizas de Gion no les importaba aprovecharse de su mala suerte para intentar hacerse ellas con el papel. Y fue a mí a quien acabaron dándole el papel. Yo sólo tenía quince años en ese momento y nunca me había subido a un escenario, lo que no quiere decir que no estuviera preparada. Muchas de las muchísimas tardes que me había quedado en la *okiya*, en lugar de ir de recepción en recepción como la mayoría de la aprendizas, la Tía se ofrecía a tocar el *shamisen* para que yo practicara la danza. Por eso, a los quince años me habían pasado ya al undécimo nivel, aunque en realidad puede que no tuviera más dotes para la danza que cualquier otra. Si Mameha no se hubiera mostrado tan decidida a mantenerme oculta por causa de Hatsumono, podría haber tenido ya un papel en el espectáculo del año anterior.

Me dieron el papel a mediados de marzo, así que sólo tenía un mes más o menos para ensayar. Por suerte, mi profesora de danza fue muy amable y muchas tardes me dio clase a mí sola. Mamita no se enteró sino varios días después —Hatsumono, claro está, no se apresuró a decírselo—, en una partida de *mah-jongg*. Cuando volvió a la *okiya* preguntó si era cierto que me habían dado el papel. Al decirle que sí, se alejó con la misma expresión de sorpresa que si su perro Taku le hubiera hecho las sumas en su libro de cuentas.

Como era de esperar, Hatsumono estaba furiosa, pero a Mameha no le preocupaba. Según ella, había llegado el momento de expulsar a Hatsumono del ring.

Veintiuno

Una o dos semanas después, Mameha vino a buscarme una tarde durante un descanso de los ensayos, muy excitada por algo. Al parecer, el día anterior, el barón le había dejado caer que al siguiente fin de semana iba a dar una fiesta en honor de un creador de kimonos llamado Arashino. El barón poseía una de las mejores colecciones de todo Japón. Le gustaban sobre todo las piezas antiguas, pero de vez en cuando compraba alguna obra de calidad a algún artista vivo. Su decisión de comprar una obra de Arashino le había impulsado a dar la fiesta.

—Cuando el barón me habló de Arashino —me explicó Mameha—, no lo localizaba, aunque me sonaba mucho el nombre. Pero luego caí que era amigo de Nobu, ¡por eso me sonaba! ¿No ves las posibilidades que tenemos? Hasta hoy no se me había ocurrido, pero voy a convencer al barón para que invite a Nobu y al doctor a su fiesta. Se van a caer fatal. Y cuando empiecen a hacer ofertas por tu *mizuage*, puedes estar segura de que ninguno de los dos se va a quedar tranquilo, sabiendo que el otro podría llevarse el premio.

Estaba muy cansada, pero me puse a aplaudir muy contenta por ella y le dije lo mucho que le agradecía que se le hubiera ocurrido un plan tan bueno. Y estoy segura de que era un buen plan; pero la verdadera prueba de su inteligencia la daría al convencer al barón de que invitara a aquellos dos hombres a su fiesta, algo que ella aseguraba que podría conseguir sin muchas dificultades. Claramente, ambos desearían ir. En el caso de Nobu, porque el barón era un inversor de la Compañía Iwamura, aunque yo eso no lo sabía entonces; y en el del Doctor Cangrejo... bueno, el Doctor Cangrejo se consideraba un poco aristócrata, aunque probablemente sólo tenía un lejano y oscuro antepasado con sangre azul, y consideraría que era su obligación asistir a todo lo que le invitara el barón. Lo que no sé son las razones del barón para aceptar invitarlos. Nobu no era de su agrado, ni del de muchos otros. Y al Doctor Cangrejo no lo conocía, de modo que igualmente podría haber invitado al primero que viera por la calle.

Pero yo sabía que Mameha tenía un gran poder de persuasión. La fiesta quedó dispuesta, y Mameha convenció a mi instructora de danza para que me dispensara de los ensayos al sábado siguiente de modo que yo pudiera asistir. La recepción empezaría a mediodía y se alargaría hasta después de cenar, aunque Mameha y yo llegaríamos después de comenzada. Así que serían las tres cuando por fin nos montamos en un *rickshaw* en dirección a la hacienda de barón, que se encontraba al pie de las colinas que se alzaban al noreste de la ciudad. Era la primera vez que estaba en un sitio con tanto lujo, y me sentí bastante abrumada por todo lo que veía a mi alrededor. Imagínate que alguien prestara al diseño y al cuidado de toda una hacienda la misma atención que, incluso en los detalles más pequeños, se aplica a la confección de un kimono, pues eso es lo que sucedía en la hacienda donde vivía el barón. La casa principal databa del tiempo de su abuelo, pero los jardines, que me sorprendieron como un gigantesco brocado de diferentes texturas, habían sido diseñados y construidos por su padre. Al parecer, la casa y los jardines nunca terminaron de encajar hasta que el hermano mayor del barón (un año antes de morir asesinado) no cambió de lugar el estanque; éste mismo le añadió un jardín de musgo con un camino de guijarros que salía del templete de observación de la luna, a un lado de la casa. Unos cisnes negros se deslizaban por el estanque con un porte tan altivo que me hizo avergonzarme de no ser más que un desgarbado ser humano.

Íbamos a empezar preparando una ceremonia del té a la que se unirían los hombres cuando tuvieran ganas. Así que me sorprendió cuando, tras atravesar las grandes verjas, no nos dirigimos hacia el pabellón del té, sino directamente a la orilla del estanque y nos montamos en una pequeña embarcación. Ésta tenía el tamaño de una habitación pequeña. La mayor parte estaba ocupada con unos asientos de madera que iban pegados a las paredes, pero en uno de los extremos había un verdadero pabellón en miniatura, con una tarima de tatami cubierta con un tejadillo de verdad. Tenía tabiques móviles de papel, abiertos para dejar entrar el aire, y en el mismo centro había un cajón de madera lleno de arena, que hacía de brasero en donde Mameha encendió unos carbones a fin de calentar el agua en una elegante tetera de hierro. Mientras ella hacía esto, yo intenté ayudarla colocando el resto de los utensilios de la ceremonia. Estaba bastante nerviosa, y entonces Mameha, tras poner la tetera en el fuego, se volvió hacia mí y me dijo:

—Eres una chica lista, Sayuri. No necesito decirte lo que pasará con tu futuro si el Doctor Cangrejo o Nobu dejan de interesarse por ti. Debes poner un cuidado extremo en que ninguno de los dos piense que prestas demasiada atención al otro. Pero, claro está, unos pocos celos no les sentarán mal. Estoy segura de que sabrás desenvolverte.

Yo no estaba tan segura, pero no me quedaba más remedio que comprobarlo.

Pasó más de media hora antes de que el barón y sus diez invitados salieran de la casa y se dirigieran hacia el estanque, parándose cada dos por tres para admirar la vista de las colinas desde diferentes ángulos. Cuando se embarcaron, el barón llevó el bote hasta el centro del estanque, impulsándolo con una pértiga. Mameha preparó el té y yo repartí las tazas.

Luego dimos una vuelta por el jardín con los hombres y pronto llegamos a una plataforma de madera suspendida sobre el agua, donde varias doncellas todas vestidas con el mismo kimono estaban colocando unos cojines para los invitados y dejando unas bandejas con botellas de sake tibio y copas. Yo me propuse arrodillarme al lado del Doctor Cangrejo, y estaba pensando en algo qué decir cuando, para mi sorpresa, el doctor se volvió primero hacia mí.

—¿Tienes ya totalmente curada la herida del muslo? —me preguntó.

Hay que pensar que estábamos en marzo y la herida me la había hecho en noviembre. En los meses comprendidos entre una y otra fecha había visto al doctor más veces de las que podía contar, por eso no entendí por qué había esperado hasta ese momento para preguntarme por ella y delante de tanta gente. Afortunadamente, no creía que nadie hubiera oído la pregunta, por eso contesté lo más bajo que pude.

—Muchas gracias, doctor. Con su ayuda ha cicatrizado maravillosamente.

—Espero que no te haya quedado mucha marca —dijo.

—¡Oh, no! Sólo un bultito muy pequeño.

Normalmente habría puesto aquí punto final a la conversación sirviéndole más sake, tal vez, o cambiando de tema. Pero casualmente observé que el doctor se acariciaba el pulgar con los dedos de la mano contraria, y el doctor no era un tipo de hombre que malgastara ningún movimiento. Si se acariciaba así el dedo al tiempo que pensaba en mi muslo..., bueno el caso es que decidí que sería un tontería cambiar de tema.

—No es una verdadera cicatriz —continué—. A veces cuando me baño me paso el dedo por ella y, en realidad, no es más que una pequeña estría. Así más o menos.

Me froté un nudillo con el dedo índice de la otra mano indicándole el tamaño de la marca. Él acercó la mano, pero luego vaciló. Vi que volvía sus ojos hacia los míos. Un momento después retiró la mano y se acarició su propio nudillo.

—Un corte de ese tipo tendría que haber cicatrizado sin dejar marca —me explicó.

—Tal vez no es tan grande. Tengo una piel muy sensible, ¿sabe? Una sola gota de lluvia basta para estremecerme toda.

No voy a decir que nada de esto tuviera sentido. Un bultito no iba a aparecer más grande sencillamente porque tenía la piel muy sensible; y además ¿cuándo me había caído por última vez una gota de lluvia en los muslos desnudos? Pero supongo que una vez que supe qué le interesaba de mí al Doctor Cangrejo, cuando trataba de imaginar lo que se le pasaba por la cabeza me sentía medio asqueada medio fascinada. En cualquier caso, el doctor se aclaró la garganta y se inclinó hacia mí.

—¿Y... has practicado algo?

—¿Practicado?

—Te lastimaste al perder el equilibrio cuando estabas... bueno, ya sabes lo que quiero decir. No debe volver a sucederte. De modo que espero que hayas practicado. Pero ¿cómo se puede practicar algo así?

Y luego se echó atrás y entrecerró lo ojos. Estaba claro que no se conformaba con dos palabras a modo de respuesta.

—Pues creerá que soy tonta, pero todas la noches... —empecé, y entonces tuve que pararme a pensar un momento. El silencio se alargó, pero el doctor no abrió los ojos. Me pareció un pajarillo esperando la comida del pico de su madre—. Todas las noches —continué—, antes de meterme en el baño, trato de mantener el equilibrio en varias posiciones distintas. A veces el aire frío en la espalda me hace tiritar, pero practico por lo menos cinco o diez minutos.

El doctor se aclaró la garganta, lo que a mí me pareció un buen signo.

—Primero lo intento manteniéndome en una pierna y luego en la otra. Pero el problema es...

El barón había estado charlando con otros invitados en el extremo opuesto de la plataforma; pero en ese momento precisamente ponía fin a lo que estaba contando. Las siguientes palabras que dije sonaron con la misma claridad que si me hubiera subido a un podio y las hubiera pronunciado en voz alta para todos los presentes.

—... cuando no llevo nada puesto...

Me llevé la mano a la boca, pero antes de decidir yo qué hacer, alzó la voz el barón.

—¡Qué barbaridad! No sé de qué estáis hablando ahí, pero desde luego suena más interesante que lo que contamos por aquí.

Todos los hombres se echaron a reír al oír esto. Luego el doctor tuvo la amabilidad de ofrecer una explicación.

—Sayuri vino a verme el año pasado con un herida en el muslo —dijo—. Se la produjo al caerse sobre algo punzante. Por eso yo le sugerí que hiciera ejercicios de equilibrio.

—Se ha ejercitado mucho —añadió Mameha—. Estos kimonos son mucho más incómodos de lo que parecen.

—¡Pues que se lo quite! —dijo uno de los hombres, aunque, por supuesto, no era más que una broma, y todos volvieron a reírse.

—¡Estoy de acuerdo! —exclamó el barón—. No entiendo por qué se molestan las mujeres en ponerse ningún kimono. No hay nada más hermoso que una mujer sin nada encima.

—Todo cambia cuando el kimono es obra de mi buen amigo Arashino —dijo Nobu.

—Ni siquiera los kimonos de Arashino son tan hermosos como lo que tapan —dijo el barón, derramando el contenido de su copa al intentar dejarla en la plataforma. No estaba verdaderamente borracho, aunque había bebido mucho más de lo que yo habría imaginado en él—. No me entiendan mal —continuó—. Creo que los kimonos de Arashino son preciosos. De no ser así no estaría sentado aquí a mi lado ahora mismo, ¿o no? Pero si alguien me pregunta si prefiero contemplar un kimono o una mujer desnuda... bueno, en ese caso...

—Nadie se lo pregunta —dijo Nobu—. Yo mismo estoy interesado en saber qué tipo de obras está haciendo últimamente Arashino.

Pero Arashino no tuvo tiempo de contestar, porque el barón, que estaba apurando la última gota de sake, casi se atraganta en su prisa por interrumpir.

—Mmm... ¡un minuto! —dijo—. ¿No es verdad que no hay hombre sobre la superficie de la tierra al que no le guste ver a una mujer desnuda? O sea, Nobu, ¿nos estás diciendo que el desnudo femenino no te interesa?

—No estoy diciendo eso —respondió Nobu—. Lo que estoy diciendo es que ya va siendo hora de que nos enteremos de qué está haciendo Arashino últimamente.

—Claro, claro, a mí también me gustaría enterarme —dijo el barón—. Pero, ya sabes, encuentro realmente fascinante que, al margen de lo distintos que podamos parecer, en el fondo todos los hombres seamos iguales. No puedes pretender ser diferente, Nobu-san. Sabemos la verdad, ¿no? Todos los aquí presentes pagaríamos no poco dinero por ver a Sayuri en el baño. Ésa es una de mis grandes fantasías, he de admitirlo. ¡Pero no me vengas diciendo que no sientes lo mismo que yo!

—La pobre Sayuri es sólo una aprendiza —dijo Mameha—. Tal vez deberíamos ahorrarle esta conversación.

—¡Claro que no! —exclamó el barón—. Cuanto antes vea cómo es realmente el mundo, mejor. Muchos hombres actúan como si fueran detrás de las mujeres por otra razón que la de meterse bajo todas esas enaguas, pero tú escúchame a mí, Sayuri: ¡sólo hay un tipo de hombre! Y ya que hablamos de esto, hay algo que has de tener siempre en mente: todos los aquí presentes han pensado en un momento u otro de la tarde cuánto nos gustaría verte desnuda. ¿Tú qué piensas?

Yo estaba sentada con las manos en el regazo y la vista baja en la plataforma, intentando parecer recatada. Tenía que dar alguna respuesta al barón, sobre todo porque todo el mundo se había quedado en silencio. Pero antes de que se me ocurriera qué decir, Nobu hizo algo muy amable. Dejó la copa en la plataforma y se levantó para excusarse.

—Lo siento, barón, pero no sé dónde está el retrete —dijo—. Y, claro, esto me daba la posibilidad de acompañarlo.

Yo tampoco sabía cómo se iba, pero no iba a perder la oportunidad de desaparecer un rato de la reunión. Al levantarme, una criada se ofreció a mostrarme el camino, y me condujo alrededor del estanque, con Nobu siguiéndonos a ambas.

Ya en la casa, cruzamos un largo vestíbulo de madera clara y con ventanas a un lado. En el otro lado, brillantemente iluminadas por la luz del sol, había varias vitrinas. Yo iba a conducir a Nobu directamente hasta el final de la estancia, pero él se detuvo ante una de las vitrinas que contenía una colección de espadas antiguas. Parecía que estaba contemplando los objetos expuestos, pero en realidad estaba tamborileando en el cristal con los dedos de su única mano, al tiempo que soltaba con fuerza el aire por la nariz; todavía parecía muy enfadado. Yo también estaba bastante turbada por lo que había sucedido. Pero le agradecía mucho que me hubiera rescatado y no sabía muy bien cómo decírselo. En la siguiente vitrina, que contenía una serie de pequeños *netsuke* o broches de marfil, le pregunté si le gustaban las antigüedades.

—¿Las antigüedades como el barón, quieres decir? No, claro que no.

El barón no era un hombre especialmente mayor, de hecho era mucho más joven que Nobu. Pero comprendí lo que quería decir; pensaba que el barón era una reliquia de la era feudal.

—No, lo siento —dije—, pero pensaba en las antigüedades expuestas en las vitrinas.

—Cuando veo esas espadas, pienso en el barón. Cuando veo estos broches, pienso en el barón. Ha sido uno de los principales inversores de nuestra compañía, y tengo con él una gran deuda, pero no me gusta malgastar el tiempo pensando en él cuando no tengo que hacerlo. ¿Contesta esto a tu pregunta?

Le hice una reverencia a modo de respuesta, y él cruzó el vestíbulo hacia el retrete, tan rápido que no llegué a tiempo de abrirle la puerta.

Luego, cuando volvimos al borde del agua, me agradó comprobar que la reunión empezaba a disolverse. Sólo algunos de los hombres permanecían para la cena. Mameha y yo acompañamos a los otros hasta la verja de entrada, donde los esperaban sus chóferes.

Despedimos al último con una reverencia, y una criada nos acompañó de vuelta a la casa.

Mameha y yo pasamos la hora siguiente en el pabellón del servicio, disfrutando de una cena deliciosa que incluía *tai no usugiri* —besugo cortado fino como el papel y acompañado de salsa *ponzu*, servido todo ello en una fuente de cerámica con forma de hoja—. Habría disfrutado de lo lindo, si Mameha no hubiera estado tan malhumorada. Sólo tomó unos bocados de besugo y se quedó sentada frente a la ventana, mirando el atardecer. Había algo en su expresión que me hacía pensar que le gustaría volver a sentarse junto al estanque, mordiéndose el labio y observando enfadada cómo iba oscureciendo.

Cuando volvimos a reunirnos con el barón y sus invitados, éstos ya estaban a mitad de la cena, en lo que el barón llamaba el "salón de banquetes pequeño". En realidad, este salón podría alojar a veinte o veinticinco comensales, pero la fiesta había quedado reducida al Señor Arashino, Nobu y el Doctor Cangrejo. Cuando entramos, comían en completo silencio. El barón estaba tan borracho que parecía que sus ojos chapoteaban dentro de las órbitas.

Cuando Mameha estaba empezando una conversación, el Doctor Cangrejo se limpió el bigote con la servilleta y luego se excusó y salió al servicio. Yo lo acompañé por el mismo vestíbulo en el que había estado antes con Nobu. Como se había hecho de noche, apenas se veían los objetos, pues las luces reflejaban en el cristal de las vitrinas. Pero el Doctor Cangrejo se detuvo junto a la vitrina de las espadas, moviendo la cabeza hasta alcanzar un ángulo desde el cual no reflejara la luz.

—Parece que conoces bien la casa del barón —me dijo.

—¡Oh, no, señor! Me siento bastante perdida en este sitio tan grande. Sólo me conozco el camino porque antes acompañé al Señor Nobu-san.

—Estoy seguro de que pasó por aquí a toda prisa —dijo el doctor—. Los hombres como Nobu no tienen mucha sensibilidad para apreciar el contenido de estas vitrinas.

No supe qué responder, pero el doctor me miró fijamente.

—No has visto mucho mundo —continuó—, pero con el tiempo aprenderás a tener cuidado de quien tiene la arrogancia de aceptar una invitación de alguien como el barón y luego le habla tan groseramente como ha hecho Nobu esta tarde.

Yo asentí con una reverencia, y cuando estuvo claro que el Doctor Cangrejo no tenía nada más que decirme, lo conduje al servicio.

Cuando volvimos al salón de banquetes, los hombres estaban charlando gracias a las sosegadas artes de Mameha, que una vez conseguido este objetivo se había retirado a un segundo plano y servía el sake. Mameha solía decir que a veces la función de las geishas era revolver la sopa. Si te has fijado alguna vez en que el *miso* se posa como una nube en el fondo del cuenco, pero en cuanto le das dos vueltas con los palillos vuelve a mezclarse rápidamente, entenderás lo que quería decir Mameha con esto.

La conversación no tardó en abordar el tema de los kimonos, y todos nos encaminamos al sótano, donde el barón tenía su colección expuesta en un pequeño museo. A lo largo de las paredes había unos grandes armarios abiertos en los cuales estaban colgados los kimonos. Mientras Mameha nos enseñaba la colección, el barón se sentó en un taburete en medio de la estancia,

383

con los codos apoyados en las rodillas y la vista nublada, y no dijo una palabra. Todos coincidimos en que el kimono más hermoso era uno en el que estaba representado el paisaje de la ciudad de Kobe, que está situada en la ladera de una abrupta montaña que cae directamente sobre el océano. El estampado empezaba en los hombros, con el cielo azul y las nubes; las rodillas representaban la ladera de la montaña; y bajo éstas, la túnica se recogía en una larga cola que mostraba el azul verdoso del mar salpicado de hermosas olas doradas y barquitas.

—Mameha —dijo el barón—, creo que deberías ponerte ese kimono para la fiesta de los cerezos en flor que daré en el Hakone la semana que viene. Dará que hablar, ¿no?

—Me gustaría mucho —contestó Mameha—. Pero como ya le mencioné el otro día, este año no podré asistir a la fiesta.

Me di cuenta de que esto no le gustó nada el barón, pues frunció el ceño.

—¿Qué quieres decir? ¿Con quién tienes un compromiso que no puedes romper?

—Me encantaría de veras estar allí, barón. Pero este año, no me será posible. Tengo una cita con el médico a la misma hora que la fiesta.

—¿Una cita con el médico? ¿Qué significa eso? Los médicos pueden cambiar las citas. Cámbiala mañana y no dejes de asistir a mi fiesta la semana que viene, como has hecho siempre.

—Lo siento —dijo Mameha—, pero hice esta cita con el consentimiento del barón hace semanas, y no estará en mi mano cambiarla ahora.

—No recuerdo haberte dado mi consentimiento. Bueno, en cualquier caso, no parece que necesites un aborto ni nada por el estilo...

A esto siguió un largo y embarazoso silencio.

Mameha se limitó a colocarse las mangas del kimono, y el resto de nosotros nos quedamos tan callados que sólo se oía la respiración dificultosa del Señor Arashino. Reparé en que Nobu, que no había prestado apenas atención hasta entonces, se volvió a observar la reacción del barón.

—Bueno —dijo finalmente el barón—. Supongo que me había olvidado de que lo mencionaste... Ciertamente no podemos tener baroncitos correteando por ahí, ¿eh? Pero deberías habérmelo recordado en privado, Mameha.

—Lo siento, barón.

—Si no puedes, no puedes y no hay más que hablar. Pero ¿y el resto de los presentes? Será una fiesta estupenda en mi hacienda de Hakone el fin de semana que viene. ¡Tienen que venir todos! La doy todos los años cuando están los cerezos en flor.

El doctor y Arashino no podían asistir. Nobu no contestó, pero cuando el barón le presionó le dijo:

—Barón, no me dirá de verdad que cree que voy a ir hasta Hakone para contemplar los cerezos en flor.

—¡Oh! Los cerezos son sólo una excusa para dar una fiesta —dijo el barón—. No importa. En cualquier caso vendrá su Presidente. Viene todos los años.

Al oír mencionar al Presidente me puse nerviosa, pues se me había venido a la cabeza en varios momentos de la tarde. Durante un segundo tuve la sensación de que habían descubierto mi secreto.

—Me preocupa que no vaya a venir ninguno de ustedes —continuó el barón—. Lo estábamos pasando tan bien hasta que Mameha empezó a hablar de cosas que debió mantener en privado. Bueno, Mameha, he encontrado el castigo perfecto para ti. Ya no estás invitada a mi fiesta este año. Y además quiero que envíes a Sayuri en tu lugar.

Creí que el barón estaba de broma; pero he de confesar que enseguida empecé a imaginarme lo maravilloso que sería pasear con el Presidente por una maravillosa hacienda sin tener cerca a Nobu ni al Doctor Cangrejo, ni siquiera a Mameha.

—Es una buena idea, barón —dijo Mameha—, pero lamentablemente Sayuri está ocupada con los ensayos.

—¡Boberías, boberías! —dijo el barón—. Espero verla allí. ¿Por qué me niegas todo lo que te pido hoy?

Parecía realmente enfadado; y como estaba muy borracho, al hablar escupía a diestra y siniestra. Intentó limpiarse con el dorso de la mano, pero terminó pringándose los largos pelos de la barbita.

—¿Es que no vas a hacer caso de nada de lo que te pida? —continuó—. Quiero ver a Sayuri en Hakone. Responde sencillamente "Sí, barón", y dejamos zanjada la cuestión.

—Sí, barón.

—Muy bien —dijo el barón. Volvió a echarse atrás en el taburete, se sacó un pañuelo del bolsillo y se limpió la cara.

Yo lo lamentaba por Mameha. Pero sería poco decir que estaba entusiasmada con la perspectiva de asistir a la fiesta del barón. Creo que al pensarlo en el *rickshaw* de vuelta a Gion, se me ponían encarnadas las orejas. Temía que Mameha se percatara, pero ella iba mirando hacia el otro lado y no dijo una palabra hasta el final del trayecto, cuando se volvió hacia mí y me dijo:

—Sayuri, tienes que tener mucho cuidado en Hakone.

—Sí, señora, lo tendré —contesté yo.

—Tienes que tener en cuenta que una aprendiza a punto de pasar su *mizuage* es como un comida dispuesta en una bandeja. Pero ningún hombre la probará a la mínima sospecha de que otro hombre la ha probado.

No pude mirarla a los ojos cuando dijo esto. Sabía perfectamente bien que se refería al barón.

Veintidós

En aquella época de mi vida ni siquiera sabía dónde estaba Hakone, aunque pronto me enteré que estaba en el este del Japón, a bastante distancia de Kioto. Durante el resto de la semana tuve una agradable sensación de ser alguien importante, recordándome a mí misma todo el rato que un hombre tan ·preponderante como el barón me había invitado a salir de Kioto para asistir a una fiesta. En realidad me costó trabajo ocultar toda mi excitación cuando por fin me senté en un encantador compartimento de segunda clase con el Señor Itchoda, el vestidor de Mameha, sentado a mi lado para desanimar a todo el que quisiera pegar la hebra conmigo. Hice como que estaba entretenida leyendo una revista, pero sólo estaba pasando las páginas, pues estaba ocupada en mirar con el rabillo del ojo cómo se detenía al verme toda la gente que pasaba por el pasillo del tren. Me encantaba ser el centro de atención; pero cuando poco después del mediodía llegamos a Shizuoka y esperamos en el andén para tomar el tren de Hakone, sentí de pronto que brotaba dentro de mí una desagradable congoja. Era una sensación que había mantenido velada el resto del día, pero en ese momento apareció ante mí claramente una imagen de mí misma hacía mucho tiempo, en el andén de una estación —esta vez con el Señor Bekku—, el día en que nos sacaron a mi hermana y a mí de nuestra casa. Me avergüenza admitir que a lo largo de todos esos años había hecho todo lo posible por no pensar en Satsu ni en mis padres ni en nuestra casita sobre acantilado. Había sido como una niña jugando a meter la cabeza dentro de una bolsa. Lo único que había visto día tras día era Gion, hasta tal punto que había llegado a pensar que Gion era todo lo que había y lo único que importaba. Pero entonces, al salir de Kioto, me di cuenta de que para la mayoría de la gente, la vida no tenía nada que ver con Gion. Y, por consiguiente, empecé a pensar irremediablemente en la vida que había tenido antaño. La pena es una cosa extraña; nos deja totalmente desamparados. Es como una ventana que se abriera sola; la habitación se queda fría, y lo único que podemos hacer es tiritar. Pero cada vez se abre un poco menos y un poco menos, hasta que un día nos preguntamos qué habrá pasado con ella.

Al día siguiente por la mañana, ya bastante tarde, me recogió uno de los coches del barón en la pequeña hospedería con vistas al Monte Fuji donde había pasado la noche y me llevó a su casa de verano, situada a orillas de un lago, entre hermosas arboledas. Cuando tomamos el camino circular que conducía hasta la casa y yo descendí del vehículo vestida con todo el atuendo de una aprendiza de geisha de Gion, muchos de los invitados del barón se volvieron a mirarme. Entre ellos distinguí a varias mujeres, algunas con kimono y otras vestidas con ropas occidentales. Más tarde supe que eran en su mayoría geishas de Tokio, pues estábamos a sólo unas pocas horas de tren de Tokio. Entonces apareció el barón, acompañado de varios hombres más, por el camino del bosque.

—¡Aquí está lo que todos estábamos esperando! —exclamó—. Esta monada es Sayuri; viene de Gion, y probablemente algún día será la "gran Sayuri de Gion". Sus ojos no se ven todos los días, os lo aseguro. Y esperad a ver cómo se mueve... Te he invitado a venir para que todos estos hombres tengan la posibilidad de mirarte; ya ves que tienes un trabajo importante. Tienes que pasearte aquí y allá, por el interior de la casa, por el lago, por los bosques, ¡por todas partes! ¡Y ahora a trabajar!

Empecé a recorrer la hacienda como el barón me había mandado que hiciera. Pasé junto a los cerezos en flor, haciendo reverencias aquí y allá a los invitados e intentando que no se notara que estaba buscando a alguien, al Presidente. No lograba avanzar mucho, pues cada dos por tres alguien me paraba y me decía algo así como: "¡Mírala! ¡Una aprendiza de geisha de Kioto!". Y luego sacaba una cámara y pedía a alguien que nos sacara una foto juntos, o me llevaba bordeando el lago hasta el templete de observación de la luna, o hasta cualquier otra parte, para que me vieran sus amigos, como si yo fuera una criatura prehistórica que acabara de descubrir. Mameha ya me había avisado que todo el mundo se sorprendería de mi aspecto; pues no hay nada parecido a una aprendiza de Gion. Es cierto que en los mejores distritos de geishas de Tokio, como Shimbashi y Akasaka, las chicas han de dominar las artes antes de debutar. Pero muchas de las geishas de Tokio por entonces tenían una sensibilidad muy moderna, por eso algunas se paseaban por la hacienda del barón con ropas occidentales.

La fiesta no acababa nunca. Hacia media tarde había perdido toda esperanza de encontrar al Presidente. Entré en la casa, buscando un lugar en donde descansar un poco, pero no bien puse un pie en el vestíbulo me quedé helada. Allí estaba; salía de un cuarto de tatami charlando con otro hombre. Se despidieron y entonces el Presidente se dirigió a mí.

—¡Sayuri! —exclamó—. ¿Cómo ha podido convencerte el barón para que vinieras? ¡Y desde Kioto! Ni siquiera sabía que lo conocías.

Sabía que tenía que apartar la vista de él, pero era como intentar arrancar clavos de una pared. Cuando por fin me avine a ello, hice una reverencia y dije:

—Mameha-san me envió en su lugar. Estoy encantada de haber tenido el honor de encontrarlo, Señor Presidente.

—Sí, sí. Yo también estoy encantado de verte; puedes darme tu opinión sobre algo. Ven a echar un vistazo al regalo que he traído al barón. Estoy tentado a irme sin dárselo.

Entré tras él en la habitación del tatami, sintiéndome como una gatita correteando tras un cordel. Aquí estaba, en Hakone, lejos de todo lo que había conocido hasta entonces, pasando un rato con el hombre en el que pensaba más constantemente. Viéndolo caminar delante de mí, tuve que admirar la facilidad con la que se movía en su traje occidental. Distinguía sus pantorrillas e incluso la concavidad de su espalda, como la hendidura que divide las raíces de un árbol. Tomó algo de la mesa y me lo alargó para que pudiera verlo. Primero pensé que era un bloque de oro decorado, pero resultó ser una caja de cosméticos antigua. El Presidente me dijo que era de Arata Gonroku, un artista del periodo Edo. Era una caja de laca dorada que tenía la forma de un pequeño cojín y estaba decorada con unas figuras en color negro de cigüeñas volando y conejos corriendo. Cuando la puso en mis manos, me quedé sin respiración de puro deslumbramiento.

—¿No crees que le gustará al barón? —me preguntó—. La encontré la semana pasada y enseguida pensé en él, pero...

—Presidente, ¿cómo puede ni siquiera imaginar que una cosa tan bonita pueda no gustarle al barón?

—¡Oh! ¡Tiene tantas colecciones ese hombre! Probablemente le parecerá que esto no tiene ningún valor.

Le tranquilicé diciéndole que nadie podría pensar algo así; y cuando se la devolví, la envolvió en un paño de seda y señaló con la cabeza en dirección de la puerta para indicarme que lo siguiera. En la entrada le ayudé a ponerse los zapatos. Mientras le metía el pie en el zapato, me encontré de pronto imaginándome que habíamos pasado la tarde juntos y que una larga velada se extendía ante nosotros. Este pensamiento me transportó de tal forma que no sé cuánto tiempo pasó hasta que volví a ser consciente de lo que estaba haciendo. El Presidente no dio muestras de impaciencia, pero yo me sentí terriblemente cohibida al calzarme mis *okobo* y terminé tardando más de lo que debía.

Me condujo por un caminito hasta el lago, donde encontramos al barón sentado en una estera bajo un cerezo con tres geishas de Tokio. Todos se pusieron en pie, aunque el barón tuvo cierta dificultad. Tenía la cara llena de ronchas rojas a causa de la bebida, así que parecía que le hubieran estado golpeando con un palo.

—¡Presidente! —dijo el barón—. Me alegra tanto que haya venido a mi fiesta. Me encanta invitarlo, ¿lo sabía? Esa compañía suya no parará de crecer, ¿verdad? ¿Le ha dicho Sayuri que Nobu vino a mi fiesta de Kioto la semana pasada?

—Lo sé todo por Nobu, quien, estoy seguro, no dejó de ser el mismo de siempre.

—Lo fue, lo fue —dijo el barón—. Un hombrecito peculiar, ¿no?

No sabía en qué estaba pensando el barón, pues él mismo era más pequeño que Nobu. Al Presidente no pareció gustarle el comentario y entrecerró lo ojos.

—Lo que quiero decir —empezó el barón, pero el Presidente lo cortó en seco.

—He venido a darle las gracias y despedirme, pero antes quiero ofrecerle algo —y aquí le dio la caja de cosméticos. El barón estaba demasiado borracho para desenvolver la tela que lo cubría, pero se lo dio a una de las geishas, que lo hizo por él.

—¡Qué cosa más bonita! —exclamó el barón—. ¿No creéis? Mirad. Puede que sea incluso más bonita que esa exquisita criatura que tiene a su lado. ¿Conoce a Sayuri? Si no, déjeme que se la presente.

—¡Oh, nos conocemos bien, Sayuri y yo! —contestó el Presidente.

—¿Cómo dice que se conocen? ¿No será de una forma que me haga envidiarlo? —el barón se rió de su propia broma, pero nadie más rió—. En cualquier caso este generoso regalo me recuerda que tengo algo para ti, Sayuri. Pero no te lo puedo dar hasta que estas geishas se vayan, porque se encapricharán con él y también querrán uno ellas. Así que tendrás que quedarte hasta que se vaya todo el mundo.

—El barón es muy amable —dije—, pero no querría ser una carga.

—Veo que Mameha te ha enseñado a decir no. Sólo tienes que reunirte conmigo en la entrada principal después de que se hayan ido mis invitados. Usted la convencerá de que lo haga, Presidente, mientras ella lo acompaña hasta su coche.

Si el barón no hubiera estado tan borracho, estoy segura de que se le habría ocurrido acompañarlo él mismo. Pero los dos hombres se despidieron, y yo seguí al Presidente de vuelta a la casa. Mientras su chófer le abría la puerta, yo le hice una reverencia, agradeciéndole toda su amabilidad conmigo. Iba a subir al coche, cuando se paró de pronto.

—Sayuri —empezó a decir, y luego pareció que no sabía cómo seguir—. ¿Te dijo algo Mameha sobre el barón?

—No mucho, señor. O al menos... bueno, creo que no sé muy bien a qué se refiere el Señor Presidente.

—¿Es Mameha una buena hermana mayor? ¿Te dice todo lo que tienes que saber?

—¡Oh, sí! Mameha me ha ayudado más de lo que puedo decir.

—Bueno, bueno —dijo él—. Pero cuando un hombre como el barón te dice que tiene algo para ti… En tu lugar, yo me andaría con cuidado.

No se me ocurrió una respuesta, así que dije algo así como que el barón era muy amable por haberme invitado a su fiesta.

Pasé la siguiente hora paseando entre los pocos invitados que iban quedando, recordando una y otra vez todas las cosas que me había dicho el Presidente durante nuestro encuentro. En lugar de estar preocupada por la advertencia que me había hecho, me sentía feliz de haber hablado con él tanto rato seguido. En realidad apenas había pensado que tenía que reunirme con el barón, pues toda mi mente había estado ocupada en pensar en el Presidente, hasta que me encontré sola en el vestíbulo principal en la penumbra del atardecer. Me tomé la libertad de ir a arrodillarme en una habitación contigua y contemplar los campos al otro lado de la ventana.

Pasaron diez o quince minutos; finalmente, apareció el barón en el vestíbulo, con paso apresurado. En cuanto lo vi empecé a marearme del susto, pues no llevaba nada encima, salvo un albornoz de algodón. En una mano llevaba una toalla, con la que se secaba los largos pelos que le crecían en la cara a modo de barba. Claramente acababa de salir del baño. Me puse de pie y le hice una reverencia.

—Sayuri, ¡ya sabes lo alocado que soy! —me dijo—. He bebido demasiado —eso era sin duda cierto—. Y he olvidado que me estabas esperando. Espero que me perdones en cuanto veas lo que te he reservado.

El barón atravesó el vestíbulo hacia el interior de la casa, esperando que yo lo siguiera. Pero yo me quedé donde estaba, pensando en aquello que me había dicho Mameha, que una aprendiza a punto de pasar su *mizuage* es como una comida dispuesta en una bandeja. El barón se detuvo.

—¡Venga! —me dijo.

—¡Oh, barón! No debo acompañarlo. Por favor, permítame que lo espere aquí.

—Quiero darte algo. Ven a mis aposentos, y no te hagas la tonta.

—¡Ay, barón! —exclamé yo—, no puedo evitarlo, pues eso es lo que soy, una niña tonta.

—Mañana volverás a estar bajo la estrecha vigilancia de Mameha, ¿eh? Pero aquí no te vigila nadie.

De haber tenido un mínimo de sentido común en ese momento, le habría agradecido al barón que me hubiera invitado a su encantadora fiesta y le habría dicho cuánto sentía tener que volver a abusar de su amabilidad, pero que necesitaba utilizar uno de sus coches para retirarme a la hospedería. Sin embargo, todo parecía irreal, como en sueños... Supongo que estaba un tanto perturbada. Lo único que sabía era que estaba muerta de miedo.

—Ven conmigo mientras me visto —me dijo el barón—. ¿Has bebido mucho sake esta tarde?

Pasó un largo rato. Yo era consciente de que mi cara no mostraba expresión alguna, sencillamente era algo pegado a la cabeza.

—No, señor —logré decir.

—Ya me lo suponía. Te daré todo el que quieras. Venga, ven.

—Barón —le dije—, por favor, estoy segura de que me aguardan en la hospedería.

—¿Que te aguardan? ¿Quién te aguarda?

No respondí.

—Te estoy preguntando que quién te aguarda. No sé por qué te comportas de este modo. Tengo algo para ti. ¿Prefieres que vaya a buscarlo y lo traiga aquí?

—Lo siento mucho —respondí yo.

El barón se me quedó mirando.

—Espera aquí —dijo finalmente, y se dirigió al interior de la casa. Un rato después volvió con una cosa plana envuelta en papel de seda en la mano. No tuve que fijarme mucho para saber que era un kimono.

—¡Ya está! —dijo—; como insistes en portarte como una niña tonta, he tenido que ir a buscar tu regalo. ¿Te sientes mejor ahora?

Volví a decirle que lo sentía mucho.

—El otro día vi cuánto te gustaba este kimono. Quiero que lo tengas —dijo.

El barón dejó el envoltorio encima de la mesa y desató las cintas para abrirlo. Pensé que el kimono sería el que representaba un paisaje de Kobe; y, a decir verdad, me sentía tan preocupada como optimista al respecto, pues no tenía ni idea de lo que haría con algo tan magnífico ni cómo le iba a explicar a Mameha que el barón me lo había regalado. Pero lo que vi en su lugar cuando el barón terminó de desenvolverlo, fue un grandioso tejido oscuro con hilos de laca y bordados de plata. El barón levantó el kimono sujetándolo por los hombros. Era un kimono que podría estar colgado en un museo; según me dijo el barón, databa de 1860 y había sido bordado para la sobrina del último *shogun*, Tokugawa Yoshinobu. Las figuras bordadas eran unos pájaros plateados volando en un cielo nocturno, con un misterioso paisaje de oscuros árboles y rocas elevándose desde el borde inferior.

—Tienes que venir conmigo y probártelo —me dijo—. ¡No vuelvas a comportarte como una niña boba! Tengo mucha experiencia atando el *obi*. Y luego te volveremos a poner tu propio kimono para que no se entere nadie.

No me hubiera importado cambiar el kimono que me ofrecía el barón por una manera de salir de aquella situación. Pero era un hombre con tanta autoridad que ni Mameha se atrevía a desobedecerlo. Si ella no tenía forma de negarse a sus deseos, ¿cómo iba a poder yo? Me di cuenta de que empezaba a perder la paciencia; los cielos eran testigos de que había sido extremadamente amable conmigo durante los meses que siguieron a mi debut, accediendo a que le sirviera cuando comía en el apartamento de Mameha y permitiendo que Mameha me llevara a la fiesta de su hacienda de Kioto. Y de nuevo volvía a mostrarse amable, regalándome un kimono sorprendente.

Supongo que finalmente llegué a la conclusión de que no me quedaba más remedio que obedecerle y pagar por las consecuencias, fueran las que fueran. Miré al suelo, avergonzada; y en ese mismo estado como de pesadilla en el que hacía rato que me encontraba, me di cuenta de que el barón me tomaba de la mano y me guiaba por los pasillos hacia sus aposentos, en la parte de atrás de la casa. Una criada apareció en un momento determinado, pero al vernos, se retiró rápidamente haciendo una reverencia. El barón no dijo palabra hasta que llegamos a una espaciosa habitación cubierta de tatami y forrada de espejos. Era su vestidor. Uno de los laterales era un gran armario, con todas las puertas cerradas.

Me temblaban las manos de miedo, pero si el barón se dio cuenta, no hizo comentario alguno. Me colocó de frente a los espejos, me levanto una mano y se la llevó a los labios; pensé que iba a besarla, pero se limitó a acariciar su rala barba con el dorso y entonces hizo algo peculiar: me subió la manga por encima de la muñeca e inhaló el aroma de mi piel. Su barba me hacía cosquillas en el brazo, pero apenas lo sentía. Parecía que no sentía nada; era como si estuviera sepultada bajo capas y capas de miedo, confusión y pavor... Y entonces el barón me sacó de mi estupor al ponerse detrás de mí y pasarme los brazos por delante del torso para desatarme el *obijime*. Es decir, el cordón que sujeta el *obi*.

Sentí un momento de pánico al comprobar que se proponía realmente desnudarme. Intenté decir algo, pero las palabras no llegaban a salir de mi boca; y además el barón no dejaba de hacer sonidos para acallarme. Intenté detenerlo con las manos, pero él las apartó de un plumazo y finalmente consiguió desatarme el *obijime*. Tras esto dio un paso atrás y estuvo un buen rato forcejeando con el nudo del *obi*, que queda entre las paletillas. Yo le supliqué que no me lo quitara —aunque tenía la garganta tan seca que apenas podía emitir sonido alguno—, pero él no me escuchó y no tardó en empezar a desenrollar el ancho *obi*, pasando sus brazos una y otra vez alrededor de mi cintura. Vi cómo el pañuelo del Presidente caía al suelo. Un momento después, el barón dejó caer el *obi* en un montón a su lado, y entonces me desabrochó el *datejime*, es decir, la cinturilla que va por debajo. Casi me mareo al sentir que el kimono se soltaba de mi cintura. Lo agarré, cerrándolo con las manos, pero el barón me las separó. Ya no pude soportar seguir mirando al espejo. Lo último que recuerdo al cerrar los ojos fue el frufú de la tela al quitarme el barón la pesada prenda tomándola por los hombros.

Parecía que el barón había logrado lo que se proponía; o, al menos, por el momento no fue a más. Sentí sus manos en mi cintura, acariciando el tejido de mi enagua. Cuando por fin volví a abrir los ojos, estaba detrás de mí, inspirando el aroma de mi cabello y mi cuello. Tenía los ojos fijos en el espejo —fijos, me pareció a mí, en la banda que sujetaba mi enagua—. Cada vez que movía los dedos, yo intentaba alejarlos con toda la fuerza de mi mente, pero no tardaron en correrme como arañas por la barriga, y un momento después estaban enredados en la banda y habían empezado a tirar de ella. Intenté detenerlo varias veces, pero el barón me apartó las manos, como había hecho antes. Finalmente la banda se desató; el barón dejó que cayera al suelo. Me temblaban las piernas, y la habitación se me emborronó cuando, sujetando mi enagua por las costuras, empezó a abrirla. De nuevo me aferré a sus manos para impedírselo.

—No te preocupes, Sayuri —me susurró el barón—. ¡Por lo que más quieras! No voy a hacerte nada que no deba. Sólo quiero echar un vistazo, ¿entiendes? No hay nada malo en ello. Cualquier hombre haría lo mismo.

Mientras me estaba diciendo esto, un pelo de su barba rala y brillante me hacía cosquillas en el oído, así que me vi obligada a girar la cabeza. Creo que debió interpretarlo como un signo de consentimiento por mi parte, porque sus manos empezaron a moverse más deprisa. Me abrió totalmente la enagua. Sentí sus dedos en las costillas, casi haciéndome cosquillas al intentar desatarme las cintas del corpiño. Un momento después lo había logrado. No pude soportar la curiosidad de comprobar lo que estaría viendo el barón; así que sin mover la posición de la cabeza, que seguía girada, esforcé cuanto pude la vista para verme en el espejo. Mi corpiño abierto dejaba ver una extensa tira de piel en el centro de mi pecho.

Las manos del barón se habían trasladado a mis caderas, donde se enzarzaron con mi *koshimaki*. Al vestirme aquel día, me lo había apretado, tal vez, más de lo necesario. Y el barón se las vio y se las deseó para encontrar la juntura, pero tras aflojar la tela, la sacó toda de un tirón de debajo de mi enagua. Al sentir la seda deslizarse sobre mi piel, salió un sonido de mi garganta, como un sollozo. Alargué los brazos en un intento de agarrar el *koshimaki*, pero el barón lo apartó de mí y lo tiró al suelo. Y luego, muy despacio, tan despacio como un hombre quitándole el abriguito a un niño dormido, abrió mi enagua con un ademán largo y expectante, como si estuviera desvelando algo magnificente. Sentí una quemazón en la garganta que me indicaba que estaba a punto de echarme a llorar; pero no podía soportar la idea de que el barón fuera a verme llorar, además de desnuda. Contuve las lágrimas, al borde mismo de empañarme la vista, y miré al espejo con tal intensidad que durante un momento tuve la impresión de que el tiempo se había detenido. Nunca me había visto desnuda de esta forma. Es cierto que todavía llevaba puestos los calcetines abotonados; pero así con la enagua desatada y abierta me sentía más expuesta que totalmente desnuda en los baños. Observé que el barón recorría con los ojos mi imagen en el espejo. Primero me abrió aún más la enagua para que se me viera el contorno de la cintura. Luego bajó la vista hasta la pequeña espesura negra que me había brotado en los años que llevaba en Kioto, y la dejó allí fija. Pasado un buen rato empezó a alzarla poco a poco, recorriendo mi estómago, mis costillas, hasta los dos circulitos color ciruela, primero en un lado y luego en el otro. Entonces el barón quitó una mano de mi cuerpo, de modo que por ese lado la enagua volvió a caer en su sitio. Lo que hizo con esa mano no lo sé, pero ya no volví a verla. En un momento dado volví a sentir pánico al ver que asomaba de su albornoz un hombro desnudo. No sé lo que estaba haciendo —y aunque hoy podría hacer una conjetura bastante probable, prefiero no pensarlo—. Lo único que sé es que de pronto su aliento me calentaba el cuello. Tras esto ya no vi nada más. El espejo se convirtió en un borrón plateado; y ya no pude seguir conteniendo las lágrimas.

Llegado a un punto, la respiración del barón pareció calmarse. La piel me ardía, y transpiraba de miedo, de modo que cuando por fin soltó completamente mi enagua y la dejó caer, el soplo de aire que sentí me pareció una brisa. Enseguida me quedé sola en la habitación; el barón había salido sin que yo ni siquiera me diera cuenta. Me apresuré a vestirme mientras él estaba fuera, con tal desesperación que mientras recogía todas mis prendas del suelo, me vino a la cabeza la imagen de un niño hambriento pillando restos de comida.

Me empecé a vestir como pude, temblando. Pero sin ayuda, sólo podía cerrarme la enagua y sujetarla con la banda. Esperé frente al espejo, observando con preocupación mi maquillaje todo corrido. Estaba dispuesta a esperar una hora si tenía que hacerlo. Pero sólo pasaron unos minutos antes de que el barón estuviera de vuelta con el albornoz bien atado alrededor de su oronda barriga. Me ayudó a ponerme el kimono sin decir una palabra, y me lo sujetó con el *datejime*, exactamente igual que lo habría hecho el Señor Itchoda. Mientras él manipulaba el largo *obi*, preparándolo para enrollármelo en la cintura, me entró una extraña sensación. Al principio no entendía qué me pasaba; pero se fue extendiendo dentro de mí, como se extiende una mancha en un mantel, y no tardé en comprender. Tenía la sensación de que había hecho algo malo. No quería llorar delante del barón, pero no pude evitarlo, y, además, no me había mirado a los ojos desde que había vuelto a la habitación. Intenté imaginarme que no era más que una casa solitaria bajo la lluvia, con el agua corriendo por sus paredes. Pero el barón debió de reparar en ello y salió de la habitación y volvió un momento después con un pañuelo con sus iniciales bordadas. Me dijo que me lo quedara, pero después de usarlo lo dejé encima de la mesa.

Enseguida me llevó a la zona de recepción de la casa y desapareció sin decir una palabra. Al momento apareció un sirviente con el kimono antiguo envuelto de nuevo en papel de seda. Me lo dio con una reverencia y me escoltó hasta el coche del barón. Hice el camino de vuelta a la hospedería llorando calladamente en el asiento trasero, aunque el conductor fingió que no se estaba dando cuenta. Ya no lloraba por lo que me había pasado. Tenía algo mucho más espantoso en mente; a saber, qué iba a pasar cuando el Señor Itchoda viera mi maquillaje todo corrido y luego cuando me ayudara a desvestirme y viera el nudo del *obi*, que estaba mucho más flojo de lo que él solía atarlo y, aún peor, cuando viera el regalo tan caro que me habían hecho. Antes de salir del coche me limpié la cara con el pañuelo del Presidente, pero tampoco sirvió para mucho. El Señor Itchoda me miró y luego se rascó la barbilla como si comprendiera todo lo que había pasado. Ya arriba, en el cuarto, mientras me desataba el *obi*, me dijo:

—¿Te desnudó el barón?

—Lo siento —respondí yo.

—Te desnudó y te miró en el espejo. Pero no hizo nada contigo. No te tocó ni se echó encima de ti, ¿no?

—No, señor.

—Está bien. No pasa nada, entonces —dijo el Señor Itchoda, mirando al frente. Y no volvimos a cruzar palabra.

Veintitrés

No voy a pretender que todas mis emociones se habían apaciguado cuando el tren entró en la estación de Kioto a la mañana siguiente. Después de todo, cuando se tira un guijarro a un estanque, el agua sigue agitada todavía un rato después de que el guijarro se haya posado en el fondo. Pero cuando bajé por las escaleras del andén, con el Señor Itchoda pisándome los talones, me quedé tan anonadada que durante un rato me olvidé de todo lo demás.

Allí en una vitrina estaba el nuevo cartel que anunciaba las *Danzas de la Antigua Capital* de aquel año, y me paré a mirarlo. Quedaban dos semanas para el evento. El cartel había sido distribuido el día anterior, probablemente mientras yo iba de un lado al otro de la hacienda del barón esperando encontrar al Presidente. Las Danzas tienen un tema distinto cada año, como "Los colores de las cuatro estaciones en Kioto" o "Lugares famosos de la *Leyenda de Heike*". Aquel año el tema era "El resplandor del Sol Naciente". El cartel, que, por supuesto, era obra de Uchida Kosaburo —que había creado casi todos los carteles del festival desde 1919— mostraba a una aprendiza ataviada con un hermoso kimono verde y naranja, de pie en un puente de madera. Yo estaba agotada por el largo viaje y apenas había dormido en el tren; de modo que me quedé mirando el cartel como atontada, apreciando los hermosos verdes y dorados del fondo antes de centrar mi atención en la chica del kimono. Miraba directamente al frente en la luz brillante del amanecer, y sus ojos tenían un sorprendente tono gris azulado. Tuve que sujetarme en la barandilla para no perder el equilibrio. ¡Yo era la chica que había pintado Uchida!

En el camino desde la estación a la *okiya*, el Señor Itchoda fue señalando todos los carteles que íbamos viendo e incluso le pidió al conductor del *rickshaw* que diera un rodeo para que pudiéramos ver toda una pared cubierta con ellos en el edificio de los antiguos Almacenes Daimaru. Verme por toda la ciudad no era tan excitante como yo habría imaginado; no dejaba de pensar en la pobre muchacha del cartel, de pie, delante de un espejo mientras un hombre mucho mayor que ella le desataba el *obi*. En cualquier caso, esperaba oír un montón de felicitaciones durante los días siguientes, pero enseguida pude comprobar que semejante honor siempre tiene unos costes. Ya desde que Mameha había arreglado las cosas para que yo tuviera un papel en el espectáculo de aquel año, empecé a oír todo tipo de comentarios desagradables. Después de lo del cartel, fue aún peor. A la mañana siguiente, por ejemplo, una joven aprendiza, que la semana anterior se había comportado de lo más amistosa conmigo, miró hacia otro lado cuando la saludé con una inclinación de cabeza.

En cuanto a Mameha, fui a visitarla a su apartamento, donde se recuperaba, y vi que estaba tan orgullosa como si hubiera sido ella misma la retratada en el póster. Ciertamente no estaba muy satisfecha de mi viaje a Hakone, pero parecía tan entregada como siempre a la consecución de mi éxito, o más. Durante un momento, me preocupaba que pensara que mi horrible encuentro con el barón era una traición. Me imaginaba que el Señor Itchoda se lo habría dicho, pero si lo hizo, ella nunca sacó el tema. Ni yo tampoco.

Dos semanas después, dieron comienzo las representaciones. El día del estreno, en los camerinos del Teatro Kaburenjo, me sentía rebosar de excitación, pues Mameha me había dicho que el Presidente y Nobu se encontrarían entre el público. Mientras me maquillaba, me remetí el pañuelo del Presidente bajo el albornoz, tocándome la piel. Tenía el pelo pegado a la cabeza con una cinta de seda, para poder ponerme las diferentes pelucas, y cuando me vi la cara en el espejo sin enmarcar por el pelo, como de costumbre, aprecié unos ángulos en mis mejillas y alrededor de los ojos que no había visto nunca. Puede que parezca extraño, pero cuando me di cuenta de que la forma de mi propia cara podía sorprenderme, tuve la súbita intuición de que nada en la vida es tan simple como imaginamos.

Una hora más tarde aguardaba en fila con el resto de las aprendizas entre bastidores, preparadas para la danza inaugural. Llevábamos todas el mismo kimono, amarillo y rojo, con los *obis* naranja y dorado, de modo que parecíamos imágenes trémulas de luz. Cuando empezó la música, con el primer golpe de tambor y el vibrante tañido de los *shamisen*, y salimos bailando como la cuentas de un collar —con los brazos extendidos y el abanico abierto en una mano—, tuve una sensación de pertenecer a algo que nunca había tenido.

Tras la primera pieza, corrí escaleras arriba a cambiarme el kimono. La danza en la que iba a aparecer bailando sola se llamaba *El sol de la mañana sobre las olas* y trataba de una doncella que se baña de mañana en el océano y se enamora de un delfín encantado. El kimono que iba a lucir era una magnífica pieza de color rosa con un estampado, que representaba el agua del mar, en color gris, y llevaba en la mano unas tiras de seda azul que simbolizaban el mar rizado que dejaba detrás de mí. El papel del príncipe transformado en delfín lo hacía una geisha que se llamaba Umiyo; asimismo, eran representados por geishas el resto de los papeles: el del viento, el del sol y el de la espuma marina; además de unas cuantas aprendizas, vestidas de negro y azul marino, que representaban a los delfines llamando a su príncipe desde el fondo del escenario.

Me cambié tan rápido que me quedaron unos minutos para observar al público. Seguí el sonido de algún tambor ocasional hasta que me encontré en un pasillo estrecho y oscuro que corría detrás de uno de los palcos de la orquesta situados a ambos lados del teatro. Ya había otras aprendizas y geishas mirando por unas ranuras practicadas en las puertas correderas. Me uní a ellas y logré ver al Presidente y a Nobu sentados juntos —aunque a mí me pareció que el Presidente había cedido a Nobu el mejor sitio—. Nobu tenía la vista fija en el escenario, pero para mi sorpresa parecía que el Presidente se estaba quedando dormido. Por la música me di cuenta de que era el principio del solo de Mameha, y me cambié al otro extremo del pasillo, desde donde se veía el escenario por las rendijas.

No pude ver a Mameha más de unos minutos, pero la impresión que me causó no se me borrará nunca. La mayoría de los bailes de la Escuela Inoue cuentan una historia de un tipo u otro, y la historia de esta danza —llamada *Un cortesano regresa junto a su esposa*— estaba basada en un poema chino que trata de un cortesano que tiene una larga aventura amorosa con una dama del palacio imperial. Una noche la esposa del cortesano se esconde en los alrededores del palacio para descubrir dónde ha estado pasando el tiempo su esposo. Finalmente, al amanecer, ve desde detrás de un matorral cómo éste se despide de su amante, pero para entonces, ella ya ha caído enferma por el frío que ha pasado espiándolo y muere al poco tiempo.

Para nuestras danzas de primavera, la historia se trasladó a Japón; pero el cuento era el mismo. Mameha representaba el papel de la esposa que muere de frío, con el corazón roto, mientras que otra geisha, Kanako, hacía el papel del cortesano, su marido. Vi la danza desde el momento en que el cortesano se despide de su amante. El decorado ya era extremadamente hermoso, con una suave iluminación imitando la de la aurora y el ritmo lento del *shamisen* como un latido al fondo. El cortesano realizaba una bonita danza de agradecimiento a su amante por la noche que han pasado juntos, y luego avanzaba hacia la luz del sol naciente para capturar para ella un poco de su calor. Éste era el momento en que empezaba el lamento de Mameha, con una danza que expresaba toda la terrible tristeza de la esposa, oculta a un lado del escenario donde su esposo y la amante de éste no podían verla. Ya fuera la belleza de la danza de Mameha o la de la misma historia, el caso es que de pronto me sentí tan apenada viéndola bailar que me parecía que yo misma había sido la víctima de una traición atroz. Al final, la luz del sol inundaba el escenario. Mameha lo atravesaba hasta un bosquecillo donde bailaba la sencilla escena de la muerte. No puedo decir lo que pasaba después. Estaba demasiado emocionada y no pude seguir mirando; además, tenía que volver entre bastidores para prepararme para mi propia entrada.

Mientras esperaba, me parecía que tenía sobre mí todo el peso del edificio, pues la tristeza siempre la he sentido como algo extrañamente pesado. Las buenas bailarinas a menudo llevan los calcetines de geisha típicos, los abotonados a un lado, una talla más pequeña de lo que necesitan, a fin de poder sentir en los pies las juntas de la madera del escenario. Pero mientras estaba allí concentrándome para actuar, la presión que sentía sobre mí era tan fuerte que me parecía que no sólo sentiría las junturas del suelo del escenario, sino incluso las fibras del tejido del calcetín. Por fin oí la música de tambores y *shamisen* y el ajetreo de kimonos de las bailarinas que pasaban a mi lado camino del escenario; pero apenas si me acuerdo de nada más. Estoy segura de que levanté los brazos con el abanico cerrado y las rodillas dobladas, pues ésta era la postura con la que tenía que entrar en el escenario, y nadie me dijo luego que me hubiera despistado al entrar. Pero lo único que recuerdo claramente es estar mirando asombrada la seguridad y la uniformidad con la que se movían mis brazos. Había ensayado este número muchas veces, y supongo que eso bastaba, pues, aunque tenía un estado mental de total cerrazón, representé mi papel sin dificultad ni nerviosismo.

Durante el resto del mes, en cada representación, me preparaba para entrar de esta misma forma, concentrándome en la historia de *Un cortesano regresa junto a su esposa* hasta que sentía que caía sobre mí una inmensa tristeza. Los seres humanos enseguida nos acostumbramos a las cosas, pero cuando pensaba en Mameha danzando su lamento, oculta a los ojos de su marido y de la amante de éste, me resultaba tan imposible no ponerme triste como imposible es no percibir el aroma de una manzana que alguien acaba de cortar delante de ti.

Un día, en la última semana de representación, Mameha y yo nos quedamos hasta tarde en el camerino, hablando con otra geisha. No esperábamos encontrar a nadie al salir del teatro, y en realidad, el público ya había desaparecido. Pero cuando llegamos a la calle, un chófer uniformado se bajó de un coche y abrió la portezuela trasera. Mameha y yo casi lo habíamos dejado atrás cuando salió Nobu.

—¡Hombre, Nobu-san! —exclamó Mameha—, ya empezaba a preocuparme de que no te interesara la compañía de Sayuri. Hace casi un mes que no sabíamos nada de ti, y esperábamos...

—Pero ¿quién eres tú para quejarte de que te hagan esperar? Llevo aquí fuera casi una hora.

—¿Acabas de salir de la representación? ¿Has vuelto a ver las Danzas? —preguntó Mameha—. Sayuri se ha hecho toda una estrella.

—*No acabo* de salir de nada —contestó Nobu—. Salí del teatro hace una hora. El tiempo suficiente para hacer una llamada de teléfono y enviar a mi chófer a recoger un encargo.

Nobu golpeó con su única mano la ventanilla del coche, asustando de tal forma al chófer que se le cayó la gorra. Éste bajó la ventanilla y le dio a Nobu un paquetito envuelto al estilo occidental en una pequeña bolsa, que parecía de papel de plata. Nobu se volvió hacia mí, y yo hice una profunda reverencia y le dije lo contenta que estaba de verle.

—Eres muy buena bailarina, Sayuri. Yo no hago regalos porque sí —dijo, aunque creo que no era para nada verdad—. Probablemente por eso no les gusto tanto como otros hombres a Mameha o a otras geishas de Gion.

—¡Nobu-san! ¡Nadie ha sugerido jamás tal cosa!

—¡Sé perfectamente lo que os gusta a las geishas! Mientras os hagan regalos, aguantáis lo que sea.

Nobu extendió la mano con el paquetito para que yo lo tomara.

—Entonces, Nobu-san —dije yo—, ¿qué esperas que aguante yo? —lo dije de broma, claro está; pero Nobu no se lo tomó así.

—¿No acabo de decir que no soy como los otros hombres? —gruñó—. ¿Por qué las geishas no os creéis nunca lo que digo? Si quieres este regalito, mejor lo tomas antes de que me arrepienta.

Yo le di las gracias a Nobu y tomé el paquetito; Nobu dio otro golpe en la ventanilla del coche. El chófer se bajó y le abrió la puerta para que se montara.

No dejamos de hacer reverencias hasta que el coche giró al llegar a la esquina, y entonces Mameha me llevó a los jardines del teatro, donde nos sentamos en un banco de piedra frente al estanque y echamos un vistazo dentro de la bolsa que me había entregado Nobu. Contenía una cajita, envuelta en un papel dorado impreso con el nombre de una famosa joyería y atada con una cinta roja. La abrí y contenía una sola joya: un rubí del tamaño de un hueso de melocotón. Era como una inmensa gota de sangre refulgiendo al sol. Lo giré entre mis dedos, y los destellos saltaron de un lado al otro. Y era como si algo saltara en mi pecho.

—Veo lo emocionada que estás —dijo Mameha—, y me alegro mucho por ti. Pero no te encariñes demasiado con él. Tendrás más joyas en tu vida, Sayuri, muchas, diría yo. No se te volverá a presentar otra ocasión igual. Llévate el rubí a la *okiya* y dáselo a Mamita.

Ver esta hermosa joya, ver cómo su luz tintaba mi mano de rosa, y pensar en los enfermizos ojos amarillentos de Mamita, enmarcados siempre por el rojo vivo del interior de los párpados, como de carne cruda... Bueno, me parecía que dársela a ella era como vestir de seda a un cochino. Pero, claro, no me quedaba más remedio que obedecer a Mameha.

—Cuando se lo des —continuó ella—, has de ser especialmente delicada y decirle: "Mamita, me sentiría muy honrada si aceptara esta joya. Yo realmente no la necesito, y le he causado tantos problemas durante todos estos años." No digas más, o creerá que estás siendo sarcástica.

Cuando unas horas más tarde me senté en mi cuarto a moler una barra de tinta para escribirle una nota de agradecimiento a Nobu, se apoderó de mí una gran tristeza. Si la propia Mameha me hubiera pedido el rubí se lo habría dado tan contenta..., ¡pero dárselo a Mamita! Me caía bien Nobu y me daba lástima que su espléndido regalo fuera a parar a manos de una mujer como Mamita. Sabía de sobra que de haber sido el Presidente quien me hubiera dado el rubí, nunca me habría desprendido de él. En cualquier caso, escribí la nota, y cuando la terminé fui a la habitación de Mamita a hablar con ella. Estaba sentada en la penumbra, haciéndole caricias a su perro y fumando.

—¿Qué quieres? —me preguntó—. Estaba a punto de pedir que me subieran una tetera.

—Siento molestarla, Mamita. Esta tarde, cuando Mameha y yo salíamos del teatro, el Señor Nobu Toshikazu estaba esperándome...

—Esperando a Mameha, quieres decir.

—No lo sé, Mamita. Pero el caso es que estaba esperando para darme este regalo. Es muy bonito, pero yo no lo necesito.

Quería haberle dicho que me sentiría muy honrada de que ella lo aceptara, pero Mamita ya no me estaba escuchando. Dejó la pipa sobre la mesa y me arrebató la cajita antes incluso de que yo se la ofreciera. Volví a intentar explicárselo, pero Mamita se limitó a abrir la caja y volcar el rubí en su untuosa mano.

—¿Qué es esto?

—Es el regalo que me ha hecho el Señor Nobu. El Señor Toshikazu, de la Compañía Eléctrica Iwamura.

—¿Crees que no sé quién es Nobu Toshikazu?

Se levantó de la mesa y se dirigió a la ventana, donde levantó el estor de papel y expuso el rubí a la luz de los últimos rayos de sol. Estaba haciendo lo mismo que había hecho yo en la calle: girarlo para ver sus destellos. Finalmente, bajó de nuevo el estor y volvió a su sitio.

—Tiene que haber un malentendido. ¿No te pidió que se lo entregaras a Mameha?

—Bueno, Mameha estaba a mi lado cuando me lo dio.

Me daba cuenta de que la mente de Mamita era como un cruce bloqueado por el tráfico. Dejó el rubí sobre la mesa y dio varias chupadas a la pipa. Me pareció que con cada bocanada de humo soltaba un poco de la confusión de su mente. Por fin me dijo:

—Así que Nobu Toshikazu se ha interesado por ti, ¿no?

—Hace algún tiempo que me honra con su atención.

Al oír esto, dejó la pipa sobre la mesa, como indicándome que la conversación estaba a punto de ponerse mucho más seria.

—No me he ocupado de ti como debía —me dijo—. Si has tenido algún amiguito ahora es el momento de decírmelo.

—No he tenido ninguno, Mamita.

No puedo decir si me creyó o no, pero me dijo que me retirara. Todavía no le había ofrecido el rubí como me había dicho Mameha que hiciera. Estaba pensando en cómo sacar el tema. Pero cuando miré a la mesa donde estaba la piedra, debió de pensar que tenía intención de decirle que me lo devolviera. No me dio tiempo a decir nada más, pues ella ya lo había hecho desaparecer en el hueco de su mano.

Por fin sucedió lo que tenía que suceder, y una tarde, sólo unos días después, Mameha vino a mi *okiya* y me llevó a la sala para comunicarme que habían empezado las ofertas para mi *mizuage*. Aquella misma mañana había recibido una oferta de la dueña de la Casa de Té Ichiriki.

—No podía haber sido en peor momento —dijo Mameha—, pues tengo que salir para Tokio esta misma tarde. Pero no me necesitarás. Sabrás si las ofertas suben, porque empezarán a suceder cosas.

—No entiendo —le dije—. ¿Qué cosas?

—Cosas de todo tipo —me dijo, y luego se fue sin tomar siquiera una taza de té.

Estuvo tres días fuera. Al principio, el corazón se me desbocaba cada vez que oía que se acercaba una de las criadas. Pero transcurrieron dos días sin que pasara nada. Entonces, al tercer día, la Tía vino a decirme que Mamita quería verme en su cuarto.

No había puesto un pie en el primer escalón cuando oí que se abría una puerta, y acto seguido vi abalanzarse a Calabaza escaleras abajo. Corría como si hubieran derramado un cubo en lo alto de la escalera y ella fuera el agua; de tan rápida apenas ponía los pies en el suelo, y a mitad de camino se torció un dedo en la barandilla. Debió de dolerle, porque soltó un grito y se paró al llegar abajo y lo rodeó con la otra mano, intentando calmar el dolor.

—¿Dónde está Hatsumono? —dijo, con una voz que delataba claramente lo que le dolía—. ¡Tengo que encontrarla rápidamente!

—Me parece que ya te has hecho bastante daño —dijo la Tía—, para que encima Hatsumono te haga aún más.

Calabaza parecía terriblemente preocupada, y no sólo por su dedo; pero cuando le pregunté qué le pasaba, se precipitó hacia la puerta y se fue.

Mamita estaba sentada frente a la mesa cuando entré en la habitación. Empezó a cargar la pipa, pero cambió súbitamente de opinión y la dejó a un lado. En el estante más alto, sujetando los libros de cuentas, había un hermoso reloj europeo dentro de un fanal de cristal. Mamita no le quitaba ojo, pero pasaron varios minutos y seguía sin decirme nada. Por fin fui yo la que habló:

—Siento molestarla, Mamita, pero me han dicho que deseaba verme.

—El doctor se está retrasando —dijo—. Lo esperaremos.

Me imaginé que se refería al Doctor Cangrejo, que iba a venir a la *okiya* para acordar los términos de mi *mizuage*. No lo esperaba y empecé a sentir un cosquilleo en el estómago. Mamita acariciaba a Taku, el cual se cansó de sus atenciones y lanzó pequeños gruñidos.

Finalmente oí que las criadas recibían a alguien en el portal, y bajó Mamita. Cuando volvió unos minutos después no venía acompañada del Doctor Cangrejo, sino de un hombre mucho más joven, con el pelo entrecano y un maletín de médico en la mano.

—Ésta es la chica —dijo Mamita.

Saludé al doctor con una reverencia, y él respondió con otra.

—Señora —dijo, dirigiéndose a Mamita—, ¿dónde vamos a...?

Mamita le respondió que la habitación donde nos encontrábamos serviría. Por su modo de cerrar la puerta, supe que estaba a punto de pasarme algo desagradable. Empezó por desatarme el *obi* y doblarlo sobre la mesa. Luego me quitó el kimono descolgándomelo de los hombros y lo colgó en una percha que había en una esquina de la habitación. Me quedé sólo con la enagua amarilla, lo más quieta que pude; pero un momento después Mamita empezó a desabrocharme la banda que la sujeta. No pude evitar echar la mano para impedirlo, pero ella la apartó igual que había hecho el barón, lo que me hizo sentirme fatal. Cuando me hubo quitado la banda, metió la mano bajo la enagua y tiró del *koshimaki*, que salió, como había sucedido en Hakone, de un tirón. No me gustó nada, pero en lugar de abrirme la enagua, como había hecho el barón, Mamita me la volvió a cerrar y me dijo que me tumbara en el tatami.

El doctor se arrodilló a mi lado y, tras disculparse, me abrió la enagua y me dejó las piernas al descubierto. Mameha me había contado algo acerca del *mizuage*, pero parecía que estaba a punto de enterarme de algo más. ¿Habrían acabado ya las ofertas? ¿Había sido este joven doctor el ganador? ¿Y qué había pasado con el Doctor Cangrejo y con Nobu? Incluso se me cruzó por la mente la idea de que Mamita estuviera saboteando los planes de Mameha. El joven doctor me colocó las piernas y metió la mano entre ellas; una mano que me había parecido suave y elegante, como la de mi adorado Presidente. Me sentí tan expuesta y humillada que me tapé la cara. Quería juntar las piernas, pero temía que si dificultaba su tarea, todo se prolongara más. Así que me quedé quieta, con los ojos cerrados y conteniendo la respiración. Me sentía como debió de sentirse el pequeño Taku cuando se atragantó con un hueso y la Tía le mantuvo la boca abierta mientras Mamita le metía los dedos en la garganta y le sacaba el hueso. En un momento determinado creo que el doctor tenía las dos manos entre mis piernas; pero por fin las sacó, y volvió a taparme. Cuando abrí los ojos, lo vi secándose las manos con una toalla.

—La chica está intacta —dijo.

—¡Eso son buenas noticias! —contestó Mamita—. ¿Habrá mucha sangre?

—No debería haber ninguna. Sólo la he examinado.

—No; quiero decir en el *mizuage*.

—No le podría decir. Lo normal, supongo.

Cuando el doctor de cabello entrecano se fue, Mamita me ayudó a vestirme y me indicó que me sentara en la mesa. Sin previo aviso me agarró de una oreja y tiró con tal fuerza que di un grito. Me mantuvo así agarrada, con mi cabeza pegada a la suya, mientras me decía:

—Eres un bien muy caro, muchachita. No te había valorado lo suficiente. Pero ahora puedes estar segura que de aquí en adelante no te quitaré ojo. Lo que los hombres quieren de ti, tendrán que pagarlo. ¿Me sigues?

—Sí, señora —dije. Claro está que habría asentido a cualquier cosa que dijera, considerando cómo me estaba tirando de la oreja.

—Si le das a un hombre gratis aquello por lo que debe pagar, estarás engañando a esta *okiya*. Me deberás dinero, y yo te lo sacaré de donde sea. Y no sólo hablo de esto —aquí Mamita hizo un burdo ruido con la mano que tenía libre, frotándose los dedos en la palma—. Los hombres pagarán para esto —continuó—. Pero también pagarán sólo por hablar contigo. Como te pille escabulléndote para encontrarte con un amigo, aunque sólo sea para charlar un rato, te... —y aquí terminó la frase con un último tirón de oreja, antes de soltármela.

Me costó recuperar el aliento. Cuando por fin pude volver a hablar dije:

—Mamita... ¡Pero si no he hecho nada para enfadarla!

—No, todavía no. Y si tienes cabeza no lo harás nunca.

Intenté irme, pero Mamita me dijo que me quedara. Golpeó la pipa en el cenicero como para vaciarla, aunque ya estaba vacía; y cuando la llenó y la encendió, me dijo:

—He tomado una decisión y tu posición aquí en la *okiya* está a punto de cambiar.

Esto me alarmó, y empecé a decir algo, pero Mamita me cortó.

—Tú y yo celebraremos una ceremonia la semana que viene. Después, tú te convertirás en mi hija, como si yo te hubiera parido. He decidido adoptarte. Un día, la *okiya* será tuya.

No sabía qué decir, y no recuerdo mucho de lo que sucedió a continuación. Mamita siguió hablando, diciéndome que en cuanto fuera oficialmente declarada hija de la *okiya* no tardaría en mudarme al cuarto grande que ocupaban Hatsumono y Calabaza, las cuales tendrían que compartir el cuarto pequeño que había venido ocupando yo. Sólo la estaba escuchando a medias, hasta que me di cuenta de que siendo la hija de Mamita ya no tendría que enfrentarme a la tiranía de Hatsumono. Éste había sido el plan de Mameha, pero yo nunca creí que pudiera salir adelante. Mamita siguió aleccionándome. Miré su labio caído y sus ojos amarillentos. Puede que fuera una mujer odiosa, pero como hija de esta mujer odiosa, yo pasaba a estar fuera del alcance de Hatsumono.

En medio de esta conversación, se abrió la puerta, y la propia Hatsumono apareció en el umbral.

—¿Qué quieres? —preguntó Mamita—. Estoy ocupada.

—Sal —dijo Hatsumono, dirigiéndose a mí—. Tengo que hablar con Mamita.

—Si quieres hablar conmigo —dijo Mamita— le pedirás a Sayuri que tenga la bondad de dejarnos solas.

—¿*Tendrías la bondad de dejarnos solas, Sayuri?* —dijo Hatsumono en tono sarcástico.

Y entonces, por primera vez en mi vida, le contesté sin miedo a que me castigara.

—Saldré si Mamita lo permite —le dije.

—Mamita, ¿tendría la bondad de decirle a esta Señorita Estúpida que nos deje solas? —dijo Hatsumono.

—Deja de hacer tonterías Hatsumono —dijo Mamita—. Entra y dime qué quieres.

A Hatsumono no le gustó esto, pero entró y se sentó frente a la mesa. Estaba a mitad de camino entre Mamita y yo, pero, en cualquier caso, tan cerca que me llegaba su perfume.

—La pobre Calabaza ha venido a buscarme muy triste —empezó—. Le prometí que hablaría con usted. Me ha contado algo muy extraño. Estas fueron sus palabras: "¡Ay, Hatsumono! Mamita ha cambiado de opinión". Pero yo le dije que dudaba que aquello fuera cierto.

—No sé a qué se referiría. Es cierto que no he cambiado de opinión en nada últimamente.

—Eso es lo que yo le dije, que usted nunca faltaría a su palabra. Pero estoy segura de que se sentiría mejor, si se lo dice usted misma, Mamita.

—¿Decirle qué?

—Que no ha cambiado de opinión con respecto a adoptarla.

—¿Pero de dónde has sacado semejante cosa? Yo nunca tuve intención de adoptarla.

Me apenó terriblemente oír esto, y se me vino a la cabeza la imagen de Calabaza abalanzándose por las escaleras con aquella cara de preocupación... Y no era raro que me apenara porque ya nadie podría saber qué iba a pasar con su vida. Hatsumono había estado exhibiendo esa sonrisa suya que la hacía parecer una cara muñeca de porcelana, pero las palabras de Mamita la dejaron de piedra. Me miró con odio.

—¡Entonces es verdad que piensa adoptarla! ¿No se acuerda, Mamita, cuando me dijo que estaba pensando en adoptar a Calabaza? Me pidió que se lo dijera.

—Lo que le hayas dicho a Calabaza no es de mi incumbencia. Además, no has llevado su aprendizaje todo lo bien que yo esperaba. Empezó bien, pero últimamente...

—Lo prometió, Mamita —dijo Hatsumono en un tono que me asustó.

—¡No seas ridícula! Sabes bien que hace años que le tenía echado el ojo a Sayuri. ¿Por qué iba a cambiar y adoptar a Calabaza?

Yo sabía perfectamente que Mamita estaba mintiendo. Pero llegó a volverse hacia mí y decirme:

—Sayuri-san, ¿cuándo fue la última vez que hablamos de adoptarte? ¿Hace un año, más o menos?

Si alguna vez has visto a una gata enseñando a cazar a sus crías —la forma de agarrar a un ratón indefenso y de desgarrarlo—, bueno, pues me sentí como si Mamita me estuviera ofreciendo la posibilidad de aprender a ser como ella. Lo único que tenía que hacer era mentir y decir: "Claro, Mamita, usted mencionó el tema muchas veces". Éste sería el primer paso para llegar a ser yo también algún día una vieja de ojos amarillentos encerrada día y noche en un cuarto siniestro haciendo cuentas. No podía ponerme de su lado, como tampoco podía ponerme del de Hatsumono. Fijé la vista en el suelo, a fin de no ver a ninguna de las dos, y dije que no recordaba cuándo había sido.

Hatsumono estaba encarnada de ira, como si fuera a explotar de un momento a otro. Se puso en pie y se dirigió a la puerta, pero Mamita la detuvo.

—Dentro de una semana Sayuri será oficialmente mi hija —dijo—. Para entonces tendrás que haber aprendido a tratarla con respeto. Al bajar, pide a una de las criadas que suba una bandeja de té para Sayuri y para mí.

Hatsumono hizo una pequeña inclinación de cabeza y salió.

—Mamita —dije yo entonces—. Siento mucho haberle causado tantos problemas. Estoy segura de que Hatsumono se equivoca con respecto a que usted hubiera hecho plan alguno de adoptar a Calabaza, pero, si se me permite la pregunta, ¿no sería posible adoptarnos a las dos, a Calabaza y a mí?

—Conque has aprendido algo de negocios, ¿eh? —me contestó—. ¿Me vas a enseñar a mí a llevar una *okiya*?

Unos minutos después, apareció una criada con la bandeja del té, pero sólo traía una taza —no dos tazas, sino sólo una. A Mamita no pareció preocuparle. Yo le llené la taza, y ella bebió, mirándome con sus ojos enmarcados de rojo.

Veinticuatro

Cuando Mameha volvió al día siguiente y se enteró de que Mamita había decidido adoptarme, no pareció tan contenta como yo había esperado. Para ser exactos, asintió con un movimiento de cabeza, satisfecha, pero no sonrió. Le pregunté si no había salido todo como ella había esperado.

—¡Oh, claro que sí! La puja entre el Doctor Cangrejo y Nobu ha ido tal como yo había previsto —me dijo—, y la cifra final es una considerable suma de dinero. En cuanto me lo dijeron, supe que la Señora Nitta te adoptaría. Me puse muy contenta.

Esto es lo que dijo. Pero la verdad, como la fui sabiendo en diferentes fases durante los años siguientes, era un poco distinta. Por una sola cosa: la puja no se había desarrollado entre el Doctor Cangrejo y Nobu, sino que terminó siendo una competición entre el Doctor Cangrejo y el barón. No me puedo imaginar cómo debió de sentirse Mameha; pero estoy segura de que explica su súbita frialdad conmigo inmediatamente después y por qué se guardó para sí la historia de lo que había sucedido realmente.

Con esto no quiero decir que Nobu se desentendiera de la puja. Hizo buenas ofertas, pero sólo durante los primeros días, hasta que la cifra pasó de los ocho mil yenes. Probablemente acabó retirándose porque las ofertas habían subido demasiado. Mameha sabía desde el principio que Nobu podía pujar con quien fuera, si quería. El problema que Mameha no había previsto era que Nobu sólo tenía un vago interés en mi *mizuage*. Sólo cierto tipo de hombres gastan su tiempo y su dinero buscando ocasiones de *mizuage*, y resultó que Nobu no estaba entre ellos. Recordarás que unos meses antes Mameha había sugerido que ningún hombre cultivaría una relación con una aprendiza de quince años si no era porque estaba interesado en su *mizuage*. Fue durante esa misma conversación cuando me dijo: "Estáte segura de que no es tu conversación lo que le atrae". Puede que tuviera razón con respecto a mi conversación, no lo sé; pero fuera lo que fuera que atrajera a Nobu de mí, no era precisamente mi *mizuage*.

El Doctor Cangrejo, sin embargo, era un hombre que habría elegido un suicidio a la antigua usanza antes de permitir que alguien como Nobu le arrebatara mi *mizuage*. Claro que a partir de un momento dado ya no era con Nobu con quien pujaba, pero él no lo sabía, y la dueña de la Casa de Té Ichiriki decidió no decírselo. Quería que el precio subiera lo más posible. Así que cuando hablaba con él por teléfono, le decía cosas como: "Doctor, acabo de recibir un recado de Osaka y una oferta de cinco mil yenes". Probablemente había recibido un recado de Osaka —aunque puede que fuera de su hermana—, porque aquella mujer no quería mentir totalmente. Pero como mencionaba Osaka y la oferta sin hacer pausa alguna, el Doctor Cangrejo suponía que la oferta era de Nobu, cuando, en realidad, era del barón.

El barón sabía perfectamente que su adversario era el doctor, pero no le importaba. Quería hacerse con mi *mizuage* costara lo que costara y hasta hacía pucheros como un niño cuando pensaba que podría no conseguirlo. Algún tiempo después, una geisha me contó la conversación que había mantenido con él por esos días.

—¿Te has enterado de lo que pasa? —le preguntó el barón—. Estoy intentando disponer las cosas para un *mizuage*, pero hay cierto doctor que no para de interponerse en mi camino. Sólo un hombre puede explorar una región virgen, ¡y yo quiero ser ese hombre! Pero ¿qué puedo hacer? Ese loco doctor parece que no se da cuenta de que las cifras que suelta representan dinero de verdad.

A medida que la puja fue subiendo, el barón empezó a hablar de abandonar. Pero la cifra había llegado ya tan cerca de batir el récord que la dueña del Ichiriki decidió presionar un poco más engañando al barón de forma semejante a como había engañado al doctor. Así, cuando hablaba con él por teléfono, le decía que "otro caballero" había hecho una oferta muy alta, y luego añadía: "Sin embargo, mucha gente opina que es el tipo de hombre que no subirá más de ahí". Seguro que podría haber bastante gente que pensara así del doctor, pero desde luego ella no. Sabía que cuando el barón hiciera su última oferta, el doctor la subiría.

Finalmente el Doctor Cangrejo se comprometió a pagar once mil quinientos yenes por mi *mizuage*. Era la cifra más alta que se había pagado en Gion hasta entonces por un *mizuage*, y posiblemente en cualquiera de los distritos de geishas de todo Japón. Hay que tener en cuenta que por aquellos días, una hora con una geisha costaba cuatro yenes, y un kimono especialmente caro, mil quinientos. Así que puede que no suene a mucho dinero, pero es mucho más de lo que ganaba, por ejemplo, un obrero en todo un año.

He de confesar que no sé mucho de finanzas. La mayoría de las geishas se enorgullecen de no llevar nunca dinero, y están acostumbradas a que les carguen en su cuenta las cosas allí donde van. Incluso ahora, en Nueva York, sigo haciendo lo mismo. Compro en tiendas donde me conocen y los dependientes van apuntando lo que me llevo. Cuando llegan las facturas al final del mes, tengo una encantadora ayudanta que se encarga de pagarlas. No te podría decir cuánto dinero gasto, o cuánto más caro es un perfume que una revista. Debo de ser una de las peores personas sobre la tierra para intentar explicar nada que tenga que ver con dinero. Sin embargo, me encantaría contar algo que me contó una vez un amigo íntimo, que sin duda sabía lo que se decía porque por entonces, los años sesenta, era subsecretario de Hacienda. El dinero, decía, suele valer siempre menos que el año anterior, y por eso, el *mizuage* de Mameha, en 1929, costó de hecho más que el mío, en 1935, aunque por el mío se pagaran once mil quinientos yenes y por el suyo siete u ocho mil.

Claro está que nada de esto importaba en la época en que se vendió mi *mizuage*. Para todo el mundo yo había establecido un nuevo récord, un récord que permanecería imbatido hasta 1951, cuando surgió Katsumiyo, quien, para mí, fue una de las grandes geishas del siglo XX. Con todo y con eso, según mi buen amigo, el subsecretario de Hacienda, el récord real lo siguió ostentando Mameha hasta bien entrados los años sesenta. Pero al margen de que el récord fuera mío o de Katsumiyo o de Mameha —o incluso de Mamemitsu, si nos retrotraemos a 1850—, como te puedes imaginar a Mamita empezaron a picarle sus manos regordetas en cuanto oyó que se trataba de una cifra récord.

No hace falta decir que por eso me adoptó. La cifra cobrada por mi *mizuage* era más que suficiente para pagar mis deudas con la *okiya*. Si Mamita no me hubiera adoptado, parte de ese dinero habría ido a mis manos, y cualquiera se puede imaginar cómo se habría sentido Mamita. Cuando me convertí en la hija de la *okiya*, dejé de tener deudas, porque la *okiya* las absorbió todas. Pero también todos mis beneficios irían a parar a la *okiya*, no sólo entonces, en el momento de mi *mizuage*, sino para siempre.

La ceremonia de la adopción tuvo lugar a la semana siguiente. Mi nombre de pila ya había cambiado a Sayuri; entonces cambió también mi apellido. Hacía mucho tiempo, en la casita sobre el acantilado, había sido Sakamoto Chiyo. Entonces mi nombre cambió a Nitta Sayuri.

De todos los momentos importantes en la vida de una geisha, el *mizuage* ciertamente se encuentra entre los de más alto rango. El mío tuvo lugar a principios de julio de 1935. Empezó con una ceremonia en la que el Doctor Cangrejo y yo bebimos sake juntos. Se hacía esta pequeña ceremonia porque aunque el *mizuage* propiamente dicho terminaría enseguida, el Doctor Cangrejo sería para siempre mi protector, lo que no le daba especiales privilegios, entiéndase bien. La ceremonia se celebró en la Casa de Té Ichiriki, en la presencia de Mamita, la Tía y Mameha. La dueña de la casa de té también estuvo presente, así como el Señor Bekku, mi vestidor, pues el vestidor es siempre testigo de este tipo de ceremonias, como representante de los intereses de la geisha. Yo iba vestida lo más formal que puede ir una aprendiza, con un kimono negro con cinco cenefas y una enagua roja, que es el color de los nuevos principios. Mameha me dijo que estuviera muy seria, como si no tuviera ningún sentido del humor. Considerando lo nerviosa que estaba no me costó mucho trabajo parecer seria al entrar en el vestíbulo de la Casa de Té Ichiriki, con la cola del kimono recogida entre mis pies.

Después de la ceremonia fuimos todos a cenar a un restaurante llamado Kitcho. Éste era también un acto solemne, y yo apenas hablé y comí aún menos. Mientras cenábamos, el Doctor Cangrejo probablemente ya había empezado a pensar en el momento que le esperaba, y, sin embargo, nunca había visto un hombre con una pinta más aburrida. Durante toda la comida mantuve la vista baja, a fin de parecer inocente, pero cada vez que miraba furtivamente hacia donde él estaba sentado, lo sorprendía con la vista fija en la mesa, como un hombre en una reunión de negocios.

Cuando acabamos de cenar, el Señor Bekku me acompañó en un *rickshaw* a una hermosa hospedería situada en el recinto del Templo Nanzen-ji. Él ya había estado unas horas antes disponiendo mis ropas en una habitación contigua. Me ayudó a quitarme el kimono y a ponerme uno menos formal, con un *obi* que no necesitaba almohadillado para el nudo, ya que éste le resultaría al doctor un tanto fastidioso. Me lo ató de forma que se soltara fácilmente. Cuando acabó de vestirme, estaba tan nerviosa que el Señor Bekku me ayudó a volver a la habitación y me colocó junto a la puerta a esperar la llegada del doctor. Cuando se fue, sentí pánico, como si estuviera a punto de que me operaran para quitarme los riñones o el hígado o algo así.

El Doctor Cangrejo no tardó en llegar y me dijo que pidiera que nos trajeran sake mientras él se bañaba, en el cuarto de baño anexo. Creo que esperaba que lo ayudara a desnudarse, porque me miró de una forma muy rara. Pero yo tenía las manos tan frías y tan torpes que no creo que hubiera podido hacerlo. Unos minutos después, salió del baño cubierto con una camisa de dormir y abrió las puertas del jardín, donde nos sentamos en una pequeña balconada de madera a tomar sake y a oír el canto de los grillos y el rumor del arroyo bajo nosotros. Yo derramé un poco de sake en el kimono, pero el doctor no se dio cuenta. A decir verdad, no se daba cuenta de nada, salvo, en un momento dado, de un pez que brincó en un estanque cercano, y me lo señaló como si yo nunca hubiera visto saltar a un pez en el agua. Mientras estábamos en el jardín, una camarera entró en la habitación y extendió nuestros futones, uno al lado del otro.

Finalmente, el doctor me dejó sola en el balcón y entró. Yo me giré para poder verlo por el rabillo del ojo. Sacó de su maletín dos toallas blancas y las dejó sobre la mesa, colocándolas una y otra vez hasta que estuvieron exactamente alineadas. Y lo mismo hizo con las almohadas, disponiéndolas en uno de los futones. Entonces se acercó a la puerta y yo me puse de pie y lo seguí.

Lo primero que hizo fue desatarme el *obi*, tras lo cual me dijo que me pusiera cómoda en uno de los futones. Todo me resultaba tan extraño y espantoso que no hubiera podido estar cómoda de ninguna manera. Pero me tumbé de espaldas, y recosté la cabeza sobre una almohada rellena de semillas. El doctor me abrió el kimono, y pasó largo rato aflojando y desabrochando todas las prendas que van debajo, paso a paso y sin dejar de frotarme las piernas, con lo que pretendía ayudarme a relajarme. La operación le llevó su tiempo, pero al fin agarró las dos toallas blancas que había sacado del maletín. Me dijo que levantara las caderas y las extendió debajo.

—Son para absorber la sangre —me dijo.

Yo ya sabía que en el *mizuage* había sangre por medio, pero nadie me había explicado por qué. Sin duda, yo habría debido quedarme callada o haberle agradecido al doctor el haber tenido la consideración de poner las toallas, pero, en lugar de eso, le espeté: "¿Qué sangre?". Se me quebró la voz al decirlo, porque tenía la garganta totalmente seca. El Doctor Cangrejo me empezó a explicar que el himen —aunque yo no sabía que podría ser eso— sangraba a veces al rom-

427

perse y que si esto y que si lo otro... Creo que me entró tal ansiedad al oír todo aquello que me incorporé en la almohada, porque el doctor me puso una mano en el hombro y me volvió a tumbar delicadamente.

No tengo la menor duda de que una conversación de este tipo habría quitado a muchos hombres las ganas de hacer lo que estaban a punto de hacer, pero el Doctor Cangrejo no era ese tipo de hombre. Cuando terminó su explicación, me dijo:

—Ésta será la segunda vez que tengo la oportunidad de recoger una muestra de tu sangre. ¿Permites que te enseñe algo?

Yo me había fijado que había llegado no sólo con su maletín de cuero, sino también con una caja de madera. El doctor sacó una llavecita del bolsillo de los pantalones que estaban colgados en el armario y, acercándose a donde yo estaba, abrió la caja de par en par a fin de convertirla en un pequeño expositor. En ambos lados de la caja había unos compartimentos que contenían unos tubos de cristal, todos ellos tapados con corchos y sujetos con unas tiras de cuero para que no se cayeran. En el compartimento inferior había algunos instrumentos, como tijeras y pinzas; pero el resto de la caja estaba lleno con estos tubos de cristal; tal vez había unos cuarenta o cincuenta. Salvo algunos vacíos en el compartimento superior, todos ellos contenían algo, pero no podía imaginarme qué podría ser. Sólo cuando el doctor acercó la lámpara de la mesa, vi que todos los tubos tenían una etiqueta en la parte superior con los nombres de diferentes geishas. Vi el nombre de Mameha, así como el de la gran Mamekichi. También vi bastantes más nombres que me sonaban conocidos, entre ellos el de Korin, la amiga de Hatsumono.

—Ésta —me dijo el doctor, al tiempo que sacaba uno de los tubos— es tuya.

Había escrito mal mi nombre, con un carácter diferente para el "ri" de Sayuri. Pero dentro del tubo había una cosa como seca o quemada, de aspecto parecido a una ciruela en salmuera, aunque más marrón que morada. El doctor destapó el tubo y sacó el contenido con una pinzas.

—Esto es un algodón empapado con tu sangre —dijo—, de cuando te cortaste en la pierna, ¿te acuerdas? No suelo guardar la sangre de mis pacientes, pero me quedé tan sorprendido contigo. Después de recoger esta "muestra", decidí que tu *mizuage* había de ser para mí. Supongo que estarás de acuerdo en que tener no sólo la sangre recogida en tu *mizuage*, sino también una muestra tomada de una herida en la pierna unos meses antes es una auténtica rareza.

Oculté el asco que me daba mientras el doctor seguía enseñándome otros tubos, incluyendo el de Mameha. Éste no contenía un algodón, sino un trocito de tela blanca manchada del color del óxido y totalmente rígido. Parecía que el Doctor Cangrejo encontraba todos estos ejemplares fascinantes, pero a mí... Bueno, fingía que me interesaban, pero cuando el doctor no me miraba, dirigía la vista hacia otra parte.

Por fin, cerró la caja y la apartó antes de quitarse las gafas, doblarlas y dejarlas en la mesa. Me temí que hubiera llegado el momento, y, de hecho, el Doctor Cangrejo me separó las piernas y se colocó de rodillas entre ellas. Creo que me latía el corazón a la misma velocidad que a un ratón. Cuando el doctor se desató el cinturón de la camisa de dormir, cerré los ojos; me iba a llevar una mano a la boca, pero me lo pensé mejor y, por si acaso daba una mala impresión, decidí dejarla al lado de la cabeza.

El doctor estuvo hurgando un rato con las manos, causándome, de hecho, el mismo tipo de molestia que me había causado unos días antes el joven doctor entrecano. Luego descendió sobre mí, hasta que su cuerpo quedó suspendido a unos centímetros del mío. Concentré todas mis fuerzas en intentar levantar una especie de barrera mental entre el doctor y yo, pero no por ello dejé de sentir la "anguila" del doctor, como la habría llamado Mameha, rozándome la entrepierna. La lámpara estaba encendida, y yo miraba las sombras en el techo intentando buscar algo que me distrajera, porque el doctor había empezado a empujar con tal fuerza que se me salió la cabeza de la almohada. No sabía qué hacer con las manos, así que me agarré a la almohada y apreté los ojos. Enseguida empezó a haber gran actividad encima de mí, al tiempo que dentro de mí sentía todo tipo de movimientos. Debía de haber salido mucha sangre, pues había en el aire un desagradable olor metálico. Yo no dejaba de pensar en todo el dinero que había pagado el doctor por disfrutar de este privilegio; y recuerdo que en un momento dado esperé que él lo estuviera pasando mejor que yo. Sentí tanto placer como si alguien se hubiera dedicado a frotarme la entrepierna con una lima hasta hacerme sangrar.

Finalmente, supongo que la "anguila sin casa" marcó su territorio, y el doctor se dejó caer sobre mí, empapado en sudor. No me gustó nada estar pegada a él, de modo que fingí que no podía respirar con la esperanza de que se quitara. Pero él no se movió durante un buen rato. Luego se levantó de pronto, volvió a arrodillarse y pareció volver a sus asuntos. No lo miré directamente, pero por el rabillo del ojo le vi limpiarse con una de las toallas que había puesto debajo de mí. Se ató la camisa de dormir y se puso las gafas sin darse cuenta de que uno de los cristales tenía una pequeña mancha de sangre. Tras lo cual empezó a limpiarme la entrepierna con las toallas y con hilas de algodón, como si volviéramos a estar en la sala de curas del hospital. Lo peor había pasado, y he de admitir que sentí cierta fascinación, pese a estar abierta de piernas de aquella forma, viéndolo sacar las tijeras de la caja de madera y cortar un trocito de toalla manchado de sangre para meterlo, junto con uno de los algodones que había utilizado, en el tubo de cristal que tenía mi nombre mal escrito. Cuando hubo terminado la operación, me hizo una reverencia muy formal y me dijo: "Muy agradecido". Yo no podía devolverle la reverencia estando acostada, pero no importó, porque el doctor enseguida se puso en pie y se dirigió al baño de nuevo.

No me había dado cuenta, pero hasta ese momento mi respiración había sido muy agitada por lo nerviosa que estaba. Sin embargo, una vez que todo había acabado y recuperé el aliento, aunque siguiera pareciendo que estaba en medio de una operación, sentí tal liberación que se me escapó una sonrisa. Me pareció que en todo aquello había algo ridículo; cuanto más lo pensaba, más divertido lo encontraba, y un momento después me estaba riendo abiertamente. No podía hacer mucho ruido, porque el doctor estaba en el cuarto de al lado. Pero ¡pensar que aquello pudiera alterar el curso de mi vida! Me imaginé a la dueña de la Casa de Té Ichiriki telefoneando a Nobu y al barón mientras se realizaba la puja, y en todo el dinero que se había derrochado y en los quebraderos de cabeza que había dado a algunas personas. También pensaba en lo raro que habría sido con Nobu, pues empezaba a considerarlo un amigo. Ni siquiera me atrevía a imaginar cómo habría sido con el barón.

Mientras el doctor estaba todavía en el baño, llamé a la puerta del cuarto del Señor Bekku. Una camarera entró rápidamente a cambiar las sábanas, y el Señor Bekku vino a ayudarme a ponerme un camisón. Luego, cuando el doctor se había quedado dormido, me levanté sin hacer ruido y me di un baño. Mameha me había dado instrucciones para que no me durmiera, por si el doctor se despertaba y necesitaba algo. Pero aunque intenté no quedarme dormida, no puede evitar dar alguna cabezada. Sí que me las apañé para estar despierta por la mañana a tiempo de arreglarme antes de que me viera el doctor.

Después de desayunar, acompañé al Doctor Cangrejo a la puerta de la hospedería y le ayudé a calzarse. Antes de irse, me dio las gracias por la noche y me entregó un paquetito. No sabía que pensar: ¿sería una joya como la que me había dado Nobu o sería un trocito de toalla sanguinolenta? Pero cuando, de vuelta en la habitación, reuní el valor necesario para abrirlo, encontré una bolsa de hierbas chinas. No sabía qué hacer con ellas hasta que le pregunté al Señor Bekku, quien me dijo que debía tomar una infusión de aquellas hierbas una vez al día para evitar un posible embarazo.

—No las malgastes, porque son muy caras —me dijo—. Pero tampoco las escatimes, pues son más baratas que un aborto.

Es extraño y difícil de explicar, pero después del *mizuage* veía el mundo distinto. Calabaza, que todavía no había pasado por el suyo, me empezó a parecer un poco infantil y falta de experiencia, aunque era mayor que yo. Mamita y la Tía, así como Hatsumono y Mameha, todas habían pasado por ello, claro, pero, al parecer, yo era mucho más consciente de lo que compartía ahora con ellas. Después del *mizuage*, las aprendizas cambian de peinado, y llevan una cinta de seda roja, en lugar de estampada, en la base del moño. Durante un tiempo sólo me fijaba en cuáles aprendizas llevaban cintas rojas y cuáles las llevaban estampadas, de modo que apenas veía nada más cuando iba por la calle o en los pasillos de la escuelita. Miraba con un nuevo respeto a las que ya lo habían pasado, y me sentía mucho más experimentada que las que todavía no lo habían hecho.

Estoy segura de que la experiencia del *mizuage* cambia a todas las aprendizas más o menos igual que a mí. Pero para mí no se trataba sólo de ver el mundo de una forma distinta. Mi vida cotidiana también cambió como resultado de la nueva consideración que pasé a tener a los ojos de Mamita. Mamita era de ese tipo de personas, como sin duda habrás reparado, que sólo se fijaba en las cosas cuando tenían un precio puesto. Cuando andaba por la calle, su mente funcionaba probablemente como un ábaco: "¡Ah, mira!, por ahí viene la pequeña Yukiyo, cuya estupidez le costó el año pasado a su pobre hermana mayor casi cien yenes. Y por ahí va Ichimitsu, que debe estar la mar de contenta con todo lo que está pagando últimamente por ella su *danna*." Si Mamita estuviera paseando a orillas del Shirakawa en un hermoso día de primavera, cuando la belleza es tal que casi parece rebosar en el arroyo junto con los zarcillos de los cerezos, lo más seguro es que no se percatara de nada, a no ser que..., no sé..., que tuviera un plan de sacar algún dinero vendiendo los árboles, o algo así.

Antes de mi *mizuage*, no creo que a Mamita le importara nada que Hatsumono me causara problemas constantes en Gion. Pero en cuanto pasé a tener un precio, y alto, puso fin a los líos de Hatsumono sin que yo tuviera que pedírselo siquiera. No sé cómo lo hizo. Lo más seguro es que se limitara a decir: "Hatsumono, si tu comportamiento causa problemas a Sayuri y le cuesta dinero a la *okiya*, tendrás que pagarlo tú". Desde que mi madre enfermó, había tenido un vida ciertamente difícil; pero de pronto, durante un tiempo, todo parecía excepcionalmente fácil. No diré que nunca me sintiera cansada o decepcionada; de hecho, estaba cansada la mayor parte del tiempo. Las mujeres que trabajan en Gion no llevan una vida relajada. Pero fue un gran alivio el verme libre de la amenaza constante de Hatsumono. También en la *okiya* pasé a tener una vida casi agradable. Al ser la hija, podía comer cuando quería y era la primera en elegir el kimono, en lugar de tener que esperar a que Calabaza eligiera. Y en cuanto había elegido, la Tía se ponía manos a la obra para meter o sacar las costuras e hilvanar el cuello de la enagua, incluso antes de preparar el de Hatsumono. No me importaba que Hatsumono me mirara con odio o resentimiento por el trato especial que me daban. Pero cuando me cruzaba con Calabaza en la *okiya* y veía su aspecto preocupado, no era capaz de mirarla a los ojos, ni siquiera cuando estábamos cara a cara; y esto me apenaba enormemente. Siempre había tenido la sensación que de no habernos separado las circunstancias, podríamos haber llegado a ser amigas. Pero ya no lo sentía así.

Pasado el *mizuage*, el Doctor Cangrejo desapareció de mi vida casi por completo. Y digo "casi" porque aunque Mameha y yo dejamos de ir a acompañarlo a la Casa de Té Shirae, a veces me lo encontraba por Gion en alguna recepción o en alguna fiesta privada. Al barón no volví a verlo. Ni siquiera sé qué papel tuvo en la subida del precio de mi *mizuage*, pero mirándolo con la perspectiva que da el tiempo entiendo las razones que pudo tener Mameha para no querer que volviéramos a coincidir. Probablemente yo me habría sentido tan incómoda en presencia del barón como Mameha de que yo estuviera presente. En cualquier caso, no diré que los echara de menos.

Pero sí que había un hombre que deseaba fervientemente volver a ver, y estoy segura de que no necesito decir que me refiero al Presidente. Él no había jugado ningún papel en los planes de Mameha, así que no esperaba que mi relación con él cambiara o terminara una vez pasado mi *mizuage*. Pero, a pesar de todo, sentí un gran alivio cuando unas semanas después la Compañía Eléctrica Iwamura solicitó de nuevo mis servicios para una recepción. Cuando llegué, estaban los dos, el Presidente y Nobu; pero ahora que Mamita me había adoptado ya no tenía que pensar en este último como una tabla de salvación. Vi que casualmente había un sitio vacío al lado del Presidente, y bastante excitada, me dirigí a ocuparlo. El Presidente estuvo muy cordial cuando le serví el sake, alzando la copa para darme las gracias y todo eso; pero no me miró en toda la noche. Mientras que siempre que volvía la vista hacia donde estaba Nobu, lo sorprendía mirándome fijamente como si yo fuera la única persona en la habitación. Ciertamente, si había alguien que supiera de esos anhelos del alma, era yo. De modo que decidí pasar con él un ratito antes de que acabara la velada. Y en adelante nunca olvidé hacerlo.

Pasó un mes o así, y entonces, una noche, en una fiesta, le mencioné de pasada a Nobu que Mameha había dispuesto todo para que yo participara en el Festival de Hiroshima. No estaba muy segura de que me hubiera escuchado cuando se lo dije, pero al día siguiente, cuando volví a la *okiya* después de las clases, encontré en mi cuarto un baúl de viaje nuevo que él me había enviado de regalo. El baúl era mucho más bonito que el que me había prestado la Tía para la fiesta del barón en Hakone. Me sentí muy avergonzada de mí misma por haber pensado que podía despachar a Nobu una vez que había dejado de ser necesario para los planes de Mameha. Le escribí una nota de agradecimiento en la que le decía que sólo deseaba poder darle las gracias en persona cuando lo viera a la semana siguiente en una gran fiesta que la Compañía Eléctrica había proyectado con varios meses de adelanto.

Pero sucedió algo extraño. Poco antes de la fiesta recibí un recado de que mis servicios ya no eran necesarios. Yoko, que era la telefonista de nuestra *okiya*, creía que la fiesta había sido anulada. Pero dio la casualidad de que tuve que ir esa noche a la Casa de Té Ichiriki para otra recepción. Cuando estaba arrodillada en el vestíbulo preparándome para entrar, vi salir a una geisha llamada Katsue de uno de los comedores grandes, al otro lado del vestíbulo, y antes de que cerrara la puerta, oí una risa que me sonó exactamente igual que la de mi Presidente. Me sorprendió, así que me puse en pie y alcancé a Katsue cuando salía de la casa de té.

—Perdona que te moleste —dije—, pero ¿vienes de la fiesta de la Compañía Eléctrica Iwamura?

—Sí, y está bastante animada. Debe de haber unas veinticinco geishas y casi cincuenta hombres...

—¿Y el Presidente Iwamura y Nobu-san están ahí? —le pregunté.

—No, Nobu no está. Al parecer se puso enfermo esta mañana. No le gustará habérsela perdido. Pero el Presidente sí que está. ¿Por qué lo preguntas?

Farfullé algo —no recuerdo qué—, y ella salió.

Hasta ese momento había imaginado que el Presidente valoraba mi compañía tanto como Nobu. Ahora me preguntaba si no sería todo una fantasía mía, y Nobu era el único que solicitaba mi compañía.

Veinticinco

Puede que Mameha hubiera ganado su apuesta con Mamita, pero mi futuro seguía estando en juego. De modo que durante los siguientes años no dejó de trabajar a fin de darme a conocer a todos sus clientes, así como a otras geishas de Gion. Por aquel entonces todavía estábamos saliendo de la Depresión, y no se daban muchos banquetes formales o, por lo menos, no tantos como a Mameha le habría gustado. Pero me llevó a cantidad de reuniones informales, no sólo fiestas en las casas de té, sino también excursiones al campo y al mar, visitas turísticas, obras de Kabuki y otras cosas por el estilo. En los días calurosos del verano, cuando todo el mundo se relajaba, estas reuniones informales podían ser la mar de divertidas, incluso para las que estábamos trabajando sin parar atendiendo a los clientes. Por ejemplo, un grupo de hombres podría decidir ir a dar un paseo en barca por el río Kamo y dejarse llevar con los pies sumergidos en el agua, bebiendo sake. Yo era demasiado joven para unirme a la juerga, y normalmente terminaría machacando el hielo para hacer sorbetes, pero, en cualquier caso, eso ya era un cambio agradable.

A veces, algunos negociantes ricos o aristócratas daban fiestas con geishas sólo para ellos. Pasaban la velada bailando y cantando y bebiendo con las geishas, a menudo hasta después de la medianoche. Recuerdo que en una de esas ocasiones la esposa de nuestro anfitrión se apostó a la puerta y al marcharnos nos fue dando a cada una un sobre con una generosa propina. A Mameha le dio dos y le pidió el favor de que le entregara el segundo a una geisha llamada Tomizuru, la cual, según ella, "se había retirado antes porque le dolía la cabeza". En realidad, sabía tan bien como nosotras que Tomizuru era la amante de su marido y que se había ido con él a pasar la noche en otra ala de la casa.

A muchas de las fiestas más brillantes de Gion asistían famosos artistas y escritores y actores de Kabuki, y, a veces, eran acontecimientos realmente apasionantes. Pero he de decir que las fiestas de geisha normales eran mucho más triviales. Por lo general, el anfitrión solía ser el jefe de servicio de una pequeña empresa, y el invitado de honor, uno de sus proveedores o, tal vez, un empleado recientemente ascendido, o algo por el estilo. De vez en cuando, alguna geisha bienintencionada me advertía de que mi responsabilidad como aprendiza —además de intentar parecer bonita— era estar callada escuchando la conversación en la esperanza de llegar a ser yo también una inteligente conversadora. Pero muchas de las conversaciones que oía en aquellas fiestas no me parecían para nada inteligentes. Una conversación típica sería algo así: el hombre se vuelve hacia la geisha sentada a su lado y le dice: "¿No te parece que no es normal para la estación el calor que está haciendo?". A lo que ella respondería: "Sí, sí, está haciendo mucho calor". Y luego se pondría a jugar con él a algún juego que implicara beber o intentaría hacer cantar a todos los hombres a coro, de modo que un rato después el hombre que le había hablado estaría demasiado borracho para recordar que no se lo estaba pasando tan bien como había esperado. Siempre he considerado que esto es una terrible pérdida de tiempo. Tal como yo lo veo, los hombres vienen a Gion a pasar un rato relajados, y para terminar participando en un juego infantil, mejor se habrían quedado en sus casas jugando con sus propios hijos o con sus nietos, quienes, después de todo, serán probablemente más listos que la aburrida geisha que desafortunadamente les ha tocado al lado.

A veces, sin embargo, tuve el privilegio de escuchar a alguna geisha realmente inteligente, y Mameha era sin lugar a dudas una de ellas. Aprendí mucho de su forma de conversar. Por ejemplo, si un hombre le decía: "Hace calorcito, ¿eh?", ella podía responder de muchas maneras diferentes. Si era un viejo rijoso, le diría: "¿Calorcito? ¿No será que tiene usted demasiadas mujeres guapas a su alrededor?". O si era un joven arrogante que no sabía por dónde se andaba, podría pillarle desprevenido diciéndole: "Aquí lo tienes rodeado de media docena de las mejores geishas de Gion, y a él solo se le ocurre hablar del tiempo". Una vez la vi arrodillada al lado de un hombre muy joven, tan joven que no pasaría de los diecinueve o veinte años; en realidad, nunca habría podido estar en una fiesta con geishas, de no haber sido porque su padre era el anfitrión, y claro está no sabía qué decir ni cómo comportarse. Estaba muy nervioso, sin duda; pero se volvió muy decidido a Mameha y le dijo:

—¡Qué calor! ¿No?

—Sin duda, tienes razón que hace mucho calor. ¡Tenías que haberme visto cuando salí del baño esta mañana! Normalmente cuando estoy totalmente desnuda, me siento relajada y fresquita. Pero esta mañana tenía la piel perlada de gotas de sudor, por todo el cuerpo: en los muslos, en el estómago, en... bueno, y en otras partes también.

Cuando dejó la copa sobre la mesa, al joven le temblaba la mano. Estoy segura de que habrá recordado para el resto de su vida aquella fiesta.

Si me preguntas por qué eran tan aburridas la mayoría de las fiestas, creo que probablemente había dos razones. En primer lugar porque por el hecho de haber sido vendida de niña por su familia y educada para ser geisha, la joven no va a resultar necesariamente inteligente ni va a tener siempre algo interesante que decir. Y en segundo lugar, lo mismo sucede con los hombres. El simple hecho de poseer el dinero suficiente para venir a Gion y gastarlo como mejor le apetezca no significa que el hombre en cuestión sea especialmente divertido. En realidad, la mayoría de los hombres están acostumbrados a que los traten con gran respeto. Recostarse con las manos en las rodillas y con el ceño fruncido es lo más que se les puede ocurrir a la hora de divertir a alguien. Una vez vi a Mameha pasarse una hora entera contando chiste tras chiste a un hombre que no la miró siquiera una sola vez, sino que mientras ella le hablaba, él miraba al resto de las personas reunidas en la habitación. Por extraño que pueda parecer, esto es lo que le gustaba, y siempre solicitaba la presencia de Mameha cuando venía a Gion.

Tras dos años más de fiestas, recepciones y otras salidas —al tiempo que continuaba con mis clases y participaba en representaciones de danza siempre que podía—, pasé de aprendiza a geisha. El cambio tuvo lugar en el verano de 1938, a la edad de dieciocho años. A este cambio nosotras lo llamamos "cambio de cuello", porque las aprendizas lo llevan rojo, y las geishas, blanco. Aunque si ves a una aprendiza y a una geisha juntas, en lo último que te fijarías es en el color del cuello del kimono. La aprendiza, con su elaborado kimono de anchas mangas y *obi* colgante, te haría pensar probablemente en una muñeca japonesa, mientras que la geisha te parecería más sencilla, tal vez, pero también más mujer.

El día que cambié de cuello fue uno de los más felices en la vida de Mamita; o, al menos, parecía más contenta de lo que hubiera estado nunca. Entonces no entendí el porqué de su contento, pero hoy no tengo la menor duda de qué estaba pensando. Verás: una geisha, a diferencia de una aprendiza, hace algo más que servir el té, siempre que le convengan las condiciones. Mamita tenía razones suficientes para entusiasmarse (teniendo siempre en cuenta que en el caso de Mamita "entusiar-marse" era sinónimo de ganar dinero), pues debido a mi conexión con Mameha y a mi popularidad en Gion, yo ocupaba una posición bastante prometedora.

Desde que me trasladé a Nueva York, he podido colegir lo que entienden por "geisha" la mayoría de los occidentales. A veces, en ciertas fiestas elegantes, me han presentado a una u otra joven espléndidamente vestida y enjoyada. Cuando se entera de que fui geisha en Kioto durante bastantes años de mi vida, trata de poner una sonrisa en sus labios, pero ésta no acaba de sa-lirle. ¡No sabe qué decir! Y entonces el peso de la con-versación pasa a recaer en el hombre o la mujer que nos ha presentado, pues no hablo bien inglés, ni siquie-ra después de todos estos años en América. Claro está que llegados a este punto, tampoco merece mucho la pena intentarlo, ya que la joven en cuestión sólo tiene una idea obsesiva: "Dios mío, ¡estoy hablando con una prostituta!". Un momento después, su acompañante viene a rescatarla: un hombre de aspecto opulento, sus buenos treinta o cuarenta años mayor que ella. Bueno, pues con mucha frecuencia me he encontrado pregun-tándome por qué esa joven no puede darse cuenta de cuánto tenemos en común. Es una mujer mantenida, ¿no?, como yo también lo fui en mis tiempos.

Seguro que hay muchas cosas que no sé acerca de esas jóvenes tan espléndidamente vestidas, pero muchas veces pienso que sin sus ricos maridos o novios, muchas de ellas estarían viéndoselas y deseándoselas para salir adelante y probablemente no tendrían una opinión tan buena de sí mismas. Y lo mismo se puede decir de una geisha de alto nivel. Por mucho que su presencia sea requerida en todas las fiestas, por popular que sea entre los hombres que frecuentan Gion, para convertirse en una verdadera estrella, una geisha depende totalmente de tener un *danna*. Incluso Mameha, que se hizo famosa por sí sola al aparecer en una campaña publicitaria, habría perdido rápidamente su rango y no sería más que cualquier otra geisha, si el barón no hubiera corrido con los gastos necesarios para progresar en su carrera.

No más de tres semanas después de mi cambio de cuello, Mamita vino a buscarme un día a la sala de la *okiya*, donde yo estaba comiendo, y sentándose frente a mí, fumó en silencio durante un buen rato. Yo estaba leyendo una revista, pero dejé la lectura por cortesía, aunque al principio parecía que no tuviera nada que decirme. Pasado un rato, dejó la pipa sobre la mesa y me dijo:

—No deberías comer ese tipo de encurtidos amarillos. Te pudrirán la dentadura. Mira lo que me pasó a mí.

Nunca se me habría ocurrido pensar que Mamita pudiera creer que sus dientes manchados fueran el resultado de comer muchos encurtidos. Cuando terminó de mostrarme su dentadura, volvió a coger la pipa y aspiró una bocanada de humo.

—A la Tía le encantan los encurtidos amarillos y, sin embargo, tiene los dientes muy blancos.

—¿A quién le importa que la Tía tenga los dientes blancos? Su linda boquita no le da dinero. Dile a la cocinera que no te los ponga. De todos modos, no he venido aquí a hablar contigo de encurtidos. He venido a decirte que de hoy en un mes tendrás un *danna*.

—¿Un *danna*? Pero, Mamita, si sólo tengo dieciocho años.

—Hatsumono no lo tuvo hasta los veinte. Y tampoco le duró mucho. Deberías estar contenta.

—¡Oh, claro que estoy contenta! ¿Pero no me va a llevar mucho tiempo mantener contento a un *danna*? Mameha cree que primero debo asentar mi popularidad, al menos durante unos años.

—¡Mameha! ¿Y qué sabe ella de negocios? Cuando quiera aprender a reírme en el momento adecuado en las fiestas, recurriré a ella.

Hoy en día, incluso en Japón, las jóvenes se levantan de la mesa sin más y replican a sus madres, pero en mis tiempos hacíamos una inclinación de cabeza, contestábamos "sí, señora" y pedíamos perdón por haber dado problemas. Y así exactamente respondí yo.

—Déjame a mí las decisiones que atañen al negocio —continuó Mamita—. Sólo un tonto dejaría escapar una oferta como la que nos acaba de hacer Nobu Toshikazu.

Casi se me paró el corazón al oír esto. Supongo que era obvio que antes o después Nobu terminaría ofreciéndose de *danna*. Después de todo, ya había pujado por mi *mizuage* unos años antes, y desde entonces había solicitado mi compañía más que ningún otro hombre. No voy a pretender que no hubiera pensado en esa posibilidad; pero eso no significaba que creyera que ése sería el curso que tomaría mi vida. El día que conocí a Nobu, en el torneo de sumo, mi horóscopo decía: "Un equilibrio entre lo bueno y lo malo puede abrir la puerta del destino". Desde entonces, prácticamente todos los días había pensado en ello de una forma o de otra. Bueno y malo... Pues podría referirse a Mameha y a Hatsumono; a mi adopción y al *mizuage* que la había provocado; y, por supuesto, a Nobu y al Presidente. No quiero decir con esto que me desagradara Nobu. Más bien al contrario. Pero hacerme su amante cerraría para siempre mi vida al Presidente.

Mamita debió de darse cuenta de que sus palabras me habían conmocionado, o, en cualquier caso, no pareció gustarle mi reacción. Pero antes de poder decirme nada, oímos un ruido en el vestíbulo, como si alguien estuviera ahogando un golpe de tos, y un momento después vimos a Hatsumono en el umbral. Llevaba un cuenco de arroz en la mano, algo muy poco educado, pues uno nunca se levanta de la mesa llevándose el plato. Después de tragar, se echó a reír.

—Mamita —dijo—. ¿Quiere usted que me atragante? —al parecer, había estado escuchando nuestra conversación mientras comía—. ¿Así que la famosa Sayuri va a tener de *danna* a Nobu Toshikazu? —continuó—. ¡Qué romántico!

—Si has entrado a decir algo útil, dilo —le contestó Mamita.

—Sí, a eso he venido —dijo Hatsumono gravemente, acercándose y arrodillándose frente a la mesa—. Sayuri-san, puede que no te des cuenta de que una de las cosas que suceden entre una geisha y su *danna* puede provocar que la geisha se quede embarazada, ¿entiendes? Y los hombres suelen enfadarse si su amante da a luz al hijo de otro hombre. En tu caso, habrás de tener especial cuidado, porque con que el niño tenga dos brazos, como el resto de los mortales, Nobu se dará cuenta enseguida de que es imposible que sea suyo.

Hatsumono pensó que su broma era muy graciosa.

—Pues a lo mejor deberías cortarte un brazo, Hatsumono —dijo Mamita—, si eso te iba a ayudar a llegar a donde ha llegado Nobu Toshikazu.

—Y también me ayudaría tener su misma cara —dijo, sonriendo, y alzó el cuenco de modo que pudiéra-

444

mos ver lo que contenía. Estaba comiendo arroz con frijoles rojos, una mezcla que de algún modo recordaba a una piel llena de protuberancias y verrugas.

A medida que avanzaba la tarde me fui sintiendo más confusa; me zumbaba la cabeza, y no tardé en dirigirme al apartamento de Mameha a hablar con ella. Me senté frente a ella en la mesa, sorbiendo mi agua de cebada helada, pues estábamos en pleno verano, e intentando no dejarle ver cómo me sentía. Poder llegar hasta el Presidente era la esperanza que me había motivado durante todo mi aprendizaje. Si mi vida se iba a reducir a Nobu, algunas representaciones de danza y noche tras noche en Gion, no había valido la pena luchar.

Mameha ya había esperado un buen rato para saber por qué había ido a verla, pero cuando dejé sobre la mesa el vaso, temía que se me quebrara la voz si hablaba. Me tomé un momento para recomponerme y, finalmente, tragué y conseguí decir:

—Mamita ha venido a decirme que de hoy en un mes lo más seguro es que tenga un *danna*.

—Ya, ya lo sé. Y el *danna* va a ser Nobu Toshikazu.

Para entonces yo estaba tan concentrada en contener las lágrimas que ya no era capaz de articular palabra.

—Nobu-san es un buen hombre —dijo—, y tú le gustas mucho.

—Ya, ya lo sé, Mameha-san, pero..., no sé cómo decirlo..., esto no es lo que yo me había imaginado.

—¿Qué quieres decir? Nobu-san ha sido siempre muy gentil contigo.

—Pero Mameha, ¡yo no quiero gentileza!

—¿Ah, no? Creía que a todas nos gustaba que nos trataran con gentileza. Tal vez lo que quieres decir es que quieres algo más que amistad. Y eso es algo que no estás en posición de exigir.

Mameha tenía razón, sin duda. Pero cuando oí estas palabras, mis lágrimas rompieron el frágil muro que había estado conteniéndolas, y, con gran vergüenza, reposé la cabeza sobre la mesa y dejé que salieran sin trabas, hasta que no quedó ni una. Mameha esperó a que me recompusiera para hablar.

—¿Y qué es lo que esperabas, Sayuri?

—¡Algo más que esto!

—Entiendo que a veces te cueste trabajo mirar a Nobu. Pero...

—No, no es eso, Mameha-san. Nobu-san es un buen hombre, como dice. Sólo es que...

—Sólo es que te gustaría que tu destino fuera como el de Shizue, ¿no?

Aunque no era una geisha especialmente famosa, todo el mundo en Gion pensaba que Shizue era la más afortunada de las mujeres. Llevaba treinta años de amante de un farmacéutico. No era un hombre especialmente rico, y ella no era una belleza; pero no encontrarías en Kioto dos personas que disfrutaran más juntas. Como siempre, Mameha se había acercado a la verdad más de lo que yo habría querido admitir.

—Tienes dieciocho años, Sayuri —continuó—. Ni tú ni yo podemos prever tu destino. ¡Puede que nunca llegues a conocerlo! El destino no siempre es algo semejante a una fiesta al anochecer. A veces no es más que la lucha por sobrevivir día tras día.

—¡Qué crueldad, Mameha-san!

—Sí, sin duda, es cruel. Pero nadie puede escapar a su destino.

—¡Por favor, si no se trata de escapar a mi destino ni nada por el estilo! Nobu-san es un buen hombre, como acaba de decir. Sé que sólo puedo estarle agradecida por su interés, pero... había soñado con tantas cosas.

—Y tienes miedo de que una vez que te haya tocado Nobu ya no puedan hacerse realidad. ¿Pero cómo te creías que era la vida de las geishas? No nos hacemos geishas para tener una vida gratificante. Nos hacemos geishas porque no tenemos elección.

—¡Oh, Mameha-san ... por favor... por favor...! He sido tan estúpida de mantener viva la esperanza de que tal vez un día...

—De joven se sueña todo tipo de tonterías, Sayuri. Las esperanzas son como los adornos del pelo. De joven se pueden llevar demasiados. Pero cuando envejeces, tan sólo uno ya te hace parecer tonta.

Estaba decidida a no volver a perder el control. Conseguí contener las lágrimas, salvo las pocas que se me escapaban como la savia sale de los árboles.

—Mameha-san —le dije— ¿quiere mucho al barón?

—El barón ha sido un buen *danna* para mí.

—Ya, claro, eso es verdad, pero ¿lo quiere como hombre? O sea, algunas geishas quieren a sus *danna*, ¿no?

—La relación que tenemos el barón y yo es cómoda para él y beneficiosa para mí. Si mezcláramos la pasión en nuestros tratos... bueno, la pasión no tarda en derivar hacia los celos o incluso hacia el odio. No puedo permitirme enfadar a un hombre poderoso. He luchado durante años para hacerme un sitio en Gion, pero si un hombre poderoso decide destruirme, lo hará. Si quieres llegar a algo, Sayuri, tienes que asegurarte de que controlas siempre los sentimientos de los hombres. Puede que el barón sea a veces insoportable, pero tiene mucho dinero y no le importa gastarlo. Y además, no quiere hijos. Nobu será un reto para ti. Se conoce a sí mismo demasiado bien. No me sorprendería que esperara más de ti de lo que el barón ha esperado nunca de mí.

—Pero, Mameha, ¿y sus sentimientos? ¿Es que nunca ha habido un hombre...?

Quería preguntarle si había habido algún hombre que hubiera despertado en ella sentimientos apasionados. Pero me di cuenta de que su irritación conmigo, que hasta entonces no había pasado de ser un pequeño brote, empezaba a abrirse y a estar a flor de piel. Se irguió, sin levantar las manos del regazo; creo que estaba a punto de regañarme, pero yo me disculpé rápidamente por mi descortesía, y ella volvió a la posición inicial.

—Tú y Nobu tenéis un *en*, Sayuri, del que no puedes escapar así como así —me dijo.

Sabía, incluso entonces, que tenía razón. Un *en* es un vínculo kármico de por vida. Hoy en día, mucha gente se cree que elige su vida; pero en mis tiempos pensábamos que éramos trozos de arcilla que llevan impresa para siempre las huellas de todos los que los han tocado. El contacto con Nobu había dejado en mí una huella más profunda que la mayoría. Nadie podría decir si él iba a ser mi último destino, pero yo siempre había sentido que había un *en* entre nosotros. Nobu siempre estaría presente en algún lugar del paisaje de mi vida. Pero ¿podría ser verdad que de todas las lecciones que había aprendido ninguna fuera la más difícil y que ésta todavía me estuviera aguardando?

—Vuelve a la *okiya*, Sayuri —me dijo Mameha—. Prepárate para la noche que te espera. No hay nada como el trabajo para superar las desilusiones.

Alcé la vista, mirándola, con la idea de suplicarle por última vez, pero cuando vi la expresión de su cara, me lo pensé mejor. No puedo decir en qué estaría pensando Mameha, pero parecía concentrada en el vacío, y con el esfuerzo, el óvalo perfecto de su cara se había encogido en las comisuras de la boca y de los ojos. Dejando escapar un profundo suspiro, posó la vista en su vaso de agua de cebada con una expresión que a mí me pareció de intensa amargura.

Puede que una mujer que viva en una gran casa se vanaglorie de todas las hermosas cosas que la rodean, pero en cuanto oiga crujir el fuego, decidirá en un abrir y cerrar de ojos cuáles son las que realmente más valora. En los días que siguieron a mi conversación con Mameha, llegué a tener la sensación de que mi vida estaba en llamas; pero cuando intentaba encontrar algo que siguiera importándome después de que Nobu se convirtiera en mi *danna*, no lograba encontrar ni una sola cosa. Una noche que estaba arrodillada en torno a una mesa en la Casa de Té Ichiriki, intentando no pensar demasiado en mis penas, me vino de pronto a la cabeza la imagen de una niña perdida en la nieve. Cuando alcé la vista y vi las cabezas canas de los hombres a los que estaba divirtiendo, me parecieron tan semejantes a árboles cubiertos de nieve que durante un momento espantoso sentí que era el único ser humano vivo sobre la tierra.

Las únicas fiestas en las que lograba convencerme a mí misma de que mi vida todavía tenía algún sentido, por pequeño que fuera, eran aquellas organizadas por miembros del ejército japonés. Ya en 1938 nos habíamos acostumbrado a oír las noticias de la guerra de Manchuria, y todos los días se nos recordaba de mil formas distintas —por ejemplo, con el Menú Sol Naciente, que consistía en un cuenco de arroz con una ciruela en salmuera en el centro, imitando a la bandera nacional— que había tropas japonesas luchando. A

Gion siempre habían venido a relajarse y divertirse marinos y oficiales de tierra. Y, sin embargo, entonces, tras la sexta o séptima copa de sake, empezaban a contarnos, con los ojos empañados de lágrimas, que nada les levantaba tanto la moral como venir a Gion. Probablemente éste sea el tipo de cosas que dicen todos los oficiales a las mujeres con las que hablan. Pero la idea de que yo —que no era más que una joven venida de la costa— pudiera estar aportando algo importante a la nación... No digo que esas fiestas aminoraban mi sufrimiento, pero sí que me ayudaban a recordar lo egoísta que era en realidad ese sufrimiento.

Pasaron unas semanas, y entonces una noche en el vestíbulo de la Casa de Té Ichiriki, Mameha dejó caer que había llegado el momento de cobrar a Mamita lo que le debía de su apuesta. Sin duda recordarás que se habían apostado si yo conseguiría saldar mis deudas antes de cumplir veinte años o no. Y, aunque sólo tenía dieciocho, ya las había saldado.

—Ahora que ya has hecho el cambio de cuello —me dijo Mameha—, no veo razón alguna para seguir esperando.

Esto fue lo que dijo, pero creo que la verdad era más complicada. Mameha sabía que Mamita odiaba pagar las deudas, y todavía odiaría más tener que saldarlas cuando las apuestas estaban subiendo. Mis ganancias se incrementarían considerablemente en cuanto tuviera un *danna;* y no cabía la menor duda de que Mamita intentaría proteger aún más sus ingresos. Supongo que Mameha pensó que lo mejor era cobrar lo que se le debía lo antes posible, y dejar para más adelante la preocupación por mis futuras ganancias.

Varios días después, me llamaron a la sala, donde encontré a Mameha y a Mamita sentadas una a cada lado de la mesa, charlando del tiempo. Al lado de Mameha estaba la Señora Okada, una mujer de pelo cano a la que había visto varias veces. Era la dueña de la *okiya* en la que había vivido Mameha, y todavía le llevaba la contabilidad a ésta a cambio de un porcentaje de sus ingresos. Nunca la había visto tan seria, con la vista fija en la mesa y sin interés alguno en la conversación.

—¡Aquí estás! —me dijo Mamita—. Tu hermana mayor ha tenido la cortesía de venir a visitarnos y ha traído con ella a la Señora Okada. Ten la cortesía de hacerles los honores.

Sin levantar la vista de la mesa, la Señora Okada dijo con voz clara:

—Señora Nitta, como le acaba de decir Mameha por teléfono, no se trata de una visita de cortesía, sino de una reunión de negocios. No es necesario que Sayuri se quede. Estoy segura de que tiene otras cosas que hacer.

—No permitiré que no les muestre el respeto que se merecen —contestó Mamita—. Se quedará con nosotros durante su breve visita.

De modo que me senté al lado de Mamita, y la criada entró con el té. Después de que lo sirvieran Mameha dijo:

—Debe de estar usted orgullosa, Señora Nitta, de lo bien que le va a su hija. Su fortuna ha superado todas las expectativas. ¿No cree usted?

—¿Y qué sabemos de tus expectativas, Mameha-san? —tras esto apretó los dientes y soltó una de sus extrañas risitas, mirándonos de una en una para asegurarse de que nos habíamos dado cuenta de su ingeniosidad. Nadie se rió, y la Señora Okada se puso las gafas y se aclaró la garganta. Finalmente, Mamita añadió—: En cuanto a mis expectativas, no puedo decir que Sayuri las haya superado.

—Cuando hace años hablamos por primera vez de sus perspectivas —dijo Mameha—, me dio la impresión de que no esperaba mucho de ella. Ni siquiera parecía convencerle mucho la idea de que yo la tomara de hermana pequeña.

—No estaba segura de poner el futuro de Sayuri en manos de alguien ajeno a la *okiya*, si me permites rectificarte —dijo Mamita—. Como sabes, tenemos a Hatsumono.

—¡No me venga con esas, Señora Nitta! —dijo Mameha entre risas—. Hatsumono habría estrangulado a la pobre chica antes de enseñarle nada.

—Admito que Hatsumono puede ser un poco difícil. Pero cuando descubres una chica que tiene algo diferente, como Sayuri, tienes que asegurarte de que tomas la decisión acertada en el momento adecuado, como el acuerdo que hicimos tú y yo en su momento, Mameha-san. Supongo que hoy has venido aquí a arreglar cuentas.

—La Señora Okada ha tenido la amabilidad de escribir las cantidades —contestó Mameha—. Le agradecería que les echara un vistazo.

La Señora Okada se subió las gafas y sacó un libro de cuentas de una bolsa que tenía delante de las rodillas. Mameha y yo nos quedamos en silencio mientras ella lo abrió sobre la mesa y le fue explicando a Mamita sus cuentas.

—¿Estas cifras corresponden a los ingresos de Sayuri del año pasado? —interrumpió Mamita—. Pues me gustaría que hubiéramos sido tan afortunadas como parecen pensar ustedes. Son incluso más elevadas que los ingresos totales de la *okiya*.

—Pues sí que son unas cifras bastante impresionantes —dijo la Señora Okada—, pero creo que son las correctas. Las he tomado del Registro de Gion.

Mamita apretó los dientes y soltó una risita, supongo que para disimular que la habían pillado en un renuncio.

—Tal vez no he mirado las cuentas con la atención que debiera —dijo.

Tras diez o quince minutos de tiras y aflojas, las dos mujeres terminaron poniéndose de acuerdo en la cifra de lo que yo había ganado desde mi debut. La Señora Okada sacó un pequeño ábaco del bolso e hizo unos cálculos, anotando los números en una página en blanco de su libro de cuentas. Finalmente escribió una cifra y la subrayó.

—Ésta es, pues, la cantidad que le corresponde a Mameha.

—Considerando todo lo que Mameha ha ayudado a nuestra Sayuri —dijo Mamita—, estoy segura de que merece incluso más. Pero lamentablemente, según lo acordado, Mameha aceptó cobrar, hasta que Sayuri hubiera saldado sus deudas, la mitad de lo que una geisha de su rango se habría llevado normalmente. Una vez saldadas las deudas de Sayuri, Mameha tiene derecho a la otra mitad, y así habrá recibido la totalidad de sus honorarios.

—Lo que yo sé es que Mameha aceptó tomar la mitad de sus honorarios —dijo la Señora Okada—, pero también que éstos se duplicarían si Sayuri lograba saldar sus deudas. Por eso aceptó correr el riesgo. Si Sayuri no hubiera logrado pagar sus deudas, Mameha sólo habría recibido la mitad de lo que suele cobrar normalmente. Pero no ha sido ése el caso, y Mameha tiene derecho a recibir el doble.

—¿Realmente, Señora Okada, puede imaginarme aceptando esas condiciones? —dijo Mamita—. Cualquiera en Gion sabe el cuidado que tengo con el dinero. Es cierto, sin duda, que Mameha ha sido realmente útil para nuestra Sayuri. Me es imposible pagar el doble, pero sí que propongo un diez por ciento adicional. Si se me permite decirlo, es bastante generoso, considerando que nuestra *okiya* no se encuentra en una situación de poder tirar el dinero así como así.

La palabra de una mujer de la posición de Mamita debería ser una garantía más que suficiente, y, de hecho, lo habría sido con cualquier otra mujer de su posición, pero no con ella. Pero ahora que había decidido mentir..., bueno, pues nos quedamos todas calladas durante un buen rato. Finalmente, la Señora Okada dijo:

—Señora Nitta, me pone usted en una posición difícil. Recuerdo claramente lo que me dijo Mameha al respecto.

—Claro que lo recordará —contestó Mamita—. Mameha tendrá su recuerdo de la conversación y yo tendré el mío. Lo que necesitamos es una tercera persona, y por suerte, aquí la tenemos. Puede que Sayuri no fuera más que una cría por entonces, pero tiene muy buena cabeza para los números.

—No dudo de que su memoria sea excelente —observó la Señora Okada—. Pero no se puede decir que no tenga intereses personales. Después de todo, es la hija de la *okiya*.

—Sí, sí que lo es —dijo Mameha, que llevaba largo rato callada—. Pero también una muchacha honrada. Estoy dispuesta a aceptar lo que ella diga a condición de que la Señora Nitta lo acepte también.

—Pues claro que lo aceptaré —dijo Mamita, dejando su pipa sobre la mesa—. A ver, Sayuri, dinos, ¿cuál fue el acuerdo?

Si me hubieran dado a elegir entre volver a caerme del tejado y romperme el brazo, como me había pasado de niña, o quedarme en aquella habitación hasta que diera una respuesta, sin duda me habría puesto en pie, habría subido las escaleras y habría salido al tejado. De todas las mujeres de Gion, Mameha y Mamita eran las que más influencia tenían en mi vida, y contestara lo que contestara iba a enfadar a una de las dos. No tenía la menor duda sobre la verdad, pero, por otro lado, tenía que seguir viviendo en la *okiya* con Mamita. Claro está que Mameha había hecho por mí más que nadie en todo Gion. Me era imposible tomar partido por Mamita contra ella.

—¿Y bueno?

—Que yo recuerde, Mameha aceptó cobrar la mitad de sus honorarios. Pero, al final, usted aceptó darle el doble, si yo conseguía pagar mis deudas, Mamita. Lo siento, pero esto es lo que recuerdo.

Hubo una pausa, y entonces Mamita dijo:

—Bueno, todos envejecemos. No es la primera vez que mi memoria me engaña.

—A todos nos pasa de vez en cuando —contestó la Señora Okada—. Y ahora, Señora Nitta, ¿qué era eso de que le ofrecía a Mameha un diez por ciento adicional? Doy por supuesto que quiere decir diez por ciento sobre el doble que aceptó pagarle originariamente.

—¡Ojalá estuviera en situación de poder hacerlo! —dijo Mamita.

—¡Pero si se lo ha ofrecido hace un momento! No puede haber cambiado de opinión tan rápidamente.

La Señora Okada ya no miraba a la mesa, sino que había alzado la vista y miraba fijamente a Mamita. Pasado un rato, dijo:

—Bueno, creo que podríamos dejarlo estar un tiempo. En cualquier caso ya hemos hecho bastante por hoy. ¿Por qué no nos vemos otro día y calculamos la cifra definitiva?

Mamita tenía una cara muy seria, pero hizo una pequeña inclinación de cabeza y les agradeció la visita.

—Tiene que estar usted muy contenta —dijo la Señora Okada, mientras guardaba de nuevo en su bolsa el ábaco y el libro de cuentas— de que Sayuri ya haya encontrado un *danna*. Y eso que sólo tiene dieciocho años. Qué joven para dar un paso tan importante.

—Mameha no hubiera hecho mal en tomar un *danna* a esa edad —contestó Mamita.

—Dieciocho años es un poco pronto para la mayoría de las chicas —dijo Mameha—, pero estoy segura de que la Señora Nitta ha tomado la decisión correcta en el caso de Sayuri.

Mamita aspiró la pipa varias veces, mirando fijamente a Mameha, que estaba sentada al otro lado de la mesa.

—Mi consejo, Mameha-san —dijo— es que te concentres en enseñarle a Sayuri esa forma tan bonita que tú sabes de poner los ojos en blanco. Las decisiones que atañan a nuestros negocios mejor me las dejas a mí.

—Nunca se me ocurriría discutir con usted de negocios, Señora Nitta. Estoy convencida de que ha tomado la mejor decisión... Pero, si me permite la pregunta, ¿es verdad que la oferta más generosa ha sido la de Nobu Toshikazu?

—Como ha sido la única, supongo que es la más generosa.

—¿La única? ¡Qué pena! Los acuerdos son mucho más favorables cuando compiten varios hombres. ¿No cree?

—Como te decía, Mameha-san, déjame a mí las decisiones que atañan al negocio. Tengo pensado un plan muy sencillo para que los términos que acordemos con Nobu Toshikazu sean lo más favorables posible para nosotras.

—Si no le importa, me gustaría conocerlo.

Mamita dejó la pipa sobre la mesa. Creí que iba a afear a Mameha su comportamiento, pero, en realidad, dijo:

—Pues ahora que lo dices, a mí también me gustaría contártelo. Tal vez puedas ayudarme a llevarlo a cabo. He pensado que, tal vez, Nobu Toshikazu se mostrará más generoso si sabe que fue una estufa de la casa Iwamura la que mató a nuestra Abuela. ¿No crees?

—¡Oh, Señora Nitta, nunca se me han dado bien los negocios!

—Tal vez, tú o Sayuri deberíais dejarlo caer en la conversación la próxima vez que lo veáis. Decirle que fue un gran golpe para nosotras. Seguro que querrá compensarnos.

—Sí, sí, seguro que es una buena idea —dijo Mameha—. Pero con todo no deja de ser decepcionante... Tenía la impresión de que también se había interesado otro hombre en Sayuri.

—Cien yenes son cien yenes, vengan de donde vengan.

—Eso es verdad en la mayoría de los casos —dijo Mameha—. Pero el hombre en el que estoy pensando es el General Tottori Junnosuke...

Llegadas a este punto de la conversación, perdí el hilo de lo que estaban diciendo, pues me di cuenta de que Mameha estaba haciendo un esfuerzo por rescatarme de las manos de Nobu. No me esperaba tal cosa. No sabía si había cambiado de opinión con respecto a ayudarme o si me estaba agradeciendo haber tomado partido por ella frente a Mamita... Claro que era posible que no estuviera intentando ayudarme en absoluto, sino que lo hiciera con otros fines. Estos pensamientos se agolpaban en mi cabeza, hasta que sentí la pipa de Mamita en el brazo.

—¿Bien? —dijo.

—¿Señora?

—Te he preguntado si conocías al general.

—Lo he visto varias veces, Mamita —respondí—. Viene a Gion con frecuencia.

No sé por qué contesté esto. La verdad es que conocía al general más que de haberlo visto unas cuantas veces. Venía prácticamente todas las semanas a Gion, siempre como invitado de otros. Era un hombre de corta estatura, más bajo que yo. Pero no era una persona que pasara desapercibida, o, por lo menos, no podías ignorar su presencia más de lo que puedes ignorar la de una ametralladora. Era de movimientos bruscos y tenía perpetuamente un cigarrillo en la mano, así que a su alrededor siempre había volutas de humo enroscándose en el aire. Recordaba a una locomotora envuelta en nubes de vapor antes de echar a andar. Una noche que estaba un poco achispado, el general se había parado a hablar conmigo más tiempo que nunca, explicándome las distintas graduaciones del ejército, y le parecía muy divertido que yo no acabara de ver las diferencias. El propio general era un *sho-jo*, que significa "pequeño general" —es decir, la graduación más baja que se pueda tener de general—, y yo, tonta de mí, creí que aquello no debía de estar muy arriba en el escalafón. Puede que él, por modestia, se quitara importancia, y yo fui lo bastante ignorante para creerlo.

En ese momento Mameha le estaba diciendo a Mamita que el general acababa de ser ascendido. Le habían puesto al mando de toda la Intendencia, aunque, como Mameha continuó explicando, el trabajo era semejante al de un ama de casa que va a hacer la compra. Si, por ejemplo, en las oficinas militares escaseaban los secantes, la función del general era garantizar que iban a tener todos los necesarios y a un buen precio.

—Con su nuevo puesto —dijo Mameha—, el general está en situación de poder tener una amante por primera vez. Y estoy segura de que ha expresado su interés en Sayuri.

—¿Y por qué iba a preocuparme yo de que le interese Sayuri? —dijo Mamita—. Los militares nunca se ocupan de las geishas del modo en que lo hacen los hombres de negocios o los aristócratas.

—Puede que sea cierto, Señora Nitta. Pero yo creo que desde su nuevo cargo el General Tottori podría ser de gran utilidad a su *okiya*.

—¡Qué tontería! No necesito a nadie que me ayude a llevar la *okiya*. Lo único que necesito son buenos ingresos, y eso es precisamente lo que no me puede ofrecer un militar.

—Aquí en Gion hemos tenido suerte hasta ahora —dijo Mameha—. Pero si la guerra continúa también aquí tendremos que sufrir la escasez de alimentos.

—Sin duda, si la guerra continúa —respondió Mamita—. Pero esta guerra habrá terminado en seis meses.

—Y cuando así sea, el ejercito estará en una posición aún más fuerte que antes. Señora Nitta, por favor, no se olvide de que el General Tottori es el hombre que controla todos los recursos del ejército. No hay en Japón nadie con una posición mejor para proporcionarle todo lo que pueda necesitar, continúe o no continúe la guerra. Es él quien permite la entrada de todos los artículos que llegan a los puertos de Japón.

Como pude saber más tarde, lo que Mameha dijo sobre el general no era del todo cierto. Sólo era responsable de una de las cinco grandes regiones administrativas. Pero supervisaba a los que tenían a su cargo las otras regiones. En cualquier caso, tenías que haber visto el comportamiento de Mamita después de que Mameha le dijera todo aquello. Casi se veían sus pensamientos. Miró la tetera, y yo pude imaginarla pensando: "Bueno, de momento no he tenido problemas para conseguir té, aunque es verdad que ha subido...". Y luego, probablemente sin darse cuenta siquiera de lo que estaba haciendo, se metió una mano en el *obi* y palpó la bolsita de seda donde llevaba el tabaco, como comprobando cuánto le quedaba.

Mamita se pasó toda la semana siguiente yendo de punta a punta de Gion y telefoneando a unos y otros a fin de recabar toda la información posible acerca del General Tottori. Se entregó a tal punto a esta tarea que a veces cuando le hablaba parecía que no me había oído. Creo que estaba tan ocupada pensando que su mente era como un tren que tuviera que arrastrar demasiados vagones.

Durante este periodo seguí viendo a Nobu siempre que venía a Gion, e hice todo lo posible para actuar como si nada hubiera cambiado. Probablemente esperaba que para mediados de julio yo ya fuera su amante. Y es cierto que yo también lo esperaba; pero cuando acabó el mes, sus negociaciones no habían llegado a ningún sitio. Durante las semanas siguientes, varias veces lo vi mirarme sorprendido. Y entonces, una noche, saludó a la dueña de la Casa de Té Ichiriki de la forma más seca que yo había visto nunca hacer a nadie, limitándose a una más que leve inclinación de cabeza al pasar a toda velocidad a su lado. La dueña siempre había valorado a Nobu como cliente, y me lanzó una mirada que parecía al mismo tiempo sorprendida y preocupada. Cuando me uní a la fiesta de Nobu, vi claramente que estaba irritado: tenía los músculos de la mandíbula en tensión y se llevaba el sake a la boca con mayor brusquedad de la que ya era habitual en él. No puedo decir que le reprochara que se sintiera como se sentía. Pensé que debía de considerarme una desalmada por el desinterés con que había respondido a todas sus gentilezas. Con estos oscuros pensamientos rondándome la cabeza, me quedé ensimismada, hasta que el sonido de una copa de sake chocando contra la mesa me sacó de ese estado. Cuando levanté la vista, Nobu me estaba mirando. A su alrededor, los invitados se reían y se divertían, pero él estaba sentado solo, con los ojos fijos en mí y perdido en sus pensamientos, como había estado yo en los míos. Parecíamos dos puntos húmedos en el centro de un carbón en llamas.

Veintiséis

Durante el mes de septiembre de aquel año, todavía con dieciocho años, el General Tattori y yo bebimos sake juntos en una ceremonia que tuvo lugar en la Casa de Té Ichiriki. Era la misma ceremonia que había realizado con Mameha, cuando se convirtió en mi hermana mayor, y luego con el Doctor Cangrejo, justo antes de mi *mizuage*. En las semanas que siguieron, todo el mundo felicitó a Mamita por haber hecho una alianza tan favorable.

Esa primera noche, después de la ceremonia, fui, siguiendo las instrucciones del general, a una pequeña posada del noroeste de Kioto, llamada Suruya, que sólo tenía tres habitaciones. Para entonces ya estaba tan acostumbrada al lujo que me sorprendió la pobreza de la posada. La habitación olía a moho y el tatami estaba tan hinchado por la humedad que al pisarlo parecía soltar un suspiro. La pared estaba desconchada en una esquina y el yeso formaba un montoncito en el suelo. Se oía a un viejo leer el periódico en la habitación contigua. Cuanto más rato pasaba, más rara me sentía allí, de modo que experimenté un inmenso alivio cuando por fin llegó el general —aunque después de que yo lo saludara lo único que hizo fue encender la radio y sentarse a beber cerveza.

Pasado un rato, fue a la planta baja a darse un baño. Cuando volvió a la habitación, se quitó el albornoz inmediatamente y se movió de aquí para allá completamente desnudo, secándose el pelo con una toalla. Bajo su pecho sobresalía una barriguita redonda, bajo la cual se apreciaba una inmensa mata de vello. Nunca había visto a un hombre desnudo, y el fofo trasero del general me pareció casi cómico. Pero cuando se puso frente a mí, tengo que reconocer que mis ojos fueron directamente a donde... bueno, a donde debería estar su "anguila". Algo le colgaba, pero sólo cuando el general se tumbó de espaldas y me dijo que me desnudara, empezó a salir a la superficie. Era un hombrecito extraño, pero sin ningún reparo para decirme lo que tenía que hacer. Yo estaba preocupada porque tenía que encontrar una manera de agradarle, pero sucedió que lo único que tuve que hacer fue cumplir las órdenes que él me iba dando. En los tres años que habían pasado desde mi *mizuage*, había olvidado el terror que sentí cuando el doctor se echó sobre mí. Lo recordé entonces, pero lo extraño fue que ya no sentí terror, sino una vaga náusea. El general dejó la radio encendida y las luces también, como si quisiera asegurarse de que yo no dejaba de tener presente la sordidez de la habitación, incluyendo la mancha de humedad en el techo.

Conforme pasaban los meses, la náusea fue desapareciendo, y mis encuentros con el general pasaron a ser una desagradable rutina que tenía lugar dos veces por semana. A veces me preguntaba cómo sería con el Presidente; y, a decir verdad, me preocupaba que pudiera ser tan poco agradable como con el doctor y el general. Entonces sucedió algo que me hizo ver la cosas de otro modo. Por esa época, un hombre llamado Yasuda Akira, que había aparecido en todas las revistas debido al éxito que había tenido un nuevo tipo de luces de bicicleta que él había inventado, empezó a venir regularmente a Gion. No era recibido en la Casa de Té Ichiriki, y, probablemente, tampoco hubiera podido pagárselo, pero

aparecía tres o cuatro noches a la semana en una pequeña casa de té llamada Tatematsu, en Tominagacho, un
distrito de Gion que no estaba lejos de nuestra *okiya*.
Primero lo conocí en un banquete, una noche en la primavera de 1939, cuando yo tenía diecinueve años. Él era
mucho más joven que el resto de los hombres a su alrededor, probablemente no pasaba de treinta, de modo
que en cuanto entré en la habitación me fijé en él. Tenía
la misma dignidad del Presidente. Lo encontré muy
atractivo, con las mangas de la camisa remangadas y la
chaqueta del traje en el suelo detrás de él. Durante un
momento me quedé mirando a un hombre de edad que
estaba sentado a su lado. Levantó los palillos con un trozo de tofu asado y se los metió en una boca que no podía
estar más abierta, lo cual me hizo pensar en una puerta
que se abre de par en par para que entre lentamente una
tortuga. Por el contrario, casi me desmayo al ver el brazo elegante y musculoso de Yasuda-san llevándose a la
boca, sensualmente entreabierta, un trozo de carne.

Hice la ronda de hombre en hombre y cuando
llegué junto a él me presenté, y él me dijo:

—Espero que me perdone.

—¿Perdonarle qué? —le pregunté.

—He sido un grosero —me contestó—. No he
podido quitarle ojo en toda la noche.

Dejándome llevar de un impulso, eché mano al
tarjetero bordado que llevaba debajo del *obi* y discreta-
mente saqué una tarjeta y se la di. Las geishas siempre
llevan encima tarjetas de visita, igual que los hombres
de negocios. Las mías eran muy pequeñas, como la
mitad del tamaño de una tarjeta de visita normal, y llevaban caligrafiadas en el pesado papel de arroz del que
estaban hechas sólo dos palabras "Gion" y "Sayuri".
Era primavera, de modo que llevaba unas tarjetas que
tenían el fondo decorado con una colorida rama de

ciruelo en flor. Yasuda se la quedó mirando un momento antes de guardársela en el bolsillo de la camisa. Me daba la sensación de que ninguna palabra que dijéramos habría sido más elocuente que esta sencilla interacción, de modo que le hice una reverencia y pasé a hablar con el siguiente.

Desde ese día, Yasuda-san empezó a solicitar mi compañía en la Casa de Té Tatematsu todas las semanas. Nunca pude ir con la frecuencia con la que él quería. Pero como unos tres meses después de conocernos, una tarde apareció con un kimono de regalo. Me sentí muy halagada, aunque, en realidad, no era una prenda muy sofisticada —estaba tejida en una seda de no muy buena calidad con unos colores bastante chillones y un vulgar estampado de flores y mariposas. Quería que me lo pusiera para él alguna vez, y le prometí hacerlo. Pero cuando volví a la *okiya* esa noche, Mamita me vio subir con el paquete y me lo arrebató para ver su contenido. Sonrió despectivamente al ver el kimono y dijo que no permitiría que me vieran con algo tan poco atractivo puesto. Y al día siguiente lo vendió.

Cuando me enteré de lo que había hecho, le dije con la máxima claridad de la que fui capaz que aquel kimono era un regalo que me habían hecho a mí, no a la *okiya*, y que no estaba bien que lo hubiera vendido.

—Ciertamente era tuyo —me respondió—. Pero tú eres la hija de la *okiya*. Lo que pertenece a la *okiya* te pertenece a ti, pero a la inversa también.

Me enfadé tanto con Mamita que no podía ni mirarla. En cuanto a Yasuda-san, a quien le habría gustado verme con el kimono, le dije que debido a los colores y al estampado de mariposas y flores, sólo me lo podía poner al principio de la primavera, y como estábamos ya en verano, casi tendría que pasar un año para que pudiera vérmelo puesto. Esto no pareció molestarle mucho.

466

—¿Qué es un año? —dijo, mirándome con sus penetrantes ojos—. Por según que cosas esperaría mucho más.

Estábamos solos en el cuarto, y Yasuda-san dejó el vaso de cerveza sobre la mesa de una forma que me ruborizó. Buscó mi mano, y yo se la di, esperando que la retuviera un rato entre las suyas antes de soltarla. Pero, para mi sorpresa, se la llevó a los labios y empezó a besarla apasionadamente en la parte interna de la muñeca, de una forma que repercutió por todo mi cuerpo, hasta las rodillas. Me tengo por una mujer obediente; hasta ese momento siempre había hecho lo que me decían que hiciera Mamita o Mameha o incluso Hatsumono cuando no tenía más remedio; pero la combinación de enfado con Mamita y deseo de Yasuda-san me llevó a decidir hacer aquello que Mamita me había ordenado más explícitamente que no hiciera. Le dije que se reuniera conmigo en esa misma casa de té a medianoche, y lo dejé allí solo.

Justo antes de medianoche volví y hablé con una joven camarera. Le prometí una cantidad indecente de dinero si se encargaba de que nadie nos molestara a Yasuda-san y a mí, que ocuparíamos durante media hora una de las habitaciones del piso superior. Ya estaba allí esperando en la oscuridad, cuando la doncella abrió la puerta y entró Yasuda-san. Tiró el sombrero al tatami y me levantó del suelo antes incluso de que la puerta hubiera vuelto a cerrarse. Apretar mi cuerpo contra el suyo me resultó tan satisfactorio como una comida después de pasar hambre. Cuanto más me apretaba él, más lo apretaba yo. No me sorprendió la habilidad con la que sus manos se deslizaron por mis ropas, abriéndolas, para llegar a la piel. No diré que no experimenté en algún momento el mismo tipo de torpeza que solía experimentar con el general, pero, desde luego, no la noté de la misma forma. Mis encuentros con el general me recordaban a una vez que, siendo niña, intenté trepar a un árbol para arrancar cierta hoja de la copa. Todo era cuestión de moverse con cuidado y de soportar la incomodidad hasta alcanzar lo que quería. Pero con Yasuda-san me sentía como una niña corriendo libremente colina abajo. Un momento después, cuando yacíamos exhaustos en el tatami, le levanté la camisa y le puse la mano en el estómago para sentir su respiración. Nunca en mi vida había estado tan próxima a otro ser humano, aunque no habíamos dicho ni una palabra.

Fue entonces cuando entendí: echarte en el futón, quieta, para el doctor o el general era una cosa; con el Presidente tenía que ser algo muy distinto.

La vida cotidiana de muchas geishas cambia drásticamente cuando pasan a tener un *danna;* pero en mi caso, apenas percibí ese cambio. Seguía haciendo la ronda de las casas de té de Gion por la noche, como lo había venido haciendo durante los últimos años. De vez en cuando, por la tarde, hacía alguna excursión fuera de Gion, incluyendo alguna de lo más peculiar, como acompañar a un hombre al hospital a visitar a su hermano. Pero de todos aquellos cambios que había esperado —los recitales de danza financiados por mi *danna*, los lujosos regalos o incluso los días de asueto pagados— no se produjo ninguno. Sucedió exactamente lo que había pronosticado Mamita. Que los militares no se ocupaban de las geishas del mismo modo que lo hacían los hombres de negocios o los aristócratas.

Puede que el general apenas aportara cambios en mi vida, pero lo que sí era cierto es que su alianza con la *okiya* resultó inestimable, al menos, desde el punto de vista de Mamita. Cubría gran parte de mis gastos, como normalmente suelen hacer los *danna*; entre los gastos se incluían el precio de mis clases, el registro anual, los honorarios del médico y... ¡oh!, no me acuerdo de qué más... mis medias, tal vez. Pero lo realmente importante era que su nuevo cargo de director de la intendencia militar consistía exactamente en lo que había insinuado Mameha, de modo que podía hacer por nosotras cosas que ningún otro *danna* habría podido hacer. Por ejemplo, en marzo de 1939, la Tía cayó enferma. Estábamos muy preocupadas por ella, y los médicos no parecían hacer mucho; pero tras una llamada telefónica al general, vino a verla un médico del Hospital Militar de Kaigyo y le dio una medicina que no tardó en sanarla. Así que aunque el general no me enviara a dar recitales de danza a Tokio ni me regalara piedras preciosas, nadie podía sugerir que a nuestra *okiya* no le fuera bien con él. Nos hacía envíos regulares de té y azúcar, así como chocolates, unos productos que cada vez iban escaseando más, incluso en Gion. Porque, claro está, Mamita se había equivocado totalmente al decir que en seis meses la guerra habría terminado. En ese momento no lo habríamos creído, pero apenas habíamos visto el principio de los oscuros años que nos aguardaban.

En el otoño en el que el general se convirtió en mi *danna*, Nobu dejó de solicitar mi presencia en las fiestas en las que con tanta frecuencia le había acompañado. Enseguida me di cuenta de que había dejado de frecuentar por completo la Casa de Té Ichiriki. No se me ocurre ninguna razón que explicara su ausencia, a no ser que fuera para evitar encontrarse conmigo. Suspirando, la dueña de la casa de té admitió que probablemente yo tenía razón. En Año Nuevo le envié a Nobu una tarjeta, al igual que hice con todos mis protectores, pero él no respondió. Recordándolo ahora parece fácil decir, como si no tuviera ninguna importancia, cuántos meses pasaron; pero entonces vivía angustiada. Sentía que había traicionado a un hombre que había sido tan bueno conmigo, un hombre en el que había llegado a ver un amigo. Además al no estar bajo la protección de Nobu, habían dejado de invitarme a las fiestas de la Compañía Eléctrica Iwamura, lo que significaba que apenas se me presentaba una oportunidad de ver al Presidente.

Cierto es que el Presidente seguía frecuentando la Casa de Té Ichiriki aunque Nobu no lo hiciera. Una noche lo vi en el vestíbulo echando una callada bronca a un joven socio, y no me atreví a molestarlo para saludarle. Otra noche fue él quien me vio cuando Naotsu, una joven aprendiza de aspecto preocupado lo acompañaba al servicio. Dejó a Naotsu esperándolo y se acercó a hablar conmigo. Intercambiamos las bromas de rigor. Creí ver en su suave sonrisa ese tipo de orgullo contenido que suelen sentir los hombres cuando observan a sus propios hijos. Antes de que siguiera su camino, le dije:

—Presidente, si alguna vez necesitara la presencia de una o dos geishas más...

Fue un atrevimiento por mi parte, pero para mi tranquilidad el Presidente no pareció tomarlo como una ofensa.

—Buena idea, Sayuri —me respondió—. Solicitaré tu compañía.

Pero pasaron las semanas y no lo hizo.

Una noche, a últimos de marzo, me dejé caer en una animada fiesta que daba la Prefectura de Kioto en una casa de té llamada Shunju. El Presidente estaba entre los invitados, jugando a ver quién aguantaba más bebiendo sake; parecía exhausto, en mangas de camisa y con la corbata floja. En realidad, su contrincante, el gobernador, había perdido casi todas las rondas, según me dijeron, pero seguía sosteniendo su copa mejor que el Presidente.

—¡Cómo me alegro de verte, Sayuri! —me dijo—. Estoy en un aprieto y tienes que ayudarme.

Al ver la suave piel de su cara enrojecida, y sus brazos descubiertos hasta encima de los codos, pensé inmediatamente en Yasuda-san aquella noche en la Casa de Té Tatematsu. Por una fracción de segundo tuve la sensación de que todo en la habitación se evaporaba, salvo el Presidente y yo, y que dada su ligera embriaguez, podría inclinarme hacia él hasta que sus brazos me rodearan y poner mis labios en los suyos. Incluso me dio un poco de vergüenza haber sido tan obvia en mis pensamientos que el Presidente hubiera podido darse cuenta, pero si lo hizo, pareció que me seguía mirando igual. Para ayudarlo tenía que conspirar con otra geisha para que aminorara el ritmo del juego. El Presidente pareció agradecerme la ayuda, y cuando todo había acabado, se sentó a mi lado y charló conmigo un largo rato, mientras bebía vaso tras vaso de agua para recuperarse. Finalmente se sacó del bolsillo un pañuelo exactamente igual que el que llevaba yo remetido debajo del *obi*, se lo pasó por la frente y tras alisarse el pelo con la mano, me dijo:

—¿Cuándo fue la última vez que viste a tu viejo amigo Nobu?

—Hace bastante tiempo, Presidente —le contesté—. A decir verdad, tengo la impresión de que Nobu-san podría estar enfadado conmigo.

El Presidente tenía la vista puesta en el pañuelo, que estaba volviendo a doblar.

—La amistad es algo precioso, Sayuri —dijo—. Uno no debe echarla por la borda.

Durante las semanas que siguieron pensé muchas veces en esta conversación. Entonces, un día a finales de abril, me estaba maquillando para una representación de las *Danzas de la Antigua Capital*, cuando una joven aprendiza que yo apenas conocía se acercó a hablar conmigo. Dejé sobre el tocador la brocha de maquillaje, esperando que me pidiera un favor, porque mi *okiya* seguía estando abastecida de cosas sin las cuales habían tenido que aprender a vivir otros en Gion. Pero en lugar de pedir nada, dijo:

—Siento molestarla, Sayuri-san. Me llamo Takazuru. Me preguntaba si querría ayudarme. Me han dicho que fue muy buena amiga de Nobu-san...

Tras meses y meses de no saber nada de él y de sentirme terriblemente avergonzada por lo que había hecho, el solo hecho de oír el nombre de Nobu cuando menos lo esperaba fue como abrir los postigos y sentir el primer golpe de aire.

—Todas hemos de ayudarnos siempre que podamos, Takazuru —le dije—. Y si se trata de un problema con Nobu-san, me interesa especialmente. Espero que se encuentre bien.

—Sí, se encuentra muy bien, señora, o al menos eso creo yo. Suele frecuentar la Casa de Té Awazumi, en el distrito Este de Gion. ¿La conoce?

—Claro, claro que la conozco. Pero no sabía que Nobu-san solía ir por allí.

—Sí, señora, y con bastante frecuencia —me dijo Takazuru—. Pero ¿podría preguntarle, Sayuri-san? Usted lo conoce desde hace tanto tiempo, y... bueno, ¿verdad que Nobu-san es un buen hombre?

—Takazuru-san, ¿por qué me preguntas esto? Si has pasado tiempo acompañándolo sabrás por ti misma si es bueno o no.

—Seguro que debo de parecerle estúpida. Pero ¡estoy tan confusa! Siempre que viene a Gion requiere mi compañía, y mi hermana mayor me dice que es el mejor protector que pueda esperar una jovencita. Pero ahora mi hermana se ha enfadado conmigo porque he llorado delante de él varias veces. Sé que no debo hacerlo, pero ni siquiera puedo prometer que no volveré a hacerlo.

—¿Te está tratando mal?

A modo de respuesta, la pobre Takazuru apretó sus temblorosos labios y un momento después tenía los ojos empañados de lágrimas, de tal modo que tuve la impresión de que me estaban mirando dos charquitos.

—A veces Nobu-san no se da cuenta de los brusco que es —le dije—. Pero seguro que le gustas, Takazuru-san. De no ser así, ¿por qué iba a pedir tu compañía?

—Creo que lo hace sólo porque soy alguien con quien puede ser mezquino —me respondió—. Una vez me dijo que me olía el pelo a limpio, pero luego añadió que menos mal.

—Qué raro que lo veas con tanta frecuencia —le dije—. Llevo meses esperando encontrármelo.

—¡Oh, no, no lo haga, Sayuri-san! Ya sin verla dice que no hay nada en mí que se pueda comparar con usted. Si vuelve a verla, me verá aún peor. Ya sé que no debería preocuparla con mis problemas, señora, pero... creí que tal vez podría darme alguna idea para complacerle. Sé que le gusta conversar de cosas interesantes, pero nunca sé qué contarle. Todo el mundo me dice que no soy una chica muy lista.

La gente de Kioto suele decir este tipo de cosas; pero en este caso, me sorprendió que esa pobre chica podría estar diciendo la verdad. No me extrañaría que Nobu la tratara como si fuera no más que el árbol en el que el tigre se afila las zarpas. No se me ocurría nada que pudiera ayudarla, así que finalmente le sugerí que se leyera algún libro sobre un hecho histórico que pudiera interesar a Nobu y se lo contara línea por línea cuando se vieran. Yo misma había hecho lo mismo alguna vez, pues había hombres a los cuales lo que más les gustaba era sentarse cómodamente, con los ojos entornados y escuchar el sonido de una voz femenina. No estaba muy segura de que fuera a funcionar con Nobu, pero Takazuru se fue muy agradecida con la idea.

Al enterarme de dónde podía encontrar a Nobu, decidí ir a verlo. Estaba muy triste por haberlo hecho enfadarse conmigo y, además, sin él no podría ver al Presidente nunca. No quería hacer sufrir a Nobu, pero pensé que tal vez, si lo veía, encontraría una forma de reanudar nuestra amistad. El problema era que no podía aparecer sin ser invitada en la Casa de Té Awazumi, pues no tenía una relación establecida allí. Así que decidí merodear por allí siempre que pudiera, en la esperanza de tropezarme con Nobu. Conocía sus costumbres lo bastante bien como para saber más o menos la hora a la que llegaría.

Seguí este plan durante ocho o nueve semanas. Y por fin una noche lo vi salir de una limusina en la oscuridad de la calle. Supe que era él porque la manga vacía de su chaqueta, prendida en el hombro, le hacía una silueta inconfundible. El chófer le estaba dando una cartera cuando yo me acerqué. Me detuve al llegar a la luz de una farola, y dejé escapar un suspiro que sonara placentero. Nobu miró hacia donde yo estaba, exactamente como había esperado.

—Bueno, bueno —dijo—. Uno se olvida de lo bonitas que pueden ser las geishas —habló con un tono tan desenfadado que me pregunté si me habría reconocido.

—¡Señor! Suena como mi viejo amigo Nobu-san —dije yo—. Pero no puede ser él, porque tengo la impresión de que ha desaparecido completamente de Gion.

El chófer cerró la portezuela, y nos quedamos en silencio hasta que el coche arrancó y se alejó.

—¡Qué alivio! ¡Volver a ver por fin a Nobu-san! Y qué suerte de encontrarlo en la oscuridad y no a plena luz.

—A veces no tengo ni la menor idea de lo que estás hablando, Sayuri. Debes de haberlo aprendido de Mameha. O tal vez os lo enseñan a todas las geishas.

—Mientras Nobu-san esté entre las sombras no veré su cara de enfado.

—Ya veo. ¿Así que crees que estoy enfadado contigo?

—¿Y qué otra cosa podría pensar cuando un viejo amigo desaparece durante tantos meses? Supongo que me va a decir que ha tenido demasiado trabajo para venir a la Casa de Té Ichiriki.

—¿Por qué lo dices en ese tono, como dejando caer que es imposible que sea cierto?

—Porque me he enterado por casualidad de que viene a Gion con bastante frecuencia. Pero no se moleste en preguntarme cómo me he enterado. No se lo diré a no ser que acepte dar una vuelta conmigo.

—De acuerdo —respondió Nobu—. Ya que hace tan buena noche...

—¡Oh, Nobu-san! No diga eso. Me habría gustado mucho más que dijera: "Ya que he tenido la suerte de encontrar a una vieja amiga a la que no veo desde hace tiempo, lo que más me apetece es dar un paseo con ella".

—Daré un paseo contigo —dijo—. Y tú piensa lo que quieras sobre mis razones para darlo —asentí con una pequeña reverencia y nos encaminamos juntos hacia el Parque Maruyama.

—Si Nobu-san quiere hacerme creer que no está enfadado —dije—, debería actuar de una forma un poco más afectuosa, en lugar de parecer una pantera que lleva varios meses sin probar bocado. No me extraña que tenga aterrorizada a la pobre Takazuru...

—Así que ha ido a hablar contigo, ¿no? —preguntó Nobu—. Si no fuera una muchacha tan exasperante...

—Si no le gusta, ¿por qué solicita su compañía siempre que viene a Gion?

—Nunca la he solicitado, ¡ni tan siquiera una vez! Es su hermana mayor la que quiere metérmela por lo ojos. No te basta con recordármela. Ahora vas a aprovechar que nos hemos encontrado para intentar avergonzarme, de modo que no tenga más remedio que aceptar a la chica.

—En realidad, Nobu-san, no nos hemos "tropezado" por casualidad. Llevo semanas paseando arriba y abajo de esa calle con el fin de encontrarme contigo.

Pareció que esto lo dejaba pensativo, porque seguimos caminando en silencio un rato. Finalmente dijo:

—No debería sorprenderme. Eres la persona más marrullera que conozco.

—¡Nobu-san! ¿Qué otra cosa podría hacer? —dije—. Pensé que habías desaparecido totalmente. Podría no haber vuelto a saber de ti, de no haber venido Takazuru llorando a contarme lo mal que la tratas.

—Sí, he sido bastante duro con ella, supongo. Pero no es tan lista como tú, ni tan bonita. Si has pensado que estaba enfadado contigo, no te has equivocado.

—¿Podría preguntarte qué he hecho yo para enfadar tanto a un viejo amigo?

Aquí Nobu se detuvo y se volvió hacia mí con una expresión terriblemente triste en los ojos. De pronto me inundó un cariño por él que he sentido por muy pocos hombres en mi vida. Empecé a pensar cuánto lo había echado de menos y lo injusta que había sido con él. Pero aunque me avergüenza un tanto admitirlo, he de confesar que mi cariño estaba tintado de compasión.

—Me costó lo suyo enterarme, pero por fin he logrado saber quién es tu *danna*.

—Si Nobu-san me lo hubiera preguntado, habría estado encantada de decírselo.

—No te creo. Las geishas sois las personas más discretas del mundo. Pregunté por todo Gion, y una tras otra, todas fingieron que no lo sabían. Nunca me habría enterado, si no hubiera solicitado una noche la compañía de Michizono. Solos ella y yo.

Michizono era una leyenda en Gion. Por entonces tendría unos cincuenta años. No era una mujer hermosa, pero era capaz de poner de buen humor incluso a Nobu, sólo por la forma de arrugar la nariz al saludarle con la reverencia habitual.

—Le pedí que jugáramos a beber —continuó Nobu—, y yo gané y gané hasta que la pobre Michizono estaba casi borracha. Me habría dicho cualquier cosa que le hubiera preguntado.

—¡Qué trabajo! —exclamé yo.

—¡No digas tonterías! Fue una compañía muy agradable. No tenía nada que ver con trabajar. Pero ¿quieres que te diga algo? Al enterarme de que tu *danna* es un hombrecito en uniforme que nadie toma en consideración, te he perdido todo el respeto.

—Nobu-san habla como si yo tuviera algún poder de decisión en la elección de mi *danna*. Lo único que puedo elegir es el kimono que voy a ponerme. E incluso eso...

—¿Sabes por qué tiene un trabajo de oficina ese hombre? Es porque nadie se fía de él cuando se trata de asuntos importantes. Conozco bien el ejército, Sayuri. Ni siquiera sus superiores pueden encontrarle una ocupación. Para eso podrías haberte aliado con un mendigo. De verdad, en algún momento te tuve gran cariño, pero...

—¿En algún momento? ¿Es que ya no me lo tiene?

—No tomo cariño a los tontos.

—¡Qué cruel! ¿Es que quiere hacerme llorar? ¡Oh, Nobu-san! ¿Soy tonta acaso porque tengo un *danna* que usted no puede admirar?

—¡Geishas! No ha habido nunca un grupo de gente más irritante. Todo el tiempo consultando el horóscopo, diciendo: "¡Ay!, hoy no puedo dirigirme hacia el Este. Me dice el horóscopo que me traerá mala suerte." Pero, sin embargo, cuando se trata de algo que puede afectar el curso de toda vuestra vida, sencillamente miráis hacia otro lado.

—Más que mirar hacia otro lado, cerramos los ojos ante lo que no podemos impedir que suceda.

—¿Así es? Bueno, la noche aquella que emborraché a Michizono me enteré de unas cuantas cosas hablando con ella. Eres la hija de la *okiya*, Sayuri. No puedes pretender que careces de toda influencia. Tienes la obligación de utilizar toda la influencia que tengas, a no ser que quieras ir a la deriva por la vida, como un pez panza arriba llevado por la corriente.

—Me gustaría poder pensar que la vida es algo más que una corriente que nos arrastra a todos panza arriba.

—De acuerdo, puede que sea una corriente, pero aun así tienes la libertad de estar en esta parte de la corriente o en aquélla. Las aguas intentarán constantemente llevarte a la otra parte. Pero si tú luchas y peleas y golpeas fuerte y aprovechas todas las ventajas que puedas...

—Sí, sí, eso está muy bien cuando se tienen ventajas.

—Las encontrarías por todas partes, si te preocuparas de buscarlas. En mi caso, aunque no tuviera nada más que, no sé, un hueso de melocotón chupeteado, o algo así, no lo desaprovecharía. Cuando tuviera que escupirlo, me aseguraría de que se lo tiraba a alguien que no me gustara.

—Nobu-san, ¿me está aconsejando que vaya por el mundo escupiendo huesos de melocotón a la gente?

—No te lo tomes a guasa; sabes muy bien a qué me refiero. Somos muy parecidos, Sayuri. Sé que me llaman Señor Lagarto y todo eso. Pero aquí me tienes con la más hermosa de las criaturas de Gion. Cuando te vi por primera vez hace años en aquel torneo de sumo (¿cuántos años tendrías? ¿catorce?), me di cuenta de que incluso siendo tan jovencita eras una chica llena de recursos.

—Siempre he pensado que Nobu-san cree que valgo más de lo que realmente valgo.

—Puede que tengas razón. Creí que había algo en ti, Sayuri. Pero resulta que ni siquiera te has dado cuenta de dónde se encuentra tu destino. Unir tu fortuna a un hombre como el general. Yo me habría ocupado de ti, ¿sabes? ¡Me pone furioso sólo pensarlo! Cuando ese general desaparezca de tu vida, no te habrá dejado nada por lo que recordarlo. ¿Así es como pretendes echar a perder tu juventud? Una mujer que actúa estúpidamente es estúpida, ¿no crees?

Si frotamos una tela con frecuencia, no tardará en desgastarse y en vérsele la urdimbre; y las palabras de Nobu me habían raspado tanto que no pude mantener esa superficie finamente lacada tras la cual Mameha siempre me había aconsejado ocultarme. Me alegré de que estuviéramos en la oscuridad, porque estaba segura de que Nobu habría pensado aún peor de mí si se diera cuenta de la pena que estaba sintiendo. Pero supongo que mi silencio me traicionó, pues con su única mano me tomó del hombro y me giró un centímetro, lo justo para que la luz me iluminara la cara. Y cuando me miró a los ojos, dejó escapar un profundo suspiro que al principio me pareció de desilusión.

—¿Por qué me parece que te has hecho mucho mayor, Sayuri? —dijo un momento después—. A veces me olvido de que todavía eres una muchacha. Y ahora me vas a decir que he sido muy brusco contigo.

—No puedo esperar que Nobu-san no actúe como Nobu-san.

—Reacciono mal cuando me decepcionan, Sayuri. Deberías saberlo. Que me engañaras porque eras demasiado joven o porque no eres la mujer que yo creía, lo mismo da; el caso es que me engañaste.

—Por favor, Nobu-san, me asusta oírte decir estas cosas. No sé siquiera si podré vivir conforme a los estándares por los que me juzgas...

—Pero ¿qué estándares son esos, realmente? Yo sólo espero que vayas por la vida con los ojos bien abiertos. Si no pierdes de vista tu destino, todos los momentos de la vida se convierten en una oportunidad para aproximarte a él. Yo no esperaría este tipo de consciencia de una chica tan atolondrada como Takazuru, pero...

—Pero si Nobu-san ha estado todo el tiempo diciendo que yo era una estúpida.

—Sabes bien que no hay que escucharme cuando estoy enfadado.

—¿Así que Nobu-san ya no está enfadado? ¿Vendrá entonces a verme a la Casa de Té Ichiriki? ¿O me invitará a venir a verlo? En realidad no tengo mucho que hacer esta noche. Podría entrar ahora, si Nobu-san me lo pidiera.

Para entonces, habíamos dado la vuelta al parque, y estábamos de nuevo delante de la entrada de la casa de té.

—No te lo pediré —dijo, y abrió la puerta.

No pude evitar soltar un gran suspiro al oír esto; y digo que era un gran suspiro porque contenía muchos suspiros pequeños: uno de desilusión, otro de frustración, otro de tristeza... y no sé de cuántas cosas más.

—¡Oh, Nobu-san! —dije yo—, a veces me resulta tan difícil de entender.

—Yo soy un hombre muy fácil de entender, Sayuri —dijo—. Sencillamente no me gusta tener delante de mí lo que no puedo alcanzar.

Antes de darme la ocasión de responder, entró en la casa de té y cerró la puerta tras él.

Veintisiete

Durante el verano de aquel año, 1939, estuve tan ocupada con todos los compromisos, los encuentros con el general, las representaciones de danza y todo eso que cuando intentaba levantarme por la mañana, me sentía como un cubo lleno de clavos. Por lo general, a media tarde había logrado olvidarme del cansancio, pero a menudo me preguntaba cuánto estarían reportándome todos aquellos esfuerzos. No esperaba poderme enterar, sin embargo, así que cuando Mamita me llamó a su cuarto y me dijo que durante los últimos seis meses había ganado más que Hatsumono y Calabaza juntas me quedé bastante asombrada.

—Lo cual significa —dijo Mamita— que ha llegado el momento de que os cambiéis de habitación.

No me agradó oír esto tanto como se pudiera imaginar. Hatsumono y yo habíamos logrado vivir bajo el mismo techo durante los últimos años por el procedimiento de mantener las distancias. Pero para mí seguía siendo un tigre dormido, no un tigre vencido. Hatsumono no iba pensar en el plan de Mamita sencillamente en términos de "cambiar de habitación", sino que iba a sentir que le habían arrebatado la suya.

Cuando vi a Mameha aquella noche, le dije lo que Mamita me había dicho y le mencioné mi temor de que el fuego de Hatsumono volviera a prenderse.

—Bueno, eso está bien —respondió Mameha—. Esa mujer no se dará definitivamente por vencida hasta que no corra la sangre. Y todavía no ha corrido. Ofrezcámosle la oportunidad y veamos en qué lío se mete ahora.

Al día siguiente por la mañana temprano, la Tía subió a decirnos lo que teníamos que hacer para trasladar de un cuarto al otro nuestras pertenencias. Empezó por llevarme al cuarto de Hatsumono y anunciarme que cierta esquina me pertenecía; podía poner en ella lo que quisiera, y nadie podía tocarlo. Luego llevó a Hatsumono y a Calabaza a mi cuarto, que era más pequeño, y dispuso un espacio similar para las dos. Lo único que teníamos que hacer era cambiar nuestras pertenencias de cuarto.

Esa misma tarde me puse a trabajar en el traslado de mis enseres de un lado al otro del rellano. Me gustaría poder decir que había acumulado una colección de objetos hermosos, como probablemente la habría acumulado Mameha a mi edad; pero el espíritu de la nación había cambiado mucho. El gobierno militar había prohibido recientemente como lujos innecesarios los cosméticos y las permanentes, aunque las geishas de Gion, como juguetes que éramos de los hombres que ocupaban el poder, seguíamos haciendo más o menos lo que queríamos. Los regalos lujosos, sin embargo, eran algo desconocido. De modo que a lo largo de todos aquellos años apenas había acumulado nada más que unos cuantos pergaminos, tinteros y cuencos, así como una colección de fotos estereoscópicas de vistas de lugares famosos con un bonito visionador de plata que me había regalado el actor de Kabuki Onoe Yoegoro XVII. En cualquier caso, trasladé todo ello —junto con mis útiles de maquillaje, la ropa interior, los libros y las revistas— y lo dejé todo apilado en el rincón de la habitación que me habían adjudicado. Pero al día siguiente por la noche, Hatsumono y Calabaza todavía no habían empezado a trasladar sus cosas. Cuando regresaba de mis clases al mediodía del tercer día, decidí que si los frascos y ungüentos de Hatsumono seguían abarrotando el tocador, iría a pedirle ayuda a la Tía.

Cuando llegué a lo alto de la escalera, me sorprendió ver abiertas las dos puertas, la de Hatsumono y la mía. Un tarro de ungüento blanco estaba roto en el suelo. Parecía que había pasado algo, y cuando entré en mi habitación, vi lo que era. Hatsumono estaba sentada en mi mesita, sorbiendo algo que parecía agua y leyendo uno de mis cuadernos.

La geishas han de ser discretas con respecto a los hombres que conocen. Así que tal vez te sorprenda saber que unos años antes, cuando todavía era aprendiza, había ido a un papelería una tarde y me había comprado un bonito cuaderno para empezar a llevar un diario. No había sido tan estúpida como para anotar aquellas cosas que una geisha nunca debe revelar. Sólo escribía sobre lo que pensaba y lo que sentía. Cuando quería decir algo sobre un hombre en concreto, le daba un nombre codificado. Por ejemplo, me refería a Nobu como el "Señor Tsu", porque a veces hacía un ruido con la boca que sonaba así. Y al Presidente lo llamaba "Señor Haa", porque en una ocasión había tomado aire y lo había soltado lentamente haciendo un sonido parecido, y yo lo había imaginado despertándose a mi lado mientras lo hacía, de modo que se me había quedado grabado. Pero nunca pensé que nadie fuera a leer las cosas que había escrito.

—¡Si eres tú! —exclamó Hatsumono—. ¡Qué bien que te veo! Te estaba esperando para decirte cuánto me está gustando tu diario. Algunos de los días son de lo más interesante... y, realmente, tienes un estilo encantador. Tu caligrafía no es muy allá, pero...

—¿Y has leído por casualidad lo que pone en la primera página?

—No, no creo. Veamos... "Privado". Bueno, pues aquí tenemos un buen ejemplo de lo que te estoy diciendo de tu caligrafía.

—Hatsumono, por favor, deja el libro sobre la mesa y sal de mi habitación.

—¡De verdad! Me sorprendes, Sayuri. Sólo estoy intentando ayudarte. Escucha un momento y verás. Por ejemplo: ¿por qué le has dado a Nobu Toshikazu el apodo de "Señor Tsu"? No le pega nada. Creo que mejor le hubieras puesto "Señor Verrugas" o tal vez "Señor Manco". ¿No crees? Puedes cambiarlo si quieres, y no hace falta que me des las gracias por ello.

—No sé de qué estás hablando, Hatsumono. No he escrito nada sobre Nobu.

Hatsumono suspiró, como diciendo que era una mala embustera, y luego empezó a pasar las páginas del cuaderno.

—Pues si no es de Nobu de quien estás hablando aquí, tú me dirás quién es. A ver dónde está... ¡Ah!, aquí es: "A veces, cuando una geisha se lo queda mirando, la cara del Señor Tsu se pone roja de rabia. Pero yo lo puedo mirar todo lo que quiera y siempre parece agradarle que lo mire. Creo que me tiene cariño porque siente que a mí no me asusta el aspecto de su piel ni me parece extraño que le falte un brazo, como les sucede a la mayoría de las chicas." De modo que supongo que lo que tratas de decirme es que conoces a alguien que es *exactamente* igual que Nobu. ¡Pues deberías presentarlos! Piensa en todo lo que tienen en común.

Para entonces yo ya estaba desesperada —no se me ocurre una palabra mejor para describir mi estado—. Porque una cosa es ver de pronto todos tus secretos sacados a la luz, pero cuando ha sido tu propia estupidez la que los ha expuesto... bueno, entonces es todavía peor. De maldecir a alguien era a mí a quien maldecía por haber escrito el diario en primer lugar y en segundo lugar por haberlo dejado donde Hatsumono pudiera encontrarlo. Un comerciante que se deja la ventana abierta no puede enfadarse si un temporal de lluvia le estropea la mercancía.

Me acerqué a la mesa para arrebatar de las manos de Hatsumono el diario, pero ésta se levantó apretándolo contra sus pecho. Con la otra mano agarró el vaso que yo creía que contenía agua. Al estar cerca de ella percibí el olor a sake. No era agua lo que contenía el vaso. Estaba borracha.

—¡Pues *claro* que quieres que te devuelva tu diario, Sayuri! ¡Y *claro* que te lo voy a devolver! —me dijo, mientras lo decía se dirigía a la puerta—. El problema es que todavía no he terminado de leerlo. Así que me lo llevo a mi cuarto... A no ser que prefieras que se lo lleve a Mamita. Estoy segura de que le encantará leer algunas de las cosas que has escrito sobre ella.

He mencionado antes que en el rellano había un frasco de ungüento roto en el suelo. Así es como obraba Hatsumono. Lo ponía todo perdido y luego ni tan siquiera se preocupaba de llamar a las criadas para que lo limpiaran. Pero entonces, al salir de mi cuarto, tuvo su merecido. Probablemente se había olvidado del frasco roto porque estaba borracha; fuera como fuese, el caso es que pisó sobre el cristal roto y dio un gritito. Vi que se examinaba el pie y se quedaba boquiabierta, pero luego continuó andando.

Me dio pánico verla entrar en su cuarto. Pensé en pegarme con ella para arrebatarle el diario, pero entonces recordé lo que me había dicho Mameha a propósito de Hatsumono después del torneo de sumo. Abalanzarse contra ella era lo obvio. Pero mejor me iría si esperaba a que se relajara, pensando que había ganado, y entonces llevarme el diario cuando estuviera desprevenida. Me pareció una buena idea... hasta que me la imaginé escondiéndolo en algún sitio donde yo no pudiera encontrarlo.

Había cerrado la puerta. Me acerqué y la llamé con un tono lo más suave posible:

—Hatsumono-san, lamento mucho haberme enfadado. ¿Puedo entrar?

—No, no puedes.

Abrí igualmente la puerta. El cuarto estaba en completo desorden, porque Hatsumono había dejado todo por en medio al trasladarse. El diario estaba encima de la mesa, y Hatsumono se había envuelto el pie con una toalla. No se me ocurría cómo distraerla, pero lo que tenía claro es que no iba a salir de aquella habitación sin el diario en la mano.

Puede que tuviera un carácter más propio de una rata de agua que de una persona, pero Hatsumono no era tonta. De no haber estado borracha, ni siquiera se me habría ocurrido intentar burlarla. Pero considerando su estado en ese momento... Pasé revista a mi alrededor a los montones de ropa interior, los frascos de perfume y todas las demás cosas esparcidas por el cuarto. La puerta del armario estaba abierta, y el pequeño cofre en el que guardaba sus joyas estaba entreabierto; y algunas estaban tiradas por las esteras, como si por la mañana hubiera estado sentada allí probándoselas y bebiendo. Y entonces un objeto me llamó la atención con la misma claridad que si fuera la única estrella que brillara en un cielo completamente negro.

Era un broche de *obi* que tenía una esmeralda engarzada, el mismo que me había acusado Hatsumono de haberle robado unos años antes, la noche que la sorprendí a ella y a su novio en la casita de las criadas. No esperaba volver a verlo. Me dirigí directamente al armario para agarrarlo y llevármelo.

—¡Qué buena idea! —exclamó Hatsumono—. Venga, continúa y róbame una joya. Si quieres que te diga la verdad preferiría el dinero que tendrías que pagarme.

—Estoy encantada de que no te importe —le dije—. Pero ¿cuánto tendría que pagarte por esto?

Mientras decía estas palabras me aproximé a ella mostrándole el broche. La brillante sonrisa que había lucido en su boca hasta ese momento empezó a desvanecerse, al igual que se difumina la oscuridad de un valle cuando empieza a salir el sol. En ese momento, mientras Hatsumono se recobraba del susto, sencillamente acerqué mi otra mano a la mesilla y tomé el diario.

No sabía cómo iba a reaccionar Hatsumono, pero salí del cuarto cerrando la puerta detrás de mí. Pensé en ir directamente junto a Mamita para enseñarle lo que había encontrado, pero, claro, no podía presentarme allí con el diario en la mano. Lo más rápidamente que pude, abrí la puerta del armario donde se guardaban los kimonos de la estación en curso y metí el cuaderno entre dos de ellos envueltos en papel de seda. No me llevó más de dos segundos; pero sentí un escalofrío en la espalda pensando que Hatsumono podía abrir la puerta y verme. Cuando volví a cerrar la puerta del armario, entré rápidamente en mi cuarto y empecé a abrir y cerrar los cajones del tocador para hacer creer a Hatsumono que había escondido allí el diario.

Cuando volví a salir al rellano, Hatsumono me estaba observando desde el umbral de su habitación, con una sonrisita en la boca, como si encontrara muy divertida toda la situación. Intenté parecer preocupada, lo que no me resultó muy difícil, y me dirigí al cuarto de Mamita, donde deposité el broche sobre la mesa, delante de ella. Apartó la revista que estaba leyendo y lo tomó en la mano para observarlo de cerca.

—Es una bonita pieza —dijo—, pero no sacaríamos mucho en el mercado negro por ella. En estos tiempos nadie paga mucho por este tipo de joyas.

—Estoy segura de que Hatsumono pagaría lo que fuera, Mamita —le dije yo—. ¿Se acuerda del broche que me acusó de haberle robado hace años, el que se añadió a todas mis deudas? Pues es éste. Acabo de encontrarlo en el suelo de su cuarto, al lado del joyero.

—Creo que Sayuri tiene razón —dijo Hatsumono que había entrado en la habitación y se había quedado detrás de mí—. Éste es el broche que perdí. O, al menos, es muy parecido. Pensé que no volvería a verlo.

—Sí, es muy difícil encontrar nada cuando se está todo el tiempo borracha —dije yo—. Con que hubieras mirado mejor en tu joyero.

Mamita dejó el broche sobre la mesa y continuó mirando furiosa a Hatsumono.

—Lo encontré en su cuarto —dijo Hatsumono—. Lo había escondido en su tocador.

—¿Y por qué estabas hurgando en su tocador? —le preguntó Mamita.

—No quería decirle lo que voy a decirle, Mamita, pero Sayuri dejó algo olvidado sobre la mesa, y yo estaba tratando de esconderlo para evitarle problemas. Ya sé que tendría que habérselo traído a usted inmediatamente, pero... Se dedica a escribir un diario, ¿sabe? Me lo enseñó el año pasado. Y ha escrito algunas cosas bastante ofensivas sobre ciertos hombres, y, para qué ocultarlo ya, hay algunos trozos sobre usted, Mamita.

Pensé en insistir en que no era cierto; pero no importaba. Hatsumono se había metido en un lío, y nada de lo que dijera iba a cambiar la situación. Diez años antes, cuando ella era la que más ganaba de la *okiya*, probablemente habría podido acusarme de lo que quisiera. Podría haber dicho que me había comido el tatami de su cuarto, y Mamita habría añadido a mis deudas el coste del nuevo. Pero ahora las cosas habían cambiado; la brillante carrera de Hatsumono se había cortado en seco, mientras que la mía empezaba a florecer. Yo era la hija de la *okiya* y su principal geisha. No creo que a Mamita le preocupara mucho quién decía la verdad.

—No hay ningún diario, Mamita —dije—. Hatsumono se lo está inventando.

—¿Ah, sí? —dijo Hatsumono—. Pues voy a buscarlo, y mientras Mamita lo lee, tú puedes irle contando cómo me lo he inventando.

Hatsumono fue a mi cuarto; Mamita la siguió. El rellano estaba en una situación deplorable. No sólo había un frasco roto en el suelo, sino que al pisarlo, Hatsumono había ido dejando un rastro de ungüento y sangre por donde había pasado, no sólo en el rellano, sino también en el tatami de su cuarto, en el de Mamita y ahora en el mío. Cuando entré yo, estaba arrodillada delante de mi tocador, cerrando los cajones y con una expresión de derrota en el rostro.

—¿De qué diario habla Hatsumono?

—Si hay un diario, estoy segura de que Hatsumono lo va a encontrar —respondí.

Al oír esto, Hatsumono dejó las manos en el regazo y soltó una risita, como si todo el asunto no hubiera sido más que un juego y ella hubiera perdido claramente.

—Hatsumono —dijo Mamita—, tendrás que devolver a Sayuri el dinero que te pagó por el broche que la acusaste de haber robado. Además, no pienso tener todos los tatami de esta *okiya* manchados de sangre. Habrá que cambiarlos y tú correrás con el gasto. Parece que el día te ha salido caro, y apenas ha empezado la tarde. ¿Espero a calcular el total no vaya a ser que todavía no hayas terminado?

No sé si Hatsumono oyó lo que dijo Mamita. Estaba demasiado concentrada en lanzarme una mirada furiosa. Tenía una expresión que yo no había tenido la ocasión de verle hasta entonces.

Si hubiera tenido que determinar, cuando todavía era joven, en qué momento concreto cambió mi relación con Hatsumono, habría dicho que después de mi *mizuage*. Pero aunque es bastante cierto que el *mizuage* me elevó a una posición en la que a Hatsumono no le resultaría muy fácil alcanzarme, podríamos haber seguido viviendo bajo el mismo techo hasta la vejez, si no hubiera pasado algo más entre nosotras. Por eso, el verdadero momento decisivo, tal como he llegado a verlo después, se produjo el día que Hatsumono leyó mi diario y yo encontré la joya que ella me había acusado de haberle robado.

A modo de explicación contaré algo que dijo en una ocasión, durante una velada en la Casa de Té Ichiriki, el Almirante Yamamoto Isoroku. No voy a presumir de conocer mucho a este almirante —de quien se suele decir que es el padre de la Flota Imperial japonesa—, pero tuve el privilegio de asistir a varias fiestas que contaron con su presencia. Era un hombre menudo, pero no hay que olvidar que los cartuchos de dinamita también son pequeños. Las fiestas siempre se hacían más bulliciosas cuando llegaba el almirante. Aquella noche, él y otro hombre estaban en la última ronda de uno de esos juegos que consisten en saber quién aguanta más bebiendo sake, y habían acordado que el perdedor iría a comprar condones a la farmacia más cercana. Por supuesto, entiéndase que el único fin del condón era tener que pasar la vergüenza de pedirlo. El almirante fue el ganador, y toda los asistentes empezaron a aplaudirle y vitorearle.

—Menos mal que no ha perdido, almirante —dijo uno de sus asistentes—. Piense usted en el pobre boticario encontrándose de pronto con el Almirante Yamamoto Isoroku al otro lado del mostrador.

Todos lo encontraron muy gracioso, pero el almirante dijo que nunca había puesto en duda su victoria.

—¡No puedo creerlo! —dijo una de las geishas—. Todo el mundo pierde de vez en cuando. ¡Incluso usted, almirante!

—Supongo que es cierto que todo el mundo es derrotado en un momento o en otro. Pero yo no, nunca.

Puede que algunos de los presentes consideraran que decir esto era una arrogancia, pero yo no me encontraba entre ellos. El almirante me parecía ese tipo de hombre que está acostumbrado a ganar. Finalmente alguien le preguntó el secreto de su éxito.

—No intento nunca vencer al hombre con el que estoy enfrentado —explicó—. Intento vencer su confianza. Una mente empañada por la duda no puede enfocar claramente el camino de la victoria. Dos hombres son iguales —*verdaderamente* iguales— sólo cuando tienen el mismo grado de confianza en ellos mismos.

No creo que fuera consciente de ello entonces, pero tras la pelea por el diario, la duda empezó a empañar —como diría el almirante— la mente de Hatsumono. Sabía que Mamita no se pondría de su parte bajo ningún concepto, y que por eso, ella había pasado a estar en la situación de un tejido que se saca del calor del armario y se cuelga al aire libre, donde los elementos lo irán deteriorando poco a poco.

Si Mameha me oyera explicar las cosas de esta forma, alzaría la voz para decir que no estaba en absoluto de acuerdo. Su visión de Hatsumono era muy distinta de la mía. Ella creía que Hatsumono era una mujer propensa a la autodestrucción, y que lo único que teníamos que hacer era engatusarla para que tomara una senda, que de todos modos iba a acabar tomando. Tal vez Mameha tenía razón; no lo sé. Es cierto que durante los años que siguieron a mi *mizuage*, los problemas de carácter de Hatsumono no dejaron de agravarse, si es que se le puede llamar así. Perdió todo control sobre la bebida y sobre la agresividad. Hasta que su vida no empezó a desmoronarse, siempre había utilizado la agresividad para llegar a algo, de la misma forma que los samuráis no sacan la espada para liarse a cuchilladas sin ton ni son, sino para hendirla en sus enemigos. Pero para entonces, Hatsumono ya había perdido de vista quiénes eran sus enemigos y a veces también golpeaba a Calabaza. De vez en cuando, incluso en las fiestas hacía comentarios insultantes a los hombres que habían solicitado su compañía. Y además, ya no era tan hermosa como había sido. La piel se le había puesto cerúlea y se le habían abotargado los rasgos. O, tal vez, sólo era mi forma de mirarla. Un árbol puede parecer magnificente; pero cuando te fijas en que está infestado de insectos y tiene las puntas de las ramas secas a causa de la plaga, incluso el tronco parece perder parte de su magnificencia.

Cualquiera sabe que un tigre herido es un animal peligroso; y por ello, Mameha insistió en que siguiéramos a Hatsumono por Gion durante algunas semanas. En parte Mameha quería vigilarla porque no nos habría extrañado que intentara encontrar a Nobu para contarle el contenido de mi diario y mi secreto afecto por el "Señor Haa", a quien Nobu habría identificado enseguida con el Presidente. Pero lo más importante es que Mameha quería hacerle la vida difícil a Hatsumono.

494

—Cuando quieres romper una tabla —dijo Mameha—, resquebrajarla por el medio es solo el primer paso. Realmente lo logras cuando saltas sobre ella con todo tu peso hasta partirla en dos.

Así que todas las noches, salvo cuando tenía una cita ineludible, Mameha venía a nuestra *okiya* al atardecer y esperaba a salir por la puerta detrás de Hatsumono. Mameha y yo no siempre podíamos permanecer juntas, pero, por lo general, al menos una de las dos se las arreglaba para seguirla de cita en cita durante una parte considerable de la noche. La primera noche que la seguimos, Hatsumono fingió que le hacía gracia. Pero al final de la cuarta noche, empezó a mirarnos de reojo, enfadada, y le costaba trabajo parecer alegre con los hombres que tenía que acompañar y divertir. Y luego, una noche, al inicio de la semana siguiente, giró en redondo súbitamente y se dirigió hacia nosotras.

—Veamos —dijo—. Los perros siguen a sus amos. Y vosotras dos me estáis siguiendo, olisqueando y olisqueando. De modo que me imagino que queréis que os traten como a los perros. ¿Os gustaría saber cómo trato yo a los perros que no me gustan?

Y dicho esto, le dio un golpe a Mameha a un lado de la cabeza. Yo grité, lo que debió de hacer que Hatsumono se parara a pensar en lo que estaba haciendo. Se me quedó mirando con fuego en los ojos hasta que se le apagó la mirada y se fue. Todos los que pasaban se dieron cuenta de lo que había sucedido y unos cuantos se acercaron a ver si estaba bien Mameha. Ella les aseguró que estaba bien y luego dijo:

—¡Pobre Hatsumono! Debe de ser esto a lo que se refiere el médico. Realmente es verdad que parece estar perdiendo el juicio.

No había médico alguno, claro está, pero las palabras de Mameha surtieron el efecto que ella esperaba. No tardó en extenderse el rumor por todo Gion que un médico había diagnosticado a Hatsumono de inestabilidad mental.

Hatsumono había sido amiga íntima durante muchos años del famoso actor de Kabuki Bando Shojiro VI. Shojiro era un *onna-gata*, que es como se llama a los actores que siempre hacen papeles femeninos. Una vez, Shojiro declaró en una entrevista para una revista que Hatsumono era la mujer más hermosa que él había visto en su vida y que en el escenario solía imitar sus gestos para hacerse más atractivo. De modo que como cualquiera puede imaginarse, siempre que Shojiro venía a la ciudad, Hatsumono iba a visitarlo.

Una tarde me enteré de que Shojiro iba a asistir a una fiesta esa misma noche en el distrito de Pontocho, que también es una zona de geishas, al otro lado del río. Oí esta noticia mientras preparaba una ceremonia del té para un grupo de oficiales de marina de permiso. Al terminar, volví apresuradamente a la *okiya*, pero Hatsumono ya se había vestido y salido sigilosamente. Hacía lo mismo que yo había hecho en tiempos; salir temprano para que no la siguieran. Estaba deseando contarle a Mameha lo que sabía, de modo que me fui directamente a su apartamento. Por desgracia, su doncella me dijo que se había ido media hora antes a "rezar". Yo sabía lo que quería decir esto exactamente: Mameha había ido a un pequeño templo situado en el extremo oriental de Gion a rezar delante de las tres diminutas *jizo* que había hecho erigir allí con su dinero. Una *jizo* es una estatua que venera el alma de un niño que ha partido; en el caso de Mameha, estaban dedicadas a los tres hijos que había tenido que abortar a petición del barón. En otras circunstancias habría ido a buscarla, pero no podía molestarla en un momento tan íntimo como aquél; y además era posible que no quisiera que yo supiera que había ido al templo. Así que en su lugar, me quedé en su apartamento y permití que Tatsumi me sirviera el té mientras la esperaba. Por fin apareció Mameha, con pinta de venir muy cansada. No quise contárselo nada más llegar, así que estuvimos hablando largo rato sobre el Festival de las Edades, que iba a tener lugar en breve y en el que Mameha iba a hacer el papel de la Doncella Murasaki Shikibu, la autora de *La Historia de Genji*. Finalmente, Mameha levantó la cara de la taza de té tostado —Tatsumi estaba tostando las hojas cuando yo llegué— y en sus labios asomaba una sonrisa. Sólo entonces le conté de lo que me había enterado por la tarde.

—¡Perfecto! —dijo—. Hatsumono se relajará y pensará que por fin se ha librado de nosotras. Con toda la atención que seguro que le dispensará Shojiro en la fiesta puede que se sienta renovada. En ese momento llegamos tú y yo como si de pronto hubiera entrado un olor espantoso de la calle, y le echamos a perder la velada.

Considerando lo cruel que había sido Hatsumono conmigo a lo largo de los años y cuánto llegué a odiarla, este plan debería haberme regocijado. Pero de repente me di cuenta de que hacer sufrir a Hatsumono no era el placer que podría haber imaginado. Recordaba una vez siendo niña que me estaba bañando en el estanque cerca de nuestra casita del acantilado cuando de pronto sentí que algo me quemaba la espalda. Una avispa me había mordido y estaba intentando soltarse de mi piel. Me puse a gritar sin saber qué hacer, pero uno de los chicos me la arrancó y la agarró por las alas; todos los demás hicimos un corro a su alrededor para decidir la mejor forma de matarla. A mí me dolía mucho la picadura y obviamente no tenía por la avispa ninguna simpatía. Pero sentí una gran desazón al ver aquella pequeña criatura luchando por la vida sin poder hacer nada para librarse de la muerte que le aguardaba tan sólo unos minutos después. Ese mismo tipo de lástima sentía por Hatsumono. Por la noche, cuando la seguíamos por todo Gion hasta que ya harta volvía a la *okiya* sólo para deshacerse de nosotras, casi tenía la sensación de que la estábamos torturando.

En cualquier caso, sobre las nueve de esa noche, cruzamos el río en dirección a Pontocho. A diferencia de Gion, que se extiende varios bloques, Pontocho no es más que una sola calle que se extiende a lo largo de la orilla del río. La gente lo llama "la cama de la anguila" por su forma alargada. El aire otoñal era ya bastante fresco, pero la fiesta de Shojiro era al aire libre, en una terraza de madera levantada sobre pilotes en el río. Nadie se fijó en nosotras cuando accedimos a la terraza por unas puertas acristaladas. La terraza estaba hermosamente iluminada con farolillos de papel, y las luces de un restaurante situado en la orilla opuesta se reflejaban en el río dándole un resplandor dorado. Todos escuchaban a Shojiro, que estaba contando una historia con el tono monótono que lo caracterizaba; pero a Hatsumono se le agrió la expresión al vernos. Me recordó a una pera machucada que había tenido en la mano el día anterior, pues entre todas las caras alegres, la expresión de Hatsumono parecía una gran machucadura.

Mameha se fue a arrodillar en una estera al lado de Hatsumono, lo que yo consideré muy atrevido por su parte. Yo me arrodillé en el extremo opuesto de la terraza, al lado de un hombre mayor de aspecto agradable que resultó ser el maestro de *koto*, Tachibana Zensaku, cuyos viejos discos, todos rayados, todavía guardo. Esa noche descubrí que Tachibana estaba ciego. Independientemente de la razón de mi presencia allí, ya me habría bastado la posibilidad de pasar la velada charlando con él, pues era un hombre fascinante y encantador. Pero acabábamos de empezar a hablar cuando todo el mundo estalló en ruidosas carcajadas.

Shojiro tenía una mímica fabulosa. Era esbelto como la rama de un sauce, y tenía unos dedos elegantes, que movía pausadamente, lo mismo que su cara alargada, que podía mover de mil formas extraordinarias. Podría haber engañado a un grupo de monos haciéndoles creer que era uno de ellos. En ese momento estaba imitando a una geisha ya entrada en años que tenía a su lado, una mujer que ya pasaba de los cincuenta. Con sus gestos afeminados —los labios haciendo pucheritos, los ojos en blanco—, conseguía parecerse tanto a ella que yo no sabía si echarme a reír o llevarme la mano a la boca, asombrada. Ya había visto a Shojiro en el escenario, pero aquello era mucho mejor.

Tachibana se inclinó hacia mí y me susurró:

—¿Qué está haciendo?

—Está imitando a la geisha que tiene al lado.

—¡Ah! —dijo Tachibana—. Debe de ser Ichiwari —y luego me dio un golpecito con la mano para asegurarse de que lo escuchaba—. La directora del Teatro Minamiza —continuó, y extendió, debajo de la mesa para que nadie lo viera, el dedo meñique. En Japón extender el dedo meñique significa "novio" o "novia". Tachibana me estaba diciendo con aquel gesto que esa geisha llamada Ichiwari era la amante del director del teatro. Y, de hecho, el director se encontraba entre los invitados riéndose como el que más.

Un momento después, todavía en plena imitación, Shojiro se metió un dedo en la nariz. Todo el mundo se rió de tal forma que la terraza tembló. Yo no lo sabía, pero hurgarse en la nariz era una de las costumbres de Ichiwari. Ella se sonrojó al verlo, y se tapó la cara con una de las mangas del kimono, y Shojiro, que llevaba bastante sake en el cuerpo, siguió imitándola en esto. La gente se rió por cortesía, pero sólo Hatsumono parecía encontrarlo verdaderamente gracioso, pues llegado a un punto Shojiro empezó a cruzar la frontera de la crueldad. Finalmente, el director del teatro dijo:

—Venga, venga, Shojiro-san, reserva tus fuerzas para el espectáculo de mañana. Además, ¿no sabías que estás sentado al lado de una de las mejores bailarinas de Gion? Propongo que le pidamos una demostración.

El director hablaba de Mameha, por supuesto.

—¡Oh, no! No me apetece ver bailar ahora —dijo Shojiro. Como pude comprobar posteriormente a lo largo de los años, siempre prefería ser el centro de atención—. Además me estoy divirtiendo.

—Shorijo-san, no deberíamos dejar pasar la oportunidad de ver a la famosa Mameha —insistió el director, en tono serio. Unas cuantas geishas también alzaron la voz para apoyarle, y finalmente convencieron a Shojiro de que le preguntara si quería bailar, lo que él hizo con el resentimiento propio de un niño pequeño. Vi que a Hatsumono no le gustaba nada todo aquello. Sirvió más sake a Shojiro, y él le sirvió más a ella. Se intercambiaron una mirada como diciéndose que les habían echado a perder la fiesta.

Pasaron unos minutos mientras una camarera fue a buscar un *shamisen* y una de las geishas lo afinó y se preparó para tocar. Luego Mameha ocupó su sitio tomando la fachada de la casa de té como telón de fondo y representó unas cuantas piezas breves. Cualquiera hubiera estado de acuerdo en que Mameha era una mujer encantadora, pero muy pocos la habrían encontrado más hermosa que Hatsumono; de modo que no sé qué fue lo que atrajo exactamente a Shojiro. Podría haber sido todo el sake que había bebido o podría haber sido la extraordinaria forma de bailar de Mameha, pues él también era bailarín. Fuera lo que fuera, el caso es que cuando Mameha terminó de bailar y volvió a reunirse con nosotros en la mesa, Shojiro parecía prendado de ella y le pidió que se sentara a su lado. Cuando se sentó, le sirvió una copa de sake, y le dio la espalda a Hatsumono, como si no fuera sino una más entre las adorables aprendizas.

Los ojos de Hatsumono se redujeron a un tercio de su tamaño y sus labios se apretaron. Mientras tanto Mameha coqueteaba con Shojiro de una forma que yo no la había visto hacer con nadie. Su voz se hizo más suave y más pizpireta, y sus ojos le atravesaban del torso a la cara y de la cara al torso. De vez en cuando, se pasaba los dedos por la base del cuello, como si se estuviera dando cuenta del rubor que le había brotado. No había rubor alguno, pero lo hacía tan convencida que de no mirarla desde muy cerca nadie se habría dado cuenta. Entonces una de las geishas le preguntó a Shojiro si sabía algo de Bajiru-san.

—¡Bajiru-san! —dijo Shojiro con todo el dramatismo de que era capaz— Bajiru-san me ha abandonado.

Yo no tenía idea de qué hablaba Shojiro, pero Tachibana, el viejo músico, tuvo la amabilidad de explicarme que Bajiru-san era el actor inglés Basil Rathbone, de quien por entonces yo todavía no había oído hablar. Unos años antes Shojiro había ido de gira con su teatro Kabuki a Londres. Al actor Basil Rathbone le había gustado tanto que con la ayuda de un intérprete habían desarrollado algo parecido a una amistad. Puede que Shojiro prodigara sus atenciones con mujeres como Hatsumono o Mameha, pero en realidad era homosexual; y desde su regreso de Inglaterra, ya se había convertido en una broma el que su corazón estaría destrozado para siempre porque a Bajiru-san no le interesaban los hombres.

—¡Qué pena da ser testigo del final de un romance! —dijo una de las geishas.

Todos rieron salvo Hatsumono que siguió mirando a Shojiro furiosa.

—La diferencia entre Bajiru-san y yo es ésta. Os la enseñaré —dijo Shojiro, poniéndose de pie y pidiendo a Mameha que lo acompañara. La condujo a un lado de la terraza donde tenían un poco de espacio.

—Cuando hago mi trabajo, soy así —dijo, y se paseó de un lado al otro, moviendo el abanico con la más ágil de las muñecas y girando la cabeza como si fuera una bola—. Cuando Bajiru-san hace el suyo, es así —y aquí agarró a Mameha—; había que ver la cara de ésta cuando él la llevó casi hasta el suelo en un apasionado abrazo al tiempo que le llenaba la cara de besos. Todo el mundo aplaudió y vitoreó. Todo el mundo, salvo Hatsumono, claro.

—¿Qué está haciendo? —me preguntó Tachibana en voz baja. Yo creía que nadie más habría oído, pero antes de que yo pudiera contestar, Hatsumono dijo, levantando la voz:

—Está haciendo el ridículo; eso es lo que está haciendo.

—¡Oh, Hatsumono! —exclamó Shojiro—, estás celosa, ¿verdad?

—¡Pues claro que lo está! —dijo Mameha—. Ahora deberían mostrarnos cómo se reconcilian. ¡Venga, Shojiro-san! ¡No te dé vergüenza! Tienes que darle los mismos besos que me acabas de dar a mí. Es justo. ¡Y del mismo modo!

Shojiro no lo tuvo fácil, pero logró poner en pie a Hatsumono. Luego, con todos los presentes detrás de él, la tomó entre sus brazos y la echó hacia atrás, pero apenas había empezado a besarla, cuando se incorporó con un grito y se llevó la mano al labio. Hatsumono le había mordido; no lo bastante para hacerle sangrar, pero sí para haberlo asustado. Entonces Hatsumono, que se había quedado frente a él con los ojos entrecerrados y enseñando los dientes, echó el brazo atrás para tomar impulso y le arreó una bofetada. Pero creo que no apuntó bien, tal vez debido a todo el sake que llevaba en el cuerpo, y le dio a un lado de la cabeza en lugar de en la mejilla.

—¿Qué ha pasado? —me preguntó Tachibana. Sus palabras sonaron claras, como una campana, en el silencio que se había hecho. Yo no respondí, pero cuando oyó a Shojiro quejándose y la forma en que jadeaba Hatsumono, estoy segura de que comprendió lo que había sucedido.

—Hatsumono, por favor —dijo Mameha en un tono que de puro calmado sonaba fuera de lugar—, por favor... intenta calmarte.

No sé si era esto lo que se había propuesto Mameha al decir aquello o si la mente de Hatsumono ya había explotado, pero de pronto se lanzó contra Shojiro y empezó a golpearle por todo el cuerpo. Creo que le dio un ataque de locura. No sólo parecía que su mente se había disociado, sino que se diría que el momento estaba desconectado de todo lo demás. El director del teatro se levantó de la mesa y se abalanzó a sujetarla. En medio de todo aquello, Mameha desapareció y volvió un momento después con la dueña de la casa de té. Para entonces, el director del teatro ya la había agarrado por los hombros. Pensé que ahí acabaría todo, pero de pronto Shojiro se puso a dar voces, gritando de tal modo que oímos cómo resonaban sus palabras en Gion, al otro lado del río.

—¡Monstruo! —gritaba—. ¡Eres un monstruo! ¡Me has mordido!

No sé qué habríamos hecho sin el aplomo de la dueña de la casa de té. Tranquilizó a Shojiro, hablándole suavemente, al tiempo que hacía una señal al director del teatro para que se llevara a Hatsumono.

Después me enteré que éste no se limitó a entrarla en la casa de té, sino que la llevó hasta la calle.

Hatsumono no volvió a la *okiya* en toda la noche. Cuando regresó al día siguiente olía como si se hubiera pasado la noche entera vomitando, y llevaba el pelo todo alborotado. Mamita la mandó llamar de inmediato a su habitación y estuvo largo rato hablando con ella.

Unos días después, Hatsumono abandonó la *okiya*, vestida con un sencillo kimono de algodón que Mamita le había dado y con el pelo como yo nunca se lo había visto, suelto sobre los hombros. Llevaba una bolsa con sus pertenencias y sus joyas; se marchó sin despedirse de nadie: sencillamente salió a la calle y no volvió. No se fue por voluntad propia. Mamita la había echado. Y, en realidad, Mameha era de la opinión que Mamita llevaba años queriendo deshacerse de ella. No sé lo que habrá de cierto en todo esto, pero estoy segura de que a Mamita le encantó tener una boca menos que alimentar, pues Hatsumono ya no ganaba lo que había ganado en tiempos, y cada vez era más difícil encontrar alimentos.

De no haber sido conocida por su maldad, alguna otra *okiya* habría querido a Hatsumono, incluso después de lo que le había hecho a Shojiro. Pero era peligrosamente desconcertante y cualquier cosa podía ponerla agresiva. Todo el mundo en Gion lo sabía.

No sé lo que sería de ella. Unos años después de la guerra, oí que estaba de prostituta en el distrito de Miyagawa-cho. No pudo estar allí mucho tiempo, porque la noche que lo oí, un hombre de la fiesta en la que yo estaba de compañía juró que si Hatsumono estaba de prostituta, él la encontraría y le daría un trabajo. Y fue a buscarla, pero no pudo dar con ella. Probablemente terminó matándola la bebida. No habría sido la primera geisha a la que le sucediera esto.

Así como una persona termina acostumbrándose a tener una pierna enferma, así también nos habíamos acostumbrado en la *okiya* a soportar a Hatsumono. Creo que no fuimos conscientes de todas las formas en las que nos había hecho sufrir su presencia hasta mucho después de que se fuera, cuando poco a poco empezaron a sanar todas las heridas que estaban abiertas sin que siquiera nos percatáramos de ello. Aunque estuviera durmiendo en su cuarto, las criadas sabían que Hatsumono estaba allí y que en algún momento, antes de que acabara el día, las insultaría. Vivían con una tensión parecida a cuando uno camina sobre un estanque helado sabiendo que la capa de hielo puede romperse en cualquier momento. En cuanto a Calabaza, creo que se había acostumbrado a depender de su hermana mayor y se sentía extrañamente perdida sin ella.

Yo ya era el principal activo de la *okiya*, pero incluso a mí me llevó algún tiempo arrancar las extrañas costumbres que habían arraigado en mi persona por culpa de Hatsumono. Todavía bastante tiempo después de que se hubiera ido, siempre que un hombre me miraba extrañado, me seguía preguntando si ella le habría contado algo malo de mí. Siempre que subía al segundo piso de la *okiya*, no levantaba la vista del suelo por miedo a que Hatsumono estuviera esperándome en el rellano deseosa de que apareciera para denigrarme de un modo o de otro. Innumerables veces, al llegar arriba, levantaba la vista al recordar de pronto que no había Hatsumono, ni la volvería a haber. Sabía que se había ido para siempre, pero la misma soledad del rellano parecía sugerir algo de su presencia. Incluso ahora, de vieja, a veces, cuando levanto la cubierta bordada del espejo del tocador, siento un breve escalofrío al pensar que podría verla allí reflejada, sonriendo burlonamente.

Veintiocho

En Japón, llamamos *kurotani*, "el valle de las tinieblas", a los años comprendidos entre la Depresión y la II Guerra Mundial. Como suele suceder, en Gion no lo pasamos tan mal como en otras partes del país. Durante los años treinta prácticamente todos los japoneses vivían en un valle de tinieblas, cuando en Gion todavía nos calentaba un poco el sol. Y no creo que sea necesario explicar por qué: las mujeres que son amantes de miembros del gobierno o de altos cargos de la marina son receptoras de buena suerte, y pasan esa buena suerte a los que tienen alrededor. Se podría decir que Gion era como un lago de alta montaña alimentado por caudalosos torrentes. En algunas partes del lago caía más agua que en otras, pero, en cualquier caso, toda el agua que caía subía el nivel general del lago.

Gracias al General Tottori, nuestra *okiya* era uno de los lugares en los que caía más agua. Las cosas empeoraban a nuestro alrededor conforme pasaban los años, y, sin embargo, mucho después de que hubiera empezado a haber racionamientos, nosotras seguíamos recibiendo suministros regulares de alimentos, té, tejidos e incluso algunos productos de lujo, como chocolate. Podríamos haber cerrado las puertas y habernos guardado estas cosas para nosotras, pero Gion no es ese tipo de lugar. Mamita repartía gran parte de ellas y lo consideraba bien gastado, no porque fuera una mujer especialmente generosa, sino porque éramos todas como arañas amontonadas en la misma tela. De vez en cuando alguna persona venía pidiendo ayuda, y cuando podíamos la dábamos de buen grado. En el otoño de 1941, por ejemplo, la policía militar descubrió a una criada que llevaba diez veces más cupones de racionamiento de los que correspondían a su *okiya*. La dueña de ésta nos la envió para que la escondiéramos en un lugar seguro hasta que pudieran sacarla de la ciudad y llevarla al campo. Todas las *okiyas* de Gion atesoraban cupones; cuanto mejor era la *okiya*, más cupones tenía. Nos enviaron a nosotros la criada porque el General Tottori había dado instrucciones a la policía militar de que nos dejaran en paz. Conque, como puede verse, incluso en ese lago de montaña que era Gion, nosotros éramos los peces que nadábamos en el agua más cálida.

A medida que las tinieblas se adueñaban del resto del país, también nosotras íbamos teniendo menos luz, hasta que finalmente llegó el día en que nos quedamos a oscuras. Sucedió de pronto, una tarde de diciembre de 1942, unas semanas antes de Año Nuevo. Yo estaba desayunando, o al menos, tomando mi primera comida del día, porque había estado ayudando a preparar la *okiya* para las celebraciones de Año Nuevo, cuando oí una voz masculina en el portal. Pensé que sería alguien que venía a entregar algo, así que seguí comiendo, pero un momento después la criada me interrumpió para decirme que había un policía militar en la puerta preguntando por Mamita.

—¿Un policía militar? —le pregunté—. Dile que Mamita no está.

—Ya se lo he dicho, señora. Dice que entonces quiere hablar con usted.

Cuando llegué al portal, encontré al policía quitándose las botas. Probablemente la mayoría de la gente se habría sentido liberada al ver que tenía todavía la pistola en la pistolera, pero, como digo, nuestra *okiya* había vivido de forma muy diferente hasta ese momento. Antes, cualquier policía nos habría pedido más disculpas si cabe que cualquier otra visita, pues sabía que su presencia nos alarmaría. Pero cuando lo vi tirando de las botas, me di cuenta de que ésa era su manera de decirme que pensaba entrar lo invitara o no.

Le saludé con una reverencia, pero él me miró de soslayo como si tuviera cosas más importantes que resolver y me dejara para luego. Finalmente se subió los calcetines, se bajó la gorra y, avanzando por el portal, dijo que quería ver nuestra huerta. Así tal cual, sin pedir disculpas por las molestias que pudiera causarnos. A esas alturas de la guerra prácticamente en todas las casas de Kioto, y probablemente del resto del país, habían convertido sus jardines ornamentales en huertas. Todas las casas, salvo la nuestra, claro está. El General Tottori nos proporcionaba alimentos suficientes para que no tuviéramos que arar el jardín y pudiéramos seguir disfrutando del musgo y de las flores y del pequeño arce que adornaba una de las esquinas. Como era invierno, esperaba que el policía mirara sólo los trozos de tierra en los que se había helado la vegetación, y se imaginara que habíamos plantado calabazas y batatas entre las plantas decorativas. Así que después de acompañarlo hasta el patio no dije ni palabra; lo observé mientras se arrodillaba y palpaba la tierra. Supongo que quería ver si había sido cavada antes de ser plantada.

Estaba tan desesperada buscando algo que decir que solté lo primero que se me pasó por la cabeza.

—¿Verdad que la escarcha recuerda a la espuma del mar? —no me respondió, sino que se limitó a ponerse en pie y a preguntarme qué vegetales habíamos plantado—. Oficial —le dije—. Lo siento mucho, pero la verdad es que no hemos tenido la oportunidad de plantar ninguno. Y ahora que la tierra está tan dura y helada...

—Sus vecinos tienen razón en lo que dicen —me espetó, quitándose la gorra—. Se sacó del bolsillo un trozo de papel y empezó a leer la larga lista de fechorías que había cometido nuestra *okiya*. Ni tan siquiera las recuerdo todas: acumular telas de algodón, no entregar los objetos de metal y de caucho necesarios para la guerra, hacer mal uso de los cupones de racionamiento, y otras muchas cosas por el estilo. Es cierto que habíamos hecho todo aquello, como lo habían hecho el resto de las *okiyas* de Gion. Nuestro delito, supongo, es que habíamos tenido más suerte que otras, y habíamos logrado sobrevivir en mejor forma que la mayoría.

Por suerte para mí, Mamita regresó en ese momento. No pareció sorprendida de encontrar allí a la policía militar; y, de hecho, trató al agente con más cortesía de la que le había visto dispensar a nadie. Le condujo a la sala y le sirvió una taza del té ilícitamente conseguido que teníamos. Había cerrado la puerta, pero los oí hablar largo rato. En un momento que Mamita salió a buscar algo, me llevó aparte y me dijo:

—El General Tottori está bajo custodia desde hoy. Date prisa en esconder nuestras mejores cosas o mañana no nos quedará nada.

Allá en Yoroido me iba a bañar en los frescos días de primavera, y luego me tumbaba en las rocas a absorber el calor del sol. Si, como solía suceder, el sol se ocultaba de repente tras una nube, el aire frío envolvía mi piel como si me echaran encima una plancha de metal.

Esa misma sensación tuve en el portal de la *okiya* cuando me enteré de la desgracia del general. Era como si el sol hubiera desaparecido, tal vez para siempre, y ahora estuviera condenada a quedarme mojada y desnuda en aquel gélido aire. Una semana después nuestra *okiya* había sido despojada de todas las cosas que otras familias habían perdido ya hacía tiempo, tales como los alimentos almacenados y las ropas. Desde el principio le habíamos proporcionado a Mameha paquetes de té, que ella había utilizado para comprar favores. Pero ahora su suministro era mejor que el nuestro, y era ella la que nos lo proporcionaba a nosotras. Hacia el final de ese mismo mes, la asociación vecinal empezó a confiscar muchas de nuestras cerámicas y pergaminos para venderlos en lo que nosotros denominábamos "mercado gris", que no era lo mismo que el mercado negro. El mercado negro era para artículos como el combustible, alimentos, metales, etcétera, en su mayoría artículos que estaban racionados o con los que era ilegal comerciar. El mercado gris era más inocente; eran fundamentalmente amas de casa vendiendo sus cosas más valiosas para conseguir dinero. En nuestro caso, sin embargo, nuestras cosas fueron vendidas más por castigarnos que por cualquier otra cosa, de modo que el dinero fue a parar a otras manos. La presidenta de la asociación de vecinos, que era la dueña de una *okiya* cercana, lo lamentaba muchísimo cada vez que venía a llevarse cosas nuestras. Pero recibía órdenes de la policía militar, y nadie se atrevía a desobedecer.

Si los primeros años de la guerra habían sido como una excitante excursión por el mar, podríamos decir que hacia mediados del año 1943, todos los tripulantes nos habíamos dado cuenta de que las olas eran demasiado grandes para nuestra embarcación. Pensamos que nos ahogaríamos todos; y muchos se ahogaron. No se trataba solamente de que la vida cotidiana se iba volviendo cada vez más difícil de soportar, sino que además creo que todos empezábamos a preocuparnos por el resultado de la guerra. Se habían acabado todas las diversiones; y mucha gente parecía pensar que era poco patriótico incluso pasar un buen rato. Lo más próximo a un chiste que oí durante todo ese periodo fue algo que la geisha Raiha dijo una noche. Llevábamos meses oyendo rumores de que el gobierno militar proyectaba cerrar todos los distritos de geishas de Japón; posteriormente empezamos a darnos cuenta de que iba a suceder. Nos preguntábamos qué iba a ser de nosotras, cuando de pronto va Raiha y dice:

—No perdamos el tiempo pensando en esas cosas. Nada es más triste que el futuro, salvo, quizá, el pasado.

Puede que hoy no suene para nada divertido; pero aquella noche nos reímos hasta que se nos saltaron las lágrimas. Un día, tal vez no mucho después, se cerrarían los distritos de geishas. Y no teníamos la menor duda de que cuando así fuera, acabaríamos trabajando en las fábricas. Para que te hagas una idea de cómo era la vida en las fábricas, te contaré de Korin, la amiga de Hatsumono.

Durante el invierno anterior, la catástrofe que todas las geishas más temíamos le sucedió a Korin. La criada que preparaba el baño en su *okiya* había intentado quemar periódicos para calentar el agua, pero perdió el control del fuego. Toda la *okiya* quedó destrozada por las llamas, junto con la colección de kimonos. Korin terminó trabajando en una fábrica al sur de la ciudad; su trabajo consistía en colocar las lentes en los equipos utilizados para bombardear desde el aire. De vez en cuando venía por Gion, y conforme pasaban los meses nos íbamos horrorizando de cómo había cambiado. No era sólo que cada vez pareciera más desgraciada —todas habíamos sufrido desgracias y estábamos preparadas para ellas, en cualquier caso—, sino que además tenía una tos que parecía formar parte de su persona tanto como el canto forma parte de la vida de los pájaros; y tenía la piel manchada como si se hubiera sumergido en tinta, pues el carbón que se utilizaba en las fábricas era de muy baja calidad y cubría todo de hollín al quemarse. A la pobre Korin la obligaban a trabajar dos turnos seguidos, con un cuenco de caldo y un poco de pasta una vez al día por toda comida, o una gachas de arroz cocidas con monda de patata para darles sabor.

Así que no es de extrañar que nos aterrara la idea de las fábricas. Cada día que al despertar nos encontrábamos con que todavía no habían cerrado Gion, nos sentíamos agradecidas.

Entonces, una mañana de enero del año siguiente estaba haciendo cola bajo la nieve frente al almacén del arroz, con mis cupones en la mano, cuando el tendero de al lado asomó la cabeza por la puerta y gritó a los que esperábamos al frío de la calle:

—¡Ya está!

Nos miramos unas a otras. Yo estaba demasiado entumecida de frío para que me importara lo que decía, pues sólo llevaba un chal cubriendo mis ropas de campesina; ya nadie se ponía kimono durante el día. Finalmente, la geisha que estaba delante de mí se quitó los copos de nieve que se le habían posado en las cejas y le pregunto de qué estaba hablando.

—No habrá terminado la guerra, ¿no? —dijo.

—El gobierno acaba de anunciar el cierre de los distritos de geishas —respondió el hombre—. Tenéis que presentaros todas mañana en el Registro de Gion.

Durante un rato seguimos oyendo el sonido de la radio dentro de su tienda. Luego la puerta volvió a cerrarse, y ya no se oyó nada más, salvo el sordo siseo de la nieve. Vi la desesperación en las caras de todas las geishas que me rodeaban y supe al instante que todas estábamos pensando lo mismo: ¿Qué hombre de todos los que conocíamos podría salvarnos de la vida en la fábrica?

Aunque el General Tottori había sido mi *danna* hasta el año anterior, yo no era la única geisha que lo conocía. Tenía que llegar a él antes de que lo hiciera otra. No estaba adecuadamente vestida para aquel tiempo, pero me metí los cupones de racionamiento en el bolsillo de los pantalones de campesina que llevaba y me puse inmediatamente en camino hacia el noroeste de la ciudad. Se decía que el general vivía en la Hospedería Suruya, la misma en la que nos habíamos encontrado dos noches a la semana durante tantos años.

Llegué allí una hora después, más o menos, congelada de frío y cubierta de nieve. Pero cuando saludé a la propietaria, ésta me miró largamente antes de disculparse con una inclinación de cabeza y decirme que no tenía ni idea de quién era yo.

—Soy yo, señora... ¡Sayuri! He venido a hablar con el general.

—¡Sayuri-san! Nunca pensé que te vería algún día con esta pinta de campesina.

Enseguida me hizo entrar, pero no me condujo al general hasta que no me vistió con uno de sus kimonos. Incluso me puso un poco de maquillaje que había guardado, de modo que el general me reconociera al verme.

Cuando entramos en su cuarto, el General Tottori estaba sentado en la mesa escuchando una novela en la radio. Llevaba desatado el batín de algodón, dejando al descubierto su enjuto torso cubierto de unos pelillos grises. Me di cuenta de que sus dificultades del año anterior habían sido mucho peores que las mías. Después de todo, había sido acusado de crímenes horribles —negligencia, incompetencia, abuso de poder y otras cosas horrorosas—. Mucha gente lo consideraba afortunado por haber podido librarse de la cárcel. Un artículo aparecido en una revista incluso le hacía responsable de las derrotas de la Armada Imperial en el Pacífico Sur, con el argumento de que no había supervisado debidamente el embarco de las provisiones. Pero algunos hombres soportan las dificultades mejor que otros, y con mirar al general me bastó para darme cuenta de que el peso del año anterior le había hundido hasta tal punto que sus huesos se habían vuelto quebradizos e incluso su cara parecía un poco deforme. En el pasado siempre olía a encurtidos agrios. Ahora, al inclinarme en las esteras a su lado, percibí un tipo diferente de amargor.

—¡Qué buen aspecto tiene, general! —dije sabiendo que mentía—. ¡Qué placer volver a verlo!

El general apagó la radio.

—No eres la primera que viene a verme —dijo—. No puedo hacer nada por ti, Sayuri.

—¡Pero si me he apresurado a venir! Es imposible que nadie haya llegado antes que yo.

—Hace ya una semana que prácticamente han venido a verme todas las geishas que he conocido en mi vida, pero ya no tengo amigos en el poder. Y, además, no sé por qué una geisha de tu nivel viene a mí. Tú les gustabas a tantos hombres con mucha más influencia que yo.

—Gustar a alguien y tener verdaderos amigos que te ayuden son dos cosas muy distintas —dije yo.

—Pues sí que lo son. ¿Qué tipo de ayuda quieres que te dé yo?

—Cualquiera, general. En Gion sólo se habla del horror de la vida en las fábricas.

—Algunas tendrán la suerte de comprobarlo. El resto ni siquiera sobrevivirá para ver el final de la guerra.

—No le entiendo.

—No tardaremos en ser bombardeados —respondió el general—. Puedes estar segura de que la fábricas sufrirán lo suyo. Si quieres seguir viva al terminar la guerra, lo mejor que puedes hacer es encontrar a alguien que quiera esconderte en un lugar seguro. Siento no poder ser esa persona. Ya he agotado todas mis influencias.

El general se interesó por la salud de Mamita y de la Tía, y no tardó en despedirme. Sólo mucho más tarde supe lo que quería decir con haber agotado todas sus influencias. La propietaria de la hospedería tenía una hija: el general había conseguido enviarla al norte de Japón.

En el camino de regreso a la *okiya*, supe que había llegado el momento de actuar; pero no se me ocurría qué hacer. Incluso la sencilla tarea de mantener el pánico a un metro de distancia me parecía más de lo que podía hacer. Me pasé por el apartamento en el que vivía entonces Mameha, pues hacía unos meses que había dejado de ser la amante del barón y se había trasladado a un espacio mucho menor. Pensaba que ella sabría qué hacer, pero, en realidad, estaba tan asustada como yo.

—El barón no hará nada por ayudarme —dijo, pálida de preocupación—. No he podido llegar a los otros hombres que tengo en mente. A ver si a ti se te ocurre alguno, Sayuri, y lo encuentras lo antes posible.

Hacía más de cuatro años que no había tenido contacto con Nobu. Sabía que no podía abordarlo. En cuanto al Presidente... bueno, me hubiera agarrado a cualquier excusa con tal de hablarle, pero nunca le habría pedido un favor. Por cariñoso que fuera conmigo cuando me encontraba en los vestíbulos de las casas de té, nunca me invitaba a sus fiestas, ni siquiera cuando acudían geishas de un nivel inferior al mío. Esto me dolía, pero ¿qué podía hacer? En cualquier caso, aun cuando hubiera querido ayudarme, el Presidente no lo habría tenido fácil: últimamente habían aparecido en todos los periódicos sus disputas con el gobierno militar. Ya tenía demasiados problemas por su cuenta.

Así que pasé el resto de la tarde yendo, en medio de aquel frío espantoso, de casa de té en casa de té y preguntando por toda una serie de hombres que hacía semanas o incluso meses que no había visto. Nadie sabía dónde encontrarlos.

Aquella noche, en la Casa de Té Ichiriki había varias fiestas de despedida. Era fascinante ver de qué formas tan distintas reaccionaban las diferentes geishas frente a las noticias. En algunos casos parecía que habían sido asesinadas junto con su buen humor; otras parecían estatuas de Buda, tranquilas y encantadoras, pero con una capa de tristeza pintada en sus caras. No puedo decir cuál era mi aspecto, pero mi mente era como un ábaco. Estaba tan ocupada planeando y maquinando —pensando a qué hombre dirigirme y cuándo—, que apenas oí a la camarera que vino a avisarme de que querían verme en otra sala. Me imaginé que un grupo de hombres habría solicitado mi compañía; pero la camarera me hizo subir al segundo piso y luego me condujo por un largo pasillo hasta la parte posterior del edificio. Abrió la puerta de una pequeña habitación cubierta de tatami en la que yo no había entrado nunca. Y allí, solo frente a un vaso de cerveza, estaba sentado Nobu.

Antes de poder saludarlo yo con una reverencia, dijo él:

—Sayuri-san, ¡me has decepcionado!

—No he podido gozar del honor de su compañía en cuatro años, Nobu-san, y ahora en un instante le decepciono. ¿Podría saber qué error he cometido con semejante prontitud?

—Me había apostado conmigo mismo que te quedarías boquiabierta al verme.

—La verdad es que la sorpresa me ha paralizado.

—Entra y deja que la camarera cierre la puerta. Pero antes, dile que traiga otro vaso y otra cerveza. Hay algo por lo que tenemos que brindar tú y yo.

Hice lo que Nobu me decía, y luego me arrodillé en una cabecera, dejando la esquina de la mesa entre nosotros. Sentía los ojos de Nobu en mi cara casi como si me estuviera acariciando. Me ruboricé, como se puede ruborizar uno con el calor del sol, pues me había olvidado de lo halagador que era que te admiraran.

—Veo unas angulosidades en tu cara que no se veían antes —me dijo—. No me digas que pasas hambre como todo el mundo. No esperaba que te sucediera a ti.

—Nobu-san también parece un poco más delgado.

—Tengo comida de sobra; lo que no me sobra es el tiempo para comerla.

—Me alegro de que esté tan ocupado.

—Eso es lo más extraño que he oído en mi vida. Cuando ves a un hombre que ha conseguido sobrevivir esquivando las balas, ¿te alegras de que haya tenido algo en lo que ocupar su tiempo?

—Espero que Nobu-san no esté queriendo decir *realmente* que teme por su vida...

—No me espera nadie fuera para matarme, si es eso lo que quieres decir. Pero si la Compañía Eléctrica Iwamura es mi vida, entonces sí, entonces sí que temo por ella. Ahora dime: ¿qué pasó con ese *danna* tuyo?

—El general se encuentra tan bien como el resto de nosotros, supongo. Muy amable por su parte de interesarse.

—¡Vaya! ¡No pretendía en absoluto ser amable!

—Muy poca gente parece tenerle simpatía últimamente. Pero para cambiar de tema, Nobu-san, ¿he de suponer que ha estado viniendo noche tras noche a la Casa de Té Ichiriki y se ha escondido de mí en este extraño altillo?

—Es un cuarto peculiar, ¿verdad? Creo que es el único de todo el inmueble que no tiene vista al jardín. Da directamente a la calle; sube el estor y compruébalo, si quieres.

—Nobu-san conoce bien la habitación.

—No, realmente, no. Es la primera vez que la uso.

Puse cara de no creerlo.

—Piensa lo que quieras, Sayuri, pero es cierto que nunca había estado en esta habitación. Creo que es un cuarto de huéspedes. La dueña ha tenido la amabilidad de ofrecérmelo cuando le he explicado a lo que había venido.

—Qué misterioso... Así que ha venido con un objetivo en mente. ¿Puedo descubrir cuál es?

—Oigo acercarse a la camarera con nuestra cerveza —dijo Nobu—. Lo sabrás cuando se retire.

La puerta se abrió, y la camarera dejó la cerveza sobre la mesa. La cerveza era un artículo escaso durante aquellos años, de modo que ver llenarse el vaso con el líquido dorado era emocionante. Cuando la camarera se fue, elevamos nuestros vasos, y Nobu dijo:

—¡He venido a brindar por tu *danna*!

Bajé el vaso al oír esto.

—He de decir, Nobu-san, que, pese a todo, hay unas cuantas cosas por las que cualquiera de los dos podríamos brindar. Pero me llevaría semanas llegar a imaginarme por qué querría usted beber en honor de mi *danna*.

—Debería haber sido más concreto. ¡Por la estupidez de tu *danna*! Hace cuatro años te dije que era un hombre que no merecía la pena, y el tiempo me ha dado la razón. ¿No crees?

—La verdad es que... ya no es mi *danna*.

—¡Mejor me lo pones! Y aunque lo fuera tampoco podría hacer nada por ti, ¿no? Sé que van a cerrar Gion, y todo el mundo está asustado. Hoy me ha llamado a la oficina una geisha..., no diré su nombre..., pero puedes imaginártelo, ¿no? Me pedía si le podía dar un trabajo en la compañía.

—¿Y qué le respondió usted, si se puede preguntar?

—No tengo trabajos para nadie, ni siquiera para mí. Incluso el Presidente puede quedarse sin trabajo pronto y terminar en prisión si no hace lo que le ordena el gobierno. Les ha convencido de que no tenemos los medios para fabricar bayonetas y cascos de bala, ¡pero ahora quieren que diseñemos y construyamos aviones de combate! ¿Cómo vamos a fabricar aviones de combate si lo nuestro son los electrodomésticos? A veces me pregunto en qué estará pensando esa gente.

—Nobu-san debería hablar más bajo.

—¿Quién podría oírme? ¿Tu general?

—Hablando del general —dije yo—. Efectivamente fui a verlo hoy para pedirle ayuda.

—Tuviste suerte de encontrarlo todavía con vida.

—¿Es que ha estado enfermo?

—No, enfermo, no. Pero terminará quitándose la vida un día de estos, si tiene valor para hacerlo.

—Por favor, Nobu-san.

—No te ayudó, ¿no?

—No. Dijo que ya había agotado todas sus influencias.

—No habrá tardado mucho en hacerlo. ¿Por qué no reservó para ti la influencia que pudiera tener, por poca que fuera?

—Hacía más de un año que no lo veía.

—Y a mí hacía más de cuatro años que no me veías. Y yo he reservado mi mejor baza para ti. ¿Por qué no viniste a buscarme antes?

—Me imaginaba que estaba enfadado conmigo. Mírese, Nobu-san. ¿Cómo me iba a atrever a venir a verlo?

—¿Por qué no? Puedo librarte de la fábrica. Tengo acceso a un auténtico paraíso. Créeme que es perfecto, para los tiempos que corren; como el nido para un pájaro. Y tú eres la única a la que se lo ofrezco, Sayuri. Y ni siquiera a ti te lo ofreceré si no te inclinas ahora mismo aquí delante de mí y admites el error que cometiste hace cuatro años. ¡Tienes razón en decir que estoy enfadado contigo! Puede que no volvamos a vernos. Puede que haya perdido mi única oportunidad. No te contentaste con apartarme de tu lado, sino que además malgastaste los mejores años de tu vida con un estúpido, un hombre que no va a pagar las deudas que tiene con el país, cuanto menos las que tiene contigo. ¡Y sigue viviendo como si no hubiera hecho nada malo!

Es fácil imaginar cómo me sentí después de oír todo esto; pues Nobu era un hombre que podía arrojar sus palabras como si fueran piedras. No eran sólo las palabras o lo que significaban, sino su forma de decirlas. Al principio había decidido que no iba a llorar, dijera lo que dijera; pero enseguida se me ocurrió que tal vez lo que quería Nobu era verme llorar. Y eso era tan fácil como dejar que una hoja de papel se te escape de entre los dedos. Cada lágrima que rodaba por mis mejillas respondía a algo diferente. ¡Había tanto por lo que llorar! Lloraba por Nobu y por mí; lloraba al pensar qué sería de todos nosotros; incluso lloraba por el General Tottori, y por Korin, que estaba cada vez más gris y con los ojos más hundidos por la vida en la fábrica. Y luego hice lo que me pedía Nobu. Me aparté de la mesa para dejar espacio e hice una profunda reverencia, hasta tocar el suelo.

—Le pido perdón por la tontería que cometí.

—Venga, levántate ya. Me basta con que me digas que no volverás a hacerlo.

—No volveré a hacerlo.

—Malgastaste todos los momentos que pasaste con ese hombre. Te advertí de lo que pasaría, ¿no? Tal vez te has aprendido la lección, y en el futuro seguirás tu destino.

—Seguiré mi destino, Nobu-san. No espero nada más de la vida.

—Me alegra oírtelo decir. ¿Y adónde te conducirá tu destino?

—Hasta el hombre que dirige la Compañía Eléctrica Iwamura —dije, pensando, claro está, en mi Presidente.

—Y así será —dijo Nobu—. Ahora bebamos.

Me humedecí los labios —pues estaba demasiado confusa y triste para tener ganas de beber—. Luego Nobu me habló del nido que había reservado para mí. Era la casa de su buen amigo Arashino Isamu, el creador de kimonos. No sé si te acordarás de él, pero era el invitado de honor en la fiesta que había dado el barón en su hacienda años antes, a la que asistieron Nobu y el Doctor Cangrejo. La casa del Señor Arashino, que era también su taller, estaba a orillas del Kamo, a unos cinco kilómetros de Gion, río arriba. Hasta hacía pocos años, él, su esposa y su hija se habían dedicado a hacer kimonos en el encantador estilo Yuzen que le había hecho famoso. Últimamente, sin embargo, todos los fabricantes de kimonos habían recibido la orden de hacer paracaídas, pues, al fin y al cabo, estaban acostumbrados a trabajar con las sedas. Era un trabajo que no me costaría aprender, dijo Nobu, y la familia Arashino estaba contenta de tenerme con ellos. El propio Nobu arreglaría los papeles con las autoridades. Escribió la dirección del Señor Arashino en un trozo de papel y me lo dio.

Le di repetidamente las gracias. Y cada vez que le decía lo agradecida que le estaba, Nobu parecía más contento consigo mismo. Y cuando estaba a punto de proponerle que diéramos un paseo sobre la nieve recién caída, consultó su reloj y apuró el último sorbo de cerveza.

—Sayuri —me dijo—. No sé cuándo volveremos a vernos o cómo será el mundo cuando lo hagamos. Puede que los dos hayamos visto muchas atrocidades para entonces. Pero siempre que necesite recordar que en el mundo hay belleza y bondad pensaré en ti.

—¡Nobu-san! ¡Tendría que haber sido poeta!

—Sabes perfectamente bien que no hay nada poético en mí.

—¿Significan sus encantadoras palabras una despedida? Esperaba que diéramos un paseo juntos.

—Hace demasiado frío. Pero puedes acompañarme a la puerta y nos despediremos allí.

Le seguí por las escaleras y al llegar al portal de la casa de té, me agaché para ayudarlo a calzarse. Luego yo misma introduje los pies en los altos *geta* de madera que llevaba para protegerme de la nieve y acompañé a Nobu hasta la calle. Años antes, le habría estado esperando un coche fuera, pero en los tiempos que corrían sólo los oficiales del ejército iban en coche, pues nadie podía encontrar la gasolina necesaria. Le sugerí acompañarlo hasta el tranvía.

—No quiero que me acompañes ahora —me respondió Nobu—. He de reunirme dentro de un rato con nuestro distribuidor. Ya tengo demasiadas cosas en la cabeza.

—He de decir, Nobu-san, que me gustaron más las palabras de despedida que me dijo antes de salir de la habitación.

—En ese caso, la próxima vez, quédate allí.

Le hice una reverencia de despedida. La mayoría de los hombres habrían vuelto la cabeza en un momento u otro; pero Nobu avanzó trabajosamente sobre la nieve hasta llegar a la esquina, giró en la Avenida Shijo y desapareció. Tenía en la mano el trozo de papel con la dirección del Señor Arashino. Me di cuenta de que lo estaba estrujando de tal modo que si se lo hubiera podido exprimir habría salido jugo. No sabía por qué me sentía tan nerviosa y asustada. Pero tras quedarme absorta mirando caer la nieve, observé las profundas huellas de Nobu extendiéndose hasta la esquina, y entonces supe lo que me perturbaba de tal modo. ¿Cuándo volvería a verlo? ¿O cuándo volvería a ver al Presidente? ¿O incluso cuándo volvería a Gion? Hacía muchos años, de niña, me habían arrancado de mi hogar. Supongo que fue el recuerdo de aquellos espantosos años lo que me hizo sentir tan sola.

Veintinueve

Cualquiera pensará que siendo una geisha joven y famosa, con gran cantidad de admiradores, alguien se habría ofrecido a salvarme aunque Nobu no lo hubiera hecho. Pero una geisha necesitada no tiene nada que ver con una joya tirada en la calle, que cualquiera estará encantado de agacharse a recoger. Todas y cada una de los cientos de geishas de Gion trataron durante esas semanas de encontrar un refugio donde pasar la guerra, pero sólo unas cuantas tuvieron la suerte de encontrarlo. De modo que cada día que pasaba en casa de Arashino me sentía un poco más en deuda con Nobu.

Durante la primavera del año siguiente descubrí lo afortunada que había sido realmente, cuando me enteré de que la geisha Raiha había muerto en uno de los bombardeos de Tokio. Había sido Raiha la que nos había hecho reír diciendo aquello de que nada era más triste que el futuro salvo tal vez el pasado. Tanto ella como su madre habían sido unas geishas muy prestigiosas, y su padre pertenecía a una rica familia de comerciantes. Si nos hubieran preguntado quién tenía más posibilidades de sobrevivir a la guerra, todas en Gion habríamos dicho que Raiha. Al parecer, en el momento de su muerte, se encontraba leyendo un libro a uno de sus sobrinitos en la hacienda que tenía su padre en el distrito de Denenchofu, en Tokio, y no me cabe la menor duda de que se sentía allí tan segura como lo había estado en Kioto.

Curiosamente, el mismo bombardeo que acabó con la vida de Raiha acabó también con la del gran luchador de sumo Miyagiyama. Ambos habían podido seguir llevando una vida relativamente confortable para los tiempos que corrían. Y, sin embargo, Calabaza, que a mí me había parecido tan abandonada, se las apañó para sobrevivir a la guerra, pese a que la fábrica de lentes en la que trabajaba fue bombardeada cinco o seis veces. Aquel año aprendí que no hay nada tan impredecible como quiénes sobreviven y quiénes no. Mameha sobrevivió, trabajando de auxiliar de enfermera en un pequeño Hospital de la Prefectura de Fukui; pero su doncella Tatsumi pereció en el terrible bombardeo de Nagasaki, y su vestidor, el Señor Itchoda murió de un infarto durante un ataque aéreo. El Señor Bekku, por su parte, trabajó en una base naval de Osaka y, sin embargo, sobrevivió. Como también sobrevivieron el General Tottori, que siguió viviendo en la Posada Suruya hasta su muerte, en los años centrales de la década de 1950, y el barón, aunque siento decir que éste último terminó quitándose la vida en su espléndido estanque, después de que lo despojaran de su título y de muchas de sus propiedades. No creo que pudiera enfrentarse a un mundo en el que ya no fuera totalmente libre para satisfacer todos sus caprichos.

Nunca se me pasó por la mente la idea de que Mamita no sobreviviría. Gracias a su inmensa capacidad para beneficiarse del sufrimiento de los demás, no tuvo ningún problema para trabajar en el mercado gris; de hecho, tanta naturalidad demostraba que parecía que llevara toda la vida dedicada a ello. Se pasó la guerra enriqueciéndose por el procedimiento de comprar y vender las joyas familiares de otra gente. Cuando el Señor Arashino se veía obligado a vender un kimono de su amplia colección porque necesitaba dinero, me pedía que contactara con Mamita para que ella se encargara de recuperarlo, pues muchos de los kimonos vendidos en Kioto pasaban por sus manos. El Señor Arashino probablemente esperaba que, tratándose de él, Mamita renunciaría a su beneficio y le guardaría los kimonos hasta que estuviera en situación de volver a comprarlos. Pero Mamita nunca pudo seguirles el rastro, o, al menos, eso es lo que nos decía.

La familia Arashino me trató con mucha amabilidad durante los años que viví en su casa. Durante el día, trabajaba con ellos cosiendo paracaídas. Por la noche, dormía junto a la hija y el nieto en unos futones extendidos en el suelo del taller. Teníamos tan poco carbón que quemábamos hojas secas, o periódicos o revistas; todo lo que encontrábamos. Por supuesto, la comida escaseaba aún más; no te imaginas lo que llegamos a comer: los posos de la soja, que normalmente se dan al ganado, y una cosa repugnante llamaba *nukapan*, que se hace friendo salvado de arroz con harina de trigo. Parecía cuero seco, pero estoy segura de que el cuero sabe mejor. Muy de cuando en cuando nos llegaban pequeñas cantidades de patatas y boniatos, mojama de ballena, salchichas de carne de foca y, a veces, sardinas, que en Japón siempre se han utilizado como abono. Adelgacé tanto durante esos años que nadie me habría reconocido en las calles de Gion. Algunos días el nietecito de la familia, Juntaro, lloraba de hambre, y entonces era cuando el Señor Arashino decidía vender uno de los kimonos de su excelente colección. Aquello era lo que los japoneses llamamos "vida de cebolla", nos íbamos despojando de una capa tras otra, sin parar de llorar todo el tiempo.

Una noche, en la primavera de 1944, cuando no llevaba viviendo con los Arashino más de tres o cuatro meses, sufrimos nuestro primer ataque aéreo. Era una noche tan clara que se veían las siluetas de los bombarderos que pasaban zumbando sobre nosotros; y también lo que entonces nos parecieron estrellas fugaces y que no era sino la artillería antiaérea disparada desde tierra, que explotaba junto a ellos. Temimos oír el espantoso silbido y ver estallar en llamas a nuestro alrededor la ciudad de Kioto. Y de haber llegado a suceder esto, nuestras vidas habrían acabado entonces, independientemente de que hubiéramos perecido o no, pues Kioto es tan delicada como las alas de una mariposa; si la hubieran aplastado, nunca se habría recuperado como lo hicieron Osaka o Tokio y tantas otras ciudades. Pero los bombarderos nos pasaron por alto, no sólo esa noche, sino muchas más. Muchas noches la luna estaba roja por los fuegos de Osaka y a veces había cenizas flotando en el aire, como hojas de otoño, incluso en Kioto, que está a cincuenta kilómetros de allí. Como se puede uno imaginar, yo estaba muy preocupada por Nobu y por el Presidente, cuya empresa estaba basada en Osaka y que tenían casa allí. También pensaba en qué habría sido de mi hermana Satsu. Creo que desde que había huido, en lo más profundo de mí, no había dejado de esperar que un día la vida volviera a reunirnos, aunque nunca lo había pensado conscientemente. Pensaba que tal vez me escribiría a la *okiya* Nitta o que volvería a Kioto a buscarme. Pero una tarde que había sacado a dar un paseo por el río al pequeño Juntaro, e íbamos cogiendo guijarros de la orilla y tirándolos al agua, comprendí claramente que Satsu nunca volvería a buscarme a Kioto. Al estar viviendo yo misma muy pobremente, me di cuenta de que viajar porque sí a una ciudad lejana estaba afuera de toda consideración. Y además, aunque llegara a venir, Satsu y yo no nos reconoceríamos si nos cruzáramos en la calle. Y con respecto a la fantasía de que me escribiera... bueno, ahí me veía como una chica estúpida. ¿O es que no me había llevado años enterarme de que Satsu no tenía forma de saber el nombre de la *okiya* Nitta? Aunque quisiera, no podría escribirme, a no ser que hubiera contactado al Señor Tanaka, y eso no lo haría nunca. Mientras Juntaro seguía tirando piedrecitas al agua, me agaché a su lado y me eché agua por la cara, sonriéndole para hacerle creer que lo hacía para refrescarme. Esta pequeña treta debió de funcionar, porque Juntaro no pareció darse cuenta de nada.

La adversidad es semejante a un vendaval. Y no me refiero sólo a que nos impida ir a lugares a los que de no ser por ella habríamos ido. También se lleva de nosotros todo salvo aquello que no se puede arrancar, de modo que cuando ha pasado nos vemos como realmente somos, y no como nos habría gustado ser. La hija del Señor Arashino, por ejemplo, sufrió la muerte de su marido durante la guerra, y tras ello se entregó a dos cosas: cuidar a su pequeño y coser paracaídas para los soldados. Parecía no importarle nada más. Conforme adelgazaba, sabía adónde iba cada gramo que perdía. Hacia el final de la guerra, se aferró a aquel niño, como si estuviera al borde de un precipicio y sólo él pudiera impedirle caer.

Como yo ya había pasado antes por la adversidad, lo que aprendí de mí misma entonces fue como un recordatorio de algo que supe en su día y que casi había olvidado, es decir, que bajo las ropas elegantes y el dominio de las artes de la danza, que bajo mi amena y sagaz conversación, mi vida no tenía ninguna complejidad, sino que era tan simple como una piedra que cae por su propio peso. Mi único objetivo durante los últimos diez años había sido ganarme el afecto del Presidente. Un día tras otro contemplaba los bajíos del río Kamo, que pasaba justo debajo del taller; y a veces echaba al agua un pétalo o una pajita, sabiendo que la corriente lo llevaría hasta Osaka antes de desaparecer en el mar. Me decía que tal vez el

Presidente podría asomarse una tarde a la ventana de su despacho y ver aquel pétalo o aquella pajita y, tal vez, pensar en mí. Pero no tardó en pasárseme una perturbadora idea por la cabeza: aunque era bastante poco probable, podría suceder que efectivamente el Presidente lo viera; pero aun así, aun cuando viendo pasar un pétalo por el río se reclinara en su asiento para pensar en las mil cosas que éste le evocaba, yo no sería una de ellas. Cierto era que había sido amable conmigo en muchas ocasiones; pero él era en general un hombre amable. Nunca había dado la más mínima señal de reconocer en mí a la niña que había consolado en el pasado o de percibir mi cariño o mi preocupación por él.

Un día llegue a una conclusión al respecto, más dolorosa aún en muchos sentidos que mi súbita comprensión de que no era muy probable que Satsu y yo volviéramos a encontrarnos. Había pasado la noche anterior dando rienda suelta a un perturbador pensamiento: por primera vez me atrevía a preguntarme qué pasaría si llegaba al final de mi vida y el Presidente seguía sin fijarse especialmente en mí. A la mañana siguiente estudié detenidamente mi horóscopo esperando encontrar algún signo de que no estaba viviendo una vida carente de todo sentido. Me sentía tan desanimada que incluso el Señor Arashino pareció darse cuenta y me envió a buscar agujas a la ferretería, que estaba a una media hora a pie. Cuando volvía andando a un lado de la carretera a la luz del sol poniente, por poco me atropella un camión del ejército. Fue lo más cerca que he estado nunca de morir. Sólo a la mañana siguiente reparé en que el horóscopo me había advertido en contra de viajar en esa dirección, la de la Rata, que era en la que estaba la ferretería; sólo buscaba signos relativos al Presidente y por eso no me había fijado en la advertencia. A partir de esa experiencia comprendí el peligro de centrarse sólo en lo que no está. ¿Qué pasaría si llegaba al final de mi vida y comprendía que la había pasado, día tras día, esperando a un hombre que nunca se me acercaría? Qué pena tan insufrible sería darme cuenta de que apenas había paladeado las cosas que había comido o visto los lugares en lo que había estado porque sólo podía pensar en él, incluso cuando la vida se me estaba escapando de las manos. Y, sin embargo, si dejaba de pensar en él, ¿qué vida me quedaría? Sería como una bailarina que se ha pasado ensayando desde la infancia una representación que nunca llegará a tener lugar.

La guerra acabó para nosotros en agosto de 1945. Cualquier persona que haya vivido en Japón en ese periodo podrá decirte que fue el momento más desolador de una noche larga y oscura. Nuestro país no sólo había sido derrotado, sino que también fue destruido, y con esto no me refiero sólo a las bombas, por espantosas que fueran. Cuando tu país ha perdido una guerra y el ejército invasor entra en masa, te sientes continuamente como si estuvieras en un campo de ejecución, esperando de rodillas con las manos atadas a la espalda a que caiga el sable sobre ti. Durante más de un año no oí reírse a nadie, salvo al pequeño Juntaro, que no sabía lo que hacía. Y cuando Juntaro se reía, su abuelo nos hacía un gesto con la mano para que le hiciéramos callar. He observado a menudo que los hombres y mujeres que fueron niños durante esos años, son especialmente serios; no oyeron reír mucho en su infancia.

Hacia la primavera de 1946, todos habíamos llegado a la conclusión de que superaríamos la prueba de la derrota. Incluso había quienes pensaban que Japón se renovaría. Todas esas historias sobre las violaciones y las matanzas por parte de los soldados americanos que entraron en el país no eran ciertas; y, de hecho, poco a poco nos fuimos dando cuenta de que los americanos en conjunto eran francamente amables. Un día pasó por nuestra zona un convoy de camiones llenos de soldados americanos. Los observé junto al resto de las mujeres del vecindario. Durante los años que había pasado en Gion, había aprendido a considerarme habitante de un mundo especial que me separaba del resto de las mujeres; de hecho, me sentía tan separada que durante todos aquellos años apenas me preguntaba cómo vivían las otras mujeres, incluso las mujeres de los hombres a los que divertía. Y mírame ahora, vestida con un par de pantalones de trabajo todos rotos y con mi hirsuto pelo cayéndome por la espalda. Hacía varios días que no me bañaba porque no teníamos combustible para calentar el agua más de unas pocas veces a la semana. A los ojos de los soldados americanos que pasaban en los camiones, yo no era diferente del resto de las mujeres que había a mi alrededor; y, pensándolo bien, ¿por qué iba a serlo? Si dejas de tener hojas y corteza y raíces, ¿seguirás diciendo que eres un árbol? "Soy una campesina", me decía para mis adentros, "ya no soy geisha". Me asustaba ver lo ásperas que tenía las manos. Para pensar en otra cosa, centré mi atención en los camiones cargados de soldados. ¿No eran aquellos los mismos soldados americanos que nos habían enseñado a odiar? ¿No eran ellos los que habían bombardeado nuestras ciudades con unas armas tan espantosas? Ahora atravesaban en camiones nuestro vecindario repartiendo golosinas a los niños.

Un año después de la rendición, al Señor Arashino habían conseguido animarlo para que volviera a hacer sus kimonos. Yo no sabía nada de kimonos, salvo cómo se llevan, de modo que me adjudicaron la tarea de atender las tinajas de los tintes que hervían en el sótano del anexo del taller, donde yo me pasaba los días. Era un trabajo espantoso, en parte porque todavía no podíamos permitirnos otro combustible que el *tadon*, que es un tipo de polvo de carbón aglutinado con alquitrán; no te puedes imaginar la peste que suelta al arder. Con el tiempo, la mujer del Señor Arashino me fue enseñando qué hojas, tallos y cortezas tenía que recoger para hacer yo misma los tintes, lo que era una especie de promoción laboral. Y lo podría haber sido, salvo que uno de esos materiales, nunca descubrí cuál, tenía la virtud de urticarme la piel. Mis delicadas manos de bailarina que yo había cuidado con las mejores cremas, empezaron a pelárseme como la cáscara marrón de una cebolla. Durante este tiempo, empujada probablemente por mi soledad, tuve un breve romance con un fabricante de tatamis llamado Inoue. Me parecía bastante guapo, con unas cejas que manchaban suavemente su delicada piel y una boca perfectamente regular. Todas las noches, durante varias semanas, yo salía furtivamente al anexo y le abría la puerta. No me había dado cuenta de lo espantosas que tenía las manos hasta una noche que el fuego de las cubetas ardía más vivo que nunca y nos vimos. Después de verme las manos, Inoue no me permitió volver a tocarle.

A fin de que mi piel pudiera recuperarse un poco, al llegar el verano el Señor Arashino me encomendó la tarea de recoger tradescantias, una planta cuyo jugo se emplea para pintar las sedas antes de almidonarlas y teñirlas. Suelen crecer en las orillas de los estanques y lagos durante la estación de las lluvias. Pensé que sería un trabajo agradable. Así que una mañana de julio me puse en camino con mi mochila a la espalda, dispuesta a disfrutar del día fresco y seco; pero no tardé en descubrir que estas plantas son maléficas. Parecía que todos los insectos de Japón fueran aliados suyos. En cuanto arrancaba unas cuantas no tardaba en ser atacada por divisiones de garrapatas y mosquitos; y lo que es aún peor, una vez pisé una asquerosa babosa. Después de pasar una semana recolectando flores, emprendí la tarea de exprimirlas para extraerles los jugos, algo que pensé que sería una tarea fácil. Pero eso sólo hasta que sientes el hedor que despiden. Al final de la semana estaba deseando volver a los tintes.

Durante aquellos años trabajé mucho. Pero todas las noches cuando me iba a la cama pensaba en Gion. Todos los distritos de geishas en Japón habían vuelto a abrir un año después de la rendición; pero yo no podía volver hasta que Mamita no me mandara llamar. Le iba estupendamente vendiendo kimonos, obras de arte y espadas japonesas a los soldados americanos. De modo que de momento, ella y la Tía pensaban quedarse en la pequeña granja al este de Kioto donde habían abierto una tienda, mientras que yo seguiría viviendo y trabajando con la familia Arashino.

Considerando que Gion estaba sólo a unos kilómetros, lo más normal es pensar que iba mucho. Sin embargo, en los casi cinco años que viví allí, sólo fui una vez. Fue una tarde de primavera, como un año después de acabada la guerra. Había ido a recoger la medicina del pequeño Juntaro al Hospital de la Prefectura de Kamigyo, y a la vuelta di un paseo por la Avenida Kawaramachi hasta la altura de la Avenida Shijo y allí crucé el puente hasta Gion. Me sorprendió ver a tantas familias viviendo pobremente hacinadas en la orilla del río.

En Gion reconocí a varias geishas, pero ellas, claro, no me reconocieron; y no hablé con ninguna, esperando poder recorrer el lugar como lo haría alguien que no es de allí. Pero, a decir verdad, no vi verdaderamente Gion en este paseo; sólo vi mis fantasmagóricos recuerdos. Recorriendo las orillas del Shirakawa, pensé en las muchas tardes que habíamos pasado Mameha y yo paseando por ellas. Muy cerca de allí estaba el banco en el que nos habíamos sentado Calabaza y yo con dos cuencos de pasta la noche que le había pedido ayuda. Y no muy lejos estaba el callejón en el que Nobu me había afeado por tomar de *danna* al general. Desde allí caminé medio bloque hasta la esquina de la Avenida Shijo, donde hice tirar las cajas que transportaba al joven repartidor. En todos esos lugares concretos me sentí como si estuviera en un escenario muchas horas después de terminado el espectáculo, cuando el silencio cae pesadamente sobre el teatro vacío, como un manto de nieve. Me acerqué a nuestra *okiya* y contemplé con nostalgia los cerrojos de hierro de la puerta. Cuando estaba allí encerrada deseaba estar fuera. Ahora la vida había cambiado tanto que, por el hecho de no poder entrar, quería volver a estar dentro. Y, sin embargo, era una mujer adulta, libre de alejarme cuando quisiera de Gion para no volver más.

Una fría tarde de noviembre, tres años después del final de la guerra, me estaba calentando las manos con el vapor que salía de las cubetas de los tintes, cuando la Señora Arashino entró en el anexo a decirme que una persona quería verme. Supe por su expresión que no se trataba de alguien del vecindario. Pero no te puedes imaginar mi sorpresa cuando al subir la escalera vi a Nobu. Estaba sentado en el taller con el Señor Arashino, con una taza de té vacía en la mano, como si ya llevara allí un rato charlando. El Señor Arashino se puso en pie al verme.

—Tengo cosas que hacer aquí al lado, Nobu-san —dijo—. Pueden quedarse aquí y charlar lo que quieran. Es un placer que haya venido a vernos.

—No se haga ilusiones, Arashino —contestó Nobu—. Sayuri es la persona que he venido a ver.

Pensé que Nobu no era muy amable diciendo aquello; y desde luego, no tenía nada de divertido, pero el Señor Arashino se echó a reír y cerró la puerta tras él al salir.

—Creía que el mundo ya no era el mismo —dije—. Pero no es así, pues Nobu-san no ha cambiado un ápice.

—Yo no cambio nunca —respondió—. Pero no he venido aquí a parlotear. Quiero saber qué te pasa.

—No me pasa nada. ¿Acaso Nobu-san no ha recibido mis cartas?

—Todas tus cartas parecen poemas. Nunca hablas de nada, salvo de "los hermosos arroyos que corren..." y otras tonterías por el estilo.

—¡Pero, Nobu-san! ¡No volveré a perder el tiempo en escribirle una carta!

—¡Para lo que cuentas, igual me da! ¿Por qué no puedes decirme las cosas que quiero saber, como cuándo piensas volver a Gion? Todos los meses telefoneo a la Casa de Té Ichiriki preguntando por ti, y la dueña me da una excusa u otra. Creía que te iba a encontrar horriblemente enferma. Estás más delgada, supongo, pero tienes buen aspecto. ¿Qué te retiene aquí?

—Todos los días pienso en Gion.

—Tu amiga Mameha regresó ya hace más de un año. Incluso Michizono, con lo vieja que es, apareció el día de la reapertura. Pero nadie ha podido decirme por qué no vuelve Sayuri.

—Si quiere que le diga la verdad, la decisión no es mía. Estoy esperando que Mamita vuelva a abrir la *okiya*. Tengo yo tantas ganas de volver a Gion como Nobu-san de verme allí.

—Entonces llama a esa Mamita tuya y dile que ya ha llegado el momento. Llevo seis meses esperando pacientemente. ¿Entendías lo que te decía en mis cartas?

—Cuando me decía que quería que volviera a Gion, entendía que esperaba verme por allí pronto.

—Cuando digo que quiero verte en Gion lo que quiero decir es que hagas las maletas y vuelvas a Gion. No entiendo por qué tienes que esperar a que vuelva esa mamá tuya. Si no ha tenido el buen juicio de volver todavía, es que es una estúpida.

—Poca gente habla bien de ella, pero le aseguro que estúpida sí que no es. Nobu-san incluso la admiraría si llegara a conocerla. Se está ganando estupendamente la vida vendiendo souvenirs a los soldados americanos.

—Los soldados no se quedarán para siempre. Dile que tu buen amigo Nobu quiere verte en Gion —y tras decir esto sacó un paquetito con su única mano y lo tiró delante de mí en la estera. Luego se calló, limitándose a mirarme mientras bebía su té.

—¿Qué me tira Nobu-san? —pregunté.

—Es un regalo que te he traído. Ábrelo.

—Si Nobu-san me hace un regalo, primero tengo que darle yo el mío.

Me dirigí a un rincón del taller donde tenía un baulito con mis pertenencias, y saqué un abanico que ya hacía tiempo había pensado darle a Nobu. Puede parecer que un abanico es muy poco regalo para el hombre que me libró de la vida en las fábricas, pero para las geishas, el abanico que utilizan en la danza es un objeto sagrado. Y éste no era un abanico sin más, sino que era el que me había regalado mi maestra cuando llegué al nivel *shisho* de danza Inoue. Nunca había oído de ninguna geisha que se hubiera separado de un objeto tal, y por eso había decidido dárselo.

Envolví el abanico en un trozo de algodón y se lo entregué. Se extrañó al abrirlo, como me había supuesto. Le expliqué lo mejor que pude por qué quería que lo tuviera él.

—Es muy amable por tu parte —dijo—, pero no me lo merezco. Dáselo a alguien a quien le guste la danza más que a mí.

—No se lo daría a nadie más. Forma parte de mí, y yo se lo he dado a Nobu-san.

—En ese caso te lo agradezco mucho y lo cuidaré. Ahora abre el paquete que te he traído.

Envuelta en papel y cordel y protegida con varias capas de hojas de periódico había una piedra del tamaño de un puño. Creo que yo me quedé tan sorprendida al ver aquella piedra como se había quedado Nobu al ver mi abanico. Cuando la examiné de cerca, me di cuenta de que no era una piedra, sino un trozo de hormigón.

—Lo que tienes en la mano es un trozo de escombro de nuestra fábrica de Osaka —me explicó Nobu—. Dos de nuestras fábricas han sido destruidas. Existe el peligro de que nuestra compañía no logre sobrevivir los próximos años. De modo que ya ves, si tú me dabas un trozo de ti con el abanico, supongo que yo te estoy dando también un trozo de mí.

—Si es un trozo de Nobu-san, lo cuidaré.

—No te lo he dado para que lo cuides. ¡Es un trozo de hormigón! Quiero que me ayudes a convertirlo en una hermosa joya que será para ti.

—Si Nobu-san sabe cómo hacerlo, no tiene más que decírmelo y todos seremos ricos.

—Tengo un trabajito para ti en Gion. Si sale como espero, en un año más o menos nuestra compañía volverá a estar en pie. Cuando te pida que me devuelvas ese trozo de cemento para sustituirlo por una joya, habrá llegado el momento de convertirme en tu *danna* —me quedé helada al oír estas palabras, pero no lo dejé ver.

—Qué misterioso, Nobu-san. ¿Un trabajo que podría hacer *yo* y que sería útil para al Compañía Iwamura?

—Es una tarea espantosa. No te mentiría. Durante los dos años anteriores al cierre de Gion, había un hombre llamado Sato que solía ir con frecuencia como invitado de las recepciones del Gobernador. Quiero que vuelvas a Gion y que lo acompañes —me reí al oírlo.

—¿Eso es una tarea espantosa? Por mucho que Nobu-san lo deteste, estoy segura de que he tenido que acompañar a peores hombres.

—Si lo recuerdas, sabrás exactamente lo espantoso que es ese hombre. Es irritante; se comporta como un cerdo. Me dijo que siempre se sentaba enfrente de donde tú estabas para poder mirarte. Sólo habla de ti; eso cuando habla, porque mayormente se limita a sentarse sin decir nada. Puede que lo hayas visto el mes pasado en las revistas, pues lo nombraron consejero del Ministro de Hacienda.

—¡Pues ya debe de ser listo! —exclamé yo.

—Bueno, no es para tanto. Hay por lo menos quince consejeros. Sé que bebe como una esponja; es lo único que le he visto hacer. ¡Es una tragedia que un hombre como éste pueda afectar al futuro de una gran empresa como la nuestra! ¡Qué malos tiempos nos ha tocado vivir, Sayuri!

—No debe decir eso, Nobu-san.

—¿Y por qué no? Nadie me va a oír.

—No se trata de que lo oigan o dejen de oírlo. Es su actitud lo que no está bien. No debería decir una cosa así.

—¿Y por qué no? La empresa nunca ha ido peor. A lo largo de toda la guerra, el Presidente logró resistirse a lo que el gobierno le ordenaba hacer. Para cuando decidió que no quedaba más remedio que cooperar, la guerra casi había terminado, y nada de lo que llegamos a fabricar, nada de nada, fue utilizado en batalla. ¿Pero ha impedido esto acaso que los americanos clasificaran a la Compañía Eléctrica Iwamura entre los *zaibatsu*, exactamente igual que Mitsubishi? Es ridículo. Comparada con Mitsubishi, éramos como una golondrina mirando a un león. Y todavía hay algo peor: si no logramos convencerles de nuestra causa, Iwamura será incautada y sus acciones vendidas para pagar indemnizaciones de guerra. Hace dos semanas habría dicho que esto era malo, pero ahora resulta que los americanos han elegido a ese Sato para que informe. Esos americanos se creen muy listos por haber elegido a un japonés, pero antes preferiría ver a un perro realizando esa labor que a ese hombre —Nobu se interrumpió de pronto—. ¿Pero qué demonios te pasa en las manos?

Desde que había subido había hecho todo lo posible por mantener mis manos ocultas. Pero estaba claro que Nobu las había visto.

—El Señor Arashino me encomendó el trabajo de preparar los tintes.

—Espero que él sepa cómo se quitan las manchas —dijo Nobu—. No puedes volver a Gion así.

—Nobu-san, las manos son el menor de todos mis problemas. No estoy segura de que pueda volver a Gion. Haré todo lo que pueda por convencer a Mamita, pero realmente no depende de mí. Además seguro que hay otras geishas que podrían servir...

—¡No, no hay otras geishas! Escúchame, el otro día llevé a este Sato a una casa de té junto con una docena más de personas. No abrió la boca en una hora, y finalmente se aclaró la garganta y dijo: "Ésta no es la Ichiriki". Y yo le respondí: "No, no lo es. Tiene razón."

Él gruñó como un cerdo y dijo: "Sayuri frecuenta la Ichiriki". Y a esto yo le respondí: "No, señor consejero, si Sayuri estuviera en Gion, no habría dejado de venir a acompañarnos. Pero ya le he dicho que no está en Gion." Tras esto echó mano a su copa...

—Espero que fuera con él más cortés que eso —dije yo.

—¡Claro que no lo fui! Lo puedo soportar media hora, después dejo de ser responsable de lo que digo. ¡Por eso quiero que vuelvas! Y no me vuelvas a decir que no depende de ti. Me lo debes, lo sabes perfectamente. Además, la verdad es que... me gustaría tener la oportunidad de pasar algún tiempo contigo.

—A mí también me gustaría pasarlo con usted, Nobu-san.

—No te hagas ilusiones cuando vengas.

—Creo que después de todos estos años no me queda ninguna. Pero ¿se refiere Nobu-san a algo en particular?

—Lo que quiero decir es que no esperes que en un mes sea tu *danna*. A eso me refiero. Hasta que la empresa no se haya recuperado, no estoy en posición de poder hacer semejante oferta. He estado muy preocupado con el futuro de la empresa. Pero si quieres que te diga la verdad, Sayuri, después de verte no me parece tan negro el futuro.

—¡Qué amable, Nobu-san!

—No seas tonta. No trato de halagarte. Tu destino y el mío están entrelazados. Pero nunca seré tu *danna* si la empresa no se recupera. Tal vez, su recuperación, al igual que el haberte encontrado la primera vez, es algo que sencillamente estaba escrito en nuestro destino.

Durante los últimos años de la guerra, empecé a dejar de hacer conjeturas sobre lo que estaría o no estaría escrito en mi destino. Muchas veces les decía a las vecinas que no estaba segura de que fuera a volver a Gion algún día..., pero la verdad es que siempre supe que volvería. Mi destino, fuera el que fuera, me esperaba allí. Durante los años que estuve lejos, aprendí a eliminar el agua de mi personalidad, se podría decir que por el procedimiento de convertirla en hielo. Sólo deteniendo de esta forma el curso natural de mis pensamientos podía soportar la espera. Cuando oí a Nobu referirse a mi destino..., bueno, pues sentí que había roto el hielo dentro de mí y despertado mis deseos.

—Nobu-san —dije—, si es tan importante causarle buena impresión al Consejero Sato, tal vez debería pedirle al Presidente que le acompañe cuando vaya a invitarlo.

—El Presidente es un hombre muy ocupado.

—Pero si el consejero es importante para el futuro de la compañía...

Nobu se levantó para irse porque tenía que estar de vuelta en Osaka antes de anochecer. Le acompañé a la entrada y le ayudé a ponerse el abrigo y los zapatos, y le coloqué el sombrero en la cabeza. Cuando acabé, se me quedó mirando un buen rato. Pensé que estaba a punto de decirme que me encontraba muy hermosa, pues éste era el tipo de comentario que solía hacerme cuando me miraba fijamente sin razón alguna para hacerlo.

—¡Demonios, Sayuri, si pareces de verdad una campesina! —exclamó, y se volvió frunciendo el ceño.

Treinta

Esa misma noche mientras la familia Arashino dormía, escribí a Mamita a la luz del *tadon* que ardía bajo las cubetas de los tintes en el sótano. Una semana después, no sé si por efecto de mi carta o porque Mamita ya estaba dispuesta a volver a abrir la *okiya*, una anciana llamó a la puerta de la familia Arashino, y cuando la abrí me encontré con la Tía. Las mejillas se le hundían donde había perdido varias muelas, y el enfermizo color grisáceo de su piel me recordó a una sobra de *sashimi* de la noche anterior. Pero se veía que todavía estaba fuerte; en una mano llevaba una saca de carbón y alimentos en la otra para agradecerle a la familia Arashino su amabilidad conmigo.

Al día siguiente me despedí llorando y volví a Gion, donde Mamita, la Tía y yo nos dispusimos a volver a ordenarlo todo. Cuando recorrí la *okiya*, inspeccionando cada rincón, se me pasó por la cabeza la idea de que la casa nos estaba castigando por todos los años de abandono. Tuvimos que pasar cuatro o cinco días con lo peores problemas: limpiar la capa de polvo que se había posado espesa como una gasa sobre las maderas; sacar del pozo los restos de los ratones muertos; limpiar el cuarto de Mamita, en donde los pájaros habían roto los tatamis y utilizado la paja para construir nidos en la alcoba. Para mi sorpresa, Mamita trabajó tanto como nosotras, en parte porque no nos podíamos permitir más que dos criadas mayores, y una era la cocinera, aunque también teníamos una criadita joven, una niña llamada Etsuko. Era la hija del hombre en cuya granja habían vivido Mamita y la Tía. Como para recordarme cuántos años habían pasado desde mi llegada a Kioto con nueve años, ésa era también la edad de Etsuko. Parecía mirarme con el mismo temor con el que yo miraba a Hatsumono, aunque yo le sonreía siempre que podía. Era alta y flaca como una escoba, y su pelo largo parecía quedarse atrás cuando ella se escabullía por la casa. Tenía la cara delgadita como un grano de arroz, de modo que yo no podía dejar de pensar que un día la echarían a la olla, como me habían echado a mí, y se esponjaría, tomando un delicioso color blanco, y estaría entonces preparada para el consumo.

Cuando la *okiya* volvió a estar habitable, me dispuse a hacer las visitas de rigor en Gion. Empecé por Mameha, que ahora vivía en un apartamento de una sola habitación encima de una farmacia en la zona del Santuario de Gion; desde su regreso, hacía un año, había estado sin *danna* que le pagara algo más espacioso. Se asustó al verme, porque tenía los pómulos muy marcados, según dijo. La verdad es que yo también me asusté al verla. El hermoso óvalo de su cara no había cambiado, pero tenía el cuello demasiado envejecido para su edad. Y lo más extraño es que a veces arrugaba la boca como una anciana, porque aunque yo los veía iguales, por poco se le caen los dientes durante la guerra y todavía le dolían a veces.

Hablamos un largo rato y luego le pregunté si creía ella que volverían a representarse las *Danzas de la Antigua Capital* a la siguiente primavera. Hacía varios años que no se habían representado.

—¡Oh! ¿Por qué no? —dijo—. El tema podría ser "Danza en el Arroyo".

Si alguna vez has estado en una estación termal o en cualquier otro lugar turístico y te has entretenido con mujeres que se hacen pasar por geishas, pero que en realidad son prostitutas, comprenderás la bromita de Mameha. Las mujeres que representan la "Danza en el Arroyo" lo que hacen realmente es strip-tease. Hacen que se meten poco a poco en el agua, que les cubre cada vez más, y tienen que irse subiendo el kimono para que no se les moje, hasta que los hombres terminan viendo lo que estaban esperando y empiezan a vitorear y a brindar con sake unos con otros.

—Con todos los soldados americanos que hay ahora por Gion —continuó—, con el inglés llegarás más lejos que con la danza. Además el Teatro Kaburenjo ha sido convertido en un *kyabarei*.

Nunca había oído esa palabra, que se derivaba del francés "cabaret", pero enseguida supe qué significaba. Cuando todavía estaba viviendo con la familia Arashino, ya me habían llegado historias de las estruendosas fiestas de los soldados americanos en Gion. Pero cuando entré en el vestíbulo de la primera casa de té aquella tarde, observé que, en lugar de los zapatos masculinos ordenadamente colocados en el escalón, había una confusión de botas del ejército, cada una de las cuales me pareció tan grande como Taku, el perrito que había tenido Mamita en tiempos. Una vez dentro, lo primero que vi fue a un hombre americano en ropa interior metiéndose bajo el anaquel de una alcoba, mientras dos geishas tiraban de él, riéndose sin parar. Cuando vi el espeso y oscuro vello que cubría sus brazos y su pecho, e incluso su espalda, pensé que nunca había visto nada tan bestial. Al parecer, había perdido sus ropas en una apuesta y estaba intentando esconderse, pero no tardó en dejar que las dos mujeres lo condujeran del brazo por el vestíbulo y lo introdujeran en uno de los salones. Oí silbidos y vítores cuando entraron.

Como una semana después de mi regreso, estuve por fin preparada para hacer mi reaparición como geisha. Me pasé el día yendo del peluquero al vidente, remojándome las manos para quitarme las últimas manchas, y buscando por todo Gion el maquillaje que necesitaba. Como ya me aproximaba a los treinta, no tenía que ponerme maquillaje blanco salvo en las ocasiones especiales. Pero ese día sí que me pasé media hora en el tocador, intentando utilizar diferentes tonos de maquillaje occidental que disimularan lo delgada que estaba. Cuando el Señor Bekku vino a vestirme, la joven Etsuko nos estuvo observando, como yo había observado a Hatsumono; y fue el asombro que vi en sus ojos, más que el resto de lo que reflejaba el espejo, lo que me convenció de que volvía a parecer una geisha.

Cuando por fin salí al caer la tarde, todo Gion estaba cubierto por un bello manto de nieve, tan fina que la más ligera brisa limpiaba los tejados. Llevaba un chal y un paraguas de laca, de modo que debía de estar tan irreconocible como cuando había venido de visita todavía con pinta de campesina. Sólo reconocí como a la mitad de las geishas que me crucé en el camino. Era fácil distinguir a las que habían vivido en Gion antes de la guerra, porque hacían una pequeña reverencia de cortesía al pasar, aunque no me reconocieran. Las otras se contentaban con una pequeña inclinación de cabeza.

Al ver tantos soldados aquí y allá, empecé a temer lo que me encontraría al llegar a la Casa de Té Ichiriki. Pero, de hecho, en el vestíbulo se alineaban los brillantes zapatos negros que llevaban los oficiales; y por extraño que parezca el lugar parecía más tranquilo que en mis tiempos de aprendiza. Nobu todavía no había llegado, o al menos, no vi signo de que estuviera por allí, pero me condujeron directamente a uno de los salones grandes del bajo y me dijeron que enseguida se reuniría conmigo. Por lo general habría tenido que esperar en un cuarto destinado al efecto, donde podía calentarme las manos y tomarme un té; a ninguna geisha le gusta que los hombres la vean sin hacer nada. Pero a mí no me importaba esperar a Nobu, y además me parecía un privilegio poder estar unos minutos sola en uno de aquellos salones. Durante los últimos cinco años había echado tanto de menos las cosas hermosas, y aquel salón habría sorprendido a cualquiera por lo bonito que era. Las paredes estaban enteladas con seda amarillo pálido, cuya textura daba una sensación de presencia y me hacía sentirme sujeta, igual que un huevo está contenido dentro de la cáscara.

Esperaba que Nobu llegara solo, pero cuando por fin lo oí en el vestíbulo, supe que se había traído al consejero del ministro, el Señor Sato. No me importaba que Nobu me encontrara esperándolo, como he dicho; pero pensé que sería desastroso dar al consejero razones para pensar que yo no era muy solicitada. De modo que me metí rápidamente por una puerta que daba a una sala que no se solía utilizar. Esto me dio la posibilidad de oír cómo Nobu intentaba mostrarse amable.

—¿No le parece un lugar muy tranquilo, consejero? —dijo. Y oí una pequeño gruñido como respuesta—. La reservé especialmente para usted. Las pinturas zen no están nada mal, ¿no le parece? —entonces tras un largo silencio, Nobu añadió—: Pues sí, sí, hace una bonita noche. ¿Le he preguntado ya si ha probado el sake especial de la casa?

La conversación continuó en este tenor un rato más, con Nobu sintiéndose tan cómodo como un elefante intentando actuar como una mariposa. Cuando por fin fui al vestíbulo y abrí desde allí la puerta de la sala, Nobu pareció muy aliviado al verme.

Sólo después de presentarme y de arrodillarme frente la mesa pude echar una buena ojeada al consejero. No me sonaba de nada, aunque él afirmaba que había pasado horas mirándome. No sé cómo había logrado olvidarlo porque tenía una pinta muy característica. No había visto a nadie en mi vida que tuviera más problemas sólo para mantener la cabeza erguida. Llevaba la barbilla pegada al esternón, como si no pudiera levantarla, y tenía una peculiar mandíbula inferior, de modo que parecía que el aliento le entraba por la nariz. Después de saludarme con una pequeña inclinación de cabeza y decirme su nombre, pasó un rato largo hasta que volví a oírle emitir algún sonido que no fueran gruñidos, pues parecía que ésta era su forma favorita de responder a casi todo.

Hice todo lo que pude por empezar una conversación hasta que la camarera vino a salvarnos con una bandeja de sake. Le llené la copa al consejero, y me quedé atónita al verlo vaciarla directamente en su mandíbula inferior del mismo modo que podría haberla tirado por un desagüe. Cerró la boca y cuando la volvió a abrir un momento después el sake había desaparecido, sin que él hubiera hecho ninguno de los movimientos que se suelen hacer para tragar. No estaba segura de que se lo hubiera tragado hasta que alargó la copa vacía para que le sirviera más.

Las cosas continuaron igual un cuarto de hora más, durante el cual intenté hacer que el consejero estuviera a gusto contándole historias y chistes y preguntándole cosas. Pero no tardé en pensar que tal vez no era posible hacer que el "consejero estuviera a gusto". Me respondía con monosílabos. Sugerí que jugáramos a algo e incluso le pregunté si le gustaba cantar. El intercambio de palabras más largo que tuvimos durante la primera media hora fue cuando el consejero me preguntó si bailaba bien.

—¿Por qué? Sí, sí que bailo bien. ¿Quiere el Señor Consejero que ejecute para él una pequeña pieza?

—No —respondió. Y eso fue todo.

Puede que al consejero no le gustara mirar a la cara a la gente, pero ciertamente le encantaba examinar lo que comía, como no tardé en descubrir cuando la camarera sirvió la cena a los dos hombres. Antes de meterse nada en la boca lo elevaba, prendido entre los palillos, y lo observaba, girándolo lentamente. Y si no reconocía lo que era, me lo preguntaba a mí. "Es ñame hervido en salsa de soja y azúcar", le dije cuando me puso ante los ojos una cosa naranja. En realidad yo no tenía la menor idea de si era ñame o un trozo de hígado de ballena o cualquier otra cosa, pero no creía que al consejero le gustara oírlo. Más tarde, cuando me mostró un trozo de buey marinado y me preguntó qué era, decidí tomarle un poco el pelo.

—¡Oh!, eso es una tira de cuero marinado —dije—. Es una especialidad de la casa. Se hace con piel de elefante. Así que supongo que para ser exactos debería haber dicho que es "piel de elefante".

—¿Piel de elefante?

—¡Pero, Señor Consejero, no me diga que no se ha dado cuenta de que estaba bromeando! Es un trozo de carne de buey. ¿Por qué examina así lo que come? ¿Creía que aquí se comía perro o algo así?

—Yo he comido perro —me dijo.

—¡Qué interesante! Pero hoy no nos queda. Así que no mire más a los palillos.

Luego empezamos a jugar a ver quién bebía más. Nobu odiaba ese tipo de juegos, pero se calló después de que yo le hiciera un gesto. Tal vez dejamos que el consejero perdiera más veces de lo que debíamos, porque al cabo de un rato, cuando estábamos intentando explicarle las reglas de otro juego del mismo tipo que él no conocía, sus ojos parecían tan a la deriva como corchos flotando entre las olas. De pronto se levantó y se dirigió a un rincón de la sala.

—Espere, espere, consejero —dijo Nobu—; ¿adónde va?

El consejero soltó un eructo por toda respuesta, lo que yo consideré que era una buena contestación, pues no había duda de que estaba a punto de vomitar. Nobu y yo nos abalanzamos a ayudarle, pero él ya se había tapado la boca con la mano. Si hubiera sido un volcán, estaría humeando; de modo que no tuvimos más remedio que abrir la puerta del jardín y dejarle vomitar sobre la nieve. Puede que te espante la idea de que alguien pueda vomitar en uno de esos exquisitos jardines japoneses, pero el consejero no era ciertamente el primero. Las geishas tratamos de ayudarlos a llegar al servicio, pero a veces no lo conseguimos. Si decimos a una de las camareras que un hombre acaba de estar en el jardín, sabe exactamente a qué nos referimos y enseguida acuden con el equipo de limpieza.

Nobu y yo hicimos todo lo que pudimos por mantener al consejero de rodillas con la cabeza colgando sobre la nieve en la puerta que daba al jardín. Pero pese a nuestros esfuerzos no tardó en empezar a caer. Me esforcé por empujarlo hacia un lado, de modo que al menos no terminara sobre una nieve ya vomitada. Pero el consejero era corpulento como una res. Lo único que logré fue que cayera sobre un costado en lugar de caer de bruces sobre el vómito.

Nobu y yo nos miramos consternados ante la escena del consejero tirado totalmente inmóvil en la nieve, como una rama de un árbol caída.

—¡Ay, Nobu-san! —exclamé—, no sabía que su invitado iba a ser tan divertido.

—Creo que lo hemos matado. Y si quieres saber mi opinión, se lo merecía. ¡Qué tipo más irritante!

—¿Así es como se porta Nobu-san con sus honorables invitados? Lléveselo a la calle y déle una vuelta a ver si se despeja un poco. Un poco de fresco le hará bien.

—Está echado en la nieve, ¿no es eso ya bastante fresco?

—¡Nobu-san! —exclamé. Y supongo que bastó con mi tono de reconvención porque Nobu suspiró y salió al jardín en calcetines a intentar la difícil tarea de hacer volver en sí al consejero. Mientras estaba ocupado con esto, yo fui a buscar a una camarera para que nos ayudara, porque me imaginaba que Nobu no podría levantar al consejero valiéndose sólo de un brazo. Luego fui a buscar unos calcetines secos para ambos y avisé a otra camarera de que en cuanto entráramos limpiaran el jardín.

Cuando volví a la sala, Nobu y el consejero estaban de nuevo sentados a la mesa. Te puedes imaginar la pinta del consejero, y el tufo. Tuve que quitarle los calcetines mojados con mis propias manos, pero me mantuve lo más alejada de él que me fue posible. Nada más terminar de cambiarle los calcetines, el consejero volvió a caer inconsciente sobre la estera.

—¿Cree que nos oye? —le susurré a Nobu.

—No creo que nos oiga ni cuando está consciente —me respondió Nobu—. ¿Conocías a alguien más estúpido que este tipo?

—¡Nobu-san, baje la voz! —susurré—. ¿Cree que se lo ha pasado bien esta noche? O sea, quiero decir, ¿es esto lo que tú tenías en mente?

—No se trata de lo que yo tuviera en mente, sino de lo que él tenía en mente.

—Espero que no tengamos que hacer lo mismo la semana que viene.

—Si al consejero le gustó la velada, a mí también me habrá gustado la velada.

—¡Nobu-san! ¡Cómo puede decir eso! ¡Si no le ha gustado nada! Se le notaba el fastidio en la cara.

Nunca le había visto así. Considerando el estado del consejero, creo que podemos suponer que no se lo había pasado mejor en su vida.

—Tratándose del consejero no puedes suponer nada.

—Estoy segura de que se lo pasaría mejor si pudiéramos crear un ambiente un poco más... como más festivo. ¿No crees?

—Tráete algunas geishas más la próxima vez si crees que eso puede ayudar —me contestó Nobu—. Volveremos la semana que viene. Invita a tu hermana mayor.

—Desde luego Mameha se las ingenia sola, pero el consejero es tan pesado de entretener. Necesitamos una geisha que..., no sé..., que haga mucho ruido. Que distraiga a todo el mundo. ¿Sabe Nobu-san? Ahora que lo pienso..., me parece que también necesitamos algún invitado más, no sólo alguna geisha más.

—No veo por qué.

—Si el consejero está ocupado bebiendo y mirándome furtivamente, y usted está ocupado en estar cada vez más harto de él, no creo que así vayamos a tener una velada muy festiva —dije—. A decir verdad, Nobu-san no haría mal trayéndose al Presidente la próxima vez.

Te preguntarás si lo había planeado todo para poder llegar a ese momento. Es cierto que desde mi regreso a Gion, lo que más había esperado era encontrar la forma de pasar más tiempo con el Presidente. No era que deseara volver a tener la oportunidad de sentarme en el mismo salón que él y de inclinarme y susurrarle algún comentario y oler el aroma de su piel. Si esos momentos iban a seguir siendo el único placer que la vida iba a ofrecerme, prefería cerrar para siempre esa luminosa fuente de luz y dejar que mis ojos empezaran a acostumbrarse a la oscuridad. Tal vez era cierto, como parecía, que mi vida se inclinaba hacia Nobu. No era tan estúpida como para imaginar que pudiera cambiar el curso de mi destino. Pero tampoco podía renunciar a los últimos restos de esperanza.

—Ya lo había considerado —contestó Nobu—. El consejero está muy impresionado por él. Pero no sé, Sayuri. Ya te dije que el Presidente es un hombre muy ocupado.

El consejero se sacudió sobre la estera como si alguien le hubiera pinchado y luego consiguió incorporarse hasta volver a estar sentado a la mesa. A Nobu le dio tal repugnancia ver el estado de sus ropas que hizo venir a una camarera con una toalla húmeda. Cuando la camarera terminó de limpiar la chaqueta del consejero y salió de la sala, Nobu dijo:

—¡Bueno, bueno, consejero! Creo que hemos pasado una velada maravillosa. La próxima vez nos divertiremos todavía más, porque en lugar de vomitar sobre mí podrá hacerlo también sobre el Presidente, y, tal vez, una o dos geishas más.

Me encantó oír a Nobu mencionar al Presidente, pero no me atreví a reaccionar.

—Me gusta ésta —dijo el consejero—. No quiero otra.

—Se llama Sayuri, y mejor la llama por su nombre o no querrá venir. Ahora, en pie, consejero. Es hora de irnos.

Los acompañé hasta la entrada, donde les ayudé a ponerse los abrigos y los zapatos y los vi ponerse en camino sobre la nieve. El consejero no daba pie con bola y se hubiera tragado la verja, si Nobu no lo hubiera agarrado por el codo y hubiera dirigido sus pasos.

Un poco más tarde, esa misma noche, me dejé caer con Mameha en una fiesta llena de soldados americanos. Para cuando llegamos, el intérprete ya no servía para nada porque había bebido demasiado, pero todos los oficiales reconocieron a Mameha. Me sorprendí al verlos tararear y mover los brazos como si quisieran decirle que bailara para ellos. Suponía que nos sentaríamos a verla en silencio, pero no bien empezó ella a bailar, varios de los oficiales se levantaron y empezaron a hacer cabriolas por la sala. Si me hubieran dicho lo que iba a pasar, me habría sentido un poco insegura de antemano; pero como me pilló desprevenida, me eché a reír y me divertí como hacía tiempo que no lo hacía. Terminamos jugando a un juego en el cual Mameha y yo nos turnábamos tocando el *shamisen*, mientras los soldados americanos bailaban alrededor de la mesa. Cuando parábamos la música, tenían que apresurarse a ocupar su sitio; el último que se sentaba tenía que beberse una copa de sake.

En medio de esta fiesta, le comenté a Mameha lo extraño que me parecía ver a todo el mundo pasándolo tan bien cuando ni siquiera hablábamos la misma lengua, sobre todo considerando que en la velada que acaba de estar, con Nobu y otro japonés, me lo había pasado fatal. Me dijo que le contara cómo había sido.

—Tres personas son demasiado pocas para pasarlo bien —dijo después de que yo se lo contara todo—, particularmente si una de ellas es Nobu de mal humor.

—Le he sugerido que la próxima vez venga con el Presidente. Y también necesitamos otra geisha, ¿no crees? Alguna alborotadora y cómica.

—Sí —dijo Mameha—, tal vez me pase...

Me sorprendió oírla decir esto. Pues nadie habría descrito a Mameha como "alborotadora y cómica". Estaba a punto de decirle mi punto de vista, cuando pareció darse cuenta del malentendido y dijo:

—Sí, me interesa pasarme..., pero supongo que si quieres a una persona "alborotadora y cómica" deberías hablar con tu vieja amiga Calabaza.

Desde mi regreso a Gion, me había ido encontrando con recuerdos de Calabaza por todas partes. En realidad, en el mismo momento en que puse un pie en la *okiya*, la recordé allí en el vestíbulo, el día que se cerraba Gion, haciéndome una fría y formal reverencia de despedida, del tipo que estaba obligada a hacer a la hija adoptiva. Durante la semana que pasamos adecentando la *okiya* pensé en ella mucho. Y en un momento determinado, cuando estaba ayudando a la criada a limpiar el polvo de las maderas, me pareció tener delante de mí a Calabaza tocando el *shamisen* sentada en la pasarela. Parecía que aquel espacio vacío contenía una terrible tristeza. ¿Habían pasado realmente tanto años desde que éramos niñas y tocábamos juntas? Supongo que podría haberme quitado todas esas ideas de la cabeza, pero creo que nunca llegué a aceptar la decepción de que nuestra amistad se enfriara totalmente. Le eché la culpa a la terrible rivalidad que Hatsumono nos había impuesto. Mi adopción fue la última gota, por supuesto, pero yo no podía dejar de pensar que, en parte, también había sido responsabilidad mía. Calabaza sólo me había mostrado amabilidad y simpatía. Podría haber encontrado una forma de agradecérselo.

Por extraño que parezca no había pensado en buscarla hasta que Mameha me lo sugirió. Sabía de antemano que nuestro primer encuentro iba a ser un poco embarazoso, pero me pasé el resto de la noche rumiando el asunto y decidí que tal vez a Calabaza le gustaría que le presentara un círculo más elegante, para variar de las fiestas de soldados. Claro que yo también tenía otra razón. Después de tantos años, tal vez, podríamos empezar a recomponer nuestra amistad.

No sabía nada de las circunstancias en las que estaba viviendo Calabaza, salvo que había regresado a Gion, así que fui a hablar con la Tía, la cual había recibido una carta suya hacía algunos años. En aquella carta, Calabaza le rogaba a Mamita que volviera a tomarla en la *okiya* cuando la reabriera, con el razonamiento de que no encontraría otro sitio. La Tía lo habría hecho sin problemas, pero Mamita se negó diciendo que Calabaza no era una buena inversión.

—Vive en una *okiya* bastante pobre en el distrito de Hanami-cho —me contó la Tía—. Pero no te compadezcas y la traigas de visita. Mamita no querrá verla. Creo que es una tontería que vayas a buscarla, en cualquier caso.

—Tengo que admitir que nunca me sentí bien por lo que había pasado entre nosotras.

—No pasó nada entre vosotras. Calabaza fracasó y tú triunfaste. Eso fue todo. Además, le va muy bien últimamente. Me han contado que los americanos nunca se cansan de ella. Es tan chabacana, ya sabes, como les gusta a ellos.

Esa misma tarde, crucé la Avenida Shijo hacia el distrito Hanami-cho de Gion, y encontré la pequeña *okiya* que me había dicho la Tía. Si te acuerdas del incendio que había destruido la *okiya* de la amiga de Hatsumono, Korin, durante los peores años de la guerra... bueno, pues ese mismo incendio había causado grandes daños en la *okiya* contigua, que era en la que vivía Calabaza. Los muros exteriores estaban calcinados y parte del tejado había ardido totalmente y había sido sustituido por planchas de madera. Supongo que en algunas zonas de Osaka o Tokio habría sido el edificio más intacto del vecindario, pero en Kioto destacaba.

Una joven criada me pasó a una salita que olía a cenizas húmedas, y volvió al cabo de un momento con una taza de té. Esperé largo rato hasta que por fin Calabaza abrió la puerta. Apenas la distinguí en la oscuridad del pasillo, pero sólo saber que estaba allí me emocionó tanto que me levanté a abrazarla. Ella dio unos pasos dentro de la habitación y luego se arrodilló y me hizo una reverencia tan formal como si yo hubiera sido Mamita. La sorpresa me dejó clavada en el sitio.

—¡Pero Calabaza, si sólo soy yo!

No me miró siquiera, ni levantó los ojos del suelo, como una criada esperando órdenes. Yo me sentí muy decepcionada y volví a mi sitio en la mesa.

La última vez que nos habíamos visto ya hacia el final de la guerra, Calabaza tenía todavía una cara redonda y rellena, como de niña, pero con una mirada más triste. Desde entonces había cambiado mucho. No lo sabía entonces, pero tras el cierre de la fábrica de lentes donde había estado trabajando, Calabaza pasó dos años en Osaka trabajando de prostituta. Parecía que la boca le hubiera encogido de tamaño, tal vez por la tensión, no sé. Y aunque seguía teniendo la cara bastante ancha, el estar más demacrada le daba una extraña elegancia que me sorprendió. No quiero decir con esto que Calabaza se hubiera convertido en una belleza que pudiera rivalizar con la de Hatsumono ni nada por el estilo, pero se apreciaba en su cara una feminidad que antes no tenía.

—Sin duda has debido de pasarlo mal, Calabaza —le dije—, pero estás bastante bonita.

Calabaza no respondió a esto. Se limitó a inclinar la cabeza ligeramente para indicarme que me había oído. La felicité por su fama e intenté preguntarle sobre su vida después de la guerra, pero ella no perdió su inexpresividad ni un momento, y yo empecé a lamentar el haber ido.

Finalmente, tras un incómodo silencio, habló:

—¿Has venido sólo a hablar conmigo, Sayuri? Porque no tengo nada interesante que decir.

—La verdad es que recientemente vi a Nobu-san —dije yo—, y... Nobu-san va a traer a Gion de vez en cuando a cierto caballero. Pensé que tal vez tendrías la amabilidad de ayudarnos a divertirlo.

—Pero al verme, claro, has cambiado de opinión.

—¡Oh, no, claro que no! —dije—. No sé por qué dices eso. Nobu Toshikazu y el Presidente, Iwamura Ken, o sea, el Presidente Iwamura apreciarían grandemente tu compañía. Así de sencillo.

Calabaza se quedó en silencio un momento, sin moverse, mirando fijamente a las esteras.

—Ya no creo que nada en esta vida sea así de sencillo —me respondió finalmente—. Sé que me crees estúpida...

—¡Calabaza!

—... pero creo que posiblemente tienes otra razón que no me cuentas.

Calabaza me hizo una pequeña inclinación que a mí me pareció muy enigmática. Pudiera ser una disculpa por lo que acababa de decirme o tal vez estaba a punto de irse y se estaba excusando.

—Supongo que sí que tengo otra razón —contesté yo—. Si quieres que te diga la verdad, esperaba que después de todos estos años volviéramos a ser amigas como lo fuimos de pequeñas. Hemos sobrevivido a tantas cosas juntas... incluyendo a Hatsumono. Me parecía natural volver a verte.

Calabaza se quedó en silencio.

—El Presidente Iwamura y Nobu vendrán con el consejero del Ministro de Hacienda el sábado que viene a la Casa de Té Ichiriki —le dije—. Si te apetece, me encantaría verte allí.

Le había traído un paquete de té de regalo, y lo saqué de la bolsa de seda y lo dejé sobre la mesa. Cuando me estaba poniendo en pie para irme pensé en algo amable que decir antes de salir, pero parecía tan desconcertada que me pareció mejor irme sin más.

Treinta y uno

En los cinco años que habían transcurrido desde la última vez que había visto al Presidente, me había enterado de todas las dificultades que había pasado por los periódicos; no sólo de sus desacuerdos con el gobierno militar durante los últimos años de la guerra, sino también de su lucha con las autoridades de la Ocupación para que no le incautaran la empresa. No me habría sorprendido si todas aquellas penalidades le hubieran envejecido mucho. En una fotografía publicada en el *Yomiuri* se le veía una expresión preocupada en los ojos, como la del vecino del Señor Arashino que siempre estaba levantando la vista al cielo, por si se veían bombarderos. En cualquier caso, conforme se aproximaba el fin de semana tuve que empezar a recordarme a mí misma que Nobu todavía no estaba decidido a venir con el Presidente. Sólo podía esperar.

El sábado por la mañana, me desperté temprano y al subir el estor de mi ventana vi que una fría lluvia golpeaba el cristal. Abajo, en el callejón, una joven criada se estaba levantando después de resbalarse y caerse en los guijarros húmedos. Era un día desapacible y triste, y me asustaba incluso consultar el horóscopo. Hacia mediodía la temperatura había bajado aún más, y comiendo en la sala, veía el vaho que salía de mi boca al respirar mientras oía la gélida lluvia golpear en la ventana. Bastantes recepciones quedaron anuladas porque era peligroso andar por la calle, y al caer la tarde, la Tía llamó a la Casa de Té Ichiriki para asegurarse de que la recepción de la Compañía Eléctrica Iwamura seguía en pie. La dueña nos dijo que la línea telefónica con Osaka estaba cortada y que no podía estar segura. Así que me bañé y me vestí y me dirigí a la Ichiriki del brazo del Señor Bekku, que llevaba un par de botas de goma que le había pedido prestadas a su hermano, el cual también era vestidor en el distrito Pontocho.

La Ichiriki era un caos cuando llegamos. Una tubería había estallado en la zona de servicio y las camareras no daban abasto. Como ninguna me hacía caso, decidí entrar yo misma al salón en el que habíamos estado la semana anterior con Nobu y el consejero del ministro. No esperaba encontrar a nadie allí, considerando que tanto Nobu como el Presidente estarían probablemente de camino desde Osaka, e incluso Mameha, que había estado fuera de la ciudad, podría haber tenido dificultades para volver. Me arrodillé, y antes de abrir la puerta cerré los ojos un instante y me llevé la mano al estómago para calmar mis nervios. Pero, de pronto, se me ocurrió que aquel vestíbulo estaba demasiado silencioso. No se oía el más ligero murmullo dentro de la sala. Sentí una decepción inmensa al darme cuenta de que perfectamente podría no haber nadie en la habitación. Estuve a punto de levantarme e irme, pero decidí correr la puerta por si acaso, y cuando lo hice, allí tranquilamente sentado frente a la mesa, con una revista entre las manos, estaba el Presidente, que me miró por encima de sus gafas de cerca. Me sorprendí tanto al verlo que me quedé sin habla. Finalmente conseguí decir:

—¡Presidente! ¿Quién le ha dejado aquí solo? La dueña se enfadará al saberlo.

—Ella es la que me dejó solo —me respondió y cerró la revista de un golpe—. Me estaba preguntando qué le habría sucedido.

—Ni siquiera le han traído nada de beber. Espere que le traigo un poco de sake.

—Eso es lo que dijo la dueña. Si la cosa sigue así, tú también desaparecerás, y tendré que seguir leyendo toda la noche. Prefiero que te quedes —aquí se quitó las gafas y guardándoselas en el bolsillo me miró largamente con sus afinados ojos.

La espaciosa sala, con sus paredes de seda amarilla, empezó a encogerse cuando me levanté para ir a sentarme con el Presidente, pues no había estancia que pudiera contener todo lo que yo sentía en ese momento. Volver a verlo después de tanto tiempo despertó en mí una especie de desesperación. Me sorprendí poniéndome triste en lugar de contenta, como me había imaginado. A veces me había preocupado que el Presidente hubiera envejecido precipitadamente durante la guerra, como le había sucedido a la Tía. Incluso desde el extremo opuesto de la habitación noté que las arrugas que tenía alrededor de sus ojos estaban más marcadas que antes. Y la piel alrededor de la boca también había empezado a caer, pero le daba a su fuerte mandíbula una especie de dignidad. Lo miré furtivamente al sentarme frente la mesa, y vi que seguía mirándome inexpresivo. Iba a empezar una conversación, pero el Presidente habló primero:

—Sigues siendo muy bonita, Sayuri.

—¿Ah, sí? —dije—. No le creeré una palabra más. Me he pasado media hora delante del tocador intentando disimular estos pómulos que tengo, tan marcados.

—Estoy seguro de que perder un poco de peso no ha sido la peor de las penalidades que habrás pasado durante estos últimos años. Yo, desde luego, las he pasado peores.

—Si no le importa que lo mencione, Nobu-san me ha contado todas las dificultades a las que se enfrenta ahora su empresa...

563

—Pues sí... bueno... pero no es necesario que hablemos ahora de eso. A veces la única forma de superar la adversidad es imaginarse cómo sería el mundo si nuestros sueños se hicieran realidad.

Me dedicó una sonrisa triste que a mí me pareció tan hermosa que me perdí contemplando la forma perfecta de sus labios.

—Aquí tienes la oportunidad de emplear tus encantos para cambiar el tema —me dijo.

No había empezado a responder cuando se abrió la puerta y entró Mameha seguida de Calabaza. Me sorprendió ver a esta última; no esperaba que viniera. En cuanto a Mameha, estaba claro que acababa de regresar de Nogoya y había venido corriendo a la casa de té, creyendo que llegaba terriblemente tarde. Lo primero que preguntó —después de saludar al Presidente y de agradecerle algo que había hecho por ella la semana anterior— fue por qué no estaban Nobu y el consejero del ministro. El Presidente respondió que lo mismo se estaba preguntando él.

—Qué día tan raro —dijo Mameha, al parecer, como hablando para sí—. El tren estuvo parado más de una hora justo antes de entrar en la estación de Kioto, y no podíamos salir. Dos jóvenes terminaron saliendo por la ventana. Creo que uno de ellos se lastimó. Y luego cuando llego aquí corriendo resulta que no veo a nadie. La pobre Calabaza estaba perdida, recorriendo el lugar. Conoce a Calabaza, ¿no, Presidente?

Hasta ese momento no había mirado con atención a Calabaza, pero cuando lo hice reparé en que llevaba un kimono color gris ceniza totalmente extraordinario. De la cintura para abajo estaba cubierto de puntos dorados que resultaron ser mariposas bordadas, volando en un paisaje de montañas y agua a la luz de la luna. Ni el de Mameha ni el mío se podían comparar al de ella. Al

Presidente le debió de parecer el atuendo tan asombroso como a mí, porque le pidió que se pusiera de pie y se diera unas vueltas. Ella se levantó modestamente y giró sobre sí misma.

—Me imaginaba que no podía entrar en un lugar como éste con el tipo de kimono que llevo normalmente —dijo—. La mayoría de los que disponemos en mi *okiya* no son tan impresionantes, aunque los americanos no distinguen unos de otros.

—Si no hubieras sido tan franca, Calabaza —dijo Mameha—, habríamos pensado que siempre vas vestida así.

—¿Me están tomando el pelo? No nací para llevar estas ropas. Me lo han prestado en una *okiya* de mi misma calle. No se pueden imaginar lo que tengo que pagarles, pero como nunca tendré ese dinero, igual me da, ¿no?

Me di cuenta de que el Presidente estaba divirtiéndose, porque una geisha nunca debe hablar delante de un hombre de algo tan vulgar como el precio de un kimono. Mameha se volvió a decirle algo, pero Calabaza la interrumpió.

—Creía que esta noche iba a estar aquí un tío importante.

—Tal vez estabas pensando en el Presidente —le contestó Mameha—. ¿No te parece lo bastante importante?

—Él sabrá si lo es o no. No necesita que yo se lo diga.

El Presidente miró a Mameha y arqueó las cejas sorprendido y burlón.

—Además, Sayuri me habló de otro tipo —continuó Calabaza.

—Sato Noritaka, Calabaza —dijo el Presidente—. Es el nuevo consejero del Ministro de Hacienda.

—¡Ah, ya! Conozco a ese Sato. Parece un gorrino grande.

Nos reímos de esto.

—De verdad, Calabaza —dijo Mameha—, ¡hay que ver las cosas que puedes llegar a decir!

Justo entonces se descorrió la puerta y entraron Nobu y el consejero, los dos enrojecidos de frío. Tras ellos entró una camarera con sake y aperitivos en una bandeja. Nobu golpeó el suelo para calentarse los pies, al tiempo que se abrazaba con su único brazo para entrar en calor, pero el consejero se plantó en la mesa de dos zancadas. Lanzó un gruñido a Calabaza y sacudió la cabeza como dándole a entender que se corriera, para ponerse él a mi lado. Se hicieron las presentaciones, y luego Calabaza dijo:

—¡Hola, consejero! Seguro que no se acuerda de mí, pero yo sé muchas cosas de usted.

El consejero se echó a la boca todo el contenido de la copa de sake que acababa de servirle yo y miró a Calabaza con cara de pocos amigos.

—¿Y qué es lo que sabes? —le preguntó Mameha—. Venga cuéntanos algo.

—Pues sé que el consejero tiene una hermana más pequeña que está casada con el alcalde de Tokio —dijo Calabaza—. Y también sé que el consejero hacía kárate y que en una ocasión se rompió una mano.

El consejero parecía sorprendido, lo que me hizo pensar que tal vez todo aquello fuera cierto.

—Y también conozco a una chica que conocía el consejero —continuó Calabaza—. Nao Itsuko. Trabajamos juntas en una fábrica a las afueras de Osaka. ¿Y sabe lo que me dijo? Me dijo que usted y ella habían hecho lo que usted ya sabe un par de veces.

Temí que el consejero se enfadara, pero en lugar de ello, su expresión se dulcificó hasta que dejó ver lo que a mí me pareció sin duda una chispa de orgullo.

—Era una chica muy bonita esa Itsuko, muy bonita —dijo, mirando a Nobu con una sonrisa contenida.

—¡Vaya, hombre! Nunca me hubiera imaginado que tuviera tan buena mano con las damas —sus palabras sonaron sinceras, pero su cara apenas podía disimular la repugnancia que sentía. Los ojos del Presidente se cruzaron con los míos; parecía estarse divirtiendo con todo aquello.

Un momento después se abrió una puerta y tres camareras entraron en la sala con la cena de los tres hombres. Yo tenía bastante hambre y tuve que alejar la vista de las natillas con bayas de gingko servidas en unas hermosas copas verdeceledón. Luego las camareras volvieron con platos de pescado asado dispuesto en lechos de hojas de pino. Nobu debió de darse cuenta del hambre que tenía, porque insistió en que lo probara. Luego el Presidente les ofreció a Mameha y a Calabaza, quienes declinaron.

—No probaría ese pescado por nada del mundo —dijo Calabaza—. Ni siquiera quiero mirarlo.

—¿Y qué le pasa? —le preguntó Mameha.

—Si se lo digo, se reirán de mí.

—Dínoslo, Calabaza —le pidió Nobu.

—¿Para qué? Es una historia muy larga, y además nadie me creerá.

—¡Embustera redomada!

En realidad no estaba llamando a Calabaza mentirosa. Hacía años, mucho antes de que cerraran Gion, solíamos jugar a un juego que se llamaba la "Embustera redomada", en el que todo el mundo tenía que contar dos historias, de las cuales sólo una era cierta. Luego los otros jugadores trataban de averiguar cuál era la cierta y cuál la falsa; los que no acertaban tenían que beberse una copa de sake.

—No estoy jugando —dijo Calabaza.

—Entonces cuéntanos simplemente la historia del pescado —dijo Mameha—, y no tienes que contar ninguna más.

Esto no pareció gustarle a Calabaza; pero después de que Mameha y yo le lanzáramos sendas miradas furiosas, empezó:

—Vale, vale. Es así. Yo nací en Sapporo, y allí había un viejo pescador que un día sacó del agua un pez con un aspecto muy extraño y que además hablaba.

Mameha y yo nos miramos y rompimos a reír.

—Reíros si queréis, pero es totalmente cierto —dijo Calabaza.

—Venga, venga, continúa, Calabaza —dijo el Presidente.

—Bueno, lo que sucedió fue que el pescador dejó el pescado afuera para limpiarlo, y éste empezó a hacer unos ruidos que sonaban igual que una persona hablando, salvo que el pescador no los entendía. Llamó a otros pescadores, y todos escucharon. El pez ya estaba casi muerto porque llevaba mucho tiempo fuera del agua, de modo que decidieron proceder a matarlo. Pero justo entonces un anciano se abrió camino entre los reunidos y dijo que él podía entender todas y cada una de las palabras que decía el pez, porque hablaba ruso.

Todos nos echamos a reír, e incluso el consejero dio unos gruñidos. Cuando nos calmamos, Calabaza dijo:

—Sabía que no lo iban a creer pero es totalmente cierto.

—A mí me gustaría saber qué decía el pez —dijo el Presidente.

—Estaba casi muerto, así que era una especie de susurro. Y cuando el anciano se agachó y aplicó la oreja a los labios del pez...

—¡Pero si los peces no tienen labios!

—Vale, vale. Bueno a lo que sea que tienen —continuó Calabaza—. Al borde de su boca... El pez dijo: "Diles que acaben conmigo de una vez. Ya no tengo nada por lo que vivir. Ese pescado de allí que acaba de expirar era mi mujer."

—¡Así que los peces se casan! —exclamó Mameha—. ¡Tienen maridos y esposas!

—Eso era antes de la guerra —dije yo—. Desde la guerra ya no se pueden permitir casarse. Andan nadando por ahí en busca de trabajo.

—Esto sucedió mucho antes de la guerra —dijo Calabaza—. Mucho, mucho antes de la guerra. Antes incluso de que naciera mi madre.

—¿Entonces cómo sabes que es cierto? —preguntó Nobu—. Está claro que no te lo dijo el pescado.

—El pescado se murió allí mismo. ¡Cómo me lo iba a contar si yo todavía no había nacido! Además, yo no hablo ruso.

—Vale, Calabaza —dije yo—. Entonces crees que el pescado que tiene el Presidente en el plato también habla.

—Yo no he dicho eso. Pero sí que se parece mucho a los pescados que hablan. Aunque me estuviera muriendo de hambre no lo probaría.

—Pero si tú no habías nacido —dijo el Presidente—, ni tampoco tu madre, ¿cómo sabes el aspecto que tenía aquel pescado?

—Usted sabe cómo es el Primer Ministro, ¿no? Pero ¿lo conoce personalmente? —dijo Calabaza—. De hecho, puede que sí. Pondré un ejemplo mejor. Usted sabe cómo es el Emperador, pero nunca ha tenido el honor de conocerlo.

—El Presidente sí que ha tenido ese honor —dijo Nobu.

—Bueno, ya saben lo que quiero decir. Todo el mundo sabe cómo es el Emperador, eso es lo que estoy tratando de decir.

—Hay fotos del Emperador —dijo Nobu—. Pero no puedes haber visto una foto de ese pescado.

—Ese pescado es famoso donde yo nací. Mi madre me lo contó todo y ya les digo que es muy parecido a esa cosa que tienen ahí sobre la mesa.

—Menos mal que queda gente como tú, Calabaza —dijo el Presidente—. Haces que el resto de nosotros parezcamos francamente aburridos.

—Bueno, pues esa era mi historia. No voy a contar otra. Si los demás quieren jugar a "Embustera redomada", pueden empezar.

—Yo empezaré —dijo Mameha—. Ésta es mi primera historia. Cuando tenía unos seis años, una mañana fui a sacar agua del pozo de nuestra *okiya* y oí el sonido de un hombre tosiendo y aclarándose la garganta. Salía del pozo. Desperté al ama de la *okiya*, y ella también vino a escuchar. Cuando iluminamos el pozo con la linterna, no vimos a nadie, pero seguimos oyéndolo hasta que salió el sol. Luego los ruidos cesaron y ya no volvimos a oírlos nunca más.

—La otra historia es la verdadera —dijo Nobu—, y ni siquiera la he oído.

—Tiene que oír las dos, Nobu-san —continuó Mameha—. Ésta es la segunda. Una vez fui con varias geishas a Osaka a una fiesta en la casa de Akita Masichi —éste era un famoso hombre de negocios que había hecho una gran fortuna antes de la guerra—. Después de mucho cantar y beber, Akita-san se quedó dormido sobre un tatami, y una de las otras geishas nos hizo pasar furtivamente a la habitación contigua y abrió un baúl lleno de todo tipo de material pornográfico. Había xilografías pornográficas, incluyendo algunas del gran Hiroshige...

—Hiroshige nunca hizo grabados pornográficos —dijo Calabaza.

—Sí, sí que los hizo, Calabaza —le contestó el Presidente—. Yo he visto algunos de ellos.

—Y también —continuó Mameha— tenía láminas de todo tipo de mujeres y hombres europeos gordos, y algunas películas.

—Conocí bien a Akita Masichi —dijo el Presidente—. No era un hombre que tendría una colección de pornografía. La otra historia es la verdadera.

—Venga, venga, Presidente —dijo Nobu—. ¿Me va a decir que se cree una historia de una voz que sale de un pozo?

—Yo no tengo que creerlo. Lo único que importa es que Mameha cree que es cierto.

Calabaza y el Presidente votaron por la historia del hombre en el pozo. El consejero y Nobu por la de la pornografía. Yo ya las había oído las dos varias veces y sabía que la del pozo era la verdadera. El consejero se bebió sin protestar el vaso de sake que le pusimos como penalización por haber fallado; pero Nobu no paró de refunfuñar todo el tiempo que le llevó beber el suyo, así que le obligamos a que fuera el siguiente.

—No quiero jugar a esto —dijo.

—O juega o tendrá que beber un vaso de sake con cada ronda —le dijo Mameha.

—Está bien. Hay que contar dos historias, ¿no? Pues se las voy a contar —dijo—. Ésta es la primera. Tengo un perrito que se llama Kubo. Una noche cuando volví a casa, Kubo estaba completamente azul.

—Lo creo —dijo Calabaza—. Probablemente había sido raptado por algún demonio.

Nobu la miró como si no pudiera imaginarse que Calabaza hablaba en serio.

—Al día siguiente volvió a suceder —continuó tentativamente—, pero esta vez el pelo de Kubo estaba de un rojo vivo.

—Sin duda eran demonios —dijo Calabaza—. A los demonios les encanta el rojo. Es el color de la sangre.

Nobu empezó a enfadarse realmente al oír esto.

—Y ésta es la segunda. La semana pasada llegué tan temprano a la oficina que mi secretaria todavía no había llegado. Ya está. ¿Cuál es la cierta?

Por supuesto, todos elegimos la de la secretaria, salvo Calabaza, que tuvo que beber un vaso de sake. No me refiero a una copa, sino a un vaso. Se lo sirvió el consejero, quien, después de llenarlo completamente, siguió añadiendo gota a gota hasta que rebosó. Calabaza tuvo que dar unos sorbitos antes de poder agarrar el vaso y llevárselo a los labios. Me preocupó verla, pues no aguantaba mucho el alcohol.

—No puedo creer que la historia del perro no sea cierta —dijo cuando terminó de beber. Yo creí apreciar que arrastraba las palabras—. ¿Cómo te vas a inventar algo así?

—¿Que cómo me lo iba a inventar? La cuestión es cómo puedes creerlo tú. Los perros no se ponen azules. Ni rojos. Y los demonios no existen.

El siguiente era mi turno.

—Mi primera historia es así. Una noche, hace años, el actor de Kabuki Yoegoro se emborrachó y me dijo que siempre me había encontrado muy guapa.

—Ésa no es cierta —dijo Calabaza—. Conozco a Yoegoro.

—Seguro que sí. Pero, sin embargo, me lo dijo, y desde aquella noche, de vez en cuando me escribe. Y en una esquina de todas sus cartas siempre pega un pequeño pelito negro rizado.

El Presidente se rió, pero Nobu se irguió, enfadado y dijo:

—¡Esos actores de Kabuki! ¡Qué gente más irritante!

—No lo entiendo. ¿Qué quieres decir con un pelito negro rizado? —dijo Calabaza; pero podías ver por su expresión que conocía la respuesta.

Todo el mundo se quedó callado, esperando mi segunda historia. Lo había tenido en la cabeza desde que empezamos el juego, pero me ponía nerviosa contarlo, y tampoco estaba segura de que fuera lo más adecuado.

—Una vez, cuando era niña —empecé—, estaba muy triste un día y fui a la orilla del arroyo Shirakawa y me eché a llorar...

Cuando empecé a contar esta historia, tuve la impresión de que llegaba hasta el otro lado de la mesa y tocaba al Presidente en la mano. Pues me parecía que ninguno de los presentes vería nada anormal en lo que estaba yo contando, mientras que el Presidente entendería esta historia privada, o, al menos, eso esperaba yo. Me dio la sensación de que estaba teniendo con él una conversación más íntima que ninguna de las que había tenido nunca; y según hablaba fui sintiendo más calor dentro de mi cuerpo. Antes de continuar, levanté la vista esperando encontrarlo mirándome con curiosidad. Pero en lugar de ello, parecía no estarme prestando atención. Me sentí como una chica vanidosa que caminara por la calle posando para la multitud, sólo para darse cuenta de pronto de que no hay nadie a su alrededor.

Sin duda, los presentes se habían aburrido de esperar, porque Mameha me dijo:

—¿Y bien? Continúa —Calabaza también farfulló algo con su lengua de trapo que no pude entender.

—Voy a cambiar de historia —dije—. ¿Se acuerdan de la geisha Okaichi? Murió en un accidente durante la guerra. Muchos años antes, hablando un día conmigo, me dijo que siempre temía que se le cayera encima una pesada caja de madera y la matara. Pues así es exactamente como murió. Una caja llena de objetos de metal se cayó de un estante y la mató.

Hasta ese momento, la preocupación me había impedido ver que ninguna de las dos historias era cierta. Las dos eran parcialmente ciertas; pero, de todos modos, tampoco me importó mucho, porque en este juego la gente solía hacer trampas. Así que esperé hasta que el Presidente eligió la que él creía que era cierta —la del pelito rizado de Yoegoro— y dije que había acertado. Calabaza y el consejero tuvieron que beber de nuevo sendos vasos de sake.

Entonces le tocó el turno al Presidente.

—No soy muy bueno en estos juegos —dijo—. Al menos no como vosotras, las geishas, que mentís tan bien.

—¡Presidente! —exclamó Mameha, pero, claro, sólo estaba de broma.

—Me preocupa Calabaza, así que lo voy a poner muy fácil. No creo que pueda beberse otro vaso.

Era verdad que Calabaza no lograba enfocar la vista. Creo que ni siquiera estaba escuchando al Presidente hasta que éste dijo su nombre.

—Escucha atentamente, Calabaza. Ésta es mi primera historia. Esta noche vine a una fiesta a la Casa de Té Ichiriki. Y ésta la segunda. Hace unos días, entró un pez andando por mi despacho... no, olvida ésa. Puede que creas que hay peces que andan. A ver ésta otra. Hace unos días, abrí el cajón de mi mesa, y salió un hombrecito en uniforme que se puso a cantar y a bailar. Vale. ¿Cuál es la verdadera?

—No esperará que me crea que había un hombre en uno de los cajones de su mesa —dijo Calabaza.

—Escoge una de las dos. ¿Cuál es la verdadera?

—La otra. Ya no recuerdo de qué iba.

—Deberíamos obligarle a beberse un vaso por lo que ha hecho, Presidente —dijo Mameha.

Al oír estas palabras, Calabaza debió de suponer que había fallado, porque lo siguiente que vimos fue que se había bebido medio vaso de sake, y la verdad es que no tenía ningún buen aspecto. El Presidente fue el primero en darse cuenta, y le quitó el vaso de las manos.

—No eres una esponja, Calabaza —dijo el Presidente—. Te voy a acompañar a casa. O a arrastrarte, si hay que hacerlo.

Mameha se ofreció también para ayudarle, y los dos se llevaron a Calabaza, dejando a Nobu y al consejero sentados a la mesa conmigo.

—Bueno, consejero —dijo Nobu pasado un rato—. ¿Qué tal se lo ha pasado?

Creo que el consejero estaba tan borracho como Calabaza, pero farfulló que había disfrutado mucho con aquella velada.

—Muy, muy agradable, en verdad —añadió, afirmando con la cabeza un par de veces. Tras lo cual extendió la copa de sake para que le sirviera, pero Nobu se la quitó de la mano.

Treinta y dos

Todo aquel invierno y la primavera siguiente, Nobu continuó viniendo a Gion con el consejero del ministro una o incluso dos veces por semana. Considerando todo el tiempo que pasaban juntos, uno pensaría que el consejero tendría que haber llegado a notar que Nobu no lo soportaba, pero si lo notó, no dejó verlo. A decir verdad, parecía que el consejero nunca notaba nada, salvo si yo estaba arrodillada a su lado y si tenía la copa llena. Su devoción hacia mí me complicaba las cosas algunas veces; pues cuando le prestaba demasiada atención, Nobu se ponía de un humor de perros, y el lado de la cara donde tenía menos cicatrices se le enrojecía de rabia. Por eso la presencia del Presidente, Mameha y Calabaza me resultaba tan valiosa. Tenían la misma función que la paja en un cajón de embalaje.

También, claro está, valoraba la presencia del Presidente por otras razones. Durante esos meses lo vi más de lo que lo había visto nunca antes, y con el tiempo llegué a darme cuenta de que la imagen de él que tenía en la cabeza, la imagen que se me aparecía cuando me acostaba en el futón por la noche, no era exactamente como era él, no exactamente. Por ejemplo, siempre me había imaginado que sus párpados eran lisos, sin pestañas apenas, pero en realidad estaban rematados con unas pestañas densas y suaves, como pequeños cepillos. Y tenía una boca mucho más expresiva de lo que yo creía, tan expresiva, de hecho, que a menudo le costaba trabajo ocultar sus sentimientos. Cuando algo le divertía, pero no quería dejarlo ver, podías darte cuenta de ello igualmente fijándote en cómo le temblaban las comisuras de la boca. O cuando se perdía en sus pensamientos —rumiando quizás algún problema con el que se había topado durante el día—, giraba y giraba la copa de sake que tenía en la mano y fruncía la boca de tal modo que se le formaban arrugas a los lados de la barbilla. Siempre que se dejaba ir en este estado yo me sentía libre de mirarlo descaradamente. Y había algo en su forma de fruncir el gesto y en los profundos surcos de su barbilla que llegué a encontrar inexplicablemente hermoso. Parecía mostrar la profundidad de su pensamiento y lo en serio que se tomaba el mundo. Una noche que Mameha estaba contando una historia, me dejé llevar hasta tal punto mirándolo, que cuando volví a mi ser, cualquiera que me hubiera observado se habría preguntado de qué iba yo. Por suerte, el consejero estaba demasiado aturdido por la bebida para darse cuenta de nada; y Nobu, concentrado como estaba masticando un bocado y escogiendo en la fuente otro con los palillos, no nos estaba prestando atención ni a Mameha ni a mí. Calabaza, sin embargo, parecía que llevaba un rato observándome. Cuando la miré, me sonrió de una forma que yo no supe cómo interpretar.

Una noche, hacia finales de febrero, Calabaza no pudo venir a la Ichiriki porque había agarrado la gripe. El Presidente también llegó tarde aquella noche, de modo que nos encontramos Mameha y yo acompañando a Nobu y al consejero. Finalmente decidimos bailar un poco, más para nuestro beneficio que para el de ellos. A Nobu no le gustaba mucho la danza, y al consejero no le gustaba nada. No era la mejor elección, pero no se nos ocurrió aquel día una forma mejor de pasar el rato.

Primero Mameha ejecutó algunas piezas breves mientras yo la acompañaba con el *shamisen*. Luego cambiamos. En el momento en que yo me colocaba para el paso inicial de mi primera danza —el torso tan inclinado que tocaba el suelo con el abanico y el otro brazo extendido— se abrió la puerta corredera y entró el Presidente. Le saludamos y esperamos un momento hasta que se acomodó en la mesa. Me agradó verlo entrar, porque aunque sabía que me había visto bailar en el escenario, nunca lo había hecho en un ambiente tan íntimo como aquél. Pensaba representar un pieza breve llamada *Hojas de otoño temblorosas*, pero al verlo entrar cambié de parecer y le pedí a Mameha que tocara *Lluvia cruel* en su lugar. La historia que cuenta esta pieza es la de una joven que se emociona profundamente cuando su amado se quita la chaqueta del kimono para protegerla durante una tormenta, porque sabe que él es un espíritu encantado, cuyo cuerpo se diluirá al contacto con la humedad. Mis profesoras solían felicitarme por la forma en que representaba la pena de la joven; y en la parte en la que tenía que ir hundiéndome despacio hasta quedarme de rodillas, no me temblaban las piernas como a la mayoría de las bailarinas. De modo que aunque me habría gustado lanzarle alguna furtiva mirada mientras bailaba, no me fue posible hacerlo, pues tenía que mantener los ojos en las posiciones que les correspondía en cada momento de la danza. Y para darle aún más sentimiento a mi interpretación intenté concentrarme en lo más triste que se me ocurría, que era imaginarme que estaba sola con mi *danna* allí en aquella sala, y que éste era Nobu en lugar del Presidente. En cuanto empecé a pensar esto, se hundió el mundo a mi alrededor. Me parecía que fuera, en el jardín, la lluvia chorreaba por los aleros del tejado en forma de pesadas cuentas de cristal. Incluso los tatamis parecían presionar el suelo. Recuerdo que pensé que mi danza no debía expresar la pena de una mujer que ha perdido a su amante sobrenatural, sino el dolor que yo misma sentiría si arrancaban de mi vida la única cosa que me interesaba con toda el alma. Y también me encontré pensando en Satsu e intenté expresar en aquella danza la amargura de nuestra eterna separación. Al terminar, la pena se había apoderado de mí; pero desde luego no estaba preparada para lo que vi cuando me volví a mirar al Presidente.

Estaba sentado en la esquina de la mesa más próxima a donde yo estaba, de modo que daba la casualidad que sólo yo podía verlo de frente. Al principio creí que su cara expresaba sorpresa, porque tenía los ojos muy abiertos. Pero del mismo modo que a veces le temblaba la boca cuando intentaba no sonreír, ahora le temblaba a causa de una tensión producida por otro tipo de emoción. No podía estar segura, pero me dio la impresión de que tenía los ojos bañados de lágrimas. Miró a la puerta y, fingiendo que se rascaba una aleta de la nariz, se limpió con el dedo el rabillo del ojo, al tiempo que se frotaba las cejas, como si éstas fueran el origen de su inquietud. Me desconcertó tanto ver sufrir al Presidente que por un momento no supe qué hacer. Luego me dirigí a la mesa, y Mameha y Nobu comenzaron a hablar. Pasado un momento el Presidente les interrumpió.

—¿Dónde está Calabaza hoy?

—¡Oh! Está enferma, Presidente.

—¿Qué quiere decir? ¿Que no va a venir?

—Pues no. Y menos mal porque tiene una de esas gripes intestinales.

Mameha volvió a su conversación. Vi que el Presidente miraba el reloj y luego le oí decir, todavía temblándole la voz:

—Mameha, me excusarás esta noche. Yo tampoco me siento muy bien hoy.

Nobu hizo un chiste cuando el Presidente cerraba la puerta al salir, y todos nos reímos. Pero yo estaba pensando algo que me aterró. En mi baile había tratado de expresar el dolor de la ausencia. Sin duda, había terminado entristeciéndome yo misma, pero también había entristecido al Presidente: ¿podía ser posible que él estuviera pensando en Calabaza, quien, después de todo, estaba ausente? No me lo podía imaginar a punto de llorar por la enfermedad de Calabaza, o algo por el estilo, así que tal vez había removido en él unos sentimientos más oscuros y complicados. Lo único que sabía era que cuando terminé de bailar, el Presidente preguntó por Calabaza y se fue al enterarse de que estaba enferma. No podía creerlo. Si hubiera descubierto que el Presidente sentía algo por Mameha, no me habría sorprendido. ¿Pero Calabaza? ¿Cómo podía desear el Presidente a alguien tan..., tan falta de todo refinamiento?

Se podría pensar que después de lo sucedido cualquier mujer con un mínimo de sentido común habría renunciado a todas sus esperanzas. Y durante unos días, en efecto, fui al adivino a diario y leí mi horóscopo con más atención de lo normal, buscando algún signo relativo a si debía someterme a mi inevitable destino. Claro está que todos los japoneses estábamos viviendo una época de esperanzas rotas. No me hubiera resultado sorprendente que las mías hubieran muerto del mismo modo que las de tanta otra gente. Pero por otro lado, muchos creían que el país volvería a levantarse algún día; y todos sabíamos que tal cosa no sucedería nunca si nos resignábamos a seguir viviendo para siempre entre los escombros. Siempre que leía en el periódico alguna de esas noticias que cuentan de cómo un pequeño taller que antes de la guerra fabricaba, por ejemplo, piezas de bicicleta había vuelto a abrir como si no hubiera habido guerra, me decía que si toda una nación podía salir de su propio valle de las tinieblas, todavía había alguna esperanza de que pudiera salir yo del mío.

Desde principios de marzo hasta el final de la primavera, Mameha y yo estuvimos muy ocupadas con el festival de las *Danzas de la Antigua Capital* que volvía a celebrarse por primera vez después del cierre de Gion durante los últimos años de la guerra. Casualmente, Nobu y el Presidente también estuvieron muy ocupados durante esos meses y sólo vinieron a Gion con el consejero dos veces. Entonces, un día de la primera semana de junio, me dijeron que la Compañía Iwamura solicitaba mi presencia en la Casa de Té Ichiriki. Tenía otro compromiso concertado varias semanas antes al que, por lo tanto, no podía faltar. De modo que cuando por fin abrí la puerta para unirme al grupo de Iwamura, era media hora más tarde de la hora fijada. Para mi sorpresa, en lugar del grupo habitual, sólo estaban Nobu y el consejero.

No tardé en darme cuenta de que Nobu estaba enfadado. Me imaginé, por supuesto, que estaba enfadado conmigo por haberle dejado tanto tiempo solo con el consejero —aunque, a decir verdad, "pasaban tanto tiempo juntos" como la ardilla con los insectos que viven en el mismo árbol—. Nobu tamborileaba en la mesa con cara de gran irritación, mientras que el consejero estaba junto a la ventana con la vista perdida en el jardín.

—Muy bien, consejero —dijo Nobu, cuando me acomodé en la mesa junto a ellos—. Basta ya de ver crecer los arbustos. ¿O es que vamos a estar esperándolo toda la noche?

El consejero se sobresaltó e hizo una pequeña inclinación para disculparse antes de sentarse en el cojín que yo había preparado para él. Por lo general, me costaba trabajo encontrar algo que decirle, pero hoy la tarea resultaba más fácil porque hacía bastante tiempo que no lo veía.

—Consejero —le dije—, parece que ya no le gusto.

—¿Eh? —dijo él. Había conseguido reordenar sus rasgos de modo que mostraran cierta sorpresa.

—Hacía más de un mes que no venía a verme. ¿Se debe acaso a que Nobu-san no ha sido lo bastante amable para traerlo a Gion con más frecuencia?

—Nobu-san ha sido muy amable —dijo el consejero. Y exhaló varias veces el aire por la nariz antes de añadir—: Ya le he pedido demasiado.

—¿Tenerlo sin venir un mes entero? Eso no es ser amable. Tendremos que resarcirnos.

—Sí, sí —interrumpió Nobu—, sobre todo en lo que se refiere a la bebida.

—¡Qué barbaridad! De veras que Nobu está refunfuñón esta noche. ¿Lleva así toda la velada? ¿Y dónde están el Presidente y Mamcha y Calabaza?

—El Presidente no puede venir hoy —respondió Nobu—. No sé dónde están las otras. Eso es asunto tuyo, no mío.

Un momento después se abrió la puerta y entraron dos camareras con la cena de los dos hombres. Hice todo lo posible por ofrecerles una compañía agradable mientras comían, o sea, por hacer hablar a Nobu. Pero él no estaba de humor para hablar; y entonces lo intenté con el consejero, pero, claro, hubiera sido más fácil sacarle una palabra, o incluso dos, al pescado asado que tenía en el plato. Así que terminé desistiendo y me puse a charlar de lo primero que se me ocurría, hasta que empecé a sentirme como una vieja hablando con sus dos perros. Y no paré de ofrecerles sake todo el tiempo. Nobu no bebió mucho, pero el consejero me alargaba, agradecido, la copa siempre que yo hacía gesto de volver a servirle. Cuando al consejero empezó a nublársele la vista, Nobu, cual hombre que se despierta súbitamente, dejó su copa firmemente sobre la mesa, se limpió la boca con la servilleta y dijo:

—Vale ya, consejero, ya basta por hoy. Ya es hora de volver a casa.

—¡Nobu-san! —exclamé yo—. Me da la impresión de que es precisamente ahora cuando tu invitado está empezando a divertirse.

—Ya se ha divertido lo bastante. Por una vez vamos a mandarlo pronto a casa. Venga, consejero. Su esposa lo agradecerá.

—No estoy casado —dijo el consejero, quien ya se estaba subiendo los calcetines y preparando para levantarse.

Conduje a Nobu y al consejero por el vestíbulo hasta el portal y le ayudé a calzarse. Todavía no había muchos taxis debido al racionamiento de la gasolina, pero la camarera llamó a un *rickshaw*, y yo ayudé al consejero a subirse. Ya para entonces era consciente de que aquel hombre actuaba de una forma un tanto extraña, pero aquella noche se miró las rodillas y ni siquiera se despidió. Nobu se había quedado en el portal, contemplando la noche como si estuviera viendo pasar las nubes, cuando en realidad era una noche totalmente despejada. Tras despedir al consejero, le dije:

—Nobu-san, ¿qué les pasa hoy a ustedes dos?

Me miró indignado y entró en la casa de té. Lo encontré en la sala en la que habíamos estado antes, golpeando la mesa con la copa. Pensé que quería bebida, pero me ignoró cuando le pregunté, y además la botella estaba vacía, en cualquier caso. Esperé un rato largo, pensando que quería decirme algo, pero finalmente fui yo la que hablé:

—Debería verse, Nobu-san. Tiene una arruga en el entrecejo tan profunda como un bache en el camino.

Relajó un poco los músculos alrededor de los ojos, de modo que la arruga pareció disolverse.

—Ya no soy tan joven como era, ya sabes —me dijo.

—¿Qué quiere decir con esas palabras?

—Quiero decir que hay algunas arrugas que se han convertido en rasgos permanentes de mi cara, y no van a desaparecer porque tú lo digas.

—Hay buenas arrugas y malas arrugas, Nobu-san. No debe olvidarlo.

—Tú tampoco eres tan joven como eras, ya sabes.

—¡Y ahora se rebaja a insultarme! ¿Por qué no tenemos nada que beber? Creo que necesita un trago.

—No te estoy insultando. Sólo estoy constatando un hecho.

—Hay buenas arrugas y malas arrugas y hay hechos buenos y hechos malos —respondí yo—. Los malos mejor los evitamos.

Encontré una camarera y le pedí que nos trajera una bandeja con whisky y una jarra de agua y un poco de mojama de calamar para picar, pues me sorprendió que Nobu apenas había tocado su cena. Cuando llegó la bandeja, le serví whisky en un vaso, lo llené con agua y se lo puse delante.

—Y ahora —dije—, imagínese que es una medicina y bébaselo todo de un trago —él dio un sorbo; un sorbo pequeño—. Todo —insistí yo.

—Lo beberé a mi ritmo.

—Cuando el médico le ordena al paciente que tome una medicina, el paciente le obedece. ¡Ahora, bébaselo!

Nobu vació el vaso, pero no me miró mientras bebía. Cuando terminó le serví más y le dije que volviera a beber.

—¡Tú no eres el médico! —me dijo—. Me lo beberé como me apetezca.

—Vamos, vamos, Nobu-san. Cada vez que abre la boca lo lía aún más. Cuanto más enfermo está el paciente, más medicina habrá de tomar.

—No lo haré. Odio beber solo.

—Está bien. Yo beberé con usted —dije, y me puse varios cubos de hielo en un vaso y lo extendí para que Nobu me sirviera el alcohol. Sonreía cuando tomó el vaso; era ciertamente la primera sonrisa que le veía en toda la noche. Luego me sirvió el doble de lo que yo le había servido a él, y le añadió un chorrito de agua. Entonces agarré su vaso, vacié el contenido en un cuenco que había en el centro de la mesa, y volví a llenarlo con la misma cantidad de whisky que me había servido él a mí, más un sorbo de castigo.

Mientras nos bebíamos de un trago el contenido de nuestros vasos, no pude evitar poner caras raras; tomarme un whisky me parece más o menos tan grato como sorber el agua de lluvia estancada en una cuneta. Supongo que mis caras surtieron efecto, pues luego Nobu parecía mucho menos malhumorado. Cuando recuperé el aliento, dije:

—No sé qué le ha picado hoy, Nobu-san. O al consejero, si a eso vamos.

—¡Ni lo mentes! Empezaba a olvidarme de él. ¿Sabes lo que me dijo antes?

—Nobu-san —le interrumpí—, es mi responsabilidad ponerle contento quiera o no tomar más whisky.

Ha estado viendo caer borracho al consejero noche tras noche. Ahora le toca a usted.

Nobu me volvió a lanzar una mirada irritada, pero tomó el vaso como un hombre que inicia el recorrido hacia el pelotón de fusilamiento, y lo miró un momento antes de bebérselo de un trago. Luego lo dejó sobre la mesa y se pasó el dorso de la mano por los ojos, como si intentara despejarlos.

—Sayuri —dijo—, he de contarte algo. Pues antes o después te lo van a decir. La semana pasada el consejero y yo tuvimos una charla con la propietaria de la Ichiriki. Estuvimos informándonos sobre la posibilidad de que el consejero se convirtiera en tu *danna*.

—¿El consejero? —pregunté yo—. No entiendo lo que dice, Nobu-san. ¿Es eso lo que le gustaría que pasara?

—Claro que no. Pero el consejero nos ha ayudado mucho, y yo no tenía elección. Las autoridades de la Ocupación estaban decididas a actuar contra la Compañía Eléctrica Iwamura. La compañía habría sido incautada, ya sabes. Supongo que el Presidente y yo habríamos aprendido a echar el cemento, porque no se nos hubiera permitido volver a tener otra empresa. Sin embargo, el consejero les ha obligado a volver a examinar nuestro caso y ha logrado convencerles de que nos habían tratado con excesiva dureza. Lo que es cierto, ya sabes.

—Sin embargo, Nobu-san sigue insultando al consejero siempre que puede —dije yo—. Me parece que...

—Se los merece todos los insultos. No me gusta ese hombre Sayuri. Y no contribuye a que me guste más el hecho de que estoy en deuda con él.

—Ya veo —dije—. De modo que iba a ser entregada al consejero porque...

—Nadie te iba a entregar a él. No hubiera podido nunca pagárselo. Le hice creer que Iwamura correría con todos los gastos, lo que, por supuesto, no iba a ser el caso. Yo ya sabía de antemano la respuesta de la propietaria, o no lo hubiera preguntado. El consejero se ha quedado muy decepcionado, ya sabes. Por un momento casi me da pena.

No tenía nada de divertido lo que contaba Nobu. Y, sin embargo, no pude dejar de reírme, porque de pronto me imaginé que el consejero era mi *danna* y se aproximaba a mí con esa barbilla suya tan prominente y yo sentía su aliento subiéndome por la nariz.

—Conque te parece divertido, ¿eh? —me dijo Nobu.

—La verdad, Nobu-san... Lo siento, pero sólo imaginarme al consejero...

—¡Yo no quiero imaginarme al consejero! Ya ha sido bastante horroroso haber tenido que sentarme con él a parlamentar con la propietaria de la casa de té.

Le serví otro whisky con agua a Nobu, y preparé otro para mí. No me apetecía nada. Ya bastante nebulosa me parecía la habitación. Pero Nobu alzó su vaso, y no me quedó más remedio que beber con él. Luego se limpió la boca con una servilleta y dijo:

—Qué tiempos más malos para estar vivo, Sayuri.

—Nobu-san, creí que estábamos bebiendo para matar las penas.

—Hace mucho que nos conocemos, Sayuri. Tal vez... ¡quince años! ¿No? —dijo—. No, no contestes. Quiero decirte algo, y tú te vas a quedar ahí sentada escuchándome. Hacía tiempo que quería decírtelo, y ahora ha llegado el momento. Supongo que me estarás escuchando atentamente, porque sólo lo voy a decir una vez. Esto es lo que tengo que decirte: no me gustan mucho las geishas; ya lo sabes, probablemente. Pero siempre he sentido que tú, Sayuri, no eres como las demás.

Esperé un momento a que Nobu continuara, pero no lo hizo.

—¿Es eso todo lo que Nobu quería decirme? —le pregunté.

—Bueno, ¿no significa eso que habría debido hacer toda suerte de cosas por ti? Por ejemplo... ¡ah!, por ejemplo, te debería haber regalado joyas.

—Nobu-san me ha regalado joyas. De hecho, siempre ha sido demasiado amable. Conmigo, quiero decir; desde luego no lo es con todo el mundo.

—Bueno, pues habría debido regalarte más. Da igual; no es de eso de lo que estoy hablando. Me está costando trabajo explicarme. Lo que quiero decir es que he llegado a comprender lo estúpido que he sido. Hace un momento te reías ante la idea de que el consejero pudiera convertirse en tu *danna*. Pero mírame a mí: un manco con una piel de... ¿Cómo me llaman? ¿El lagarto?

—¡Ay, Nobu-san! No debe hablar así...

—Por fin ha llegado el momento. Llevaba años esperándolo. Tuve que esperar todo ese tiempo estúpido que estuviste con el general. Cada vez que me lo imaginaba contigo..., bueno, no quiero pensar en ello ahora. ¡Y la sola idea de este estúpido consejero! ¿Te había dicho lo que me contó esta noche? Eso es lo peor de todo. Cuando se enteró de que no podía ser tu *danna*, se quedó sentado como un montón de estiércol y luego finalmente dijo: "Pensé que me había dicho que podría ser el *danna* de Sayuri". ¡Yo no había dicho nada en ese sentido! "Hicimos lo que pudimos, consejero, y no ha funcionado", le dije yo. Y entonces él me respondió: "¿No podría arreglar las cosas aunque sólo fuera para una vez?". Y yo dije: "¿Una vez, qué? ¿Para que seas el *danna* de Sayuri por una noche?". Y él asintió con la cabeza. Bueno, pues entonces yo le digo: "Escuche, consejero. Ya ha sido bastante horroroso ir a proponerle de *danna* de una mujer como Sayuri. Sólo lo hice porque sabía que no sucedería. Pero si cree...".

—¡No puede haberle dicho semejante cosa!

—¡Pues claro que se lo dije! Exactamente le dije: "Pero si se cree que voy a conseguirle ni siquiera un cuarto de hora a solas con ella... ¿Por qué iba a tenerla usted? Además, no es mía; no puedo ir por ahí ofreciéndola. ¡Pensar en preguntarle semejante cosa!".

—Nobu-san, sólo espero que el consejero no se haya tomado a mal todo esto, teniendo en cuenta todo lo que ha hecho por la compañía.

—Espera un momento. No dejaré que pienses que soy un desagradecido. El consejero nos ayudó porque ésa era su obligación. Lo he tratado bien durante estos últimos meses, y no voy a dejar de hacerlo ahora. Pero eso no significa que tenga que renunciar a aquello que llevo más de diez años esperando y dárselo a él. ¿Qué habría pasado si hubiera venido a pedirte lo que él quería que te pidiera? ¿Habrías dicho "está bien, Nobu-san, lo haré por usted"?

—Por favor... ¿Qué puedo responder a eso?

—Es muy fácil. Sencillamente dime que nunca habrías hecho tal cosa.

—Pero Nobu-san, yo tengo una inmensa deuda con usted... Si me pidiera un favor, no me lo tomaría a la ligera.

—¡Esto es nuevo! ¿Has cambiado, Sayuri, o siempre ha habido una parte de ti que yo no conocía?

—A menudo pienso en qué alta consideración Nobu-san me...

—Yo no juzgo mal a la gente. Si tú no eres la mujer que yo creo que eres, éste no es el mundo que yo creía que era. ¿Me estás queriendo decir que te entregarías a un hombre como el consejero? ¿Acaso no crees que en este mundo existe el bien y el mal, lo bueno y lo malo? ¿O es que has pasado demasiado de tu vida en Gion?

—¡Qué barbaridad, Nobu-san! Hacía años que no lo veía tan enfadado.

Esto debió de ser lo menos acertado que pude decir, porque de pronto la cara de Nobu llameó de rabia. Agarró el vaso con su única mano y golpeó la mesa con tal fuerza que lo rajó, derramando los cubitos de hielo por el mantel. Nobu volvió la mano y observó un reguerito de sangre en la palma.

—¡Oh, Nobu-san!

—¡Contesta!

—Ahora mismo no puedo ni pensar en la pregunta... Por favor, déjeme que vaya a buscar algo para curarle la mano...

—¿Te entregarías al consejero independientemente de quién te lo pidiera? Si eres una mujer que haría tal cosa, quiero que salgas ahora mismo de esta habitación y no vuelvas a hablarme.

No entendía por qué había tomado un cariz tan peligroso aquella velada; pero yo tenía bastante claro que sólo podía dar una respuesta. Tenía que encontrar algo inmediatamente para vendarle la mano a Nobu y detener la sangre, que ya había empezado a gotear en la mesa, pero él me estaba mirando con tal intensidad que no me atreví a moverme.

—Nunca haría tal cosa —dije.

Pensé que esto lo calmaría, pero durante un largo y espantoso momento continuó mirándome furioso. Por fin respiró profundamente.

—La próxima vez, habla antes de que yo tenga que cortarme esperando una respuesta.

Me precipité fuera en busca de la dueña. Ésta acudió con varias camareras y una palangana y toallas. Nobu no la dejó llamar a un médico; y a decir verdad, el corte no era tan profundo como yo había creído en un principio. Cuando la dueña se fue, Nobu se quedó en silencio. Yo intenté empezar una conversación, pero él parecía totalmente desinteresado.

—Primero no puedo calmarle —dije yo por fin— y ahora no puedo hacerle hablar. No sé si hacerle beber más o si el problema es el propio alcohol.

—Ya hemos bebido bastante, Sayuri. Ha llegado el momento de que vayas y traigas aquella piedra.

—¿Qué piedra?

—La que te di el otoño pasado. El trozo de hormigón de la fábrica. Vete a buscarlo.

Me quedé helada al oírlo, porque sabía exactamente qué significaba lo que decía. Había llegado el momento en el que Nobu se ofrecería para ser mi *danna*.

—De verdad, creo que he bebido demasiado. No sé si me tengo en pie —dije—. Tal vez a Nobu-san no le importe que la traiga la próxima vez que nos veamos.

—Sí, sí me importa. Vete a buscarla ahora. ¿Por qué te crees que me he quedado después de que se fuera el consejero? Vete a buscarla, y yo te esperaré aquí.

Pensé en mandar a una criada de la casa de té a buscarla, pero no sabía explicarle dónde encontrarla. Así que me dirigí dificultosamente hasta el portal, me calcé y salí a las calles de Gion como si fuera andando bajo el agua —que era la sensación que me daba, borracha como iba.

Cuando llegué a la *okiya*, fui directamente a mi cuarto y encontré el trozo de hormigón en un estante de mi armario, envuelto en un trozo de seda. Lo desenvolví, tirando la seda al suelo, no sé por qué. Cuando salía, la Tía —que debió de oírme entrar dando tumbos y había subido a ver qué pasaba— me encontró en el rellano y me preguntó por qué llevaba una piedra en la mano.

—Se la llevo a Nobu-san, Tía —contesté yo—. Por favor, detenme.

—Estás borracha, Sayuri. ¿Qué te ha pasado esta noche?

—Tengo que devolvérsela. Y... eso será... ¡ay! el fin de mi vida. Por favor, deténme...

—Borracha y llorando. Estás peor que Hatsumono. No puedes volver allí en este estado.

—Pues entonces telefonea a la Casa de Té Ichiriki y diles que le digan a Nobu que no podré volver. ¿Lo harás?

—¿Por qué está esperando Nobu-san que vuelvas para darle esa piedra?

—No puedo explicarlo. No puedo...

—Da igual. Si te está esperando, no tienes más remedio que ir —me dijo, al tiempo que me conducía del brazo de vuelta a mi cuarto, donde me limpió la cara con un paño y me retocó el maquillaje a la luz de una lámpara eléctrica. Mientras la Tía hacía todo esto, yo era como un pelele; tuvo que agarrarme la barbilla con la mano para que no se me fuera la cabeza a un lado. Se impacientó tanto que terminó agarrándome la cabeza entre las manos y dejándome claro que quería que la mantuviera derecha.

—Espero no volver a verte comportándote así, Sayuri. A saber qué te ha pasado hoy.

—Soy una estúpida, Tía.

—Sin duda has debido de ser una estúpida hoy —dijo ella—. Mamita se enfadará mucho si has hecho algo que vaya a echar por tierra el afecto que te tiene Nobu-san.

—Todavía no lo he hecho —dije yo—. Pero si se te ocurre algo que...

—Ésa no es forma de hablar —me reprendió la Tía. Y luego no volvió a decir palabra hasta que terminó de maquillarme.

Volví a la Casa de Té Ichiriki con la pesada piedra entre las manos. No sé si era realmente pesada o si los pesados eran mis brazos después de haber bebido tanto. Pero cuando me reuní con Nobu de nuevo, me sentía como si no me quedara un ápice de fuerza. Si me hablaba de convertirme en su amante, no estaba segura de que fuera a ser capaz de contener mis sentimientos.

Dejé la piedra sobre la mesa. Nobu la tomó con los dedos y la sostuvo en su mano vendada.

—Espero no haberte prometido una joya de este tamaño —dijo—. No tengo tanto dinero. Pero ahora son posibles cosas que no lo eran hace unos meses.

Yo hice una reverencia y traté de no parecer triste. Nobu no tenía que decirme lo que significaban sus palabras.

Aquella misma noche, acostada en el futón, con la habitación girando a mi alrededor, decidí tener la misma paciencia del pescador que pasa hora tras horas sacando los peces que van cayendo en su red. Cada vez que se me viniera a la cabeza el Presidente, lo echaría fuera, una y otra vez hasta desterrarlo de mis pensamientos. Seguro que no habría sido un mal sistema para olvidar, si hubiera logrado que funcionara. Pues cuando aparecía en mis pensamientos, no era capaz de cazarlo y echarlo fuera, sino que, muy al contrario, se me escapaba, llevándome a mí hasta el mismo lugar del que lo había desterrado. Muchas veces, me paraba y me decía: no pienses en el Presidente, piensa en Nobu en cambio. Y me imaginaba reuniéndome con Nobu en algún lugar de Kioto. Pero siempre fallaba algo. Por ejemplo, el lugar que me imaginaba podría ser el mismo que en el que me solía imaginar reuniéndome con el Presidente, y entonces volvía a pensar en él irremediablemente.

Así pasé semanas intentando rehacerme. A veces, cuando lograba librarme de pensar en el Presidente, empezaba a sentir como si se hubiera abierto un abismo dentro de mí. No tenía apetito ni siquiera cuando la pequeña Etsuko me traía una sopa ligera ya de madrugada. Las pocas veces que lograba pensar claramente en Nobu, me agarrotaba y no sentía nada. Al maquillarme, me colgaba la cara, como si fuera un kimono en una percha. La Tía me dijo que parecía un fantasma. Asistía a fiestas y banquetes, como siempre, pero permanecía arrodillada en silencio, con las manos juntas en el regazo.

Sabía que Nobu estaba a punto de proponerse como *danna* y todos los días esperaba que me dieran la noticia. Pero las semanas se sucedían sin oír una palabra del asunto. Entonces, una calurosa tarde de finales de junio, casi un mes después de devolverle la piedra, Mamita vino con el periódico a la sala, donde yo estaba almorzando, y lo abrió para enseñarme un artículo titulado "La Compañía Iwamura recibe financiación". Esperaba encontrar todo tipo de referencias a Nobu y al consejero y desde luego al Presidente; pero la mayor parte del artículo ofrecía una información que ni siquiera recuerdo. Decía el artículo que las autoridades de la Ocupación habían modificado la clasificación de la compañía de... no recuerdo —de la categoría A a la categoría B—. Lo que significaba, como seguía explicando el artículo, que la compañía podía volver a firmar contratos, pedir préstamos y demás. Seguían varios párrafos, todos ellos relativos a tipos de interés y líneas de crédito; y terminaba hablando del importante préstamo que había obtenido el día anterior por parte de la Banca Mitsubishi. Era un artículo de difícil lectura, lleno de cifras y de términos mercantiles. Cuando terminé de leerlo, levanté la vista y miré a Mamita, de rodillas frente a mí al otro lado de la mesa.

—Parece que la suerte de la Compañía Iwamura ha cambiado radicalmente —dijo—. ¿Por qué no me lo has contado?

—Mamita, apenas he entendido una palabra de lo que acabo de leer.

—No es de extrañar que en los últimos días tuviéramos tantas noticias de Nobu Toshikazu. Debes de estar enterada de que se ha propuesto para ser tu *danna*.

Por un momento pensé en rechazarlo. ¿Quién quiere a un hombre con un futuro incierto? Ahora entiendo por qué se te veía tan distraída estas últimas semanas. Ahora ya puedes relajarte. Por fin va a suceder. Todas sabemos lo unida que has estado a Nobu durante muchos años.

Como una buena hija, no levanté la vista de la mesa mientras escuchaba a Mamita. Pero estoy segura de que tenía una expresión apenada, porque un momento después Mamita continuó:

—No debes estar tan alicaída cuando Nobu te requiera en su cama. Tal vez no estás todo lo sana que deberías. Te llevaré al médico en cuanto regreses de Amami.

El único Amami que yo había oído en mi vida era la pequeña isla situada no muy lejos de Okinawa; no podía imaginarme que ése fuera el lugar al que se estaba refiriendo Mamita. Pero, de hecho, según me siguió contando, aquella misma mañana la dueña de la Casa de Té Ichiriki había recibido una llamada telefónica de la Compañía Iwamura relativa a un viaje a la isla de Amami al siguiente fin de semana. Solicitaban mi presencia en el mismo junto con la de Mameha, y Calabaza, y también otra geisha cuyo nombre Mamita no recordaba. Saldríamos al viernes siguiente por la tarde.

—Pero, Mamita, eso no tiene ningún sentido —dije—. ¿Cómo vamos a viajar hasta Amami en un fin de semana? El trayecto en barco dura ya todo el día.

—Nada de eso. La Compañía Iwamura ha dispuesto que vayáis en avión.

En ese momento me olvidé de todas mis preocupaciones con respecto a Nobu y me erguí rápidamente, como si alguien me hubiera pinchado con un alfiler.

—¡Mamita! —exclamé—. ¡Yo no puedo ir en avión!

—Si estás sentada en él cuando despega, no podrás evitarlo —me contestó. Y debió de pensar que había hecho una broma muy divertida, porque soltó una de esas risitas suyas que parecían toses.

Con la escasez de gasolina que había, no habría vuelos, pensé, y decidí no preocuparme. Lo que funcionó bastante bien hasta el día siguiente, en que hablé con la propietaria de la Ichiriki. Al parecer, varios oficiales americanos destacados en Okinawa volaban varios fines de semana al mes a Osaka. Normalmente el avión regresaba vacío y volvía al cabo de unos días a recogerlos. La compañía había dispuesto que nuestro grupo aprovechara los viajes de vuelta. La única razón de ir a Amami era que podíamos conseguir un avión vacío; de no ser así habríamos ido a cualquier estación termal cercana sin tener que temer por nuestras vidas. La dueña de la casa de té terminó sus explicaciones diciéndome:

—Me alegro de no ser yo la que tiene que subir a esa cosa.

El viernes por la mañana partimos hacia Osaka en tren. Además del Señor Bekku, que venía hasta el aeropuerto a ayudarnos con nuestros baúles, el pequeño grupo estaba compuesto por Mameha, Calabaza y yo, más una geisha ya entrada en años llamada Shizue. Shizue era del distrito de Pontocho y además de llevar unas gafas muy poco atractivas, tenía el cabello bastante cano, lo que la hacía parecer incluso mayor de lo que era. Y lo peor de todo era que tenía la barbilla partida en dos, como si fueran dos pechos. Shizue parecía vernos como un cedro ve a las hierbas que crecen a su alrededor. En el tren estuvo mayormente mirando por la ventana; pero de vez en cuando abría el broche de su bolsa naranja y roja y sacaba una golosina, que se llevaba a la boca mirándonos como si no pudiera comprender por qué teníamos que molestarla con nuestra presencia.

Desde la estación de Osaka nos dirigimos al aeropuerto en un pequeño autobús, no más grande que un coche, que funcionaba con carbón y estaba muy sucio. Por fin, una hora después, más o menos, nos bajamos al lado de un avión plateado que tenía dos grandes hélices en las alas. No incrementó mi seguridad ver la ruedecilla sobre la que descansaba la cola del aparato, y cuando entramos, el pasillo estaba tan inclinado que no me cupo la menor duda de que aquel avión estaba roto.

Los hombres ya habían embarcado; estaban sentados al fondo y hablaban de negocios. Además del Presidente y Nobu y el consejero del ministro, había un hombre mayor, quien, como pude enterarme más tarde, era el director regional de la Banca Mitsubishi. Sentado a su lado había un hombre de mediana edad con una barbilla muy parecida a la de Shizue y unas gafas tan gruesas como las suyas. Resultó que Shizue era la amante de toda la vida del director del banco, y este hombre era el hijo de ambos.

Nos sentamos en los asientos de delante y dejamos que los hombres continuaran enfrascados en su aburrida conversación. Pronto oí un ruido semejante a una tos y todo el aeroplano se puso a temblar. Cuando miré por la ventanilla, la gran hélice había empezado a moverse. Unos segundos después sus aspas cual sables giraban a toda velocidad a unos centímetros de mi cara, zumbando desesperadamente. Estaba segura de que se desprendería y, rompiendo el lateral del aparato, me partiría por la mitad. Mameha me había puesto en una ventanilla, pensando que la vista me calmaría cuando estuviéramos arriba, pero al ver lo que hacía la hélice se negó a cambiar de asiento conmigo. El ruido de los motores aumentó, y el aeroplano empezó a avanzar dando saltos y girando aquí y allá. Finalmente el ruido llegó al volumen más aterrador que habíamos oído hasta el momento, y el pasillo se equilibró. Unos segundos después, sentimos un golpe sordo y empezamos a elevarnos en el aire. Sólo cuando estábamos ya muy lejos del suelo, alguien me dijo por fin que estábamos a setecientos kilómetros de Amami y que tardaríamos en llegar cuatro horas. Al oír esto, mis ojos se llenaron de lágrimas, y todos se rieron de mí.

Bajé la cortina de la ventanilla e intenté calmarme leyendo una revista. Un ratito después, cuando Mameha se había quedado dormida en el asiento de al lado, levanté la vista y vi a Nobu parado junto a nosotras en el pasillo.

—¿Te encuentras bien, Sayuri? —me preguntó en voz baja para no despertar a Mameha.

—Creo que Nobu-san nunca me había preguntado algo así —dije—. Debe de estar de muy buen humor para hacerlo.

—El futuro nunca me había parecido más prometedor.

Mameha se rebulló en el asiento al oírnos hablar, así que Nobu no dijo nada más y siguió su camino hacia el servicio. Justo antes de abrir la puerta, miró hacia donde estaban sentados los otros hombres. Durante un momento lo vi desde un ángulo desde el cual no lo había visto casi nunca, y desde ese ángulo mostraba la concentración de una fiera salvaje. Cuando su mirada llegó a mí, pensé que tal vez percibiría que yo estaba tan preocupada con respecto a mi futuro como él se sentía seguro con respecto al suyo. Cuando lo pensaba, parecía muy raro que Nobu me entendiese tan mal. Claro está, por otro lado, que una geisha que espere que su *danna* la comprenda es como un ratón que esperara compasión por parte de la culebra. Y además, ¿cómo iba a entender Nobu nada de mí si siempre me había conocido de geisha que oculta celosamente su verdadero ser? El Presidente era el único hombre de todos los que yo había acompañado como Sayuri, la geisha, que me había conocido como Chiyo, aunque era extraño verlo así, pues nunca había sido consciente de ello. ¿Qué habría hecho Nobu de haber sido él quien me hubiera encontrado aquel día junto al arroyo Shirakawa? Seguramente habría pasado de largo... ¡y cuánto más fácil habría sido para mí! No me habría dedicado a pensar en él todas las noches. No me habría parado en las perfumerías a oler el aroma del talco sólo para recordar el de su piel. No me habría esforzado en imaginarme su presencia a mi lado en cualquier lugar ficticio. Si me hubieran preguntado por qué hacía todo aquello, habría respondido ¿por qué tienen un sabor tan delicioso los caquis maduros? ¿Por qué huele a humo la madera cuando arde?

Pero allí estaba yo, como una niña pequeña, tratando de cazar ratones con la mano. ¿Por qué no podía dejar de pensar en el Presidente?

Estoy segura de que mi cara delataba esta angustia, así que cuando oí abrirse la puerta del servicio y apagarse la luz, apoyé la cabeza contra el cristal para fingir que dormía, pues no soportaba la idea de que Nobu me viera así. Cuando pasó de largo, volví a abrir los ojos. Sin darme cuenta, al mover la cabeza, había abierto las cortinillas, de modo que estaba mirando fuera por primera vez desde que nos elevamos. Bajo nosotros se extendía la inmensidad azul del océano, moteada con el mismo tono de verde jade de ciertos adornos que a veces llevaba Mameha en el pelo. Nunca me había imaginado el océano con manchas verdes. Desde los acantilados de Yoroido siempre tenía un color de pizarra. Aquí el mar se extendía hasta una línea semejante a un hilo de lana que marcaba el inicio del cielo. La vista no me asustó en absoluto, sino que la encontré de una belleza inefable. Incluso el nebuloso disco de la hélice era bonito a su manera; y el ala plateada estaba decorada con todos esos signos que llevan los aviones americanos. Qué peculiar verlos allí, considerando la situación del mundo cinco años antes. Nos habíamos enfrentado como feroces enemigos; y ahora ¿qué? Habíamos renunciado a nuestro pasado; eso era algo que yo comprendía totalmente, pues yo misma lo había hecho una vez. ¡Ojalá pudiera encontrar ahora la forma de renunciar a mi futuro...!

Entonces se me vino a la mente una imagen que me espantó: me vi cortando el vínculo del destino que me unía a Nobu y observando cómo éste caía al océano bajo nosotros.

No se trataba de una simple idea o de una especie de ensoñación. Lo que quiero decir es que de pronto vi la forma de hacerlo. Por supuesto, no tenía intención de tirar a Nobu al océano, pero sí que comprendí claramente, como si de pronto se hubiera abierto una ventana frente a mí, que era la única cosa que podía hacer para acabar mi relación con él para siempre. No quería perder su amistad; pero en mis esfuerzos por llegar al Presidente, Nobu era un obstáculo insalvable. Sin embargo, podría hacer que se consumiera en las llamas de su propia ira. El mismo Nobu me había dicho cómo hacerlo unas semanas antes, la noche que se cortó la mano en la Casa de Té Ichiriki. Si yo era el tipo de mujer que se entregaría al consejero del ministro, me dijo, quería que saliera de la habitación inmediatamente y que no volviera a hablarle.

Pensando estas cosas me sentí como si me estuviera subiendo la fiebre. De pronto estaba bañada en sudor. Menos mal que Mameha seguía dormida a mi lado, pues se habría preguntado qué me pasaba al verme jadear y llevarme la mano a la frente. ¿Podría realmente yo hacer semejante cosa? No me refiero a seducir al consejero; eso sabía que podía hacerlo sin problemas. Sería como ir al médico a que te pusieran una inyección. Miraría hacia otro lado, y enseguida habría pasado. Pero ¿podría hacerle algo así a Nobu? Qué forma tan espantosa de corresponder a todas sus gentilezas. Comparado con los tipos de hombre que la mayoría de las geishas han de soportar a lo largo de los años, probablemente Nobu era un *danna* bastante deseable. Pero ¿podría yo soportar una vida en la que mis esperanzas se hubieran apagado para siempre? Llevaba semanas tratando de convencerme a mí misma de que podría vivir así; pero ¿podría de verdad? Comprendí por qué Hatsumono había llegado a ser tan cruel y Mamita tan mezquina. Incluso Calabaza, que todavía no había cumplido los treinta, hacía años que mostraba una expresión de profunda decepción. A mí me había salvado la esperanza. ¿Cometería ahora un acto tan aborrecible a fin de mantener viva esa esperanza? No se trataba de seducir al consejero del ministro, sino de traicionar a Nobu.

Me pasé el resto del vuelo luchando con estos pensamientos. No me habría podido imaginar nunca a mí misma haciendo este tipo de maquinaciones, pero llegado un momento empecé a imaginar los pasos necesarios para llevar a cabo la jugada, como si estuviera ante un tablero de ajedrez: me llevaría al consejero a un aparte en la hospedería —no, no en la hospedería, en otro lugar—, y pondría los medios de que Nobu nos viera... o ¿no bastaría, tal vez, con que se enterara por alguien? Te puedes imaginar lo cansada que estaba al final del viaje. Todavía se me debía de notar la preocupación en la cara al salir del avión, pues Mameha no paraba de decirme que me tranquilizara que ya habíamos llegado sanas y salvas.

Llegamos a nuestra hospedería como una hora antes de la puesta del sol. Todos admiraron la habitación en la que nos alojaríamos juntos, pero yo estaba tan agitada que sólo pude fingir mi sorpresa. La habitación era tan espaciosa como el salón más grande de la Casa de Té Ichiriki, y estaba amueblada en el más bonito estilo japonés, con tatamis y brillantes maderas. Una de las paredes era toda de cristal, y tras el cristal había unas maravillosas plantas tropicales, algunas de ellas con unas hojas del tamaño de un hombre. Una pasarela cubierta llevaba entre la vegetación hasta la orilla de un torrente.

Cuando el equipaje estuvo organizado, todos quisimos darnos un baño. A fin de tener cierta intimidad, abrimos los biombos que nos había proporcionado la hospedería. Nos pusimos nuestros albornoces de algodón y nos dirigimos por una serie de pasarelas cubiertas, dispuestas entre la densa vegetación, hasta una piscina de aguas termales que estaba en el extremo opuesto de la hospedería. Hombres y mujeres entramos por sitios diferentes; y las zonas de aseo propiamente dicho, forradas de azulejos, estaban separadas por unas mamparas. Pero una vez que nos sumergimos en las oscuras aguas del manantial, más allá de la zona dividida, hombres y mujeres estuvimos juntos en el agua. El director del banco no paraba de hacernos bromas a Mameha y a mí diciéndonos que fuéramos hasta el bosquecillo que bordeaba el manantial y le trajéramos una ramita o un guijarro o algo por el estilo; la broma, por supuesto, era conseguir vernos desnudas. Mientras tanto, su hijo estaba enfrascado hablando con Calabaza; y enseguida comprendimos por qué. Los pechos de Calabaza, que tenían un tamaño considerable, flotaban y salían a la superficie, sin que ésta, cotorreando como solía, llegara a darse cuenta de nada.

Tal vez parezca extraño que nos bañáramos juntos hombres y mujeres y que fuéramos a dormir todos juntos en la misma habitación. Pero, de hecho, con sus mejores clientes, las geishas hacen continuamente este tipo de cosas, o al menos así era en mis tiempos. Una geisha que valore su reputación nunca dejará que la sorprendan a solas con un hombre que no sea su *danna*. Pero bañarnos todos juntos, en grupo, con las oscuras aguas cubriendo nuestra desnudez, era otra cosa. Y en cuanto al hecho de dormir todos juntos, en japonés hay incluso una palabra para ello, *zakone*, que significa literalmente "dormir como los peces". Imagínate un montón de arenques echados juntos en un cesto, pues eso es lo que significa, supongo.

Como digo, bañarse en grupo era una actividad totalmente inocente. Pero eso no significa que a veces alguna mano se perdiera donde no debía, y eso es lo que tenía yo sobre todo en la cabeza mientras me bañaba. Si Nobu hubiera sido un tipo de hombre bromista, se habría acercado a mí y después de charlar un rato, me habría agarrado por la cadera o por..., bueno, por cualquier parte, a decir verdad. Lo siguiente que habría sucedido es que yo habría gritado y Nobu se habría echado a reír, y ahí habría quedado todo. Pero Nobu no era de ese tipo de hombre. Había estado un rato sumergido, charlando con el Presidente, pero ahora estaba sentado en una roca con las piernas metidas en el agua y una toalla alrededor de las caderas. No nos estaba prestando atención, sino que se frotaba el muñón del brazo distraídamente, con la vista perdida en el agua. Ya se había puesto el sol, y empezaba a oscurecer; pero Nobu estaba sentado junto a un luminoso farolillo. Nunca lo había visto así. Las cicatrices del hombro eran peores aún que las de la cara, aunque en el otro hombro tenía una piel lisa y suave como un huevo. ¡Y pensar que estaba considerando la idea de traicionarle! Él sólo podría pensar que lo había hecho por una razón y nunca querría admitir la verdad. La idea de traicionar a Nobu o de destruir el cariño que me tenía se me hacía insoportable. No estaba segura de que pudiera llevar a cabo mi plan.

A la mañana siguiente después de desayunar, dimos todos juntos un paseo por el bosque tropical hasta unos cercanos acantilados, donde el manantial de nuestra hospedería desembocaba en una pintoresca cascada sobre el océano. Nos quedamos un buen rato admirando la vista; y cuando quisimos irnos, no había forma de arrancar de allí al Presidente. El camino de vuelta lo hice al lado de Nobu, que seguía teniendo ese buen humor para mí desconocido en él. Luego recorrimos la isla montados en un camión militar acondicionado con bancos en la parte superior y vimos plátanos y piñas en los árboles, y unos pájaros hermosísimos. Desde la cima de las colinas, el océano era como una manta turquesa llena de arrugas y con algunas manchas azul oscuro.

Esa tarde recorrimos las callejuelas sin pavimentar del pueblecito y encontramos un antiguo edificio de madera que parecía un almacén, con un tejado de paja de dos aguas. Lo rodeamos, y en la parte de atrás Nobu subió unos escalones de piedra y abrió una puerta que había en una esquina del edificio. El sol inundó un polvoriento escenario construido con planchas de madera. Estaba claro que el edificio había sido en tiempos un almacén, pero que había sido reconvertido en el teatro del pueblo. Cuando entré, no me pareció nada del otro mundo. Pero cuando cerramos la puerta al salir y nos dirigimos de nuevo a la calle, empecé a sentirme otra vez febril, pues de pronto tuve una visión de mí misma yaciendo con el consejero sobre aquel suelo agrietado en el momento en que se abría súbitamente la puerta y quedábamos expuestos a la luz del sol. No tendríamos donde ocultarnos; Nobu tendría que vernos por fuerza. En un sentido, era el sitio que había esperado encontrar. Pero, conscientemente, no era en esto en lo que pensaba; de hecho, creo que no estaba pensando en nada, sino que más bien estaba luchando denodadamente por poner en orden mis pensamientos. Me parecía que se derramaban sobre mí como el arroz de un saco roto.

Subiendo la colina de regreso a la hospedería, me quedé atrás secándome con un pañuelo el sudor que me cubría la cara. Hacía mucho calor en aquel camino, pues el sol de la tarde nos daba de frente. Yo no era la única que sudaba. Pero Nobu retrocedió para preguntarme si estaba bien. No pude contestarle, pero confié en que pensaría que mi silencio se debía al esfuerzo de subir aquella empinada cuesta.

—No parece que estés disfrutando mucho el fin de semana, Sayuri. Tal vez no deberías haber venido.

—Pero entonces, ¿cuándo habría visto esta isla tan hermosa?

—Seguro que es lo más lejos que has estado nunca de casa. Estamos a la misma distancia de Kioto que de Hokkaido.

Los otros ya habían doblado la curva. Sobre el hombro de Nobu veía los tejados de la hospedería sobresaliendo entre el follaje. Quería responderle, pero empezó a consumirme el mismo pensamiento que me había perturbado en el avión: que Nobu no me entendía en absoluto. Kioto no era mi casa o, por lo menos, no lo era en el sentido que le daba Nobu al término; no era el lugar en el que había nacido y crecido, el lugar del que nunca me había alejado. Y en ese momento, mirándolo bajo aquel sol ardiente, me decidí a hacer aquello que tanto temía. Traicionaría a Nobu, por mucho que me estuviera mirando con todo afecto. Me guardé el pañuelo con mano temblorosa; y seguimos subiendo la cuesta en silencio.

Cuando llegamos a la habitación, el Presidente y Mameha ya habían ocupado sus puestos en la mesa para empezar un partida de *go* contra el director del banco, con Shizue y su hijo de mirones. Las puertas de cristal de la pared opuestas estaban abiertas; y el consejero estaba fuera, apoyado en la barandilla de la pasarela, pelando un trozo de caña de azúcar que se había traído del paseo. Yo estaba aterrada de que Nobu se empeñara en hablar conmigo, y yo no pudiera escaparme; pero fue directamente a la mesa donde estaban jugando y se puso a hablar con Mameha. Todavía no sabía cómo iba a hacer para llevarme conmigo al teatro al consejero y todavía menos cómo iba a conseguir que Nobu nos encontrara allí. Tal vez Calabaza podría dar una vuelta con él, si yo se lo pedía. Sabía que no le podía pedir a Mameha una cosa así; pero Calabaza y yo habíamos pasado muchas cosas juntas de niñas, y aunque yo no diría, como la Tía, que era una bruta, sí que era cierto que no tenía una personalidad muy refinada y mi plan no la horrorizaría tanto. Tendría que decirle explícitamente que trajera a Nobu al teatro; no nos encontrarían allí por casualidad.

Me arrodillé y me quedé un rato quieta, contemplando las hojas iluminadas por el sol y deseando poder apreciar aquella hermosa tarde tropical. No dejaba de preguntarme si aquel plan no sería una locura; pero por muchos recelos que tuviera, no eran suficientes ni lo bastante fuertes para detenerme en mi camino. Nada podría suceder hasta que no consiguiera llevarme aparte al consejero, pero no podía hacerlo sin llamar la atención, y eso era lo último que debía hacer. Él había pedido que le trajeran algo de comer, y estaba sentado con las piernas alrededor de una bandeja, bebiendo cerveza y echándose a la boca con los palillos pegotes de tripa de calamar salada. Puede que la idea de comer tripa de calamar parezca repugnante a mucha gente, pero es un plato que se sirve en todos los bares y restaurantes de Japón. Era una de las comidas favoritas de mi padre, pero yo nunca los he tragado. Incluso me repugnaba vérselos comer al consejero.

—Consejero —le dije en voz baja—, ¿quiere que le encuentre algo más apetecible?

—No —me respondió—. No tengo mucha hambre —confieso que me quedé un rato preguntándome qué hacía comiendo aquel hombre si no tenía ganas. Para entonces, Mameha y Nobu habían salido por la puerta de atrás charlando, y todos los demás, incluida Calabaza, estaban alrededor del tablero de *go*. Al parecer, el Presidente acababa de cometer un error, y todos se reían. Me pareció que había llegado mi oportunidad.

—Si está comiendo para matar el aburrimiento, consejero —le dije—, ¿por qué no exploramos un poco los alrededores de la hospedería? Deseo hacerlo desde que llegamos, pero todavía no hemos tenido tiempo.

No esperé que me respondiera, y me puse en pie y me alejé de la habitación. Sentí un gran alivio cuando un momento después se reunió conmigo en el pasillo. Caminamos en silencio por el pasillo hasta que llegamos a un recodo desde donde pude ver que no venía nadie en ninguna dirección. Me detuve.

—Consejero, perdone —dije—, pero... ¿por qué no volvemos a bajar al pueblo juntos?

Me miró confuso.

—Nos queda una hora de luz más o menos —continué—, y me gustaría volver a ver algo que me gustó mucho.

Después de un largo silencio, el consejero dijo:

—Tendré que ir al servicio primero.

—Ya, no pasa nada —le contesté—. Vaya al servicio; y cuando acabe, espéreme aquí y nos iremos a dar un paseo juntos. No se vaya hasta que yo no venga a buscarlo.

El consejero pareció convencido y siguió avanzando por el pasillo. Yo regresé a la habitación. Estaba tan aturdida —no podía creerme que estuviera llevando a cabo mi plan— que cuando puse la mano en la puerta para abrirla, mis dedos no sentían lo que tocaban.

Calabaza ya no estaba alrededor de la mesa. Buscaba algo en su baúl. Cuando intenté hablarle, no me salían las palabras. Tuve que aclararme la garganta y volver a intentarlo.

—Perdóname, Calabaza —dije—. Sólo te entretendré un momento.

No pareció gustarle dejar de hacer lo que estaba haciendo, pero dejó el baúl abierto y en desorden y me siguió al pasillo. La llevé a cierta distancia y luego me volví y le dije:

—Calabaza, necesito pedirte un favor.

Esperaba que me dijera que estaba encantada de poderme ayudar, pero se limitó a no quitarme ojo.

—Espero que no te importe que te pida...

—Pide —dijo.

—El consejero y yo vamos a dar una vuelta. Le voy a llevar al teatro en el que hemos estado esta tarde y...

—¿Para qué?

—Para estar solos.

—¿Con el consejero? —me preguntó, incrédula.

—Te lo explicaré en otro momento, pero esto es lo que quiero que hagas. Quiero que lleves allí a Nobu y... Calabaza, tal vez esto te suene muy extraño, pero quiero que nos descubráis.

—¿Qué quieres decir con que "nos descubráis"?

—Quiero que encuentres la manera de llevar allí a Nobu y de hacerle abrir la puerta trasera que abrió él mismo antes, de modo que nos encuentre allí.

610

Mientras le explicaba esto, Calabaza había reparado en que el consejero me estaba esperando en otra pasarela, medio oculto entre el follaje. Entonces me miró:

—¿Qué estás tramando, Sayuri?

—No te lo puedo explicar ahora. Pero es muy importante para mí, Calabaza. Todo mi futuro está en tus manos, realmente. Asegúrate que vais solos tú y Nobu, sobre todo que no va el Presidente, por lo que más quieras, ni cualquier otro. Te lo pagaré como tú me digas.

Se me quedó mirando.

—¿Así que otra vez ha llegado el momento de pedirle un favor a Calabaza, no? —no sabía qué quería decir con esto, pero se fue sin explicármelo.

No estaba segura de si Calabaza había decidido ayudarme o no. Pero lo único que podía hacer ya era ir al médico a que me pusiera la inyección, por decirlo de algún modo, y esperar que aparecieran ella y Nobu. Me reuní con el consejero y emprendimos camino colina abajo.

Cuando giramos en la curva y dejamos atrás la hospedería, recordé el día que Mameha me cortó en la pierna y me llevó a conocer al Doctor Cangrejo. Aquella tarde había tenido la sensación de que corría un peligro que no podía ver claramente, y entonces bajando la colina sentía algo muy parecido. El sol de la tarde me abrasaba la cara como un *hibachi*; y cuando miré al consejero, vi que el sudor le corría por las sienes hasta el cuello. Si todo salía bien, en un rato estaría apretando contra mí ese cuello... y ante esta idea, saqué el abanico que llevaba remetido en el *obi* y me estuve abanicando y abanicándolo a él hasta que me dolía la mano. Mientras tanto, mantuve viva la conversación, hasta que llegamos al edificio del teatro, con su tejado de paja. El consejero parecía desconcertado. Se aclaró la garganta y miró al cielo.

—¿Entraría conmigo un momento, consejero? —le pregunté.

Pareció no saber qué hacer, pero cuando yo tomé el camino que rodeaba el edificio, me siguió andando pesadamente. Subí los escalones de piedra y abrí la puerta para que entrara. Vaciló un momento antes de entrar. Si había frecuentado Gion, debía de saber qué me proponía yo —porque una geisha que convence a un hombre para ir con ella a un lugar solitario pone en juego su reputación, y una geisha de alto nivel nunca haría tal cosa por casualidad—. El consejero se quedó parado en la zona iluminada por la puerta abierta, como un hombre esperando el autobús. Me temblaban tanto las manos cuando cerré el abanico y me lo remetí bajo el *obi* que no estaba segura de que pudiera llevar a término mi plan. El simple hecho de cerrar la puerta me dejó sin fuerzas; luego nos quedamos los dos inmóviles bajo la tétrica luz que se filtraba por el tejado. El consejero parecía inerte, señalando con la cara un montón de esteras de paja apiladas en una esquina del escenario.

—Consejero... —dije.

Había mucho eco, y tuve que bajar la voz.

—Me han dicho que tuvo una conversación sobre mí con la propietaria de la Casa de Té Ichiriki. ¿Estoy en lo cierto?

Tomó aliento, como para hablar, pero no dijo nada.

—Consejero —dije—, me gustaría contarle la historia de una geisha llamada Kazuyo. Ya no vive en Gion, pero la conocí bien durante algún tiempo. Un hombre importante, como usted, consejero, conoció a Kazuyo una noche y disfrutó tanto de su compañía que desde entonces volvió todas las noches a Gion a verla.

Pasados unos meses, se ofreció para ser su *danna*, pero la dueña de la casa de té se disculpó y dijo que no era posible. El hombre se quedó muy decepcionado. Pero una tarde Kazuyo se lo llevó a un lugar donde podían estar solos, un lugar muy parecido a este teatro vacío, y le explicó que..., aunque no pudiera ser su *danna*...

No bien había pronunciado estas palabras, la cara del consejero se iluminó como un valle cuando las nubes, en su carrera, dejan pasar unos rápidos rayos de sol. Avanzó torpemente hacia donde yo estaba. El corazón empezó a latirme desesperadamente en los oídos. No pude evitar volverme y cerrar los ojos. Cuando volví a abrirlos, tenía al consejero tan cerca que casi nos tocábamos, y entonces dejé que apretara su cara sudorosa y carnosa contra mi mejilla. Lentamente fue pegando su cuerpo al mío hasta que estuvimos abrazados. Me tomó por los brazos, probablemente para acostarme sobre las tablas, pero yo lo detuve.

—El escenario está demasiado sucio —le dije—. Acerquemos una de esas esteras del montón.

—Acostémonos allí —dijo el consejero.

Si nos hubiéramos echado sobre el montón de esteras, Nobu no nos habría visto inmediatamente al abrir la puerta.

—No. Ahí no —dije yo—. Por favor traiga aquí una de esas esteras.

El consejero hizo lo que le decía, y luego se quedó inmóvil, mirándome, con los brazos a lo largo del cuerpo. Hasta ese momento había medio imaginado que algo nos detendría; pero entonces me di cuenta de que no iba a ser así. El tiempo pareció ralentizarse. Me pareció que los pies que se deslizaban fuera de los *zori* lacados que llevaba puestos no eran los míos.

Casi al instante, el consejero se descalzó y me abrazó, intentando desatarme el nudo del *obi*. No sabía qué estaría pensando él, pero yo no estaba dispuesta a quitarme el kimono. Eché los brazos atrás para impedírselo. Cuando me había vestido aquella mañana, todavía no estaba del todo decidida, pero a fin de estar preparada por si acaso, me había puesto una enagua gris que no me gustaba mucho, pensando que tal vez se manchara antes de que terminara el día, y un kimono lavanda y azul de gasa de seda con un duradero *obi* plateado. Y en cuanto a mi ropa interior, había decidido acortar un poco el *koshimaki*, el "envoltorio de las caderas", envolviéndomelo en la cintura, de modo que si después de todo decidiera seducir al consejero, éste no tuviera problemas para desatarlo. Me miró confuso cuando intenté desenlazarme. Creo que creyó que lo estaba deteniendo, y me miró aliviado cuando me eché en la estera. No era un tatami, sino una simple estera de paja y sentía debajo de mí las duras tablas del suelo. Doblé un lado del kimono y de la enagua con una mano, subiéndomelo hasta la rodilla. El consejero estaba todavía totalmente vestido, pero se echó sobre mí al instante; el nudo del *obi* se me clavaba en la espalda de tal forma que tuve elevar un poco una cadera para estar más cómoda. Giré la cabeza, pues iba peinada con un *tsubushi shimada*, que es un tipo de moño con bucles recogido atrás, y se habría echado a perder si me hubiera dejado caer sobre él. Era una postura de lo más incómoda, pero la incomodidad no era nada comparada con la ansiedad y el desasosiego que sentía. De pronto me puse a pensar si había estado en mis cabales cuando había decidido meterme en aquel lío. El consejero alzó una mano y la metió por la apertura de mi kimono, arañándome en los muslos. Sin pensar en lo que estaba haciendo, puse las manos en sus hombros para alejarlo de mí, pero en ese momento me imaginé de amante de Nobu y la vida sin esperanza que tendría que vivir, y entonces las quité y las dejé caer en la estera de nuevo. Los dedos del consejero subían por mi entrepierna; era imposible no sentirlos. Intenté distraerme mirando a la puerta. Con un poco de suerte se abriría entonces, antes de que el consejero llegara más lejos; pero en ese momento oí tintinear la hebilla de su cinturón y el sonido de una cremallera, y un segundo después forcejeaba dentro de mí. Me pareció volver a los quince años, pues, de alguna manera, la sensación me recordó al Doctor Cangrejo. Incluso me oí lloriquear. El consejero se sostenía sobre los codos, con la cara encima de mí. Sólo podía verlo por el rabillo del ojo, pero así de tan cerca, apuntándome con su sobresaliente mandíbula, parecía más un animal que un ser humano. Y eso no era lo peor; lo peor era que al sacar la mandíbula, el labio inferior del consejero se convertía en un recipiente en el que se iba acumulando su saliva. No sé si se debía a las tripas de calamar que había comido, pero tenía una espesa saliva grisácea, que me recordó a los residuos que quedan en la tabla cuando se limpia el pescado.

Al vestirme aquella mañana, me había metido varios trozos de un tipo de papel de arroz muy absorbente por detrás del *obi*. No esperaba necesitarlos hasta más tarde, cuando el consejero quisiera limpiarse, si yo decidía dejarlo llegar hasta el final, claro está. Pero parecía que iba a necesitarlos mucho antes, para limpiarme yo la saliva que me estaba cayendo en la cara. Pero como se había echado prácticamente con todo su peso sobre mis caderas, me resultaba imposible meter la mano por debajo de mí. Al intentarlo, jadeé un poco, lo que el consejero tomó por gemidos de excitación, o, en cualquier caso, de pronto se movió con más energía, y la saliva acumulada en su boca se agitó con tal violencia que no podía creer que no empezara a chorrear formando un auténtico reguero sobre mí. Lo único que podía hacer era cerrar los ojos con fuerza y esperar. Me dieron náuseas, como si estuviera tirada en el fondo de una barca sacudida por las olas y me estuviera golpeando repetidamente la cabeza contra las maderas. Entonces, súbitamente, el consejero emitió un gruñido y se quedó muy quieto unos instantes, al mismo tiempo que sentí su saliva corriéndome por la mejilla.

Volví a intentar sacar el papel de arroz de debajo de mí, pero ahora el consejero se había colapsado sobre todo mi cuerpo, jadeando pesadamente, como si acabara de terminar una carrera. Estaba a punto de empujarlo para alejarlo de mí, cuando oí ruidos fuera. Me parecía que el inmenso asco que sentía había ahogado todo lo demás. Pero entonces, al acordarme de Nobu, volví a sentir los latidos de mi corazón. Volví a oír otro ruido fuera; era alguien subiendo los escalones de piedra. El consejero no parecía consciente de lo que estaba a punto de suceder. Alzó la cabeza y señaló hacia la puerta sin mucho interés, como si esperara ver un pájaro o algo por el estilo. Y entonces la puerta se abrió con un crujido, y nos deslumbró la luz del sol. Entrecerré los ojos, pero distinguí dos figuras. Allí estaba Calabaza, que había venido al teatro como se lo había pedido. Pero el hombre que nos miraba a su lado no era Nobu en absoluto. No podía imaginar por qué había hecho tal cosa, pero Calabaza había traído con ella al Presidente.

Apenas recuerdo nada después de que se abriera aquella puerta, pues se me debió de helar la sangre en el cuerpo y me quedé petrificada. Sé que el consejero se levantó, o tal vez, yo lo empujé. Recuerdo que me eché a llorar y le pregunté si él había visto lo mismo que yo, si realmente había sido el Presidente el hombre que habíamos visto parado en el umbral. No había podido distinguir la expresión del Presidente, pues el sol de la tarde le iluminaba desde atrás, pero cuando la puerta volvió a cerrarse, me empecé a imaginar que había visto reflejada en su cara la misma conmoción que sentía yo. No sabía realmente si él había sentido conmoción alguna —y de hecho lo dudaba—. Pero cuando sufrimos por algo, incluso los árboles en flor nos parecen cargados con el peso del dolor. Y después de ver allí al Presidente, creo que hubiera encontrado mi pena reflejada en cualquier cosa.

Si se tiene en cuenta que había llevado al consejero a aquel teatro vacío con el objetivo claro de ponerme en peligro —para que el cuchillo cayera de golpe en la tabla de picar, por así decirlo— estoy segura de que se entenderá que en medio de toda la preocupación y el miedo y el asco que me invadían, también era presa de cierta excitación. En el instante anterior a que se abriera la puerta, tuve la sensación de que mi vida se expandía como un río cuyas aguas empiezan a subir, pues nunca en mi vida había dado un paso tan drástico para alterar el curso de mi futuro. Era como un niño que avanza de puntillas a lo largo de un precipicio sobre el mar. Y, sin embargo, no me había imaginado que pudiera venir una gran ola y arrastrarme con todo lo demás.

Cuando el caos de mis sentimientos empezó a calmarse, y poco a poco fui recobrando conciencia de mí misma, Mameha estaba arrodillada a mi lado. Me sorprendió no encontrarme en el teatro, sino en la hospedería, acostada en el tatami de una pequeña habitación en penumbra. No recuerdo cómo salí del teatro, pero debí de hacerlo de algún modo u otro. Posteriormente Mameha me contó que había ido a pedirle al propietario de la hospedería un lugar para descansar sola; él se dio cuenta de que yo no debía de encontrarme bien y fue a buscar a Mameha enseguida.

Afortunadamente, Mameha quiso creer que yo estaba realmente enferma, y me dejó allí. Más tarde, cuando me dirigí al cuarto común, aturdida y terriblemente asustada, vi salir a la pasarela cubierta, justo delante de mí, a Calabaza. Se paró al verme; pero en lugar de apresurarse a pedir disculpas, como yo había esperado que hiciera, se volvió poco a poco hacia mí, como una culebra que acaba de descubrir un ratón.

—Calabaza —le dije—, te pedí que trajeras a Nobu, no al Presidente. No entiendo...

—Sí, Sayuri, debe de resultarte difícil entender cuando las cosas no te salen a la perfección.

—¿A la perfección? No podría haber sucedido nada peor. ¿No entendiste lo que te dije?

—¡De verdad crees que soy tonta, Sayuri!

Sus palabras me desconcertaron, y me quedé en silencio.

—Creí que eras amiga mía —dije por fin.

—Yo también creí en cierta ocasión que tú eras mi amiga. Pero hace mucho tiempo de eso.

—Hablas como si yo te hubiera hecho daño, Calabaza, pero...

—¡Oh, no! ¡Tú nunca harías nada así! ¡La perfecta Señorita Nitta Sayuri! Supongo que no tiene ninguna importancia que me quitaras el sitio como hija de la *okiya*. ¿Te acuerdas de eso, Sayuri? Después de que te ayudé con aquella historia del doctor... como se llame. ¡Después de arriesgarme a que Hatsumono se pusiera furiosa conmigo por haberte ayudado! Entonces vas y lo vuelves todo y me quitas lo que me correspondía. Llevo todos estos meses preguntándome por qué me llevaste a aquella pequeña recepción con el consejero. Siento que esta vez no hayas podido aprovecharte de mí...

—Pero Calabaza —le interrumpí—, ¿por qué no te negaste a ayudarme? ¿Por qué tenías que venir con el Presidente?

Se irguió.

—Sé muy bien lo que sientes por él —me contestó—. Cuando nadie te ve, te quedas prendida mirándolo.

Estaba tan enfadada que se mordió el labio; vi que tenía los dientes manchados de carmín. Entonces caí en la cuenta de que se había propuesto hacerme el mayor daño posible.

—Hace tiempo me quitaste algo, Sayuri. ¿Entiendes ahora cómo se siente una? —dijo—. Le temblaban las aletas de la nariz y su cara ardía de rabia, como una rama en la hoguera. Era como si el espíritu de Hatsumono hubiera vivido atrapado dentro de ella durante todos aquellos años y ahora se hubiera liberado.

No recuerdo nada del resto de la velada, salvo una confusión de acontecimientos y mi temor de lo que me aguardaba. Mientras los otros bebían y reían, yo sólo podía fingir que me reía. Debí de pasar toda la noche ruborizada, pues Mameha me ponía de vez en cuando la mano en la frente para ver si tenía fiebre. Me senté lo más alejada que pude del Presidente, de modo que nuestras miradas no llegaran a cruzarse en ningún momento; y logré pasar toda la velada sin tener que hacerle frente. Pero cuando nos disponíamos para acostarnos, salí al pasillo justo cuando él entraba en la habitación. Tendría que haberle dejado pasar, pero estaba tan avergonzada que le hice una breve inclinación y salí corriendo, sin molestarme siquiera en ocultar lo desgraciada que me sentía.

Fue una noche atormentada, y sólo recuerdo una cosa más. En un momento dado, cuando todos dormían, salí aturdida de la hospedería y terminé en los acantilados, mirando a las tinieblas y oyendo rugir las aguas bajo mí. El estrépito del océano era como una amargo lamento. Me parecía ver bajo todas las cosas una sombra de crueldad que hasta entonces no sabía que existiera, como si los árboles y el viento e incluso las rocas en las que me encontraba se hubieran aliado con la enemiga de mis años de niñez y juventud. Me parecía que el viento aullaba y los árboles se mecían para burlarse de mí. ¿Podría ser cierto que el curso de mi vida hubiera quedado decidido para siempre? Me saqué el pañuelo del Presidente, que llevaba metido bajo la manga, pues lo había guardado conmigo aquella noche para consolarme por última vez. Me sequé las lágrimas con él y lo agité al viento. Estaba a punto de dejarlo volar en la oscuridad de la noche, cuando pensé en las pequeñas tablillas mortuorias que años antes me había enviado el Señor Tanaka. Hemos de guardar siempre algo que nos recuerde a aquellos que nos han dejado. Las tablillas mortuorias que guardaba en la *okiya* era todo lo que me quedaba de mi infancia. El pañuelo del Presidente sería lo que me quedaría del resto de mi vida.

Los primeros días tras nuestro regreso a Kioto, me dejé arrastrar por una frenética corriente de actividad. No tenía más remedio que maquillarme y asistir a las compromisos que tenía en las casas de té, como si nada hubiera cambiado en el mundo. Me recordaba constantemente a mí misma lo que Mameha me había dicho en una ocasión: que el trabajo era lo mejor para superar las decepciones; pero mi trabajo no parecía ayudarme en ese sentido. Cada vez que entraba en la Casa de Té Ichiriki, recordaba que estaba al caer el día que Nobu me mandara llamar para decirme que por fin había quedado sellado el trato. Teniendo en cuenta lo ocupado que había estado durante los meses pasados, esperaba no tener noticias suyas en un tiempo prudencial, una o dos semanas, tal vez. Pero el miércoles por la mañana, tres días después de volver de Amami, me dieron el recado de que la Compañía Iwamura había telefoneado a la Casa de Té Ichiriki solicitando mi presencia esa tarde.

Me vestí con un kimono amarillo de gasa de seda y una enagua verde con un *obi* azul oscuro con hilos dorados. La Tía me tranquilizó diciéndome que estaba muy bonita, pero cuando me miré al espejo, vi a una mujer derrotada. Ciertamente, en el pasado también había habido momentos en los que no me había agradado nada mi aspecto cuando salía de la *okiya*; pero por lo general encontraba algo a lo que agarrarme en el curso de la velada. Por ejemplo, cierta enagua anaranjada siempre realzaba el azul de mis ojos en lugar del gris, por cansada que estuviera. Pero esa tarde tenía las mejillas especialmente hundidas —aunque me había maquillado a la occidental, como solía en los últimos años— e incluso me parecía que tenía el peinado torcido. Lo único que se me ocurría para disimular mi abatimiento, era decirle al Señor Bekku que me atara el *obi* un dedo más alto.

La primera cita que tenía aquella noche era un banquete que ofrecía un coronel americano en honor del nuevo gobernador de la Prefectura de Kioto. Tenía lugar en la antigua hacienda de la familia Sumintomo, que había pasado a ser el cuartel general de la Séptima División del ejército americano. Me asombró ver que habían pintado de blanco muchas de las hermosas piedras del jardín y que había carteles en inglés, que por supuesto yo no entendía, clavados aquí y allá en los árboles. Cuando terminó la fiesta, volví a la Casa de Té Ichiriki, y una camarera me condujo al piso superior, a la misma habitacioncita en la que me había visto con Nobu la noche que cerraban Gion. En esta habitación me comunicó que me había buscado un lugar seguro para pasar la guerra; era, pues, totalmente apropiado que nos volviéramos a ver en este mismo sitio para celebrar que ya era mi *danna*, aunque yo la verdad es que no tenía mucho que celebrar. Me arrodillé en un extremo de la mesa, de modo que Nobu se sentara en el lateral con la habitación frente a él. Tuve el cuidado de ponerme del lado desde el que podía servirme sake con su único brazo sin que estuviera la mesa por medio; seguro que quería que brindáramos después de que me comunicara que ya habían terminado las negociaciones. Sería una noche agradable para Nobu. Y yo pensaba hacer todo lo posible por no estropeársela.

El ambiente era bastante agradable, con una iluminación muy suave y tamizada con el reflejo rojizo de las paredes. Se me había olvidado el olor de aquella habitación, a polvo mezclado con el del aceite que se emplea para pulir la madera, pero al volver a olerlo, me encontré recordando ciertos detalles de aquella tarde con Nobu que, de no ser así, no me hubieran venido a la cabeza. Recordé que tenía agujereados los calcetines; por uno de ellos asomaba un dedo fino con la uña cuidadosamente recortada. ¿Podría ser verdad que sólo hubieran pasado cinco años y medio desde esa tarde? Parecía que había nacido y muerto toda una generación; tantos habían muerto de la gente que había conocido entonces. ¿Sería ésta la vida para la que había vuelto a Gion? Era exactamente como me había dicho Mameha una vez: "No nos hacemos geishas para tener una vida feliz; nos hacemos geishas porque no tenemos otra opción". Si mi madre no hubiera muerto, a estas alturas yo sería una esposa y madre en un pueblecito de pescadores que pensaría en Kioto como un lugar lejano al que se envía el pescado. ¿Y habría sido realmente peor mi vida? Nobu me había dicho en una ocasión: "Yo soy un hombre muy fácil de entender, Sayuri. Sencillamente no me gusta tener delante de mí lo que no puedo alcanzar." Tal vez, a mí me sucedía lo mismo; me había pasado toda mi vida en Gion imaginándome al Presidente delante de mí, y ahora resultaba que no podía tenerlo.

Cuando había esperado diez o quince minutos, empecé a pensar si Nobu iba a venir realmente. Sabía que no debía hacerlo, pero bajé la cabeza y la reposé sobre la mesa para descansar un momento, pues durante las últimas noches había dormido muy mal. No me quedé dormida, sino que floté a la deriva en mi desgracia. Y entonces tuve el sueño más extraño. Creí oír el sonido de unos tambores a lo lejos y un silbido como de agua saliendo a presión por una espita, y entonces sentí la mano del Presidente en el hombro. Sabía que era su mano porque cuando levanté la cabeza para ver quién me había tocado, allí estaba él. El sonido de los tambores habían sido sus pisadas subiendo las escaleras y el silbido, la puerta al ser descorrida. Y ahora estaba de pie a mi lado con una camarera detrás de él. Lo saludé con una reverencia y pedí disculpas por haberme quedado dormida. Estaba tan confusa que durante un momento me pregunté si estaba realmente despierta; si todo aquello no sería un sueño. El Presidente se estaba sentando en el cojín donde yo esperaba que se sentara Nobu, pero éste no aparecía por ningún lado. Mientras la camarera dejaba el sake sobre la mesa, me atrapó un pensamiento atroz. ¿Habría venido el Presidente a decirme que Nobu había tenido un accidente o que le había sucedido algo aún peor? Porque si no, ¿por qué no había venido él en persona? Estaba a punto de preguntárselo al Presidente cuando la dueña de la casa de té se asomó por la puerta de la habitación.

—¡Hombre, Presidente! ¡Hacía semanas que no lo veíamos por aquí!

La dueña siempre era muy amable con sus clientes, pero adiviné en su tono de voz que tenía algo más en mente. Probablemente se estaba preguntando por Nobu, lo mismo que yo. Mientras yo le servía una copa de sake al Presidente, ella se acercó y se arrodilló a la mesa. Cuando él alzó la copa para beber, ella le agarró, impidiéndole que se la llevara a la boca, y se inclinó sobre la bebida, oliendo sus vapores.

—Presidente, nunca entenderé por qué prefiere este sake a los otros —dijo—. Esta tarde hemos abierto una botella del mejor que hemos tenido en años. Estoy segura de que Nobu-san lo apreciará cuando llegue.

—Sin duda que lo apreciaría —contestó el Presidente—. A Nobu le gustan las cosas buenas. Pero no vendrá esta noche.

Me alarmé al oír esto; pero no levanté los ojos de la mesa. Me di cuenta de que la dueña de la casa de té también se había quedado sorprendida, pues enseguida cambió de tema.

—¡Ah, ya! ¿No cree que nuestra Sayuri está muy bonita esta noche?

—¿Pero puede decirme cuándo no ha estado bonita Sayuri? —dijo el Presidente a modo de respuesta—. Lo que me recuerda... Le voy a enseñar algo que he traído.

El Presidente puso sobre la mesa un paquetito envuelto en seda azul; no me había dado cuenta de que lo llevaba en la mano cuando entró en la habitación. Lo abrió y sacó un pergamino bastante grueso que empezó a desenrollar. Estaba agrietado por los años y mostraba unas coloridas escenas en miniatura de la corte imperial. Si alguna vez has visto este tipo de pergaminos, sabrás que al desenrollarlos ocupan toda una habitación, pero puedes recorrer en ellos todo el recinto imperial. El Presidente empezó a desenrollarlo, y ante él fueron pasando escenas festivas, de aristócratas bebiendo o jugando a un juego de pelota con los kimonos agarrados entre las piernas, hasta que llegó a una joven vestida con un hermoso kimono de doce sayas, arrodillada en el suelo a la entrada de la cámara del Emperador.

—¿Qué le parece? —preguntó.

—Es un pergamino precioso —contestó la dueña de la casa de té—. ¿Dónde lo ha encontrado el Señor Presidente?

—Lo compré hace años. Pero mire a esta mujer. Ella es la razón por la que lo compré. ¿No nota nada en ella?

La dueña de la casa de té miró atentamente el pergamino; y luego el Presidente lo giró para que yo lo viera también. La imagen de la joven, aunque no era más grande que una moneda, estaba pintada en exquisito detalle. Al principio no me di cuenta, pero sus ojos eran muy pálidos, y cuando aproximé más la vista vi que eran azul-grisáceo. Enseguida pensé en las obras que había pintado Uchida conmigo como modelo. Me sonrojé y murmuré algo relativo a lo bonito que era el pergamino. La dueña de la casa de té también lo alabó y luego dijo:

—Bueno, pues aquí les dejo. Les mandaré subir una frasca helada del sake que le decía. A no ser que prefiera que la reserve para la próxima vez que venga Nobu-san.

—No se preocupe —dijo el Presidente—. Podemos arreglarnos con éste.

—Nobu-san... se encuentra bien, ¿no?

—¡Oh, sí sí! —respondió el Presidente—. Bastante bien.

Me sentí aliviada al oírlo; pero al mismo tiempo sentía como crecía en mí la vergüenza. Si el Presidente no había venido a traerme noticias de Nobu, habría venido por otra razón, posiblemente a afearme lo que había hecho. En los pocos días transcurridos desde nuestro regreso a Kioto, intenté no pensar en lo que él habría visto: al consejero con los pantalones bajados, mis piernas desnudas asomando entre mis ropas desordenadas...

Cuando la dueña de la casa de té salió de la habitación, creí oír ruido de sables en el sonido de la puerta al cerrarse.

—Podría decirle, Presidente —empecé lo más serenamente que pude— que mi comportamiento en Amami...

—Sé lo que estás pensando, Sayuri. Pero no he venido aquí a escuchar tus disculpas. Escúchame tranquilamente un momento. Quiero contarte algo que sucedió hace algunos años.

—Presidente, me siento tan confusa —conseguí decir—. Por favor, perdóneme...

—Ahora escucha, Sayuri. Enseguida entenderás por qué te digo todo esto. ¿Recuerdas un restaurante llamado Tsumiyo? Cerró sus puertas más o menos hacia el final de la Depresión, pero..., bueno, lo mismo da eso...; tú eras muy joven por entonces. En cualquier caso, un día, hace bastantes años, dieciocho, para ser exactos, fui a comer allí con unos socios. Nos acompañaba una geisha de Pontocho llamada Izuko.

Enseguida reconocí el nombre de Izuko.

—Era la favorita de todo el mundo en esa época —continuó el Presidente—. Y sucedió que terminamos de comer antes de lo previsto, de modo que sugerí que fuéramos al teatro dando un paseo por la orillas del Shirakawa.

En ese momento me saqué de debajo del *obi* el pañuelo que me había dado entonces el Presidente y sin decir una palabra lo extendí sobre la mesa, alisándolo para que se vieran claramente las iniciales. El pañuelo tenía una mancha indeleble en una esquina y con el paso de los años el lino se había puesto amarillo; pero el Presidente pareció reconocerlo enseguida. Sus palabras se acallaron y tomó el pañuelo en sus manos.

—¿De dónde lo has sacado?

—Presidente —dije—, he pasado todos estos años preguntándome si sabría que yo era la pequeña a la que usted había hablado en aquella ocasión. Me dio este pañuelo aquella misma tarde cuando iba de camino al teatro a ver la obra *Shibaraku*. También me dio una moneda.

—¿Quieres decir que incluso cuando no eras más que una aprendiza ya sabías que yo era el hombre que había hablado contigo?

—Lo reconocí en cuanto volví a verlo, en el campeonato de sumo. A decir verdad, me sorprende que el Presidente me recordara.

—Bueno, tal vez, deberías mirarte en el espejo de vez en cuando, Sayuri. Particularmente cuando se te llenan los ojos de lágrimas, porque entonces se te ponen... No sé como explicarlo: era como si pudiera ver a través de ellos. Ya sabes, paso mucho tiempo sentado entre hombres que no siempre dicen la verdad; y ahí tenía un niña desconocida que, sin embargo, estaba deseando que viera dentro de ella.

Entonces el Presidente se interrumpió.

—¿Nunca te has preguntado por qué Mameha se hizo tu hermana mayor?

—¿Mameha? —dije yo—. No le entiendo. ¿Qué tiene que ver Mameha en todo esto?

—¿De verdad no lo sabes?

—¿Saber qué, Presidente?

—Sayuri, yo soy quien le pidió a Mameha que te tomara bajo su cuidado. Le conté que había encontrado una niña muy bonita, con unos sorprendentes ojos grises, y le pedí que si alguna vez daba contigo en Gion te ayudara. Le dije que correría con todos los gastos si era necesario. Y ella dio contigo sólo unos meses después. Por lo que ella me fue contando luego, sin su ayuda, nunca hubieras llegado a ser una geisha.

No puedo describir cómo me afectaron las palabras del Presidente. Siempre había dado por supuesto que la misión de Mameha había sido algo personal, para liberarse y liberar a Gion de Hatsumono. Ahora que entendía sus verdaderos motivos, que había entrado bajo su tutela porque el Presidente... bueno, sentí que tendría que repasar todos los comentarios que me había ido haciendo a lo largo de los años y ver con esta nueva luz su verdadero significado. Y no era Mameha la única súbitamente transformada a mis ojos; incluso yo misma parecía una mujer diferente. Cuando me miré las manos, que reposaban sobre mi regazo, las vi como si fueran unas manos modeladas por el Presidente. Me sentí al mismo tiempo asustada, agradecida y alegre. Me alejé de la mesa para expresarle mi agradecimiento con una profunda reverencia, pero antes de poder hacerla, tuve que decir:

—Presidente, perdóneme, pero me habría gustado tanto que me hubiera contado todo esto hace años... No puedo decirle todo lo que habría significado para mí.

—Hay una razón por la que no podía decírtelo, Sayuri, y por la que tenía que insistir en que Mameha tampoco te lo dijera. Esa razón tenía que ver con Nobu.

Al oírle mencionar el nombre de Nobu, mis emociones se secaron, pues de pronto creí entender adónde quería llegar el Presidente con todo aquello.

—Presidente —le dije—, sé que no me merezco su gentileza. El fin de semana pasado cuando...

—He de confesar, Sayuri, que durante estos últimos días no he podido quitarme de la cabeza lo que pasó en Amami.

Sentía sobre mí los ojos del Presidente; pero no era capaz de devolverle la mirada.

—Hay algo que me gustaría hablar contigo —continuó—. Llevo todo el día pensando en cómo decírtelo. Sigo pensando en algo que sucedió hace muchos años. Supongo que debe de haber una manera mejor de explicarme, pero... espero que entiendas lo que trato de decirte.

Aquí se detuvo para quitarse la chaqueta, y la dobló y la dejó en la estera a su lado. Sentí el olor a almidón de su camisa, que me recordó a cuando iba a visitar al general a la Posada Suruya y a su habitación, que olía como huelen los planchadores.

—Hace muchos años, cuando Iwamura era una pequeña empresa —empezó a contar el Presidente—, conocí a un hombre llamado Ikeda, que trabajaba para uno de nuestros proveedores al otro lado de la ciudad.

Era un genio para las cuestiones de cableado. A veces, cuando teníamos problemas con una instalación, lo pedíamos prestado unos días, y nos los solucionaba inmediatamente. Entonces, una tarde que me apresuraba a volver a casa después del trabajo, dio la casualidad de que me lo encontré en la farmacia. Me dijo que se sentía muy bien porque acababa de irse del trabajo. Cuando le pregunté por qué lo había hecho, me dijo: "¡Me fui porque había llegado el momento de irme!". Allí mismo lo contraté para mi empresa. Unas semanas después, le volví a preguntar: "Ikeda-san, ¿por qué dejaste el trabajo que tenías al otro lado de la ciudad?". Y él me contestó: "Señor Iwamura, llevaba años queriendo trabajar en su empresa. Pero nunca me lo pedía. Siempre me llamaba cuando tenía problemas, pero nunca me pidió que trabajara para usted. Entonces, un día me dije que nunca me lo pediría, porque no querría poner en peligro sus relaciones comerciales con un proveedor. Sólo si era yo el que dejaba el trabajo, tendría usted la oportunidad de contratarme. Así que lo dejé."

Sabía que el Presidente esperaba que dijera algo, pero yo no me atrevía a hablar.

—Pues bien, he estado pensando —continuó—, que tal vez tu encuentro con el consejero era una estratagema parecida a la de Ikeda dejando su trabajo. Y ahora te diré por qué pensé esto. Es algo que dijo Calabaza después de llevarme al teatro. Yo estaba muy enfadado con ella, y le pedí que me dijera por qué lo había hecho. Tardó una eternidad en responderme, y luego me dijo algo que al principio no tenía ningún sentido. Me dijo que le habías pedido que llevara a Nobu.

—Por favor, Presidente —empecé a decir con voz temblorosa—, cometí tal equivocación...

—Antes de seguir, sólo quiero que me digas por qué lo hiciste. Tal vez pensabas que estabas haciendo un favor a la Compañía Iwamura. No sé. O, tal vez, le debías al consejero algo que yo desconozco.

Debí de agitar la cabeza, pues el Presidente se calló de pronto.

—Siento decirlo, Presidente —logré decir—, pero mis motivos eran puramente personales.

Pasado un rato, el Presidente suspiró y me alargó la copa de sake. Yo se la llené, como si mis manos no fueran mías, y entonces él se apuró la bebida y la retuvo un instante antes de tragarla. Al verle con la boca momentáneamente llena, me sentí como una vejiga hinchada de vergüenza.

—Está bien, Sayuri —dijo él—. Te diré exactamente por qué te lo pregunto. No podrás entender por qué he venido aquí esta noche o por qué te he tratado como te he tratado a lo largo de los años, si no tienes una idea clara de la naturaleza de mi relación con Nobu. Créeme, soy más consciente que nadie de lo difícil que puede ser a veces. Pero es un genio; vale más, para mí, que todo un equipo.

No se me ocurría qué hacer o qué decir, así que agarré con mis manos temblorosas la garrafa de sake para servirle más al Presidente. Me pareció un mal signo que él no alzara la copa.

—Un día, cuando hacía poco que te conocía —continuó—, Nobu te regaló una peineta y te la dio en una fiesta delante de todo el mundo. No me había dado cuenta hasta entonces del afecto que te tenía Nobu. Estoy seguro de que antes había habido otros signos, pero se me habían escapado. Y cuando me percaté de lo que sentía, de la forma en que te miraba aquella noche..., supe que no podía quitarle algo que deseaba tan claramente. Nunca dejé de interesarme por tu bienestar. De hecho, conforme pasaban los años, se me iba haciendo más y más difícil escuchar desapasionadamente a Nobu hablarme de ti —aquí el Presidente hizo una pausa, y luego continuó—: Sayuri, ¿me estás escuchando?

—Sí, sí, Presidente.

—No hay ninguna razón por la que habrías de saberlo, pero yo tengo con Nobu una gran deuda. Es cierto que yo soy el fundador de la empresa, y su jefe. Pero cuando la Compañía Eléctrica Iwamura era todavía una empresa joven, tuvimos un problema de liquidez y por poco quebramos. Yo no quería perder el control de la compañía y no escuché los consejos de Nobu cuando me insistió en que teníamos que encontrar quien invirtiera en ella. Finalmente venció su opinión, aunque esto abrió una grieta entre nosotros durante algún tiempo; él se ofreció a dimitir, y yo por poco acepto su dimisión. Pero, claro está, él tenía toda la razón y yo estaba equivocado. De no ser por él habría perdido la empresa. ¿Cómo se puede pagar a alguien una cosa así? ¿Sabes por qué me llaman Presidente y no Director? Porque renuncié a ser director para que lo fuera Nobu, aunque él intentó negarse. Por eso me decidí, en cuanto me di cuenta del afecto que te tenía, a mantener oculto mi propio interés en ti, de modo que pudieras ser suya. La vida ha sido muy cruel con él, Sayuri. No ha recibido muchas gentilezas.

En todos los años que llevaba de geisha nunca había logrado convencerme, ni siquiera por un momento, de que el Presidente sintiera nada especial por mí. Y enterarme ahora de que me había destinado a Nobu...

—Nunca fue mi intención hacerte tan poco caso —continuó—. Pero supongo que te darás cuenta de que si él percibía la más ligera indicación de mis sentimientos, habría desistido de tenerte en ese mismo instante.

Desde mi infancia siempre había soñado que un día el Presidente me diría que me quería; pero al mismo tiempo nunca llegué a creerme del todo que esto podría llegar a suceder. Pero no me había imaginado que me diría exactamente lo que esperaba oír, y al mismo tiempo que Nobu era mi destino. Tal vez, el objetivo que tanto había buscado en la vida se me escapaba; pero, al menos, durante ese instante, estaba en mi poder sentarme con el Presidente en aquella habitación y decirle lo que sentía.

—Por favor, perdóneme por lo que voy a decirle —conseguí finalmente empezar a decir.

Intenté continuar, pero mi garganta decidió tragar por su cuenta —aunque no sé qué es lo que estaba tragando, como no fuera el nudo de emoción que traté de disolver, pues en mi cara ya no cabían más emociones.

—Siento un gran afecto por Nobu, pero lo que hice en Amami... —aquí tuve que esperar unos instantes para poder seguir hablando a que se me pasara la quemazón que tenía en la garganta—. Lo que hice en Amami, lo hice llevada por lo que siento por usted, Presidente. Cada paso que he dado en mi vida desde que era niña en Gion lo he dado en la esperanza de acercarme a usted.

Cuando dije estas palabras, todo el calor del cuerpo se me subió a la cara. Me parecía que de un momento a otro iba a flotar en el aire, como una ceniza sale del fuego, a no ser que centrara mi atención en algo de la habitación. Busqué una mancha en el mantel, pero la propia mesa empezaba a emborronarse y a desaparecer de mi vista.

—Mírame, Sayuri.

Quería hacer lo que me pedía, pero no pude.

—Qué raro —dijo calladamente, casi para sí— que la misma mujer que me miró a los ojos con semejante franqueza de niña se sienta incapaz de hacerlo ahora.

Quizá debería haber sido una tarea sencilla levantar la vista y mirar al Presidente, y, sin embargo, no me habría sentido más nerviosa si hubiera estado sola en un escenario con todo Kioto mirándome. Estábamos sentados en un extremo de la mesa, tan cerca que cuando por fin me sequé los ojos y los levanté para encontrarme con los suyos, pude ver los oscuros anillos de su iris. Me pregunté si no debería mirar hacia otro lado, hacerle una pequeña inclinación y ofrecerle un poco más de sake..., pero ningún gesto habría bastado para romper la tensión. Mientras pensaba todo esto, el Presidente puso a un lado la garrafa de sake y la copa, y luego alargó la mano y agarró el cuello de mi kimono para aproximarme a él. Un momento después, nuestros rostros estaban tan cerca uno del otro que pude sentir el calor de su piel. Yo seguía tratando de entender qué me estaba sucediendo, y qué debería hacer o decir. Entonces el Presidente me atrajo hacia él y me besó.

Te sorprenderá saber que era la primera vez en mi vida que me besaban. El General Tottori había apretado a veces sus labios contra los míos cuando había sido mi *danna*, pero había sido de una forma totalmente desapasionada. A veces me preguntaba si no lo haría sencillamente para descansar la cara en algún sitio. Incluso aquel Yasuda Akira, el hombre al que había seducido una vez en la Casa de Té Tatematsu y que me había regalado un kimono, me había besado cientos de veces en el cuello y en la cara, pero nunca había posado sus labios en los míos. Así que te puedes imaginar que aquel beso, el primero verdadero de mi vida, me pareció lo más íntimo que había experimentado nunca. Tenía la sensación de que estaba tomando algo del Presidente, y que él me estaba dando algo, algo más privado de lo que nadie me había dado. Tenía un sabor muy especial, tan definido como el de un dulce o una fruta, y cuando lo probé, me temblaron los hombros y se me distendió el estómago, porque por alguna razón trajo a mi mente una docena de escenas distintas que no sabía por qué tenía que recordar ahora. Pensé en el vapor que salía cuando la cocinera de la *okiya* levantaba la tapadera de la olla. Vi una imagen de la pequeña avenida que era el cruce más importante de Pontocho, tal como la había visto una noche abarrotada de seguidores tras la última actuación de Kichisaburo, el día que éste se retiró del teatro. Estoy segura de que podría haber pensado en cientos de cosas más, porque parecía que todas las barreras de mi mente se hubieran roto y mis recuerdos empezaran a fluir libremente. Pero entonces, el Presidente, sin soltar la mano con la que me sujetaba el cuello, apartó su cara de la mía. Pero estaba todavía tan cerca que pude ver la humedad de sus labios y seguí oliendo el beso que acabábamos de darnos.

—Presidente —dije—. ¿Por qué?

—¿Por qué qué?

—¿Por qué... todo? ¿Por qué me ha besado? Hasta hace un momento estaba hablando de mí como de algo que le regalaba a Nobu-san.

—Nobu no quiere saber de ti, Sayuri. No me estoy quedando con nada suyo.

En medio de mis confusos sentimientos, no entendía qué quería decir el Presidente.

—Cuando te vi en aquel teatro con el consejero, tenías una expresión en los ojos que me recordó a la que había visto hace muchos años en aquella niña que encontré en la orilla de Shirakawa —me respondió—. Parecías tan desesperada que te habrías ahogado si alguien no te hubiera salvado. Cuando Calabaza me dijo que lo que pretendías es que te viera Nobu, me decidí a contárselo yo mismo. Y cuando él reaccionó enfadándose de aquel modo... pensé que si no te podía perdonar por lo que habías hecho, estaba claro que no era tu verdadero destino.

Una tarde, cuando era una cría allá en Yoroido, un muchachito llamado Gisuke se subió a un árbol para

635

tirarse al estanque. Trepó mucho más alto de lo que debía; y el agua no era lo bastante profunda. Pero cuando le dijimos que no saltara, le dio miedo bajar por si caía sobre las rocas que había bajo el árbol. Fui corriendo al pueblo a buscar a su padre, el Señor Yamashita, que subió despacio la cuesta. Yo me preguntaba si se estaría imaginando el peligro que corría su hijo. Llegó bajo el árbol, cuando el muchacho, ignorante de la presencia de su padre, perdió el equilibrio y cayó. El Señor Yamshita lo agarró con la misma facilidad que si alguien hubiera dejado caer un saco en sus brazos, y lo dejó de pie en el suelo. Todos gritamos de contentos y nos pusimos a saltar en la orilla del estanque, mientras que Gisuke se quedó inmóvil, parpadeando de sorpresa, y en sus pestañas se posaban unas lagrimitas.

Ahora sé lo que debió de sentir Gisuke. Yo estaba cayendo y me iba a estrellar contra las rocas, cuando el Presidente dio un paso y me recogió en sus brazos. Tuve tal sensación de alivio que ni siquiera me podía limpiar las lágrimas que se me escapaban por el rabillo del ojo. Se me enturbió la vista, y la figura del Presidente se desdibujó, pero vi que se aproximaba a mí, y un momento después me había tomado entre sus brazos como si fuera una cobija. Sus labios fueron directamente al pequeño triángulo de carne que mi kimono dejaba al descubierto en el cuello. Y cuando sentí su aliento en él, y la urgencia con la que por poco me devora, no pude remediar recordar una escena de muchos años antes, cuando entré en la cocina de la *okiya* y encontré a una de las criadas inclinada sobre el fregadero, tratando de ocultar la pera que se estaba llevando a la boca, cuyos jugos le corrían por el cuello. "Me apetecía tanto", me dijo, y me rogó que no se lo dijera a Mamita.

Treinta y cinco

Hoy, después de casi cuarenta años, recuerdo la noche que pasé con el Presidente como el momento en el que se callaron en mí todas las voces de dolor. Desde el día en que me había marchado de Yoroido no pensaba sino en que cada vuelta de la rueda de la vida traería un nuevo obstáculo a mi paso; y, claro está, eran los obstáculos y las preocupaciones lo que le había proporcionado a mi vida su intensidad. Cuando avanzamos contracorriente cada punto de apoyo adquiere una importancia característica.

Pero mi vida se hizo mucho más dulce y agradable a partir del momento en el que el Presidente se convirtió en mi *danna*. Me fui sintiendo como un árbol cuyas raíces hubieran encontrado al fin la tierra húmeda y fértil bajo la árida superficie. Nunca había tenido motivos, como ahora, para sentirme más afortunada que otros. Y he de decir que tuve que pasar un largo periodo en aquel estado de felicidad antes de que empezara a serme posible mirar atrás y admitir lo infeliz que había sido en el pasado. Estoy segura de que de otro modo no habría podido hacer la narración de mi vida. Nadie es capaz de hablar honestamente de sus sufrimientos hasta que ha dejado de sentirlos.

La tarde en la que el Presidente y yo tomamos el té en la Ichiriki sucedió algo extraño. No sé cómo, cuando bebí sake de la más pequeña de las tres tazas que utilizamos, se me escapó una gota por la comisura de los labios. Yo llevaba un kimono negro de cinco cenefas con un dragón bordado en rojo y oro que llegaba a la altura del muslo. Recuerdo que vi cómo me caía la gota bajo el brazo y resbalaba por la seda negra del muslo hasta detenerse en los gruesos hilos de plata con los que habían sido bordados los dientes del dragón. Seguro que cualquier geisha habría pensado que derramar sake constituía un mal augurio; pero me pareció a mí que aquella gotita de humedad que se me había escapado como una lágrima era casi la narración de mi vida. Cayó por el espacio vacío, sin control alguno sobre su destino; se deslizó por un camino de seda; y fue a detenerse ante las fauces del dragón. Pensé en los pétalos que había arrojado al río Kamo desde el taller del Señor Arashino, confiando en que sabrían encontrar el camino hasta el Presidente. Me pareció que tal vez así había sucedido.

Con la ingenuidad esperanzada que tan grata me había sido desde la infancia, siempre había imaginado que mi vida sería perfecta si llegaba a ser la amante del Presidente. Era un pensamiento infantil que yo había acariciado incluso de adulta. Pero debería haber sido menos ingenua. ¿Cuántas veces tenía que aprender la dolorosa lección, la de que aunque queramos arrancarnos la saeta que nos hirió, ésta nos deja en el pecho una herida que nunca se cura? Al expulsar de mi vida a Nobu, no solamente perdía su amistad, sino que me exilaba de Gion.

El motivo es tan sencillo que yo debería haber sido capaz de prever lo que sucedería. Cuando un hombre obtiene lo que su amigo desea, se enfrenta a una difícil decisión: o bien debe ocultarlo —si puede— donde su amigo no lo vea, o la relación con su amigo se verá perjudicada. Entre Calabaza y yo había surgido justamente este problema: nuestra amistad nunca había vuelto a ser igual tras mi adopción. Así, aunque las negociaciones del Presidente con Mamita para convertirse en mi *danna* duraron varios meses, finalmente llegaron al acuerdo de que yo dejaría de trabajar como geisha. No era yo la primera geisha que abandonaba Gion; además de las que huían, estaban las que se casaban y las que abrían sus propias casas de té y sus *okiyas*. Yo, sin embargo, me encontraba atrapada en un extraño ámbito intermedio. El Presidente quería apartarme de Gion para alejarme de Nobu, pero en modo alguno tenía la intención de casarse conmigo, puesto que ya estaba casado. La mejor solución, y esto era lo que el Presidente había propuesto, habría consistido en instalarme en mi propia casa de té, donde Nobu jamás habría intentado visitarme. Pero Mamita no estaba dispuesta a permitirme abandonar la *okiya*, ya que ella no recibiría renta alguna de mi relación con el Presidente si yo dejara de pertenecer a la familia Nitta. Por este motivo el Presidente aceptó finalmente pagar a la *okiya* una cantidad considerable de dinero mensual para que Mamita me permitiera abandonar mi carrera. Yo seguí viviendo en la *okiya*, como lo había hecho durante tantos años; pero ya no iba a la escuelita por las mañanas ni recorría Gion para hacer visitas de cortesía en ocasiones especiales, ni, por supuesto, acompañaba a ningún cliente por las tardes.

Dado que sólo había empezado a pensar en hacerme geisha para ganarme el afecto del Presidente, no debería haber tenido sensación alguna de pérdida al apartarme de Gion. Sin embargo, a lo largo de los años había ido haciendo muchas amistades, tanto con otras geishas como con muchos de los hombres que había conocido. No es que por haber dejado de acompañar a los clientes se me hubiera prohibido ver a otras mujeres. Lo que sucedía era que las que se ganaban la vida en

Gion tenían poco tiempo para conversaciones. A veces sentía envidia cuando veía a dos geishas que, caminando presurosas para llegar a su próxima cita, se reían de algo que había sucedido en la anterior. No envidiaba las inseguridades de su existencia, pero sí aquella sensación de promesa que yo recordaba tan bien, la expectativa de que la noche guardase algún travieso placer.

Veía con frecuencia a Mameha. Tomábamos el té juntas varias veces por semana. Yo me sentía enormemente en deuda con ella por todo lo que había hecho por mí desde la infancia, y especialmente en relación con el Presidente. Vi un día en una tienda un grabado sobre seda del siglo XVIII; representaba a una mujer que le enseñaba caligrafía a una jovencita. La profesora tenía un rostro exquisitamente ovalado y miraba a su alumna con tal benevolencia que me recordó inmediatamente a Mameha, de manera que se lo compré de regalo. La tarde lluviosa en la que ella lo colocó en la pared de su lúgubre apartamento me sorprendí escuchando el ruido del tráfico que avanzaba por la Avenida Higashi-oji. No podía evitar una sensación de pérdida al acordarme de su elegante apartamento de hacía algunos años, y del encantador sonido de la cascada del arroyo Shirakawa que entraba por las ventanas. El propio Gion me había parecido entonces como una exquisita pieza de tela antigua; pero tantas cosas habían cambiado. Ahora el apartamento diminuto de Mameha tenía esteras del color del té viejo y olía a las infusiones de la farmacia china que había en el bajo (hasta tal punto que hasta sus kimonos exhalaban a veces cierto olor medicinal).

Cuando hubo colgado la pintura en la pared y después de admirarla un rato, volvió a la mesa. Se sentó, los ojos fijos en el fondo de la taza que tenía entre las manos, como si esperase encontrar allí las palabras que buscaba. Me sorprendió ver que la edad empezaba a hacer visibles los tendones de sus manos. Al fin dijo con una huella de tristeza en la voz:

—Qué curioso lo que nos trae el futuro. Debes procurar no esperar nunca demasiado, Sayuri.

Y tenía razón. Me habría ido mejor en los años siguientes si no hubiera seguido creyendo que un día Nobu me perdonaría. Finalmente tuve que dejar de preguntarle a Mameha si él había preguntado por mí; me dolía verla suspirar y mirarme con tristeza como si quisiera decirme que sentía que yo todavía tuviera aquella esperanza.

La primavera del año en que me convertí en su amante, el Presidente compró una lujosa casa al noreste de Kioto y la llamó *Eishin-an*, "Retiro de la Próspera Verdad". Su intención era albergar en ella a los invitados de la compañía, pero lo cierto es que quien con más frecuencia la utilizaba era él mismo. Era allí donde él y yo nos encontrábamos para pasar la velada tres, cuatro o incluso más veces por semana. Los días en los que había tenido mucho trabajo llegaba tan tarde que lo único que quería era darse un baño caliente mientras yo le hablaba antes de dormirse. Pero a menudo llegaba al atardecer y cenaba mientras hablábamos y observábamos cómo los criados encendían farolillos en el jardín.

Cuando llegaba, el Presidente solía hablar un rato sobre su trabajo. Me contaba los problemas que implicaba algún producto nuevo, o me hablaba de un accidente de tráfico en el que se había perdido un camión cargado de piezas, o de alguna otra cosa así. A mí me gustaba escucharle, por supuesto, pero me daba perfecta cuenta de que el Presidente no me contaba aquellas cosas porque quisiera que yo las supiera, sino para vaciar su conciencia de ellas como quien vacía un cubo de agua. Así que yo escuchaba atentamente, no tanto sus palabras como su tono de voz; porque del mismo modo que el sonido se eleva a medida que se vacía un cubo, yo oía que la voz del Presidente se iba dulcificando a medida que hablaba. Cuando llegaba el momento adecuado, yo cambiaba de tema y enseguida nos encontrábamos hablando de todo lo que no era serio, de lo que le había pasado por la mañana camino del trabajo, o de algo relacionado con una película que habíamos visto allí mismo, en *Eishin-an*, o yo le contaba una historia chistosa que le había oído contar a Mameha, quien se reunía con nosotros a veces allí. Este sencillo proceso de vaciar primero la conciencia del Presidente para después relajarle con conversación intrascendente tenía un efecto parecido al de mojar una toalla que se hubiera secado arrugada al sol. Cuando llegaba y le lavaba las manos con un trapo húmedo sus dedos estaban rígidos como bastones. Después de un rato de charla, empezaban a adquirir flexibilidad, como si estuviera dormido.

Yo quería que mi vida transcurriera así, acompañando al Presidente por las noches y buscándome ocupaciones que me entretuvieran durante las horas diurnas. Pero en otoño de 1952 acompañé al Presidente en su segundo viaje a los Estados Unidos. Él había estado allí el invierno anterior y ninguna otra experiencia le había causado una impresión comparable. Decía que había entendido por vez primera el sentido verdadero de la prosperidad. Por ejemplo, en aquella época la mayoría de los japoneses sólo tenían electricidad a ciertas horas, mientras que en las ciudades americanas había luz veinticuatro horas al día; y, mientras en Kioto nos llenaba de orgullo el que la nueva estación del ferrocarril tuviera los andenes de cemento y no de madera, el piso de las estaciones americanas era de mármol. Incluso en los pueblos pequeños de los Estados Unidos los cines eran tan lujosos como nuestro Teatro Nacional, decía el Presidente, y los baños públicos estaban inmaculados en todas partes. Lo que le maravillaba en máximo grado era que cada familia estadounidense tuviera una nevera, y que ésta se pudiera comprar con el equivalente al salario mensual medio de un trabajador. En Japón un trabajador debía invertir el equivalente al salario de quince meses para conseguir tal cosa, y pocas familias se lo podían permitir.

En cualquier caso, como he dicho, el Presidente me dejó acompañarle en su segundo viaje a América. Fui a Tokio sola en tren y desde allí volamos juntos en un avión con destino a Hawai, donde pasamos unos días memorables. El Presidente me regaló mi primer bañador y me lo ponía para tomar el sol en la playa con el pelo sobre los hombros como todas las demás mujeres que me rodeaban. Hawai me recordaba a Amami y me preocupaba que también el Presidente estableciera esta relación, aunque si así fue nunca dijo nada al respecto. Desde Hawai seguimos hasta Los Ángeles y finalmente hasta Nueva York. No sabía nada sobre los Estados Unidos, excepto lo que había visto en las películas. En realidad no acababa de creer que los grandes edificios de Nueva York existieran realmente. Y cuando llegué por fin a mi habitación del Hotel Waldorf-Astoria y, asomándome a la ventana, vi los edificios imponentes y allá abajo las calles rectas y limpias, tuve la sensación de ver un mundo en el que cualquier cosa era posible. Había esperado sentirme como un bebé al que han alejado de su madre, ya que nunca había salido de Japón y no podía imaginar que un escenario tan extraño como el de Nueva York pudiera producir en mí otro sentimiento que el de temor. Tal vez mi buena disposición durante toda la visita se debiera al entusiasmo del Presidente. Él había reservado además una habitación para las reuniones de negocios, pero todas las noches venía a la suite conmigo. A veces yo me despertaba a medianoche extrañando la cama y le encontraba sentado a oscuras junto a la ventana observando Park Avenue. Una noche, después de las dos, me llevó de la mano hasta la ventana para que observase cómo se besaba una joven pareja bajo una farola.

Durante los tres años siguientes volví a visitar los Estados Unidos en dos ocasiones con el Presidente. Mientras él hacía sus negocios durante el día, mi criada y yo visitábamos museos y restaurantes; incluso una vez fuimos al ballet, lo que me impresionó profundamente. Por extraño que pueda parecer, el dueño de uno de los pocos restaurantes japoneses que encontramos en Nueva York era un cocinero al que yo había conocido en Gion antes de la guerra. Un mediodía me sorprendí a mí misma en un cuarto privado detrás del restaurante acompañando a un grupo de hombres a quienes hacía años que no veía: el vicedirector de Telefónica Nipona, el nuevo Cónsul General de Japón, quien había sido alcalde de Kobe; un catedrático de ciencia política de la Universidad de Kioto. Era casi como volver de nuevo a Gion.

En verano de 1956 el Presidente, a quien su esposa había dado dos hijas pero ningún hijo, dispuso el matrimonio de la hija mayor con un hombre llamado Nishioka Minoru. La intención del Presidente era que el Señor Nishioka adoptase el nombre familiar de Iwamura y se convirtiera en su heredero. Pero a última hora el Señor Nishioka cambió de parecer e informó al Presidente de que no quería casarse. Era un joven muy temperamental, pero brillante, en la opinión del Presidente. Durante más de una semana el Presidente estuvo de mal humor y nos trató a los criados y a mí con brusquedad sin la más mínima provocación. Nunca le había visto tan malhumorado.

Nadie me dijo nunca por qué Nishioka Minoru cambió de parecer; pero nadie tenía por qué hacerlo. El verano anterior el fundador de una de las compañías de seguros más potentes de Japón había despedido al director de la misma, hijo suyo, sustituyéndolo por un hombre mucho más joven, hijo ilegítimo suyo y de una geisha de Tokio. Fue un escándalo muy sonado. Este tipo de cosas habían sucedido antes en Japón, pero a menor escala, en negocios familiares de confección de kimonos, o de pastelería, por ejemplo. El dueño de la compañía de seguros describía a su primogénito en los periódicos como "un joven serio cuyo talento no puede, por desgracia, compararse con el de…", y aquí nombraba a su hijo ilegítimo sin la más mínima sugerencia de la relación que le unía a él. Pero no importaba: todo el mundo enseguida supo la verdad.

Imagínate que, después de haber aceptado ser el heredero del Presidente, Nishioka Minoru hubiera descubierto un nuevo dato —un dato tan importante como que su futuro suegro acababa de ser padre de un hijo ilegítimo—, pues bien, en ese caso comprenderíamos su negativa a casarse. Todo el mundo sabía que el Presidente lamentaba no tener un hijo varón y que quería mucho a sus hijas. ¿Había alguna razón para pensar que no querría igualmente a un hijo ilegítimo, lo suficiente como para modificar sus planes antes de morir y entregarle a él la empresa que había creado? Por lo que se refiere a si yo había dado o no a luz a un hijo del Presidente… en caso afirmativo sin duda me resistiría a hablar demasiado explícitamente de él, pues temería que su identidad fuera conocida públicamente. Y a nadie podía interesarle que sucediera tal cosa. De manera que lo mejor es que yo no diga nada; estoy segura de que me comprendes.

Una semana después de que Nishioka Minoru cambiase de opinión sobre su matrimonio, decidí tocar un tema muy delicado con el Presidente. Estábamos sentados en el porche de *Eishin-an* después de cenar. El Presidente estaba malhumorado y no había dicho palabra desde el comienzo de la cena.

—No sé si le he comentado a Danna-sama —empecé—, que he tenido recientemente una extraña sensación.

Miré hacia él pero no pude discernir signo alguno de que estuviera escuchándome siquiera.

—Sigo pensando en la Casa de Té Ichiriki —seguí—, y verdaderamente empiezo a darme cuenta de cómo echo de menos mi trabajo de geisha.

El Presidente tomó un bocado de helado y dejó la cuchara de nuevo en el plato.

—Por supuesto, no puedo volver a trabajar en Gion; lo sé perfectamente. Y sin embargo me pregunto, Danna-sama... ¿no sería posible tener una pequeña casa de té en Nueva York?

—No sé de qué estás hablando —dijo—. No tienes ningún motivo para querer marcharte de Japón.

—Hoy en día se ven más hombres de negocios y políticos japoneses en Nueva York que tortugas en un estanque —dije—. A muchos de ellos los conozco desde hace años. Es cierto que marcharme de Japón sería un cambio muy abrupto. Pero si se tiene en cuenta que Danna-sama tendrá que pasar cada vez más tiempo en los Estados Unidos... —sabía que esto era verdad porque él me había confiado sus proyectos de abrir allá una sucursal de su empresa.

—No estoy de humor para hablar de esto, Sayuri —empezó—. Creo que quería decir alguna otra cosa, pero yo continué como si no le hubiera oído.

—Dicen que cuando un niño crece entre dos culturas a menudo lo pasa mal —dije—. De manera que si una madre se traslada con su hijo a vivir a un lugar como los Estados Unidos lo sensato es que se instale allí de manera permanente.

—Sayuri...

—Lo que equivale a decir —continué—, que una mujer que tomara tal decisión probablemente no volvería nunca a traer a su hijo a Japón.

Al llegar a este punto el Presidente debía de haber comprendido lo que yo estaba sugiriendo: que yo podía apartar de Japón el único obstáculo que existía para que Nishioka Minoru fuese adoptado como heredero. Por un momento su rostro reflejó sorpresa. Luego, tal vez a medida que iba tomando cuerpo en su conciencia la imagen de mi despedida, su irritación pareció romperse como un huevo y se le formó en el rabillo del ojo una única lágrima que apartó como quien espanta una mosca.

En agosto de aquel mismo año me trasladé a Nueva York para abrir mi propia casa de té para empresarios y políticos japoneses que se encontraran en viaje de negocios. Naturalmente, Mamita intentó que cualquier negocio que yo emprendiera en Nueva York fuera una extensión de la *okiya* Nitta, pero el Presidente se negó a considerar tal posibilidad. Mamita tenía poder sobre mí en tanto en cuanto yo permaneciera en Gion; pero al marcharme, yo rompía mis lazos con ella. El Presidente envió a dos de sus contables para cerciorarse de que yo recibía de Mamita hasta el último yen de lo que me correspondía.

No puedo decir que no estuviera asustada hace tantos años cuando por primera vez cerré la puerta de mi apartamento en las Waldorf Towers. Pero Nueva

York es una ciudad fascinante. Enseguida empecé a sentirme tan en casa como en Gion. De hecho, cuando pienso en ello, el recuerdo de las muchas y largas semanas que he pasado aquí con el Presidente ha hecho que mi vida en los Estados Unidos sea más rica en algunos sentidos de lo que lo fue en Japón. Mi pequeña casa de té, situada encima de un viejo club en una esquina de la Quinta Avenida, fue un pequeño éxito desde el principio. Bastantes geishas han venido de Gion a trabajar aquí conmigo e incluso Mameha me visita a veces. Ahora sólo voy allí cuando vienen a la ciudad amigos muy cercanos o viejos conocidos. Paso el tiempo de muchas otras maneras. Por las mañanas suelo reunirme con un grupo de artistas y escritores japoneses que viven en la zona para estudiar temas que nos interesan: la poesía, la música, y, en una ocasión, durante todo un mes, la historia de Nueva York. Almuerzo casi siempre con algún amigo. Y por las tardes me arrodillo delante del tocador y me arreglo para alguna reunión, a veces en mi propio apartamento. Cuando levanto la cortinilla de encaje que cubre mi espejo no puedo evitar el recuerdo del olor lechoso del maquillaje blanco que tan a menudo llevé en Gion. Me gustaría tanto volver allá de visita. Por otra parte, creo que me perturbaría ver todos los cambios. Cuando vienen las amistades con fotos de sus viajes a Kioto, a menudo pienso que a Gion le ha pasado lo que a los jardines mal cuidados, cada vez más llenos de malas hierbas. Por ejemplo, cuando murió Mamita hace algunos años, derribaron la *okiya* Nitta y la sustituyeron por un diminuto edificio de cemento que alberga una librería en la planta baja y dos apartamentos encima.

Cuando yo llegué a Gion por primera vez trabajaban allí ochocientas geishas. Hoy son menos de sesenta, además de un puñado de aprendizas, y disminuye cada día, ya que el ritmo de los cambios no decrece nunca aunque queramos convencernos de lo contrario. La última vez que el Presidente visitó Nueva York dimos un paseo por Central Park. Íbamos hablando del pasado; y al llegar a una vereda que discurre entre pinos, el Presidente se detuvo súbitamente. Me había hablado a menudo de los pinos que jalonaban la calle de las afueras de Osaka donde él se había criado; y mirándole supe que se acordaba de ellos. De pie, con las manos frágiles apoyadas en su bastón y con los ojos cerrados, inspiró profundamente el aroma del pasado.

—A veces —suspiró—, pienso que las cosas que recuerdo son más reales que las que veo.

Cuando era más joven creía que la pasión se apaga con la edad, del mismo modo en que el contenido de una taza que queda olvidada en una habitación termina evaporándose en el aire. Pero cuando el Presidente y yo volvimos a mi apartamento, nos bebimos el uno al otro con un ansia tal que después me sentí vacía de todo lo que el Presidente me había arrebatado, y llena al mismo tiempo de todo lo que yo le había quitado a él. Caí en un sueño profundo y soñé que estaba en una fiesta en Gion, hablando con un anciano, quien me explicaba que su esposa, por la que había sentido un profundo afecto, no estaba realmente muerta, ya que el tiempo que habían pasado juntos seguía viviendo en su interior. Mientras él decía esto yo bebí un tazón de la sopa más extraordinaria que he probado jamás; cada sorbo era una especie de éxtasis. Empecé a sentir que todas las personas a las que había conocido y que o habían muerto o me habían abandonado no se habían marchado realmente, sino que habían seguido viviendo dentro de mí como la esposa de aquel hombre vivía dentro de él. Sentí que me los bebía a todos: mi hermana Satsu, que había huido abandonándome tan pequeña; mi padre y mi madre; el Señor Tanaka y su perversa idea de la gentileza; Nobu, quien nunca podría perdonarme; incluso el Presidente. La sopa contenía todo lo que yo había amado en mi vida; y mientras yo la bebía aquel hombre dirigía sus palabras a mi corazón. Me desperté bañada en lágrimas y tomé la mano del Presidente temiendo no poder vivir sin él cuando muriera y me dejara. Él entonces estaba ya tan frágil que yo no podía evitar pensar en mi madre en Yoroido. Y sin embargo, cuando le sobrevino la muerte sólo algunos meses después, comprendí que me había dejado al final de su larga vida con la naturalidad con la que caen las hojas de los árboles.

No sé decirte qué es lo que nos guía en esta vida; pero yo caí hacia el Presidente como caen las piedras al suelo. Cuando me corté el labio y conocí al Señor Tanaka, cuando murió mi madre y me vendieron sin piedad, todo ello fue como un arroyo que discurre sobre piedras antes de alcanzar el mar. Incluso ahora que se ha marchado lo sigo teniendo, en la densidad de mis recuerdos. Contándote mi vida la he vuelto a vivir.

Es verdad que a veces cuando cruzo Park Avenue me asalta una sensación de exotismo con respecto a mi entorno. Los taxis amarillos que pasan a toda velocidad tocando el claxon, las mujeres con sus maletines, que se sorprenden al ver a una diminuta anciana japonesa vestida con kimono esperando en la esquina para cruzar. Pero en realidad, ¿me resultaría menos exótico Yoroido si volviera allá? De joven creía que mi vida nunca habría sido una lucha si el Señor Tanaka no me hubiera arrancado de mi casita sobre el acantilado. Pero ahora sé que nuestro mundo no es nunca más permanente que una ola que se eleva sobre el océano. Cualesquiera que sean nuestras luchas y nuestras victorias, comoquiera que las padezcamos, enseguida desaparecen en la corriente, como la tinta acuosa sobre el papel.

Agradecimientos

Aunque el personaje de Sayuri y su historias son totalmente ficticios, los hechos históricos relativos a la vida cotidiana de una geisha en los años treinta y cuarenta son reales. Durante la extensa investigación que realicé para escribir este libro, estoy en deuda profunda fundamentalmente con una persona. Mineko Iwasaki, una de las grandes geishas de Gion durante los años sesenta y setenta me recibió en su casa de Kioto en mayo de 1992 y corrigió todas las ideas falsas que tenía sobre la vida de las geishas, aun cuando todo el mundo que había vivido en Kioto o que seguía viviendo allí me había avisado que no esperara tal cosa. Mientras repasaba mi japonés en el avión, me preocupaba que Mineko, a quien todavía no conocía, se limitara a hablar conmigo durante una hora escasa y dijera que aquello había sido nuestra entrevista. En lugar de ello, me llevó a recorrer Gion y, junto con su marido, Jin, y su hermana, Yaetchiyo y el fallecido Kuniko, contestó con todo lujo de detalles a todas mis preguntas relativas a los rituales de la vida de una geisha. Se convirtió en una excelente amiga. Tengo el más grato recuerdo de la visita que nos hizo en compañía de su familia a Boston, y la estupenda sensación que tuvimos mi mujer y yo viendo en la televisión un partido de tenis con nuestra nueva amiga japonesa, una mujer de unos cuarenta años que casualmente era una de las últimas geishas educadas conforme a las viejas tradiciones.

Muchas gracias por todo, Mineko.

Me presentó a Mineko la Señora Reiko Nagura, una inteligente mujer amiga de toda la vida, que habla japonés, inglés y alemán con la misma facilidad. Sólo unos años después de llegar a Estados Unidos, siendo estudiante en Barnard, ganó un premio por una historia que escribió en inglés, y pronto se hizo amiga íntima de mi abuela. La amistad entre ambas familias se extiende ya a la cuarta generación. Su casa ha sido para mí un paraíso en mis visitas a Tokio; le debo más de lo que puedo expresar. Además de otras muchas amabilidades, tuvo la gentileza de leerse el manuscrito en las diferentes fases de su realización, proporcionándome valiosas sugerencias.

Durante los años que trabajé en esta novela, Trudy, mi esposa, me ha proporcionado más ayuda y apoyo del que nadie puede esperar. Además de su ilimitada paciencia, de su buena voluntad para dejarlo todo para leer cuando necesitaba su opinión y de su franqueza y extremada inteligencia, me ha hecho los mejores dones: constancia y comprensión.

Robin Desser, de Knopf, es el tipo de editor con el que sueña todo escritor: apasionado, lleno de ideas, entregado y siempre dispuesto a ayudar, además de inmensamente divertido.

Por su forma de ser cálida y directa, su profesionalidad y su encanto, no es fácil encontrar a nadie como Leigh Feldman. Soy extremadamente afortunado de que sea mi agente.

Helen Bartlett, sabes bien todo lo que hiciste para ayudarme desde el principio. Muchas gracias a ti y a Denise Steward.

Le agradezco mucho a mi buena amiga Sara Laschever su atenta lectura del manuscrito y sus generosas y perspicaces sugerencias e ideas.

Teruko Craig tuvo la gentileza de pasarse horas charlando conmigo sobre su vida de niña en Kioto durante la guerra. También agradezco la ayuda que me prestó Liza Dalby, la única mujer americana que haya llegado a ser geisha, y a su excelente libro, *Geisha*, un estudio antropológico de la cultura de las geishas en el que también cuenta sus propias experiencias en el distrito de Pontocho; ella me prestó generosamente toda una serie de libros japoneses e ingleses sobre el tema de su colección particular.

Gracias también a Kiharu Nakamura, quien ha escrito sobre sus experiencias en el distrito de Shimbashi de Tokio, y tuvo la amabilidad de charlar conmigo durante el curso de mi investigación.

También estoy en deuda, por sus sagaces ideas y empatía, con mi hermano Stephen.

Robert Singer, conservador de arte japonés del County Museum of Art de Los Ángeles, se tomó la molestia durante mi estancia en Kioto de mostrarme de primera mano cómo vivían antaño los aristócratas japoneses.

Bowen Dees, a quien conocí en un viaje en avión, me permitió leer un manuscrito sobre sus experiencias en Japón durante la ocupación aliada.

También estoy en deuda con Allan Palmer por dejar que me beneficiara de su extenso conocimiento de la ceremonia del té y de las supersticiones japonesas.

John Rosenfield me enseñó historia del arte japonés como nadie habría podido hacerlo, haciendo que una universidad tan gigantesca como Harvard pareciera una pequeña escuela. Le agradezco todos sus buenos consejos.

Tengo una inmensa deuda con Barry Minsky por el papel que jugó cuando yo intentaba hacer realidad esta novela.

Además, agradezco sus innumerables gentilezas a: David Kuhn, Merry White, Kazumi Aoki, Yasu Ikuma, Megumi Nakatani, David Sand, Yoshio Imakita, Mameve Medwed, la fallecida Celia Millwaard, Camilla Trinchieri, Barbara Saphiro, Steve Weisman, Yoshikata Tsukamoto, Carol Janeway, de Knopf, Lynn Pleshette, Denise Rusoff, David Schwab, Alison Tolman, Lidia Yagoda y Len Rosen.